Perry Rhodan NEO

Im Meer der Sterne

mit exklusiver NEO-Story
»Das Schiff«

Perry Rhodan
NEO

Im Meer der Sterne

mit exklusiver NEO-Story
»Das Schiff«

EDEL

Impressum:

Ungekürzte Lizenzausgabe Edel Books,
in Verlag der Edel Germany GmbH, Hamburg

www. perry-rhodan.net
Redaktion: Sabine Kropp
Titelillustration: Dirk Schulz / Horst Gotta
Umschlaggestaltung: STRAUB & LINARDATOS GmbH
Vertrieb: Edel Verlagsgruppe, Hamburg
www.edel.com
Druck und Bindung: optimal media GmbH
Printed in Germany 2016
ISBN: 978-3-84190-419-5

Inhalt:

Im Jahr 2036 treffen die amerikanischen Astronauten Perry Rhodan, Reginald Bull, Eric Manoli und Clark Flipper auf dem Mond auf die Arkoniden, menschenähnliche Außerirdische, die mit ihrem Kugelraumschiff AETRON notgelandet sind. Der alte, kranke Wissenschaftler Crest fliegt mit Perry Rhodan und dessen Kameraden zur Erde, wo er Heilung findet.

Damit die arkonidische Technik, mit der sie ausgerüstet wurden, nicht zum Werkzeug irdischer Machtinteressen wird, sagen sich Rhodan und die übrigen Astronauten von ihrer amerikanischen Heimat los und landen in der Wüste Gobi. Ein Schutzschirm bewahrt sie vor den Angriffen der chinesischen Armee, die mit der Belagerung beginnt. Im Schutz dieser Energiekuppel errichten arkonidische Roboter die Stadt Terrania: das Symbol für Perry Rhodans Traum einer geeinten Menschheit. Bestürzt über die Skrupellosigkeit der eigenen Regierung stellt sich General Bai Jun mit seinen Soldaten schließlich auf Perry Rhodans Seite.

Dass die Krise um die STARDUST nicht sofort in einen weltweiten Atomkrieg ausartet, ist nicht zuletzt dem ehemaligen amerikanischen Homeland Security-Agenten Allan D. Mercant, dem außerordentlich reichen Homer G. Adams sowie übersinnlich begabten Menschen, den Mutanten, zu verdanken, die sich Perry Rhodan anschließen.

Allerdings gelingt es einer weiteren amerikanischen Mondmission, die AETRON durch eine Atombombe zu vernichten. Die arkonidische Kommandantin Thora entgeht dem Untergang ihres Schiffes, weil sie einen Erkundungsflug durch das Sonnensystem unternimmt, strandet aber auf der Venus, auf der eine uralte arkonidische Festung existiert. Von dort bringt der geheimnisvolle menschenähnliche Roboter Rico sie in einem kleinen arkonidischen Kugelraumschiff zur Erde. Mit diesem Schiff brechen Perry Rhodan, Thora und einige andere kurzentschlossen ins Wegasystem auf, als von dort ein Notruf aufgefangen wird.

Sie sind kaum abgeflogen, da taucht ein Raumschiff der nichtmenschlichen Fantan über der Erde auf. Sofort beginnen die eigentümlichen Außerirdischen damit, weltweit Dinge einzusammeln, die ihnen attraktiv erscheinen – Besun genannt. Reginald Bull, Dr. Eric Manoli und die beiden jugendlichen Mutanten Sue Mirafiore und Sid González werden ebenfalls zu Besun erklärt und von der Erde entführt. Als Beute der Fantan lernen die drei den außerirdischen Mediziner Fulkar sowie den parabegabten Mausbiber Gucky kennen. Zusammen mit ihnen gelingt den Menschen die Flucht.

Zur gleichen Zeit folgen Mercant und andere dem mysteriösen Robot Rico, den eine tiefe Sehnsucht zum Atlantik hinzieht. Sie entdecken in den Tiefen des Ozeans ein zehntausend Jahre altes, arkonidisches Großraumschiff, die TOSOMA, sowie eine ebenfalls verlassene Unterwasserbasis der Arkoniden. Durch einen Transmitter dieser Basis, eine Art Tor zu anderen Welten, verschwindet Rico im Nirgendwo.

Zwischen den Planeten der Wega geraten Perry Rhodan und seine Begleiter derweil in den mörderischen Kampf zwischen den echsenhaften Topsidern, die mit ihrer Raumflotte in das System eingefallen sind, und den menschenähnlichen Ferronen, die trotz ihrer Unterlegenheit ihre Heimat erbittert verteidigen. Bereits nach kurzer Zeit wird die GOOD HOPE abgeschossen. Die Überlebenden schlagen sich zum Thort, dem legendären Herrscher des Ferronenreichs, durch. Als der endgültige Sieg der Topsider nur eine Frage der Zeit zu sein scheint, taucht die gewaltige TOSOMA auf, die man auf der Erde wieder instandgesetzt hat. Angesichts ihrer Übermacht sind die Topsider zu Friedensverhandlungen mit den Ferronen bereit. Da die Fantan dort nun reichhaltigeres Besun erwarten, beenden sie ihren Aufenthalt auf der Erde und ziehen ins System der Wega weiter.

Auf der Erde vertraut sich Crest, dessen Krebserkrankung erneut ausgebrochen ist, mit der Telepathin Tatjana Michalowna und dem topsidischen Weisen Trker-Hon dem Transmitter der arkonidischen Unterwasserbasis an, weil eine Aufzeichnung ihres offensichtlich unsterblichen einstigen Kommandanten ihn in seiner Ahnung bestärkt hat, dass hier der Weg zur Welt des ewigen Lebens beginnt. Die Spur, die nicht nur zu fernen Welten sondern auch in die tiefe Vergangenheit führt, erweist sich als Folge von Prüfungen, an deren Ende die drei auf den Planeten Wanderer, die Welt des Überwesens ES, gelangen. Auch Perry Rhodan, der Crest zusammen mit Thora, Reginald Bull, Ras Tschubai und Sue Mirafiore gefolgt ist, erreicht auf Umwegen Wanderer.

ES bietet Rhodan die Unsterblichkeit an, aber dieser lehnt ab und bittet das Überwesen, statt seiner Crest unsterblich zu machen. So erhält der alte Arkonide den Zellaktivator, der ihm das ewige Leben verleiht und seine Krankheit heilt.

Weder Perry Rhodan noch einer seiner Begleiter ahnen, dass der einstige Bordarzt der STARDUST, Dr. Eric Manoli, drei Wochen nach ihnen ebenfalls den ungewissen Schritt durch einen Transmitter gewagt hat, um ihre Fährte zu finden ...

Leo Lukas

Zielpunkt Arkon

Wir Erdlinge haben ein Talent dafür, große, schöne Dinge kaputt zu machen.
Ray Bradbury, »Die Mars-Chroniken«

»Dies ist das Leben, das wir wählen. Das Leben, das wir führen. Und eins ist sicher: Keiner von uns wird in den Himmel kommen.«
Max Allen Collins, »Road to Perdition«

»Pluspunkte für Geschwindigkeit, Minuspunkte für die Kochkünste.«
ebenda

Prolog

Der Start

Du glaubst nicht, was mir heute passiert ist.

Bevor du gleich losschimpfst – ja, es hat mit einem Mann zu tun. Aber: Nein, ich habe keine Dummheit gemacht. Hoffe ich; zumindest keine, die sich nicht im letzten Moment hätte bereinigen lassen.

Na, neugierig geworden? Du klingst ziemlich verschlafen. Entschuldige, falls ich dich geweckt habe. Obwohl, um drei Uhr nachmittags sollte das selbst an Neujahr gestattet sein. Unter Freunden. Und du bist nun mal mein bester Freund, Tibor, und verstehst am meisten von Männern, viel mehr als ich und die anderen Mädels, und überhaupt muss ich diese Geschichte jetzt sofort loswerden, sonst platze ich.

Bist ein Schatz. Danke, dass du mir zuhörst.

Also. Gestern war bekanntlich Silvester. Wie du weißt, hasse ich diesen Tag. Ich bin nun wirklich keine Spaßbremse, aber organisierte Fröhlichkeit ist nicht mein Ding. Zwang zu guter Laune bewirkt bei mir genau das Gegenteil.

Okay, Schlag Mitternacht mit dem Partner zu tanzen, fände ich ja möglicherweise romantisch – wenn ich einen Partner hätte. Da dem jedoch nicht so ist beziehungsweise war, ähm, bot sich mir nur die Wahl, mich entweder allein zu Hause einzubunkern oder wenigstens das Unangenehme mit dem Nützlichen zu verbinden. Soll heißen: etwas gegen die gähnende Leere in meiner Geldbörse zu unternehmen. Irgendwie will sich mein Schuhgeschmack partout nicht mit meinem Lohnzettel vertragen.

Jedenfalls, ich hatte einen Job als Aushilfskellnerin angenommen, im *Stardust Hotel*, beim ersten offiziellen Silvesterdinner der Terranischen Union. Nein, Perry Rhodan war nicht anwesend. Administrator Homer G. Adams schon, aber den findest du ja nicht halb so schnuckelig ... Von den Reden und sonstigen Darbietungen bekam ich kaum etwas mit. Bei solchen Festivitäten langweilen sich vielleicht die geladenen Gäste, jedoch garantiert nicht das Servierpersonal. Wir haben ganz schön Kilometer abgespult, das kann ich dir sagen.

Um ein Uhr morgens war zum Glück Feierabend für die Aushilfskräfte. Trinkgeld gab's reichlich, und obwohl ich hundemüde war, habe ich mir einen Schlummertrunk an der Bar gegönnt. »White Russian«, richtig geraten. Ich mag das Zeug halt.

Jetzt pass auf. Kaum hat der Barkeeper das Glas vor mir abgestellt, werde ich auch schon vom Nebenmann angequatscht.

»White Russian«, sagt er. »Aber oje, ich fürchte, in ganz schlechter Qualität.«

Nach sieben Stunden Dauerlauf habe ich absolut keinen Bock auf spätnächtliches Geplänkel. Außerdem ist der Kerl so was von überhaupt nicht mein Typ: klein, dick, glatzköpfig; um die fünfzig, schätze ich, also mindestens zehn Jahre zu alt ... Zu allem Überdruss trägt er eine abgewetzte Armeejacke, vorne offen, sodass ein weißes Feinripp-Unterhemd herausleuchtet. Na ja, leuchtet; eher speckig schimmert.

Ich überlege noch, ob ich ihm kurz und schonungslos beibringen soll, dass er definitiv nicht in mein Beuteschema passt, oder mich nicht doch besser tot stelle und so tue, als hätte ich nichts gehört – da greift er sich mein Glas und trinkt daraus!

»Auweia. Weit vorbei ist auch daneben«, sagt er danach mit Leidensmiene. »Erstens, Eiswürfel geht schon mal gar nicht. Zweitens, Strohhalm ist ebenso verboten. Weil, bei einem klassischen White Russian gehören zwar Wodka und Kahlúa tüchtig verrührt, hingegen achtet man darauf, dass sie sich nicht mit der Sahne vermischen. Die dickflüssig geschlagene Sahne wird nämlich nur vorsichtig aufgegossen; *floaten* heißt der Fachausdruck. Deswegen trinkt man auch direkt aus dem Glas. Erst im Mund vereinen sich die Bestandteile, und nur dann entfaltet sich die volle cremige, leicht süßlich-herbe Note des Getränks.«

Wie gesagt, er ist alles andere als mein Typ, äußerlich. Und überschlaue Belehrungen kann ich normalerweise auch nicht leiden. Aber der Glatzkopf mit den buschigen Augenbrauen und der keineswegs aparten Zahnlücke schafft es irgendwie, nicht aufdringlich oder besserwisserisch rüberzukommen. Vielmehr erweckt er den Eindruck, die Sache wäre ihm ein echtes Anliegen. Als habe er unbedingt eingreifen *müssen*. Er wirkt ... fürsorglich, verstehst du? Umsichtig. Verantwortungsbewusst. Nein, nicht väterlich! Davon bin ich geheilt.

Wie auch immer, ich verzichte darauf, ihm den Rest des Cocktails ins Gesicht zu schütten. Stattdessen sage ich, relativ perplex: »Klassisch oder nicht, mir genügt's.«

»Unsinn, junge Dame. Was ist das für eine Einstellung? Die Menschheit greift nach den Sternen, und ein zu Höherem bestimmtes Wesen wie Sie gibt sich mit so einem üblen Gesöff zufrieden? Nicht in meiner Gegenwart!«

Wie ein Kugelblitz zischt er hinter die Bar und fängt an herumzufuhrwerken. Der Barkeeper, ein Han-Chinese vom Format eines Basketball-Centers, lässt ihn erstaunlicherweise gewähren, obwohl er eigentlich beleidigt sein sollte. Er reicht ihm sogar beflissen die Zutaten.

»Hier bitte«, sagt der Glatzköpfige, während er die Gläser austauscht. »*Das* ist ein White Russian. Wohl bekomm's!«

»Danke!« Ich nehme einen Schluck, und was soll ich sagen? »Hmmm.«

Schon sitzt er wieder neben mir und strahlt mich an. Sagt aber nichts.

Jetzt will ich doch nicht unhöflich sein und frage: »Sind Sie Barmixer?«

»Nein. Koch. Aber fast ein ›White Russian‹. Ukrainer. Geboren in Kiew. Von da ist es nicht weit nach Weißrussland. Ich heiße Rinat Ugoljew.« Er reicht mir die Hand. »Meine Freunde nennen mich Rhino, wegen meiner eleganten Erscheinung.«

Immerhin besitzt er Selbstironie und einen speziellen Charme, so rau wie sein Akzent.

»Renate van Zutphen«, stelle ich mich vor. Im letzten Moment verkneife ich es mir, hinzuzufügen, dass ich gebürtige Dänin und nach Terrania gekommen bin, weil ich noch einmal ganz von vorne anfangen wollte. Letzteres trifft schließlich auf so gut wie alle Bewohner dieser blutjungen Stadt zu.

Rhino verbucht einen weiteren Pluspunkt, weil er meinen Namen nicht kommentiert. Weder fragt er nach meiner Herkunft, noch versucht er aus dem Anklang von Renate und Rinat eine Gemeinsamkeit zu konstruieren.

Dies ist der Moment der Entscheidung, ob ich meine Ruhe haben oder mich auf ein Gespräch mit ihm einlassen will. Einen White Russian lang, maximal. Ich weiß nicht recht. Seltsamerweise zögert er ebenfalls.

Der Barkeeper bricht das Schweigen: »Noch ein Bierchen, Rhino?«

»Nein. Muss morgen fit sein. Hunger hätte ich allerdings.«

»Meine Speisekarte umfasst Erdnüsse mit Salz oder Erdnüsse ohne Salz.«

»Klar.« Rhino breitet die Arme aus, wobei die Jackenärmel zurückrutschen. Seine Unterarme sind stark behaart und blassblau tätowiert. »Wie immer wird das nichts, außer ich mache es selber. Hast du auch noch Hunger, Renate?«

Überrumpelt bejahe ich wahrheitsgemäß. Vom uns zustehenden Personalessen habe ich nicht mehr als ein paar Happen abbekommen, buchstäblich zwischen Tür und Angel. Keine Zeit, sich hinzusetzen, geschweige denn mitzukriegen, wie es geschmeckt hat.

»Ich koche auf jeden Fall noch was«, sagt Rhino und leckt sich über die Lippen, »oben in meinem Zimmer. Aber lieber für zwei. Leistest du mir Gesellschaft? Ich hole nur schnell ein paar Sachen.«

Ohne meine Antwort abzuwarten, düst er davon, in Richtung der Hotelküche.

Grinsend beugt sich der hünenhafte Barkeeper über den Tresen. »Weißt du, dass viele Leute Unsummen dafür zahlen würden, von Rhino persönlich bekocht zu werden?«

»Nein ...?«

»Er ist der aktuelle Superstar der Edelgastronomie. Die Reichen und Berühmten liegen ihm zu Füßen. Einen Tisch im *Nautilus*, seinem Moskauer Restaurant, musste man Monate vorab reservieren. Nicht einmal der Zar konnte einfach auf gut Glück dort aufkreuzen.«

»Musste? Konnte?«

»Rhino hat alles, was er sich in Jahren aufgebaut hatte, hingeschmissen – für Rhodan. Die Speisenfolge des Silvesterdinners wurde nach seinen Vorgaben zusammengestellt und ausgeführt. Mir sind keine Klagen zu Ohren gekommen, ganz im Gegenteil. Alle meine Bargäste haben in höchsten Tönen geschwärmt.«

Ich ertappe mich dabei, dass ich unwillkürlich einspeichle. Mein Magen knurrt. Um mich abzulenken, leere ich das Cocktailglas. Als ich aufblicke, steht Rhino vor mir, in jedem Arm einen Korb voller Lebensmittel.

»Nichts Großartiges«, sagt er. »Bloß drei Gänge. Ein kleines gemischtes Carpaccio, eine relativ fade, gesunde Gemüsesuppe und zum Abschluss ein winziges, scharf gebratenes Stück Languste. Was Leichtes, wir wollen schließlich beide gut einschlafen können, ohne dass der Magen revoltiert. Bist du dabei?«

Über den Rest der Nacht wirst selbst du von mir keine Details erfahren, lieber Tibor. Aber sei versichert: Es war aller Ehren wert. Der Barkeeper hatte nicht zu viel versprochen. Das betrifft übrigens nicht allein die Kulinarik.

Ja, ich blieb bei Rhino. Zum einen, weil es spät beziehungsweise sehr früh war und ohnedies nur ein einsames, wesentlich kälteres Bett auf mich wartete; zum anderen, weil Rhino sich durchaus als Gentleman erwies. Er drängte mich nicht. Er erlaubte mir, jeden Schritt selbst zu bestimmen.

Natürlich ist er ein ausgemachtes Schlitzohr, keine Frage. Trotzdem, er spielt mit offenen Karten. Die Tricks, die er benutzt – und er kennt einen Haufen Tricks –, die sagt er vorher an. Er täuscht weder sich noch anderen etwas vor. Er verwendet nicht einmal ein Deodorant. Rhino ist, wer und was er ist.

Nie hätte ich gedacht, dass ich mich mit einem scheinbar so unattraktiven Mann wie ihm einlassen könnte. Aber nun ja, es ist geschehen.

Und es war ... *hmmm.*

Ein fernes Donnern weckte uns.

Rhino fuhr hoch. »Wie spät ist es?«

»Keine Ahnung«, grummelte ich. »Mit Sicherheit zu früh zum

Aufstehen. Gib Frieden, Schätzchen, ja? Um diese Jahreszeit kommen in der Gobi recht häufig Gewitter vor, habe ich mir sagen lassen.«

»Der Wecker«, insistierte Rhino aufgeregt. »Hat der Wecker schon geläutet?«

»Kann sein.« Dunkel erinnerte ich mich, dass ich ein lästiges Geräusch mit einem gezielten Hieb zum Verstummen gebracht hatte. Irgendwann, mitten in der Nacht.

Slawische Flüche von sich gebend, katapultierte Rhino sich aus dem Bett und rannte pudelnackt zur Fensterfront. »Die TOSOMA!«, rief er. »Sie wird jeden Moment starten!«

Ich und mein Glück, dachte ich schlaftrunken. *Kaum haben wir uns kennengelernt, ist auch schon der Name einer anderen Frau im Spiel.*

»Was willst du von dieser dings, Torosa oder wie sie heißt?«, fragte ich.

»Mitfliegen! Die TOSOMA ist Rhodans Raumschiff. Ich hätte um zehn Uhr an Bord sein sollen. Welche Uhrzeit haben wir?«

Unter dem Bett fand ich den Wecker. »Acht Minuten vor Zwölf.«

»Der Start ist auf Punkt zwölf Uhr Mittag angesetzt. Die sind im Zeitplan. Hörst du denn nicht, dass bereits die Triebwerke warm laufen?« Während er wie ein Rohrspatz zeterte, schlüpfte er hektisch in seine Kleidung. »Hast du ein Fahrzeug, Renate?«

»Einen Elektroflitzer, ja.«

»Zweisitzer?«

Abermals bejahte ich. »Er parkt vor dem Hotel.«

»Worauf wartest du noch? Zieh dich an, flott! Das Flugfeld liegt einige Kilometer außerhalb der Stadt. Zu Fuß schaffe ich das auf keinen Fall. Du musst mich hinbringen. Beeil dich bitte, ich flehe dich an!«

Wie gesagt, er hatte mich wenige Stunden zuvor nach allen Regeln der Kunst verwöhnt. Ich war ernstlich gefährdet, mich in ihn zu verknallen. Frische Verliebtheit dauert nur ein paar Monate lang, aber mit zwei Kochplatten und kaum Geschirr ein Fünfsternemenü zaubern können, das hält an ... Insofern war ich hin und her gerissen. Einerseits wollte ich ihm helfen; andererseits behagte mir der Gedanke nicht sehr, dass ich Rhino noch dabei unterstützte, auf und davon zu fliegen.

Ein Teil von mir, der selbstsüchtige und faule, wäre gern

der Verlockung erlegen, so lange zu trödeln, bis auch die letzte Chance dahin war, das Raumschiff rechtzeitig zu erreichen. Der andere, bessere Teil hingegen sah ein, dass ich immer Zweite hinter der TOSOMA sein würde – ganz egal, ob Rhino noch an Bord kam oder nicht.

Wir warteten nicht auf den Lift, sondern stürmten die Nottreppe hinunter, zwei Stufen auf einmal nehmend. Draußen war es wieder einmal saukalt. Klimatisch gesehen hatte Perry Rhodan sich einen lausigen Ort für die neue Weltmetropole ausgesucht. Da hätte es nun wirklich angenehmere Gegenden gegeben als die Wüste Gobi ...

Mein kleines Elektroauto, fast schon ein Kuriosum, weil nicht aus den Beständen der ehemaligen chinesischen Belagerungsarmee, war zwischen zwei schweren Geländewagen eingekeilt, mit nicht mehr als drei Fingerbreit Abstand zu den Stoßstangen. Zum Glück lassen sich die Räder bis zu neunzig Grad drehen, sodass ich trotzdem ausparken konnte.

»Kannst du nicht anrufen, dass sie auf dich warten?«, fragte ich, während wir durch die Peripherie Terranias rasten. Die Äußere Stadt war nach dem Ende der Belagerung entstanden und wuchs rasch – wenngleich nicht ganz so schnell, schien es, wie der Stardust Tower im Zentrum der Stadt förmlich in den Himmel schoss. Hier gab es, im Gegensatz zur Inneren Stadt, breit angelegte Ausfallstraßen. Aber wegen der zahlreichen Baustellen musste ich immer wieder Absperrungen umkurven.

»Sehr witzig. An Bord sind insgesamt zweitausendzweihundert Personen. Glaubst du, Kommandantin Thora da Zoltral unterbricht die Startvorbereitungen, bloß weil einer der Köche verschlafen hat?«

»Der Chefkoch, nehme ich doch an.«

»Ein Titel ohne Wert. Die Kollegen sind auch keine Stümper. Vor allem aber hat man uns vorgestern bei der Instruktion unmissverständlich eingeschärft, dass absolute Pünktlichkeit geboten ist. Wie schon der selige Gorbatschow sagte: Wer zu spät kommt, den bestraft das Leben.«

Das Chronometer am Armaturenbrett zeigte drei Minuten vor zwölf, als wir die letzten Ausläufer der Stadt hinter uns ließen. Nun eröffnete sich der freie Blick auf die Wüstenlandschaft der Gobi und die Piste, die sie zerschnitt. Sie verlief kerzengerade auf das Monstrum zu, das sich vor den Hügeln am Horizont erhob und diese surreal erscheinen ließ, als wären sie nicht echt, sondern Kulisse eines Modellbaudioramas.

Die TOSOMA war nicht riesig, sie war *gigantisch.* Obwohl noch mehrere Kilometer entfernt, wirkte sie auf mich erdrückend in ihrer stählernen Wucht.

Selbstverständlich kannte ich aus den Nachrichtensendungen Bilder des arkonidischen Schlachtschiffes, das Rhodans Leute auf dem Grund des Atlantischen Ozeans gefunden hatten. Aber weder Filmaufnahmen noch schematische Darstellungen vermochten die Relationen annähernd so überwältigend wiederzugeben, wie sie sich dem freien Auge darboten. Und schon gar nicht die phantastische Geschichte dahinter: Die TOSOMA war vor zehntausend Jahren ins Meer gestürzt, abgeschossen in einer Schlacht, die den Kontinent Atlantis im Ozean hatte versinken lassen.

»Wahnsinn«, flüsterte ich.

»Nicht wahr?«, gab Rhino zurück. Mit feierlichem, fast singendem Unterton zählte er auf: »Sie durchmisst genau achthundertdrei Meter und achtundsiebzig Zentimeter. Sechzehn Impulstriebwerke im äquatorialen Ringwulst beschleunigen die TOSOMA mit maximal fünfhundert Kilometern pro Sekundenquadrat; das heißt: binnen zehn Minuten bis zur Lichtgeschwindigkeit!«

»Ich kann mir schwer vorstellen, dass dieser Koloss überhaupt vom Boden abhebt.«

»Du wirst es erleben. In ...« Rhino blickte auf die Uhr. »Nicht mal neunzig Sekunden. *Pisdez!* Gib Gas, mein Täubchen!«

Ich verzichtete darauf, ihm zu erläutern, dass mein Flitzer weder mit Gas noch mit Flüssigtreibstoff fuhr. Ohnehin holte ich das Letzte aus dem kleinen Wagen heraus. Wir rasten auf den Kugelraumer zu, der sich, je näher wir ihm kamen, nur immer noch gewaltiger auftürmte, ein Berg aus Stahl, auf zwölf vergleichsweise fragilen Teleskoplandestützen ruhend.

Im Abstand von etwa einem Kilometer umgab ein Drahtzaun das provisorische Flugfeld, dessen wie glasierter Boden an eine flirrende, spiegelnde Wasserfläche erinnerte. Zahlreiche Fahrzeuge waren vor dem Zaun geparkt; verschiedenste Privatautos, aber auch viele Busse mit Schaulustigen. Eine Schranke quer über die Piste sperrte die Zufahrt ab. Daneben standen etwa zwei Dutzend Uniformierte.

Während ich die Geschwindigkeit reduzierte, sagte Rhino mit rauer Stimme: »Keine Zeit für langwierige Verhandlungen. Ich habe zwar einen Ausweis, aber die lassen mich garantiert nicht mehr rein. Schafft dein Flitzer die Schranke?«

»Was?«

»Ob wir den Balken rammen und durchbrechen können.«

»Spinnst du? Keine Chance. Dies ist ein leichtes Stadtgefährt mit Plastikkarosserie, kein Bulldozer.«

»Das habe ich befürchtet. Umfahr den Parkplatz! Rechts einschlagen! Los, runter von der Piste! Mach schon!«

Er musste verrückt geworden sein. Aber ich auch, denn ich befolgte seine Anweisungen. Mit gut sechzig Kilometern pro Stunde holperten wir über den unebenen Untergrund aus Sand und Geröll. Die Fahrgastzelle schepperte, dass mir beinahe Hören und Sehen verging. Nur mit Mühe hielt ich das Lenkrad fest.

»Wohin?«

»Zum Zaun, was sonst!«

»Rhino, das ist sinnlos. Komm zur Vernunft! Den Drahtzaun überwinde ich vielleicht mit viel Schwung, aber da drinnen werden wir geröstet, wenn das Raumschiff startet. Wir verglühen mitsamt der Karre!«

»Das weiß ich auch. Bring mich nur bis zum Zaun!«

»Was hast du vor?«

Er gab keine Antwort, sondern kaute angespannt auf der Unterlippe. Mittlerweile waren die Polizisten auf uns aufmerksam geworden. Zwei Geländewagen nahmen die Verfolgung auf. Trotz ihrer weit besseren Bereifung und Motoren verringerte sich unser Vorsprung nur allmählich.

»Du fährst übrigens erstklassig«, lobte Rhino. »Falls ich jemals einen Fluchtfahrer für einen Banküberfall benötige ...«

»Nein danke, dieser Irrsinn hier reicht mir.« Insgeheim freute ich mich, dass sich der kürzlich absolvierte Schleuderkurs bezahlt machte.

Die letzten abgestellten Fahrzeuge lagen hinter uns. Ich steuerte den Zaun an, schlug in voller Fahrt hart ein und zog die Handbremse. Der E-Flitzer schlingerte, drohte sich zu überschlagen und kam einen Meter vor dem Maschengitter zum Stehen, umgeben von einer Staubwolke.

»Wir sehen uns wieder, Renate!«, rief Rhino, griff sich seinen

Seesack und hechtete hinaus. Flinker und geschickter, als ich es ihm zugetraut hätte, erkletterte er den Zaun und sprang auf der anderen Seite hinunter. Mit beiden Armen winkend, machte er drei Schritte in Richtung des Riesenschiffes ...

Und die TOSOMA startete.

»He!« Rhinos verzweifeltes Brüllen übertönte sogar das Getöse der Triebwerke. »He! *Blin!*, ihr könnt mich doch nicht zurücklassen. Wer soll euch den besten Borschtsch der Galaxis kochen?«

Wenige hundert Meter vor uns gerieten die Elemente in Aufruhr. Der arkonidische Kugelraumer hob ab, keineswegs ruckartig, sondern so scheinbar mühelos, als wäre er plötzlich leicht wie eine Feder. Ohne das geringste Schwanken gewann er rasch an Höhe.

Rhino ließ die Arme sinken und die Schultern hängen. Er hatte alles versucht und war doch gescheitert. Dieses Abenteuer, wahrscheinlich, nein: mit Sicherheit das größte Abenteuer in der gesamten bisherigen Geschichte der Menschheit, würde ohne ihn stattfinden.

Der kleine, dicke Mann knickte ein. Langsam sank er auf die Knie.

Ein Teil von mir, der moralisch hochwertigere, empfand Mitleid. Und Reue: Ich war ja nicht ganz unschuldig daran, dass Rhino den Abflug verpasst hatte. Die andere Renate hingegen – ich gebe es zu – frohlockte. Der ukrainische Küchenmeister mochte keine Schönheit sein. Aber er hatte das Herz und noch das eine oder andere sonstige Organ am rechten Fleck.

Ich begann zu überlegen, wie ich ihn trösten könnte, da geschah etwas Ungeheuerliches.

Auf einmal schwebte Rhino, nach wie vor in kniender Haltung, einen halben Meter über dem Boden. Als habe ihn eine unsichtbare Riesenhand erfasst, wurde er in die Luft gehoben. Und jählings nach oben gerissen, hin und her geworfen wie von Sturmböen. Erst jetzt kam mir zum Bewusstsein, dass ein Orkan über das Flugfeld heulte, ohrenbetäubend laut. Auch stank es nach verbrannter Erde und Ozon.

Rhino entschwand in den Himmel. Mir fiel ein, dass die Arkoniden über energetische Zugvorrichtungen verfügten, die Traktorstrahlen genannt wurden. Ein solch unsichtbarer Strahl zog

Rhino zur TOSOMA hinauf wie eine Mücke zu einem in eine blendend helle Feuerlohe gehüllten Tennisball.

Er hatte es doch noch geschafft, im allerletzten Moment. Ich freute mich für ihn und empfand zugleich Trauer, weil ich ihn verloren hatte. Wir hatten uns nicht einmal zum Abschied geküsst.

Tja. So war das, Tibor.

Die Polizisten nahmen mich natürlich fest und ließen mich aber nach einem kurzen Verhör wieder laufen. Kann sein, dass ich eine Verwaltungsstrafe aufgebrummt bekomme, meinten sie, wegen Beihilfe zum unerlaubten Betreten einer Hochsicherheitszone. Aber sehr viel wird mir wohl nicht passieren. Terrania ist noch jung. Wir haben zwar schon Polizei, aber ein Gefängnis fehlt uns einstweilen noch. »Da drohen dem Teufelskerl, den Sie hierher gefahren haben, vermutlich weit schlimmere Gefahren.«

Daran hatte ich noch gar nicht gedacht. »Die TOSOMA hat einen weiten Weg vor sich«, sagte ich leise.

»Allerdings. Es handelt sich um die erste interstellare Fernexpedition der Menschheit«, sagte die Polizeioffizierin. Sie reichte mir meine Ausweispapiere. »Ihr rundlicher Freund, Perry Rhodan, Reginald Bull und all die anderen an Bord begeben sich auf eine unvorstellbar weite Reise. Das Ziel heißt Arkon.«

»Ja.« Ein Schauder lief mir den Rücken hinab. »Das Ziel«, wiederholte ich, »heißt Arkon.«

Kapitel 1

Die Ankunft

»Furcht und Schrecken«, sagte die Navigatorin, eine gedrungene, milchkaffeebraune Kubanerin namens Celia Cienfuegos.

»Wie bitte?«

»Die Monde. Phobos und Deimos.« Sie zeigte auf einen der Außenbeobachtungsschirme, wo zwei kleine, unregelmäßig geformte Himmelskörper zu erkennen waren. Wenn man sehr genau hinschaute. »Die Bezeichnungen sind ursprünglich altgriechisch und bedeuten Furcht beziehungsweise Schrecken.«

»Ah. Verstehe. Ich wusste nur, dass der Planet Mars nach dem römischen Kriegsgott benannt wurde.«

»Dachte, Sie sind Historiker.«

»Aber kein klassischer Altphilologe«, sagte Cyr Aescunnar. »Im Übrigen ist die angeblich dokumentierte Vergangenheit ein Konstrukt der Gegenwart, löchriger als ein Emmentaler Käse. Mein Interesse gilt mehr der Prä-Astronautik. Lange verlacht, seit Entdeckung diverser arkonidischer Artefakte mit einem Male hoch im Kurs.«

»Haben Sie auch den Mars in Verdacht?« Cienfuegos lächelte spöttisch. »Ich meine, vermuten Sie auf dem Roten Planeten irgendwelche mysteriösen Hinterlassenschaften?«

»Warum nicht? Erde, Pardon: Terra und Venus waren den Arkoniden wichtig genug, dass sie dort Stützpunkte errichteten.«

»Vom Mars ist nichts dergleichen bekannt.«

»Noch. Wir werden sehen.«

Auf dem anderen Schirm wuchs der Rote Planet kaum merklich, aber stetig an. Eigentlich war er vorwiegend orangefarben, aufgrund des in der Atmosphäre und überall auf der Oberfläche reichlich vorhandenen Eisenoxidstaubs. Einige hellblaue Wolkenbänder, vor allem an den Polregionen, sorgten für Kontrast.

»Der populärste Planet unseres Sonnensystems«, kommentierte die Navigatorin, »in literarischer Hinsicht. Und dabei der zweitkleinste. Sein Durchmesser ist mit knapp sechstausendachthundert Kilometern etwa halb so groß wie jener von, äh, Terra. Sein Volumen beträgt nur etwas mehr als ein Siebentel des Erdvolumens.«

»Dennoch faszinierend«, gestand Cyr seine nicht gelinde Erregung ein.

Die Raumfahrt war ihm nicht mehr gänzlich unvertraut. Er war mit einem arkonidischen Aufklärer quer durch das Sonnensystem geflogen, hatte zusammen mit Eric Manoli und dem überaus merkwürdigen, kleinwüchsigen Außerirdischen, der sich Gucky nannte, den Saturnmond Titan besucht. Aber die jetzige Reise gestaltete sich ungleich urtümlicher; *bodenständiger* – so paradox der Begriff anmutete, da sie die unendliche, vollkommen bodenlose Weite des Weltalls umgab.

Verglichen mit besagtem Arkonidenschiff, stellte die SCHIAPARELLI XVII ein offenes Wikingerboot im Gegensatz zu einem Luxuskreuzer dar. Sie war ein Hybridraumer, im Übereifer des Aufbruchs zu den Sternen zusammengestoppelt aus menschlichem Ingenieursgeist und altbewährter ferronischer Technik. Himmelweit der von den Arkoniden ganz selbstverständlich angewandten Technologie unterlegen, aber im Augenblick verfügte die Menschheit nur über zwei überlichtschnelle Raumschiffe: die in ihrer Monstrosität einzigartige TOSOMA und den kleineren, ungleich schwächeren ehemaligen topsidischen Aufklärer NESBITT-BRECK, den Perry Rhodan und Reginald Bull vor einigen Monaten zusammen mit dem Ferronen Chaktor von der Oberfläche des Höllenplaneten Gol im Wegasystem geborgen hatten.

Irgendein Designer hatte sich bemüßigt gefühlt, bei der SCHIAPARELLI, die rund fünfundvierzig Meter maß, zusätzlich topsidische Stilelemente aufzugreifen und »originell« zu variieren. Deswegen bestand sie aus zwei durch einen deutlich schlankeren Zylinder verbundenen Kugeln.

Eine Hantel, dachte Cyr Aescunnar. *Eine Hantel, wie sie Gewichtheber verwenden, in der Schwerelosigkeit des Alls. Welch unpassendes Konzept!*

Wie auch immer, der missglückte Entwurf würde bald der Vergessenheit anheimfallen. Nach der Landung auf dem Mars – falls sie gelang – hatte das Versorgungsschiff seine Schuldigkeit getan. Es würde zerlegt werden, ausgeschlachtet und das Material einer anderen Nutzung zugeführt.

»Ares«, sagte Cyr. »Das wäre der griechische Name, nicht wahr?«

Die Navigatorin, die von Hauptberuf Biologin war, ignorierte ihn. Sie widmete nun ihre ganze Konzentration dem Anflugmanöver. Celia hatte erzählt, dass sie eine echte Guantánamera war, denn sie stammte aus der Provinz Guantánamo, die um die Jahrtausendwende traurige Berühmtheit wegen des dort angesiedelten, US-amerikanischen Gefangenenlagers erlangt hatte.

Unwillkürlich summte Cyr die simple und doch so eingängige Melodie vor sich hin, die er damit assoziierte, einen Evergreen der terranischen Musikgeschichte ... *»Guantánamera«*, sang er im Geiste, *»Guajira Guantánamera ...«*

Dann sackte das Schiff durch, rüttelnd und schüttelnd. Sämtliche Schirme leuchteten in schlierigem Grellorange. Die Oberfläche schien ihnen entgegenzuspringen. Gleich darauf gaben die Triebwerke so hart Gegenschub, dass Cyr ums Haar das ohnehin gräuliche Bordessen hochkam.

Ein Ruck, der schmerzte, als würde Cyr entlang seines Steißbeins gepfählt. Dann noch einer und noch einer.

»Wir sind da«, sagte Celia Cienfuegos lapidar.

»Fertigmachen zum Aussteigen!«, befahl der Schiffskommandant.

Sie betraten Marsboden.

Unwirklich langsam senkte sich der aufgewirbelte rötliche Sand. Auch die zehn Gestalten in ihren klobigen Raumanzügen bewegten sich wie in Zeitlupe. Die Fallbeschleunigung auf der Marsoberfläche betrug nicht einmal vierzig Prozent der irdischen; die Schwerkraft war sogar noch geringfügig niedriger als auf dem kleineren, aber dichteren Merkur.

Im Gänsemarsch, mit komisch anmutenden, wiegenden Schritten, stapften sie vom Landeplatz der SCHIAPARELLI zu einer dreißig Meter hohen, etwa vierhundert Meter durchmessenden, transparenten Kuppel. Das üppig wuchernde Grün dahinter wirkte fehl am Platz, verloren, chancenlos gegen die umgebende gelbrote Einöde.

Eine winzige Insel der Hoffnung inmitten lebensfeindlicher Wüste, das war Bradbury Base, die Hauptstation auf dem Mars. Ihr Standort in einem der Valles Marineris war einem Kompromiss geschuldet: Am Grund des gigantischen, bis zu sieben Kilometer tiefen und Hunderte Meter breiten Canyons herrschte der höchste Luftdruck auf dem Planeten; dafür nahm man den Nachteil etwas geringerer Sonneneinstrahlung in Kauf.

Cyr Aescunnar und seine Begleiter drängten sich in eine Luftschleuse an der Basis der Kuppel. Nachdem Atemluft eingeströmt war, öffnete sich ein Schott. Sie traten hindurch und nahmen mit einem kollektiven Aufseufzen die Helme ab.

Eine hochgewachsene, schlanke junge Frau erwartete sie. Der Kurzhaarschnitt und die saloppe Kleidung deuteten darauf hin, dass sie wenig Wert auf modische Äußerlichkeiten legte. Sie trug keinen Schmuck und war ungeschminkt, jedoch keineswegs ein graues Mäuschen. Die graublauen, funkelnden Augen verrieten Durchsetzungsvermögen und eisernen Willen.

»Willkommen in Bradbury Base«, sagte sie mit leichtem französischem Akzent. »Ich bin Louanne Riembau, die Interimskommandantin der Marsmission, und überaus erfreut über den Nachschub von der Erde.«

Cyr war der Letzte, den sie per Handschlag begrüßte. Als sie seine Hand nahm, zögerte sie, sah ihn prüfend an und sagte: »Sie sind nicht Professor Hennings.«

»Nein. Hennings erkrankte unglücklicherweise kurz vor dem Abflug. Ich bin sein Ersatz, Cyr Aescunnar.«

Riembau zog die Stirn kraus. »Wieso hat man mich nicht informiert?«

»Sie wissen ja, in Terrania geht es drunter und drüber, zum Jahreswechsel noch mehr als sonst. Hinzu kam der Aufbruch der TOSOMA ...«

»Ein Funkspruch wäre trotzdem nicht zu viel verlangt gewesen. – Sie sind ebenfalls Hydrologe, nehme ich an?«

»Äh, nein. Historiker.«

Der Stationskommandantin fielen fast die Augen aus den Höhlen. »Ein Historiker? Auf dem Mars? Hat Terrania endgültig den Verstand verloren?«

»Darüber zu urteilen steht mir nicht zu. Administrator Adams war der Ansicht ...«

»Adams also«, unterbrach Riembau ihn brüsk. »Ein Günstling. Prima. Genau, was wir hier am dringendsten brauchen.«

»Ich glaube, Sie verstehen nicht ...«

»Ich verstehe sehr gut. Wei Si Ping!«

Ein drahtiger Asiat, der sich unauffällig im Hintergrund gehalten hatte, kam herbeigeeilt. »Ja, Kommandantin?«

»Stecken Sie unseren heiß ersehnten Neuzugang zu Hetcher.« Ohne ein weiteres Wort wandte sie sich ab und ließ Cyr stehen.

»Das war, würde ich meinen, eher kein optimaler Einstand«, sagte Cyr zu dem Asiaten, der ihn auf verschlungenen Pfaden durch die Gartenanlage führte.

»Nehmen Sie es ihr nicht krumm«, sagte Wei Si Ping versöhnlich. »Louanne hat eine Menge Stress, und das Schicksal ihres Vorgängers geht ihr zu Herzen. Aber sie ist eine propere Person und als Wissenschaftlerin spektakulär erfolgreich. Mit der Zeit werden Sie beide schon zurechtkommen.«

»Was ist ihr Fachgebiet?«

»Geologie. Auch das meine übrigens. Sie sind mit dem Auftrag der Mars-Stationen vertraut?«

»Forschung mit der Hauptstoßrichtung, die Möglichkeit eines Terraformings für den Mars auszuloten?«

»Richtig. Dankenswerterweise greifen uns die Ferronen, die über reichhaltige Erfahrung mit lebensfeindlichen Planeten aus ihrem Heimatsystem verfügen, unter die Arme. Ihre Technologie stellt eine solide Grundlage für unsere Arbeit dar, wenngleich sie weit entfernt von der Märchentechnik der Arkoniden ist. Davon können wir hier nur träumen.«

Der Garten unter der Kuppel, erläuterte Wei Si Ping, diente der Sauerstoff- und Lebensmittelversorgung von Bradbury Base. Die Station strebte höchstmögliche Autarkie an. Ein Feld von Solarmodulen unweit der Kuppel lieferte die benötigte Energie. Zusammen mit den Neuankömmlingen bestand die Besatzung nun aus 196 Personen, fast ausschließlich Wissenschaftler mit astronautischer Vergangenheit.

»Verstehe. Ich werde mich wohl mit meiner Rolle als hässliches Entlein abfinden müssen«, sagte Cyr, ungebrochen guter Laune. Immerhin war er heil ans Ziel gelangt.

Wei Si Ping geleitete ihn in den Untergrund, wo sich die Wohnquartiere und weiteren Einrichtungen der Station befanden. Sie waren allesamt aus zylindrischen, etwa fünf Meter durchmessenden und fünfzehn Meter langen Containermodulen errichtet worden.

Der Geologe blieb vor einer Tür stehen, an der ein Schild mit der Zahl 78 angebracht war. »Da sind wir. Hier ist Ihre Kabine. Erholen Sie sich erst mal von den Strapazen der Anreise. Hetcher wird Sie in Ruhe lassen. In vier Stunden hole ich Sie ab und führe Sie auf Bradbury Base ein.«

»Vielen Dank für Ihre Bemühungen.«

»Gern geschehen.« Wei Si Ping deutete eine Verneigung an und entschwand federnden Schrittes um die Gangbiegung.

Cyr klopfte an, ein Gebot der Höflichkeit gegenüber seinem unbekannten Mitbewohner. Keine Reaktion. Er klopfte ein zweites, ein drittes Mal, erntete jedoch weiterhin keine Reaktion.

Schließlich fasste er sich ein Herz und öffnete die Tür.

Der Mann, der am Tisch der engen Kabine gesessen hatte, fuhr erschrocken hoch, wobei sein Stuhl umfiel. Er war klein, untersetzt und hatte blaue Haut – ein Ferrone. Mit weit aufgerissenen Augen starrte er Cyr an.

»Ich bitte vielmals um Pardon, dass ich unaufgefordert eindringe. Sie ... sind Hetcher?«

Der Ferrone antwortete nicht. Sichtlich rang er um Fassung.

»Mein Name ist Cyr Aescunnar. Die Stationskommandantin hat befunden, dass wir uns in nächster Zeit diese Kabine teilen sollen. Mir scheint, Sie wurden nicht davon unterrichtet?«

Sein Gegenüber öffnete den Mund, aber kein Laut kam über seine Lippen. Stattdessen fuchtelte er wie wild mit den Armen.

»Ha... habe ich etwas Falsches gesagt?« Allmählich wurde Cyr die Situation unheimlich. War der Mann psychisch beeinträchtigt? Aber dann hätte Wei Si Ping ihn doch gewiss vorgewarnt, oder nicht?

Der chinesische Geologe schien ein recht netter Kerl zu sein. Andererseits, bei wissenschaftlichen Koryphäen wusste man nie ... Manche waren lebensfremd und permanent zerstreut, andere wie große Kinder, die Neulingen leidenschaftlich gern dumme Streiche spielten. Mit Grausen dachte Cyr an einen Plasmaphysiker vom California Institute of Technology in Pasadena, den er bei einem interdisziplinären Kongress kennengelernt hatte. Der Mann war hoch qualifiziert, aber auch eine unglaubliche Nervensäge. Das eine schloss das andere keineswegs aus.

Sein ferronischer Zimmergenosse stellte das Gefuchtel ein.

Nun presste er beide Arme gegen den Schädel, schnitt eine Grimasse und verdrehte die Augen.

»Falls es sich um eine Art Aufnahmeritual handelt«, sagte Cyr, nach wie vor verbindlich, »so ersuche ich Sie, den Scherz zu beenden. Ich würde gern den Raumanzug gegen bequemere Kleidung tauschen und mich dann ein wenig hinlegen.«

Der Ferrone glotzte ihn verständnislos an. Dann fiel ihm offensichtlich etwas ein. Er bedeutete Cyr, sich zu gedulden, schnappte sich einen Notizblock und kritzelte darauf. Schließlich riss er den Zettel ab und reichte ihn Cyr.

In krakeliger Schrift stand auf Englisch zu lesen: *»Guten Tag. Ich bin Hetcher. Meine Ohren und meine Zunge sind kaputt.«*

Kapitel 2

Bull zweifelt

»Im Großen Imperium«, sagte Thora da Zoltral, »würde eine derartige Unbotmäßigkeit niemals geduldet werden.«

»Und dennoch«, stichelte Perry Rhodan, »haben Sie höchstpersönlich unseren Chefkoch per Traktorstrahl an Bord geholt ...«

»Weil ich am besten damit umgehen kann.« Bevor er einwenden konnte, dass diese Erklärung unbefriedigend sei, fuhr sie fort: »Womit ich nichts gegen unsere Besatzung sagen möchte. Die Leute schlagen sich wacker. Sie haben den uralten Raumer schon bemerkenswert gut im Griff.«

Tatsächlich wirkte die aus den verschiedensten Nationen der Erde stammende Crew in der Zentrale hervorragend eingespielt. Sie strahlte gelassene Professionalität aus – was im Übrigen auch für Thora galt, die das Kommando innehatte. Die Aggregate des Schiffs wurden mittels holografischer Elemente bedient, gesteuert und überwacht. Es gab Konsolen; aber sie dienten lediglich zur Erzeugung der Holo-Batterien, welche die einzelnen Missionsstationen hufeisenförmig umschlossen.

Derzeit nahm die TOSOMA Fahrt auf für die erste Transition. Mindestens fünfzig Prozent der Lichtgeschwindigkeit waren zum Eintritt in den Hyperraum nötig, deutlich mehr waren erwünscht. Mit der Eintrittsgeschwindigkeit stieg nicht nur die Reichweite, sondern sank auch der Energieaufwand.

Das Wunder der überlichtschnellen Raumfahrt musste teuer erkauft werden. Die einzig bekannte Methode, eben die Transition, verbrauchte ungeheure Mengen an Energie. Zudem nahmen Überlichttriebwerke enorm viel Platz ein, den Großteil des Schiffsvolumens. Die TOSOMA war in drei Kugelschalen aufgebaut. In der inneren, hundert Meter durchmessenden Kugel befanden sich Zentrale, Mannschaftsquartiere und Lazarett, umfangreiche Vorratslager sowie die Andruckabsorber und zwei

Fusionsreaktoren. Alles war darauf ausgelegt, der Besatzung im Unglücks- oder Gefechtsfall das Überleben zu sichern.

Die mittlere Kugelschale, sechshundert Meter dick – drei Viertel des Gesamtdurchmessers – enthielt das Transitionstriebwerk, welches seinerseits zu neunzig Prozent aus leerem Raum bestand. Die restlichen zehn Prozent wurden von den wie Nadeln in ein Stopfkissen gesteckten Strukturfeldkonvertern ausgefüllt.

In der äußeren, wiederum rund hundert Meter dicken Kugelschale waren Schutzschirmgeneratoren, diverse nicht vitale Einrichtungen und nicht zuletzt die Offensivbewaffnung untergebracht: je zwölf überschwere Geschütze an beiden Polen, jeweils zur Hälfte Desintegratoren und Thermokanonen. An der gepanzerten Außenhülle aus Arkonstahl gab es außerdem vierundzwanzig Schächte für Raumtorpedos. Diese standen freilich ebenso leer wie die zahlreichen Beiboothangars und die im Ringwulst vorgesehenen Stellplätze für die Sechzig-Meter-Beiboote, die Thora und Crest als »Korvetten« bezeichneten.

Die Lebenserhaltungssysteme und Unterkünfte waren auf maximal fünftausendeinhundert Personen ausgelegt. Über »kurze« Strecken wie von der Venus zur Erde oder auch für den Sprung zur Wega genügte eine Mindestbesatzung von hundertdreißig Personen. Arkon hingegen lag im vierunddreißigtausend Lichtjahre entfernten Kugelsternhaufen M 13, weshalb die TOSOMA auf volle Mannschaftsstärke von vierhundert aufgestockt worden war.

Hinzu kamen achtzehnhundert Passagiere: Wissenschaftler, Gelehrte, Techniker, Künstler, Wirtschaftsleute – allesamt herausragende Persönlichkeiten, von denen sich Perry Rhodan Unterstützung erhoffte, wenn es darum ging, auf Arkon Eindruck zu schinden. Es war ihre einzige Hoffnung. Technologisch gesehen standen sie im Vergleich zu den Arkoniden als bessere Steinzeitbewohner da.

Er verließ Thora da Zoltral, die sich auf das Einleiten der Transition konzentrierte, und ging zu Reginald Bull, der soeben die Zentrale betreten hatte. »Ich nehme an, du hast Rinat Ugoljew eine ordentliche Kopfwäsche verpasst?«

»Allerdings. Unser Rhinozeros ist momentan zum Seepferdchen geschrumpft.« Grinsend hob Bull die Hand, mit einer Lücke von wenigen Millimetern zwischen Daumen und Zeigefinger: »*So* klein mit Hut. Er hat hoch und heilig geschworen, dass derlei nie wieder vorkommen wird, und versprochen, beim nächsten Zwischenstopp alle Register seiner Kunst zu ziehen.«

»Na immerhin.«

Sie ließen sich in die Kontursessel nieder. Eine Weile hingen sie ihren Gedanken nach.

Inzwischen war Crest an den Kommandostand getreten und hatte Thora in eine leise Unterhaltung verwickelt. Wieder einmal fiel Perry Rhodan auf, wie sehr sich der Arkonide verändert hatte, seit seine Suche nach dem ewigen Leben von Erfolg gekrönt worden war. Crest sprühte vor Energie. Er wirkte um Jahre, nein, Jahrzehnte verjüngt. Die straffe Haltung signalisierte Kompetenz und Abgeklärtheit, zugleich ungekannte Unternehmungslust. Auch seine ganze Art hatte sich gewandelt: Statt wie früher meist Zurückhaltung zu üben, mischte Crest sich jetzt ungleich öfter in die Abläufe der Schiffsführung ein.

»Wir zwei sind zwar kein altes Ehepaar«, raunte Reginald Bull, »und wir liegen auch nicht im Bett. Trotzdem muss ich dich fragen: Was geht dir gerade durch den Kopf? Bereust du, dass du die Unsterblichkeit zugunsten von Crest ausgeschlagen hast?«

»Nein. Wirklich nicht. Für ihn war es die letzte Chance zu überleben. Ich und du, wir sind jung und gesund. Wir haben Zeit, ergo keinen Grund, eine dermaßen gravierende Entscheidung zu übereilen. Ich bin überzeugt, die Unsterblichkeit immer noch erlangen zu können. Falls ich sie überhaupt will.«

»Und falls ES mitspielt.«

ES – so hatte sich das rätselhafte Wesen genannt, das auf seiner seltsamen, halbierten Welt namens Wanderer Perry Rhodan das ewige Leben angeboten hatte. »Natürlich. Aber bis zu diesem hypothetischen Punkt bleiben wir unabhängig und frei.«

»Crest ist es nicht mehr, meinst du?«

»Das wird sich zeigen. ES hat keine Bedingungen gestellt. Zumindest keine, von denen ich weiß ...«

Die TOSOMA passierte, wie den Holos zu entnehmen war, gerade die Marsbahn. »Nur noch wenige Minuten bis zum Sprung«, sagte Rhodan.

»Mhm.« Bull war sichtlich nervös. Immer wieder strich er sich über das Haar.

»Alles in Ordnung mit dir?«

»Klar. Sicher.« Sein Blinzeln strafte ihn Lügen.

»Komm schon, raus mit der Sprache. Du hast ein ungutes Gefühl bei der Sache, ich weiß.«

»Wie auch nicht! Dieser Kahn ist zehntausend Jahre alt. Er lag *zehn Jahrtausende lang* auf dem Grund des Atlantiks.«

»Arkonidische Wertarbeit hält das aus.«

»Mir brauchst du darüber nichts zu erzählen.« In der Tat hatte sich wohl kein Mensch so intensiv mit der greifbaren Technologie der Arkoniden befasst wie Reginald Bull. »Ich weiß, was die TOSOMA draufhat; aber auch, dass sie laut Thora hoffnungslos veraltet ist, technisch keineswegs auf der Höhe der Zeit.«

»Müssen wir das zum hundertsten Mal durchkauen? Wir haben kein anderes Fernraumschiff.«

»Versteh mich nicht falsch, Perry, ich liebe die TOSOMA. Das alte Mädchen hat uns schon unerhört wertvolle Dienste geleistet. Immerhin konnten wir damit die topsidische Invasion der Wega abwehren. Aber der Vorstoß nach Arkon kommt meines Erachtens einfach zu früh. Vierunddreißigtausend Lichtjahre! Selbst wenn alles ohne Komplikationen verläuft, sind wir mindestens anderthalb Monate unterwegs.«

»Wie längst besprochen: Wir müssen nicht ganz so weit fliegen. Bis zu den ersten Vorposten des Imperiums genügt. Dann sehen wir weiter.«

»Toller Plan. Und wenn wir im Nirgendwo stranden? Was dann?«

»Pessimismus steht dir nicht zu Gesicht, Reg.«

»Was du Pessimismus nennst, nenne ich Besonnenheit.«

»So kenne ich dich gar nicht. Ausgerechnet du, der mit nicht viel mehr als einem Triebwerk unterm Hintern zum Mond und zurück geritten ist ...«

»Da hatte ich keine Wahl. Das musste sein. Aber diese Expedition, die muss eben nicht sein. Nicht schon jetzt, so überhastet. Nicht mit einer fliegenden Antiquität.«

»Die TOSOMA ist einsatzbereit. Die Autoreparaturroutinen des Schiffs haben wahre Wunder vollbracht.«

»Sagt wer?«

»Die Positronik der TOSOMA.«

»Eben. Das Schiff selbst behauptet, es sei okay. Wir hingegen haben kaum eine Möglichkeit, diese Aussage auf ihren Wahrheitsgehalt zu überprüfen, außer in der praktischen Anwendung.« Reginald Bull schlug mit der flachen Hand auf die Armlehne. »Ich bleibe dabei – dieser Flug ist praktizierter Wahnsinn.«

Rhodan, dem klar war, dass sein bester Freund hauptsächlich Dampf ablassen wollte, erwiderte beschwichtigend: »Wahnsinn vielleicht, jedoch notwendig. An Arkon führt kein Weg vorbei.«

»Nackter Wahnsinn«, beharrte Bull. »Was wollen wir auf Arkon? In Wahrheit wissen wir fast nichts über das Große Imperium. Crest hält sich immer noch bedeckt. Er schwafelt bloß von diesem ominösen Regenten und dass Arkon ausgerechnet ihn, Crest da Zoltral, dringend braucht. Aber sehen diejenigen, die auf Arkon an der Macht sind, das auch so?«

»Ich vertraue ihm. Und Thora.«

»Mann, ich unterstelle den beiden ja nicht, dass sie uns hintergehen oder unsere Gutwilligkeit für ihre Zwecke ausnutzen wollen. Ich habe keine Ahnung von Politik, schon gar nicht von arkonidischer. Aber meiner bescheidenen Einschätzung nach hat Crest den Status eines Flüchtlings, wenn nicht eines Exilanten. Auf Arkon hält man ihn bestimmt für tot und ist froh darum. Und plötzlich kommt er zurück? Mit einem seit einer halben Ewigkeit verschollenen Schlachtschiff und zweitausendzweihundert ›Barbaren von Larsaf III‹ im Schlepptau? Na, wenn das nicht nach Ärger riecht ...«

»Niemand hat behauptet, dass es ein Spaziergang wird. Aber davon abgesehen, was wäre denn die Alternative? Vogel-Strauß-Taktik? Den Kopf in den Sand stecken?«

Reg schnaubte. Passivität lag ihm genauso wenig wie Perry.

»Wir hatten Besuch von den Fantan«, setzte Rhodan fort, »mussten gegen die Topsider kämpfen, alles innerhalb weniger Monate. Terra ist nicht länger ein weißer Fleck auf der galaktischen Sternkarte; falls es das überhaupt jemals war. Früher oder später wird unweigerlich das Imperium der Arkoniden auf uns aufmerksam werden. Es ist uns unendlich überlegen. Es könnte uns jederzeit vernichten, mit einem Fingerschnipsen.«

»Deshalb fliegen wir hin, in unserem einzigen nennenswerten Kampfschiff – um ihnen den weiten Weg zu ersparen? Die werden Danke schön sagen und uns kalt lächelnd ausknipsen, mitsamt der lendenlahmen TOSOMA. Oder sie nehmen uns den Kugelraumer ab, der schließlich streng genommen ihnen gehört, werfen uns in den tiefsten Kerker und lassen uns dort vergammeln.«

»Hör auf, den Teufel an die Wand zu malen!« Langsam wurde

Perry ärgerlich, weil die Diskussion sich im Kreis drehte. Alle diese Argumente hatten sie schon des Öfteren gewälzt. »Die Hände in den Schoß zu legen wäre mit Sicherheit fatal. Unsere einzige Chance liegt in der Flucht nach vorne: *Wir* stellen den Kontakt her, nicht andersrum. Wir müssen nach Arkon, basta!«

»Crest muss, offensichtlich. Und du willst unbedingt dabei sein. Warum eigentlich? Wegen Thora?«

Rhodan warf dem Freund einen scharfen Blick zu. »Wegen Terra. Mit Crest da Zoltral und seiner Ziehtochter hat die Menschheit zwei wertvolle Fürsprecher, die zweifellos über einen gewissen Einfluss verfügen. Etwaige Wirren der Vergangenheit werden sich aufklären, Animositäten oder Missverständnisse ausräumen lassen. Wir fliegen schließlich ins Zentrum einer viele Jahrtausende alten Hochzivilisation.«

»Oder ins Verderben.«

Perry Rhodan war dankbar, dass eine Warnsirene die unmittelbar bevorstehende Transition ankündigte und dem fruchtlosen Dialog ein Ende setzte. Er wäre sonst ernstlich in Rage geraten. Reg Bull als Schwarzseher, das hielt der geduldigste Mensch nicht aus.

Bildete er es sich ein, oder flackerten ein ganz klein wenig die Lichter in der Zentrale, als die TOSOMA zum Hyperraumsprung ansetzte?

Kapitel 3

Kolonie in Nöten

Cyr Aescunnar hatte versucht zu schlafen, jedoch nicht mehr als ein unangenehmes, nervenaufreibendes Driften zwischen Wachen und Dösen zustande gebracht. Der schlimmste Jetlag war ein Klacks gegen die körperlichen Umstellungen, die der Raumflug in dem vergleichsweise primitiven Einwegversorgungsschiff und die Ankunft in der Marsstation mit sich brachten.

Wie angekündigt holte ihn Wei Si Ping nach vier Stunden ab. Natürlich klopfte er exakt in dem Moment, in dem Cyr endlich richtig eingeschlummert wäre.

»Nur herein«, krächzte er, »es ist offen.«

»Sie sehen nicht besonders ausgeruht aus«, sagte der chinesische Geologe.

»Ich gratuliere Ihnen zu Ihrer scharfen Beobachtungsgabe.«

Ein Anflug von Lächeln huschte über Wei Si Pings schmales, asketisches Gesicht. »Aus dem versprochenen Rundgang durch Bradbury Base wird leider vorläufig auch nichts. Die Kommandantin hat uns gleich einmal zu Wartungsarbeiten eingeteilt. Bitte legen Sie Ihren Raumanzug wieder an. Es geht nach draußen.«

»Will Riembau mich schikanieren, und Sie kommen dabei ebenfalls zum Handkuss?«

»Nein. Die Arbeiten sind überfällig. Wir stöhnen seit Wochen unter Überlastung wegen der Personalknappheit. Auch die neun Kollegen, die zusammen mit Ihnen angekommen sind, werden sogleich eingesetzt. Sie helfen bei der Entladung und gleichzeitigen Zerlegung der SCHIAPARELLI.«

»Hier herrscht ein strenges Regime, scheint mir.«

»Louanne gibt ihr Bestes. Sie ist eine äußerst fähige Frau – aber ihr Job, fürchte ich, wäre sogar Perry Rhodan zu viel.«

»Wo liegen die Hauptschwierigkeiten?«

»Später. Für Ihren Status innerhalb der Belegschaft wäre es nicht förderlich, wenn wir durch Unpünktlichkeit auffielen.«

»Verstehe.« Seufzend zwängte sich Cyr erneut in den Raumanzug, den er lieber ein paar Tage lang hätte auslüften lassen. »Was steht an? Festungsgräben ausheben, zum Schutz vor bösartigen Marsbewohnern?«

»Die einzigen Lebewesen auf diesem Planeten sind wir. Ob bösartig oder nicht, sei dahingestellt ... Nein, keine Sorge, Schaufeln werden diesmal nicht benötigt.«

Sie nahmen denselben Weg retour, durch die subplanetaren Anlagen und den Garten zur Luftschleuse. Während sie zügig ausschritten, erkundigte sich Wei Si Ping, wie es Cyr mit Hetcher ergangen war.

»Nun, ich würde ihn nicht gerade eine Plaudertasche schimpfen.« Nachdem er seine schriftliche Mitteilung überreicht hatte, war der Ferrone zurück an den Tisch gehuscht, hatte sich mit dem Rücken zu Cyr hingesetzt und fortan nicht mehr gerührt.

»Nehmen Sie es nicht persönlich. Hetcher spricht mit niemandem. Ich schätze, er würde dies auch nicht tun, wenn er es könnte.«

»Eine warnendes Wort wäre eventuell hilfreich gewesen.«

»Ja und nein. Ich wollte die minimale Chance nicht ungenutzt lassen, er könnte sich einem Fremden öffnen, der ihm vollkommen ohne jegliche Vorurteile gegenübertritt.«

»Bedaure, hat nicht funktioniert.«

»Wie zu erwarten war. Nicht Ihre Schuld. Niemand kommt an Hetcher heran. Immerhin bereitet er uns über seine Unzugänglichkeit hinaus keine Probleme. Die Hilfsdienste, die man ihm aufträgt, erledigt er prompt und zur vollsten Zufriedenheit. Apropos ...«

Die Marsoberfläche hatte seit der Landung der SCHIAPARELLI XVII nichts an Trostlosigkeit eingebüßt. Vereinzelte, grotesk verlangsamte Minitornados, zu denen Windböen den Staub verwirbelten, stellten die einzige Abwechslung in der rostroten Ödnis dar.

Cyr Aescunnar hatte viel über die Faszination gelesen, die der Mars seit Langem auf die Erdbewohner ausübte; aber bei ihm wollte sie sich noch nicht recht einstellen.

Seine und Wei Si Pings Aufgabe bestand darin, die transparente Hülle der Kuppel auf Beschädigungen und Verunreinigungen zu überprüfen und solche gegebenenfalls zu beseitigen. Dafür gäbe es zwar autonome Maschinen, aber menschliche Kontrolle habe sich als unerlässlich erwiesen, erklärte der Geologe. »Eine von vielen lästigen Pflichten, die keinem erspart bleiben. In regelmäßigen Abständen kommt jeder dran, der nicht anderswo unabkömmlich ist, auch die Kommandantin selbst.«

»Sie hat ihre Position als interimistisch bezeichnet.«

»Weil sie nicht wahrhaben mag, dass Nguyen, der frühere Kommandant, nicht mehr wiederkommt. Er ist seit knapp zwei Wochen verschollen. Eine mysteriöse Angelegenheit, man hat nicht die geringste Spur von ihnen gefunden. Nach menschlichem Ermessen *müssen* sie tot sein. Als Nguyens Stellvertreterin hat Louanne die Leitung übernommen. Sie ist eine gute Frau und trotz ihrer gelegentlich etwas ruppigen Art zweifelsfrei am besten für diesen Posten geeignet.«

»Si Ping, Sie verteidigen Riembau mit Verve, zum wiederholten Mal. Haben Sie etwas mit ihr?«

»Geradeheraus, auf eine ebensolche Frage: Nein. Aber ich mag sie und bin, wenn Sie so wollen, Louannes engster Vertrauter.«

»Ich hoffe, ich bin Ihnen nicht zu nahe getreten.«

»Ach, hier tritt man einander permanent auf die Füße. Keine Sorge, das passt schon. Wir schätzen es, wenn jemand mit seinen Anliegen nicht hinter dem Berg hält.«

»Was das betrifft, sind Sie bei mir an den Richtigen geraten«, versicherte Cyr.

Nachdem ihm Wei Si Ping gezeigt hatte, worauf es ankam, und ihn in die simplen, gegebenenfalls nötigen Handgriffe eingewiesen hatte, arbeiteten sie eine Zeit lang schweigend Seite an Seite.

Schließlich kam Cyr wieder auf die junge Kommandantin zurück. »Was ist Riembaus Hintergrund? Ich gestehe, von Natur aus neugierig zu sein. Außerdem schadet es wohl nicht, wenn ich mehr über sie weiß. Je besser ich ihre Beweggründe verstehe, desto eher gewinne ich vielleicht noch ihre Sympathie.«

»Da haben Sie recht. – Louanne stammt aus dem Französischen Jura.«

»Mit anderen Worten: vom A... der Welt im Vergleich zum Rest der *Grande Nation*.«

»Das haben Sie gesagt.«

»Lassen Sie mich raten. Riembau kommt aus einfachen Verhältnissen und wurde von früh auf Leistung gedrillt. Nur wenn man sich buchstabengetreu an die Regeln hält und immer hundert Prozent gibt, wird man im Leben etwas erreichen, haben ihre Eltern ihr eingebläut. Richtig?«

»Richtig. Sie sind ein guter Menschenkenner.«

»Zu viel der Ehre. Sie hat es förmlich auf der Stirn eintätowiert. Wenn alle Leute so einfach zu lesen wären ... Wie alt ist sie?«

»Geboren 2019. Siebenundzwanzig.«

»Ich hätte sie auf Mitte dreißig geschätzt.«

»Der Mars hinterlässt seine Spuren.«

»Offenbar. – Im Übrigen spreche ich aus eigener Erfahrung. Mein Vater war deutscher Diplomat, meine Mutter ist Armenierin. Wir sind sehr viel umgezogen. Im Botschaftsdienst wird man gewöhnlich alle drei Jahre an einen anderen Ort versetzt. Für die Kinder heißt das, dass sich nie längere und somit tiefere Freundschaften entwickeln können. Daraus resultiert nicht selten Bindungsangst. Außerdem suchen Kinder die Schuld sehr oft bei sich selbst. Ich kenne das nagende Gefühl nur allzu gut, nicht auszureichen; den Platz, an dem man steht, nicht verdient zu haben. Riembau kompensiert es, indem sie sich extra verbissen den Vorschriften unterwirft.«

»Und Sie, Aescunnar?«

Cyr lachte. »Ich habe mich an diversen Universitäten mit diversen Professoren angelegt. Man könnte mir vorwerfen, nicht besonders geschickt im Umgang mit Autoritäten zu sein. Dafür habe ich ein Faible für Träumer und Querköpfe wie zum Beispiel für einen gewissen Herrn Rhodan. Dass ich es bis zum Mars geschafft habe, verdanke ich hauptsächlich der Förderung durch dessen Mitstreiter, den mittlerweile ebenfalls zu Weltruhm gelangten Homer Gershwin Adams.«

»Woher kommt der ungewöhnliche Name Aescunnar, wenn ich fragen darf? Ich konnte ihn auf keiner etymologischen Netz-Seite finden. Nebenbei, mein Vorname Si Ping bedeutet ›Der den Frieden sucht‹.«

»Sie werden ihm gerecht. – Wollen Sie die Wahrheit erfahren? Ich bin eines Morgens aufgewacht und wusste plötzlich, dass ich Cyr Aescunnar heiße. Und dass mir Cowboyhüte stehen. Blöderweise passen sie nicht unter Raumhelme.«

»Vielleicht sollten Sie auf Kopftücher umsatteln.«

»Eine *bandana*? Igitt. Ich halte nichts vom Mythos der Piraten. Räuber bleibt Räuber, ob zu Land oder zur See. Obwohl, wissen Sie, warum so viele dieser ungewaschenen Gesellen Augenklappen trugen?«

»Nein ...?«

»Der Grund waren keineswegs generell Verletzungen. Wird schon vorgekommen sein im Kampf mit Hiebwaffen und einschüssigen Pistolen, wenn auch nicht so häufig. Aber wenn man nach einem Entermanöver vom Deck hinunter in den Laderaum hüpft, ist man gegen die dort lauernden Verteidiger im Nachteil, weil sich die Pupillen erst an die plötzlich veränderten Lichtverhältnisse anpassen müssen. Es sei denn, man verschiebt während des Sprunges die Klappe vom einen zum anderen Auge und ist dadurch sofort meuchelbereit. Was lernen wir daraus, Si Ping der Friedliche?«

»Es kann von Nutzen sein, spontan den Blickwinkel zu verändern?«

Cyr tätschelte dem Geologen mit dem Handschuh die Anzugschulter. »Wir werden noch viel Freude aneinander haben, wir beide.«

Im Laufe ihrer nicht sonderlich anstrengenden, jedoch recht stumpfsinnigen Tätigkeit entlockte Cyr seinem Betreuer weitere Informationen über Bradbury Base und die Verhältnisse auf dem Roten Planeten.

Die Marsmission, erfuhr er, wurde von Materialversagen geplagt. Teilweise war die Ausrüstung den harschen Bedingungen nicht gewachsen, teilweise kam es zu menschlichem Versagen im Umgang mit der irdisch-ferronischen Mischtechnik. Die Kolonisten begingen eigentlich eine Todsünde der Luft- beziehungsweise Raumfahrt: Sie verwendeten neue, unerprobte Technik anstelle von veralteter, aber tausendfach bewährter.

Wei Si Ping lamentierte keineswegs; im Gegenteil, er gab ein Musterbeispiel für Zweckoptimismus ab. Gleichwohl ließ sich seinen Berichten entnehmen, dass es auf dem Mars an allen Ecken und Enden haperte. Beispielsweise blieben die Erträge des Kuppelgartens um einen bedenklichen Faktor hinter den projektierten Werten zurück. Die Sicherheitsmarge an Sauerstoff und Lebensmitteln für die Station schrumpfte zusehends dahin. Falls nicht bald eine Besserung eintrat, würde man wohl oder übel nicht umhinkommen, die NESBITT-BRECK anzufordern und Bradbury Base zu evakuieren.

»Wir geben gewiss nicht vorschnell auf«, sagte der Geologe. »Teilerfolge zeichnen sich ab, obgleich wir dafür bis zum Umfallen kämpfen müssen. Alle. Jeder Einzelne von uns.«

Cyr hörte und verstand die Botschaft. »Auf mich könnt ihr im Rahmen meiner Möglichkeiten zählen.«

Nun sah sich Wei Si Ping bemüßigt, ihm den Arm um die Schultern zu legen.

Nach Ende der Schicht, auf dem Rückweg in die zweifelhafte Geborgenheit der subplanetaren Containersiedlung, lenkte Cyr erneut das Gespräch auf Hetcher.

Selbst Wei Si Ping, der sonst für alles und jeden Verständnis aufbrachte, war bei diesem Thema ratlos. »Niemand kann auch nur ansatzweise erraten, was in ihm vorgeht. Die Ferronen hatten uns einen Experten für Terraforming in Aussicht gestellt. Stattdessen kam ... Hetcher. Taub, stumm, in sich verschlossen wie ein Tresor aus Eis.«

Auf seinem angeblichen Fachgebiet hatte der blauhäutige Sonderling noch nichts zuwege gebracht. Den Großteil seiner Zeit verbrachte er mit Fahrten über die Marsoberfläche, um externe Installationen zu warten.

»Prinzipiell ist nichts dagegen einzuwenden. Auch das muss getan werden, und wie gesagt, Hetcher ist verlässlich. Bloß, dass man uns einen hoch qualifizierten Spezialisten versprochen, aber sich offenbar in Wirklichkeit elegant eines, Pardon, Krüppels entledigt hat. Nicht einmal seine Artgenossen scheinen ihn zu mögen. Weshalb hätten sie ihn sonst allein in Bradbury Base zurücklassen sollen?«

»Wo sind die anderen Ferronen hin?«

Unterwegs in den Wüsten und Kratern des Mars, erklärte Wei Si Ping. Außer ihrem zusammen mit Nguyen verschollenen Befehlshaber und Hetcher befanden sich noch insgesamt zweiundvierzig Ferronen auf dem Roten Planeten. Sieben Expeditionen, zusammengesetzt aus jeweils sechs Menschen und ebenso vielen Entwicklungshelfern aus dem Wegasystem, bewegten sich zurzeit über die endlosen, düsterorangefarbenen Ebenen.

Sie benutzten Marsmobile, die im Prinzip energieautark waren. Die robusten, extrem wendigen Gefährte wurden »Bubbles« genannt, wegen der blasenähnlichen Form, oder auch »Beetles«, weil sie mit ausgeklappten Sonnensegeln an Käfer erinnerten. Die Energieversorgung übernahm eine ferronische Brennstoffzelle. Bei Tage wurde aus der eingefangenen Solarenergie mittels Elektrolyse Wasserstoff gewonnen und gespeichert, in der etwa zwölfstündigen Marsnacht wurde der Wasserstoff verbrannt.

Genügend Sonneneinstrahlung vorausgesetzt, war die Reichweite der Bubbles unbegrenzt. Theoretisch, meinte Wei Si Ping mit verkniffenem Gesichtsausdruck – in der Praxis führten Ineffizienzen der Maschinerie zu allmählich nachlassender Leistung. Außerdem waren die Sonnensegel äußerst empfindlich, und eine Beschädigung konnte fatal für die Besatzung sein. Der Rekord für eine heil zurückgekehrte Bubble-Expedition lag bei 33 Tagen.

»Respekt«, sagte Cyr. Ihm graute bei der Vorstellung, wochenlang in seinem schon jetzt muffelnden Schutzanzug eingesperrt zu sein. Er freute sich darauf, die Montur wieder ablegen zu können, wenngleich er den kommenden gemeinsamen Stunden mit Hetcher in der engen Kabine mit gemischten Gefühlen entgegensah.

»Sie haben sich nicht ungeschickt angestellt«, lobte ihn Wei Si Ping zum Abschied. »Ich bin sehr zuversichtlich, dass Sie sich zu einem wertvollen Mitglied unserer kleinen Kolonie entwickeln werden. Und danke für die anregenden Plaudereien.«

»Ich habe zu danken.«

Der Geologe bemerkte, dass Cyr an der Tür tief durchatmete und sich einen Ruck gab, bevor er die Klinke niederdrückte. Leise sagte er: »Unter uns, ich bin überzeugt, auch Hetcher hat einen guten Kern. Nur hat bisher noch niemand einen Weg gefunden, zu ihm vorzudringen ...«

Kapitel 4

Das Licht der Sterne

Die Sirene heulte, und dann kam der Schmerz.

Rhino hatte sich dagegen gewappnet. Schließlich war dem Phänomen des Transitionsschocks bei der Mannschaftsbelehrung breiter Raum gewidmet worden. Dennoch vermeinte er, ihm würde mit einer glühenden Kreissäge der Schädel gespalten. Er hatte das Gefühl, zerrissen zu werden, ausgehend vom Scheitel und weiter hinunter entlang des Rückgrats. Sein Aufschrei erstarb so abrupt, wie die Qualen in Schwärze mündeten.

Ebenso ansatzlos erlangte Rhino wieder das Bewusstsein. Er lag auf der Pritsche seiner Solokabine, mit Gurten gesichert, wie es ihm empfohlen worden war, zumindest beim allerersten Mal.

»Au«, sagte er laut.

Zwar tat ihm nichts mehr weh, aber der Schock hallte noch in ihm nach. So fühlte sich das also an. Nicht unbedingt ein Erlebnis, wofür er Eintritt bezahlt hätte.

Man hatte ihm gesagt, dass mit der Zeit ein gewisser Gewöhnungseffekt eintreten würde. Erfahrene Raumfahrer empfanden den Entzerrungsschmerz als nicht mehr ganz so peinigend wie Neulinge. Dieser Abhärtung ging man angeblich jedoch wieder verlustig, wenn man längere Zeit nicht an Transitionsflügen teilnahm.

Die Sprungreichweite wurde durch die Energie begrenzt, die ein Schiff aufbringen konnte. Größere Schiffe waren deshalb im Vorteil gegenüber kleineren, wobei die Mindestgröße arkonidischer Kugelraumer, die mit Transitionstriebwerken ausgestattet waren, bei einem Durchmesser von etwa fünfzig Metern lag. Allerdings stieg auch der Energiebedarf mit der Größe stark an. Je weiter ein Hyperraumsprung, desto länger brauchte ein Schiff, um sich für den nächsten bereit zu machen.

Und: Je größer die überwundene Distanz, desto höher war auch die Rate an Komplikationen bei den Besatzungsmitgliedern ...

Laut Thora da Zoltral, der ebenso schönen wie unnahbaren Arkonidin, kursierte im Großen Imperium allerlei Raumfahrergarn. Über Kosmonauten, die ein Sprung völlig verändert oder denen er den Verstand geraubt hätte; oder auch über Raumfahrer, die nach einer Transition spurlos in der fünften Dimension verschwunden wären ... Horrorgeschichten, denen man besser keine Beachtung schenkte.

Sehr wohl gesichert sei freilich, hatte Thora ausgesagt, dass als Nebeneffekt von Hyperraumsprüngen vereinzelt Todesfälle auftreten könnten; beispielsweise durch Herzversagen, falls der Transitionsschock eine Ersterkrankung verstärkte. Selbstverständlich waren alle, die am Fernflug der TOSOMA teilnahmen, vorab gründlich durchgecheckt worden. Trotzdem musste mit einer medizinischen Komplikationsrate von 0,5 Prozent der Besatzung bei Sprüngen, die unter fünfzig Lichtjahre weit führten, bis zu drei Prozent bei Sprüngen über die Maximaldistanz von knapp sechshundert Lichtjahren gerechnet werden.

Rhino ertappte sich dabei, dass er Arme und Beine abtastete. *Halleluja, noch alles dran.* Er löste die Gurte und schwang sich ächzend von der Liege.

Die Arkoniden besaßen Medikamente, die den Entzerrungsschmerz linderten. Leider standen sie der terranischen Arkondelegation nicht zur Verfügung. Thoras Bestände waren dummerweise zusammen mit der AETRON, dem Schiff, das sie und Crest auf den Mars gebracht hatte, vernichtet worden.

Ein Gong erklang aus dem Deckenlautsprecher, dann eine bekannte Stimme, als stünde ihm der Sprecher direkt gegenüber: »Hier spricht Perry Rhodan. Ich darf Ihnen die erfreuliche Mitteilung machen, dass unsere TOSOMA den ersten Sprung durch den Hyperraum erfolgreich und ohne irgendwelche technischen Macken hinter sich gebracht hat. Die erste Etappe ist geschafft. Wir befinden uns somit fast sechshundert Lichtjahre von der Erde entfernt – weiter als je ein Mensch zuvor.«

Im Hintergrund hörte man vielstimmigen Jubel. Auch aus den Nachbarkabinen ertönten Bravo- und Hurrarufe.

Rhodan fuhr fort: »Wie Sie wissen, benötigt das Schiff nach einer Maximaletappe zwanzig Stunden zur Regeneration. Zahlreiche kulturelle Angebote werden helfen, diese Wartezeit zu überbrücken. Sie können die Termine dem Bord-Infonetz entnehmen. Ganz besonders möchte ich auf die ›Starlight Revue‹

hinweisen, die morgen um fünf Uhr Standardzeit im Hangar C beginnt. Für das leibliche Wohl bei dieser Veranstaltung sorgt Starkoch Rinat Ugoljew. Um pünktliches Erscheinen wird gebeten. Das war's fürs Erste.«

Rhino verzog das Gesicht. Das *pünktlich* war eine Anspielung darauf gewesen, wann und wie er an Bord gelangt war.

Mittlerweile kannte absolut jeder die Geschichte. Man würde ihn wohl noch lange damit aufziehen. Wollte er diesen Makel ausbessern, musste er am Abend beweisen, dass er mehr zuwege brachte, als sich während des Starts in letzter Sekunde von einem Traktorstrahl auffischen zu lassen.

Nur mit einem großen Kessel Borschtsch würde es nicht getan sein ...

Ideen für das Starlight-Buffet hatte er zur Genüge. Die Frage war nur, ob er sie mit den verfügbaren Mitteln auch umsetzen konnte. Sechzehn Stunden Vorbereitungszeit klang nach viel; jedoch musste man einberechnen, dass er und seine Mitarbeiter dazwischen eine Mütze Schlaf benötigten. Sonst standen sie den Stress nicht durch.

An einen normalen, zirkadianen Tag-Nacht-Rhythmus war ab sofort ohnehin nicht mehr zu denken. Den machten schon die Intervalle zwischen den Transitionen zunichte. Aber das Problem der Schlafstörungen trotz Einnahme von Melatoninpräparaten war Rhino nicht neu, er kannte es bereits von seiner Dienstzeit auf der SWJATITEL NIKOLAI, einem Atom-U-Boot der russischen Marine.

Dessen letzte Fahrt hatte unter keinem guten Stern gestanden ... Rhino verdrängte die Erinnerungen und machte sich ans Werk.

Der erste Schritt bestand darin, eine Küchenbrigade zusammenzutrommeln.

Auf der TOSOMA befanden sich weitere Spitzenköche. Zwei davon kannte Rhino von gemeinsamen Fernsehauftritten. Via Kabinenfunk rief er sie an und fragte, ob sie ihn beim kommenden Starlight-Buffet als Souschefs unterstützen würden. Beide sagten zu. Dass er den Gefallen bei nächster Gelegenheit erwidern würde, bedurfte keiner gesonderten Erwähnung.

Zur Besprechung trafen sie sich in einer Mannschaftskantine, die sich kaum vom Speisesaal eines durchschnittlichen Komforthotels unterschied. Nachdem die unausweichlichen Scherze über Rhinos speziellen Eincheckvorgang abgewickelt waren, fragte Alistair MacAllister, ein nicht einmal dreißigjähriger Schotte, der trotz seiner Jugend schon zahlreiche Michelin-Sterne und Gault-Millaut-Hauben eingeheimst hatte: »Wieso findet die Party eigentlich in einem Hangar der unteren Außenkugelschale statt?«

»Weil dort mehr Platz ist. Vor allem aber, weil der Gestalter der Show die grandiose Idee hatte, die Hangarschleuse zu öffnen, sodass nur ein nahezu unsichtbarer Energieschirm vor dem Vakuum schützt. Das ergibt Nervenkitzel, vor allem aber einen sensationellen, direkten Ausblick ins All. Deswegen nennt sich das Ganze ja ›Starlight-Revue‹.«

»Typisch Theaterregisseur«, sagte Apeke Koulamoutou, eine füllige Matrone mittleren Alters. »Alles für den optischen Effekt. Auf die logistischen Probleme der Gastronomie wird nicht die geringste Rücksicht genommen. Wie viele Leute werden erwartet?«

»Die Teilnahme ist auf sechshundert Personen beschränkt. Es herrscht großer Andrang, die Karten sind so gut wie weg.«

»Sechshundert! In einem Raum ohne jegliche Infrastruktur! Ich nehme an, du hast bereits versucht, dem Regisseur die Nachteile dieser Ortswahl zu erklären?«

»Chancenlos. Lässt nicht mit sich reden.«

»Wie heißt der Kerl?«, fragte MacAllister.

»Kutschker. Ein Österreicher, soviel ich weiß.«

»Franz Ferdinand Kutschker? Himmel, hilf! Mit dem wirst du viel Spaß haben. Ich bin einmal beim ›Fringe Festival‹ in Edinburgh mit ihm zusammengestoßen, und zwar frontal. Ein Möchtegerngenie der übelsten Sorte. Borniert, doch blasiert – am liebsten hätte ich ihn *frittiert.*«

»Er wird nerven, aber nicht das Hauptproblem sein«, beruhigte Rhino. »Selbiges besteht vielmehr darin, dass es im Außenbereich des Schiffs, wo die Hangars liegen, keine Küchen gibt. Die befinden sich logischerweise bei den Kantinen.«

»Das heißt, entweder laufen sich die Kellner in den Hunderte Meter langen Verbindungsgängen zwischen innerstem und äußerstem Schiffsteil die Füße wund«, sagte Koulamoutou. »Oder wir liefern sämtliche Speisen an, noch bevor das Publikum eintrifft, und stellen sie warm. Was bei manchen Gerichten doch eine herbe Qualitätseinbuße bedeuten würde.«

»Mit dem Borschtsch können wir es so machen und mit einem Teil der kalten oder lauwarmen Vor- und Nachspeisen. Alles, was auf den Punkt zubereitet gehört, müssen wir frisch vor Ort herstellen.«

»Im Hangar selbst?«

»So ist es.«

»Haben wir denn eine mobile Großküche an Bord?«

»Noch nicht. Aber ich bin zuversichtlich, dass wir etwas improvisieren können.«

»Für sechshundert Gäste?«

»Wo ein Wille ist, ist ein Rechaud ...«

»Sie wollen *was*?«, fauchte Kutschker, einige Stunden später.

»Kochen«, antwortete Rhino trocken. »Meinen Beruf ausüben. Das erwartet man von mir.«

»*Vor allen Leuten*?« Exaltiert schlenkerte der österreichische Regisseur mit den spindeldürren Armen. »Sie und ... wie viele andere Subalterne?«

»Insgesamt fünfzehn.« Rhino beherrschte sich und tat, als sei ihm der Untergriff entgangen.

»Guter Mann, kann es sein, dass Sie mein umfassendes Inszenierungskonzept entweder nicht gelesen oder nicht verstanden haben? Die ›Starlight-Revue‹ offeriert einen Blick sowohl ins Weltall als auch in die de facto bereits angebrochene Zukunft. Deshalb servieren, so habe ich es auf über sechzig Seiten festgelegt, ausschließlich Roboter.«

»Von mir aus. Ich halte das zwar für Quatsch, aber wenn Sie so wollen ...«

»Die Kunst«, rief Franz Ferdinand Kutschker mit Stentorstimme, »verlangt es!«

»Ist ja gut. Trotzdem können Roboter nicht kochen, da mögen sie noch so perfekt programmiert sein. Was sie im Übrigen nicht sind; die Automaten der arkonidischen Bordküchen liefern nicht viel mehr als verschiedenfarbigen Konzentratbrei, eher parfümiert als gewürzt.« Rhino hatte sich lange genug damit abgequält. Die erzielten Ergebnisse verhielten sich zu den Gerichten, die ihm vorschwebten, wie deutscher Kaffee aus billigen

Filtermaschinen zu sorgsam von Hand aufgegossenem Sandino Organico.

»Ich werde auf keinen Fall dulden«, geiferte Kutschker, »dass Sie und Ihre Küchenknechte mir die ganze, über unzählige Wochen hinweg entworfene und ausgefeilte Inszenierung zusammenhauen!«

Rhino widerstand dem Impuls, dem aufgeblasenen Österreicher nachhaltig die Lockenfrisur zu zerstören. Stattdessen entnahm er seinem Seesack zwei Kaffeetassen und entfernte die Abdeckfolie. »Kosten Sie, bitte.«

»Wieso sollte ich?«

»Weil Sie, Herr Regisseur, die Wahl treffen, was Ihr Publikum zu essen bekommt. Das hier«, er hielt ihm die linke Tasse hin, »bringen die arkonidischen Roboter zustande. Und etwas in *der* Art kochen meine Leute und ich . Ihnen mag's egal sein, womit die Zuschauer ihren Hunger oder auch nur Gusto stillen. Ich aber sage Ihnen: Kunstgenuss geht wie die Liebe durch den Magen.«

Widerstrebend ergriff Kutschker die dargereichte Dessertgabel und nahm zuerst aus der einen, dann aus der anderen Tasse einen winzigen Bissen. Nach dem zweiten entglitt ihm seine Mimik zu einem Ausdruck der Verzückung. »Das, das ... ist um Welten besser«, gab er zu.

»Sie beweisen Stilgefühl«, sagte Rhino. »Wir sind uns also einig, dass wir über Geschmack nicht streiten wollen?«

Die Umstände verlangten Rhino und seinem Team das Äußerste ab.

Unterstützt von Apeke Koulamoutou und Alistair MacAllister, hatte er seine Brigade so gut wie möglich auf den Zuschaueransturm vorbereitet. Von perfekt konnte jedoch keine Rede sein. Die improvisierte Showküche an einer Seitenwand des weitläufigen Hangars gestattete ein professionelles Mise en Place nur ansatzweise.

So zusammengestoppelt wie das teils irdische, teils arkonidische Equipment war auch Rhinos Personal, das aus aller Herren Länder stammte. Um eine einheitliche Linie festzulegen, hatten sie nicht genügend Zeit. Daher machten sie aus der Not eine Tugend: An jeder der fünf »Kochinseln« dominierte eine andere Regionalküche.

MacAllister bot, durchaus nicht unpassend angesichts der frühen Morgenstunde, »Variationen eines Full Scottish Breakfast«: Haggis in klassischer und vegetarischer Form; hauchdünne, gebratene Scheiben von schwarzer, roter und weißer Blutwurst; Porridge mit geräuchertem Fisch; und natürlich gebackene Bohnen mit Speck und Spiegelei. Das sah alles sehr deftig aus, aber der junge Schotte beherrschte die Kunst, die altbekannten Gerichte auf eine neue, sensationell luftig-leichte Weise zuzubereiten. Zwischenzeitlich bildete sich bei ihm eine Schlange, die fast noch länger war als jene vor Rhinos Stand.

Auch Apeke zelebrierte die kulinarische Tradition ihrer Heimat. Typisch für die Küche des zentralafrikanischen Staates Gabun waren Fufu, eine Masse aus zerstampften Kochbananen, und Gari, ein Brei aus Maniokmehl. Dazu wurden verschiedene Eintöpfe gereicht, mit oder ohne Fleisch, aber immer mit einer Vielzahl tropischer Obst- und Gemüsesorten. Natürlich gab es auch das Nationalgericht Nyembwe, Hühnchen in einer Soße aus Öl und Früchten der Ölpalme.

Für die Süßmäuler hatte Rhino die Pâtissière Dritëra Zeqiri aufgeboten, eine gebürtige Albanerin. Sie servierte bunte Llokume, klebrige Häppchen aus gestocktem, mit Orangenblüten- oder Rosenwasser aromatisiertem Sirup, gewälzt in Zucker und gehackten Nüssen. Außerdem gebackene Klößchen, die Sheqerpare hießen, wörtlich übersetzt »Zuckergeld«; Eklera, glasiertes und mit Kaffee-, Kakao- oder Vanillecreme gefülltes Brandteiggebäck, das in Deutschland auch »Liebesknochen« oder »Hasenpfote« genannt wurde; Kadaif, »Engelshaar«, ein Dessert aus dünnen Teigfäden, die an Glasnudeln erinnerten; und Sultjash, Milchreis mit verschiedenen süßen Saucen, roter Grütze, Apfel- oder Aprikosenmus.

Die vierte Verpflegungsinsel besetzte Noritoshi Takase zusammen mit zwei weiteren japanischen Sushi-Köchen. Die von ihnen zubereiteten Nigiri-Zushi aß man traditionell mit der Hand, weshalb sie sich besonders gut für ein Buffet eigneten. Wie in Restaurants der gehobenen Preisklasse wurde jedes einzelne Sushi bereits vom Koch gewürzt, je nach Fischart mit mehr oder weniger Sojasauce und Wasabi. Takase hatte sich zwar von den Konservierungsmöglichkeiten der Arkoniden begeistert gezeigt, war aber trotzdem froh, das Gros der mitgebrachten Vorräte an Frischfisch bereits am ersten Tag unters Volk bringen zu können.

Rhino selbst setzte auf seine Wunderwaffe, den Borschtsch, der zwölf Stunden lang vor sich hin geköchelt hatte. Dazu reichte er frisch gebackenes Brot, Schmand und einen Knoblauch-Öl-Dip, zusätzlich eine Auswahl von kalten und lauwarmen Vorspeisen, sogenannten Sakuski: Oliviersalat mit hart gekochten Eiern, Flusskrebsen, Kalbszunge, Kapern, Karotten, Erbsen, Cornichons, Salzgurken und reichlich selbst geschlagener Mayonnaise; Hering im Pelzmantel; mit verschiedensten Farcen gefüllte Blinis, Piroschki und Baranki, dazu Tee aus dem Samowar und Warenje-Marmelade.

Hmmm.

Beim Publikum kam das Buffet sehr gut an. Rhino und seine Mitstreiter wurden mit Komplimenten überschüttet. Die eine oder andere kleinere Panne blieb nicht aus, aber unterm Strich durften sie zufrieden sein.

Von der »Starlight-Revue« selbst bekam Rhino nicht viel mehr mit, als dass es sich um Varieté-Nummern durchaus unterschiedlichen Niveaus und Schwierigkeitsgrads handelte. Die einzelnen Beiträge waren in eine Rahmenhandlung eingefügt, die sich redlich bemühte, mittelalterliche Sterngucker, spärlich bekleidete Feen, futuristische Cyborgwesen und allerhand fiktive Außerirdische irgendwie unter einen Hut beziehungsweise Raumhelm zu bringen.

Als Gesamtkunstwerk jedoch stellte die Veranstaltung fast alles in den Schatten, was Rhino je auf diesem Sektor erlebt hatte, einige legendäre Aufführungen des Bolschoi-Theaters eingeschlossen. Die Halle als Ganzes, der Gastronomiebereich und die Bühne waren äußerst gekonnt ausgeleuchtet: stimmungsvoll, mit abwechslungsreicher, origineller Lichtregie und zugleich doch dezent genug, dass die Hauptattraktion, nämlich die riesige, scheinbar offene Schleuse und das Funkeln der Sterne in der endlosen Schwärze des Weltalls, wunderbar zur Geltung kam.

Als die Schlacht am Buffet im Wesentlichen geschlagen war und die letzte Nummer der Show lief, verzog sich Rhino in eine Ecke des Hangars, wo er wohlweislich einen zusätzlichen Dunstabzug hatte installieren lassen, und zündete sich eine Zigarette an. Genüsslich inhalierte er den ersten Zug. Er war rechtschaffen erschöpft, aber überzeugt, dass er seine Scharte einigermaßen ausgewetzt hatte. Man würde ihn weiterhin mit dem Traktorstrahl-Boarding necken, aber nun auch das gelungene Starlight-Buffet erwähnen.

Mission ausgeführt.

Die Zigarette schmeckte ... eigenartig. Rhino beäugte sie argwöhnisch, roch daran, auch an seinen Fingern, obwohl er sich eben erst gründlich die Hände gewaschen hatte. Nein, daran lag es nicht, genauso wenig am Tabak oder am Papier der Selbstgedrehten.

Der merkwürdige, metallische Geruch schien aus der Wand zu kommen. Aber da war nichts, keine wie auch immer geartete Auslassöffnung; nur glattes, handwarmes Metall.

Rhino drückte die Zigarette aus, obwohl er sie nur zur Hälfte geraucht hatte, und machte sich auf die Suche nach Kutschker.

Der Österreicher saß am Regieplatz schräg seitlich der Bühne. Erst der dritte Versuch, seine Aufmerksamkeit zu erheischen, fruchtete. Von Rhinos Beobachtung wollte er nichts hören. »Unterstehen Sie sich, mich mit derlei Kinkerlitzchen zu belästigen!«

»Wahrscheinlich ist es eine harmlose Sache«, gab Rhino zu. »Trotzdem denke ich, dass Sie die Schiffsführung davon informieren sollten.«

»Sind Sie nicht recht bei Trost, Mann? Meine Revue steuert auf den finalen Höhepunkt zu. Die große Zugabe, die eigentliche Schlussnummer, steht an. Vor dem nächsten Hyperraumsprung muss sie durch sein, und dieser findet bekanntlich in genau elf Minuten statt. Jede Verzögerung wäre fatal.«

»Kutschker, ich bin Ihnen so weit wie möglich entgegengekommen. Meine Leute und ich haben dumme, unpraktische Kostüme angezogen, wir haben unsere Tableaus überreich mit sternförmigen Karambole-Schnitzen dekoriert, obwohl das so was von abgeschmackt und out ist – jetzt zeigen Sie einmal Einsicht und geben meine Meldung an die Hauptleitzentrale weiter.«

»Den Teufel werde ich tun!«, zischte Kutschker. »Ich mache mich doch nicht zum Gespött, indem ich mit irgendwelchen Phantomgerüchen daherkomme. Und nun stören Sie mich nicht länger, meine volle Aufmerksamkeit wird für die nächsten, überaus komplizierten Technikeinsätze benötigt.« Er beugte sich über das Regiepult, eindeutig signalisierend, dass er jeden weiteren Ansprechversuch ignorieren würde.

Innerlich kochend ging Rhino zurück in seinen Rauchwinkel. Der Geruch war nicht stärker geworden, eher sogar schwächer.

Sollte er sich über das österreichische Ekel hinwegsetzen und seinerseits die Schiffsführung benachrichtigen? Aber es stimmte schon, die hatten kurz vor der zweiten Transition gewiss andere Sorgen. Dass Rhino durch sein Zuspätkommen eine gewisse Berühmtheit erlangt hatte, half auch nicht unbedingt. Überdies würde er vermutlich noch öfter mit Kutschker zusammenarbeiten müssen; da verscherzte er es sich besser nicht mit dem Regisseur, indem er diesen überging.

Müde lehnte sich Rhino gegen die kühle Wand. Nein, er würde stillhalten. Entgegen seiner sonstigen Gewohnheit würde er sich diesmal nicht über seinen Bereich hinaus wichtigmachen.

Seinen Job hatte er mehr oder minder erledigt, durchaus bravourös; beim Ausklang der Veranstaltung, nach dem Transitionssprung, konnte nicht mehr viel schiefgehen. Die Verantwortung für alles, was nicht unmittelbar mit dem Gastronomischen zusammenhing, trug Franz Ferdinand Kutschker. Der war zwar ein Kotzbrocken, wie er im Buche stand, aber auf seinem Fachgebiet schien er zu wissen, was er tat.

Rhino rauchte noch eine, diesmal zur Gänze, dann ließ er sich in einen Sessel plumpsen und wartete auf die Sirene und den Entzerrungsschmerz.

Etwa um dieselbe Zeit, Hunderte Meter weiter innen im Schiff, überwachte Thora da Zoltral den Countdown zur nächsten Langstreckenetappe. Holografische Steuerelemente, die sich fortwährend dynamisch anpassten, umringten sie und hüllten sie in eine eigene, virtuelle Welt ein, sodass sie die Zentrale der TOSOMA bloß wie einen Bildschirmhintergrund wahrnahm.

Eines der Holos zeigte die im Großhangar C laufende »Starlight-Revue«. Thora gestand sich ein, davon fasziniert zu sein. Die Veranstaltung zeigte ihr ein weiteres Mal auf, wie verschieden Erdenmenschen und Arkoniden doch waren. Unglaublich, welchen Aufwand diese Leute betrieben – nur um anderen, die sie großteils weder persönlich kannten noch für Folgegeschäfte gewogen stimmen wollten, künstlerische und kulinarische Genüsse zu bereiten!

Mehr noch als die Vielfalt und überbordende Phantasie der Darbietungen beeindruckte die Kommandantin, dass diese Revue überhaupt in Szene gesetzt wurde. Die wenigsten ihrer eigenen Artgenossen wären auf die Idee gekommen, sich von ihren Fiktivspielen loszureißen und sich stattdessen eine Theatervorstellung anzusehen; ganz davon zu schweigen, dass sie sich jemals selbst auf eine Bühne stellen würden. Schauspiel galt ebenso als minderwertige Tätigkeit wie Nahrungszubereitung, weshalb man das eine wie das andere Robotern überließ.

Thora zwang sich, ihr Hauptaugenmerk den zahlreichen Meldungen zu widmen, die automatisch von allen Teilen des Schiffs einliefen. Eine Transition war ein hochkomplexer Vorgang. Die Strukturfeldkonverter mussten exakt justiert werden. Selbstverständlich wurde die große Mehrheit der Korrekturen von verschiedenen Positroniken vorgenommen, aber es blieb ein Rest, den Maschinen nicht entscheiden konnten. Das war Thoras Aufgabe, und diese Aufgabe lastete auf der Arkonidin.

Als erfahrene Raumfahrerin wusste sie besser als jeder andere an Bord, welch immenses Wagnis sie eingingen, sich mit einem zehntausend Jahre alten, als halbes Wrack vom Meeresgrund geborgenen Schiff auf einen Langstreckenflug zu begeben. Mit einem Raumer, der noch dazu über kein einziges Beiboot verfügte! Thora war nicht sonderlich erpicht darauf gewesen, den Flug anzutreten, aber ...

»Alles in Ordnung?«, unterbrach Crest ihre Gedanken, als habe er sie gelesen. Thoras Ziehvater, der Mann, der ihr wichtiger war als ihr eigenes Leben; der Mann, dem zuliebe sie diesen Flug auf sich nahm.

Sie schob einige Holos beiseite, um sein Gesicht sehen zu können. Wie fast immer strahlte es Güte, Demut und Weisheit aus – jedoch neuerdings auch einen Tatendurst, der ihr fast schon Angst einjagte.

»Ja, natürlich.« Thora versuchte ihre Gefühle vor ihm zu verbergen, erkannte, dass sie scheitern würde, und konkretisierte: »Die Aggregate der TOSOMA funktionieren klaglos. Es gibt keinen Grund, den Countdown zu unterbrechen.«

»Dennoch klingen Sie nicht gerade zuversichtlich.« Obwohl Crest sie an Tochter statt angenommen und großgezogen hatte, und sie gemeinsam zahlreiche kritische Situationen gemeistert hatten, nicht zuletzt im Sonnensystem der Terraner, siezten sie einander immer noch. Arkoniden waren schrecklich steif im Vergleich zu den Barbaren von Larsaf III ... »Werden Sie von üblen Vorahnungen geplagt?«

»Nein. Ich vertraue unserer Technologie und meinen kosmonautischen Fähigkeiten. Wir wussten vorab, welches Risiko wir eingehen, und haben es für angemessen befunden. Es ist nur ...«

»Ja?«, ermunterte er sie. »Schütten Sie mir Ihr Herz aus, liebste Thora. Sie wissen, dass ich keines Ihrer unter uns gesprochenen Worte auf die Kristallwaage lege.«

»Wofür ich Ihnen in alle Ewigkeit dankbar sein werde. – Wissen Sie, die längste Zeit über wollte ich nichts sehnlicher, als weg von diesen Wilden und zurück in die Zivilisation des Großen Imperiums zu kommen. Nun aber, da es so weit ist, verspüre ich ... Wehmut. Fast so, als würde ich Terra und die Menschheit jetzt schon vermissen.«

»Es ist kein Abschied für immer.«

»Wer weiß? Umgekehrt hält sich meine Vorfreude in Grenzen. Welcher Empfang erwartet uns auf Arkon? Der Regent wird nicht erfreut sein, dass wir noch leben. Wer hätte es für möglich gehalten, dass insbesondere Sie heimkehren, gesünder und munterer denn je?«

»Wir haben die biologische Unsterblichkeit, auf die Sie anspielen, nicht zum Eigennutz gesucht.«

»Natürlich nicht. Das würde ich Ihnen niemals unterstellen. Freilich, wie man auf Arkon dazu stehen wird, wage ich nicht vorherzusagen.«

»Ich habe das Geschenk des ewigen Lebens angenommen«, sagte Crest langsam und eindringlich, »um einer großen Sache zu dienen. Arkon zu retten, nichts Geringeres streben wir an. Und es wird uns gelingen, ich bin fest davon überzeugt! Sobald wir in die Nähe Arkons gelangen, werden wir Kontakt mit Charron da Gonozal aufnehmen. Er wird uns ... Was ist?«

Während des Gesprächs hatte Thora weiter die ständig aktualisierten Statusberichte verfolgt. Eine winzige Unregelmäßigkeit in den Zahlenkolonnen war ihr aufgefallen, aber trotz sofortiger Nachforschungen war sie der Ursache nicht auf die Spur gekommen.

Jedenfalls handelte es sich um eine vernachlässigbare Lappalie, sonst hätten die mehrfach redundanten Überwachungsroutinen des Transitionstriebwerks angesprochen und Warnmeldungen abgegeben. »Nichts. Ich bin überreizt und zappelig, das ist alles.«

»Thora. Wir sind auf dem richtigen Weg und im Begriff, Geschichte zu schreiben. Arkon braucht uns, uns beide, und vielleicht auch Perry Rhodan. Wir dürfen nicht zögern.«

»Sie haben recht wie immer.«

Unaufhaltsam war der geplante Zeitpunkt der Transition näher gerückt; in wenigen Sekunden würde die TOSOMA zum zweiten Hyperraumsprung ansetzen.

Die geringfügige, unerklärliche Normabweichung ging Thora nicht aus dem Sinn. Ein Gefühl sagte ihr, dass sie sicherheitshalber den Countdown unterbrechen sollte. Aber da waren Crest, der hoch aufgerichtet vor ihr stand, und sein dringlicher Appell ... *Wir dürfen nicht zögern.*

Thora da Zoltral griff nicht in den programmierten Ablauf ein. Sie ließ es geschehen.

Die Sirene ertönte, und die TOSOMA sprang.

Kapitel 5

Wir spielen Verstecken

In der Folterkammer traf Cyr Aescunnar auf Celia Cienfuegos.

Das Fitnessstudio von Bradbury Base war ein langer Schlauch, zusammengesetzt aus drei der üblichen Containermodule. Es enthielt eine Reihe von Geräten, die speziell darauf abgestimmt waren, dem Muskelschwund durch die niedrige Mars-Schwerkraft gegenzusteuern. Die Folter, hatte Wei Si Ping erklärt, bestand nicht so sehr in der körperlichen Anstrengung; sondern vielmehr darin, dass die Stationsärztin, eine Neuseeländerin namens Emily Tempsky, nahezu pausenlos medizinische Messungen an den Trainierenden vornahm. Belastungs-EKG, Bestimmung der Laktatwerte und anderer Parameter et cetera wurden allgemein als notwendige Vorsorge akzeptiert. Niemand verwehrte sich dagegen; aber lästig war es trotzdem.

»Was ist denn Ihnen zugestoßen?«, fragte Cyr die kubanische Biologin, die an einer Maschine Beinpressen ausführte, obwohl ihr linker Arm in einer Schlinge steckte und den Kopf ein turbanartiger Verband zierte.

»Kleiner Unfall beim Verstauen der Nachschubgüter aus der SCHIAPARELLI. Im Vorratslager ist ein Kistenstapel umgestürzt, hat mich erwischt und mir schmerzhaft eingebläut, dass zwischen Gewicht und Masse ein entscheidender Unterschied besteht.«

»Wie konnte das passieren?«

»Keine Ahnung. Die Kollegen favorisieren die Hypothese, dass eine Fehlfunktion des Hubstaplers der Auslöser war.«

»Seltsam.«

»Ja, momentan scheint diese Station wie verhext. Oder wissenschaftlicher ausgedrückt: wie ein exemplarischer Beweis für Murphys Gesetz.«

»Alles, was schiefgehen kann, geht schief ... Aber Sie tragen es mit Humor.«

»Was bleibt mir übrig? *Ay que resolver.*«

Cyr lachte. Er sprach nicht besonders gut Spanisch, aber diesen typisch kubanischen Ausdruck kannte er.

Die sinngemäße Übersetzung lautete: Man muss damit zurechtkommen. Celias Landsleute von der größten Karibikinsel waren seit vielen Jahrzehnten Weltmeister der Improvisation unter widrigen, von Ressourcenknappheit geprägten Umständen. Vielleicht passte die braunhäutige Guantánamera deshalb ja besonders gut auf den Mars.

»*Siempre luchando*«, gab er zurück, immer am Kämpfen. – »Tut's sehr weh?«

»Geht so. Ein paar Prellungen und Quetschungen, außerdem war die Schulter ausgekugelt. Aber Doktor Tempsky hat mich rasch wieder eingerenkt.« Sie nickte der Ärztin zu.

»Zum Glück war ich in der Nähe.« Tempsky, eine hochgewachsene, vollbusige, etwas dralle Blondine um die vierzig, die einen fleckigen, abgewetzten, ursprünglich einmal lindgrünen Arbeitsmantel trug, stand von ihrem Schreibtisch auf, trat zu ihnen und wandte sich an Cyr. »Sie sind zum ersten Mal in meiner Folterkammer. Der Historiker, nicht wahr?«

Cyr bejahte und fügte sarkastisch hinzu: »Leider nicht der Hydrologe.« Ihm war lieber, er sprach selbst aus, was die meisten seiner Mitmenschen ohnehin über ihn dachten.

»Mir ist einer wie der andere. Zeihen Sie mich des Fatalismus, aber meiner Meinung nach könnte uns auf Dauer nur ein Zauberer helfen. Oder ein Engel. Dummerweise wurde noch keiner gesichtet. – Kommen Sie, Sie dürfen eine Runde Rad fahren.«

Die Stationsärztin führte ihn zu einer Art Hometrainer und legte ihm, nachdem er den Oberkörper frei gemacht hatte, die Elektroden für die Ergometrie an. »Ich werde Sie alle zwei Minuten am Ohrläppchen piksen, um Blut abzunehmen. Laut Ihrer Personalakte sind Sie für Ihr Alter ganz gut in Schuss, aber ich überzeuge mich lieber selbst.«

Während er strampelte und der Widerstand der Pedale noch erträglich war, unterhielt Cyr sich mit Tempsky über Neuseeland, das er mehrfach besucht hatte, um in den Überlieferungen der Maori nach Spuren präastronautischer Kontakte zu fahnden. Erfolglos – der Name des mythischen Herkunftslandes der Maori, *Avaiki*, stand zwar auch für die Unterwelt ihrer Legenden; aber Cyr hatte keinerlei Hinweise auf subplanetare Hinterlassenschaften Außerirdischer finden können.

Emily stammte von der Südinsel, aus Oamaru im Distrikt Otago. Ende des neunzehnten Jahrhunderts, erzählte die Ärztin, war ihre Heimatstadt ein bedeutender Handels- und Fischereihafen gewesen, eine der schönsten und finanzstärksten Städte Australasiens und etwa gleich groß wie das damalige Los Angeles.

»Zur Zeit meiner Kindheit war davon nichts mehr zu spüren. Nach der Schließung des Hafens und dem Niedergang der Industrie fiel die Region in einen Dornröschenschlaf, aus dem sie erst durch Prinz Tourismus wieder wach geküsst wurde. Nicht zum Vorteil, wie ich finde. Seither jagen meine Leute den Krümeln hinterher, die aus Queenstown für uns abfallen.«

Das hatte verbittert geklungen. »Sie können Bungee-Jumping, Paragliding, Jetbootfahren und anderen Thriller-Aktivitäten wenig abgewinnen?«, fragte Cyr kurzatmig. Längst floss sein Schweiß in Strömen.

»Ich habe nichts gegen Extremsportarten. Meinetwegen soll sich jeder schädigen, wie es ihm gefällt, solange er andere damit verschont. Aber das grellbunt gekleidete Kroppzeug, das aus aller Welt in die neuseeländischen Alpen strömt, des organisierten Nervenkitzels wegen, nimmt nicht die geringste Rücksicht auf Ambiente oder Bewohner. Diese rüpelhaften, permanent viel zu lauten Angeber können mir gestohlen bleiben. Queenstown ist sowieso schon seit Jahrzehnten ein Freiluftfreudenhaus und Oamaru auch nicht mehr weit davon entfernt. Falls Sie wissen wollten, wieso ich mich zu diesem hirnverbrannten marsianischen Abenteuer habe überreden lassen, haben Sie nun eine Antwort. – Okay, das reicht für heute. Wir machen Schluss, bevor Sie mir vom Sattel fallen. Drei Minuten locker ausrollen, dann können Sie absteigen.«

Cyr Aescunnar brachte nur ein erleichtertes Keuchen zustande. Mehr hätte er auf Tempskys heftige Tirade beim besten Willen nicht erwidern können.

Ihr Lieblingsplatz war auf drei Seiten grün und auf der vierten rot.

Selten genug bot sich für Louanne Riembau die Gelegenheit, sich an diesen Ort zurückzuziehen. Der Flecken im Garten unter der Kuppel, am äußersten Rand, direkt an der transparenten Wand, ansonsten von dichten Blattpflanzen umgeben und vor Sicht geschützt, erinnerte sie an das Geheimversteck ihrer Kindheit. Außerhalb der Siedlung bei Saint-Claude, hart an der schweizerischen Grenze, hatte sie sich an vielen Nachmittagen in einer ähnlichen Zuflucht vor ihren wohlmeinenden, jedoch manchmal allzu fordernden Eltern verborgen. Wahrscheinlich liebte sie die schwer zugängliche Stelle deshalb so sehr.

Hier roch es sogar annähernd gleich modrig.

Hinzu kam der Ausblick auf die stets aufs Neue faszinierende, ungebrochen fremdartige Marslandschaft. Derzeit allerdings hatte sie kaum Augen dafür. Sie war ganz auf ihren Tablet-Rechner konzentriert. Wieder und wieder durchforstete sie die zahlreichen im Archiv vorliegenden Aufnahmen eines bestimmten Gebiets der Planetenoberfläche. Es handelte sich um die Tharsis Montes, drei mächtige Schildvulkane, die in ihren Dimensionen alles in den Schatten stellten, was die gute alte Erde aufzubieten hatte. Immer neue Filter ließ Louanne darüberlaufen, wählte immer noch andere Kamerawinkel in der Hoffnung, endlich zu entdecken, was sie bisher übersehen hatte.

Ehe sie ein positives Ergebnis erzielen konnte, wurde sie von einem Rascheln im Strauchwerk aufgeschreckt. Louanne fuhr herum. Sie erkannte den Eindringling und entspannte sich wieder.

Wei Si Ping, ihr gutmütiger Vize, schlüpfte in das Versteck. Nur er wusste davon, und er war auch der einzige Mensch – oder Ferrone –, den sie hier dulden würde.

»Was ist?«, fragte sie ein wenig unwirscher, als sie beabsichtigt hatte.

»Der Sheriff hat die Untersuchung des Zwischenfalls im Vorratslager abgeschlossen.«

Idris al-Sharif war der Sicherheitschef von Bradbury Base. Darüber, wer ihm als Erster den naheliegenden Spitznamen verpasst hatte, konnten die altgedienten Besatzungsmitglieder herzhaft streiten. »Und?«

»Wie wir vermutet haben. Die Kisten waren nicht ausreichend gesichert, und beim Hubstapler hatte sich ein Bremskabel gelockert. Materialermüdung und menschliche Schlamperei, wie üblich.«

»Wie üblich.« Sie wischte sich über die Augen.

Hörte das denn nie auf? Nahm die Mannschaft ihre wiederholten Ermahnungen nicht ernst? Etwa, weil ihre Autorität als Kommandantin auf tönernen Füßen stand? Nach wie vor hatte Louanne das Gefühl, stündlich um die Anerkennung ihrer Untergebenen kämpfen zu müssen. »Weiß man, wer dafür verantwortlich ist?«

Ihr Vertrauter zuckte die Achseln. »Unmöglich, eine einzelne Person deswegen zur Rechenschaft zu ziehen. Der Fehler kann heute passiert sein oder vor Wochen. So gut wie jeder war irgendwann in diesem Lagerraum zugange.«

Er hatte natürlich recht. Sie wechselten einander bei den unzähligen Instandhaltungspflichten ab.

»Wir sind einfach zu wenige«, ergänzte Wei Si Ping entschuldigend. »Und permanent überfordert. Noch ein Glück, dass nicht mehr Schaden angerichtet wurde. Wenigstens ist keines der Geräte zu Bruch gegangen. Es hätte schlimmer kommen können.«

»Gott möge mich vor allem behüten, was noch ein Glück ist«, zitierte Louanne eine geflügelte Redensart ihrer Großmutter. »Sonst noch etwas?«

»Hetcher und sein Zimmergenosse Aescunnar, der Historiker ...«

»Der uns gerade noch gefehlt hat ...«

»Sie tun ihm unrecht, und das wissen Sie, Kommandantin«, tadelte Wei Si Ping milde. »Er bemüht sich sehr. Dafür, dass sich Professor Jennings kurz vor Abflug der SCHIAPARELLI eine Lebensmittelvergiftung zugezogen hat, kann Aescunnar nichts. Er versucht nach Kräften, seine mangelnde Qualifikation durch erhöhten Einsatz wettzumachen, und ist sich für keine stupide Hilfsarbeit zu schade.«

»Als hätten wir nicht schon einen Klotz von dieser Sorte am Bein. Hetcher und er – was wollten Sie mir berichten?«

»Offenbar sind die beiden vor Kurzem aneinandergeraten. Nach ihrer Mimik zu urteilen, gibt es erhebliche Spannungen zwischen ihnen.«

»Und Hetcher sucht mich bestimmt schon, um sich über seinen Kollegen zu beschweren?«

Sie spielte darauf an, dass Hetcher es erfahrungsgemäß mit niemandem aushielt, wie umgekehrt niemand sich auf Dauer mit Hetcher vertrug. Deshalb war der Ferrone meist allein unterwegs.

Gegen die Vorschriften.

Aber was sollte die Kommandantin unternehmen? Den Unnahbaren fesseln oder in einer Rumpelkammer einsperren? Sie brauchten jeden Mann, und seine Wartungsdienste erledigte Hetcher penibel.

Wei Si Ping verneinte ihre Frage. »Sie verhalten sich nicht gerade wie Turteltäubchen, jedoch scheint er Aescunnars Anwesenheit zu erdulden, warum auch immer.«

»Na wunderbar. Ist das alles, weswegen Sie mich stören?«

»Nein.« Der Chinese druckste herum. »Ich ... ich mache mir Sorgen um Sie. Sie grübeln wieder über Nguyen, nicht wahr? Das sollten Sie nicht. Weil es sinnlos ist. Er kommt nicht zurück. Nguyen ist tot.«

Louanne fühlte sich ertappt. In der Tat hatte sie wieder einmal über den Verbleib des alten, überaus beliebten Kommandanten gegrübelt. Vor neunzehn Tagen war er zusammen mit seinem ferronischen Begleiter beim Vorstoß in eine bislang noch unerforschte Marsregion verschwunden. Spurlos; was eigentlich unmöglich war.

Selbst bei einem Totalausfall ihres Marsmobils hätte die Blackbox noch den Standort funken müssen. Und es sollten Spuren zu finden sein. Der Rote Planet wurde von mehreren Satelliten umkreist. Ihnen entging nicht die kleinste Veränderung auf der Oberfläche. Hieß es – dennoch hatte es den Anschein, als wäre das Bubble mitsamt Nguyen und dem Anführer der Ferronen vom Marsboden verschluckt worden.

Ihr kam ein Gedanke, den sie nicht mochte und trotzdem halblaut aussprach. »Könnte Hetcher etwas mit der Sache zu tun haben?«

»Wie? Sie meinen ...«

»Er ist häufiger als jeder andere draußen unterwegs, so gut wie immer allein. Er stand Nguyen nahe, wie wir alle – aber wer weiß, was in dem Kerl vorgeht?«

»Mit Verlaub, das ist absurd«, sagte Wei Si Ping schärfer, als sie es von ihm gewohnt war. »Kommandantin, Sie suchen einen Sündenbock, weil Sie nicht wahrhaben wollen, was geschehen ist. Ja, Hetcher mag ein absonderliches Verhalten an den Tag legen. Aber seien wir ehrlich, in Wahrheit haben wir es mit einem bedauernswerten Behinderten zu tun.«

»Oder mit einem außergewöhnlich begnadeten Schauspieler.

Die kleineren und größeren Unglücksfälle sind jedenfalls nicht weniger geworden, seit wir ihn beherbergen.«

»In Mitteleuropa werden seit Jahrhunderten statistisch die meisten Geburten um jene Zeit des Jahres verzeichnet, zu der die Weißstörche nisten. Trotzdem bringt nicht der Storch die Kinder. Außerdem war Hetcher nachweislich dreihundert Kilometer vom letzten bekannten Standort des Kommandanten entfernt. Die Logdateien seines Marsmobils belegen es, desgleichen die Satellitenaufnahmen.«

»Das weiß ich alles. Auch das von den Störchen übrigens.« Innerlich erbost fuhr Louanne mit der Hand über die Oberfläche des Tablets und löschte die Aufzeichnung ihrer jüngsten, fruchtlosen Anstrengungen. »Ich bitte um Verständnis für meine Verzweiflung und um Vergebung der geäußerten, ungerechtfertigten Anschuldigungen«, sagte sie förmlich. »Und ich danke Ihnen dafür, Si Ping, dass Sie mir wieder einmal den Kopf gewaschen haben.«

»Keine Ursache.«

Sie stieß ein humorloses Lachen aus. »Genau das ist es doch, oder nicht? *Keine Ursache.* Die Station geht den Bach hinunter, und wir kennen tausend kleine Gründe dafür, aber keine eigentliche Ursache. Es sei denn, wir würden für unsere Hybris bestraft, uns einzubilden, die Menschheit hätte ein Recht darauf, den Mars zu besiedeln. Dabei haben wir hier schlichtweg nichts verloren. Aber dies«, sie ergriff ihren engsten und einzigen Vertrauten am Unterarm, »dies zu akzeptieren, werde ich mich bis zu meinem letzten Atemzug weigern.«

»Da sind wir schon zwei.«

»Ich weiß wohl, was ich an Ihnen habe, Freund Si Ping. – Gehen wir. Die Routine ruft. Ich bin die neue Kommandantin. Ich habe die Toten ruhen zu lassen und mich um die Lebenden zu kümmern. Alles andere wäre verantwortungslos.«

Insgeheim war sich Louanne Riembau bewusst, dass sie log.

Etwas in ihr spürte, dass der feinfühlige, stets gewissenhafte Nguyen noch lebte. Und dass Hetcher ein Geheimnis hatte, weitaus schwerwiegender als ihr eigenes Versteck im Kuppelgrün.

Cyr fixierte ein Tablet in der Halterung und stellte es mitten auf den Tisch ihrer gemeinsamen, bedrückend engen Kabine. »Sieh her«, sagte er, wohl wissend, dass Hetcher ihn nicht hörte.

Aber der Ferrone konnte sehen. Und lesen; zum Beispiel die Wörter, die in großen Lettern auf dem Schirm des Tablets blinkten: *SIEH HER*.

Hetcher tat, als bemerke er weder die Botschaft noch Cyrs Engagement. Wie versteinert saß er auf seinem Bett und stierte vor sich hin ins Leere, eine Statue der Teilnahmslosigkeit.

»Du hast mir zu verstehen gegeben, dass du dich von meinen Annäherungsversuchen belästigt fühlst«, fuhr Cyr unverdrossen fort. Mit kaum merklicher Verzögerung wandelte die Spracherkennungssoftware des Tablets das Gesagte in Schrift um. »Oder wie sonst soll ich es deuten, dass du mir die kalte Schulter zeigst?«

Keine Reaktion.

»Andererseits, mein Lieber, warst du es, der mit der Schreiberei angefangen hat. Vor zwei Schlafperioden, erinnerst du dich?«

Keine Reaktion.

»Du hast Stift und Zettel benutzt. Zugegeben, eine umständliche Methode. Mit dem Tablet ginge es bedeutend einfacher. Ich rede, du liest. Danach tippst du eine Antwort – falls du dich dazu bequemen würdest –, und zwar auf Ferronisch. Jawohl, ich konnte im Fundus der Station ein Übersetzungsprogramm ergattern. Nicht so ausgefeilt wie die Prototypen der Nanotranslatoren, die man der Besatzung der TOSOMA injiziert hat, aber für uns zwei wird es genügen. Gleich darauf höre ich deine Antwort auf Englisch. Oder wahlweise auf Deutsch, Armenisch, Französisch, Spanisch, Arabisch, Urdu oder Mandarin. Etwas guten Willen vorausgesetzt, könnten wir auf diese Weise die tollsten Debatten veranstalten.«

Keine Reaktion.

Cyr nahm das Tablet, trug es zu Hetcher, hielt es ihm vors Gesicht und ließ es fallen.

Wenige Zentimeter über dem Teppichboden der Kabine fing der Ferrone das flache Gerät auf. Er starrte zu Cyr hoch, unverkennbar zornig.

»Ausgetrickst«, sagte Cyr. »Ich hätte um viel Geld gewettet, dass du es nicht erträgst, das Ding kaputtgehen zu lassen. Verschwendung ist dir zuwider, nicht wahr? Nun lies schon.«

Hetcher senkte die tief liegenden Augen auf den Bildschirm. Seine goldbraunen Pupillen bewegten sich hin und her. Er las. Dann gab er das Tablet zurück.

»Erster Schritt bewältigt«, sagte Cyr Aescunnar aufgekratzt, nachdem er es entgegengenommen hatte. »Das hätten wir somit abgehakt. Quasi *Ich Tarzan – du Jane*. Oh. Nein, diese Bemerkung sofort wieder löschen, sie würde zu viele unnötige Erklärungen nach sich ziehen. Neuer Versuch.« Er räusperte sich. »Jetzt bist du dran, Hetcher. Ich lege mein Kommunikationsangebot hiermit feierlich auf dein Kopfkissen. Mach davon Gebrauch, wann immer du dich dazu bereit fühlst.«

Er tat wie angekündigt und zwängte sich danach in die winzige Hygienezelle, um sich mit dem Waschlappen zu säubern und die Zähne zu putzen. Außer den Geräuschen, die er selbst dabei verursachte, hörte er nichts. Im Bedürfnis, das Schweigen in der Kabine zu übertönen, gurgelte er sogar extra laut.

Cyr entkleidete sich, legte Overall und Unterwäsche fein säuberlich zusammen und zog sein seidenes Nachthemd an, das er von der Erde mitgebracht hatte. Ein Hauch von Stil musste sein, auch auf dem Mars.

Er warf sich auf seine Pritsche, deckte sich zu und vergrub den Kopf im harten, lächerlich dünnen Polster.

Von der anderen Seite des Zimmers erklang eine synthetische Stimme aus dem Tablet-Lautsprecher: »Schlaf gut, Cyr Aescunnar.«

Kapitel 6

Die Katastrophe

Perry Rhodan kam wieder zu sich in der Hölle.

Er hätte gern an einen Albtraum geglaubt, aber derartige Qualen konnte man nicht träumen. Der Entzerrungsschock, grausamer und lähmender denn je, ging direkt über in Schmerzen, als prügele eine Horde Teufel auf Rhodan ein, mit Eisenstangen, unaufhörlich, von allen Seiten. Er wusste nicht, wo oben und unten war. Beißender, ölig stinkender Rauch raubte ihm die Sicht und den Atem. Feuerzungen durchbrachen das Dunkel und aufblitzende Schemen, wie die Fratzen von Dämonen.

Er hörte Menschen schreien, auch sich selbst, und schmeckte Blut in seinem Mund.

Die Versuchung war groß, sich der Einsicht zu beugen, dass all dieses Chaos zu viel für einen schwachen Menschen war, und folgerichtig sich der lockenden Ohnmacht hinzugeben. Trotzdem kämpfte Perry Rhodan dagegen an; zum Teil aus purem Trotz, zum Teil, weil er ahnte, dass sein Schicksal und jenes seiner Expedition auf Messers Schneide standen. Er musste retten, was zu retten war.

Und sich zuallererst einmal orientieren.

Die Verwirrung abzuschütteln fiel nicht leicht. Pausenlos wurde sein Körper durchgerüttelt. Stöße wie von einem Erdbeben erschütterten ihn und die gesamte Umgebung. Sie kamen in so rascher Folge wie die Schläge eines Trommelwirbels. Der ganze Raum vibrierte, erfüllt von Stampfen und Dröhnen. Rhodan erkannte, dass die künstliche Gravitation binnen Sekundenbruchteilen aus- und wieder einsetzte, mit höchst unterschiedlichen Vektoren und Werten, oftmals mit einem Vielfachen der Erdschwerkraft.

Wie sollte man da auf die Beine kommen, geschweige denn zum Kommandopult?

Offenbar stotterten auch andere Aggregate. Die Dämonenschemen entpuppten sich als immer wieder scheiternde Versuche der Holoprojektoren, Schirme mit Daten und schematischen Darstellungen aufzubauen.

Ins Gebrüll und Sirenengeheul mischte sich eine übersteuerte Computerstimme. »Höchste Alarmstufe«, quäkte sie auf Arkonidisch. »Transition missglückt. Die Integrität des Schiffes ist gefährdet.« Nun, auf diesen Gedanken war Perry bereits von allein gekommen. »Es wird empfohlen, die Besatzung mittels der Beiboote zu evakuieren.«

»Blechtrottel, wir haben keine Beiboote!«, erklang Reginald Bulls unverkennbares Organ. Er kam aus dem Qualm auf Rhodan zugekrochen. »Alter, bist du verletzt?«

Gute Frage. »Ich glaube, nicht ernstlich.«

»Ebenso. Allerdings fühle ich mich ärger durch die Mangel gedreht als nach dem härtesten Astronautentraining.«

Mattorangefarbene Notbeleuchtung flammte auf und enthüllte die Zerstörungen in der Zentrale. Überall wälzten sich Raumfahrer, manche mit Schaum vor dem Mund, manche mit unmöglich verdrehten Gliedmaßen.

Rhodan sah, dass bei Zhao Linpeng, einem Ortungsspezialisten, jede Hilfe zu spät kam; ein doppelt handbreiter, messerscharfer Metallsplitter ragte aus seiner Brust. Stumm blickte er Perry an, fragend, mit einem Ausdruck der Verwunderung. Seine Augen brachen. Der Vorstoß nach Arkon hatte ein erstes Opfer gefordert. Mindestens; es stand sehr zu befürchten, dass Zhao nicht der Einzige war.

»Keine Zeit für Gewissensbisse«, knurrte Reginald Bull, dessen Gedanken in ähnlichen Bahnen verlaufen waren.

Seite an Seite schleppten sie sich in Richtung des Kommandostands. Licht und Holos flackerten. Einige Konsolen waren explodiert, an mehreren Stellen waren Brände ausgebrochen. Sprinkleranlagen nahmen ihre Tätigkeit auf.

Die Durchsage, die mehrere Male wiederholt worden war, änderte sich. »Notaggregate angelaufen. Selbstreparatur eingeleitet. Gesamtzustand kritisch. Alarmstufe bleibt aufrecht. Evakuierung weiterhin empfohlen. Befehle erbeten.«

Plötzlich auftretende Schwerelosigkeit erlaubte Rhodan und Bull, sich abzustoßen und flach über dem Boden schwebend die Distanz zum Platz des Schiffskommandanten zu überwinden. Dass sie als Astronauten der alten Schule ausgiebig gelernt hatten, mit Schwerelosigkeit und Andruck umzugehen, gereichte ihnen nun zum Vorteil. Die beiden Arkoniden richteten sich gerade auf, aber während Thora sich geistesgegenwärtig am Pult festhielt, driftete Crest nach oben davon – auf eine Wolke spitzer, rot glühender Trümmer zu, die ein schwarz verschmorter Krater in der Wand ausgestoßen hatte. Crests Umhang hatte sich um seinen Kopf verheddert, sodass er hilflos mit den Armen ruderte und nicht bemerkte, in welcher Gefahr er schwebte.

Ohne Zögern berechnete Perry Rhodan den Winkel, vollführte einige rasche, seitliche Trippelschritte und schnellte sich sodann zu dem Arkoniden hoch. Im letzten Moment erwischte er ihn. Durch den Anprall veränderte sich die Flugbahn, nicht ganz so wie erwünscht, aber wenigstens kollidierten sie nicht mit der Trümmerwolke. Mit einem Arm umklammerte er Crest, mit der anderen Hand ergriff er die Aufhängevorrichtung einer Deckenlampe.

Seine Finger hatten kaum Halt gefunden, als die Schwerkraft wieder einsetzte, abrupt und weit überhöht.

Der Schmerz war mörderisch. Rinat Ugoljew meinte, sterben zu müssen, nein: sterben zu *wollen*. Solange nur diese Schmerzen aufhörten.

Es schien eine Ewigkeit zu dauern, bis der Entzerrungsschock sukzessive abklang und Rhino seine Umwelt wieder bewusst wahrnahm. Ihm bot sich ein furchtbares Bild. Aus dem improvisierten Festsaal war ein Schlachtfeld geworden.

Das große Finale, die erste Zugabe der »Starlight-Revue«, hatte plangemäß so rechtzeitig geendet, dass die Artisten sich an die Bühnenkante setzen und zusammen mit dem Publikum die Sekunden bis zur Transition herunterzählen konnten. Kein schlechter Regieeinfall, das musste Rhino dem affektierten Ekel Kutschker lassen. Nach dem Hyperraumsprung, der somit zu einem integralen Höhepunkt der Show wurde, hätte die zweite und letzte Zugabe die Vorstellung harmonisch beschließen sollen.

Davon konnte nun keine Rede mehr sein. Als habe in die ansteigenden Sitzreihen der Zuschauertribüne eine Bombe eingeschlagen, wälzten sich überall verkrümmte Leiber. Andere waren bewusstlos, vielleicht tot.

Die Tonanlage gab kreischende Geräusche von sich wie bei einer akustischen Rückkopplung. Buntes Flackern unterstrich den Eindruck eines Infernos. Die Beleuchtung war größtenteils ausgefallen, aber es gab zwei starke Lichtquellen: zum einen den ehedem unsichtbaren Energieschirm vor dem offenen Hangarschott, der nun in allen Farben des Regenbogens schillerte und rhythmisch pulsierte. Er erinnerte an eine riesige Seifenblase, die sich aufblähte und schrumpfte und erneut anschwoll, bis sie fast zu zerplatzen drohte.

Rhino lief es kalt den Rücken hinab. Ihr einziger Schutz vor dem tödlichen Vakuum des Weltalls wirkte alles andere als stabil.

Die zweite Lichtquelle war das Regiepult, aus dem grelle Überschlagsblitze zuckten und meterhohe Fontänen aus Funken. Ein Mann war am Sitz davor zusammengesackt. Kutschker! Soeben fing seine Kleidung Feuer.

Rhino taumelte zu ihm hin, immer wieder in die Knie gezwungen von ruckartigen Gravitationsschwankungen. Er riss den schlaffen Körper weg vom Brandherd, rollte sich auf Kutschker und erstickte die Flammen, nicht ohne selbst leichte Verbrennungen an Hals und Armen abzubekommen. Aber was tat man nicht alles, um ein österreichisches Genie vor dem Feuertod zu bewahren ...

Die künstliche Schwerkraft setzte drei-, viermal hintereinander aus und wieder ein. Rhino sah sich außerstande, mehr zu tun, als zu versuchen, einen Überblick zu gewinnen. Soweit er sah, befand sich niemand in unmittelbarer Lebensgefahr; allerdings sah er nicht sehr weit. Das Pulsieren des energetischen Schutzschirms verlangsamte sich und verlor an Intensität. Rhino hoffte inständig, dass damit auch eine Stabilisierung verbunden war. Aus dem ausgebrannten Regiepult schlugen keine Blitze mehr, nur vereinzelte Funken sprühten noch.

Schlagartig hörte das Kreischen der Tonanlage auf. Die letzten Beleuchtungskörper erloschen. Im kalten Licht der Sterne ließen sich kaum Einzelheiten erkennen.

Das Stöhnen aus Hunderten Kehlen klang auf einmal haarsträubend laut.

Irgendwie schaffte es Perry Rhodan, sich trotz des zusätzlichen Gewichtes einige Sekunden lang festzuhalten. Sobald er spürte, dass er deutlich leichter wurde, ließ er los und schwebte langsam mit Crest zu Boden. Sie federten die Landung relativ mühelos ab.

»Vermutlich haben Sie soeben einem Unsterblichen das Leben gerettet«, sagte der Arkonide. »Ich danke Ihnen.«

»Wer weiß, wie schnell Sie sich revanchieren können ...«

Mit tatkräftiger Unterstützung von Reginald Bull gelang es Thora da Zoltral, einige holografische Bedienflächen nutzbar zu machen. Sie rief Statusmeldungen ab, dann beorderte sie Medoroboter in die Zentrale. Die kleinen Maschinen trafen kurz darauf ein und begannen mit der medizinischen Erstversorgung der Crewmitglieder.

Ruhig und souverän traf Thora die Entscheidungen, welcher Art von Wiederherstellung Vorrang einzuräumen sei. »Es sieht nicht ganz so schlimm aus, wie ich befürchtet hatte«, sagte sie, nachdem die künstliche Schwerkraft sich so weit eingependelt hatte, dass sie nur noch kaum merklich um den Normalwert schwankte. »Die TOSOMA ist ein zähes altes Mädchen. Fehltransitionen haben schon ganz andere Schiffe zerrissen.«

»Fehltransition? Lässt sich ein Grund dafür feststellen?«

»Das kann warten. Andere Dinge haben einstweilen höhere Priorität, beispielsweise die Neujustierung der Lebenserhaltungssysteme. Und nicht zuletzt die Schadensbegrenzung. Auch an anderen Orten hat es Explosionen gegeben.«

»Eine derart hochgezüchtete Technologie«, brummte Reg, »und dann knallen gleich reihenweise Instrumente durch und brennen aus, bloß weil man einmal falsch abgebogen ist.«

Thora setzte zu einer Erwiderung an, überlegte es sich dann aber anders. Sie hatte mit Bulls flapsiger Art umzugehen gelernt.

Nach gewissen Anlaufschwierigkeiten, dachte Perry.

Je mehr Raumfahrer sich wieder einsatzbereit meldeten und ihre Missionsstationen zum Laufen brachten, ein desto vollständigeres Bild ergab sich vom Zustand des Kugelraumers. Die entstandenen Brände konnten lokal eingegrenzt und teilweise bereits gelöscht werden. Weder das Transitionstriebwerk noch andere wichtige Aggregate hatten irreparable Schäden davongetragen. Schlimm genug, dass Todesopfer zu beklagen waren.

»Ansonsten aber scheinen wir mit einem blauen Auge davongekommen zu sein«, schloss Thora gefasst ihren Zwischenbericht. »Die inneren Kugelschalen sind gesichert. Was die äußerste betrifft ...« Sie stockte und erstarrte.

»Hangar C«, sagte Bull, der ihr über die Schulter gelinst hatte, tonlos. »Ach, du ...!«

Bevor Panik ausbrechen konnte, holte Rhino tief Luft und rief, so laut er konnte, in die Dunkelheit: »Ruhe bewahren! Wir haben einen Stromausfall. Der Schutzschirm ist davon nicht betroffen, er wird extern versorgt.«

Das Letzte war zwar eine bloße Mutmaßung, aber es musste sich wohl so verhalten, sonst wären sie bereits mit der entweichenden Atemluft ins freie All gerissen worden. »Bleibt besonnen!«, setzte er fort. »Meine Leute und ich werden Notlichter organisieren.«

Niemand beschwerte sich, dass Rhino die Initiative und de facto das Kommando übernahm. Das wunderte ihn nicht. Wenn er seiner militärischen Vergangenheit in der russischen Kriegsmarine etwas verdankte, dann das Wissen darum, wann natürliche Autorität gefragt war. Dies hatte sich schon in so mancher Großküche bezahlt gemacht.

Mithilfe seines Feuerzeugs, das er auf maximale Flamme gestellt hatte, fand er zum Buffetbereich. Dort versammelte er seine Küchenbrigade um sich, zumindest diejenigen, die wohlauf waren. Wie er erfuhr, hatten einige sich Verletzungen unbestimmten Grades zugezogen, darunter sein Souschef Alistair MacAllister, dem es gar nicht gut ging. Rhino würde sich demnächst um medizinischen Beistand kümmern müssen. Aber zuerst galt es, die Überlebensinstinkte in den Menschen neu anzufachen.

Er wies seine Leute an, die Spiritusbrenner in den Warmhalte-Rechauds zu entzünden, die vor der Transition aus Sicherheitsgründen gelöscht worden waren. Auf die Präsentationsständer der Buffettische gestellt, spendeten sie zwar nur spärliches Licht, aber immerhin Licht und somit Hoffnung. Zeit für den nächsten Schritt.

»Hört mich an!«, schrie Rhino im Befehlston. »Das Wichtigste ist, dass wir einen klaren Kopf behalten. Wir werden den Hangar verlassen, aber in geordnetem Rückzug, und uns nicht etwa gegenseitig zu Tode trampeln. Der Erste, der zu rennen anfängt, bekommt es mit mir zu tun. Dem koche ich nie wieder auch nur ein weiches Ei, verstanden?«

Er erntete gemurmelte Zustimmung. Dann aber rief jemand: »Die Schotten sind dicht! Sie gehen nicht auf!«

»Moment, ich komme.«

Tatsächlich waren die schweren Stahltore, die ins Innere des Schiffes führten, verriegelt. Rhino suchte und fand eine Kommunikationsfläche, in die Umrahmung versenkt. Er legte die flache Hand darauf und verlangte Kontakt zur Schiffsführung.

Eine Stimme, zu makellos und beflissen, als dass sie natürlichen Ursprungs sein konnte, antwortete mit perfekter Sprachmelodie: »Dies ist unter den gegebenen Umständen nicht möglich.«

»Wieso nicht?«

»Die Verbindung ist unterbrochen.«

»Dann gib mir die Schiffspositronik.«

»Dies ist unter den gegebenen Umständen nicht möglich.«

»Wer bist denn du?«

»Der örtliche Knotenrechner für Hangarbereich C.«

»Und du hängst nicht am Netzwerk?«

»Die Verbindung ist unterbrochen.«

»Verstehe. Aber du kontrollierst die Zugänge ins Schiffsinnere?«

»Ja.«

»Gut. Bitte öffne sie.«

»Dies ist unter den gegebenen Umständen nicht möglich.«

Rhino unterdrückte den Fluch, der ihm auf der Zunge lag. »Warum nicht? Wir befinden uns in einer Notlage.«

»Gemäß Krisenreglement der arkonidischen Flotte sind instabile Außensektoren lückenlos abzuschotten, bis Entwarnung gegeben wurde.«

Instabil? Rhino sah sich verstohlen um.

Einige der Nebenstehenden tuschelten.

»Ich will nicht, dass das die Runde macht«, zischte er ihnen zu. »Bei allem, was euch heilig ist, haltet euch zurück. Wenn wir etwas nicht brauchen können, dann Konfusion und Verzweiflungsaktionen. Habe ich mich deutlich genug ausgedrückt?«

»Was willst du tun?«, fragte eine junge Frau, die eine entfernte Ähnlichkeit mit Renate aufwies, Rhinos Eroberung aus der Silvesternacht.

»Keine Sorge, wir kriegen das hin.« Ins Mikrofon der Gegensprechanlage sagte er leise, aber nachdrücklich: »Rechner, dann schließ wenigstens auch die große Hangarschleuse. Für den Fall, dass der Energieschirm zusammenbricht.«

»Dies ist unter den gegebenen Umständen nicht möglich.«

Es war zum Haareraufen. »Weshalb?«

»Ich habe keinen Zugriff. Die Verbindung ist unterbrochen.«

Rhino zählte bei sich ganz langsam bis zehn. Er musste Vorbild bleiben, durfte auf keinen Fall die Nerven verlieren. »Das bedeutet jedoch auch, dass du uns nicht daran hindern kannst, es manuell zu probieren. Richtig?«

»Richtig.«

»Nur der Vollständigkeit halber: Dieser Sektor verfügt nicht über ein eigenes Notstromaggregat, richtig?«

»Falsch. Aber die Verbindung ist unterbrochen.«

»Na schön. Diese hiermit auch.« Rhino nahm den Finger von der Sprechtaste und drehte sich zu den Menschen um, die sich vor dem Schott aufgereiht hatten. »Ihr habt es gehört. Wir sind vorläufig auf uns selbst angewiesen und werden das Beste daraus machen. Erstens, wir richten ein Lazarett ein, gleich neben dem Gastrobereich. Es müsste mit dem Teufel zugehen, wenn von über sechshundert Menschen nicht wenigstens eine Handvoll medizinisch ausgebildet wäre. Zweitens, handwerklich Begabte sollen Fackeln basteln oder Öllampen mit den Resten aus den Fritteusen, irgendetwas in der Art. Damit wir nicht länger im Dunkeln tappen. Drittens, die Techniker unter uns treffen sich am Außenschott und versuchen, den Verschlussmechanismus in Gang zu bringen. Gebt die Botschaft weiter, aber ruhig und gesittet. Ich bin überzeugt, wir müssen hier nur eine kleine Weile durchhalten, dann wird man uns aus der Zentralkugel zu Hilfe kommen.« Er schnaufte durch.

»Und wenn nicht?«, fragte jemand halblaut.

Rhino würdigte ihn keiner Antwort.

Kapitel 7

Zone des Zwielichts

Obwohl ein Tag auf dem Mars um knapp vierzig Minuten länger dauerte als auf Terra, hielt man in Bradbury Base der irdischen Zeitrechnung die Treue. Langfristig wäre man sonst sowieso komplett durcheinandergeraten, da das Marsjahr 687 Tage umfasste.

Der Arbeitsablauf war, wie in vielen Ländern der Erde üblich, in drei Schichten eingeteilt: acht Stunden allgemeiner Instandhaltungsdienst, acht Stunden Erholung, acht Stunden für die Forschung in den jeweiligen Fachbereichen. Sofern keine Sonderregelungen in Kraft traten, fanden die Schichtwechsel um sechs, vierzehn und zweiundzwanzig Uhr Standardzeit statt.

Cyr Aescunnar erinnerte die subplanetare Containersiedlung ein wenig an die Schutzhütten, die er in den französischen Seealpen kennengelernt hatte – und zwar durchaus positiv. Bei aller Abgeschiedenheit und Beengtheit herrschte ein gewisses Savoir-vivre. Von außen machten die *refuges* nicht viel her. Sie glichen niedrigen, windschiefen, verwitterten Schuppen. Innen aber begegnete man ungeahntem Luxus. Selten umfasste das gemeinsame Abendessen weniger als fünf Gänge, und der dazu gereichte Wein war nicht von schlechten Reben.

»Außerdem gibt es in den Alpes Maritimes einen ganz speziellen Schnaps«, schwärmte Cyr, während er Celia Cienfuegos die Salatschüssel reichte. »Er nennt sich *Génépi*, wird aus der gleichnamigen Pflanze, einer Artemisia-Art, gebrannt und ist so stark, dass man ihn nicht trinkt, sondern auf ein Stück Würfelzucker träufelt. Legt man dieses auf die Zunge, glaubt man gleich darauf, ein rechteckiges Loch darin zu haben.«

Die Kubanerin lachte. »Das klingt ja noch schlimmer als unser *Aguadiente*, und der ist schon rabiat. Ich denke, es dürfte sich um eine Verwandte von Wermut und Absinth gehandelt haben, Artemisia glacialis, die kommt in dieser hochalpinen Region vor. – Was hat Sie dorthin verschlagen?«

»Am Fuß des Grand Capelet, dem nur wenige Meter zum Dreitausender fehlen, liegt das Vallée des Merveilles, was Tal der Wunder bedeutet. Gemeint sind damit rund hunderttausend Felsgravuren aus der Bronzezeit. Um sie anzufertigen, sind die Vorzeitmenschen unzählige Male auf etwa zweieinhalbtausend Meter Seehöhe aufgestiegen. Erstaunlich, nicht wahr?«

»Was stellen die Zeichnungen dar?«

»Wie immer, wenn ihnen nichts Besseres einfällt, tippen die Anthropologen auf Fruchtbarkeitssymbole. Tatsächlich ist das häufigste Motiv der Auerochse, das wichtigste Jagd- und später Zuchttier. Gleich danach jedoch kommen humanoide Gestalten, die größten und elaboriertesten davon mit einwärts gedrehten Füßen. Man spricht von fliegenden Magiern oder Göttern.«

»Da horcht der Präastronautiker natürlich auf.«

»Genau. Wieso konzentrieren sich die Gravuren auf ein nicht eben leicht zu erreichendes Hochtal, wo noch dazu oft Unwetter und die vom Mittelmeer einfallenden Stürme mit ungebremster Wucht toben?«

»Weil dort Außerirdische gelandet sind, vielleicht Arkoniden? Konnten Sie weitere Hinweise entdecken?«

»Nein. Aber ich habe höchst amüsante Tage mit dem Oberaufseher des Nationalparks verbracht, der mich herumgeführt hat. Ein wahrer Enthusiast, vor allem was das Kräutlein Génépi betrifft.«

»Das kann ich nachvollziehen. Aus einer anderen Artemisia-Unterart, nämlich dem Einjährigen Beifuß, wird Arthameter extrahiert, worauf die von der Weltgesundheitsorganisation empfohlene Therapie gegen Malaria beruht, zusammen mit Lumefantrin. – Es war nett und lehrreich, mit Ihnen zu plaudern.« Celia erhob sich. »Leider muss ich wieder an die Arbeit. Die Bewässerung des Kuppelgartens gibt uns immer noch Rätsel auf. Außerdem wurde vor meiner Ankunft mit den Düngemitteln Schindluder getrieben, natürlich nicht absichtlich. Irgendwann wurden versehentlich Beschriftungen von Nährstofftonnen vertauscht.«

Wirklich versehentlich?, wollte Cyr fragen, verkniff es sich jedoch.

Ihm schienen zwar etwas zu viele missliche Zufälle aufzutreten, aber den Verdacht, in Bradbury Base könnte ein Saboteur am Werk sein, wollte er nicht vorschnell äußern, ohne handfeste Beweise vorlegen zu können. Das wäre der ohnehin angeknacksten Stimmung und seiner eigenen Stellung innerhalb der Stationsbesatzung wenig förderlich gewesen.

Jedenfalls hatte sich Cyr vorgenommen, Augen und Ohren offen zu halten. Für seine amateurdetektivischen Ermittlungen war ihm sogar eine recht sinnreiche Tarnung eingefallen.

Da ein Historiker auf dem Mars nach der unverhohlenen Meinung Louanne Riembaus ungefähr gleich dringend benötigt wurde wie ein Tiefseetaucher in der Sahara, hatte er der Kommandantin angeboten, sich als Chronist der Marsmission zu betätigen. Selbstverständlich wurden sämtliche relevanten wissenschaftlichen Erkenntnisse ohnehin penibel dokumentiert, und Riembau führte auch ein Logbuch der Station.

Die persönlichen Erlebnisse, Reflexionen und jeweiligen Vorgeschichten der Kolonisten hingegen wurden nicht erfasst. Deshalb plante Cyr, Interviews mit verschiedenen Mitgliedern der Besatzung zu führen, sofern sie bereit waren, seinem Unterfangen etwas von ihrer kargen Freizeit zu widmen. Die Kommandantin war nicht gerade in Begeisterungsstürme ausgebrochen. Immerhin hatte sie das Projekt nicht von vornherein untersagt. Auch, dass er aus naheliegenden Gründen mit den Längstdienenden den Anfang machen wollte, hatte ihr eingeleuchtet. Sie selbst allerdings möge er in Frieden lassen. Dafür sei ihre Zeit zu kostbar.

Cyr machte das nichts aus; Riembau war ja wohl über jeden Verdacht erhaben.

Mit Hetcher erzielte er Fortschritte. Nicht gerade rasend – die Anfrage, ob er Lust auf einen Gedankenaustausch habe, verneinte Cyrs Zimmergenosse weit öfter brüsk, als er zustimmte.

Auch wenn er sich gnädig gab, verlief die Konversation naturgemäß stockend. Überdies streute die Übersetzungssoftware des Tablets gelegentlich grammatikalische Unkorrektheiten ein. Falls Cyr diese reflexartig kommentierte – ein Fehler, der ihm als notorischem Besserwisser immer wieder unterlief –, ergab sich eine zusätzliche Verzögerung.

Trotzdem, sie kamen voran. In Babyschritten. Hetcher erwies sich nicht gerade als offenherzig, was Informationen über ihn betraf; Cyr musste sie ihm förmlich aus der fleischigen Nase ziehen.

Manches weigerte er sich strikt preiszugeben. Beispielsweise schwieg er sich hartnäckig über sein genaues Alter aus. Der faltigen Haut nach zu urteilen, hatte er seine besten Jahre wohl hinter sich. Seine spärliche Haarpracht deutete ebenfalls darauf hin.

Cyr tastete sich mit unverfänglichen Themen an Hetcher heran. Wie mundete ihm das Kantinenessen? Recht gut. Auf die typische Kost, die den Ferronen in der Station theoretisch zustand, griff er kaum zurück. Die meisten Speisen der Menschen waren für ihn bekömmlich, viele sogar schmackhaft. Kartoffeln liebte er; in seiner Heimat gab es ein ganz ähnliches Grundnahrungsmittel, das Faruk genannt wurde. Kaugetreide allerdings vermisste er und noch mehr den Bilah-Tee, für den die irdischen Teesorten nur mangelhaften Ersatz darstellten. Andererseits schätzte er die Kochbananen sehr, die im Kuppelgarten geerntet wurden, vor allem als dünne Scheiben herausgebacken, mit Yoghurt-Knoblauch-Soße.

Hatte er die Erde besucht?

»Nur kurz. Ein netter Planet.«

»Nett? Was hältst du von Terrania?«

»War nur kurz da. Das bisschen, das ich gesehen hatte, war mir zu hektisch gewesen.«

»Findest du die allgemeine Euphorie nicht ansteckend? Immerhin hat sich uns binnen weniger Monate der Kosmos aufgetan.«

»Kann ich verstehen, muss ich aber nicht unbedingt daran teilhaben.«

»Die Beschaulichkeit von Bradbury Base ist eher dein Ding?«

»Bejahung.«

Der Mars gefiel ihm also?

Oh ja. Es stellte sich heraus, dass Hetcher die meiste Zeit seines Lebens auf einem vergleichbaren Planeten zugebracht hatte, auf Ablon, dem zehnten des Wegasystems. Angeregt schilderte er die ausgedehnten Schachtelhalmwälder, deren Wurzeln die fruchtbare Roterde festhielten, den grünblauen Himmel, die Weingärten an den Hängen der Canyons.

Als Cyr jedoch nachfragte, ob er auf Ablon geboren wäre, oder falls nicht, auf welcher der anderen Welten, machte Hetcher sogleich wieder dicht.

Zugänglicher wurde er, wenn Cyr seinerseits von den Menschen berichtete, insbesondere davon, wie sich diverse historische Literaten den Mars vorgestellt hatten. Dass die Station zu Ehren Ray

Bradburys benannt war, wusste Hetcher bereits. Er kannte auch den Inhalt einiger Kapitel der Mars-Chroniken, wenngleich sich ihm die stilistischen Feinheiten und Metaebenen nicht erschlossen.

Welchen prominenten Platz in der Mythologie verschiedenster irdischer Kulturen der Rote Planet eingenommen hatte, war Hetcher hingegen neu. Andererseits, meinte er, sei dies auch wieder logisch, nachdem das kleine Sonnensystem der Menschen nur über so wenige Welten verfügte, im Unterschied zu den zweiundvierzig Planeten der Wega.

Cyr erlebte den Ferronen zum ersten Mal von Herzen lachend, nachdem er ihm eine Folge der Fernsehserie »Twilight Zone« nacherzählt hatte.

Darin ging es um zwei Astronauten, die mit einer Rakete zum Mars flogen. Der eine, Marcusson, war ein Anhänger des Positiven Denkens und überzeugt davon, intelligente Lebewesen seien im Prinzip überall gleich gutwillig. Der andere, Conrad, vertrat eine zynischere Auffassung; egal auf welchen Planeten, er traue dem Charakter von Humanoiden jegliche Bosheit zu.

Bei der Bruchlandung starb Marcusson. Allein und von Ängsten geplagt, hörte Conrad rhythmisches Klopfen an der Schiffshülle. Seine Furcht verwandelte sich in überraschte Freude, als er die Schleuse öffnete und Marsianer antraf, die menschenähnlich aussahen und ihm mit ausgesuchter Höflichkeit begegneten. Vor allem eine Schönheit namens Teenya brachte seine Phantasie in Wallung wie auch seine Hormone ... Die gastfreundlichen Einheimischen, denen die parapsychische Gabe der Telepathie zu eigen war, brachten Conrad in eine nachgerade fürstliche Residenz, eingerichtet wie die Suite eines irdischen Luxushotels. Er dachte schon, das Paradies gefunden zu haben, da fiel ihm auf, dass die Räume keine Fenster hatten und die Eingangstür versperrt war.

Gleich darauf fuhr eine komplette Längswand in die Höhe. Dahinter befanden sich Gitterstäbe, an denen ein Schild hing, welches Conrad abnahm und las. Es besagte: *»Erdling in natürlichem Habitat«*. Er war in einem marsianischen Zoo gelandet!

Am Ende der Episode kniete Conrad am Boden, hob die Arme gen Himmel und wehklagte: »Marcusson! Marcusson, du hattest recht! Die Leute sind wirklich überall gleich ...«

Diese Wendung erheiterte Hetcher sehr.

Ungleich bereitwilliger gab »Sheriff« Idris al-Sharif, der Bauingenieur und Sicherheitschef der Station, über sich Auskunft.

Obwohl er erst vierunddreißig Jahre alt war, hatte er bereits drei gescheiterte Ehen hinter sich und jede Scheidung noch teurer bezahlt als die vorherige. Von der wohlhabenden ägyptischen Unternehmerfamilie, aus der er stammte, hatte er sich schon während seines Studiums in England losgesagt. »Jetzt bin ich praktisch aufs Existenzminimum gepfändet. Aber das ist das Schöne am Mars: Hier oben gibt es keinen Gerichtsvollzieher. Privatbesitz spielt in Bradbury Base keine Rolle, und unter ›Vermögen‹ versteht man nicht Finanzkapital, sondern fachliches Können.«

»Neben dem Ruf des Weltraumabenteuers und der wissenschaftlichen Herausforderung scheint bei manchen Marskolonisten auch ein gewisser Abscheu vor den Widrigkeiten des Erdenlebens ausschlaggebend gewesen zu sein«, sagte Cyr Aescunnar.

»Da könnten Sie richtigliegen. Sicherlich verbindet viele von uns die eigenbrötlerische Hingabe an Forschung und Entwicklung, zuungunsten eines normalen Familienlebens. Ich bin überzeugt, dass in absehbarer Zeit Kinder auf dem Mars geboren werden. Aber einstweilen wäre es dafür zu früh. Wir sind nur die Vorhut der richtigen Siedler, und als Avantgarde ist unsere ›Kommune der Eremiten‹ ganz gut geeignet, finde ich.«

»Ein Kollektiv der Individualisten?«

»Paradox, jedoch zutreffend. Sie werden bald entdecken, dass manch schräge Vögel darunter sind. Das Klischee vom verrückten Wissenschaftler, der die Weltherrschaft anstrebt, erfüllt allerdings garantiert niemand von uns.«

»Sie sind der Sicherheitschef. Mussten Sie schon von Ihrer Sheriffsgewalt Gebrauch machen?«

»Sehr selten. Eine politische Diskussion zwischen zwei Hitzköpfen, die zu einer Schubserei ausartete. Ansätze von Mobbing. Streitereien darum, wer den größeren Schreibtisch bekommt ... Bis jetzt konnte ich mich darauf beschränken, Verwarnungen auszusprechen. Im Grunde sind wir ein kommoder Haufen.«

»Und die Kooperation mit den Ferronen?«

»Verläuft tadellos, völlig friktionsfrei. Ihre Dankbarkeit gegenüber Perry Rhodan und somit der Menschheit kennt keine Grenzen. Obwohl wir gegen sie blutige Anfänger auf dem Gebiet des Terraformings sind, hat kein Einziger von ihnen den überlegenen Experten heraushängen lassen, während sie in der Station waren. Äußerst angenehme Zeitgenossen; vielleicht mit einer Ausnahme – Sie wissen, wen ich meine.«

Cyr nickte. »Hat sich Hetcher irgendwann etwas zuschulden kommen lassen, dass die anderen Ferronen ihn in Bradbury Base quasi aufs Abstellgleis geschoben haben? Abgesehen von seiner, ähm, Verhaltensauffälligkeit?«

»Nein. Weder ihnen noch uns gegenüber. Und Eigensinn ist kein Delikt.« Al-Sharif zwinkerte. »Schon gar nicht in der Marskolonie.«

Mehr als einen Interviewtermin pro Tag schaffte Cyr beim besten Willen nicht. Dabei konnte er freier über seine Zeit verfügen als die meisten anderen.

Aber er benötigte die Erholungsphasen dringend. Jeder Aufenthalt im Freien schlauchte ihn, als habe es sich um eine Bergtour mit fünfzehnhundert Höhenmetern am Stück gehandelt.

Zu den Systemerhaltungsdiensten gehörte die regelmäßige Überprüfung der Außendepots. In den Wüstenboden rings um Bradbury Base waren Buchten gegraben worden, die als Lager für autonome Sonden und diverse Ersatzteile dienten, aber auch als Garage für die Marsmobile. Abdeckplanen schützten vor Staubstürmen, die vor allem während des Marsfrühjahrs verstärkt auftraten und mitunter große Teile der Oberfläche verhüllten. Da die Rotationsachse des Planeten um fünfundzwanzig Grad und zwölf Minuten gegen die Bahnebene geneigt war, gab es wie auf der Erde einen Wechsel der Jahreszeiten. Diese währten jedoch fast doppelt so lang wie die irdischen; außerdem variierte ihre Dauer, weil die Bahn des Mars um die Sonne elliptischer verlief als jene Terras.

Die Staubteilchen in der dünnen Atmosphäre ließen den Himmel in einem blassen gelb- bis orangebraunen Farbton erscheinen. Der atmosphärische Druck auf der Oberfläche betrug durchschnittlich 6,36 Hektopascal, nur 0,63 Prozent des irdischen auf Seehöhe, weshalb Wasser nicht in flüssiger Form existieren konnte, ausgenommen kurzzeitig in den tiefstgelegenen Gebieten. Außerdem vermochte die Marsatmosphäre nur wenig Sonnenwärme zu speichern. Deswegen waren die Temperaturunterschiede gewaltig, in Äquatornähe zwischen etwa zwanzig Grad Celsius am Tag und bis zu minus fünfundachtzig Grad in der Nacht.

Sowenig Cyr Aescunnar seinen Raumanzug liebte, so gründlich vergewisserte er sich vor jedem Einsatz wieder, dass dieser einwandfrei funktionierte. Er war erbärmlich primitiv im Vergleich zu dem arkonidischen Kampfanzug, den Cyr auf dem Titan getragen hatte. Auch sonst hatte er den Saturnmond spannender gefunden. Manche Forscher von Bradbury Base überschlugen sich vor hymnischen Superlativen über die Marslandschaft. Bis jetzt konnte er ihre Begeisterung nicht nachvollziehen. Was sollte an endloser, rostig roter Wüste so toll sein? Dem Gefühl der Ausgesetztheit gewann er ebenfalls wenig ab. Er blendete es eher aus, bekam einen Tunnelblick und konzentrierte sich auf das Naheliegende.

Auf dem Rückweg von den Lagerbuchten sinnierte er darüber, warum Homer G. Adams ihn wohl zum Mars entsandt hatte.

Nicht zum ersten Mal fragte sich Cyr, was der Administrator sich davon versprach. Adams war ein umsichtiger Mann. Hatte er aus der Häufung der Missgeschicke dieselbe Schlussfolgerung zumindest in Betracht gezogen wie Cyr? Aber falls Adams Sabotage für möglich erachtete, warum hatte er dies mit keinem Sterbenswörtchen erwähnt?

Er hatte nur gesagt: »Benutzen Sie Ihren kritischen, flexiblen Geist, Ihre unstillbare Neugierde und den unvoreingenommenen Blick des Außenseiters. Stellen Sie jede Wahrheit, jede Behauptung infrage. Entlocken Sie dem Mars seine Geheimnisse!«

War darin eine Andeutung enthalten, die Cyr zu diesem Zeitpunkt nicht als solche erkannt hatte? Oder sah er Gespenster?

Todmüde wollte Cyr nur noch ins Bett fallen. Aber just diesmal stand Hetcher der Sinn nach Kommunikation. Aufgeregt erklärte er, in der Stationsmediathek gestöbert und eine weitere, mit Untertiteln versehene Episode von »Twilight Zone«, die mit dem Mars in Verbindung stand, gefunden zu haben. *»Dabei bin ich auf ein höchst interessantes Detail gestoßen.«*

»Welches denn?«

»Du musst das eigenäugig sehen. Bitte! Es dauert nur die Hälfte einer eurer Basiszeiteinheiten.«

Da dem Ferronen so viel daran lag, mit ihm den halbstündigen Fernsehfilm anzusehen, gab Cyr nach und lud das Video in sein Tablet.

Die Folge stammte aus dem Jahr 1961, trug den Originaltitel *»Will The Real Martian Please Stand Up?«* und entpuppte sich als reichlich klamaukhaft, wenngleich gekonnt geschrieben, inszeniert und gespielt.

In dichtem Schneetreiben untersuchten zwei Polizisten ein Flugzeugwrack, wobei sie die Möglichkeit erwogen, dass es sich um eine fliegende Untertasse gehandelt haben könnte. Fußspuren führten zu einem kleinen Lokal, in dem die Passagiere eines Linienbusses darauf warteten, dass eine nahe Brücke wieder für den Verkehr freigegeben wurde. Über die Anzahl der ursprünglichen Buspassagiere herrschte Uneinigkeit. War einer von ihnen erst kürzlich hinzugestoßen und also der abgestürzte Außerirdische, der Marsmensch? Ein alter Mann scherzte, dies sei doch keine Geschichte von Ray Bradbury!

Was seine Richtigkeit hatte, warf Cyr ein, denn das Drehbuch hatte ein anderer Autor verfasst.

Seltsame Dinge geschahen. Die Lichter gingen aus und wieder an, die Musikbox spielte plötzlich von allein, Zuckerschalen auf den Tischen explodierten. Schließlich kam die Nachricht, die Brücke sei befahrbar, und der Bus setzte, eskortiert von den Polizisten im Streifenwagen, seine Reise fort.

Nur wenig später kehrte einer der Passagiere allein zurück. Die Brücke sei eingestürzt, mitsamt Bus und Polizeiauto, und habe sämtliche Insassen außer ihm in den Tod gerissen. Der Koch fragte, wie er denn überlebt habe und dabei nicht einmal nass geworden sei.

Nass? Dieses Wort kenne er nicht, sagte der Gast, mit einer Hand die Kaffeetasse haltend, mit der anderen umrührend, mit der dritten sich eine Zigarette ansteckend.

Oh!

Der Dreiarmige offenbarte dem Koch, dass er vom Mars komme und sein Planet eine Invasion der Erde plane. Zu spät, lachte der Koch. Er selbst sei von der Venus und seine Leute hätten hier längst eine Kolonie gegründet. Die marsianische Flotte habe keine Chance mehr.

Dann kam die Szene, die Hetcher so erregte. Der Koch hob die Mütze – und zeigte dem Marsmann ein drittes Auge. Wie es der Thort der Ferronen besaß!

»Ich muss dich enttäuschen«, sagte Cyr bedauernd. »Das dritte Auge ist ein populäres Motiv der irdischen Mythologie. Als

Stirn-Chakra wird es bereits in den Upanishaden der Brahmanen beschrieben. Wir reden über Schriften, die Jahrhunderte vor Beginn unserer Zeitrechnung entstanden sind und auch in zahlreichen anderen Kulturkreisen Spuren hinterlassen haben.«

Vielleicht bestünden trotzdem gemeinsame historische Wurzeln, wandte Hetcher schriftlich ein.

»Ich bin der Letzte, der eine Verbindung zu Ferrol kategorisch ausschließen würde, aber ganz ehrlich, für sehr wahrscheinlich halte ich das nicht. Bis dato liegen keinerlei zusätzliche Indizien vor.« Cyr gähnte. »Unmöglich ist natürlich gar nichts.«

Ihm wurden die Lider schwer. Trotzdem wollte er die Chance nicht ungenutzt verstreichen lassen. Wer wusste schon, wann Hetcher wieder derart zugänglich war. »Darf ich dir eine persönliche Frage stellen? Deine ... Sprachbehinderung. Wurdest du taubstumm geboren, oder hattest du einen Unfall? Wie ist es passiert?«

Augenblicklich versteifte sich der Ferrone. Seine tief liegenden Augen, eine Folge der hohen UV-Strahlung der Wega, blitzten erzürnt. Die Lippen aufeinandergepresst, tippte er: *»Ich bin nicht behindert. Ich nehme wahr, ich kommuniziere wunderbar, wann ich will. Immer so gewesen. Mir fehlt nichts!«*

Er schubste Cyr das Tablet hin, stand auf und zog ruckartig den trennenden Vorhang in der Mitte der Kabine zu, dass die Ringe auf der Gardinenleiste schepperten.

Cyr Aescunnar schalt sich einen Narren.

Erstmals hatte sich eine Vertrautheit zwischen ihnen beiden aufgebaut, und er hatte das Band leichtfertig zerrissen. Seine Müdigkeit ließ er genauso wenig als Ausrede gelten wie Hetchers unberechenbare Überempfindlichkeit. Nein, er allein war schuld, dass er nun wieder ganz von vorne anfangen musste.

Kapitel 8

Die wahre Katastrophe

Es war dasselbe Bild, derselbe Ausschnitt. Aber der Anblick funkelnder, ferner Sterne in der Schwärze hatte jegliche Romantik verloren. Der verheißungsvolle exotische Hintergrund, von dem die »Starlight-Revue« ihren Namen ableitete, hatte sich in eine akute, erschreckend nahe Bedrohung verwandelt.

Nur der Energieschirm trennte die im Beiboothangar Eingeschlossenen vom tödlichen Vakuum. Er sollte vollkommen transparent sein und wurde doch immer wieder von beunruhigendem gräulichem Wabern und vielfarbig schillernden, fein verästelten Rissen überzogen. Noch hielt die schützende Sphäre. Allerdings drängte sich angesichts der sich verstärkenden Störeffekte unweigerlich der Eindruck auf, jeden Moment könnten die Projektoren versagen und der Schirm erlöschen.

Wenige Meter davor, gefühlsmäßig fast schon im freien All, bemühten sich Rinat Ugoljew und eine Handvoll technisch versierter Personen um den Verschlussmechanismus der riesigen Hangarschleuse. Eine derartig wichtige Vorrichtung musste doch trotz eines Energieausfalls zu betätigen sein!

Aber nirgends war ein Schalter, ein Hebel oder ein sonstiges Bedienungselement zu erkennen.

Mit allem, was sich als Behelfswerkzeug verwenden ließ, montierten sie die Verkleidung der Innenwand ab. Zum Vorschein kamen massive Verstrebungen und Panzerplatten aus Arkonstahl, jedoch keine beweglichen Teile des Schotts. Deren Führung verlief offenbar knapp hinter der Außenhülle.

Faye Pendergrast, ihres Zeichens Dritte Bordingenieurin, hatte die Eingebung, auch den Boden zu untersuchen. Hastig entfernten sie die mit glänzenden Pailletten aus Hologrammfolie besetzten Teppiche, die Kutschker hatte anbringen lassen. Nachdem sie eine größere Fläche vor der Schleusenöffnung freigelegt hatten, entdeckten sie nahe der rechten Umrahmung einen quadratischen Deckel, ähnlich wie bei einer Falltür. Drei Männern gelang es, den schweren Deckel abzuheben. Im Hohlraum darunter verlief eine schlichte Metallstange, um die eine etwa zwei Finger dicke Kette aufgewickelt war – mit zahlreichen Windungen und einem übergroßen Handgriff am Ende.

»Na bitte«, sagte Pendergrast triumphierend. »Da haben wir die Notfallmechanik. Ich nehme an, zwischen der Welle und den Schleusenelementen sind Übersetzungsgetriebe eingebaut. Wer von den Herren möchte sich als Sesam-schließe-dich betätigen?«

Ein gut zwei Meter großer Techniker mit der Figur eines Bodybuilders bückte sich nach dem Griff und zog daran. Sosehr er seine Muskeln spielen ließ, die Welle drehte sich nicht einen Millimeter.

»*Pisdez!*«, fluchte Rhino auf Russisch. »Diese Vorrichtung ist nicht auf unsereins zugeschnitten.«

Die Bordingenieurin pflichtete ihm bei. »Logisch. Arkoniden machen sich nicht selbst die Finger schmutzig. Dafür haben sie körperlich stärkere Hilfsvölker oder ...«

»Roboter«, riefen gleich mehrere Umstehende auf einmal.

»Ganz eurer Meinung«, sagte Pendergrast. Resigniert ließ sie die Schultern sinken. »Bloß, dass die Verbindung zum Rest des Schiffes unterbrochen ist, wir eingesperrt sind und keine Roboter hier haben.«

»Haben wir doch«, sagte Rhino.

»Wie?«

»Gelobt sei Franz Ferdinand Kutschker! Er hat sich eingebildet, das Publikum müsse unbedingt von Robotern bedient werden.«

»Die Kellner? Ich dachte, das wären kostümierte Schauspieler.«

»Tja, oft ist der Unterschied mit freiem Auge nicht erkennbar.«

Der rasch aufgetriebene Serviceleiter nutzte seine Befehlsgewalt über die zwanzig annähernd humanoiden Mehrzweckservos, die mit Pappmaschee verkleidet worden waren, damit sie kybernetischer aussahen. Eine lange Stange wurde durch den Handgriff geschoben, und Menschen und Maschinen vereinten ihre Kräfte.

Trotz der Unterstützung durch die Roboter war es ein ordentliches Stück Arbeit, bis sie das Schleusenschott geschlossen hatten. Rhino und seine Mitstreiter standen schwitzend und nach Luft japsend da, zu ausgepumpt, um einander zu gratulieren.

Der hünenhafte Techniker keuchte: »Okay. Als Nächstes nehmen wir uns die Zugänge ins Schiffsinnere vor.«

Da ertönte ungefähr aus Richtung der Verköstigungsinseln eine Frauenstimme, die Rhino als jene seiner Souschefin Apeke Koulamoutou identifizierte. »Segensreiche Iboga-Wurzel, steh uns bei! Seht doch nur, die Wand!«

Rhino stürmte zur gegenüberliegenden Seite des Hangars. Die Wand hinter dem Buffet wies Flecken auf. Rötliche Flecken.

Rötlich *glühende* Flecken.

»Was ist mit Hangar C?«, fragte Perry Rhodan alarmiert.

»Abgeschnitten, aus dem Innenschiff unerreichbar«, erläuterte Thora da Zoltral knapp. »Ein Brand verwehrt den Weg. Er hat auch sämtliche Zuleitungen durchtrennt und breitet sich stetig weiter aus.«

»Trotz der Sprinklersysteme?«

»Es handelt sich um keinen gewöhnlichen Brand«, antwortete die arkonidische Kommandantin flach und gepresst, als müsse sie sich dazu überwinden.

Crests Augen weiteten sich. »Bei den zwölf Heroen des Berlen Taigonii! Sie wollen damit nicht etwa zum Ausdruck bringen, dass ...«

»Ich fürchte, doch. Die energetische Signatur lässt wenig Zweifel offen.« Thora drehte eine Holofläche so, dass ihr Ziehvater und Mentor besser sehen konnte. »Wir haben es mit einer Arkonbombe zu tun. Infolge der missglückten Transition muss sie gezündet worden sein.«

»Das ... das ist entsetzlich. Wie kommt sie an Bord? Ich hätte niemals zugelassen ...«

»Was ist eine Arkonbombe?«, fragte Reginald Bull.

Thora ignorierte ihn. »Glauben Sie mir, Crest – ich schwöre bei allem, was mir heilig ist, dass ich genauso wenig wie Sie von der Existenz dieser Waffe wusste. Niemand wusste davon. Sie ist nirgends verzeichnet. Offenbar war sie im angrenzenden Hangarbereich versteckt. Die Interferenzen des mangelhaft ausgeführten Hyperraumsprungs haben sie aktiviert.«

»Was ist eine Arkonbombe?«, beharrte Bull.

Crests Augen tränten, ein Zeichen seiner Erregung. »Die ultimative Waffe. Ihre Wirkung ist verheerend. Sie wurde in den schwärzesten Tagen des Krieges gegen die Methans entwickelt und dazu benutzt, ganze Welten auszulöschen. Keine Errungenschaft, auf die ich stolz wäre.«

»Aber irgendwie muss das Feuer doch einzudämmen sein«, sagte Rhodan im Gefühl, sich verzweifelt an einen Strohhalm zu klammern.

»Eben nicht.« Thora schüttelte langsam den Kopf. »Eine Arkonbombe entfacht nach ihrer Zündung einen Atombrand, der alle chemischen Elemente mit einer Ordnungszahl höher als zehn erfasst. Durch harte Hyperstrahlung werden die Atomkerne besagter Elemente hyperenergetisch angeregt. Sie fusionieren dann unter Freisetzung derselben Strahlung. Nach dem Schneeballprinzip entsteht eine Kettenreaktion, die von Atomkern zu Atomkern springt. Einmal ausgelöst, ist sie nicht wieder zu stoppen.«

»Detonieren eine oder mehrere Arkonbomben auf einem Planeten«, ergänzte Crest mit heiserer Stimme, »so fällt dieser je nach Zusammensetzung binnen weniger Stunden oder Tage dem Kernbrand zum Opfer. Der Planet wird dabei vollständig zerstört.«

Die Perversität dieser Massenvernichtungswaffe verschlug Perry Rhodan beinahe den Atem, aber sich mit den moralischen Implikationen zu beschäftigen, fehlte die Zeit. »Ich nehme an, sinngemäß dasselbe gilt für ein Raumschiff?«

»Selbstverständlich.« Thora straffte sich. »Es gibt nur eine Möglichkeit, die TOSOMA zu retten. Wir müssen den betroffenen Teil absprengen, bevor der Atombrand auf das Transitionstriebwerk übergreifen kann.«

»In Hangar C sind über sechshundert Menschen eingeschlossen!«

Die Arkonidin wich seinem Blick aus. »Sie werden deren Leben zugunsten Ihrer Kameraden und unserer Mission opfern.«

Nun, da sie sich von Feuer bedroht wussten, spürten sie umso stärker, wie die Raumtemperatur anstieg.

War es Einbildung, dass die Luft ebenso kontinuierlich schaler und stickiger wurde? Oder ging der Sauerstoff allmählich zur

Neige, entwich vielleicht schleichend ins Vakuum, weil Energieschirm und Schleusenschott winzige Lücken aufwiesen?

Rhino Ugoljew versuchte, keine Panik aufkommen zu lassen, indem er Ordnung ins Chaos brachte. Unterstützt von seinen Köchen, die ebenfalls gewohnt waren, klare und präzise Anordnungen zu erteilen, organisierte er diverse Einsatztrupps.

Eine Gruppe funktionierte Teile der Bestuhlung zu Behelfsliegen für die noch von den Nachwirkungen des Entzerrungsschocks Geschwächten um. Andere halfen im Lazarett, das von einer resoluten Krankenschwester geleitet wurde. Wie es das offenbar ironisch aufgelegte Schicksal wollte, hatte der einzige anwesende Arzt einen Kreislaufkollaps erlitten.

Die Leichen der bislang fünf Verstorbenen waren dezent in einen abgelegenen Winkel verbracht und mit Tischtüchern bedeckt worden. Darunter befand sich auch Rhinos junger, so begabter schottischer Souschef Alistair MacAllister, der seinen schweren inneren Verletzungen erlegen war, ohne das Bewusstsein wiedererlangt zu haben.

Die Gruppe der Techniker um Bordingenieurin Faye Pendergrast suchte nach weiteren verborgenen Notfalleinrichtungen. Möglicherweise ließ sich irgendwo eine abgeschirmte Reservedatenleitung ausgraben, über die Kontakt zur Hauptleitzentrale aufgenommen werden konnte.

Die Chance war sicher nur gering, andererseits wurde höchstwahrscheinlich auch aus dem Schiffsinneren alles unternommen, um eine Kommunikationsverbindung herzustellen. Vielleicht trafen sie sich ja, wenn ihnen das Glück hold war, quasi in der Mitte.

Freiwillige Wächter postierten sich im Abstand von wenigen Metern vor sämtlichen Hangarwänden, um Alarm schlagen zu können, falls sich die Glut weiter ausbreitete oder das Feuer gar durchbrach. Wie man gegebenenfalls darauf reagieren sollte, blieb dahingestellt. Aber darum ging es nicht in erster Linie. Wichtig war, dass möglichst viele Leute etwas zu tun hatten. Damit sie nicht die Flinte ins Korn warfen.

Das hatte Rhino von Sergej Sergejewitsch Kirjakow gelernt, dem Kapitän der SWJATITEL NIKOLAI, offizielle Bezeichnung »Projekt 955A der Borej-Klasse«. Der Stolz der russischen Marine, das höchstentwickelte Atom-U-Boot der Flotte, benannt sowohl nach dem Windgott Boreas als auch nach dem heiligen

Nikolaus, war in der Nordsee auf Grund gelaufen, havariert aus unbekannten Gründen; bis zum heutigen Tag munkelte man von Sabotage. Kirjakow, ein ausgemachtes Scheusal von Vorgesetztem, zu Recht verschrien als Schinder, Choleriker und großer Säufer vor dem Herrn, hatte plötzlich Führungsqualität bewiesen und ausnahmslos jedem an Bord eine noch so unwichtige Aufgabe zugewiesen.

Rhino war dazu verdonnert worden, Butterbrote zu schmieren, mit Sevruga-Kaviar zu belegen und unter der Mannschaft zu verteilen ... Möglicherweise verdankte er Kirjakow, dass er später die Kochlaufbahn eingeschlagen hatte. Jedenfalls hatten sich die Anordnungen des verhassten Kapitäns, rückwirkend betrachtet, als goldrichtig herausgestellt.

Sich im Geiste vor Kirjakow verneigend, beorderte Rhino seine Unterköche wieder an die Versorgungsinseln. Lauthals verkündete er, dass das Buffet nach wie vor geöffnet habe und bemüht sei, auch ausgefallene Sonderwünsche zu erfüllen.

»Klug gehandelt«, raunte ihm Apeke Koulamoutou zu, während sie begann, mit einem Furcht einflößend großen Messer marinierte Yams-Wurzelstöcke zu filetieren. »Niemand soll hungrig sterben.«

»Nein!«, rief Perry Rhodan. »Nein und nochmals nein! Hangar C abzusprengen kommt nicht infrage.«

»Halten Sie mich für gefühlskalt, wenn Sie wollen«, entgegnete Thora da Zoltral, »aber wir haben keine andere Wahl. Glauben Sie, mir bereitet es Spaß, sechshundert halbwegs intelligente Lebewesen zum Tode zu verurteilen? Aber es heißt sie oder wir alle. Ich schätze Ihre Fürsorglichkeit, jedoch ist Sentimentalität unangebracht.«

»Man hat immer eine Wahl.« Die Formulierung *halbwegs intelligent* notierte Rhodan sich in Gedanken für später. Falls es ein Später gab. »Wie viel Zeit bleibt uns noch?«

»Ich bin auf Schätzungen angewiesen. Wenig, so viel ist sicher. Vielleicht eine halbe Stunde, dann hat sich der Atombrand bis zur Triebwerksschale durchgefressen, und wir sind definitiv Geschichte.«

»Dreißig Minuten ... Was hindert uns daran, jetzt gleich einen Notruf abzusetzen?«

»Vernunft und Kenntnis der galaktopolitischen Lage. Wir befinden uns an der äußersten Peripherie des Großen Imperiums. Die Entfernung zum arkonidischen Hoheitsgebiet beträgt knapp tausend Lichtjahre. Der Hyperraumsprung, dessen partielles Scheitern übrigens von einem asynchron arbeitenden Strukturfeldkonverter verursacht worden ist, endete um etwas über zweihundert Lichtjahre kürzer als geplant und programmiert. Die Reichweite des Bordsenders beträgt neunzig Lichtjahre, und außerhalb des Imperiums existieren, wenn überhaupt, nur vereinzelt Relaisstationen. Unser Notruf ginge ins Leere. Oder er würde interstellare Piraten anlocken, denen wir hilflos ausgeliefert wären. Ich bleibe dabei: Wir müssen uns der Außensektoren, die von der Arkonbombe verseucht wurden, entledigen.«

»Geben Sie mir fünfzehn Minuten. Nein, besser zwanzig. Kümmern Sie sich um das Transitionstriebwerk und die generelle Sicherheit der TOSOMA. Bull und ich, wir kümmern uns um die in Hangar C eingeschlossenen Zuschauer und Mitwirkenden der ›Starlight-Revue‹.«

»Wie bereits erwähnt, ich verfüge noch über zu wenig Informationen, um eine genaue Zeitangabe machen zu können. Daher kann ich Ihnen auch kein Ultimatum stellen.« Thora hob die linke Augenbraue. »Also gut. Versuchen Sie Ihr Möglichstes, Rhodan, meinen Segen haben Sie. Sobald jedoch Gefahr besteht, dass die unersetzlichen Regionen und überlebenswichtigen Aggregate dieses Schiffs, für das ich als Kommandantin verantwortlich zeichne, vom Atombrand befallen werden, löse ich unverzüglich die Absprengung aus.«

Crest setzte zu einer Vermittlung an, aber Perry Rhodan und Reginald Bull hatten sich bereits wortlos verständigt und den Kommandoplatz verlassen. Im Laufschritt eilten sie in Richtung der Quartiere.

»Die Teleporter?«, fragte Reg aus dem Mundwinkel.

»Die Teleporter«, bestätigte Perry. »Tschubai, Kakuta und dein neuer Busenfreund Gucky. Wer sonst?«

Kapitel 9

Sand

Cyr Aescunnar und Hetcher brachen zu ihrer ersten gemeinsamen Fernmission auf. In einem Marsmobil – und in durchaus unterkühlter, um nicht zu sagen: eisiger Stimmung.

Zwei volle Tage und Nächte lang hatte Hetcher sich allen Annäherungsversuchen entzogen. Der Vorhang zwischen den Pritschen war auch tagsüber zu geblieben.

Andererseits hatte der Ferrone stoisch hingenommen, dass Louanne Riembau ihm und Cyr zusammen den Auftrag erteilte, mit einem Bubble auszurücken. Sie sollten eine der Versorgungsstationen auf dem Weg zum Südpol des Mars warten.

Im *Planum Austreale,* der weitgehend ebenen, von einer permanenten, etwa drei Kilometer dicken polaren Eiskappe aus gefrorenem Wasser und Kohlendioxid bedeckten Region südlich des fünfundsiebzigsten Breitengrads, hatten die Kolonisten die zweitgrößte Marsstation errichtet, Sinharat Base. Vom Grundaufbau her war sie eine kleinere Ausgabe von Bradbury Base. Ständig bemannt von zwanzig Spezialisten, diente sie dem Abbau der gefrorenen Wasservorkommen am Südpol.

Der größte Teil des geförderten Eises wurde wöchentlich zur Hauptstation transportiert, mit simplen, an Marsmobile gekoppelten Schleppfähren. Auf der Strecke waren im Abstand von ungefähr fünfhundert Kilometern notdürftig ausgestattete Biwaks eingerichtet worden, primitive Rettungsinseln, bestehend aus einem Standardcontainermodul mit jeweils adäquaten Anbauten.

Nachdem Cyr mit Hetcher das Bubble bestiegen und der Ferrone die Steuerung übernommen hatte, kutschierten sie hinaus in die rostrote Wüste.

Das grob eiförmige Gefährt, Ergebnis einer Symbiose aus irdischer und – vorwiegend – ferronischer Technik, war knapp drei Meter lang und zwei Meter breit. Die längliche, weitgehend transparente, auf sechs großen, mit Luft gefüllten Rädern montierte Kanzel konnte beliebig getönt werden.

Der Innenraum bot Platz für »zwei plus eine Person«; es gab zwei Sitze nebeneinander, dahinter einen Notsitz. In der Praxis bedeutete das: Mit zwei Personen besetzt, vermochte ein Bubble relativ lang autonom zu operieren. Dreien konnte es das Überleben ermöglichen, obgleich nur für kürzere Zeit.

Der Elektromotor arbeitete nahezu geräuschlos. Einzig das gelegentliche leichte Quietschen der Stoßdämpfer durchbrach die Stille, die fast mit Händen zu greifen war. Dank der separaten Aufhängung und Ansteuerung jedes Rades waren die Marsmobile extrem wendig. Im Normalfall, hatte Wei Si Ping versichert, bewältigten sie auch schwieriges Terrain ohne größere Probleme.

Hetcher legte einen Kippschalter am übersichtlichen, weil sparsam bestückten Armaturenbrett um. Von oben ertönten in rascher Folge surrende, raschelnde und klackende Geräusche – das riesige Sonnensegel klappte sich aus. Gleich darauf erschien am Bildschirm neben dem Lenkrad ein weiterer Balken, der langsam zu wachsen begann.

Soweit Cyr das beurteilen konnte, fuhr Hetcher flott, aber mit aller gebotenen Vorsicht. Ohne Sonnensegel erreichte ein Bubble theoretisch eine Höchstgeschwindigkeit von fünfundfünfzig Kilometern pro Stunde. Die maximale, dauerhaft aufrechtzuerhaltende Geschwindigkeit auf flachem Gelände ohne Hindernisse war mit einunddreißig Kilometern pro Stunde limitiert, hatte Cyr gelernt. Der Bordcomputer des Gefährts, der auch als recht verlässlicher Autopilot fungierte, verhinderte eine Überschreitung dieser Marke, da durch den erhöhten Energieverbrauch eine Rückkehr zur Basis oder zu einem anderen Versorgungspunkt gefährdet wäre.

Cyr lehnte sich im Sitz zurück und gab sich der Aussicht hin. Siedend heiß fiel ihm ein, wo er war: *Not in Kansas anymore,* um die lakonische Erkenntnis der kleinen Dorothy aus dem »Wundervollen Zauberer von Oz« zu zitieren. Unwillkürlich summte er die Melodie von »Somewhere over the Rainbow« vor sich hin.

Hetcher drehte den Kopf seitwärts, sah Cyr an und gleich wieder weg.

Interessant.

War der Ferrone etwa gar nicht so taub, wie er vorgab? Oder nahm er bloß die zusätzlichen Vibrationen wahr?

Cyr Aescunnar erinnerte sich, von einer Schlagzeugerin gelesen zu haben, die nur noch ein Hörvermögen von weniger als zwanzig Prozent besaß und trotzdem mit den berühmtesten Orchestern der Welt auftrat, Solokonzerte gab und Meisterklassen abhielt. Wie hieß sie noch gleich? Evelyn Glennie, genau. Angeblich hortete sie rund zweitausend verschiedene Perkussionsinstrumente, und ihre Autobiografie mit dem Titel »Good Vibrations« hatte Bestsellerstatus erreicht. Nebenbei besaß die umtriebige Dame auch noch eine Fotoagentur, ein Schmucklabel, eine Merchandising-Firma und ein Beratungsunternehmen. Auf dem Mars würde sie wohl so schnell nicht anzutreffen sein ...

Die transparente Kuppelblase vermittelte Cyr das durchaus beunruhigende Gefühl, sich direkt in der fremdartigen, ganz und gar nicht heimeligen Landschaft zu befinden. Lebensfeindliche Wüste, wohin das Auge schweifte ... Selbstverständlich trugen Hetcher und er ihre Schutzanzüge, welche auch, wie es so schön hieß, die Entsorgung von Stoffwechselendprodukten übernahmen. Trotzdem, in den Container-Katakomben von Bradbury Base war ihm wohler zumute gewesen.

Möglicherweise trug zu seiner Verunsicherung bei, dass die Proportionen innerhalb der Fahrzeugkabine falsch anmuteten. Sie waren auf Ferronen ausgelegt. Und die blauhäutigen Bewohner des Wegasystems waren nun einmal, bei aller verblüffenden Ähnlichkeit, im Schnitt kürzer und breiter gebaut als Erdenmenschen. Andere Unterschiede wie zum Beispiel, dass Ferronen nicht schwitzten, sondern ihre Körpertemperatur über eine erhöhte Speichelbildung regulierten, waren ihm erst zu Bewusstsein gekommen, als er überall in der Station Spucknäpfe hatte herumstehen sehen.

Eine Stunde verstrich, eine zweite. Die Umgebung änderte sich kaum. Sie folgten dem Verlauf des Canyons, welcher in Wahrheit ein gewaltiges Trogtal war, drei bis vier Kilometer breit, mit mindestens ebenso hohen, unbezwingbar steilen Seitenwänden. Das Vehikel mit Cyr und Hetcher, der auf Autopilot umgeschaltet hatte und regungslos vor sich hin döste, stellte einen winzigen Fremdkörper dar – wie eine Laus, die durch ein schier unendlich langes, leeres Schwimmbecken krabbelte.

In der Versorgungsstation erwartete sie eine böse Überraschung.

Cyr Aescunnar hatte in den letzten beiden Stunden das Steuer übernommen, um Fahrpraxis zu sammeln. Er parkte das Bubble, dessen Sonnensegel wieder eingeklappt war, in der dafür vorgesehenen, von einer Baumaschine geschaffenen Furche. Hetcher und er luden Kisten aus, mit deren Inhalt die Vorräte der Station aufgestockt werden sollten. Dann deckten sie das Marsmobil vorschriftsmäßig mit einer Plane ab, obwohl in den nächsten Stunden laut Prognose der Meteorologen kein Sandsturm drohte.

Hetcher ging voran zum Eingang, er war schon öfter hier gewesen. Nach einigen recht eleganten Sprungschritten, die ihn jeweils über mehrere Meter trugen, hielt er an und fuchtelte mit den Armen, wie er es oft tat, wenn ihn etwas beschäftigte. Nachdem Cyr zu ihm aufgeschlossen hatte, sah er den Schlamassel.

Wie es sich bei den größeren Basen bewährt hatte, war auch dieses Containermodul im Erdreich versenkt, sodass sich das Dach knapp unter Bodenniveau befand. Der Einstieg erfolgte durch eine herausragende, kabinenartige Schleuse, die frappant an eine historische britische Telefonzelle erinnerte und damit an das unglaubliche Raumschiff TARDIS aus der klassischen Fernsehserie »Dr. Who«. Allerdings stand die Tür sperrangelweit offen, und in der Schleuse war kein Timelord, sondern ... Sand.

Viel roter Marssand; viel zu viel.

Es stellte sich heraus, dass auch die Bodenklappe nicht geschlossen gewesen war. Infolgedessen war das Hauptmodul der Versorgungsstation förmlich vom Wind mit Sand zugeschüttet worden.

»So ein Mist«, sagte Cyr zu sich selbst. Wie hatte das passieren können?

Er stellte sich Hetcher gegenüber und fuchtelte nun seinerseits. Eigentlich hatte er sich diesen Coup für die ersehnte Ruhepause in der Station aufsparen wollen. Aber die Umstände forderten, dass er schon jetzt damit herausrückte.

Dass es funktionierte, merkte er daran, wie Hetcher reagierte. Verblüfft riss der Ferrone die Arme hoch. Er gestikulierte – in derselben Zeichensprache, die Cyr benutzt hatte, um ihm mitzuteilen, dass sie ab sofort auf diese Weise kommunizieren konnten.

Die Helmkamera erfasste die Zeichen, der Computer des

Raumanzugs übertrug sie wahlweise in Schrift und/oder Ton. Aus Cyrs Innenlautsprecher erklang: »Du beschämst mich, Aescunnar. Wie hast du es fertiggebracht, dieses Sprachsystem zu erlernen?«

Cyr bedeutete ihm, das Helmdisplay einzuschalten. Dann funkte er: »Erlernen wäre zu viel gesagt. Mein Vokabular ist noch sehr beschränkt.« Er sah, dass Hetcher die ins Ferronische übersetzten Sätze mitlas, und fuhr fort: »Mir ist aufgefallen, dass du häufig Selbstgespräche führst, nämlich in besagter Zeichensprache. Ich habe die vergangenen Tage genutzt, um sie zu analysieren. Videodokumente als Datengrundlage sind in Bradbury Base reichlich vorhanden. Mirjam Marakiç, die Software-Expertin, hat mir geholfen, ein Übersetzungsprogramm zu installieren. Jetzt musst du nicht mehr tippen, wenn du mir etwas sagen möchtest.«

Der Ferrone wirkte wie vom Donner gerührt. Er nickte langsam, ein-, zwei-, dreimal. Schließlich gestikulierte er: »Respekt. Derlei hätte ich dir nicht zugetraut. Du bist doch Historiker.«

»Ja. Und Geschichte ist die Wissenschaft vom Leben.« Cyr verkniff sich eine Bemerkung darüber, dass sogar Hetcher die allgemeinen Vorurteile gegen seine Profession teilte. »Je besser man das Leben und die Lebenden versteht, desto besser versteht man die Geschichte.«

»Nochmals: Ich bin beeindruckt. Es tut mir leid, dass ich jüngst so abweisend war.« Der Ferrone deutete in Richtung der versandeten Schleuse. »Wir müssen uns vordringlich um diese Misere kümmern.«

»Ich werde zurück zum Bubble gehen und Funkkontakt mit Bradbury Base aufnehmen.«

»Ein guter Vorschlag. Sag ihnen, ich suche inzwischen nach Hilfsmitteln. Meines Wissens gibt es in einem externen Depot eine starke Pumpe, mit der wir vielleicht den Sand absaugen können. Falls das nicht klappt, werden wir sehr lang schaufeln müssen.«

Nachdem er das Marsmobil wieder abgedeckt und aus der Furche gefahren hatte, erreichte Cyr bereits beim ersten Versuch Bradbury Base. Der diensthabende Funker verband ihn umgehend mit Wei Si Ping.

Cyr schilderte, in welchem Zustand sie die Versorgungsstation vorgefunden hatten. »Wer immer als Letzter dort war, hat ordentlich gepfuscht. Oder der Marsmission einen üblen Streich gespielt. Ich meine, wie kann man vergessen, die Schleuse zu versiegeln?«

»Mir ist das absolut unerklärlich. Einen Moment, ich rufe die Logs auf.« Nur wenige Atemzüge später sagte Wei: »Die letzten Besucher waren Kendix und Obermaier, eines der gemischten Explorationsduos. Verlässliche Leute, für die ich meine Hand ins Feuer legen würde. Außerdem haben sie ausdrücklich verzeichnet, die Schleuse in ordnungsgemäß geschlossenem Zustand hinterlassen zu haben. Es gibt sogar Aufnahmen der Helmkameras, die den Wahrheitsgehalt ihrer Aussage beweisen. Ich könnte sie Ihnen überspielen ...«

»Nicht nötig, ich glaube Ihnen. Seither war niemand sonst bei dieser Station?«

»Niemand von uns.«

»Hm. Oder jemand, der die Logs fälschen oder umgehen kann.«

»Ich werde die Abwesenheitslisten und Aufzeichnungen der Positionsdaten durchsehen. Kann mir aber nicht vorstellen, dass irgendwer sich eines Marsmobils bemächtigt und noch dazu eine solche Strecke damit zurückgelegt hat, ohne dass die Aktion bemerkt worden wäre.«

»Na ja, der Wind hat keine Finger. Und da es keinerlei Hinweise auf autochthones Leben auf dem Mars gibt, stehen wir vor einem Rätsel.«

»Nicht ganz ... Der Schleusenmechanismus kann von außen per Funk aktiviert werden. Nicht sehr wahrscheinlich, jedoch nicht völlig auszuschließen, dass ein quasi verirrter Impuls die unabsichtliche Öffnung bewirkt hat.«

»Sowohl der Außentür als auch der Bodenklappe? Dass müsste schon ein besonderer, ebenso fähiger wie fieser Impuls gewesen sein.«

»Unwahrscheinlich, wie gesagt, aber theoretisch im Bereich des Möglichen. Ich werde eine Überprüfung der Funk-Logs veranlassen.«

Cyr schluckte hinunter, was ihm auf der Zunge gelegen hatte. Wenn der Vertraute der Stationskommandantin nicht von sich aus auf potenzielle Sabotage zu sprechen kam, wollte er nicht

Zwietracht säen, schon gar nicht aus einer Entfernung von rund fünfhundert Kilometern. »Hetcher sucht gerade nach Werkzeugen. Wir werden uns bemühen, die Station wieder in Schuss zu bringen, aber ich kann nichts versprechen. Auf jeden Fall wird unser Aufenthalt länger dauern als geplant.«

»Schon klar. Bitte melden Sie sich in regelmäßigen Abständen von zwei Stunden und erstatten Sie Bericht, wie Sie beide vorankommen. Falls die Sache sich als zu schwierig für Sie erweisen sollte, schicken wir Ihnen Verstärkung. Mir wäre allerdings lieber, wenn ich darauf verzichten könnte. Sie wissen, die Personalknappheit ...«

»Wir tun unser Bestes.«

»Viel Glück, Cyr.«

»Das können wir brauchen. Grüßen Sie Louanne Riembau von mir. Aescunnar, over.«

Die Pumpe funktionierte leidlich. Trotzdem war es eine Heidenarbeit. Da sie kein Interesse daran hatten, länger als unbedingt nötig zu verweilen, kamen sie ums Schaufeln nicht herum.

Zu Cyrs Erstaunen hatten die Sandmassen keine schwerwiegenden Schäden an den Anlagen der Station verursacht. Alle wichtigen Geräte und Stauräume waren perfekt abgedichtet; wer die Einrichtung, wohl mit ferronischer Hilfe, geplant hatte, war vorausschauend genug gewesen, einen solchen Extremfall einzukalkulieren.

Hetcher ging völlig in seiner Tätigkeit auf. Ihm zuzusehen, wie konzentriert, zielstrebig und systematisch er arbeitete, war eine Freude. Er tat keinen unnötigen Handgriff. Obwohl er keineswegs übereifrig, sondern fast behäbig wirkte, brachte er es in kurzer Zeit sehr viel weiter. Wenn Cyr sich ungeschickt anstellte, zeigte ihm der Ferrone beiläufig, wie er es besser machen konnte.

Nachdem sie Sand und Staub auch aus den hintersten Winkeln gekehrt und abgesaugt hatten, konnten sie es wagen, die Geräteabdeckungen zu entfernen und die Aggregate einem Funktionstest zu unterziehen. Dieser verlief äußerst positiv. Cyr warf die Funkanlage an und überbrachte Wei Si Ping die frohe Botschaft, dass die Versorgungsstation in Bälde wieder auf Vordermann gebracht sein würde. Er vergaß nicht zu erwähnen, dass das Hauptverdienst bei Hetcher lag.

»Ich habe nie unterstellt, dass er nicht seine Qualitäten hätte«, sagte der chinesische Geologe. »Wenn bloß der Umgang mit ihm nicht so schwierig wäre!«

»Kennen Sie das Andersen-Märchen vom hässlichen Entlein?«

»Das sich als Schwan entpuppt? Ihr Optimismus in Ehren, aber Hetcher kommt mir schon ziemlich ausgewachsen vor.«

»Man soll die Hoffnung nie aufgeben.«

»Oder sich mit dem Gegebenen abfinden. Ein chinesisches Sprichwort lautet: Jede Familie hat ein schwer zu lesendes Buch. – Kommen Sie heil zurück!«, schloss Wei Si Ping.

Cyr lud sich das Verzeichnis der in den letzten Wochen eingegangenen Funksprüche in seinen Tablet-Rechner. Auf den ersten Blick konnte er nichts Auffälliges feststellen. Er sicherte die Liste, bei Gelegenheit würde er sie gründlicher überprüfen. Dann half er Hetcher, die Geräte zu warten und die Vorräte aufzustocken.

Auf der Rückfahrt unterhielten sie sich angeregt mittels des Übersetzungsprogramms.

Das Eis war definitiv gebrochen. Hetcher geriet sogar ins Schwärmen, als er sich über das Potenzial des Terraformings ausließ. Begeistert schilderte er, wie der Mars eines Tages aussehen könnte. Sein Volk habe es zuwege gebracht, Ablon und andere ursprünglich unwirtliche Planeten in blühende Welten zu verwandeln. Es wäre doch gelacht, wenn die Menschen mit dem Mars nicht Ähnliches vollbrächten. Natürlich nicht von heute auf morgen, man müsse Geduld und Durchhaltevermögen beweisen.

Es schien fast aberwitzig inmitten der atemberaubenden, jedoch tödlichen Landschaft des Mars, aber Cyr spürte zum ersten Mal eine echte Verbindung zu dem Ferronen. Kühne Gedanken hatten ihm schon immer imponiert.

Hetcher wurde nicht müde, möglichst skurrile Geschichten über den Roten Planeten und seine fiktiven Bewohner zu hören, er konnte nie genug davon bekommen. Also kramte Cyr in seinem Gedächtnis.

Er förderte den christlichen Mystiker Emanuel Swedenborg zutage, der bereits Mitte des achtzehnten Jahrhunderts ein Buch mit dem Titel »Leben auf anderen Planeten« veröffentlicht hatte.

Darin behauptete er felsenfest, auf spiritistische Weise mit Bewohnern des Mondes, des Jupiters, Saturns, Mars und der Venus zu kommunizieren. Zu Neptun und Uranus hingegen unterhielt er keinen Kontakt – die waren damals noch nicht entdeckt.

Swedenborgs Anhänger, die es nach wie vor gab, diskutierten heftig darüber, ob dieses Manko die Glaubwürdigkeit der anderen Berichte erschüttere ... Im Roman »Roter Stern« von 1908 wiederum wurde der Mars als kommunistisches Paradies geschildert. Der Autor, der Russe Alexander Bogdanow, entwickelte auch eine wissenschaftliche Disziplin, die sämtliche sozialen, biologischen und physikalischen Wissenschaften vereinen und die ihnen allen gemeinsamen Organisationsprinzipien erforschen sollte. Diese »Tektologie« wurde mittlerweile als Vorläufer der Systemtheorie betrachtet.

Auch einer der nach weitverbreiteter Ansicht schlechtesten Filme aller Zeiten, erzählte Cyr dem gebannt lesenden Ferronen, spielte auf dem Mars. In »Santa Claus erobert die Marsianer« wurde der Weihnachtsmann zusammen mit zwei irdischen Kindern von den Anführern der Marsmenschen gekidnappt, erlebte allerlei Abenteuer und half schließlich, einen marsianischen Stellvertreter seiner selbst zu installieren. Zu Beginn des einundzwanzigsten Jahrhunderts feierte eine Bühnenversion des ursprünglich unfreiwillig komischen Stoffes außergewöhnliche Erfolge, wusste Cyr zu berichten. In der Stadt Fullerton in Kalifornien wurde das Stück seither jedes Jahr in der Adventszeit gezeigt.

»Ich liebe diese verrückten Geschichten«, sagte Hetcher. »Aber eines erscheint mir unlogisch: Die Verfasser haben den Mars nie betreten. Ihre Geschichten handeln daher nicht vom Mars, wie er ist, sondern wie sie sich ihn vorgestellt haben. Um *diese* Geschichten zu verstehen, hättest du nicht zum echten Mars kommen müssen.«

»Da hast du schon recht. Nun, es schadet zumindest nicht, hier zu sein ... Aber das ist nicht der wahre Grund, weshalb ich gekommen bin. Ich bin hier, weil auf dem Mars in diesem Augenblick *Geschichte gemacht* wird. Es mag ein wenig pathetisch klingen, aber ich bin überzeugt: Hier geschieht etwas Großes.«

Hetcher antwortete eine Weile nicht. Dann stimmte er zu: »Ja, hier geschieht Großes ...«

Kapitel 10

Alles gerettet

Im Hangar spitzte sich die Lage zu. Es wurde immer heißer. Zugleich nahm mangels Frischluftzufuhr der Sauerstoffgehalt ab.

Franz Ferdinand Kutschker bemühte sich, seine Hysterie im Zaum zu halten. Theater- oder Filmregisseur zu sein implizierte Führungsstärke und totalen Durchblick. Man hatte Federico Fellini nicht umsonst *il faro*, den Leuchtturm, genannt. Sein Ruf wäre auf ewig und noch einen Tag im Eimer, würde er vor Schauspielern, Technikern und Publikum einen Nervenzusammenbruch hinlegen und sich vom praktisch allwissenden Regietitanen in ein kleines Häuflein Elend verwandeln.

Also gab er sich nach außen hin trotz der Hitze kühl. Dass das glatzköpfige Rhinozeros von Chefkoch das Kommando an sich gerissen hatte, war ihm recht. Ab und an setzte Kutschker in Richtung Rhino kleine Zeichen des gnädigen Einverständnisses: beifälliges Nicken, aufmunternde Gesten oder Zurufe wie »Ganz meine Meinung!«, »Bravo, weiter so!« und »Ausgezeichnete Idee, lag mir auf der Zunge!«

Insgeheim haderte er mit seinem Schicksal, vor allem aber mit sich selbst. Dafür, dass die zweite Hyperraumetappe offensichtlich in einem Desaster geendet hatte, konnte er grundsätzlich nichts. Hingegen war es sehr wohl gewissermaßen seine Schuld, dass sie nun in diesem schrecklichen Hangar eingeschlossen waren und um ihr nacktes Überleben bangen mussten.

Niemand anders als er, Franz Ferdinand Kutschker, hatte die Idee gehabt, das Weltall – und zwar nicht als Projektion, sondern in natura! – als Bühnenprospekt zu benutzen. Ihm war es gelungen, sein daraus entstandenes Konzept der »Starlight- Revue« gegen alle Einwände vonseiten der Schiffsführung durchzuboxen. Konnte es, hatte er argumentiert, ein schöneres Symbol für den visionären Aufbruch der Menschheit zu den Sternen und konkret nach Arkon geben?

Wie die meisten Künstler verkündete Kutschker bei jeder passenden und unpassenden Gelegenheit, dass es süß und ehrenvoll sei, für die Kunst Opfer zu bringen. Allerdings hatte er dies immer eher als theoretische Maxime verstanden, in übertragenem, gehobenem Sinne, beispielsweise im Zusammenhang mit Budgetzuteilungen und Subventionen jeder Art. Außerdem opferte er, ohne allzu häufig sein Los zu beklagen, am Altar der Musen Thalia und Melpomene, der Schutzgöttinnen von Komödie und Tragödie, seine Zeit, Kreativität und Gestaltungskraft. Aber sein Leben?

Im schlimmsten Fall würde er noch sechshundert weitere auf dem Gewissen haben ...

Als österreichischem Theatermann war ihm natürlich der Ringtheaterbrand ein Begriff. Am 8. Dezember 1881 wurde im als Komische Oper gegründeten Theater am Wiener Schottenring, kurz vor Beginn einer Aufführung von Jacques Offenbachs »Hoffmanns Erzählungen«, die Gasbeleuchtung von fünf Schaukästen entzündet. Ausgeströmtes Gas explodierte, das Feuer sprang auf die Prospektzüge über und breitete sich schnell auf der Bühne und im Zuschauerraum aus. Mangelhafte Sicherheitsvorkehrungen wie aus Geiz eingesparte Notbeleuchtung, nach innen aufgehende Türflügel der Notausgänge und eine fatale Fehleinschätzung der Lage, weshalb die Polizei im Theaterfoyer Helfern mit dem Hinweis »Alles gerettet!« den Zutritt verwehrte, führten zu einer der größten Brandkatastrophen des neunzehnten Jahrhunderts. Die Zahl der Todesopfer betrug nach offiziellen Angaben 384; Schätzungen gingen von noch mehr Toten aus.

Kutschker bekam eine Gänsehaut, als ihm die vielen Parallelen auffielen: Hybris dort wie da, einst und jetzt.

War er ein Geistesverwandter, ein Komplize im Ungeiste, etwa gar eine Reinkarnation des damaligen Ringtheaterdirektors? Franz Ritter von Jauner, so hieß der Unglückliche, wurde wegen Fahrlässigkeit zu drei Monaten Gefängnis verurteilt, was vielen Zeitgenossen als zu milde Strafe erschien. Danach brachte er nie mehr richtig einen Fuß auf die Bretter, die auch ihm die Welt bedeuteten. Letztlich erschoss er sich am selben Tag, an dem die Pleite einer anderen, von ihm geleiteten Bühne ruchbar wurde.

Würde Franz Ferdinand Kutschkers Name ebenso unrühmlich in die Theatergeschichte eingehen? Er hatte sich als interstellaren Pionier gewähnt, hatte der Wiener Schule der Schauspielkunst die Weiten der Galaxis erschließen wollen. Stattdessen schien seine erste Inszenierung außerhalb des heimischen Sonnensystems auch die letzte zu sein.

Und das Schlimmste daran: Wenn diese Pechsträhne anhielt, würden nicht einmal Kritiken erscheinen ...

Immer größere Bereiche der Innenwände glühten rot.

Sie strahlten eine solche Hitze ab, dass Apeke Koulamoutou und ihre Kollegen die Kochinseln schon weit hinein in den Raum geschoben hatten.

Die Köstlichkeiten, die sie nach wie vor anboten, erfreuten sich keines sonderlich hohen Zuspruches mehr. Den Leuten war der Appetit vergangen. In der Mehrzahl saßen sie apathisch da. Vielleicht verdrängten sie ihre missliche Lage, indem sie krampfhaft an etwas anderes dachten; vielleicht versuchten sie, ihren Frieden mit der Welt oder irgendeinem Gott zu machen. Apeke sah immer häufiger Tränen über Gesichter rinnen oder Schultern, die in lautlosem Schluchzen zuckten.

»Die Getränke werden knapp«, sagte Dritëra Zeqiri, die albanische Zuckerbäckerin. Ströme von Schweiß hatten ihr rosiges Make-up längst vernichtet. »Insbesondere die alkoholfreien.«

»Das habe ich befürchtet.« Nach der Transition war nur noch ein kurzer Abschluss der Revue geplant gewesen, danach hätte sich die Veranstaltung relativ rasch auflösen sollen. Deshalb war das verbliebene Kontingent an Erfrischungsgetränken knapp bemessen und ging nun, da die Menschen schwitzten und durstig waren, rasch zur Neige. »Gib auf Anfrage auch Bier und leichte Mixgetränke aus. Aber haltet die harten Sachen zurück. Randalierer hätten uns gerade noch gefehlt.«

Am allermeisten zerrte nach Apekes Meinung die Ungewissheit an den Nerven. Sämtliche Versuche der Techniker, eine Verbindung mit dem Schiffsinneren zu etablieren, waren gescheitert. Daher hatte weiterhin niemand eine Ahnung, was eigentlich los war und in welchem Gesamtzustand sich die TOSOMA befand. War das ganze Schiff bereits unrettbar verloren, und sie wussten es bloß noch nicht?

Ein kollektiver Aufschrei hallte durch den Hangar. Apeke sah sich um und erkannte den Grund dafür. Ihr Herz machte einen Freudensprung.

Mitten auf der Bühne waren drei Gestalten erschienen, zwei Menschen und ein nur halb so großes Wesen mit Mausohren, einem Biberschwanz und einem einzigen spitzen, aus dem Mund ragenden Zahn. Alle drei trugen Raumanzüge mit zurückgeklappten Helmen. Der Asiat, bei dem es sich wohl am Tako Kakuta handelte, trat an die Bühnenkante und beugte sich zu den Umstehenden hinunter. Apeke konnte weder Frage noch Antwort verstehen, aber kurz danach erklomm Rhino Ugoljew die Bühne und schüttelte den drei Teleportern enthusiastisch die Hände.

Nach einer kurzen, halblaut geführten Unterhaltung drehte Rhino sich zum Auditorium, breitete die Arme mit gespreizten Fingern aus und senkte sie dann zentimeterweise wie ein Dirigent, der seinen Orchester ein Decrescendo abverlangte.

Schließlich kehrte gespannte Ruhe ein.

»Leute, ich habe gute Nachrichten«, verkündete Rhino. »Erstens, die TOSOMA ist keineswegs im Nirgendwo gestrandet, sondern wird ihren Flug nach einem Reparaturaufenthalt fortsetzen können.«

Applaus brandete auf, in den sich gellende Pfiffe mischten. Rhino war zuerst verwirrt; dann sah er aus den Augenwinkeln, dass hinter ihm Kakuta und der hünenhaft gebaute Ras Tschubai dabei waren, sich ihrer Raumanzüge zu entledigen.

»Zweitens«, setzte er fort, »werden uns die drei Teleporter einerseits mit Schutzanzügen versorgen und uns andererseits nach und nach aus dem Hangar in die Zentralkugel des Schiffes schaffen. Wir beginnen natürlich mit den Verwundeten und sonst wie gesundheitlich Angeschlagenen. Die Transporte werden voraussichtlich etwa im Minutenabstand erfolgen, je nachdem, wie lange unsere parapsychisch begabten Freunde jeweils zur Regeneration benötigen. Ich will kein Gedrängel sehen, klar?«

»Aye, aye, Sir!«, rief irgendein Scherzbold. Als Replik deutete Rhino einen zackigen Salut an. Er erntete damit immerhin ein wenig Gelächter. Unzweifelhaft hatte sich die Stimmung seit dem Auftauchen der Teleporter erheblich verbessert.

Ein wenig nagte an Rhino schon ein schlechtes Gewissen, weil er mit der negativen Komponente der Neuigkeiten einstweilen hinter dem Berg hielt. Kakuta hatte ihm geflüstert, dass sie unter extremem Zeitdruck standen. Ihre arkonidische Kommandantin sah sich gezwungen, den Außenbereich, zu dem auch Hangar C gehörte, in weniger als einer halben Stunde abzusprengen. Selbst diese Frist hatte Perry Rhodan ihr nur abgerungen, indem er das ganze Gewicht seiner Person in die Waagschale warf.

Was das bedeutete, konnte jeder durchschauen, der die Grundrechnungsarten beherrschte. Selbst falls die Teleporter tatsächlich im Schnitt drei Personen pro Minute aus dem Hangar befreiten, ohne dabei so zu ermüden, dass die Erholungspausen immer länger wurden – dreimal dreißig ergab maximal neunzig Gerettete. Ging man davon aus, dass in der Gegenrichtung Kakuta und Tschubai je einen Raumanzug mitbrachten und Gucky deren zwei, kam man auf hundertzwanzig Geschützte, die bei einer Absprengung des Hangars wenigstens eine kleine Überlebenschance hatten.

Der Rest, fast vierhundert Menschen, würde auf der Strecke bleiben ...

Rhino grinste aufmunternd und verließ die Bühne zusammen mit den drei Teleportern, die zum provisorischen Lazarett eilten. Innerlich fühlte er sich elend. Schon bald würde er, ob es ihm schmeckte oder nicht, mit der bitteren Wahrheit herausrücken müssen. Danach brach im Hangar garantiert das Chaos aus, das er bisher erfolgreich verhindert hatte.

Er brauchte dringend eine Idee, wie er so lange wie möglich hinauszögern konnte, dass jemand unangenehme Fragen stellte ...

Nachdem Chefkoch Rhinozeros sich im Applaus der Menge gesonnt, dabei jedoch nicht einmal anständig verbeugt hatte, kam er schnurstracks zu Franz Ferdinand Kutschker gehampelt. »Ihr Typ ist gefragt«, sagte er, proletenhaft wie immer.

»Falls Sie möchten, dass ich als offiziell Verantwortlicher Ihre Maßnahmen absegne – geschenkt. Bin vollkommen d'accord. Ich würde nicht anders handeln. Es ist fast schon gespenstisch, wie Sie meinen Anordnungen vorgreifen, als könnten Sie meine Gedanken ...«

»Trommeln Sie Ihre Artisten zusammen. Wir machen mit der Revue weiter. Die letzte Zugabe harrt noch der Aufführung.«

»Wie bitte?« Kutschker glaubte, sich verhört zu haben. »Das kann nicht Ihr Ernst sein.«

»Und wie ernst ich das meine! Ob Sie's wissen wollen oder nicht, ich habe mich schon einmal in einer ähnlich schlimmen Situation befunden. In der SWJATITEL NIKOLAI, einem havarierten Atom-U-Boot, auf dem Grund der Nordsee. Scheinbar war die Lage aussichtslos. Die Männer waren drauf und dran, einander in ihrer Verzweiflung gegenseitig zu zerfleischen. Da tat Kirjakow, der Kapitän, etwas völlig Widersinniges. Er holte die Besatzung zusammen und ließ uns Marinelieder singen.«

»Wäre es nicht klüger gewesen, kräfteschonend liegen zu bleiben und wertvolle Atemluft zu sparen?«

»Klüger vielleicht; aber in einer Massenpanik verhalten sich nur die wenigsten rational. Kirjakows allen Gesetzen der Vernunft zuwiderlaufender Befehl erwies sich trotzdem letztendlich als richtig. Das Singen verhinderte, dass wir ausflippten, und weckte unsere Lebensgeister. Wir hielten durch, bis im letzten Moment doch noch Rettung eintraf.«

»Eine herzzerreißende Anekdote, aber ... Sie sind wirklich sicher, noch bei klarem Verstand zu sein, Ugoljew?«

»Wir alle, Herr Regisseur, werden den Verstand verlieren, mit unabsehbaren Folgen, wenn wir nicht rechtzeitig etwas dagegen unternehmen. Die letzte Zugabe wird uns ein paar Minuten der Entspannung verschaffen; das ist schon sehr viel.«

»Wir haben immer noch keinen Strom. Artistische Kunststücke bei schlechter Beleuchtung auszuführen ist gefährlich.«

»Daran habe ich bereits gedacht. Kakuta bringt bei der nächsten Teleportation einen mobilen Notstromgenerator mit.«

Kutschker setzte, wie er es gelernt und unzähligen Schauspielschülern weitergegeben hatte, eine dramatische Kunstpause, während der er bei sich von einundzwanzig bis fünfundzwanzig zählte. Dann sagte er: »Nach reiflicher Überlegung gebe ich Ihnen recht. Die Show muss weitergehen, immer! Ein ehernes Gesetz des Theaters. Bitte entschuldigen Sie mich.«

Er erhob sich und brüllte seine Regieassistentin an, obwohl sie unmittelbar neben ihm stand: »Alles vorbereiten für die zweite Zugabe, hopp-hopp, dalli-dalli!«

Kapitel 11

Selbstmord?

Am Tag nach ihrer Rückkehr nach Bradbury Base wurden Cyr Aescunnar und Hetcher zum Unkrautjäten im Kuppelgarten eingeteilt. Das kam einer Belohnung gleich, weil es zu den wenigen Systemerhaltungsdiensten gehörte, die man ohne Raumanzug erledigen konnte. Überdies wurde jeder Aufenthalt unter der transparenten Kuppel als angenehm empfunden, selbst wenn man dabei Stunden in gebückter Stellung zubrachte.

Im Anschluss daran erfuhr Cyr von Wei Si Ping, dass bei der Überprüfung der Funk-Logs keinerlei Unregelmäßigkeiten entdeckt worden waren. Sämtliche von der Station ausgestrahlten Sendungen ließen sich entweder Routinetätigkeiten zuordnen oder gehörten zu den zahlreichen bis dato ergebnislosen Versuchen, Kontakt mit dem verschollenen Kommandanten Nguyen aufzunehmen beziehungsweise dessen Marsmobil anzupeilen.

Ausnahmslos alle ausgegangenen Funkbotschaften waren ordnungsgemäß abgewickelt worden. Es hatte also keinen einzigen Fehlversuch gegeben, infolge dessen etwaige unbeabsichtigt entstandene, »wilde« Datenkonvolute den Mechanismus der Dachschleuse in der Versorgungsstation ausgelöst haben könnten – was ohnehin eine äußerst unwahrscheinliche Verkettung von Zufällen gewesen wäre.

Somit blieb weiter rätselhaft, wer oder was die Türen geöffnet und Tonnen von Marssand eingelassen hatte. »Der Sheriff wird auch in diesem Fall eine Untersuchung einleiten«, sagte Wei Si Ping, »wie es seine Aufgabe als Sicherheitschef ist. Da die Sache letztlich gut ausgegangen ist und keine gravierenden Schäden verursacht wurden, kann ich mir allerdings nicht vorstellen, dass Idris viel Zeit und Energie darauf verwendet. Er hat wie wir alle Wichtigeres zu tun.«

Der Cheffunker hieß Pavel Smetana und betreute außerdem, in seinem eigentlichen Hauptberuf als Pharmakologe, die Stationsapotheke, wo Cyr sich mit ihm traf. Er hatte sich als Nächster zu einem Interview bereit erklärt.

Smetana war lang und dürr, ein richtiges Klappergestell mit dünnen weißblonden Haaren, die schon länger keinen Kamm mehr gespürt hatten. »Eine Chronik von Bradbury Base wollen Sie verfassen, soso«, sagte er mit gutturaler Stimme und starkem slawischem Akzent. »Haben Sie schriftstellerische Ambitionen?«

»Nein, jedenfalls nicht vorrangig. Offen gesagt ist mir noch nicht viel eingefallen, wie ich mich sonst abseits der Instandhaltungspflichten nützlich machen könnte. Ich verstehe das Chronikprojekt in ähnlicher Weise als Dienst an der Gemeinschaft und schreibe hauptsächlich für uns und diejenigen, die nach uns kommen werden. Vielleicht wird es ja zu einer fixen Einrichtung und später einmal von jemand anderem weitergeführt. Auf die literarische Qualität lege ich nicht viel Augenmerk.«

»Sie wollen also nicht in Bradburys Fußstapfen treten.«

»Die wären mir zu groß, fürchte ich.«

»Wohl jedem von uns. – Was möchten Sie von mir wissen?«

»Warum sind Sie auf den Mars gekommen?«

»Hm. Ich könnte es mir leicht machen und George Mallory zitieren, der auf die Frage, warum er unbedingt den Mount Everest besteigen wolle, antwortete: Weil er da ist.«

»Die Expedition von Mallory und seinem Partner Irvine scheiterte. Beide fielen dem Everest zum Opfer. Bis heute ist unklar, ob einer von ihnen zuvor den Gipfel erreicht hat.«

»Ich weiß. Aber kommt es darauf an? – Nicht das Gelingen, nur der Versuch zählt am Schluss, wie es ein deutscher Poet, ein Herr Bolzheimer, einmal so schön formulierte; übrigens in einem Lied über den mythologischen Luftfahrtpionier Ikarus.«

»Welcher der Sonne zu nahe kam.«

»Tja. Mallory, Ikarus ... Die Menschheitsgeschichte ist voll von Heroen der Selbstüberschätzung. Aber das brauche ich Ihnen als Historiker nicht zu sagen.«

Cyr nickte verschwörerisch. Er hatte das Gefühl, der Pharmakologe und Funker wich ihm aus. Oder er neigte vom Naturell her zur Weitschweifigkeit. »Sie sind Tscheche?«

»Aus Brno, ja. Smetana bedeutet sauer gewordene Sahne. Die

Deutschen sagen Schmand oder Schmetten dazu, die Österreicher und Schweizer Sauerrahm beziehungsweise Crème fraîche. Mein Vater hatte eine Apotheke, die sollte ich natürlich einmal übernehmen, und natürlich habe ich dagegen rebelliert und bin Rockmusiker geworden. Obwohl wir nicht mit dem Komponisten der ›Moldau‹ verwandt sind. Was mich allerdings mit ihm verbindet, ist, dass wir beide unter deftigen Hörstörungen litten.«

»Tinnitus?«

»Genau. Friedrich Smetana hörte in seinen letzten Jahren bei Tag und Nacht ›das schrille Pfeifen eines As-Dur-Sextakkords in den höchsten Registern der Piccoloflöte‹, wie er sich ausdrückte. Woher seine Beschwerden kamen, weiß ich nicht; den Grund für die meinigen kenne ich sehr wohl. Für Drogenexperimente war das elterliche Geschäft nämlich ganz ausgezeichnet geeignet.«

»Aber mittlerweile sind Sie davon geheilt.« Sonst hätte er den Fitnesstest für die Marsmission nicht bestanden.

»Vom Ohrenklingeln ebenso wie von den Drogen und übersteuerten Gitarrenverstärkern. Ich habe das Warnsignal verstanden und endlich doch Pharmazie studiert. Aber bei meinem Vater zu Kreuze gekrochen bin ich trotzdem nicht. Da ich mich ohnehin bereits eine Weile mit Unterhaltungselektronik beschäftigt hatte, nahm ich als Nebenfach die Funkerei. Mein Onkel und Taufpate, von dem ich den Namen habe, ist übrigens Experimentalkünstler. Er bearbeitet von ihm aufgezeichnetes Bild- und Tonmaterial für Installationen so, dass die entstehenden Bilder und Töne den akustischen und visuellen Wahrnehmungsgewohnheiten des Rezipienten zuwiderlaufen. Auf diese Weise versucht er, zu neuen Erkenntnissen der Dimensionen von Raum und Zeit zu gelangen. Mit ihm stehe ich nach wie vor in regelmäßigem Kontakt. Ich sitze ja an der Quelle.«

Das brachte Cyr auf eine Idee. »Ich nehme an, die meisten Besatzungsmitglieder kommunizieren gelegentlich mit Freunden oder Verwandten auf der Erde?«

»Ja, jeder hat ein Kontingent an privaten Live-Funksprüchen. Das wird gern genutzt, trotz der gewöhnungsbedürftigen Verzögerung.« Obwohl sich 2037 Mars und Erde so nahe wie selten standen, brauchte jeder Funkspruch etwas über vier Minuten, um die Strecke zu bewältigen, erinnerte Smetana. »Nachrichten kann man sowieso praktisch unbegrenzt senden.«

»Tut sich dabei jemand besonders hervor, im Sinne von auffällig viel Heimatkontakt? Sie verstehen, mich interessiert die menschliche Komponente der Marsmission. Auch Wissenschaftler können schreckliches Heimweh haben.«

Schmunzelnd dachte Smetana nach. »Nicht, dass ich wüsste, Na ja, höchstens in umgekehrter Hinsicht. Emily Tempsky, die neuseeländische Ärztin.« Er hielt die Hände vor seine Brust, als wöge er etwas sehr Schweres. »Die macht überhaupt nicht davon Gebrauch. Offenbar hat sie niemandem etwas von sich mitzuteilen. Ein armes Waisenkind ohne jeglichen Anhang, so scheint es. Ich hätte mich ja gerne als Tröster angeboten, aber sie hat mich abblitzen lassen, freundlich, aber bestimmt.«

»Darf ich nochmals auf das Thema Drogen zurückkommen?«

»Gern. Ich bin clean, falls Sie darauf hinauswollten; schon seit vielen Jahren.«

»Aber ist es denn nicht so, dass man in Extremsituationen wie einer Marskolonie von einer erhöhten Drogengefährdung ausgehen muss?«

»Klar doch. Eben deshalb haben sie ja mich gefragt, ob ich diesen Job hier übernehmen möchte. Aufgrund meiner eigenen Erfahrungen erkenne ich die einschlägigen Symptome früher als die meisten anderen.«

»Und?«

Smetana schüttelte den Kopf, dass die weißblonden Federn flogen. »Einstweilen alles sauber. Ich überprüfe übrigens auch meine Arzneimittelbestände fast täglich aufs Milligramm genau. Da fehlt nichts.«

In ihrer gemeinsamen Kabine gab Hetcher sich wieder zugeknöpft wie eh und je, was Cyr diesmal gar nicht unrecht war.

Zum einen hatten sie auf der Rückfahrt nach Bradbury Base stundenlang, und das durchaus erschöpfend, Gedanken und Geschichten ausgetauscht. Zum anderen konnte sich Cyr dadurch ungestört mit der Datei befassen, die er aus der Versorgungsstation mitgebracht hatte.

Die Liste der dort empfangenen Funksendungen enthielt nichts, was bei oberflächlicher Betrachtung auf irgendeine Form von Sabotage hindeutete. Trotzdem arbeitete Cyr das mehrere Seiten umfassende Verzeichnis wieder und wieder durch. Ihn plagte das Gefühl, des Rätsels Lösung auf der Spur zu sein, ja knapp davor zu stehen. Was hatte er übersehen, was übersah er bei jedem neuen Anlauf wieder?

War er vielleicht zu nahe dran? Sodass er den Wald vor lauter Bäumen nicht erkannte?

Der Gedanke, hinter den Sabotageakten könnte niemand anders als sein Zimmergenosse Hetcher stecken, hatte sich Cyr schon öfter aufgedrängt, und jedes Mal hatte er ihn verworfen.

Welches Motiv sollte der Ferrone haben? Außer sinnloser Zerstörungswut fiel Cyr beim besten Willen keines ein. Zwischen Hetchers Volk und den Terranern gab es keinerlei Animositäten; im Gegenteil, noch immer überschlugen sich die Ferronen laut Wei Si Ping förmlich vor Dankbarkeit gegenüber Perry Rhodan.

Selbst wenn man ins Kalkül zog, dass Hetcher auch unter ihnen ein Außenseiter und in gewissem Maße Egozentriker war – er hatte niemals die geringste Antipathie gegen Menschen im Allgemeinen oder irgendein Belegschaftsmitglied persönlich gezeigt, angefangen von Louanne Riembau bis zu Cyr Aescunnar selbst. Gut, er ging oft seine eigenen Wege und nahm es mit manchen Vorschriften nicht allzu genau. Aber wie Idris al-Sharif so pointiert formuliert hatte: Eigensinn war per se noch kein Delikt, schon gar nicht in der Marskolonie.

Hinzu kamen Hetchers Leidenschaft für das Terraforming-Projekt und die Euphorie, mit der er sich am Vortag über die Zukunft des Roten Planeten geäußert hatte. Diese hing auf Gedeih und Verderb vom Erfolg der Marsmission ab. Dass ihm daran sehr viel lag, hatte Hetcher durch seine Handlungen und zuletzt auch durch seine Worte unter Beweis gestellt.

Nein, wenn er der Saboteur gewesen wäre, hätte er entweder der beste Verstellungskünstler sein müssen, der Cyr jemals untergekommen war, oder unter einer Persönlichkeitsspaltung leiden, die sich gewaschen hatte. Auch auf Anzeichen dafür hatte Cyr in den letzten Tagen geachtet und nicht das Geringste bemerkt. Auf seine eigentümliche, ruppige und häufig abweisende Art verhielt Hetcher sich vielmehr sogar äußerst geradlinig und unbeirrt. Dass es Cyr gelungen war, Zugang zu ihm zu finden, stellte eine Ausnahme dar, die eher die Regel bestätigte.

Für eine Fremdbeeinflussung durch etwas wie einen posthypnotischen Befehl oder eine verwandte parapsychische Fähigkeit wiederum hätte es ebenfalls das eine oder andere Indiz geben müssen ... Cyr hielt sich keineswegs für unfehlbar. Aber dass er sich in einer Person dermaßen täuschen oder, bewusst oder unbewusst, von ihr getäuscht werden könnte, durfte er guten Gewissens ausschließen.

Seufzend nahm er erneut die Funkprotokolle der Versorgungsstation zur Hand. Was war ihm entgangen? In welchem winzigen Detail steckte die Antwort?

Sinnlose Selbstquälerei. Die Zeilen tanzten und verschwammen ihm vor den Augen, die er ohnehin kaum mehr offen halten konnte. Er war todmüde, und der Rücken tat ihm weh.

Cyr Aescunnar zeigte Einsicht und ging zu Bett. Nach wenigen Atemzügen war er eingeschlafen.

Ein unheimliches, kratzendes Geräusch weckte ihn. Es klang, als würde jemand mit einer riesigen Stahlbürste über die Außenwände des Wohncontainers schrammen. Aber der lag doch tief im Erdreich vergraben?

Benommen sah Cyr auf die Leuchtziffern seiner Armbanduhr. Er hatte erst viereinhalb Stunden geschlafen, es war mitten in der Nacht.

Das Kratzen machte ihm Angst. Mehrmals rief er nach Hetcher, bis ihm endlich einfiel, dass der Ferrone ihn ja nicht hören konnte. Wie dumm von ihm! Er schlug die Decke zurück, rieb sich die verklebten Augen, schaltete Licht ein, stand auf, dehnte und streckte sich. Schließlich zog er behutsam den Vorhang zur Seite, der die Kabine teilte.

Hetchers Bett war zerwühlt und leer. Von ihm selbst fehlte jede Spur.

Nachdem er auch in der Hygienezelle nachgesehen hatte, streifte Cyr den Overall über, setzte aus einer Laune heraus den geliebten Indiana-Jones-Hut auf und trat hinaus auf den Gang. Das Schaben und Kratzen wurde lauter, je mehr Stockwerke er hinter sich ließ. Ein dumpfes, niederfrequentes, kaum hörbares Dröhnen mischte sich dazu.

Cyr Aescunnar folgte den Geräuschen bis an die Oberfläche. Dort erkannte er, woran es lag: Ein gewaltiger Sandsturm rieb über die Kuppel und versetzte sie dabei offenbar in Schwingungen.

Auf einer kleinen Lichtung, die von Gemüsebeeten und Obstbäumen umgeben war, standen mehrere Personen. Viele von ihnen hatten den Kopf in den Nacken gelegt und schauten angestrengt nach oben, als könnten sie den Sturm mit ihren Blicken bannen. Hetcher war nicht darunter. Dafür entdeckte Cyr die Stationskommandantin Louanne Riembau und ihren Vertrauten, den allzeit umgänglichen Wei Si Ping. Er gesellte sich zu ihnen.

»Ganz schön Furcht einflößend, nicht wahr?« Riembau musste schreien, um das Lärmen zu übertönen. »Aber keine Sorge, die Kuppel hält das aus. Derlei hatten wir schon öfter. Unsere meteorologische Abteilung gab bereits Entwarnung, alle gemessenen Werte liegen beruhigend weit unterhalb der Toleranzlimits. Mit anderen Worten: alles im grünen Bereich.«

»Wurden Sie aus dem Schlaf gerissen?«, erkundigte sich Wei Si Ping, der es zuwege brachte, sogar mitfühlend zu brüllen. »Das Kratzen der Partikel verästelt sich über Schallbrücken bis in den letzten Winkel von Bradbury Base.«

»Das habe ich gemerkt.«

»Unsere Veteranen vertreten die Auffassung, man sei erst ein richtiger Marsianer, wenn man seinen ersten Sandsturm überstanden hat. In diesem Sinne: willkommen im Klub!«

»Danke! – Haben Sie Hetcher gesehen?«

»Nicht, seit Sie beide hier Unkraut gezupft haben. Ist er nicht unten? Normalerweise lassen ihn solche Stürme vollkommen kalt. Er hört ja nichts davon.«

»Jedoch spürt er die Vibrationen, denke ich. – Wie auch immer, er hat die Kabine verlassen.«

»Wer kann schon nachvollziehen, was ihm durch den Kopf geht.« Die Kommandantin stockte und zog ihren Pod aus der Tasche. Sie las die Meldung und erbleichte.

»Was ist?«

»Hetcher.«

»Ist ihm etwas zugestoßen?«

»Noch nicht, aber ... Laut Kameraaufzeichnungen, die der Sheriff soeben abgefragt hat, hat Hetcher sich vor einer halben Stunde ein Marsmobil genommen und ist losgefahren – dem Zentrum des Sturms entgegen.«

»Was? Wieso ...?«

»Fragen Sie mich nicht. Wenn überhaupt jemand, dann sind Sie hier der Experte für seine Flausen.«

»Andererseits kennen Sie ihn länger. Hat er so etwas schon mal gemacht?«

»Er neigt zu Extratouren, aber ... Nein. Nicht, während ein derartiger Sandsturm tobte.«

»Könnte er lebensmüde sein?«, fragte Wei Si Ping. »Sie waren zuletzt viel mit ihm zusammen, Cyr. Sind Ihnen an ihm vielleicht suizidale Tendenzen aufgefallen?«

»Nicht im Mindesten. Dabei hat er sich mir im Rahmen unserer Ausfahrt weiter denn je geöffnet.« Cyr schilderte kurz, welche Form der Kommunikation sie untereinander etabliert hatten. »Er wirkte für seine Verhältnisse regelrecht aufgekratzt.«

»Meine psychologische Ausbildung beschränkt sich auf eine Handvoll Kurse in Personenführung«, sagte Louanne Riembau, so nah an Cyrs Ohr, dass er ihr Duschgel roch. »Aber können nicht signifikante Änderungen des Verhaltens, auch wenn sie positiv erscheinen, Anzeichen für einen psychotischen Schub sein?«

»Bedaure, mit meinen Kenntnissen auf diesem Gebiet ist es ebenfalls nicht weit her. Abgesehen davon, dass menschliche Psychologie nur schwer auf einen Ferronen anwendbar sein dürfte. Egal, was auch immer ihn zu dieser Wahnsinnstat verleitet hat – wir müssen Hetcher wieder hereinholen.«

»Nein.« Die attraktive Französin versteifte sich. »Ich kann niemandem befehlen, für einen verrückten ferronischen Sonderling sein Leben zu riskieren!«

»Falls sich jemand freiwillig ...«

Sie fiel ihm ins Wort. »Denken Sie nicht mal daran. Hetcher hat seine Entscheidung getroffen. Eine Rettungsaktion ist hiermit offiziell untersagt. Schlimm genug, dass wir vermutlich einen weiteren Mann und mit ihm ein weiteres Bubble verlieren. Ich kann nicht zulassen, dass unser Bestand noch mehr dezimiert wird.«

Cyr wollte protestieren, schluckte seine Widerworte jedoch hinunter. Riembau war die Kommandantin, und sie vermittelte nicht den Eindruck, sich umstimmen zu lassen. Außerdem hatte er ihrer Argumentation, wenn er ehrlich war, nicht viel entgegenzusetzen.

Er blieb noch einige Minuten bei der fortan schweigenden Gruppe. Das Toben des Sturmes ließ nicht nach, es schwoll eher an.

»Na ja«, sagte Cyr und gähnte. »So leid es mir um Hetcher tut, hier kann ich nichts ausrichten. Ich werde mich in mein Quartier zurückziehen. Besser, ich versuche, trotz der entfesselten Elemente Schlaf zu finden.«

»Sehr vernünftig«, lobte Louanne Riembau. »Gute Nacht.«

Wei Si Ping kniff die Augen noch weiter zusammen, enthielt sich jedoch eines Kommentars.

Kapitel 12

Springen, springen, springen

»Das funktioniert nie und nimmer«, sagte Ras Tschubai schwer schnaufend zu Perry Rhodan. »Es ist eine Milchmädchenrechnung. Weder können wir die Leute aus dem Hangar rechtzeitig in Sicherheit bringen noch die Verbleibenden mit ausreichend Schutzanzügen versorgen.«

»Ich weiß. Aber jedes gerettete Leben zählt.«

»Natürlich. Trotzdem versetzt es mir jedes Mal wieder einen Stich, wenn mich im Hangar Hunderte hoffnungsvoll anstarren und mir bewusst wird, dass wir die meisten davon zurücklassen müssen.«

»Das verstehe ich sehr gut. Noch habe ich mich nicht damit abgefunden, dass es nicht doch eine bessere Lösung gibt. Wenn mir bloß eine einfiele!« Rhodan biss sich auf die Unterlippe. Seit Thoras Hiobsbotschaft zermarterte er sich das Gehirn, aber seine Gedanken rannen zäh wie Teer. So viel zum Thema Sofortumschalter ...

»Tako und ich werden bereits langsamer, wir benötigen immer längere Pausen. Wir werden nicht einmal den angepeilten Schnitt halten können. Guckys Paragabe ist wesentlich stärker ausgeprägt, aber auch er wird den Rückstand nicht ausgleichen können.«

Anfangs hatten sie versucht, zu dritt zu springen, um ihre Kräfte zu bündeln; indes änderte das nichts an den unterschiedlichen Regenerationszeiten. Zwar hätte sich auf diese Weise die gemeinsame Sprungdistanz ausweiten lassen, doch mit der enormen psychischen und physischen Anstrengung einer Teleportation musste jeder für sich allein fertig werden. Gucky konnte die beiden anderen nicht beschleunigen, während sie ihn gebremst hätten.

»Keine Selbstvorwürfe«, sagte Rhodan. »Ihr gebt euer Bestes.«

»Ich kann mich dem einfach nicht entziehen. Obwohl die Köche die Auswahl treffen ...« Tschubai schüttelte den Kopf, lachte bitter auf und wischte sich übers pechschwarze, schweißglänzende Gesicht. »Ausgerechnet die Köche entscheiden über Leben und Tod. Es fällt auch ihnen gewiss nicht leicht.«

Ein Helfer schleppte einen Raumanzug herbei.

»Bin gleich so weit.« Tschubai stemmte sich aus der Hocke hoch, wobei er bedenklich schwankte, und ließ sich den schweren Anzug gegen die Brust lehnen.

Der Helfer trat einen Schritt zurück. Ras Tschubai verschwand mitsamt seiner Last. Schnalzend füllte die Luft das entstandene Vakuum.

Keine drei Sekunden später erschien der Mausbiber mit zwei Personen auf einmal. Beide saßen ihm zu Füßen, ein korpulenter Mann mit bandagiertem Kopf und provisorisch geschientem Bein sowie eine junge Frau, der äußerlich nichts fehlte, außer fast jegliche Farbe im Gesicht.

»Rollstühle!« rief Gucky schrill. »Gebrochener Schenkel beziehungsweise Schwächeanfall mit Lähmungserscheinungen!«

Zwei Krankenpfleger kamen mit Rollstühlen, hievten die Neuankömmlinge hinein und fuhren mit ihnen durch die Schwingtür in den Behandlungsraum.

Die Teleporter hatten das relativ geräumige Foyer der Bordklinik als Start- und Zielort ihrer Sprünge auserkoren. Perry Rhodan und Reginald Bull standen eng an der Wand, um nicht im Weg zu sein. Sie hatten arkonidische Kampfanzüge angelegt, die Helme aber noch nicht geschlossen.

»Im Hangar ist die Stimmung am Kochen«, sagte Gucky. »Nein, nicht, wie ihr denkt. Die machen doch tatsächlich mit ihrer komischen Revue weiter! Eigentlich ein Wahnsinn, aber wenn ihr mich fragt – wer immer das angeleiert hat, verdient einen Orden. Und die Artisten obendrein. Sich so aufzuführen, bei dieser Hitze ... Respekt.«

»Hör mal kurz zu«, bat Rhodan. »Reg und ich werden versuchen, zum Hangar C vorzudringen, so weit wie irgend möglich ...«

»... und vertretbar«, warf Bull ein, der nicht restlos von der Sinnhaftigkeit der Aktion überzeugt war.

»Jedenfalls, kannst du uns telepathisch im, äh, geistigen Auge behalten, Gucky? Damit wir dich rufen können, falls uns vor Ort doch noch die rettende Idee kommt?«

»Mit links. Über die paar hundert Meter ist das für mich ein Klacks. Zumal die schmutzigen Gedanken dieses rothaarigen Banditen, den du deinen Kumpel nennst, aus Tausenden herausstechen.«

Bull drohte ihm scherzhaft mit dem behandschuhten Finger. »Hüte dein loses Mundwerk. Ein einzelner Zahn ist schnell gezogen.«

Der Ilt schnaubte gespielt entrüstet. Telekinetisch bugsierte er einen Schutzanzug zu sich. »Ich bin dann mal wieder kurz weg.«

Selbst das charakteristische *Plopp!* klang bei ihm heller und zuversichtlicher.

In den langen, hallenden Verbindungsgängen des Schiffs deutete nichts auf die Tragödie hin, die sich im Bereich der äußeren Kugelschale anbahnte. Angesichts der blitzblanken, unverwüstlich scheinenden Wände aus Arkonstahl hätte man meinen können, alles sei in bester Ordnung.

Sie trabten nebeneinander. Perry nahm Funkverbindung mit Thora auf. »Neue Erkenntnisse?«

»Das Bild der Lage hat sich weiter konkretisiert. Die Positronik gibt die Zeitspanne, bis der Atombrand auf das Transitionstriebwerk übergreift, mit fünfundzwanzig Minuten an, plus/minus eine Minute.«

»Wir haben Zeit gewonnen!«

»Unwesentlich. Ich darf und werde nicht bis zum letzten Augenblick warten. Würde der unstillbare Brand, der ständig an Intensität gewinnt, das Triebwerk erfassen, wäre dies das Ende der TOSOMA. Uns bliebe nur, einen Notruf abzusetzen. Auf den hier draußen vielleicht niemand reagiert; oder die Falschen, zum Beispiel Piraten; oder zu spät. Das darf nicht geschehen.«

»Ist das verd..., will sagen hochheilige Triebwerk denn überhaupt noch zu etwas nütze?«, fragte Bull.

»Allerdings. Eine Reparaturmannschaft hat den Strukturfeldkonverter neu kalibriert. Wir können damit zumindest einen kürzeren Sprung wagen, der uns dem arkonidischen Hoheitsgebiet näher bringt – was unsere Chancen beträchtlich erhöht, Hilfestellung zu erhalten. Diese Chancen nicht zu wahren wäre töricht.«

»Alles klar. Welche Frist geben Sie uns, Thora?«

»In fünf Minuten ...«

»Nein!«, riefen Rhodan und Bull wie aus einem Mund.

»Lassen Sie mich ausreden. In fünf Minuten werden Roboter damit beginnen, Sprengladungen anzubringen sowie Schirmprojektoren zum Schutz der intakten Schiffsteile zu installieren. Die Absprengung des Brandherds und der davon umschlossenen, unrettbar verlorenen Bereiche, inklusive Hangar C, erfolgt in exakt zweiundzwanzig Minuten ab jetzt. Vorausgesetzt, die Bedrohung verschärft sich nicht sprunghaft noch weiter.«

Crest schaltete sich in das Funkgespräch ein. »Glauben Sie mir, es fällt uns nicht leicht, so viele Menschen zu opfern. Gleichwohl, die Vernunft gebietet es, dieses unbedingt notwendige Vorgehen zu planen, komme, was wolle.«

»Wir bleiben in Kontakt«, sagte Perry trocken. Auch für ihn selbst hörte es sich grässlich frustriert an.

»Eins noch.« Thora tat einen tiefen Atemzug. »Ihren Idealismus und Mut in Ehren, aber dieser Ausflug, von dem Sie sich partout nicht abhalten lassen wollen, erscheint im Licht der aktuellen Faktenlage nur umso sinnloser. Sie können da draußen nichts bewirken. Der Brand frisst sich an den Innenwänden entlang. Niemand kommt da durch, nicht Mensch, nicht Roboter. Kein Individualschirm hält meterdicker Atomglut stand.«

»Ich will mich mit eigenen Augen überzeugen.«

»Das ist kindischer Trotz!« Die Arkonidin hatte ihre Stimme erhoben; so emotional erlebte man sie selten. »Nahe genug, dass Sie mehr sehen könnten als die Optiken unserer Drohnen, kommen Sie gar nicht heran.«

»Die Anzüge und deren Schirme schützen uns vor atomarer Verstrahlung.«

»Unsinn. Die Strahlung ist sekundär. Womit wir es zu tun haben, ist eine Feuersbrunst, ein wahres Höllenfeuer!«

»Ich schwöre Ihnen, wir werden vorsichtig sein.«

»Sie kennen uns«, unterstrich Reg treuherzig. »Halten Sie Perry und mich für fähig, eine fatale Dummheit zu begehen?«

»Muss ich diese Frage wirklich beantworten? – Bei den Sterngöttern, geben Sie auf sich acht, Rhodan. Ich ... ich will Sie nicht verlieren.« Den letzten Satz nuschelte Thora, als käme es ihr hart an, ihn auszusprechen.

Perry Rhodan verspürte plötzlich ein warmes Gefühl in seiner Leibesmitte.

Tako Kakuta übergab einen Schutzanzug an Rhino, der diesen sogleich zur Verteilung weiterreichte. Er war heilfroh, dass Noritoshi Takase, der Sushi-Meister, die undankbare Aufgabe übernommen hatte, zu bestimmen, an wen die Monturen ausgegeben wurden.

Keuchend stützte Kakuta seine Hände auf die Knie. »Wissen Sie, was mir gerade passiert ist?«

»Was?«

»Einer der Bordärzte ist an mich herangetreten. In der Klinik.« Der schmächtige Japaner sprach abgehackt, nach Luft ringend. »Hat mich unter einem Vorwand in einen Nebenraum gezogen. Sein Zwillingsbruder ist unter den Eingeschlossenen. Wenn ich ihn als einen der Nächsten heraushole, gibt er mir ein Vermögen.«

»Ein unschöner Fall von versuchter Bestechung, verwerflich, jedoch menschlich nachvollziehbar. Sie haben abgelehnt?«

Was für eine Frage, dachte Rhino gleich darauf selbstironisch. *Sonst würde er es mir gewiss nicht brühwarm erzählen.*

»Passen Sie auf! Jetzt kommt's erst. Besagter Arzt ist kein Idiot. Er weiß so gut wie Sie und ich, dass noch so viel Bargeld an Bord dieses Schiffes nicht wesentlich mehr kaufen kann, als jeder ohnehin gratis bekommt. Und dass irgendeine Phantastillion auf einem irdischen, momentan unvorstellbar weit entfernten Konto hier ebenso wenig wert ist. Daher hat er mir Diamanten angeboten.«

»Diamanten?«

»Ein ganzer Sack voll befindet sich in seinem Gepäck, hat er mir anvertraut. Edelsteine, spekuliert er, sollten sich auch auf Arkon gegen bare Münze eintauschen lassen. Er will sich dort eine neue Existenz aufbauen. Einen Teil davon würde er jedoch an mich abtreten, wenn ich seinen Bruder bevorzugt behandle.«

Rhino musste lachen. »Ich komme aus der Ukraine, und ich habe in der russischen Marine gedient. Sie sehen mich also nicht sonderlich verblüfft von Ihrer Geschichte. Dieses Schiff transportiert wahrlich eine Fülle menschlicher Errungenschaften ins arkonidische Imperium. Warum sollte sich darunter nicht auch die Neigung zur Korruption befinden? Obwohl ich ehrlich gesagt nicht glaube, dass die Arkoniden, was das betrifft, terranischer Entwicklungshilfe bedürfen.«

»Mich ekelt das an.« Als wolle er seinen Worten Nachdruck

verleihen, öffnete Kakuta seinen Helm und übergab sich auf den Hangarboden.

»Sind Sie sicher«, fragte Rhino besorgt, während er dem Teleporter ein Geschirrtuch reichte, damit er sich den Mund abwischen konnte, »dass Sie diese Dauerspringerei noch lange durchhalten?«

»Nein. – Danke! – Nein, ich bin knapp vor Ende der Fahnenstange.«

Noritoshi Takase führte einen bleichen jungen Mann mit Akne zu ihnen, der vor Erleichterung und wohl auch Vorfreude auf seine erste Teleportation zitterte wie das sprichwörtliche Espenlaub. Kakuta tastete nach dessen Arm, fuhr zweimal daneben, dann krallten sich seine Finger fest, und beide Gestalten lösten sich in nichts auf.

Das Begleitgeräusch ging in Trommelwirbel unter. Auf der Bühne vollführten Katapultartisten mit bewundernswertem Elan spektakuläre Kombinationen aus Salti und Schrauben. Wie Geschosse rasten sie durch die Luft, als wären sie kurzzeitig über die Gesetze der Schwerkraft erhaben.

Jäh übermannte Rhino das Gefühl, er sähe gerade etwas sehr Bedeutsames. Aber er vermochte den Eindruck nicht zu fassen.

Während er noch grübelte, materialisierte Ras Tschubai und taumelte ihm wie ein nasser Sack in die Arme.

Kapitel 13

Der Fels

Zwei Seelen pochten, ach!, in Cyr Aescunnars Brust.

Nicht, dass ihm das Zitat aus Goethes »Faust«, das sich ihm unwillkürlich aufgedrängt hatte, irgendwie weiterhelfen würde. Er war hin und her gerissen zwischen Logik und Intuition.

Louanne Riembau hatte natürlich vollkommen recht. In der Marskolonie ging das Wohl der Gemeinschaft über die Bedürfnisse eines Einzelnen, noch dazu, wenn dieser irrational und nachgerade selbstmörderisch handelte. Einerseits.

Andererseits ...

»Hier geschieht Großes«, hatte Hetcher gesagt. Gut, nicht direkt gesagt, da er sich nicht akustisch verständigte, und insofern konnte man seiner Aussage wohl auch keinen Unterton beimessen. Dennoch war sich Cyr sicher gewesen, dass dem kurzen Satz eine tiefere Bedeutung innewohnte.

Langsam, ermahnte er sich. *Der Reihe nach.*

Hetcher war seltsam, aber verlässlich.

Hetcher konnte sich in fulminanten Schilderungen dessen ergehen, was der Mars an Potenzial aufwies.

Hetcher wirkte niemals unzufrieden mit der Rolle, die ihm innerhalb der kleinen Kommune von Bradbury Base zugefallen war. Falls er sich diese Position nicht sogar ganz bewusst ausgesucht hatte.

Und dann fuhr derselbe Hetcher in der Nacht hinaus in den Sandsturm? Einfach so? Oder, wie es sich die Kommandantin zurechtreimte, aus Verdruss am Leben, um sich umzubringen?

Beides erschien Cyr Aescunnar gleich ... *falsch*. Jener Hetcher, mit dem er allmählich und durchaus nicht ohne zwischenzeitliche Rückschläge Bekanntschaft geschlossen hatte, vermittelte so gut wie immer, ziemlich genau zu wissen, was er tat. Himmel, normalerweise machte der Kerl keinen Handstreich zu viel! Er war stets kontrolliert und, wenn es darauf ankam, beeindruckend effektiv. Cyr würde jetzt noch in der Versorgungsstation die eingedrungenen Sandmassen anglotzen, wäre Hetcher nicht bei ihm gewesen.

Nein. Da musste mehr dahinterstecken als Verrücktheit oder Lebensüberdruss.

Und wenn schon, mahnte Cyr Aescunnars innere Stimme der Rationalität. *Trotzdem wäre es Irrsinn, Hetcher hinterherzufahren. Dies ist kein Vorort von Jerewan, wo die größte Gefahr von betrunkenen Motorradfahrern ausgeht. Dies ist der Mars!*

Während sie ihre zweifellos fundierten Argumente vorbrachte, wusste diese Stimme bereits, dass sie den Kürzeren ziehen würde gegen Cyrs hervorstechendste Eigenschaft: die Neugierde.

Im Rahmen seiner detektivischen Ermittlungen hatte Cyr Aescunnar sich akribisch mit den örtlichen Gegebenheiten von Bradbury Base vertraut gemacht. Schließlich musste er, um dem Saboteur das Handwerk zu legen, in Erfahrung bringen, welche Möglichkeiten für unauffällige Umtriebe die Station bot.

Diese Erkundungen in jeder freien Minute kamen ihm nun zupass. Schleichwege, um unbemerkt zu einer der Schleusen und ins Freie zu gelangen, gab es zur Genüge. Selbstverständlich würde er in den Fokus der einen oder anderen Kamera geraten, aber mit deren permanenter Überwachung war Idris al-Sharif hoffnungslos überfordert.

Und hatte Cyr sich erst einmal ein Marsmobil gekrallt – wer sollte ihn verfolgen, da doch Louanne Riembau die Direktive ausgegeben hatte, dass derzeit weitere Exkursionen strikt zu unterlassen seien?

Niemand.

Niemand, genau. *Niemand* würde ihm zu Hilfe kommen.

Wie einsam und allein er sich den tobenden Naturgewalten aussetzte, wurde Cyr Aescunnar schlagartig bewusst, sobald er die Schleuse hinter sich gelassen hatte und sich dem Sandsturm entgegenstemmte. Jede Bö drohte ihn von den Füßen zu reißen.

Er sah nichts.

Wallende Dunkelheit, rostorangefarbenes Gestöber, das die

Selbstreinigungsfunktion seiner Helmscheibe auf eine harte Probe stellte. Obwohl er die Außenmikrofone desaktiviert hatte, dröhnte und donnerte und heulte die ganze fremde Welt rings um ihn ohrenbetäubend. Ohne das Positionierungssystem seines Anzugs hätte er nicht einmal zum Unterstand der Bubbles gefunden.

Die wenigen Sekunden, in denen er, wohlgemerkt noch unter dem Schutz der Plane, den Einstieg geöffnet hielt, reichten aus, dass sich staubfeiner Sand eine Handbreit hoch am Fußboden des Vehikels einnistete. Unter Cyrs Schuhsohlen knirschte es, über seinem Kopf schabte und schliff und raspelte der Sturm am Kabinendach, so zudringlich, als meine er es persönlich.

Er startete das Marsmobil und das eingebaute Infrarot-Ortungssystem. Falls es ihm nicht gelang, Hetchers Standort anzupeilen, konnte er gleich wieder umkehren. Auf Sicht bestand nicht die geringste Chance, den Ferronen zu entdecken. Die Lichtkegel der Scheinwerfer entrissen der Schwärze nur rasendes Chaos: wirbelnde rötliche Strudel, die den Blick anzogen, als ob sie den Betrachter einsaugen und verschlingen wollten.

Aber auf dem Bildschirm erschienen klar und deutlich drei Lichtpunkte. Ein dicker grüner stand für Bradbury Base. Der lila blinkende, unmittelbar daneben, symbolisierte Cyrs eigenes Bubble. Und der dritte Punkt, dunkelrot und ebenfalls blinkend, markierte Hetchers Position. Die Distanz betrug etwa siebzehn Kilometer.

Cyr wies den Autopiloten an, Kurs auf das andere Bubble zu setzen, und nahm die Verfolgung auf. Er funkte Hetcher an, doch der Ferrone antwortete nicht.

Dafür meldete sich wenig später Wei Si Ping aus der Funkstation von Bradbury Base. »Mann, Aescunnar, ich hatte schon so eine Ahnung, aber ich habe auf Ihre Intelligenz vertraut ... Bitte, tun Sie mir das nicht an! Kehren Sie auf der Stelle um, solange Sie dazu noch in der Lage sind!«

»Bedaure. Einstweilen komme ich ganz gut voran. Daher bleibe ich an Hetcher dran. Sollten sich die Zustände verschlechtern, werde ich Ihrem Appell Folge leisten; vorher nicht.«

»Dann kann es bereits zu spät sein! Die Marsmobile sind robust, aber bei Weitem nicht allen Urgewalten gewachsen, die dieser Planet auf Sie loslassen kann.«

»Ich bin mir des Risikos bewusst. Hetcher ist es mir wert.«

»Wissen Sie, ich hatte gehofft, Sie würden einen guten Einfluss auf ihn ausüben. Stattdessen scheint seine Verrücktheit auf Sie abgefärbt zu haben.«

»Mag sein.«

»Übrigens tobt die Kommandantin noch ärger als der Sandsturm. Bei Louanne sind Sie unten durch. Mit dieser blödsinnigen Aktion machen Sie alles zunichte, was Sie sich durch Ihren vorbildlichen Einsatz in den vergangenen Tagen aufgebaut haben.«

»Auch das ist mir klar.«

»Ein letztes Mal: Kommen Sie zurück, Aescunnar!«

»Das werde ich. Mit Hetcher.«

Wei Si Ping, der in Cyrs Beisein noch nie die Contenance verloren hatte, stieß einige chinesische Wörter aus, die sehr nach einem Fluch klangen. Cyr verstand *»Da-shiong bao-jah-shr dah la duh-tze.«* Seine Übersetzungssoftware, die auch viele irdische Sprachen gespeichert hatte, machte daraus *»Der explosive Dünnschiss eines Elefanten!«*

Cyr lachte. »Geben Sie sich keine Mühe, mein Freund. Ich schätze Sie sehr, aber Sie können mich nicht umstimmen. Drücken Sie mir lieber die Daumen. Aescunnar, over.«

Hetchers Gefährt bewegte sich nicht geradlinig von Bradbury Base weg, sondern änderte ein ums andere Mal leicht die Richtung. Cyr folgerte daraus, dass der Ferrone darauf verzichtet hatte, den Autopiloten auf ein Ziel einzustellen. Offenbar fuhr er selbst – und zwar wie ein Betrunkener, in Schlangenlinien.

Warum machte er das? Suchte er nach etwas, und falls ja, wonach? Und warum ausgerechnet jetzt, mitten im Sandsturm?

Aufgrund des erratischen Kurses, der Hetcher tendenziell näher zur rechten Seitenwand des Canyons führte, verringerte sich der Abstand stetig. Cyr hatte Wei Si Ping nicht angelogen; die Fahrt verlief bislang tatsächlich erstaunlich problemfrei. Zwar trafen immer wieder Böen von allen Seiten auf das Bubble, aber das kleine Vehikel kämpfte wacker dagegen an. Mehr, als dass Cyr kräftig durchgeschaukelt wurde, passierte vorerst nicht.

Da es draußen nichts zu sehen gab als verwirbelten Sand, konzentrierte er sich ganz auf das Display. Es war fast eine meditative Übung. Cyr glitt in eine Art Trance. Die mörderische Umgebung wurde ausgeblendet, die Welt reduzierte sich auf einen Bildschirm und wenige Symbole. Eine elektronische Insel im Nirgendwo. Nirwana ... Schließlich hörte der dunkelrote Punkt zu blinken auf.

Cyr schrak auf. Der Punkt blinkte nicht mehr!

Ein Summton signalisierte zusätzlich, dass Hetchers Bubble angehalten hatte. Cyr vergrößerte den Ausschnitt der Landkarte.

Hetcher hatte die Steilwand erreicht, die sich an dieser Stelle über fünf Kilometer hoch auftürmte. Mit dem Marsmobil war sie nicht zu befahren. Wollte Hetcher etwa den wahnwitzigen Versuch unternehmen, die Felswand zu erklettern? Wegen der niedrigeren Schwerkraft wäre das kein völlig aussichtsloses Unterfangen, jedoch trotzdem in höchstem Maße gefährlich, auch ohne unberechenbare Sturmböen.

Obwohl er nun fast vor Ungeduld platzte, unterdrückte Cyr den Impuls, die eingestellte Dauergeschwindigkeit zu erhöhen. Er wollte sein Glück nicht noch mehr herausfordern.

Quälend langsam verstrichen die Minuten. Gern hätte er sich die Zeit durch irgendeine Aktivität vertrieben, beispielsweise indem er weitere »Vokabeln« der ferronischen Zeichensprache übte. Aber er durfte sich nicht ablenken lassen, musste aufmerksam und wach bleiben, sosehr es ihn anstrengte.

Vielleicht sollte er singen ...

Eine Anekdote fiel ihm ein, die ein älterer Bekannter erzählt hatte. Besagter Bekannter war lange vor der Jahrtausendwende per Autostopp in Europa unterwegs gewesen, zusammen mit einem Freund. Sie wollten von Thessaloniki nach Salzburg gelangen. Ein türkischer LKW-Fahrer nahm die beiden mit – unter der Bedingung, dass sie verlässlich aufpassten, dass er nicht am Steuer einschlief, denn er war schon sehr übermüdet. Zu diesem Zweck sang er lautstark türkische Volkslieder. Immer wenn der Gesang abbrach, stupste derjenige Autostopper, der »Wachdienst« hatte, den Fahrer an ... Die Geschichte ging gut aus. Sie kamen heil in Salzburg an, wenngleich mit recht wackeligen Knien.

Die beiden Leuchtpunkte auf seinem Display überlappten einander schon beinahe vollständig, als die Scheinwerferkegel die Felswand erfassten – und schließlich, etwa zwanzig Meter davor, Hetchers Bubble.

Wie befürchtet war die transparente Kabine leer. Cyr umkurvte das verwaiste Marsmobil mehrmals; vergeblich. Hetcher war nicht zu entdecken. Dabei hatte sich die Sicht ein wenig gebessert, was wohl dem Schutz der Felswand zu verdanken war. Oder befand er sich nun quasi im Auge des Sturms?

Cyr zauderte. Die Verlockung war groß, in der relativen Sicherheit des Bubbles zu verweilen, eventuell ein kurzes Nickerchen einzulegen und die Rückkehr des Ferronen abzuwarten.

Was aber, wenn Hetcher gar nicht zu seinem Fahrzeug zurückkehrte? Weil er nicht wollte oder weil ihm dies nicht mehr möglich war? Cyr hätte sich bis an sein Lebensende Vorwürfe gemacht.

Es half nichts.

Er war so weit gekommen, er musste die Sache durchziehen.

Kaum war er ausgestiegen, traf ihn das Heulen und Jaulen des Sturms wie ein Keulenschlag. Den Grund dafür, warum die Windgeräusche hier so viel lauter waren, fand er bald. Die Steilwand, die weit höher aufragte, als Cyrs Blick reichte, zerschnitt ein leicht schräger, etwa drei Meter breiter und mindestens ebenso tiefer Riss. Durch diesen Kamin pfiff der Sturm und produzierte dabei Laute, die manchmal wie die Schreie aller möglichen Tiere, manchmal erschreckend wie das Weinen von Kleinkindern klangen.

Am Fuß des Felsspalts lag ein zerklüfteter Steinblock, etwa fünf Meter hoch. Er verschloss den Riss fast zur Gänze. Cyr ging hin, nicht ohne immer wieder argwöhnisch nach oben zu schauen.

Gebirge plus Sturm ergab Steinschlag, diese Gleichung hatte er nicht erst in den französischen Seealpen gelernt. Und geringere Schwerkraft bewirkte weniger Gewicht, jedoch bekanntlich nicht weniger Masse.

Auch Hetcher musste das wissen, aber er hatte offensichtlich nicht darauf geachtet. Zur Hälfte unter Sand, Geröll und bis zu faustgroßen Steinen begraben, lag der Ferrone zwischen dem Felsblock und dem Eingang zum Kamin.

Bewegungslos.

Tot?

So schnell er es bei aller gebotenen Vorsicht vermochte, räumte Cyr den Schutt beiseite. Seltsamerweise umfassten Hetchers Arme eine Ausbuchtung des Felsens, als hätte er diesen betasten oder sich daran festhalten wollen. Aber das war nebensächlich. Cyr überprüfte Helm und Anzug. Zum Glück konnte er keine Sprünge oder Löcher entdecken, auch keine Anzeichen von äußeren Verletzungen. Hetchers Augenlider waren geschlossen; ob er atmete, ließ sich durch die verschmutzte Helmscheibe nicht erkennen.

Cyr schulterte den schlaffen Körper und trug ihn zu den Marsmobilen. Er überlegte, wie er weiter vorgehen sollte. Beide Bubbles verfügten über ein Erste-Hilfe-Modul. Aber dasjenige, mit dem Hetcher gekommen war, hatte sich möglicherweise besser auf ferronische Bedürfnisse eingestellt. Also lud er Hetcher auf einen der Sitze und verband die dafür vorgesehene Buchse des Anzugs über ein Kabel, das sowohl der Daten- als notfalls auch der Energieübertragung diente, mit der Diagnoseeinheit.

Wenig später erhielt er die Information, dass die Lebenserhaltungssysteme des Anzugs funktionierten. Allerdings hatte die Sauerstoffversorgung kurze Aussetzer. Das Aggregat, das im flachen Rückentornister untergebracht war, mochte vom Steinschlag beschädigt worden sein.

Auch für solche Fälle gab es einen Anschluss. Cyr installierte einen Schlauch vom Helmkragen zur Notreserve des Marsmobils. Sie sollte ausreichen, um Hetcher störungsfrei mit Atemluft zu versorgen, bis sie in Bradbury Base ankamen.

Der Ferrone war bewusstlos, wenn nicht sogar komatös. Gemäß der eingeschränkten medizinischen Urteilsfähigkeit des Erste-Hilfe-Moduls befand er sich allerdings nicht in akuter Lebensgefahr. Ob er innere Verletzungen davongetragen hatte, ließ sich mit den verfügbaren Mitteln nicht feststellen.

So weit, so indifferent. Immerhin, es hätte schlimmer kommen können.

Cyr ging zu seinem eigenen Bubble und programmierte den Autopiloten dahin gehend, dass er vom anderen Fahrzeug aus per Funk darauf zugreifen konnte. Kein anderer als Hetcher hatte ihm gezeigt, wie man das bewerkstelligte ...

»Ich weiß, du kannst mich nicht hören«, sagte Cyr, nachdem sich die beiden Bubbles Richtung Bradbury Base in Marsch gesetzt hatten. »Momentan weniger denn je. Aber lass dir sagen, dass ich heilfroh bin, dich gefunden zu haben. Und was dich dazu getrieben hat, ausgerechnet an diesen Ort zu fahren, das kriegen wir auch noch heraus.«

Kapitel 14

Die Wand

Perry Rhodan und Reginald Bull standen vor einer Wand aus Feuer. Hangar C befand sich nur wenige Meter dahinter und war trotzdem unerreichbar.

»Dies ist die dünnste Stelle?«, vergewisserte sich Rhodan.

Thoras Stimme bejahte. »Obwohl es keinen Unterschied macht, wie dick die Glutbarriere ist. Sie lässt sich nicht beseitigen.«

»Spezialroboter?«, fragte Bull.

»Verglühen in Sekunden. Das haben wir doch bereits erörtert. Begeben Sie sich zurück zu mir in die Zentrale.«

»Traktorstrahlen. Die das Höllenzeug auseinanderziehen.«

»Die Projektoren sitzen im Ringwulst und sind nach außen gerichtet. Ihre Funktion besteht, wie Sie wissen, hauptsächlich darin, Lasten an Bord zu bringen.«

»Oder Chefköche ... – Könnten wir einen Projektor ausbauen und hier installieren?«

»Dazu reicht erstens die Zeit bei Weitem nicht mehr aus, und zweitens sind die Strahlen nicht beliebig komplex justierbar. Ein Loch könnte man erzeugen, aber dabei würde auch die Hangarwand perforiert, die derzeit den Brand noch abhält. Ein verheerender Feuerschwall würde sich in Hangar C ergießen.« Thora klang nervös. »Ob Sie mir glauben oder nicht, auf diese Idee bin ich auch schon gekommen. Doch sie funktioniert leider nicht. Vergessen Sie's.«

Bull ballte die Hände zu Fäusten und schlug sie mehrmals gegeneinander. »Dann bin ich mit meinem Latein am Ende«, gab er zu.

»Aber meine Herren«, erklang hinter ihnen eine schrille Piepsstimme. »Wer wird denn ans Aufgeben denken, wenn er den Retter des Universums an Bord hat?«

»Das ging flott«, sagte Rhodan.

»Hä? Habe ich was verpasst?«, fragte Bull.

»Im Unterschied zu dir, Rotschöpfchen, kann ich Gedanken lesen«, sagte Gucky. »Deine sind ätzend, aber Perrys – alle Achtung.«

»Was hältst du davon, Kleiner?«

»Puh. Schwierig. Könnte klappen. Aber danach bin ich garantiert ein Weilchen für nichts zu gebrauchen.«

»Will mich vielleicht mal jemand einweihen, worum's geht?«

»Dein Vorschlag mit den Traktorstrahlen hat mich darauf gebracht«, erklärte Perry. »Guckys Telekinese ist im Prinzip nichts anderes. Bloß kann er sie ungleich variabler und feiner gezielt einsetzen.«

»Das will ich meinen«, piepste der Mausbiber. »Vor allem in mehrere Richtungen gleichzeitig, und darauf kommt es hier an.«

Bull begriff. »Du willst, dass die Wunderratte einen telekinetischen Tunnel durch die Wand treibt?«

»Für die ›Wunderratte‹ würdest du bereits an der Decke kleben«, versetzte Gucky schrill, »wenn ich nicht meine Kräfte sparen müsste. – Aber ja, es sollte möglich sein, einen Durchgang zu schaffen und zugleich zu versiegeln, sodass sich der Brand nicht in den Hangar ausbreitet. Ich habe so etwas noch nie gemacht, nicht mit einem Atombrand, doch einmal ist immer das erste Mal, nö?«

»Der Tunnel muss groß genug sein, dass ein Mensch im Raumanzug hindurchpasst, an den sich eine zweite Person klammert«, sagte Perry für Reg, was er dem Ilt bereits telepathisch übermittelt hatte. »Der Individualschirm sollte beide für die Sekunden der Passage schützen. – Gucky?«

»Bin dabei. Einer Arkonbombe ein Schnippchen geschlagen zu haben, das kann nicht jeder in seine Biografie schreiben.«

»Würde es dir helfen, wenn Wuriu Sengu mit dir einen parapsychischen Block bilden würde?«, warf Bull ein.

»Wenig bis gar nicht, denke ich. Es gibt für ihn nicht viel auszuspähen, ich muss das brennend heiße Zeug sowieso selbst *fühlen*. Und nichts gegen seine Kapazitäten, aber was er an Psi-Energie beisteuern würde, verbrauche ich zuvor mit der zusätzlichen Teleportation, um ihn hierher zu schaffen.«

»Ende der Diskussion«, bestimmte Rhodan. »Wir versuchen es wie besprochen, basta!«

Mit verbissener Anspannung verfolgte Rhino Ugoljew die Darbietungen auf der Bühne.

Längst hatte Kutschkers Ensemble die Zugabe weit übers geplante Maß ausgedehnt. Gerade kündigte der Conférencier, ein etwas schmieriger Schweizer namens Bernie Biegler, einen weiteren »absolut sensationellen, in dieser Form nie da gewesenen Trapezakt« an.

Sich davon ablenken zu lassen und nicht an den Ernst der Lage zu denken, schaffte Rhino nur bedingt. Außerdem plagte ihn nach wie vor dieses bohrende Gefühl, nicht zu kapieren, was sein Unterbewusstsein ihm mitteilen wollte. Immer wieder tauchte die Ahnung einer Idee an die Oberfläche. Aber jedes Mal, wenn er kurz davor war, sie zu erhaschen, geschah etwas, das ihn aus der Konzentration riss.

Die abgedroschenen Scherze des Conférenciers waren es jedenfalls nicht, was ihm diese diffuse Assoziation bescherte. Eher die Artisten.

Katapult ... Trapez ... fliegende Menschen ...

Er zuckte zusammen, weil ein Signalton schrillte. An seiner Hüfte. Das Funkgerät, das einer der Teleporter – Rhino hätte nicht mehr sagen können, welcher – ihm mitgebracht hatte, schlug an. Er nahm es vom Gürtel. Seine Handfläche war so schweißnass, dass es ihm beinahe entglitten wäre.

In der Leitung war niemand Geringerer als Perry Rhodan. Rhino lauschte, zunehmend fasziniert, dessen Erläuterungen.

»Das, das wäre ... super«, stammelte er. »Die Lösung! Ich kann gar nicht ausdrücken, welcher Stein mir vom Herzen ...«

»Noch ist nichts vollbracht«, holte Rhodan ihn wieder auf den Boden der Tatsachen herunter.

»Ich leite umgehend alles in die Wege. Mann, sagen Sie bitte dem kleinen Kerl, wenn er das hinkriegt, koche ich ihm ein vierundzwanziggängiges Menü ausschließlich mit Karotten, jedes Gericht besser als das vorherige.«

»Wird ausgerichtet. Geben Sie Bescheid, wenn Sie auf Ihrer Seite so weit sind.«

»Aye, Sir!«, entfleuchte es Rhino.

Er meinte es überhaupt nicht ironisch.

Gucky stellte sich in Positur wie ein Revolverheld beim Duell, nur dass die Hände mit den gespreizten Fingern nach vorne zeigten, in Richtung der Glutwand. Rhodan und Bull flankierten ihn. Sie hatten die Positroniken ihrer Kampfanzüge synchronisiert, um notfalls sofort einen gemeinsamen Energieschirm errichten zu können.

Der Ilt schloss die Augen. Nach einigen Atemzügen sagte er halblaut: »Mann, das Zeug ist ekelhaft. Von der Temperatur spüre ich nichts, aber die Konsistenz – igitt! Glitschig, verflixt schwer zu kontrollieren, weil alles so inhomogen ist und so sprunghaft reagiert ... Muss extrem aufpassen, dass mir nichts entwischt ...« Man merkte seiner Stimme die innere Anspannung an.

Ugoljew meldete Bereitschaft. Eine Reihe von Paaren aus Anzugträgern und Ungeschützten hätten im Hangar Aufstellung bezogen. Gucky, der mitgehört hatte, stöhnte leise auf. Wie von Geisterhand bildete sich eine trichterförmige Einbuchtung in der Wand. Anfangs war sie nur handtellergroß, aber sie vergrößerte sich rasch.

Während die Delle sich zur Röhre erweiterte, verglühten Teile des eingedrückten Metalls, wobei es zu Miniaturexplosionen kam. Rhodan mutmaßte, dass dies sichtbare Symptome jener zusätzlichen Komplikationen waren, von denen Gucky gesprochen hatte: Das Material, das er telekinetisch formte, verhielt sich hochgradig instabil. Den Tunnel zu erschaffen kostete viel Kraft.

»Jedes Paar soll ... einzeln durch ...«, keuchte der Ilt. »Immer auf mein Kommando. Muss jedes Mal neu ... entscheiden, ob ich's verantworten kann.«

»Verstanden.« Rhodan gab die Anweisung an Rhino weiter.

Der telekinetische Vortrieb durchbrach die Hangarwand. Durch den Tunnel, der nun etwa zweieinhalb Meter durchmaß, sah Perry in düsterrotem Licht eine Zweierreihe, deren Spitze einen Sicherheitsabstand von etwa zehn Metern zur Wand hielt.

»Die Ersten ... los!«, befahl Gucky.

Zwei kamen raus. Dann wieder zwei und nochmals zwei. Die Musiker begleiteten jeden geglückten Durchgang mit einem Tusch.

Die nächsten zwei ... Rhino war nicht abergläubisch. Dennoch erlaubte er sich nicht, in die Jubelrufe der Menge einzustimmen. Einstweilen hielt der telekinetisch geschaffene Rettungstunnel. Obwohl Gucky dazwischen kurze Pausen einlegte, ging die Evakuierung bedeutend schneller voran als zuvor per Teleportation. Aber die Warteschlange war noch so lang ...

Wieder zwei ...

Und die Prozedur stockte.

Zehn, zwanzig, dreißig Sekunden kam nichts von Gucky.

Dann ein gellender Schrei: »Weg von der Wand! Kann sie nicht halten. Es tut mir leid ...«

Die Aufgereihten nahmen die Warnung ernst und flohen zurück in die Hangarmitte. Keine Sekunde zu früh. Die Tunnelöffnung brach ein, zugleich kollabierte ein ganzes Wandstück von mehreren Metern Breite und Höhe auf einmal. Dahinter wurde ein Glutmeer sichtbar.

Das Inferno brach über die Eingeschlossenen herein.

Hilflos mussten Perry Rhodan und Reginald Bull mit ansehen, wie kurz hintereinander Gucky, die Tunnelröhre und schließlich die gesamte Wand in sich zusammenbrachen. Die Lücke füllte sich mit sengender Glut, die nun träge auch in den Gang hereinfloss.

Der kombinierte Schutzschirm baute sich auf. »Lauft!«, rief Perry den zehn dem Hangar Entflohenen zu, die Reg und er sofort schiffeinwärts weitergewinkt hatten. »Lauft schon!«

Sie gehorchten. Rhodan und Bull folgten ihnen, Gucky zwischen sich mitschleppend, bis zum nächsten Brandabschnittsschott. Sie brauchten den Mechanismus nicht zu betätigen, es schloss sich, sobald sie hindurch waren. Thora da Zoltral hatte offenbar das Geschehen aus der Zentrale mitverfolgt.

»Danke!«, funkte Perry. »Haben wir die Sache durch den misslungenen Versuch noch verschlimmert?«

»Nein. Der gesamte Bereich musste ohnedies bereits aufgegeben werden. Machen Sie, dass Sie weiterkommen. Noch befinden Sie sich auf der falschen Seite der Sprengladungen und Prallfeldprojektoren!«

Rasch zogen sie sich aus dem Gefahrenbereich zurück. Gucky hatte das Bewusstsein verloren. Er bebte am ganzen schmächtigen Leib, hatte Schaum vor dem Mund und wimmerte in Agonie.

»Die Anstrengung war zu groß für ihn«, sagte Reginald. »Ihn trifft keine Schuld. Damit, dass die halbe Wand schon kurz vor dem Einsturz stand, konnte er nicht rechnen. Immerhin hat er ein paar zusätzliche Leute herausgebracht.«

Rhodan schwieg.

Zehn weitere Menschen hatte Gucky retten können. Zehn von immer noch über fünfhundert, die nun endgültig dem Tod geweiht waren.

Es war einfach nicht fair. Sie hatten alles versucht und waren doch gescheitert. In Kürze würde Thora am Kommandostand der Hauptleitzentrale eine holografische Schaltfläche betätigen und die von der Positronik koordinierte Sprengung auslösen.

Reg, der Gucky inzwischen wie ein fieberndes Kind auf dem Arm trug, sagte leise: »Wir können nichts mehr tun, Alter. Auch wenn es verdammt schmerzt, wir müssen diese Niederlage akzeptieren. Es ist vorüber, aus und vorbei.«

Kapitel 15

Ohnmacht

Der Sandsturm hatte ein wenig nachgelassen. Von normalen Sichtverhältnissen konnte indes weiterhin keine Rede sein. Cyr Aescunnar war weiterhin auf Funkpeilung und Positionierungssystem angewiesen.

In Gedanken leistete er Abbitte für jedes einzelne Mal, bei dem er über Louanne Riembaus unaufhörlichen Drill geflucht hatte. Nun machte sich bezahlt, dass sämtliche Marsmobile der Station täglich gewartet, »aufgetankt« und funktionsgemäß überprüft wurden. Sowohl bei seinem als auch Hetchers Bubble war der Balken, der im Display den Ladestand der Brennstoffzellen anzeigte, noch beruhigend lang.

Dieselbe Strecke, diesmal retour nach Bradbury Base, kam ihm weit härter und viel länger vor als in der Gegenrichtung. Bei der Hinfahrt hatte ihn die Aufregung wach gehalten. Nun aber entbehrte er des Anreizes der Verfolgungsjagd, der Fahrt ins Ungewisse; das ausgeschüttete Adrenalin war längst abgebaut.

Er spürte die Müdigkeit in allen Knochen, und er wusste nicht, was er dagegen unternehmen sollte. Abermals war er zur Passivität verdammt, musste mehr oder minder blind dem Autopiloten seines Gefährts vertrauen.

Nicht einmal die Lebensfunktionen des Ferronen konnte er überwachen; er war gezwungen, auch dies der Medoeinheit des Bubbles zu überlassen. Sie würde Alarm schlagen, falls sich Hetchers Zustand dramatisch verschlechterte.

Und dann? Was dann ...?

Cyr driftete weg in ein Land zwischen Träumen und Wachen. Dieses Land war bevölkert von Marsianern. Sie tanzten einen Reigen um die dünne, verletzliche Blase, die ihn heimelig einschläfernd dahinschaukelte, durch den Sturm, durch die Nacht; und zugleich umkreisten sie auch den lila blinkenden Punkt, der so unendlich langsam, dass man kaum eine Veränderung bemerkte, auf den grünen Klecks zu kroch.

Figuren aus allen möglichen Geschichten, die er Hetcher erzählt hatte, gaben sich ein Stelldichein auf dem Bildschirm, wie auch im rostorangefarbenen, von den Scheinwerfern aufgespießten, immer gleichen und doch immer auf Neue faszinierenden, hypnotisierenden Wallen. Teenya, die Marsprinzessin, rekelte sich lasziv auf der transparenten Sichtscheibe, wollte ihn umgarnen und becircen und in ihrem Zoo zur Schau stellen, *»Erdling in natürlichem Habitat«* ...

Eine humanoide, männliche Gestalt mit kurz gestutztem Bart, ein Psychiater, erklärte Cyr, er sei nicht real, sondern nur die fleischgewordene Halluzination eines Wahnsinnigen und müsse deshalb terminiert werden ...

Ein lächerlich pseudofuturistisch gekleidetes Kind namens Gimar – was eine Abkürzung von *Girl Martian* war, als gäbe es nur ein einziges auf dem ganzen Roten Planeten –, übrigens gespielt von der damals achtjährigen Pia Zadora –, dieses arme Mädchen also bettelte ihn an, er möge doch als Weihnachtsmann bei ihm bleiben ...

Abstruse Geschöpfe mit den Stimmen von Sirenen riefen ihn abwechselnd *Barsoom* und *Tarzan* oder *Edgar*, umschlangen ihn mit süßlichen Wurmfortsätzen; schmatzend und saugend zogen und zerrten sie an ihm, wollten ihm partout die wohlverdiente Ruhe nicht gönnen ...

»Aescunnar! Cyr! Cyr, bei Maos hinkendem Friseur, so antworten Sie doch!«

Röchelnd stieß er Silben aus, die nicht einmal er selbst verstand.

Dann fand Cyr endlich zu sich, und die Gegensprechtaste. »Entschuldigung, ich war kurz ... Was gibt's?«

Wei Si Pings Aufatmen übertönte das Prasseln und Raspeln des Sandsturms. »Hier Bradbury Base. Sie haben's nicht mehr weit, Cyr. Ich wollte nur sichergehen, dass kein Geisterschiff auf uns zugondelt ... Sind Sie okay?«

»›Okay‹ fühlt sich, wenn mich meine bescheidene Erfahrung nicht trügt, anders an, aber ... Ja, ich bin relativ wohlauf. Und ich habe Hetcher bei mir.«

»In welchem Zustand?«

»Sie sollten die Stationsärzte in Bereitschaft halten, denke ich. Beide.«

»Wird gemacht.«

Eine schneidende Frauenstimme schaltete sich ein. »Bilden Sie sich bloß nicht ein, Sie würden für diese Aktion Heldenstatus erlangen, Aescunnar. Das Gegenteil ist der Fall. Sobald Sie wieder bei Sinnen und Kräften sind, wird es ein Disziplinarverfahren geben, das sich gewaschen hat!«

»Ich liebe Sie auch, Louanne ...«

Die grüne Kuppel von Bradbury Base schälte sich aus dem Gestöber, einige hundert Meter voraus, immer wieder verdeckt von den rötlichen Schlieren.

Cyr hatte nicht die geringste Lust, gleich zwei Marsmobile ordnungsgemäß zu parken und zu versorgen. Zumal sich die Ortungsimpulse überlagerten und daher noch niemand in der Station wusste, dass er auch Hetchers Bubble geborgen hatte. Da sowieso weitere Ausfahrten verboten waren, solange der Sandsturm tobte, verfrachtete er das zweite Vehikel per Fernsteuerung in einen Graben.

Nach der – hoffentlich bald – kommenden Schlafperiode würde er sich darum kümmern.

Drei Gestalten in Raumanzügen kamen ihm entgegen, als er, Hetchers leblosen Leib geschultert, aus dem Marsmobil-Unterstand auf die Hauptschleuse zu torkelte. Erst aus nächster Nähe erkannte er die Kommandantin, den Sheriff und die Ärztin Emily Tempsky. Sie nahmen ihm Hetcher ab.

Dann riss der Film.

Cyr Aescunnar erwachte, weil jemand sehr angenehm roch. Er selbst konnte es nicht sein. »Wie geht es Hetcher?«, war sein erster Gedanke, und den sprach er auch laut aus.

»Unsere Versuche, ihn aus seiner Bewusstlosigkeit zu wecken, fruchten nicht«, sagte die erfrischend parfümierte Person, die sich als Tempsky entpuppte. »Mein Kollege und ich vermuten, dass der Grund für seine Ohnmacht in der erlittenen Sauerstoffknappheit zu suchen ist. Für mehr reicht es leider nicht. Die Krankenstation beruht auf irdischer Technologie. Bei Ferronen ist eine Diagnose damit ein besseres Ratespiel.«

»Aber Spucknäpfe«, lallte Cyr, »haben Sie.«

»Die sind auch bedeutend einfacher zu beschaffen.«

»Kann ich zu ihm?«

»Wenn Sie unbedingt wollen ... Sie sind hochgradig erschöpft, vollkommen ausgelaugt, das werden Sie wohl nicht abstreiten. Grundsätzlich fehlt Ihnen jedoch nichts. Nahrungsergänzungspräparate habe ich Ihnen bereits verabreicht. Also halten Sie von mir aus Ihrem verrückten Kumpel kurz das Händchen. Und danach verziehen Sie sich schleunigst in Ihr Quartier zum Matratzenabhorchen, bevor die Kommandantin Sie schon heute zum Latrinendienst einteilt. Verstanden?«

Cyr nickte, wobei die Umgebung vor seinen Augen verschwamm. Er stemmte sich hoch, rutschte von der Pritsche, bemerkte, dass er nichts anhatte außer einer viel zu weiten, um seine Oberschenkel schlabbernden Unterhose, zog diese ruckartig bis über den Bauchnabel, befand, dass er sich nicht zu schämen brauchte, weil die Marsstation doch recht weit entfernt vom nächsten Opernball war, und ging ein paar Schritte weiter bis zu dem Krankenbett, in dem Hetcher lag.

Wie die neuseeländische Ärztin, die ihm gefolgt war, angeregt hatte, ergriff er Hetchers Hand. Sie war kalt. Sehr kalt. Das gab zur Besorgnis Anlass, weil Ferronen, wie Cyr zu wissen glaubte, im Allgemeinen auf ein wärmeres Klima als das irdische eingestellt waren.

Moment, dachte Cyr. *Logischer Fehler. Sollte ihr Stoffwechsel nicht gerade deshalb ...?*

In welcher Schlussfolgerung auch immer diese Überlegung gemündet hätte, sie entglitt Cyr. Er durchblickte das alles schon lange nicht mehr. An seinem Hinterkopf hämmerte ein Specht, pock-pock-pocketi-pock.

»Bei Gott, gehen Sie endlich schlafen«, sagte Tempsky. »Sie helfen Ihrem Zimmergenossen nicht im Mindesten, wenn Sie ebenfalls umkippen. Alles, was Sie für ihn tun konnten, haben Sie bereits bravourös erledigt.«

Die Frau hatte so was von recht. Überhaupt war sie eine der erfreulichsten Persönlichkeiten in diesem elenden Bunker. »Verständigen Sie mich, falls er ...?«

»Klar doch.«

Cyr nickte dankend, tippte sich an die Schläfe, fasste seine Restenergie zusammen, damit er die wenigen Schritte aus der Medoabteilung einigermaßen würdevoll hinter sich brachte, da bäumte sich Hetcher auf.

Der Ferrone wand sich, zuckte in Konvulsionen. Seine Arme peitschten die Luft wie jenseits jeder Kontrolle. Seine Finger verkrümmten, verkrampften sich.

Hetcher drohte aus dem Bett zu fallen. Doktor Emily Tempsky war zur Stelle, bewies Routine und gelassene Expertise. Während sie sich über den Ferronen warf, um ihn zu fixieren, rief sie ihren Kollegen, den zweiten Stationsarzt. Der erschien umgehend, schlang Gurte um Hetchers Arme und Beine, horchte ihn gleich darauf mit einem Stethoskop ab.

»Basisfunktionen gewährleistet«, sagte er. »Wenn ihr mich fragt, hat er zugleich schlimme Träume und heftige Blähungen.«

Tempsky ging zu einem Schrank, öffnete die Glastüren und entnahm eine Ampulle. »Das ferronische Allheilmittel«, sagte sie über die Schulter zu Cyr. »Ein Tee-Extrakt, den mir der ferronische Arztkollege dagelassen hat. Das sollte Ihren Freund stabilisieren und für die nächsten Stunden außer Gefecht setzen. Sie können sich getrost in Ihre Kabine trollen. Hetcher ist in guten Händen.«

»Davon bin ich überzeugt«, sagte Cyr. »Gute Nacht oder guten Tag, was immer wir theoretisch gerade haben.«

»Schlafen Sie gut!«

»Danke!« Er nahm seinen Schutzanzug vom Haken, legte sich ihn über den Arm und schloss die Tür von außen.

Der Weg hinunter über die Stiegen und Wendeltreppen bis zu seinem und Hetchers Quartier erschien ihm unendlich weit. Viel weiter als von Bradbury Base bis zu dem Felsen vor dem Eingang zum Kamin in der Canyonwand, den eine Laune der Natur wie die Tatze einer Eidechse geformt hatte ...

Er stützte sich an einem Regal ab, das aus einer Nische ragte. Datenträger kippten um, ein klassischer Dominoeffekt entstand. Eine Kassette stieß die nächste an und immer so weiter. Cyr war viel zu schwach, um die über die Kante rutschenden, zu Boden trudelnden Behältnisse aufzufangen.

Eins ergab das andere. So war es immer im Leben.

A, dann B, dann C ...

Durch Cyr Aescunnars Rückgrat fuhr ein Blitz, so heiß und hell, dass es ihn kerzengerade aufstellte. Fast hätte er, der zeitlebens jeglichen Militärdienst verweigert hatte, salutiert.

Mosaiksteinchen fielen an ihren Platz wie selbstverständlich, eins nach dem anderen. Plötzlich ergab alles einen Sinn.

Cyr verfluchte seinen Intellekt, der ihm keine Wahl ließ. Er schnaufte durch, dann zog er den Raumanzug an und ging zurück in die Krankenstation.

»Falsche Richtung«, sagte Emily Tempsky stirnrunzelnd. »Finden Sie allein in Ihr Bett? Oder soll ich Ihnen einen Krankenpfleger als Beistand ...«

»Wir müssen reden.«

»Worüber Sie wollen. Morgen oder sobald sich halt eine Gelegenheit ...«

»Nein. Jetzt.«

Er war sehr froh, dass sie keine von denjenigen war, die mit Blicken töten konnten.

Kapitel 16

Ein Viertel, drei Viertel

Die tödliche Glutzunge leckte nach den viel zu vielen Menschen, die sich an der Außenseite des Hangars drängten, dicht an dicht, vor dem erst kürzlich mit Müh und Not geschlossenen Schott.

Franz Ferdinand Kutschker pendelte emotional zwischen totaler Verzweiflung und dem Hochgefühl, an einem einschneidenden Augenblick der Menschheitsgeschichte teilzuhaben. Die größte Tragödie in der Historie der jungen menschlichen Raumfahrt, quasi die TITANIC des einundzwanzigsten Jahrhunderts! Seine größte Sorge bestand darin, dass höchstwahrscheinlich niemand überleben würde, der seine herausragende Rolle angemessen würdigen konnte. Es war immer dasselbe mit Journalisten und Schriftstellern: Wenn man sie einmal gebraucht hätte, waren sie nicht da.

Studierte man andererseits das Stück eines lebenden Autors ein, schwänzelte dieser ständig bei den Proben herum und quatschte überall rein in der irren Auffassung, bloß weil er den Text geschrieben hatte, wüsste er besser als der Regisseur, was er damit gemeint hatte. Waren Stück und Autor gut, wollte man sich's mit ihm nicht verscherzen, durfte ihm also nicht einfach Hausverbot erteilen. Meistens konnte man ihn damit ablenken, dass man ihm potenzielle Sexualobjekte entsprechend seiner jeweiligen Präferenz zuführte. Manche Eleven wurden fast ausschließlich zu diesem Zweck engagiert. Trotzdem verplemperte man als Regisseur viel Zeit, die man besser nutzen könnte, mit Schriftstellern.

Was wiederum Kulturjournalisten betraf, stellten sie im Allgemeinen das noch größere Übel dar. F. F. Kutschker hatte sich bereits einige geharnischte Formulierungen notiert, die er in seiner Autobiografie ... *Oh!*

Auch daraus würde wohl nichts mehr werden.

Kutschker gehörte nicht zu den wenigen, die einen Raumanzug ergattert hatten. Abgesehen von jenen, die sich freiwillig als Träger durch den Feuertunnel gemeldet hatten, waren Personen bevorzugt worden, die unter Atemnot und Erstickungsanfällen litten. Weder fit noch angeschlagen genug, war Kutschker zwischen diesen zwei Stühlen durchgefallen.

Die Kriterien, nach denen Ugoljews Köche die Monturen verteilten, infrage zu stellen, fand er jedoch nicht der Mühe wert. Zwar hielt er sich nach wie vor für die wichtigste Person an Bord, zweifelte jedoch erheblich daran, dass das Rhinozeros diese Ansicht teilte. Außerdem glaubte er nicht, dass ein Anzug die Überlebenschancen entscheidend erhöhte. Dieser Art von Feuer war rein gar nichts gewachsen. Ein Schutzanzug verlängerte höchstens unnötig die Qualen des Verbrennenden.

Franz Ferdinand Kutschker betrachtete die Höllenglut, die sich so langsam näher wälzte, als spiele sie mit den Todgeweihten, und dachte: *Eindrucksvoll, aber trotzdem viel zu wenige, zusätzliche Verfremdungseffekte; ganz schlecht inszeniert.*

Thora da Zoltral wäre lieber gewesen, sie hätte dieses Funkgespräch nicht führen müssen. Aber auch derlei gehörte zu den Pflichten einer Schiffskommandantin.

Der Anruf wurde sofort entgegengenommen. »Rhino hier. Die Sache eben mit dem telekinetischen Fluchttunnel hat gut begonnen, dann aber doch nicht geklappt, oder?«

»Sie liegen leider richtig. Der Versuch ist gescheitert, weil Gucky der Belastung nicht länger standgehalten hat, und deswegen wird auch kein weiterer Versuch mehr stattfinden. Wir haben alles probiert, vergeblich. Es gibt keine Möglichkeit, sämtliche Eingeschlossenen zu retten. Nur eines kann und muss noch getan werden.«

»Ich höre.« Die Stimme des Kochs, der sich so wacker geschlagen hatte, klang belegt. Er schien zu ahnen, was nun folgte.

»In meiner Eigenschaft als Kommandantin fordere ich die Träger von Raumanzügen auf, sich umgehend in Sicherheit zu bringen, bevor die vom Atombrand befallene Hangarregion abgesprengt wird.«

»Aber ... sie können die Glut nicht überwinden. Die Individualschirme sind nicht stark genug.«

Thora war fast sicher, dass Rhino bereits verstanden hatte, jedoch wollte, dass *sie* es aussprach. Dass die furchtbare Nachricht aus ihrem Mund kam. »Das ist richtig. Die Anzugträger müssen durchs All fliehen.«

»Was nur geht, wenn wir die Hangarschleuse wieder öffnen.«

»Ja.«

»Für alle Übrigen bedeutet das den Erstickungstod.« Es war kein Protest, sondern eine Feststellung.

»Ja.« Thora räusperte sich. »Die Übrigen sind so oder so verloren. Warum sollten mehr Menschen sterben als unabdinglich? Diejenigen, die sich retten können, müssen sich retten, und zwar innerhalb der nächsten Minute. Ugoljew, das ist kein Vorschlag, sondern ein Befehl. Haben Sie mich verstanden?«

»Ja.«

»Dann setzen Sie den Befehl um.«

»Das werde ich.« Er klang geknickt; wer wäre dies nicht in seiner Situation?

»Eins noch.« Das war Thora ihm schuldig, aus mehreren Gründen. »Haben Sie selbst einen Anzug bekommen, Rhino?«

»Nein, ich habe keinen. Meinen Namen werden Sie in die Liste der Gefallenen eintragen müssen.«

»Es tut mir aufrichtig leid. Zumal Sie vor diesem Schicksal verschont geblieben wären, hätte nicht ich Sie in letzter Sekunde noch an Bord geholt.«

»Tja, dumm gelaufen. Leben Sie wohl, Thora da Zoltral.«

»Wir werden Ihr Andenken in Ehren halten, Rinat Ugoljew.«

Sie hatte sich kühl gegeben wie immer, und sie hatte recht. Thoras Logik war makellos, Rhino konnte keinen Denkfehler darin finden.

Knapp ein Viertel der Eingeschlossenen hatte einen Raumanzug und damit eine echte Überlebenschance – wenn sie den Umweg »außen rum« übers freie Weltall nahmen und rechtzeitig aus dem Gefahrenbereich kamen, ehe die Absprengung erfolgte. Die Betonung lag auf rechtzeitig. Rhino durfte nicht länger zaudern. Er musste sie in Marsch setzen, die Hangarschleuse öffnen lassen – und die restlichen drei Viertel, darunter sich selbst, dazu verurteilen, um vielleicht ein, zwei Minuten früher zu sterben.

Der Countdown lief. Rhino *musste* handeln und Thora da Zoltrals Befehl weitergeben. Aber alles in ihm bäumte sich dagegen auf.

Hatte er dafür die Havarie der SWJATITEL NIKOLAI überlebt, um nun in einem ungleich größeren Kahn elend zu ersticken? Das Projekt 955A der Borej-Klasse war der modernste atomgetriebene Unterwasserkreuzer der russischen Flotte gewesen, stolze hundertsiebzig Meter lang und 13,5 Meter breit; trotzdem hätte man in der TOSOMA, rein vom Volumen her, Hunderte, nein, Tausende solcher U-Boote unterbringen können! Der Kugelraumer mochte über zehntausend Jahre alt sein, aber die in ihm verbaute Technologie war der irdischen dennoch unvorstellbar weit voraus. Und da sollte unmöglich sein, was der Besatzung der SWJATITEL NIKOLAI sehr wohl gelungen war?

Das Unglück in der Nordsee ... die Trapezartisten ... tauchende Menschen, fliegende Menschen ...

Er war so nahe dran, so nahe ... Was hatte Thora gesagt? Er wäre verschont geblieben, hätte sie ihn nicht in letzter Sekunde noch ...

Auf einmal machte es »klick«.

Hektisch betätigte er die Ruftaste des Minifunkgeräts. »Thora! Thora, sind Sie noch da? Ich weiß jetzt, wie wir uns retten können. Vielleicht. Thora, hören Sie mich?«

»Ich höre Sie. Rhino, bei allem Respekt vor Ihrem Lebenswillen, aber bitte sehen Sie ein, dass uns die Zeit davonläuft.«

Thora nickte Perry Rhodan und Reginald Bull zu, die inzwischen zurück in die Zentrale gekommen waren. Beide hoben fragend die Augenbrauen. »Ich gebe Ihnen dreißig Sekunden für Ihren letzten Strohhalm«, sagte sie ins Funkmikrofon.

»Gut. Sie beordern ein halbes Dutzend Kampfroboter von außen an den Hangar. Das geht schnell, oder nicht? – Die Roboter schießen das Schleusenschott auf. Damit die Luft ruckartig entweicht und alle mit sich nach draußen reißt, egal ob in Anzügen oder Abendkleidern.«

»Ich verstehe nicht, was ...«

»In der Stunde höchster Not ist der menschliche Organismus zu unglaublichen Leistungen fähig. Das habe ich am eigenen Leib erfahren. Wir mussten ein auf Grund gelaufenes U-Boot durch die Notluke verlassen und einzeln, ohne Sauerstoffgerät, bis zur Oberfläche des Meeres gelangen, Dutzende von Metern. Uns blieb keine Wahl. Eigentlich war der Weg zu weit, wir hätten nicht überleben dürfen – doch bis auf zwei Mann kamen alle durch.«

»Da draußen ist kein Wasser, sondern offener Weltraum, ein nahezu vollkommenes Vakuum.«

»Dem auch höhere Lebewesen wie der Mensch für kurze Zeit widerstehen können!«, mischte sich Reginald Bull erregt ein. »Der Mann hat die Lösung, aber natürlich! Wie konnten wir nur so blind sein!« Er schlug sich mit der flachen Hand gegen die Stirn, dass es klatschte. »Vor all dem technischen und parapsychischen Hokuspokus haben wir das Nächstliegende nicht gesehen. Da musste ein Koch kommen ...«

»Gemach«, beschwichtigte Thora den rothaarigen Energiebolzen. »Die Schutzlosen würden viel zu lange benötigen, um an anderer Stelle zurück ins Schiff ...« Sie verstummte, weil sie die Antwort soeben selbst erkannt hatte.

»Sie ziehen uns mit Traktorstrahlen zum Ringwulst und hinein«, sagte Rhino Ugoljew. »Wie Sie es bereits einmal gemacht haben – nämlich mit mir, während des Starts der TOSOMA.«

»Mit *einer* Person. Wir reden hier von einigen hundert Leuten!«

»Wir helfen Ihnen«, sagte Perry Rhodan. Seine Augen blitzten derartig, dass Thora wusste: Widerstand war zwecklos.

Kapitel 17

Enttarnung

»Sie sind verwirrt, guter Mann«, sagte Doktor Tempsky sanft. »Die ganze Sache war zu viel für Sie. Dafür müssen Sie sich nicht genieren, das ist nur natürlich nach allem, was Sie hinter sich haben.«

»Machen Sie sich um mich keine Sorgen!«, verlangte Cyr Aescunnar. »Ich sehe vollkommen klar.«

»Sagen *Sie*. Wir Menschen sind äußerst begabt in der Kunst der Selbsttäuschung. Wussten Sie, dass fünfundneunzig Prozent aller Patienten in psychiatrischen Kliniken keine Krankheitseinsicht zeigen?«

»Wollen Sie behaupten, ich wäre geisteskrank?«

»Nein, aber vollkommen ausgelaugt; und Sie leiden unter Schlafdeprivation. Kommen Sie, setzen Sie sich hin, ich gebe Ihnen ein Mittel, das Ihre überreizten Nerven beruhigt, und in wenigen Minuten ist alles gut.« Ohne Cyr aus den Augen zu lassen, griff die Ärztin hinter sich in den Medikamentenschrank und holte eine Hochdruckspritze heraus.

»Vorhin haben Sie behauptet, es handle sich um das ferronische Allheilmittel, angeblich einen Tee-Extrakt.«

»Was auch gestimmt hat. Dies entspricht dem für Menschen. Gleicher Schrank, andere Schublade.« Sie zeigte ihm die Spritze mit ausgestrecktem Arm und kam dabei auf ihn zu. »Catapresan. Ein Clonidin-Präparat, ein mildes Sedativ, das auch zur Behandlung von Entzugserscheinungen und Hyperaktivität eingesetzt wird. Genau das Richtige für jemand, der eine nächtliche Fahrt im marsianischen Sandsturm hinter sich hat und trotz Übermüdung keine Ruhe findet. Die wissenschaftliche Bezeichnung, falls Sie es ganz genau wissen wollen, lautet Alpha-2-Adrenozeptor-Agonist.«

»Mir egal. Bleiben Sie mir vom Leib damit!«

Ihre Blicke trafen sich. Cyr sah, dass Tempsky überlegte, ob sie sich auf ihn stürzen, ihn überwältigen und ihm gegen seinen Willen die Droge verabreichen sollte. Außer ihnen beiden befand sich niemand im Zimmer, und sie war eine kräftig gebaute Frau, fast so groß wie er und jedenfalls momentan in weit besserer körperlicher Verfassung. Aber ganz sicher konnte sie sich nicht sein, dass er sich ihrer nicht doch erwehrte. Und wie sollte sie hinterher den Angriff rechtfertigen, der eine klare Überschreitung ihrer Befugnisse darstellte?

In einem Abstand von zwei Metern blieb sie stehen. »Mann, sind Sie störrisch«, sagte die dralle Blondine begütigend. »Also schön, raus mit der Sprache! Was ist so dringend, dass es nicht warten kann, bis Sie sich ausgeschlafen haben?«

»Der Saboteur.«

»Welcher Saboteur?«

»Die wahre Ursache all der vielen kleinen und größeren technischen Probleme und menschlicher Fehlleistungen. Dahinter stecken Sie, Emily. Der Saboteur, das Gespenst, das in Bradbury Base umgeht – das sind Sie.«

Sie lachte schallend. »Gütiger Gott, Aescunnar, Sie halluzinieren. Auch dagegen hilft Catapresan.«

»Ich habe Beweise.«

Tempsky verdrehte die Augen. »Bitte, machen Sie's kurz. Auch meine Schicht dauert schon recht lange.«

Wo beginnen? Als Liebhaber der Populärkultur spürte Cyr, dass dies der Moment war, an dem Sherlock Holmes und jeder seiner zahlreichen geistigen Nachfahren die Hände hinter dem Rücken verschränkt und begonnen hätte, den Raum mit langen Schritten zu durchmessen. Dafür fehlte ihm jedoch die Energie. »Sie heißen Tempsky«, sagte er, »und stammen aus Neuseeland.«

»Was wird das – ein Verhör?«

»Geht Ihre Familie auf Gustav von Tempsky zurück? Den preußischen Abenteurer, der in halb Lateinamerika unterwegs war, ehe er auf der neuseeländischen Südinsel sesshaft wurde?«

»Das ist richtig. Aber ich sehe nicht, welche Bedeutung ...«

»Ihr Urahn entstammte einem alten pommerellischen Adelsgeschlecht. Schon als achtzehnjähriger Fähnrich zog er an die Moskitoküste in Honduras. Später, nach Abstechern als Goldsucher in Kalifornien und Australien, arbeitete er in Ihrer Heimat zuerst als Zeitungskorrespondent. Bald wollte er über die Maorikriege nicht nur schreiben, sondern ließ sich von den Siedlern als Söldner bezahlen und kämpfte als britischer Major in einer Kompanie der Forest Rangers gegen die Ureinwohner, wobei er schließlich fiel.«

»Kommen Sie zur Sache, Mann.«

»Ich habe das alles aus der Stationsmediathek. Wo laut der dortigen Aufzeichnungen auch Sie häufig verkehren, sowohl persönlich als auch übers Intranetz, und sich Fachliteratur aus allen möglichen Bereichen besorgen, die so gut wie nichts mit Medizin zu tun haben.«

»Na und? Ich nutze meine Freizeit, um mich weiterzubilden. Das ist nicht verboten, sondern im Gegenteil von der Stationsleitung ausdrücklich erwünscht.«

Cyr merkte, dass er ins Schwimmen geriet. Vielleicht hätte er seine Gedanken doch vorher in Ruhe ordnen sollen ... »Ihr Interesse an manchen sehr spezifischen Details der Ingenieurswissenschaften ist zumindest merkwürdig zu nennen.«

»Das ist lächerlich, und Sie wissen das ebenso gut wie ich. Wieso sollte ich mir nicht Zusatzwissen gerade über die dringlichsten Problemfelder von Bradbury Base aneignen?«

»Hubstapler? Düngemittel?«

»Alles, wo's krankt. Ich bin Ärztin.«

»Schlaue Replik. Andererseits diskutieren Sie mit niemandem darüber. Alle meine bisherigen Interviewpartner sagen übereinstimmend, dass Sie sich von gesellschaftlichen Anlässen fernhalten.«

»Ich muss auf keine Kabinenpartys gehen. Sämtliche Mitglieder der Belegschaft kommen sowieso zu mir wegen der regelmäßigen Gesundheitskontrollen. – Lassen Sie uns diese Scharade abbrechen, es führt zu nichts. Ich habe meine Zeit nicht gestohlen. Legen Sie auf den Tisch, was Sie für Beweise halten, oder entschuldigen Sie sich für Ihre an den Haaren herbeigezogene Anschuldigung. Und dann trollen Sie sich in Ihr Quartier.«

»Okay. Smetana, der Cheffunker, hat mir erzählt, dass alle Leute in der Station ab und an Nachrichten an ihre Angehörigen auf der Erde senden. Mit einer Ausnahme – Emily Tempsky. Haben Sie denn absolut niemanden, dem Sie wenigstens von Zeit zu Zeit mitteilen wollen, wie es Ihnen hier auf dem Mars ergeht?«

»Ich ... habe mit meiner Familie gebrochen.«

»Das Adressbuch des Distrikts Otago listet zweiundfünfzig Tempskys auf, die ihren Namen vom selben Gustavus Ferdinand aus Ostpreußen herleiten. Sie wollen mir doch wohl nicht einreden, dass Sie sich mit all diesen Verwandten überworfen haben?«

»Wenn das der Kern Ihrer Beweisführung ist, Aescunnar, dann gute Nacht.«

Sie war ein harter Brocken. Kurz hatte sie einen Anflug von Unsicherheit gezeigt, sich aber bereits wieder gefangen. Die Hände in die breiten Hüften gestemmt, betrachtete sie ihn spöttisch.

Er musste seinen einzigen Trumpf aus dem Ärmel ziehen. »Apropos Funk. Auch was den damit verübten Anschlag betrifft, waren Sie nahezu perfekt. Aber nur nahezu. Ich wäre nicht draufgekommen, hätten Sie mir nicht selbst das Stichwort gegeben.«

Tempsky gähnte ostentativ.

»Das Stichwort heißt Nahrungsergänzung.« Er wartete auf eine Reaktion, doch die Ärztin wahrte ihr Pokerface. »Sie sagten, Sie hätten mir Nahrungsergänzungspräparate verabreicht, nachdem ich Hetcher abgeliefert hatte und kurz weggekippt war.«

»Wie ich es routinemäßig mit allen mache, die auf Außeneinsatz waren. Um Mangelerscheinungen vorzubeugen.«

»Ja. Genau. Routinemäßig. Trotzdem haben Sie eine Funkbotschaft ausgeschickt, um sämtliche Außenteams daran zu erinnern, ihre Nahrungsergänzungsmittel einzunehmen.«

»Das sind Wissenschaftler, Aescunnar. Manchmal muss man fürchten, dass sie zu atmen vergessen, bloß weil ihnen ein genialer Gedanke eingeschossen ist.«

»Ich habe die Funk-Logs sowohl von Bradbury Base als auch der Versorgungsstation, deren Zugangsmechanismus sabotiert wurde und die Hetcher und ich mühsam wieder vom Sand befreit haben.«

»Eine Großtat. Ich werde Sie beide für einen Orden nominieren. Die Goldene Schaufel am silbernen Staubsaugerschlauch.«

»Sarkasmus steht Ihnen nicht zu Gesicht. – Wie gesagt, Sie selbst erwähnten die Nahrungsergänzungspräparate und stießen mich dadurch auf das Indiz, das sie überführt. Denn, Doktor Tempsky, und ich muss gestehen, dass es mir ohne diesen Hinweis entgangen wäre – in den Aufzeichnungen der Versorgungsstation ist dokumentiert, dass die von Ihnen mit einer auf den ersten Blick unauffälligen, auf den zweiten jedoch reichlich fadenscheinigen Begründung in die Weiten des Mars gesendete Botschaft einen Anhang enthielt. Eine mitgeschickte Datei ohne besondere Kennzeichen. Man würde meinen, es handle sich schlicht um die Kennung der Medizinischen Abteilung. In Smetanas Log hingegen fehlt jede Spur davon. Es gibt nur eine Erklärung dafür: Jemand muss sie nachträglich aus den Aufzeichnungen gelöscht haben. Na, wer war das wohl?«

»Haltlose Unterstellungen. Warum sollte ich das getan haben?«

»Weil es eine Programmdatei war, die sich bei Empfang selbst ausführt? Und den Schleusen der Versorgungsstation vorgaukelt, jemand hätte den Türöffner betätigt? Und weil dieses Programm zwar nicht mehr bei den Empfängern, sehr wohl aber aufseiten des Absenders rekonstruierbar gewesen wäre?«

Er sah die Attacke kommen, hatte auch schon länger damit gerechnet. Trotzdem waren Cyrs Reflexe so erbärmlich verlangsamt, dass er wie in Zeitlupe zur Seite plumpste und nur um Haaresbreite der Betäubungsspritze entging.

Tempsky stieß nach, Cyr wehrte mit dem Unterarm ab. Der Schutzanzug behinderte ihn zusätzlich, aber er war auch seine Rettung.

»Meine Bild- und Tonaufzeichnungssysteme laufen«, krächzte er, obwohl sie ihm den Arm um den Hals geschlungen hatte und gegen den Widerstand der Helmkrause so kräftig zudrückte, dass ihm die Luft wegzubleiben drohte. »Schon die ganze Zeit über. – Und sie senden live. – Sowohl an Smetana als auch an den Sheriff. – Es ist aus, Emily. – Mit diesem Angriff haben Sie sich selbst verraten. – Und meine zugegeben wacklige Theorie bestätigt.«

Der Würgegriff lockerte sich.

»Sie haben nichts in der Hand«, fauchte die Ärztin.

»*Sie* haben *mich* in der Hand. Sie sind mir an die Gurgel gegangen. Ich denke, das wird genügen.«

Kapitel 18

Menschen fischen

Perry Rhodan, Reginald Bull und Thora da Zoltral standen nebeneinander auf dem Kommandopodest der TOSOMA. Vor jedem von ihnen schwebte ein holografisches Element, das zur Steuerung jeweils einer Gruppe von Traktorstrahlern diente.

»Die Kampfroboter sind vor Hangar C in Position gegangen«, sagte Thora angespannt. »Die Schleusen der nächstgelegenen Ringwulsthangars sind geöffnet. Dort stehen Roboter, technische und medizinische Teams bereit, um die aus dem All Geborgenen so schnell wie möglich intensiv versorgen zu können.«

Bull verschränkte die Finger und bog sie knackend durch.

Thora warf ihm einen kurzen Blick zu und fuhr fort: »Rhino hat die Menschen im Hangar so weit instruiert, wie es die verfügbare Zeit erlaubte. Sie wissen jetzt, wo ungefähr die Schwellenwerte liegen.«

»Ob sie auch daran glauben, steht auf einem anderen Blatt«, sagte Rhodan. Nach wie vor war der Mythos weit verbreitet, schutzlos einem Vakuum ausgesetzte Menschen würden auf der Stelle explodieren oder erfrieren und gleichzeitig innerlich gekocht werden.

Nichts davon war der Fall, zumindest nicht sofort. Obwohl es im Weltraum extrem kalt war, kühlte der Körper mangels eines Wärmeleiters recht langsam aus, da er fast nur Wärmestrahlung verlor. Es trat kein unmittelbarer Schockzustand ein, wodurch der Blutdruck über dem Dampfdruck von Wasser bei siebenunddreißig Grad Celsius blieb – und solange dies gewährleistet war, begann das Blut nicht zu kochen, wohl aber der Speichel auf der Zunge ...

Nach etwa zehn Sekunden schwollen die Haut und das darunter liegende Gewebe an. Aber vor dem Explodieren musste man sich immer noch nicht fürchten.

Der Extremfallschirmspringer Joe Kittinger, eines von Bulls erklärten Idolen, hatte 1960 während des Aufstiegs mit einem

Ballon in eine Höhe von über einunddreißig Kilometern mit Druckverlust im linken Handschuh zu kämpfen. Die Hand schmerzte, wurde gefühllos und unbrauchbar, aber als Kittinger, der die Aktion trotzdem durchzog, im Rahmen seines Rekordsprungs wieder tiefere Regionen erreichte, normalisierte sich der Zustand der betroffenen Hand, und hinterher blieben keinerlei Schäden zurück. Menschliche Haut und menschliches Gewebe waren also durchaus in der Lage, einem Druckunterschied von einem Bar einige Zeit zu widerstehen – wie ja auch relativ dünne Stahltanks komprimierten Sauerstoff eingeschlossen hielten, dessen Druck ein Vielhundertfaches der Umgebungsluft ausmachte.

Nach rund fünfzehn Sekunden, das hatte ein nicht ganz absichtlich durchgeführtes Experiment der NASA ebenfalls in den Sechzigerjahren des vorigen Jahrhunderts ergeben, verlor man im Vakuum das Bewusstsein. Das entsprach in etwa der Zeit, die das nicht länger mit Sauerstoff angereicherte Blut für die Strecke von der Lunge bis zum Gehirn benötigte.

Nun wurde es kritisch. Die Schäden mehrten und multiplizierten sich. Spätestens nach dreißig Sekunden sollte auch der Letzte aus dem All gefischt worden sein. Wann definitiv der Tod eintrat, darüber herrschte unter den Wissenschaftlern Uneinigkeit. Einige tendierten zu einer Minute, andere näher zu zwei oder gar drei Minuten. Experimentaldaten gab es aus naheliegenden Gründen fast keine.

Perry Rhodan, Reginald Bull und Thora da Zoltral hatten also jeweils ungefähr hundertfünfundzwanzig ungeschützte Menschen binnen weniger als einer halben Minute zu bergen. Zwei bis drei Zehntelsekunden pro Person oder drei Sekunden pro Zwölfergruppe ... Aber so durfte man nicht rechnen. Sie mussten danach trachten, möglichst große Gruppen auf einmal zu verfrachten und diese andererseits möglichst gleichmäßig auf die Ringwulsthangars zu verteilen, damit es dort nicht zu Staus kam. Reaktionsschnelligkeit war gefragt – und eine erkleckliche Portion Glück würden sie, zusätzlich zur positronischen Unterstützung, wohl auch benötigen.

Belastend kam hinzu, dass sie nur diesen einen Versuch hatten ...

»Bereit?«, fragte Thora.

Rhino Ugoljew und seine Schicksalsgenossen hatten im Hangar C Aufstellung genommen, so weit vom Schleusenschott entfernt, wie es die Höllenglut auf der gegenüberliegenden Seite zuließ.

Die letzte Reihe bestand aus den Trägern der Raumanzüge. Erstens machte ihnen die Hitze weniger aus. Zweitens bildeten sie, indem sie einander an den Händen hielten, eine Kette, die verhindern sollte, dass jemand von den vor ihnen Stehenden versehentlich im Hangar zurückblieb.

Sobald sie draußen waren, sollten sie ihre Griffe lösen und versuchen, Abstand zu gewinnen, hatte Thora da Zoltral angeordnet, oder sich ansonsten völlig passiv verhalten. Ihnen drohte ja am wenigsten Gefahr. Andererseits beherrschten sie die Steuerung der Anzüge nicht gut genug, dass sie die Rettungsmission entscheidend unterstützen könnten. Da war es besser, sie verursachten wenigstens nicht noch zusätzliche Komplikationen.

»Alles klar, Leute!«, rief Rhino. »Gleich werden wir eine Stuntnummer abliefern, die uns so schnell keiner nachmacht. Nicht vergessen: Auf keinen Fall die Luft anhalten! Das ist das Allerwichtigste, sonst beschädigt ihr euch die Lungen.« Er hatte ihnen bereits dreimal eingebläut, dass es dasselbe war wie bei aufsteigenden Gerätetauchern, aber man konnte es nicht oft genug sagen. »Wenn ich das Zeichen gebe, werden wir also schön alle gemeinsam ausblasen. Den nächsten Atemzug nehmen wir dann bereits in Sicherheit. Viel Glück, Leute!«

»Sind Sie so weit, Rhino?«, funkte Thora.

»Ja. Erteilen Sie den Feuerbefehl. – Und jetzt alle: Pfff ...«

»Feuer frei!«

Große Teile der Schleusentore zerplatzten. Wie in Zeitlupe trudelten Trümmerstücke auf die eng stehenden Menschen zu, wurden langsamer, standen einen Augenblick still – und sausten zurück, zusammen mit dem gewaltigen Sog, der Rhino und die anderen erfasste und so rasend schnell nach draußen riss, dass ihm beinahe Hören und Sehen verging.

Nun konnte er wirklich nichts mehr tun als im Kopf die Sekunden zählen. Sein Leben lag in der Hand oder genauer: den flinken Fingern der drei an den Traktorstrahlkontrollen.

Es galt. Perry Rhodan spürte, wie sich sein Pulsschlag erhöhte.

Die sechs Kampfroboter, die das Hangarschott zerschossen hatten, beschleunigten mit Höchstwerten davon weg, um die weitere Aktion nicht zu behindern. Trümmer kamen herausgeflogen, dann eine Menschenwolke, die sich mehr in die Länge als in die Breite erstreckte.

Eine Sekunde.

»Ich«, sagte Thora nur. Das bedeutete, dass sie wie besprochen als Erste mit ihren Traktorstrahlern zugriff. Sie hob die gesamte Wolke aus sich überschlagenden Körpern einige Dutzend Meter weiter hinauf zum Ringwulst.

Zwei Sekunden.

»Dritteln!«, befahl die Arkonidin.

Rhodan und Bull wurden ebenfalls aktiv. Mit knappen Gesten steuerten sie über die Holosymbole ihre Traktorstrahlen und zogen die mittlerweile grob sichelförmige Menschenmenge zu drei ungefähr gleich großen Gruppen auseinander. Dabei mussten sie achtgeben, die Randbereiche nicht übermäßig zu beschleunigen, damit niemand zu weit abdriftete.

Drei Sekunden. Vier Sekunden.

»Ausgezeichnet. Weiter aufteilen.«

Ein etwa sechshundert Meter umspannender Sektor der leer stehenden Ringwulsthangars, ein knappes Viertel des gesamten Äquatorialrings, war für die Aufnahme der aus dem All Gefischten vorbereitet worden. Perry, Reg und Thora standen jeweils vier große, geöffnete Schleusen zur Verfügung. Im nächsten Schritt musste jeder von ihnen »seine« Teilwolke entsprechend portionieren.

Fünf Sekunden.

Die ersten Schwierigkeiten stellten sich ein. Rhodan hätte vier Hände gebraucht und am besten auch noch ein zweites Gehirn. Seine vier Untergruppen entpuppten sich als ungleich groß, zudem drohte die äußerste abgetrieben zu werden, am ihr zugedachten Hangar vorbei. Er arretierte sie mit einem Traktorstrahl. Inzwischen näherten sich die ersten beiden Gruppen wieder bedenklich an.

Sechs, sieben, acht Sekunden.

»Korrekturmanöver beenden!«, kommandierte Thora. »Rein mit ihnen!«

Rhodan hatte seine Schützlinge keineswegs ideal postiert. Nach Regs Fluchen zu schließen, erging es dem Freund nicht viel besser. Aber Thora hatte natürlich recht. Sie durften nicht zu viel Zeit darauf verwenden, ihre Formationen optimal auszurichten. Im Zweifelsfall mussten einzelne Verluste in Kauf genommen werden.

Neun Sekunden.

Hektisch verschob Rhodan Kleingruppen. Jeder der drei mal vier Hangarsektoren konnte maximal vierzig Menschen zugleich in Empfang nehmen. Eine recht geringe Redundanz, aber mehr war in der kurzen Vorbereitungszeit einfach nicht zu schaffen gewesen.

Zehn Sekunden.

Keine Zeit mehr, genau zu zählen; Rhodan konnte nur schätzen, ob keiner seiner vier Pulks aus mehr als vierzig Personen bestand. Nach wie vor bereitete der äußerste ihm Sorgen.

Elf Sekunden.

»Rein, sagte ich!«, insistierte Thora.

Ob sie selbst mit gutem Beispiel voranging, entzog sich Rhodans Beobachtung, darum vermochte er sich nicht auch noch zu kümmern. Dass die Arkonidin ihrerseits hingegen auch Regs und seinen Sektor mit überblickte, nötigte ihm gehörigen Respekt ab.

Seine Gedanken rasten. Sollte er ein Viertel nach dem anderen in den jeweiligen Hangar bugsieren oder aber alle gleichzeitig? Fertigte er sie der Reihe nach ab, konnte er präziser arbeiten; für die letzte Gruppe mochte die Verzögerung jedoch tödliche Folgen haben.

Zwölf Sekunden.

»Rhodan! Rein damit!«

Hastig konfigurierte er die Steuerung der Projektoren, koppelte sie, justierte dabei grob nach. Er sah, dass er im Begriff war, zwei Personen zu verlieren, aber sie trugen Raumanzüge, daher durfte er sie momentan vernachlässigen. Mit einer kontrollierten Armbewegung schob Rhodan die vier Menschengruppen simultan durch die Hangarschleusen.

Dreizehn Sekunden.

Acht Holos sprangen auf Innenaufnahmen um. Während Rhodan sich orientierte, spürte er, dass ihm Schweiß in die Augen rann. Er widerstand dem Impuls, ihn abzuwischen; dazu hätte er erst die holografische Steuerfunktion desaktivieren müssen. Soweit er sah, kollidierte keiner seiner Schützlinge mit dem Rahmen des Schotts. Er hatte alle heil hineingebracht.

Vierzehn Sekunden.

Nun übernahmen die Techniker und Logistiker im Hangar. Sie fingen die Angekommenen möglichst sachte auf. Mediziner und Medoroboter versorgten sie mit Sauerstoffmasken, hüllten sie in Schockdecken und transportierten sie weiter zu den Druckschleusen.

Fünfzehn, sechzehn, siebzehn ... Perry Rhodan atmete auf. Sein Beitrag war im Wesentlichen geleistet. Diejenigen in den Raumanzügen holte er fast schon genüsslich nach.

Der Weltraum. Unendliches Chaos.

Rhino Ugoljew hatte keine Chance, auch nur ansatzweise festzustellen, ob der waghalsige Plan funktionierte. Er schlug einen Salto nach dem anderen. Rings um ihn wirbelten Körper. Oben und unten, links und rechts, vorne und hinten hatten in der Schwerelosigkeit jegliche Bedeutung verloren.

Mechanisch zählte er weiter die Sekunden, doch er wusste nicht, ob zu schnell oder zu langsam. Unsichtbare Kräfte zerrten an ihm. Es herrschte keineswegs Dunkelheit. Aber kam das Licht aus Scheinwerfern der TOSOMA oder von einer nahe stehenden Sonne? In letzterem Fall, schoss ihm paradoxerweise durch den Kopf, würde er sich einen gewaltigen Sonnenbrand einfangen, weil er der intensiven UV-Strahlung ungeschützt ausgesetzt war. Er meinte allerdings, sich erinnern zu können, dass Thora diesbezüglich Entwarnung gegeben hatte.

Die Sicht verschwamm zu den wässrigen Farben eines impressionistischen Aquarells. Rhino hatte sich fest vorgenommen, diese Sekunden zu genießen – zum einen, da es sich um ein einmaliges, nie da gewesenes Erlebnis handelte, zum anderen, weil es sehr gut seine letzten sein konnten. Jedoch wollte sich partout kein Genuss einstellen. Stattdessen dachte Rhino nur, dass er vielleicht doch besser bei Renate auf der guten alten Erde geblieben wäre.

Er spürte, dass die Finger taub wurden und die Arme anschwollen. Zugleich merkte er, dass er im Geiste bereits zum dritten Mal »sieben« gezählt hatte ...

Eine gewölbte, stählerne Wand raste auf ihn zu oder wohl umgekehrt er auf die Hülle des Ringwulsts der TOSOMA. Egal. Würde er daran zerschellen? Das wäre besonders bitter gewesen.

Bitter ...

Rhinos Zunge schmerzte. Siedend heiß fiel ihm ein, dass

er sich einen neuen Beruf suchen musste, falls er zu viele Geschmacksknospen einbüßte.

Die unsichtbare Faust korrigierte seine Flugrichtung. Zusammen mit etlichen anderen neben ihm wurde er in den Hangar geschleudert, viel zu schnell ... und, knapp bevor er aufschlug, abgefedert wie in Watte, in schwarzer Watte, die ihn rundherum einhüllte, herrlich weich und warm und tröstlich.

Er verlor das Bewusstsein. Das Letzte, was er wahrnahm, war eine ungeheure Explosion, die das gesamte Schiff erschütterte.

Kapitel 19

Gericht

Diese Nacht wollte kein Ende finden.

Es gab ein Disziplinarverfahren, aber nicht gegen Hetcher und Cyr Aescunnar wegen ihres eigenmächtigen, unerlaubten Verlassens der Station bei widrigen Umweltbedingungen – das konnte bis zum nächsten Tag warten; sondern gegen Dr. Emily Tempsky wegen Sabotage.

Das Verfahren wurde auf der Lichtung in der Gartenkuppel abgehalten, vor dem akustischen Hintergrund des allmählich abklingenden Sandsturms. Daran teil nahmen die Kommandantin Louanne Riembau, ihr nicht nomineller, jedoch de facto Stellvertreter Wei Si Ping, der Sicherheitschef Idris al-Sharif, der Leiter der Funkstation und der Apotheke, Pavel Smetana, sowie Cyr Aescunnar als Ankläger und Emily Tempsky als Angeklagte.

Eine unangenehm drückende Stimmung lag in der Luft. Sie wollte sich nicht recht mit den Gerüchen vertragen, die die Ventilatoren von den blühenden Obstbäumen und diversen Gemüsebeeten herwehten.

»Wir sind schon eine seltsame kleine Gemeinschaft«, begann Riembau. »Keine akademische Fakultät, keine militärische Einheit, kein sonstiges Gemeinwesen wie etwa ein Dorf oder ein Orden; sondern von allem etwas. Wir haben kaum schriftlich festgelegte Regeln; zwar einen Sheriff«, sie bedachte al-Sharif mit einem kurzen Kopfnicken, »aber keinen Gerichtshof. Dennoch müssen wir hier und jetzt Gericht halten. Cyr, was haben Sie gegen Emily vorzubringen?«

»Sie bemüht sich seit geraumer Zeit nach Kräften, den Erfolg der Marsmission zu verhindern.« Cyr wiederholte, diesmal deutlich systematischer, was er an Indizien, Schlussfolgerungen und Vermutungen zusammengetragen hatte. »Inzwischen hat eine erneute Untersuchung mehrerer bislang ungeklärter Vorfälle der näheren Vergangenheit ergeben«, fügte er abschließend hinzu, »dass Doktor Tempsky in ausnahmslos allen diesen Fällen Gelegenheit hatte, die scheinbaren Fehlfunktionen beziehungsweise Unglücke zu verursachen. Mit anderen Worten, sie hat kein Alibi.«

»Sheriff?«

»Das ist richtig. Sie könnte jedes einzelne Mal die Täterin, sprich Saboteurin gewesen sein. Die Zeit hat noch nicht für einen eindeutigen Beweis ausgereicht, aber zumindest was die Versandung der Versorgungsstation betrifft, stehen wir unmittelbar davor; und auch in einigen anderen Fällen bin ich ziemlich sicher, dass wir Doktor Tempsky schon bald mutwilliges Verschulden zweifelsfrei nachweisen werden. Ganz abgesehen vom tätlichen Angriff auf Cyr, der einem Geständnis gleichkommt.«

»Emily? Können Sie diese Anschuldigungen entkräften?«

»Nein.« Die große, kräftige Frau wirkte keineswegs ertappt oder verzagt. Sie war auch nicht in sich zusammengesunken, sondern stand hoch aufgerichtet, das Kinn stolz vorgereckt.

»Sie geben also zu, was Ihnen vorgeworfen wird?«

»Ja.«

An dieser Stelle, dachte Cyr, hätte ein Donnerschlag ganz gut gepasst. Aber das Unwetter, das durch die Valles Marineris zog, tat ihm den Gefallen nicht.

»Warum haben Sie uns das alles angetan?«, fragte Louanne Riembau leise mit wie vor Schmerz verzerrtem Gesicht. »Warum, Emily, um Himmels willen?«

»Um des Himmels Willen«, sagte Tempsky, »zu erfüllen.«

Einige Sekunden fassungslosen Schweigens verstrichen. Dann begriff Cyr Aescunnar. »Der Distrikt Otago auf der Südinsel Neuseelands«, sagte er. »Aber natürlich. Wie konnte ich das außer Acht lassen!«

»Wie bitte? Ergehen Sie sich nicht in rätselhaften Andeutungen! Wären Sie eventuell so gütig, uns einzuweihen?«, sagte die Kommandantin mit schneidendem Zynismus.

»Gern. Die Gegend um Queenstown und Oamaru zieht nicht nur Extremsportler und andere Vergnügungssüchtige aus aller Welt magnetisch an. Sie ist seit einigen Jahrzehnten auch der Hauptsitz des australischen Zweiges der Junge-Erde-Kreationisten, der stärksten Fraktion dieser fundamentalistischen Sekte außerhalb der USA.«

»Wir sind keine Sekte. Wir sind die Auserwählten, die Vertreter der einzig wahren Religion.«

»Ja nun, das sagen viele ... Deshalb haben Sie, nachdem Sie mit teilweise gefälschten Papieren in das Marsprojekt eingeschleust wurden, jeglichen Kontakt mit Ihren Angehörigen auf der Erde vermieden! Trotz der allgemeinen Arbeitsüberlastung wäre Pavel oder Idris oder sonst jemandem irgendwann wahrscheinlich aufgefallen, dass alle derselben schrägen Vereinigung angehören. Solche Leute verzieren ihre Adressen und Nachrichten zwanghaft mit missionarischen Symbolen und Sinnsprüchen.«

»Sie können mich und die Meinigen nicht beleidigen.«

»Nichts läge mir ferner, Gnädigste«, sagte Cyr mit mühsam unterdrücktem Spott.

»Ich verstehe immer noch nicht«, sagte Riembau.

»Der Junge-Erde-Kreationismus postuliert«, erläuterte Cyr, »dass unsere Heimatwelt und alles Leben auf ihr vor höchstens zehntausend Jahren von Gott durch dessen direktes Handeln erschaffen wurden. Die Gläubigen nehmen das erste Buch Mose, die Genesis, wörtlich und gehen davon aus, dass die darin genannten sieben Schöpfungstage lückenlos die erste Woche nach einem absoluten Beginn der Zeit beschreiben. Aus dem buchstäblichen Verständnis der gesamten Bibel als wahrheitsgetreuer historischer Bericht, aus dem sich unter anderem die Größenordnung der seitdem vergangenen Zeit berechnen lässt, ergeben sich die erwähnten rund zehntausend Jahre. Des Weiteren sind sie der Ansicht, dass den biblischen Aussagen Vorrang vor der Naturwissenschaft oder zumindest eine Gleichstellung zusteht.«

»Mit Fug und Recht«, sagte Tempsky fest. »Wir kämpfen für das Licht der Wahrheit in einem Nebelmeer von Lügen.«

»Aber ... aber der Gegenbeweise sind Legion«, stieß Louanne Riembau bestürzt hervor. »Wie kann man die Erkenntnisse der Geologie, der Dendrochronologie, der radiometrischen Datierung und unzähliger anderer Forschungszweige leugnen? Ich weiß gar nicht, wo ich anfangen soll ... Die gesamte wissenschaftliche Evidenz spricht gegen diese grotesk verstiegene Hypothese!«

»Teufelswerk!«, deklamierte Tempsky. »Der ewige Versucher ist dafür bekannt, falsche Fährten zu legen. Und er schickt immer wieder Dämonen, um den Glauben der Kinder Gottes zu erschüttern.«

»Die Arkoniden?« Smetana griff sich an die Stirn.

»Und jene, die sich Ferronen nennen. Eine Fälschung, die schon wegen des plumpen Anklangs an die lateinische Bezeichnung für Eisen leicht zu entschleiern ist. Sowie Luftgeister wie die Fantan. Nicht zu vergessen Echsenwesen, vor denen schon die apokryphen Schriften warnen.«

»Emily, ich habe Sie als kluge, verlässliche, gutwillige Frau kennengelernt, die mit beiden Beinen auf dem Boden steht«, sagte die Kommandantin.

»Das widerspricht meinem Glauben nicht im Mindesten.«

Riembau rang die Hände zum Kuppeldach. »Wie kann man sich als vernunftbegabter Mensch freiwillig solche Scheuklappen aufsetzen? Allein die Existenz der TOSOMA, die seit zehntausend Jahren auf dem Grund des Atlantischen Ozeans ...« Ihre Stimme erstarb. »Nein. Sagen Sie jetzt nicht ...«

Auf Tempskys Gesicht breitete sich ein siegessicheres Lächeln aus. »Dieses satanische Machwerk wird nicht weit kommen. Auch dafür wurde Vorsorge getragen. In die Details bin ich nicht eingeweiht. Aber zumindest in der Vorbereitungsphase des frevlerischen Fluges gen Himmel sollte jemand von uns an Bord gelangt sein.«

Cyr sah, dass Pavel Smetana auf den Fersen wippte. Demnächst würde er einen Funkspruch absetzen. Aber war die TOSOMA nicht längst außer Reichweite?

»Da Sie gerade dabei sind, Ihr Gewissen zu erleichtern«, sagte Wei Si Ping zu Tempsky, die glühte, als sonne sie sich in der Aufmerksamkeit der anderen. »Was haben Sie und Ihre Mitstreiter denn sonst noch angestellt?«

»Professor Jennings«, antwortete die Neuseeländerin nachgerade fröhlich. »Der Hydrologe hat sich keineswegs zufällig den Magen verdorben. Er wurde vergiftet. Dies war von langer Hand geplant, um mir zu ermöglichen, die Trinkwasserversorgung von Bradbury Base mit der Zeit zum Erliegen zu bringen. Der Mensch«, sagte sie eindringlich, »Adam und Eva – wir haben auf dem Mars nichts zu suchen. Das spüre ich mit ganzer Seele. Der Mars kommt in der Bibel nicht einmal vor.«

Louanne Riembau war so schnell bei der Ärztin, dass niemand von den Umstehenden eingreifen konnte. Sie packte Tempsky bei den Aufschlägen ihres Mantels, und obwohl sie mehr als einen halben Kopf kleiner war, lupfte sie die üppige Blondine für einen Moment vom Boden. »Nguyen!«, zischte sie. »Unser Kommandant. Gestehen Sie! Stecken Sie auch hinter seinem Verschwinden?«

»N... nein.« Tempsky wirkte verwirrt, plötzlich wie ein zu groß gewachsenes Kind. »Nein, damit habe ich nichts zu tun. Ich, wir ... Ich würde niemals einen Mordanschlag verüben.«

»Celia Cienfuegos wurde von den Kisten im Lagerraum erheblich verletzt«, warf Idris al-Sharif ein.

»Das wollte ich nicht.«

Riembaus Zorn erschlaffte so schnell, wie er über sie gekommen war. Sie ließ Tempsky los und drehte sich weg. »Was machen wir mit ihr?«, fragte sie niemand Bestimmten.

»Ich fürchte, wir werden sie wegsperren müssen«, sagte der Sheriff. »In ein improvisiertes Gefängnis; eine der Kabinen wird sich dazu umrüsten lassen. Müßig zu erwähnen, dass ich diese Entwicklung bedaure.«

Tempsky hielt ihm die Arme hin. »Fesselt mich, verurteilt mich, das macht mir nichts aus. Gott wird mich freisprechen.«

Die pathetische Aussage erinnerte Cyr Aescunnar an ein anderes berühmtes Zitat. Aber er war zu müde, um lang darüber nachzudenken.

Louanne Riembau löste die Versammlung auf. »Traurig, was hier geschehen ist, jedoch nicht zu ändern. Gehen wir schlafen.«

Aber diese Nacht wollte kein Ende nehmen.

Zurück in seiner und Hetchers Kabine, nahm Cyr Aescunnar das Tablet aus der transparenten Oberschenkeltasche seines Anzugs. Fix darauf programmiert, hatte das Gerät das jähe Fuchteln seines Zimmergenossen in der Krankenstation aufgezeichnet.

Cyr war noch nicht dazu gekommen, sich die Übersetzung anzusehen. Das holte er nun nach.

Wie er vermutet hatte, handelte es sich um ferronische Zeichensprache. Die Gesten bedeuteten: *Ich höre! Ich höre!*

Was sollte er nun wieder damit anfangen?

Er schaffte es nicht mehr, sich des Anzugs zu entledigen, sondern fiel auf sein Bett und schlief augenblicklich ein.

Im nächsten gefühlten Moment weckte ihn eine Alarmsirene.

Cyr fuhr hoch, wild um sich schlagend, weil er wieder einmal von Marsmonstern geträumt hatte. Schlaftrunken aktivierte er das Tablet und klinkte sich ins Intranetz der Station.

Hetcher war abermals abgehauen.

Obwohl angeblich betäubt, hatte der Ferrone sich einen Raumanzug geschnappt, Bradbury Base verlassen, alle Marsmobile bis auf eines für die nächsten Stunden unbrauchbar gemacht und war mit dem einzig funktionstüchtig verbliebenen Bubble weggefahren. Die Stationsbesatzung war auf dem falschen Fuß erwischt worden und machtlos, eine Verfolgung unmöglich.

Cyr wusste es besser.

Den Mars, Hetcher, Homer G. Adams, Perry Rhodan und jeden, der ihm sonst noch in den Sinn kam, von Herzen verfluchend, arretierte er die Verschlüsse seines Anzugs und steckte das Tablet ein. Er schlich sich unbehelligt aus der Station, schleppte sich zu dem Marsmobil, das er, als habe er etwas in dieser Art geahnt, abseits des regulären Unterstands abgestellt hatte, und nahm erneut die Verfolgung auf.

Ich muss verrückt sein, dachte er, während das Bubble losfuhr. *Si Ping wird recht behalten. Hetcher hat mich mit seinem unheilbaren Wahnsinn angesteckt.*

Er wusste, wie riskant und im Grunde unverantwortlich dieses Vorgehen war. Sein Fanatismus glich in beängstigender Weise jenem von Emily Tempsky, da machte er sich nichts vor. Aber die Neugier ließ Cyr Aescunnar keine Wahl. Im Innersten spürte er, dass er etwas sehr, sehr Großem auf der Spur war.

Ich höre! Ich höre ...

Epilog

Das Gespinst

Alarmsirenen schrillten.

Belinkhar hatte gerade ihre holografische Arbeitsfläche aufgeräumt wie immer am Ende einer Schicht. Sie war aufgestanden, hatte die rituellen Gesten vollführt und sich, angemessen erleichtert, auf die ihr zustehende Ruhephase gefreut. Noch etwas lesen, eventuell ein kurzes Spielchen, dann würde die Last des Tages von ihr abfallen.

Da schlug die Ortung an.

»Ein arkonidisches Schlachtschiff, Kennung nicht in den Archiven vorliegend«, meldete die zuständige Positronik.

»Was soll das heißen, nicht vorliegend? Tarnen sie ihre Signatur?«

»Mitnichten. Keinerlei Verschleierungen. Trotzdem unbekannt.«

Das roch nach Ärger. Ärger, den Belinkhar und ihr Gespinst absolut nicht brauchen konnten. »Angriffssysteme?«

»Latent vorhanden, jedoch derzeit inaktiv.«

Die Positronik blendete die ermittelten Daten ein. Es handelte sich um einen Raumer der klassischen arkonidischen Kugelform mit äquatorialem Ringwulst, achthundert Meter durchmessend. Insofern eine ernst zu nehmende Bedrohung. Allerdings war dieses Schiff schwer beschädigt. In seiner Hülle klaffte ein schwelendes Loch.

»Wo kommen die her? Was haben sie vor?«

Wie stets bei solchen Anlässen erschien Belinkhars Schatten Etztak wie aus dem Nichts zwischen den Konsolen der Hauptturmzentrale. »Überaus bedenklich. Sollten wir dieses ominöse Schiff nicht besser dem Sektorenkommando der Imperiumsflotte melden?«, fragte er lauernd.

Etztak ging vornübergebeugt, als ziehe ihn das Gewicht seines wuchtigen Oberkörpers zu Boden. Er war ein Intrigant, wie er im Buche stand, ein Ohrwurm und Schleimer, ein ständiger Dorn in Belinkhars Fleisch. Aber es war unmöglich, ihn abzuschütteln. Die Matriarchin hatte lernen müssen, sich mit ihm zu arrangieren.

Sie überlegte. Völlig unrecht hatte Etztak nicht.

Die Flotte des Imperiums zu alarmieren wäre ein Weg gewesen, dieses Schiff wieder loszuwerden, ohne sich näher mit ihm und seiner Besatzung befassen zu müssen. Andererseits missfiel ihr der Gedanke sehr, Einheiten der Kriegsflotte des Großen Imperiums auf den Plan zu rufen. Und die Geister, die man rief, wurde man nur schwer wieder los, hatte sie gelernt.

Eine Zeitbombe, dachte Belinkhar. *Oder aber ein Geschenk der Sternengötter, aus dem sich etwas machen lässt. Ein gutes Geschäft. Eine neue Erfahrung. So oder so eine Option.*

Ließ sie Etztak die Flotte alarmieren, würde sie nie erfahren, was es mit diesem weidwunden Raumer auf sich hatte. Die arkonidischen Generäle waren nicht unbedingt mitteilungswütig. Umso eifriger würden sie Spähtrupps entsenden, die überall im Gespinst herumschnüffelten.

»Nein«, beantwortete Belinkhar die gekünstelt unterwürfig vorgebrachte Frage. »Stellen Sie eine Funkverbindung zu dem Schiff her!« Nachdem dies bewerkstelligt war, sprach sie ins Akustikfeld: »Hier Matriarchin Belinkhar aus der Sippe der Nahm. Ihr Schiff hat keine gültige Kennung. Bitte identifizieren Sie sich und nennen Sie Ihr Anliegen.«

Bernd Perplies

Planet der Echsen

Kapitel 1

Unter Echsen
Topsid, noch dreizehn Stunden

Eric Manoli rannte um sein Leben.

Hinter ihm war das Fauchen von Strahlwaffen zu hören und das Zischen seiner echsenartigen Verfolger. Was sie ihm nachriefen, konnte er nicht verstehen. Er hatte auch keine Zeit dazu, sich darüber Gedanken zu machen, ob nun die winzige Translatorpositronik in seinem Körper gestört war oder ob die Wesen einfach nur undeutlich sprachen.

Er musste rennen – und es fiel ihm unendlich schwer. Mit protestierenden Beinmuskeln kämpfte er sich durch den dichten Nebel, der ihn von allen Seiten umfing. Der Dunst hing nicht einfach so in der Luft. Er dampfte auch aus der Kanalisation empor, aus Kühlgeneratoren an Hauswänden und aus gedrungenen Schloten auf den Dächern. Die Luft kam Manoli so dick und feucht vor, als könne man darin schwimmen. Ungefähr genauso anstrengend war es, sich durch sie zu bewegen.

Wohin seine wilde Flucht ihn führte, wusste er nicht. Gassen und Straßen, pulsierend vor fremdartigem Leben, verschmolzen um ihn herum zu einem Labyrinth ohne Anfang und Ende. Tausend Eindrücke stürzten gleichzeitig auf ihn ein: der Geruch von Gebratenem und exotischem Tee, die jaulenden Klänge ihm unbekannter Musik, ein lautstarkes Stampfen und Zischen aus halb geöffneten Fahrzeugkabinen und immer wieder Echsen! Grauhäutige Echsen, grünhäutige Echsen, braunhäutige Echsen, auf zwei Beinen gehend mit einem pendelnden, fleischigen Schwanz und argwöhnisch aus lippenlosen Schnauzen hervorschnellenden Zungen.

»Wo bin ich?«, schrie Manoli sie an. »Was ist das für ein Albtraum?«

Sein Herz hämmerte wie verrückt in seinem Brustkorb, seine Lungen quälten sich mit jedem Atemzug, und ihm war übel vor

Erschöpfung. Trotzdem taumelte er weiter. Er musste hier weg, musste ihnen entkommen, sonst brachten sie ihn um.

Vor ihm, am Ende der Gasse, tauchte ein klobiges Fahrzeug auf. Es erinnerte an einen irdischen Militärjeep, war aber knallblau lackiert. Auf einer Art Überrollbügel blitzte und blinkte eine Lichtsignalanlage wie bei einer der modernen Fahrattraktionen auf einer Kirmes.

Zwei Echsen in blauen Overalls saßen darin. Silberne Schulterstücke und Brustschilder zierten ihre Uniformen. Sie erblickten Manoli, sprangen von ihren Sitzen und rissen schwere Handfeuerwaffen aus Gürtelholstern. Es knallte, und die Luft knisterte elektrostatisch, als helle Energieblitze an ihm vorbei durch den Nebel zuckten.

Manoli wirbelte herum. Nur weg, egal wohin. Tiefer hinein ins Herz dieser fremden Welt.

Er umrundete einen der riesigen Turmbauten, die überall um ihn aufragten wie die chaotisch angeordneten Säulen eines gigantischen Pfahlhauses, und erreichte eine gewundene Treppe. Kurzerhand stürmte er sie hinauf. Am oberen Ende begann eine weit geschwungene Metallbrücke. Sie führte über eine Verkehrsstraße, auf der sich eine Lawine aus vier- und sechsrädrigen Vehikeln im Schneckentempo dahinwälzte.

Keuchend rannte Manoli über die Brücke. In seinem Rücken glaubte er bereits die schweren Schritte seiner Verfolger zu hören, die ihm hartnäckig auf den Fersen blieben. Vor ihm, aus dem Schatten eines Eingangs, der in zehn Metern Höhe in einen der Türme führte, tauchten zwei Gestalten auf. Es handelte sich um hünenhafte Echsen mit schwarzgrauen Schuppen. Sie trugen ein wildes Sammelsurium von Lumpen am Leib und hatten orientalisch anmutende Messer in den sechsfingrigen Händen.

»Arkonide ...«, zischte einer der beiden, und seine gespaltene Zunge fuhr angriffslustig aus der Schnauze.

Mitten im Lauf kam Manoli zum Halt. Sein Herz hämmerte so stark, als wolle es seinen Brustkorb sprengen. Schweiß lief ihm übers Gesicht, sein Atem ging schwer. Hektisch sah er sich um. Hinter ihm Gegner, vor ihm Gegner. Es schien keinen Ausweg zu geben.

Sein Blick fiel nach unten auf die Straße, auf die endlose Kolonne von Fahrzeugen, die sich zur Rushhour – war es Vormittag? War es Nachmittag? – durch die Straßenschluchten schoben. Sein suchendes Auge fand einen offenen Transporter, der, wie es aussah, Hausabfälle geladen hatte.

Das ist Wahnsinn, dachte Manoli. *Und es ist zugleich meine einzige Chance.*

Todesmutig sprang er auf das Geländer der schmalen Brücke. Hinter ihm peitschten die Schüsse der Energiestrahler seiner Verfolger vorbei. Vor ihm stießen die beiden Messerschwinger ein wütendes Fauchen aus. Sie erkannten, dass sich ihre Beute absetzen wollte.

Manoli nahm Maß, wartete noch zwei Herzschläge. Dann sprang er.

Die wenigen Sekunden in der Luft kamen ihm unendlich lang vor. Unter ihm bewegte sich der Transporter weiter ... und weiter ...

Nein, nein, bleib stehen, beschwor ihn Manoli.

Er blieb stehen.

Mit einem satten Schmatzen landete Manoli inmitten der grauen Säcke, die zu einem willkürlichen Haufen aufgetürmt worden waren. Einen Herzschlag lang dankte er allen Göttern, die auf dieser Welt wirken mochten, dass er diesen irren Sprung überlebt hatte.

Im nächsten Moment erkannte er, dass dieses Leben schneller vorbei sein konnte, als ihm lieb war, denn der Transporter stand noch immer, und er machte auch keinerlei Anstalten weiterzufahren. Entweder gab es irgendwo weiter vorne das hiesige Äquivalent einer roten Ampel, oder der dichte Verkehrsstrom war vollends zum Erliegen gekommen.

Ihm blieb keine Zeit, aus diesem Begreifen irgendein Handeln abzuleiten. Schon schwangen sich vier massige Körper über die Balustrade der Brücke und stürzten ihm entgegen. Beinahe unnatürlich elegant landeten sie auf den Müllsäcken und erhoben sich vor ihm zu einer Mauer geschuppten Todes.

In seltsamer Eintracht standen die Soldaten und die Straßenräuber beisammen, Messer und Strahler in den Händen, und starrten aus kleinen, tückisch glänzenden Augen auf Manoli herab. Einer der Soldaten hob seine Waffe und richtete den Lauf direkt auf Manolis Kopf. »Jetzt, Arkonide, stirbst du!«

Sein Finger krümmte sich um den Abzug, und sengend heißes Licht hüllte Manoli ein.

Mit einem Ruck wachte er auf!

Stöhnend hob er die Hände zum Kopf und rieb sich über das Gesicht. Sein Unterhemd war durchgeschwitzt und die Laken zerwühlt, als habe er nicht nur im Traum, sondern auch schlafend in seinem Bett gekämpft.

Mit einem Ächzen schwang Manoli die Beine von der niedrigen Lagerstatt und erhob sich in eine sitzende Position. Immer wieder suchten ihn diese Albträume heim, voller Hetzjagden und Kämpfe. Ähnlich häufig sah er sich in einem glänzenden Labor auf einen Tisch geschnallt. Gleißendes Licht stach ihm in die Augen, und unmenschlich klingende Stimmen fragten ihn Dinge, die er nicht verstand und nicht beantworten konnte. Es war grauenvoll.

Als Arzt nahm Manoli an, dass sein unruhiger Schlaf verschiedene Gründe hatte. Zum einen war er Ausdruck eines tief sitzenden Unbehagens, das ihn seit Wochen begleitete. Darüber hinaus schienen sich Erinnerungsfragmente seiner Ankunft auf dieser Welt in seine Träume zu mischen, Reminiszenzen an Geschehnisse, die sich wie in dichtem Nebel verborgen seinem bewussten Zugriff entzogen.

Zuletzt hatte sicher auch die erhöhte Schwerkraft vor Ort etwas damit zu tun. Er besaß keine Messinstrumente, aber er schätzte sie auf etwa ein Drittel höher als auf der Erde. Diese ständige Zusatzbelastung stresste seinen Körper im Wachzustand – und ebenso im Schlaf. Zum Glück war wenigstens der furchtbare Muskelkater in den Beinen und im Rücken abgeklungen, der ihn in den ersten Tagen geplagt hatte.

Trotzdem bin ich froh, wenn ich hier fort bin, dachte er. Es würde nicht mehr lange dauern. Heute Abend, wenn der ganze Planet das Fest der Dreimondekonstellation feierte, würde er jemanden treffen, der ihm einen Weg von hier fort eröffnen würde. Endlich würde dieses Versteckspiel vorbei sein, das man ihm – zu seiner eigenen Sicherheit natürlich – aufgezwungen hatte. Man hatte es ihm versprochen.

Es wurde dringend Zeit. Manoli war es leid. Als Wissenschaftler hatte er in den letzten Wochen unglaublich faszinierende Einblicke gehabt und Erkenntnisse gewonnen. Und zu seinem Erstaunen war er nicht bloß auf Verachtung und Ablehnung bei den Einheimischen gestoßen, sondern hatte Freundlichkeit und Hilfsbereitschaft erfahren, etwas, das er nach allem, was ihm auf der Erde erzählt worden war, kaum erwartet hätte.

Als Mensch freute er sich dennoch, den Weg nach Hause antreten zu können. Schließlich hatte er diesen Trip damals, in einer unterirdischen Kaverne auf Berenger IV, dem größten Mond des vierzigsten Planeten im Wegasystem, nicht begonnen, weil er neue Welten und neue Zivilisationen erkunden wollte. Manoli hatte versucht, seine Kameraden Perry Rhodan und Reginald Bull zu finden– und natürlich Sue Mirafiore, die junge Mutantin, die ihm während ihrer Zeit als Gefangene der Fantan ans Herz gewachsen war. Die drei waren, zusammen mit der Arkonidin Thora, dem Teleporter Ras Tschubai und den beiden Ferronen Chaktor und Lossoshér, ihrerseits durch einen Transmitter gegangen, um Thoras Ziehvater Crest da Zoltral zu retten. Doch Manolis Freunde waren nicht zurückgekehrt, blieben verschollen.

Leider war Manolis Plan grandios gescheitert. Er hatte während all seiner Zeit nicht die geringste Spur seiner Freunde entdecken können. Viel Bewegungsspielraum hatte man ihm zugegebenermaßen nicht gelassen.

Er erinnerte sich noch lebhaft an den Moment seines Reisebeginns. Er hatte sich mit dem verkrüppelten Fantan Skelir in einer Fantanflunder auf der Oberfläche des Mondes befunden. Skelir hatte ihn, Sid González, den Ilt Gucky und den Ara Fulkar gerade von ihrer seltsamen Krankheit geheilt, die sie kurz zuvor befallen hatte. Seinen Worten zufolge hatten sie sich an Bord der Fantanraumstation MYRANAR eine Infektion zugezogen, als die merkwürdigen Außerirdischen Ende Juli über die Erde hergefallen waren und Manoli und die anderen als Besun entführt hatten.

Ganz uneigennützig hatte Skelir ihn nicht gerettet. Er erhoffte sich von Manoli, dass dieser Sue für ihn fand, jenes tapfere kleine Mutantenmädchen, das dem Fantan so nahestand, weil es, genau wie er, nicht nur gesunde Gliedmaßen besaß, sondern einen verkrüppelten Arm hatte. Denn auch Sue war ehemaliges Besun und daher womöglich krank. Sie mochte sterben, wenn Manoli sie nicht aufspürte.

»Sie müssen sie benachrichtigen«, hatte Skelir ihn gedrängt.

»Ich fürchte, das steht nicht in unserer Macht«, hatte Manoli eingewandt. »Sue und Reginald sind vor ... drei Wochen, glaube ich ... durch einen Transmitter gegangen und seitdem nicht zurückgekehrt.«

»Sie könnten ihnen folgen«, hatte Skelir vorgeschlagen.

»Wenn es so einfach wäre! Das Ziel, auf das der Transmitter programmiert war, reagiert nicht mehr. Und kein anderer Transmitter, den wir kennen, führt das Ziel auf. Perry und seine Kameraden sind verschollen. Wir sind vollkommen hilflos.«

Und dann hatte der Fantan ihm sein größtes, sein geheimstes Besun gezeigt: einen Transmitter unter der Oberfläche des Mondes. Sie hatten viel über Vertrauen gesprochen, ja nachgerade Brüderschaft getrunken. Und dann war Manoli, gekleidet in einen arkonidischen Kampfanzug und ausgestattet mit einem kleinen Überlebenstornister voller Feldrationen und Nährstofflösung, durch den kathedralenförmigen, mattweißen Bogen des Transmitters getreten ...

... nur um hier zu landen!

Manoli stand auf und schüttelte seine schmerzenden Glieder aus. Über den Boden, der mit an Terrakotta erinnernden Steinplatten gefliest war, tappte er anschließend barfuß zu dem einzigen Fenster hin. Er stieß die Fensterläden auf, deren Beschaffenheit aus dunklen, gitterartigen Holzstäben nicht der Armut ihres Besitzers geschuldet war, sondern die eindeutig als Zierwerk dieses ganz speziellen Gebäudes dienten.

Vor ihm breitete sich das Panorama der dampfenden Stadt aus. Ein Wald aus stalagmitenartigen Türmen ragte vor Manoli auf. Manche bestanden aus Metall, die meisten aus ockerfarbenem bis rotbraunem Stein. Auf vielen waren kugel- oder tellerförmige Wohneinheiten aufgespießt, einzeln oder in Dreierkonstellationen wie Fleisch oder Gemüse auf einem griechischen Souvlaki. In der Höhe variierten sie zwischen zwanzig und zweihundert Metern, wobei der Großteil in diesem Teil der Stadt eher kleiner war, höchstens vierzig Meter hoch.

Zwischen den Wohntürmen drängten sich flachere Gebäude: Schuppen, Buden, Lager, Garagen. Dicht und ohne jede erkennbare Ordnung füllten sie die Räume zwischen den Säulen wie wild wucherndes Unterholz den Waldboden inmitten aufragender Bäume. Kabel und Rohre spannten sich von Bauwerk zu Bauwerk, ebenso wie schmale, halsbrecherisch instabil wirkende Brücken und Gehwege, die im Zickzack zwischen den Türmen durch die Luft führten und von farbigen Lampions erhellt wurden, der hiesigen Vorstellung von Straßenbeleuchtung.

Dazu gesellten sich die blinkenden Schilder von Geschäften,

der Schein von elektronischen Reklametafeln und das Licht aus unzähligen offen stehenden Türen und Fenstern. Das Draußen und das Drinnen waren an diesem Ort Sphären, die erstaunlich fließend ineinander übergingen.

Manoli sah einen Mann, der es sich vor einem schäbigen Schuppen auf einer Sitzgelegenheit bequem gemacht hatte. Neben ihm befand sich ein eiförmiger Grill, auf dem hühnchenartiges Fleisch briet. Ein paar Kinder hockten im Schatten eines Turms und boten auf Wolldecken Waren an, die ihnen höchstwahrscheinlich vor wenigen Tagen noch nicht gehört hatten und für die auch sicher nicht bezahlt worden war. Auf einem Flachdach hängte eine Frau in der Hoffnung, dass nachmittags noch die Sonnen herauskamen, Wäsche auf. Und Dutzende von Passanten drängten sich durch die schmalen Gassen zwischen den Gebäuden, wobei ein nicht geringer Anteil, wie Manoli wusste, in durchaus fragwürdigen Geschäften unterwegs war.

Exotische Geräusche und Gerüche wehten zu ihm her. Bis vor Kurzem hatte er ihnen noch keine Bedeutung zuweisen können. Jetzt wusste er, dass das jaulende Klagen einer Chrymasi geschuldet war, einer Art Saiteninstrument, das bei Straßenkünstlern sehr beliebt war. Und das ferne Stampfen und Zischen stammte nicht aus einer Fertigungsanlage, sondern aus dem Musikkubus irgendeines Halbstarken, der lauten Sprechgesang hörte. Der an Honig erinnernde Duft drang aus einer nahen Bäckerei, in der frische Zefsha, eine preiswerte Süßspeise, zubereitet wurden. Und die bittere Note von Teer stieg unter dem Deckel irgendeiner Ahsish hervor, die sich wohl am besten mit einer Wasserpfeife vergleichen ließ.

Über alldem lag ein leichter Dunst, und der Himmel spannte sich in blassem Violett über Manolis Kopf.

Das war das Getto Khir-Teyal, sein gegenwärtiger Zufluchtsort auf Topsid.

Fast drei Monate bin ich jetzt schon hier, dachte Manoli. *Der erste und einzige Mensch auf einem Planeten voller Echsen.*

Kapitel 2

Es werde Licht
Nördlich von Terrania, 5. Januar 2037

Ein schneidend kalter Wind wehte über die Berge beinahe hundert Kilometer nördlich von Terrania. Der Himmel erstrahlte an diesem Spätnachmittag in prachtvollen Farben, und man hatte das Gefühl, bis zur Unendlichkeit blicken zu können.

Und noch viel weiter, dachte Bai Jun. Der Bürgermeister von Terrania kniff die Augen zusammen und ließ den Blick in die Ferne schweifen. Dort hinten, in der Ebene zu seinen Füßen und nur als dunkler, verschwommener Fleck am Horizont erkennbar, lag Terrania, das Herz und die Hauptstadt der Terranischen Union, Perry Rhodans Vision einer geeinten Menschheit.

Aus seinem Zentrum glaubte Bai Jun die schlanke Nadel des Stardust Towers aufragen zu sehen, der sich bereits zwei Kilometer über die Stadt erhob und trotzdem immer noch weiterwuchs. Bai Jun erinnerte sich daran, dass Lesly K. Pounder mal von einem modernen Turm zu Babel gesprochen hatte.

»Doch er ist das genaue Gegenteil«, hatte der ehemalige Chef der NASA hinzugefügt. »Der Turmbau zu Babel wurde damals von einem ängstlichen Gott als Gefahr empfunden, worauf er den Menschen ihre gemeinsame Sprache nahm und sie über die ganze Erde zerstreute. Der Stardust Tower führt die Menschheit nun wieder zusammen. Er ist ein Symbol der Völkerverständigung, die durch Erfindungen wie das Echtzeitübersetzungsnetz TerraNet, die Kunstsprache Terranisch und diese neu entwickelten Translatorpositroniken Realität wird.«

Bai Jun hatte nur gelächelt. »Erzählen Sie das lieber nicht einem Ihrer Religionswissenschaftler. Es könnte in seinen Ohren so klingen, als hätten Sie mit Ihrem Gott noch eine Rechnung offen.«

Der Bürgermeister von Terrania blinzelte und richtete seine Aufmerksamkeit auf seine unmittelbare Umgebung. Er befand sich am Eingang eines schmalen Hochtals, das wie mit einem Messer geschnitten den von Westen nach Osten verlaufenden Gebirgszug des Yinshangebirges teilte. Eine gewundene, in aller Eile asphaltierte Straße war der einzige Zugang zu diesem Ort.

Zur Linken und zur Rechten ragten die Gipfel der Zweitausender auf, das Tal selbst verjüngte sich bereits nach wenigen hundert Metern und endete an einer steilen Felswand. Eine riesige weißgraue Betonstruktur war vor die Bergflanke gesetzt worden, die Fassade und der Eingang zu einem unterirdischen Komplex, dessen Inbetriebnahme der Anlass für Bai Juns Anwesenheit hier draußen war.

Das Projekt trug den chinesischen Namen *Guanghui* – Glorienschein –, und auf den ersten Blick machte es wenig Eindruck. Abgesehen von der Gebäudefassade waren nur eine Reihe Starkstromleitungen zu sehen, die aus dem Inneren des Berges ans Tageslicht kamen und sich in einer langen, schnurgeraden Linie den Hang hinunter und quer über die Ebene in Richtung Terrania erstreckten.

Dennoch handelte es sich bei *Guanghui* um einen Meilenstein in der Entwicklung Terranias. Seit Monaten stellte die Energieversorgung der rasant wachsenden Hauptstadt der Terranischen Union ein Problem dar, das nach einer Lösung verlangt hatte. Bislang hatte eine Mischung aus arkonidischen Energiezellen und herkömmlichen irdischen Technologien die Stadt provisorisch mit Strom versorgt. Doch wirklich zukunftsträchtig war dieser Ansatz nicht gewesen.

Mit Projekt *Guanghui* änderte sich nun alles. Dahinter verbarg sich die feste Installation eines arkonidischen Fusionsreaktors, der von Spezialisten aus der Venuszuflucht geholt und zerlegt mithilfe der NESBITT-BRECK zur Erde gebracht worden war. Wenn die Spezifikationen, die man Bai Jun vorgelegt hatte, nicht trogen, würde dieser Reaktor, der nun unter der Erde und gut bewacht das eindrucksvolle Kernstück der Anlage bildete, Terrania eine ganze Weile lang mit sicherer, sauberer Energie versorgen. Damit blieb der Menschheit genug Zeit, ihre eigenen Technologien weiterzuentwickeln, um *Guanghui 1* weitere Reaktoren zur Seite zu stellen, sollte das in Zukunft irgendwann nötig werden.

Um dies zu feiern, war nicht nur Bai Jun mit seinem Assistenten Lhundup hierhergekommen. Tausende Schaulustige hatte es ins Yinshangebirge gelockt. Mit Bussen und offenen Lastwagen waren sie gekommen, um dem symbolischen Umlegen des Schalthebels zur Aktivierung des Fusionsreaktors beizuwohnen. Noch viel mehr Menschen warteten in den Straßen von Terrania selbst darauf, dass es Licht werde. Die Stimmung war ausgelassen und voller Optimismus. *Guanghui 1* wurde von allen Bewohnern als Segen empfunden.

»Bürgermeister, kommen Sie bitte. Es geht los.« Eine dunkelhäutige Frau in dem weißblauen Businesskostüm des *Guanghui*-Personals berührte Bai Jun am Arm.

»Natürlich«, bestätigte er. »Lhundup!« Suchend sah er sich nach seinem Assistenten um. Der junge Tibeter mit dem dichten schwarzen Haar, das trotz regelmäßiger Friseurbesuche irgendwie immer verstrubbelt wirkte, unterhielt sich einige Meter weiter mit einer blonden Frau, die Bai Jun auf den ersten Blick als Reporterin erkannte. Der Bürgermeister hoffte, dass Lhundup ihr bloß wieder eine Lebensweisheit von seinem Onkel Dalaimoc ins Headset diktierte.

Ganz sicher konnte er sich da jedoch nicht sein. Lhundup war ein guter Junge, aufmerksam und treu wie einer der Hütehunde der Hirtenleute in den ausgedehnten Hochlandsteppen des Changthang in Nordwesttibet, von denen er abstammte. Aber er besaß ein etwas schlichtes Gemüt, dem die Feinheiten des Lebens auf der politischen Bühne abgingen. Beispielsweise, dass man nicht immer die Wahrheit sagen musste. Und dass Schweigen manchmal die einzig richtige Antwort auf eine unangenehme Frage war.

Andererseits schätzte Bai Jun den Jungen genau wegen dieser Eigenschaften. Er verstellte sich nicht, sondern sagte geradeheraus, was er dachte. Für Bai Jun bildete er eine Art Anker in einer Welt, die sich seit einigen Monaten geradezu schwindelerregend schnell drehte. Vielleicht hatte er den Jungen genau deshalb als Assistenten genommen, obwohl ihn weder seine Herkunft noch sein Lebenslauf als einfacher Infanterist der chinesischen Armee dazu prädestiniert hatten.

Bai Jun vermochte gar nicht mehr zu sagen, wann er Lhundup eigentlich kennengelernt hatte. Irgendwann nach der Erstürmung Terranias, nach der Lossagung von der chinesischen Regierung und nach dem Tod seines früheren Adjutanten He Jian-Dong war der Junge einfach aufgetaucht. Wann immer sich

Bai Jun in der Öffentlichkeit gezeigt hatte, hatte Lhundup bereits auf ihn gewartet.

Schließlich hatte ihn der Bürgermeister gefragt, ob er etwas für ihn tun könne.

»Ich möchte dich begleiten«, hatte der kleine, aber kräftige Tibeter geantwortet. Es war eine absurde und in ihrer Direktheit fast unverschämte Aussage gewesen – ganz abgesehen davon, dass Lhundup ihn geduzt hatte wie einen alten Freund, statt ihn mit dem Respekt zu behandeln, der ihm als Exgeneral und Bürgermeister zustand.

»Wie kommen Sie darauf, dass ich einen Begleiter brauchte?«, hatte Bai Jun erstaunt gefragt.

Die Antwort würde er nie vergessen. »Ich sehe, dass du einsam bist«, sagte Lhundup.

Bai Jun hatte das für einen schlechten Scherz gehalten. Er erinnerte sich noch gut daran, mit selbstbewusstem Lächeln das Gegenteil behauptet zu haben. Doch die Ernsthaftigkeit in Lhundups Gesicht hatte ihn noch den ganzen Tag verfolgt. Und die ganze Nacht. Und er hatte erkannt, dass dieser scheinbar einfältige junge Mann innerhalb weniger Begegnungen tiefer in Bai Juns Herz geblickt hatte als viele Menschen, die tagtäglich um ihn herum waren.

Gleich am nächsten Morgen hatte er eine Ordonnanz losgeschickt, um Lhundup zu suchen und ihm mitzuteilen, dass Bai Jun beabsichtige, ihn als seinen persönlichen Assistenten einzustellen.

Seitdem wich der junge Mann kaum von seiner Seite. Und obwohl ihm die große Weltpolitik nach wie vor völlig fremd war, hatte er Bai Jun bereits mehr als einmal durch seine ungewöhnliche, vom einfachen Leben in der tibetischen Steppe geprägte Weisheit überrascht. Bai Jun wollte seine Gesellschaft nicht mehr missen – auch wenn es Lhundup nach wie vor gelegentlich an Respekt mangelte.

»Lhundup!«, wiederholte der Bürgermeister etwas lauter. »Man wartet auf uns!«

Endlich löste sich der junge Tibeter mit einer artigen Verbeugung von seiner Gesprächspartnerin und eilte zu Bai Jun. »Verzeih mir«, sagte er. »Ich wollte nicht unhöflich sein. Diese junge Frau hatte so viele Fragen über mein Leben. Wir hätten noch Stunden reden können.«

»Nicht heute, Lhundup. Wir haben eine wichtige Aufgabe vor uns.«

»Welche?«

»Gut auszusehen«, antwortete Bai Jun.

Sie folgten der dunkelhäutigen Angestellten der Stromgesellschaft zu der provisorisch errichteten Plattform aus Holzplatten und Metallverstrebungen, auf der die Eröffnungszeremonie stattfinden würde. In der Mitte stand ein schlichtes Rednerpult, von dem das Banner der Terranischen Union, die Milchstraße auf blauem Grund, herabhing. Am hinteren Ende der Tribüne war eine riesige Leinwand aufgestellt worden, auf der die Skyline von Terrania aus einer Entfernung von vielleicht zehn Kilometern zu sehen war.

Oben auf der Tribüne erwarteten sie bereits eine Reihe weiterer Politiker und Industrieller, die auf unterschiedliche Weise an dem Projekt mitgearbeitet hatten. Auch Administrator Homer G. Adams war zugegen. Er war, wie Bai Jun wusste, soeben erst von einem dreitägigen Besuch der Venuszuflucht zurückgekehrt und hätte es beinahe nicht pünktlich zu diesem Termin geschafft. Nur ein rascher Hubschraubertransfer vom im Bau befindlichen Raumhafen Terranias hierher hatte seine Anwesenheit möglich gemacht. Nun unterhielt er sich gerade mit dem Projektleiter, einem hageren russischen Energieingenieur namens Aleksander Sacharow, und wartete darauf, dass ihm das Zeichen gegeben wurde, ans Rednerpult zu treten.

Ein Techniker in einem blauweißen Overall reckte den Kopf über den Rand der Tribüne und hob einen Daumen. Alles war vorbereitet. Es konnte losgehen.

Mit langsamen Schritten trat Adams an das Rednerpult. Wegen der eisigen Kälte trug er einen dicken Parka, aber Bai Jun wäre jede Wette eingegangen, dass sich darunter dasselbe fadenscheinige Jackett mit den geflickten Ellbogen verbarg, das der bucklige alte Mann anscheinend immer anhatte. Ungeachtet seines herausragenden Amtes und der unzähligen Milliarden auf dem Konto – oder vielleicht gerade deswegen – nahm sich Adams die Freiheit, wie ein Rentner mit bescheidenem Einkommen herumzulaufen, der im Central Park in New York City die Tauben fütterte und auf einen Partner zum Schachspielen wartete.

Bai Jun, der in einer Welt der Etikette, der Hierarchien und korrekten Umgangsformen aufgewachsen war, hatte diese Marotte nie verstanden. In seinen Augen geziemte sich solch ein Aufzug einfach nicht für einen Mann von Adams' Stand. Und das war nur einer von mehreren Aspekten, die ihn nach wie vor bedauern ließen, dass nicht Perry Rhodan, ein Mann von echtem Format, sondern Adams den Posten des Administrators der Terranischen Union erhalten hatte. Auch wenn man dem Exindustriellen und Philanthropen zugutehalten musste, bereits viel für die Verwirklichung des Traums einer geeinten Menschheit getan zu haben.

Adams ließ seinen Blick über die versammelte Menge schweifen und gab ihr einen Augenblick Zeit, ruhig zu werden. Dann begann er zu sprechen, durch TerraNet simultan übersetzt, damit alle Anwesenden ihn verstehen konnten. »Rom wurde nicht an einem Tag erbaut. So heißt es in einem alten Sprichwort. Und doch war Rom schließlich eine der prächtigsten Städte der Antike, ein strahlendes Licht der Zivilisation. Natürlich ...« Er hob beschwichtigend die Hände. »... war es zugleich das Herz eines in Eroberungsfeldzügen begründeten Reiches – deshalb will ich diesen Vergleich nicht zu weit treiben.«

Ein paar vereinzelte Lacher quittierten diese Aussage.

»Worauf ich hinauswill, ist vielmehr dies. Auch Terrania wird nicht an einem Tag erbaut. Das kann niemand leugnen. Die Umstände, unter denen einige von euch leben müssen, sind nach wir vor unerfreulicher, als sie es sein sollten. Dessen bin ich mir wohl bewusst, und ich kämpfe jeden Tag darum, ein Problem nach dem anderen zu beheben. Aber Grund zum Verzagen haben wir trotzdem nicht. In den letzten Monaten haben wir alle gemeinsam schon unglaublich viel erreicht ...«

Er blickte auf das vergangene halbe Jahr zurück und pries die Fortschritte, die Terrania seitdem gemacht hatte. Das gehörte eben zu den Dingen, die man bei solchen Anlässen zu tun pflegte.

Bai Jun spürte, wie seine Aufmerksamkeit schwand. Äußerlich ließ er sich nichts anmerken, sondern schaute mit einer Maske ernster Aufmerksamkeit zu Adams hinüber. Doch wenn er ehrlich zu sich selbst war, kam ihm seine Anwesenheit wie verschwendete Zeit vor. Es war nicht nötig, dass er neben dem Administrator der Terranischen Union stand und ihm die Hand hielt. Außerdem hatte er in seinem Leben schon zu viele Reden über sich ergehen lassen müssen.

Eigentlich wäre es als Bürgermeister Bai Juns Aufgabe gewesen, diese Rede zu halten und den symbolischen Schalter umzulegen, der den Fusionsreaktor in Betrieb nahm. In jeder anderen Stadt hätte sich das so abgespielt. Aber Terrania war nicht irgendeine Metropole. Sie war die Hauptstadt der ganzen Welt – etwas, das es so auf der Erde noch nie gegeben hatte. Das Gleiche galt für den Posten des Administrators, den Adams innehatte. Aus diesem Grund hielten es alle Beteiligten des Inneren Regierungskreises für richtig und wichtig, dass der alte Mann und die junge Stadt, beides Symbole der neuen, geeinten Menschheit, so häufig wie möglich gemeinsam in den Medien auftauchten.

Bai Juns Funktion als Bürgermeister wiederum war bestenfalls mit dem Rang eines Ersten Offiziers an Bord des »Raumschiffs Terrania« vergleichbar. Er hielt Adams den Rücken frei, kümmerte sich ums Alltagsgeschäft und sorgte dafür, dass alles in geordneten Bahnen verlief. Viel Ruhm erntete er damit nicht in diesen Tagen.

Der Pragmatiker in ihm nahm das gelassen hin. Sie alle dienten demselben Ziel: die Menschheit in ein neues Zeitalter zu führen. Für Neid und Missgunst war da kein Platz.

Dem Lebemann und Selbstdarsteller, den er lange Zeit in der Armee gespielt hatte, wäre es schwerer gefallen, ins zweite Glied zu treten. Bai Jun gestattete sich ein schmales Lächeln. Nicht nur Terrania hatte sich in den letzten Monaten erstaunlich entwickelt. Das Gleiche galt für ihn selbst.

Er erinnerte sich noch daran, als sei es gestern gewesen, wie ihn in einem Casino in Macau, am Vorabend der Eroberung Taiwans, der Befehl ereilt hatte, seine Operation dort unverzüglich abzubrechen und zum Landeplatz der verrückten Amerikaner und des Außerirdischen in der Wüste Gobi aufzubrechen. Bai Jun war schon immer der Mann für außergewöhnliche Einsätze gewesen. Daher hatte ihn diese Anordnung kaum überrascht.

Er hatte die STARDUST, die Rakete der Amerikaner, von einem undurchdringlichen Energieschirm umgeben vorgefunden, an dem sich alles, was die chinesische Armee an konventionellen Waffen aufzubieten hatte, die Zähne ausbiss. Daraufhin hatten seine Männer einen Belagerungsring um den Landeplatz errichtet und damit eine Pattsituation erzeugt. Bai Jun mochte nicht zu den Amerikanern und ihrem Gast von den Sternen vordringen können, aber diese kamen aus ihrer rötlich schimmernden Schutzblase auch nicht heraus.

Bai Jun war ein guter Soldat gewesen, ein hervorragender Stratege und ein Mann, der sich nicht leicht beeindrucken ließ. Doch die Begegnung mit Perry Rhodan, dem Kommandanten der STARDUST und leitenden Kopf hinter der Wahnsinnstat, sich von allen irdischen Regierungen loszusagen und zum Terraner zu proklamieren, hatte Bai Juns Weltbild stärker ins Wanken gebracht, als er es jemals für möglich gehalten hätte. Er hatte den Amerikaner, der seine Landesflagge von der Uniform gerissen und in den Wüstensand geworfen hatte, als einen Irregeleiteten angesehen.

Aber das Gegenteil war der Fall gewesen. Perry Rhodan trug eine Vision in sich, ausgelöst von der Erkenntnis, dass die Erde nur ein kleiner Planet in einem gewaltigen Weltall voller Leben war.

Bai Jun hatte gerungen – mit sich, seinem linientreuen Adjutanten He Jian-Dong und dem chinesischen Geheimdienst. Währenddessen hatte Perry Rhodan damit begonnen, unter der Energiekuppel eine Stadt zu errichten, die in seinen Augen der Beginn einer neuen Menschheitsära sein sollte. Und draußen in der Wüste sammelten sich erst Hunderte, dann Tausende Idealisten aus aller Welt, um diesen Traum mit ihm zu teilen.

Aber erst als die Regierung ohne Bai Juns Wissen eine Atombombe am Rand des Energieschirms platzierte, um sich den Zugang mit ultimativer Gewalt zu erzwingen, gelang es Bai Jun, sich von den Machthabern zu lösen und seinen eigenen Schritt in die Zukunft zu machen. Zwar vermochte ein junger Mutant namens Sid González, mit der Bombe hinaus in die Wüste zu teleportieren, doch sie explodierte trotzdem, und Tausende verängstigter Menschen stürmten auf den Schutz verheißenden Energieschirm zu. Perry Rhodan hatte ihn abschalten müssen – und war kurz darauf zur Flucht aus Terrania gezwungen gewesen, als Bai Jun in bitterem Triumph mit seiner Armee einmarschiert war.

Doch statt die Stadt zu übergeben, habe ich die Siegesfeier genutzt, um sie erneut als unabhängig zu erklären, dachte er nicht ohne Stolz. Genau wie Rhodan hatte er die Flagge von seiner Uniformjacke gerissen. Seitdem trug er sie – und Rhodans amerikanische – stets in der Brusttasche bei sich, um diese Tage nie zu vergessen.

Er hatte seine Fähigkeiten sofort in den Dienst Terranias gestellt, seine Soldaten und sein Koordinationsgeschick dazu eingesetzt, für Ordnung zu sorgen und den weiteren Aufbau zu gewährleisten. Viele hatten ihm und seinen Motiven damals misstraut – allen voran Reginald Bull, der engste Vertraute von Perry Rhodan. Mit unermüdlicher Beharrlichkeit war es Bai Jun gelungen, sie von seinem aufrichtigen Gesinnungswandel zu überzeugen, einen nach dem anderen. Die Wahl zum Bürgermeister im Dezember hatte er zwar nur knapp für sich entscheiden können. Aber mit jedem Tag ging es bergauf, betrachteten ihn mehr Menschen als Terraner und nicht als chinesischen Exmilitär.

Doch der eingeschlagene Weg hatte Opfer gefordert. He Jian-Dong, sein langjähriger Adjutant, der für Bai Jun wie ein Sohn gewesen war, hatte sich gegen ihn gerichtet und mit dem Geheimdienst gemeinsame Sache gemacht. Bai Jun warf sich noch immer vor, dass er die inneren Nöte des jungen Mannes, das Ringen zwischen der Treue zu seinem General und seinem Heimatland, nicht früh genug erkannt hatte. Vielleicht hätte er He Jian-Dong auf seine Seite ziehen können. Andererseits war sich Bai Jun bis zu der Beinahe-Atomkatastrophe ja nicht einmal seiner eigenen Loyalität sicher gewesen.

Bai Jun hatte dem jungen Soldaten eine zweite Chance gegeben. Allerdings sollte ihm nicht viel Zeit bleiben, sich zu beweisen. Bereits zwei Wochen später hatte He Jian-Dong bei einem Sondierungseinsatz am Grund des Atlantiks unweit der Azoren der Tod ereilt, als sein Tauchboot von der Positronik des unter dem Meer liegenden Schlachtschiffs TOSOMA als Feind eingestuft und zerstört worden war.

Manchmal ertappte sich Bai Jun bei der Frage, wie es wohl wäre, wenn sein alter Adjutant noch an seiner Seite stünde.

Sein neuer Assistent – den Posten des Adjutanten gab es nicht mehr, seit Bai Jun das Militär verlassen hatte – zupfte ihn am Ärmel. »Es ist so weit«, flüsterte er mit aufgeregter Miene.

Bai Jun kehrte aus seinen Gedanken ins Hier und Jetzt zurück. Es war inzwischen beinahe dunkel geworden, und die Veranstalter hatten Scheinwerfer angeschaltet, um die Tribüne zu erhellen.

»Der heutige Tag markiert einen besonders wichtigen Meilenstein auf unserem langen Weg zur Errichtung Terranias«, sagte Adams gerade. »Von jetzt an werden all unsere Energieprobleme der Vergangenheit angehören. Und damit präsentiere ich Ihnen feierlich das neu errichtete Fusionskraftwerk *Guanghui*, das erste seiner Art überhaupt. Lassen wir Terrania in neuem Licht erstrahlen, einem Licht, das uns den Weg in die Zukunft weisen möge.«

Adams trat vom Rednerpult zurück und zu einem metallischen Kasten, aus dem ein großer roter Hebel ragte. Es handelte sich natürlich nur um ein Symbol, aber um eines, das man auch in den hintersten Reihen des Publikums noch erkennen konnte. Der Administrator warf einen letzten Blick in die Runde und schenkte den Kameradrohnen, die vor ihm in der Luft hingen, ein wissendes Lächeln.

Dann legte er den Hebel um – und alles Licht rund um die Tribüne erlosch.

Kapitel 3

Zum Purpurnen Gelege
Topsid, noch elf Wochen

»Öffne deine Augen, Erikk-Mahnoli. Wach auf. Du bist jetzt in Sicherheit.«

Eine sanft beschwörende Stimme, in der ein leicht zischelndes Lispeln lag, drang an seine Ohren. Sie war so leise, dass Manoli überlegte, ob er sie sich nicht bloß einbildete. Doch die Hartnäckigkeit, mit der sie auf ihn einredete, sprach irgendwie dagegen.

»Los, Erikk-Mahnoli! Wach schon auf. Du hast genug geschlafen.«

Mit einem Stöhnen gab er zu verstehen, dass er mitbekommen hatte, was die unsichtbare Person zu ihm sagte, aber keine Lust verspürte, ihr zu gehorchen. Sein Schädel dröhnte, seine Glieder schmerzten, und er fühlte sich so schwach, dass ihm beinahe übel davon wurde.

Unzusammenhängende Bilder gaukelten durch seinen Geist: Echsen in Uniformen, Echsen in grauen Kitteln, eine metallene Liege, helles Licht, Fragen, Schmerzen. Dann eine Explosion – oder hatte sich die Explosion zuerst ereignet? Jemand packte ihn am Arm. »Wenn du leben willst, komm mit mir.« Eine Flucht aus einem Gebäude und anschließend durch die Straßen einer riesigen, unbeschreiblich fremdartigen Stadt. Schreie, Schüsse, ein Schlag auf den Kopf und ein Sturz – oder ein Sturz, bei dem er sich den Kopf angeschlagen hatte? Danach nur noch Schwärze.

»Wo bin ich?«, brachte er mühsam hervor.

»Im *Purpurnen Gelege.* In Sicherheit.«

»Im was?« Mühsam machte er die Augen auf – nur um im nächsten Augenblick erschrocken zusammenzuzucken. *»Mamma mia!«*, kam es ihm über die Lippen.

Die braun geschuppte Echse über ihm legte verständnislos den Kopf schief. »Nein, ich bin Khatleen-Tarr. Erinnerst du dich nicht an mich? Bismall-Kehn hat mich gebeten, mich um dich zu kümmern, bis es dir wieder besser geht.«

Manoli schüttelte den Kopf. »Tut mir leid. Ich ... ich erinnere mich irgendwie an sehr wenig von dem, was in letzter Zeit passiert ist. Es ist alles ein einziges Durcheinander in meinem Kopf.«

»Du hast dir auch böse den Kopf gestoßen«, sagte Khatleen-Tarr. »Du warst bewusstlos, als wir dich auf der Schwelle zum *Gelege* fanden.«

»Auf der Schwelle?«

Khatleen-Tarr neigte den Kopf. »Jemand hat dich dort abgeladen. Suki-Garm entdeckte dich, und gemeinsam haben wir dich ins Haus gebracht. Du hast sehr lange geschlafen. Auf Befehl von Bismall-Kehn habe ich über dich gewacht. Zweimal warst du kurz bei dir. Dann habe ich dir etwas zu trinken gegeben, bevor du wieder eingeschlafen bist. Wie ist es diesmal? Wirst du wieder die Augen schließen?«

Auf der einen Seite wünschte Manoli sich genau das. Auf der anderen spürte er aber, dass seine Lebensgeister erwachten – und mit ihm seine Neugierde, wo er sich überhaupt aufhielt. Das letzte Stück klare Erinnerung umfasste seinen Schritt durch den Transmitterbogen auf Berenger IV. Danach wurde alles sehr undeutlich.

Und plötzlich fand er sich hier wieder, in einem kleinen Raum mit turmartig gewölbter Außenwand, an dessen Wänden aus Rot, Violett und Gold gewirkte Tücher hingen und dessen Tür und geschlossene Fensterläden aus einem stabartigen Holzgeflecht bestanden.

»Nein«, sagte er. »Nein, ich denke, diesmal bin ich wirklich wach.«

Versuchsweise hob Manoli den Kopf, um seine Umgebung etwas genauer in Augenschein zu nehmen. Er stellte fest, dass er barfuß war und nur in Unterwäsche – T-Shirt und Boxershorts – gekleidet. Sein Körper ruhte auf einem großen, runden Polstermöbel, dessen breiter Rand nestartig hochgezogen war und in dem zahlreiche eiförmige Kissen verteilt lagen. Er nahm an, dass es sich um ein Bett handelte. Kissen und Laken waren mit seidig glänzendem Stoff überzogen, der ein eigenwilliges Wellenmuster aufwies.

Ansonsten gab es in dem Raum eine Art Schminktisch, auf dem aber nichts weiter als zahlreiche Fläschchen mit farblosen Essenzen standen, ein paar gepolsterte Hocker, und durch einen Perlenvorhang in der Wand sah Manoli etwas, das eine Waschnische sein mochte. Es war eigenartig: All diese Gegenstände wirkten auf ihn so vertraut, dass er ihren Zweck sofort erraten zu können glaubte. Und doch haftete ihnen etwas so Fremdartiges an, als befände er sich sehr weit weg von zu Hause.

Ein Eindruck, der durch das schlanke Echsenwesen mit der glänzenden braunen Schuppenhaut, das fürsorglich an seiner Seite hockte, nicht unwesentlich verstärkt wurde.

»Sie sind eine Topsiderin, nicht wahr?«

»Das ist richtig.«

»Und Sie heißen Khatleen-Tarr, sagten Sie?«

Die Topsiderin neigte den Kopf – offenbar ihre Art eines Nickens. »Aber du brauchst nicht so förmlich zu sein, Erikk-Mahnoli. Ich bin nicht die Herrin des Geleges. Du darfst mich Khatleen nennen – zumindest wenn wir allein sind.«

»Gerne, Khatleen.« Er setzte sich auf dem Bett auf und hielt ihr die Hand hin. »Wenn du mich Eric nennst.«

Khatleen-Tarr zuckte etwas zurück. Sie blinzelte mehrmals, und ihre Zunge schnellte vor und zurück. Gleichzeitig färbten sich die Schuppen an ihrer Schnauze leicht ins Dunkle, so als erröte sie – ob vor Zorn oder aus Scham, konnte er nicht einschätzen.

»Oje, habe ich etwas Falsches gesagt?«, entfuhr es Manoli. »Dann tut es mir leid. Das wollte ich sicher nicht.«

»Nein«, beruhigte ihn die Topsiderin. »Es ist schon gut. Ich war nur überrascht. Aber du konntest es ja nicht wissen.«

»Was?«, fragte er.

»Wir verwenden unsere Halbnamen nur, wenn wir uns paaren wollen.« Nun, da sie ihre Verblüffung über die offensichtlich höchst anzügliche Anrede überwunden hatte, stieß Khatleen-Tarr ein zischendes Lachen aus. »Eigentlich höre ich ihn hier im *Purpurnen Gelege* gar nicht so selten. Nur aus dem Mund eines Arkoniden klang es ein wenig ungewohnt. Möchtest du dich denn mit mir paaren, Erikk-Mahnoli?«

Sie drehte ihren Oberkörper, als präsentiere sie ihn, spielerisch nach links und rechts – und erst jetzt fiel Manoli auf, dass sie abgesehen von einer luftigen goldblauen Tunika und ein paar goldenen Schmuckreifen an den Armen sehr wenig am Leib trug. Ihre glatten braunen Schuppen schimmerten im sanften Licht der Deckenlampe, und ihr schlanker Schwanz glitt wie streichelnd über ihre kräftigen, wohlgeformten Beine.

Nun errötete Manoli. Eigentlich hatte er als Nächstes fragen wollen, was genau das *Purpurne Gelege* war. Doch mit einem zweiten Blick auf das große Bett und auf Khatleen-Tarr glaubte er es plötzlich zu wissen. »Äh, nein, danke! Ich ... Also das wollte ich damit bestimmt nicht sagen.« Er räusperte sich.

»Sei doch nicht so schüchtern, Erikk-Mahnoli«, hauchte die Topsiderin und strich sich mit fein geschliffenen Krallen über den Oberkörper. »Ich hatte zwar noch nie einen Arkoniden, aber ich bin offen für Experimente.« Natürlich besaß sie als Echse keine Brüste, aber auch ohne diese deutlich femininen Geschlechtsmerkmale kam sie ihm auf eine fremdartige Weise ausgesprochen ... weiblich vor. Er hätte nie geglaubt, dass er so etwas mal über ein Wesen, das sich aus irdischen Waranen hätte entwickelt haben können, denken würde.

Ich wette, die Männer hier liegen dir zu Füßen, dachte Manoli. »Also, danke für das Angebot. Das ist wirklich schmeichelhaft. Aber ich fühle mich wirklich gerade nicht ... Äh ...«

Ein zischelndes Lachen erlöste ihn von seinem Gestammel. »Ich habe dich nur geneckt, Erikk-Mahnoli«, erklärte Khatleen-Tarr. Sie wirkte wie eine junge Frau, die sich köstlich darüber amüsierte, einen deutlich älteren Mann durch ihre Art in Verlegenheit gebracht zu haben. *Vielleicht ist sie das auch,* ging es Manoli durch den Kopf.

Er hatte nicht den geringsten Schimmer, woran man das Alter eines Topsiders erkannte. Geschweige denn wusste er, wann sie geschlechtsreif wurden und mit wie vielen Jahren ihr Gesellschaftssystem die Prostitution erlaubte – wenn Khatleen-Tarrs Tätigkeit hier überhaupt einen so negativen Beigeschmack hatte. Möglicherweise war das *Purpurne Gelege* das erste Haus am Platz und Ort einer völlig normalen Freizeitgestaltung unter Topsidern.

»Keine Angst«, plauderte seine Gastgeberin unterdessen weiter. »Ich würde dich nie zu etwas zwingen, was du nicht möchtest. Außerdem sieht Bismall-Kehn es gar nicht gerne, wenn wir unsere Dienste verschenken. Es gilt, einen Ruf zu wahren.«

»Natürlich«, sagte Manoli. Also war er zumindest nicht im letzten Bahnhofspuff gelandet. Allerdings hatte er das angesichts der Einrichtung und, sofern Khatleen-Tarr annähernd repräsentativ war, der Bewohner auch nicht angenommen.

»Ganz abgesehen davon bist du noch viel zu geschwächt. Und

man sieht, dass dein Körper nicht für die Schwerkraft von Topsid gemacht ist.«

»Topsid?« Manoli merkte auf. »Ich bin auf Topsid? Der Heimatwelt deines Volkes?«

»Was dachtest du denn?«

Er zuckte mit den Schulten. »Ehrlich gesagt habe ich mir noch gar kein Bild gemacht.«

»Dann fang doch hier bei uns an«, schlug seine Begleiterin vor. »Ich führe dich ein wenig herum. Und danach wird Bismall-Kehn dich sehen wollen.«

»Wer ist dieser Bismall-Kehn eigentlich, den du immer erwähnst? Gehört ihm das *Purpurne Gelege?«*

»Ja«, bestätigte Khatleen-Tarr. »Er ist der Herr des Geleges. Er gibt uns anderen ein Zuhause und Arbeit, und er beschützt uns vor allen Bedrohungen der Straßen von Khir-Teyal.«

»Heißt so die Stadt, in der wir uns befinden?«

»Nein. Die Stadt heißt Kerh-Onf. Sie ist die Hauptstadt von Topsid. Khir-Teyal ist ein Getto im Osten der Stadt. Aber all das wird dir Bismall-Kehn sicher besser vermitteln als ich. Ich nehme an, du wirst mit ihm eine Mahlzeit einnehmen.«

»Das wäre sehr in meinem Sinne«, sagte Manoli. Er hatte wirklich einen Riesenhunger. Er hoffte, dass die einheimischen Speisen für den menschlichen Organismus verträglich waren.

Andererseits schien sich Topsid nicht so sehr von der Erde zu unterscheiden, wie man es hätte denken mögen. Die Luft war warm und schmeckte eigenartig würzig, war aber für Menschen problemlos atembar, ansonsten wäre er ja schon längst erstickt. Und auch seine Umgebung sah nicht ganz und gar fremdartig aus, dass es ihm einen furchtbaren Kulturschock verpasst hätte – sah man von der sprechenden, aufrecht gehenden und bemerkenswert anziehenden Echse ab, die ihm Gesellschaft leistete. Insofern nahm Manoli an, dass er auch mit dem hiesigen Nahrungsangebot wenig Gefahr lief, sich unmittelbar umzubringen.

»Komm!«, sagte Khatleen-Tarr und klopfte auffordernd mit dem Schwanzende auf das Laken. »Geh in den Waschraum und mach dich frisch. Es gibt dort einen Wasserspender und Laken zum Abtrocknen. Wenn du etwas trinken möchtest, steht dort auch eine Karaffe mit Beerenwein. Keine Angst. Er ist sehr leicht. Er wird dich nicht berauschen.«

Manoli nickte ihr zu. »Danke!« Ächzend erhob er sich und

kletterte ungelenk über den Rand des Bettes. Dann sah er an sich hinab. »Ach, sag mal. Ihr habt nicht zufällig ein wenig Kleidung für mich? Ich möchte ungern in diesem Aufzug durchs Haus laufen und vor Bismall-Kehn treten. Es mag dir nicht klar sein, aber das, was ich hier trage, ist ... nun ja ... Unterwäsche. Und dazu eher zweckmäßige als schöne.« *Und vermutlich welche, die ich schon seit Tagen trage,* fügte er in Gedanken hinzu.

Ganz sicher konnte er sich nicht sein. Die Leute, die ihm den arkonidischen Kampfanzug, den Überlebenstornister und seinen Overall weggenommen hatten, waren offenbar auch von seiner Armbanduhr sehr angetan gewesen. Manoli hatte keine Ahnung, wie lange er schon auf Topsid weilte. Er würde sich dringend irgendeine Art von Zeitmesser beschaffen müssen. Daraus ließ sich dann vielleicht eine zumindest grobe Umrechnung auf irdische Zeitmaße bewerkstelligen.

»Natürlich«, sagte Khatleen-Tarr, die sich im Bett aufgerichtet hatte. »Ich besorge dir Kleidung und Schuhe von einem der Hausdiener.« Mit einer eleganten Bewegung glitt sie über den Rand, baute sich vor ihm auf und nahm dann mit schnellem Blick Maß. Die Art, wie sie Manoli taxierte, erinnerte ihn eher an einen Polizisten oder Offizier, nicht an »ein leichtes Mädchen«, das von der Straße direkt in das Abhängigkeitsverhältnis eines Bordellbetriebs geraten war.

Du denkst schon wieder in irdischen Maßstäben, schalt sich Manoli. Und selbst auf der Erde erwartete man von den Begleiterinnen eines gehobenen Escortservice nicht nur eine gute Kinderstube, sondern auch ein gewisses Bildungsniveau.

Die Topsiderin neigte zufrieden den Kopf. »Ich bin gleich wieder da«, verkündete sie, bevor sie aus dem Raum verschwand.

Manoli trat unterdessen durch den Perlenvorhang und fand dahinter eine geräumige Dusche vor. Topsider zogen es offenbar vor, viel Platz zu haben. Vermutlich hing das mit ihrer Vorliebe für raumökonomisch unpraktische Rundstrukturen zusammen und mit dem Umstand, dass sie einen recht sperrigen, fleischigen Schwanz hinter sich hertrugen.

Der warme Wasserstrahl aus der Duschbrause war eine wahre Wohltat für seinen geschundenen Körper. Von dem bimssteinartigen Scheuerschwamm hielt er sich allerdings fern.

Nach dem Duschen überprüfte er sich auf Verletzungen. Dabei stellte er fest, dass er nicht nur zahlreiche blaue Flecke und eine kapitale Beule am Hinterkopf aufwies, sondern auch Spuren von Verbrennungen, wund gescheuerte Hand- und Fußgelenke sowie feine Einstichwunden an den Armen, die auf das Verabreichen von Spritzen hindeuten mochten. Was immer genau mit ihm geschehen war – er hatte keine angenehme Zeit hinter sich.

Es sieht so aus, als wäre ich gefoltert worden, dachte er. *Ich muss mitten in eine Regierungsanlage der Topsider spaziert sein, als ich aus dem Transmitter trat.* Er fragte sich, wie er daraus wohl entkommen war. Und wie viele Geheimnisse über Terra und die Geschehnisse dort er wohl ausgeplaudert hatte. *Hoffentlich ist nicht in diesem Augenblick eine Flotte von hier aus auf dem Weg zur Erde, um sich dafür zu »bedanken«, dass wir ihre Invasion des Wegasystems vereitelt haben.*

Natürlich war am Ende der Krise durch Perry Rhodan ein Frieden ausgehandelt worden, und die Topsider waren durch die Übergabe einiger Transmitter im Austausch für Wiederaufbauhilfe eigentlich ganz gut dabei weggekommen. Trotzdem handelte es sich gewissermaßen um einen Zwangsfrieden – und Manoli bezweifelte, dass die Echsen sonderlich glücklich darüber waren.

Kurz darauf tauchte Khatleen-Tarr wieder auf und brachte Manoli ein paar römisch anmutende Sandalenstiefel und eine knielange braune Tunika mit kurzen Ärmeln und karmesinroten Zierelementen. Dazu kam ein gleichfarbiger Gürtel. Manoli kam sich zwar ein wenig albern in dem Aufzug vor, aber es war besser, als in Unterwäsche herumzulaufen.

Anschließend führte sie ihn aus dem Zimmer und nahm ihn zu einer raschen Rundtour durch das Gebäude mit. Wie sich herausstellte, befand sich das *Purpurne Gelege* in einem Turm von etwa fünfzig Metern Höhe. Ganz unten gab es einen großzügigen Eingangsbereich, in dem die Gäste von einer zierlichen Topsiderin willkommen geheißen wurden. Zwei umso größere Türsteher mit steinerner Miene und bronzefarbenen Platten am Leib sorgten dafür, dass fragwürdige Elemente von der Straße draußen blieben.

Über eine prächtige Wendeltreppe mit verziertem Geländer, die sich an der Innenwand des Turm emporschraubte, gelangte man in die unterste von drei übereinander liegenden Kugeln. Dort war der Große Salon, ein schwülstiger Traum, der wie eine Mischung aus orientalischem Harem und Brutplatz einer Echsenkolonie anmutete.

Der rotbraune Steinboden, der zwar spiegelblank poliert war, aber noch die Maserung von archaischem Fels aufwies, lag erhöht. Von ihm aus führten zahllose Treppen in kreisrunde Gruben, die im Boden versenkt waren und in denen es dick gepolsterte Sitzgelegenheiten und kleine Tischchen gab. Fragile Metallskulpturen, ausladende, fleischige Pflanzen und prächtige Lüster an der Decke sorgten für ein ausgesprochen dekadentes Ambiente.

Im Augenblick waren alle Gruben leer. »Es ist noch zu früh am Tag für Besuch«, erklärte Khatleen-Tarr. Nur ein paar Diener, die genauso wie Manoli gekleidet waren, wischten den Boden, polierten die Statuen und tauschten Kissen aus.

Das zweite Stockwerk war mit einem Rund kleiner Räume ausgestattet, die im Wesentlichen genauso aussahen wie der, in dem Manoli erwacht war. Seine Begleiterin bezeichnete sie als »Gelegeräume«. Der Arzt brauchte nicht zu fragen, welchem Zweck sie dienten.

In der mittleren Kugel, die ein paar Meter über der unteren hing, gab es einen weiteren, kleineren Salon. Er war vollkommen in Gold und Purpur gehalten und wirkte noch exklusiver als sein Pendant weiter unten. »Hier werden nur die wichtigsten Gäste bedient«, erläuterte Khatleen-Tarr. »Gäste, die auf ihre Privatsphäre bedacht sind, wenn du verstehst, was ich meine.«

»Es kommen also auch höhergestellte Persönlichkeiten hierher?«, fragte Manoli.

»Niemand mag über das *Purpurne Gelege* offiziell sprechen«, sagte die junge Topsiderin. »Aber jeder, der etwas auf sich hält und wohlhabend genug ist, kennt es. Und die meisten waren auch schon hier – oft auch mehrfach.«

Es gibt also doch ein paar universelle Konstanten in der Galaxis, dachte Manoli sarkastisch. Auch auf der Erde ließen sich die Reichen ihre Freizeit gerne durch ein paar Schöne versüßen.

Oberhalb des Purpursalons mussten sie ein weiteres Duo Wachen passieren. Danach erreichten sie den Privatbereich der Bediensteten, in dem sowohl die Mädchen als auch die Hausdiener gemeinsam lebten.

Hier herrschte im Augenblick das meiste Leben. Die Türen zu dem größten Teil der Zimmer standen offen. Leise Rhythmusmusik lag in der Luft. Und überall begegneten ihnen mehr oder weniger bekleidete Topsider, die sich unterhielten, Körperpflege betrieben oder gerade eine kleine Mahlzeit einnahmen.

Obwohl sie sich vom Körperbau her grundsätzlich nicht unterschieden, fiel es Manoli erstaunlich leicht, Männer von Frauen zu unterscheiden. Das mochte natürlich daran liegen, dass Bismall-Kehn eine Vorliebe für schlanke Mädchen und kräftige Kerle zu haben schien. Und auch ihre Kleidung half ganz gut bei der Zuordnung der Geschlechter.

Viele Köpfe drehten sich. Neugierige Augen starrten Manoli an, als er mit Khatleen-Tarr durch den runden Gang zur nächsten Treppe ging. Und neugierige Zungen schnellten aus langen Schnauzen hervor und kosteten seinen Geruch. Manche fingen daraufhin an zu tuscheln. Andere zischten ihn abfällig an.

»Ihr bekommt nicht oft Besuch von außerhalb, oder?«, fragte Manoli, als sie wieder auf der Treppe waren. »Also von wirklich außerhalb.«

»Von Arkoniden?« Khatleen-Tarr drehte den Kopf zur Seite und zurück. »Nein. Du bist hier schon eine Erscheinung, die auffällt.«

»Positiv oder negativ?«, fragte Manoli halb im Scherz.

Die Topsiderin legte fragend den Kopf schief. »Du willst mir doch nicht erzählen, dass du nicht weißt, wie es zwischen unseren beiden Kulturen eigentlich steht? Von welcher Kolonialwelt kommst du denn?«

»Ich ... äh ...« Manoli fuhr sich verlegen über den Kopf, während er fieberhaft nachdachte. »Ich kümmere mich nicht sonderlich um Politik. Ich bin Arzt und komme von einer kleinen Agrarwelt, bis ich ... bis ich irgendwann eines Nachts entführt wurde. Danach ... ist da ein großes schwarzes Loch in meinem Kopf.«

»Soso, ein Bauchaufschneider bist du«, sagte Khatleen-Tarr.

»Das klingt aus deinem Mund aber gewalttätig.«

Ein zischelndes Lachen antwortete ihm. »Aus meinem Mund. Du bist gut. Heißen die Leibärzte hochgestellter Persönlichkeiten auf Arkon nicht so?«

»Äh ... ja ... stimmt wohl. Wie gesagt: Ich bin ein einfacher Landarzt. Politik ist nicht mein Ding.«

»Meins auch nicht«, verkündete die Topsiderin. »Darum überlasse ich diese Dinge Bismall-Kehn. Da sind wir übrigens schon. Dort hinter der Tür liegt sein Speisezimmer.« Sie wandte sich an einen der Diener. »Sag dem Herrn des Geleges, dass sein Gast da ist.«

Dieser nickte und verschwand hinter der Tür.

Während Khatleen-Tarr und Manoli im Flur auf seine Rückkehr warteten, beugte sich die Topsiderin zu ihm hin. »Aber falls sich deine Frage vorhin auf deinen äußeren Eindruck bezog ... Ich fürchte, ich muss dich enttäuschen. Den meisten Mädchen dürftest du zu mager sein. Und ... nun ja, versteh mich nicht falsch, aber du hast keinen Schwanz.«

Autsch, dachte Manoli. *Aus dem Mund einer irdischen Frau wäre das ein echter Schlag in die Magengrube gewesen.* Aber natürlich wusste er, wie die Topsiderin es meinte. Er bedachte sie mit einem säuerlichen Grinsen. »Dann ist es ja gut, dass ich derzeit wirklich nicht auf Partnersuche bin.«

Der Diener kehrte zurück. »Der Arkonide kann jetzt eintreten.«

»Wir sehen uns später, Erikk-Mahnoli«, sagte seine Begleiterin beinahe förmlich.

»Ich freue mich darauf, Khatleen-Tarr«, antwortete er. »Und vielen Dank für die Führung durch das Haus.«

Dann folgte Manoli dem Diener in den Speiseraum. Es handelte sich um einen mittelgroßen Raum, der, ebenso wie alle Räume zuvor, vom Hang seines Besitzers zu Opulenz und Extravaganz zeugte. In der Mitte stand ein ovaler Tisch, der Platz für sechs Gäste bot. Vor zweien der Stühle, die eine s-förmig geschwungene Lehne aufwiesen, um den Topsidern ein bequemes Sitzen zu ermöglichen, waren zwei Gedecke aufgetragen worden.

Neben dem Tisch hielt sich ein grün geschuppter Mann auf. Er schien für einen Topsider eher klein zu sein und wies eine beträchtliche Leibesfülle auf, die nur ein Leben ohne jeden Mangel hervorbrachte. Gekleidet war er in einen bodenlangen Kaftan aus einem seidenartig schimmernden rotvioletten Stoff. Auf seinem Kopf saß eine passende, keck wirkende Kappe. Auf seiner linken Schulter dagegen hockte eine unterarmlange, smaragdgrüne Flugechse.

Er sah aus wie ein Weltraumpirat aus tausendundeiner galaktischen Nacht.

»Willkommen, Erikk-Mahnoli«, sagte er mit kraftvoller Stimme. »Willkommen in meinem Reich. Ich bin Bismall-Kehn, der Herr des Geleges. Ich habe deine Ankunft schon erwartet.«

Kapitel 4

Ein Schatten der Vergangenheit
Nördlich von Terrania, 5. Januar 2037

Ein erschrockener Aufschrei ging durch die in dem Hochtal versammelte Menge, als es plötzlich stockdunkel wurde. Im nächsten Augenblick folgten ihm ehrfürchtige Rufe der Bewunderung, denn hoch über den Köpfen der Menschen erwachten neue Scheinwerfer zum Leben. Sie waren an den Masten der Hochspannungsleitung befestigt und bildeten einen gleißenden Strahl aus Licht entlang der silbernen Leitungsstränge. Mast um Mast fing auf diese Weise an zu leuchten, eine weiße Welle an Energie raste vom Kraftwerk aus in Richtung Terrania, das als verwaschener Lichtpunkt am Horizont lag. Immer kleiner und kleiner wurde der helle Lichtfaden, bis er kaum noch zu erkennen war.

Dann explodierte ein Feuerwerk aus Licht auf der riesigen Leinwand hinter Adams, Bai Jun und den anderen.

Terrania erstrahlte in blendendem Glanz. Alle Straßenbeleuchtungen, alle Lampen in den Häusern und alle Leuchtreklamen gingen auf einmal an, tauchten die Hauptstadt in ein Meer aus Farbe und Licht. Am prächtigsten aber war der Stardust Tower, der hoch in den dunklen Himmel aufragte und dank speziell für diesen Anlass angebrachter Lichtspiele glitzerte und funkelte wie ein riesiger Weihnachtsbaum.

Es war ein ergreifender Anblick. Bai Jun spürte, wie ihm ein Schauer über den Rücken lief. Obwohl er als Mitinitiator dieser Veranstaltung gewusst hatte, was geschehen würde, vermochte er sich der Kraft dieses Bildes nicht zu entziehen. Im Publikum brandete heftiger Applaus auf. Die Einwohner von Terrania machten ihrer Erleichterung über das Ende der ständigen Energierationierungen hörbar Luft.

Nachdem sich die erste Begeisterung gelegt hatte, sprach Adams noch ein paar hoffnungsvoll stimmende Schlussworte, bevor sich die Versammlung langsam auflöste. Die Gäste strebten in Gruppen dem provisorischen Parkplatz am Rand des Hochtals entgegen, wo ihre Fahrzeuge auf sie warteten. Auch Bai Jun ging nach einem kurzen Wortwechsel mit Adams und Projektleiter Sacharow in Begleitung von Lhundup zu seinem Wagen.

Natürlich herrschte ein ziemliches Gedränge. Lhundup gab sich zwar alle Mühe, Platz für Bai Jun zu schaffen, dennoch blieb es nicht aus, dass mehrere andere Besucher ihn anrempelten. Auf einmal prallte eine junge Frau besonders heftig mit ihm zusammen. Bai Jun glaubte, eine Hand in seinem Jackett zu spüren, und seine Soldateninstinkte reagierten sofort.

Blitzschnell zuckte seine Hand vor und packte den schlanken Unterarm der jungen Frau. Ihr Kopf fuhr hoch, und eine Sekunde lang starrten Bai Jun und die Fremde sich im Halbdunkel gegenseitig an.

Es fühlte sich an, als habe ihn der Blitz getroffen. Bai Jun riss die Augen auf, und sein Griff lockerte sich unwillkürlich.

Die fremde Frau, eine Asiatin, ein junges Ding, eigentlich noch ein Mädchen, nutzte ihre Chance und entriss ihre Hand der seinen. Sie wirbelte herum und floh durch die Menge in die Dunkelheit – mit Bai Juns Brieftasche.

»Lhundup!«, rief Bai Jun. »Schnapp dir die Diebin!«

Doch er hätte den Befehl gar nicht auszusprechen brauchen. Der ehemalige Hirtenjunge und Infanterist war bereits losgesprungen wie ein Raubtier und jagte der Flüchtenden hinterher. Bai Jun drängte ihm nach, aber er fiel hoffnungslos hinter den beiden zurück. Es fehlte ihm nicht nur an Flinkheit, er konnte sich als Bürgermeister von Terrania auch nicht erlauben, rücksichtslos durch die Menge zu pflügen. Sein Amt brachte gewisse Auflagen mit sich wie das würdevolle Auftreten in der Öffentlichkeit.

Kurz entschlossen änderte Bai Jun seine Strategie. Die Diebin mochte ihm in der Menschenmenge entkommen. Aber diesem Hochtal entkam sie dadurch nicht. Sie befanden sich hundert Kilometer von Terrania entfernt. Um dorthin zurückzugelangen, brauchte sie ein Fahrzeug. Und alle Fahrzeuge standen auf dem Parkplatz am Ausgang des Tals, von dem aus wiederum nur eine einzige Straße wegführte. Er musste nicht mehr tun, als die Parkwächter zu Fahrzeugkontrollen zu verpflichten, und das Mädchen hatte keine Chance, ihm zu entgehen.

Zumal er die junge Frau aus Tausenden wiedererkannt hätte. Ihr Gesicht hatte sich ihm in Hohhot geradezu eingebrannt. Die großen dunklen Augen, die ihn voller Furcht und Unglauben anstarrten, als er sie packte und sein Messer durch ihre Kehle zog. Die rosigen Lippen, die sich öffneten und bloß das eine Wort flüsterten: »Mama.«

Einen Moment lang wurde Bai Jun schwindelig. Er blieb stehen und rieb sich mit der Hand übers Gesicht. Was dachte er da eigentlich? Das Mädchen war seit Jahren tot.

Er war damals noch ein junger Mann gewesen, hatte ganz am Anfang seiner kurzen Laufbahn beim Geheimdienst gestanden, noch bevor er zum Militär gegangen war. Man hatte ihn nach Hohhot geschickt, um einen Gegner des chinesischen Staats zu erledigen. Bai Jun war dem Befehl ohne jedes Zögern und jede Reue nachgekommen. Er hätte den Auftragsmord längst vergessen – wäre da nicht diese junge Hure, dieses Kind, gewesen, das zum denkbar schlechtesten Zeitpunkt aus dem Bad des schäbigen Apartments getreten war, in dem Bai Jun den Mann gestellt hatte.

Er hätte keinen Besuch haben dürfen! Nichts hatte im Vorfeld darauf hingedeutet, dass er sich Kinderprostituierte vom Straßenstrich Hohhots aufs Zimmer holte. Aber trotzdem war sie da gewesen, hatte Bai Jun gesehen und hatte als Zeugin eliminiert werden müssen. Jahrelang hatte ihm diese Tat Albträume beschert, und selbst heute holte ihn die Vergangenheit manchmal ein.

Ja, das muss die Erklärung sein, dachte Bai Jun. Er war an diesem Nachmittag ohnehin schon in nachdenklicher Stimmung gewesen. Vermutlich hatte ihm sein Unterbewusstsein nur einen Streich gespielt und ihm im Halbdunkel des Versammlungsplatzes das Gesicht einer Fremden eigentümlich vertraut erscheinen lassen.

Anders war der Vorfall auch nicht zu erklären. Er glaubte weder an Wiedergeburt noch an Geister, die Gestalt annehmen mochten, um die Schuldigen unter den Lebenden zu quälen. Gleich würde Lhundup mit der Kleinkriminellen auftauchen – oder die Parkplatzwächter griffen sie bei der Fahrzeugkontrolle auf –, und das Ganze würde sich als lachhafter Irrtum erweisen.

Jemand tippte ihm auf die Schulter. »Jun, ich habe sie«, sagte Lhundup. »Sie war nicht schwer zu fangen.«

Bai Jun drehte sich um – und sein Herz machte einen schmerzhaften Satz in der Brust. *Sie ist es,* durchfuhr es ihn, als er das Mädchen sah. Die junge Diebin wand sich im Griff seines Assistenten, aber wenn Lhundup in seiner Kindheit etwas gelernt hatte, dann widerspenstige Tiere festzuhalten.

»Hier, deine Brieftasche.« Sein Assistent hielt Bai Jun das braune Ledermäppchen hin.

Mit zusammengekniffenen Augen trat der Bürgermeister näher und nahm es entgegen. Als er das Gesicht der jungen Diebin genauer musterte, durchströmte ihn so etwas wie Erleichterung. Natürlich war sie nicht das ermordete Mädchen aus Hohhot. Aber sie sah ihm wirklich erstaunlich ähnlich. Diese dunklen Augen, das rundliche, doch eingefallen wirkende Gesicht, die rot geschminkten Lippen ...

»Was soll ich mit ihr machen, Jun?«, fragte Lhundup. »Soll ich sie übers Knie legen und züchtigen, damit sie nie wieder auf dumme Gedanken kommt? Bei uns zu Hause würde man das so machen.«

Die Worte seines Assistenten holten Bai Jun in die Wirklichkeit zurück. Er blinzelte und schüttelte dann den Kopf. »Nein.«

»Du willst sie der Polizei überlassen?«, fragte Lhundup. »Die lassen sie doch bloß laufen, und sie klaut aufs Neue!«

»Auch das nicht«, gab Bai Jun zurück. »Wir nehmen sie mit.«

Das Mädchen riss erschrocken die Augen auf und versuchte sich aus Lhundups Griff zu entwinden, aber vergeblich.

Sein Assistent nahm diese Neuigkeit dagegen erstaunlich gelassen hin. »Gut«, sagte er nur.

Bai Jun wandte sich an die junge Diebin und hob beschwichtigend die Hände. »Keine Angst. Ich will dir nur helfen. Mein Name ist Bai Jun. Wie heißt du?«

Sie duckte sich ein wenig und beäugte ihn misstrauisch. »Cui«, verriet sie dann mit zittriger Stimme, wobei nicht ganz deutlich wurde, ob die Angst oder die Kälte dafür verantwortlich war.

»In Ordnung, Cui. Du kommst jetzt mit uns. Wir bringen dich nach Terrania zurück. Und auf der Fahrt reden wir, in Ordnung?«

Mit einem kaum merklichen Nicken gab Cui ihr Einverständnis. Sie wirkte noch immer verunsichert, war aber offenbar bereit, zumindest eine Weile das seltsame Spiel mitzuspielen, das der fremde Mann mit ihr vorhatte.

Zu dritt gingen sie zum Parkplatz hinüber und stiegen in Bai Juns Limousine ein.

Bis vor Kurzem hatten noch chinesische Militärjeeps und Lastwagen das Straßenbild Terranias geprägt. Doch mehr und mehr wurde die Stadt für zivile Zulieferer attraktiv, sodass der Bürgermeister von Terrania ein seinem Status entsprechendes Fortbewegungsmittel, einen Brilliance EX8, bekommen hatte. Die geländefähige Limousine war für das Wüstenklima in der Gobi nicht ganz so gut geeignet wie ein Militärfahrzeug, bot aber dafür einen weit besseren Komfort und verhinderte, dass die Bewohner von Terrania den Eindruck bekamen, ihre Stadt würde von Soldaten geführt.

Das war der vielleicht wichtigste Grund für Bai Jun gewesen, dem neuen Wagen zuzustimmen. Er kämpfte auch so noch genug mit seiner Vergangenheit als General der Volksarmee.

Im Inneren des Wagens herrschte bereits eine deutlich angenehmere Temperatur als in dem nächtlichen Hochtal. Und als Lhundup, der sich hinters Steuer klemmte, die Heizung einschaltete, wurde es sogar behaglich. Bai Jun, der sich zusammen mit Cui auf die breite Rückbank gesetzt hatte, beobachtete mit milder Belustigung, wie das Mädchen die eiskalten Finger an die Lüftungsschlitze der Heizung unterhalb des Fensters hielt.

»Möchtest du etwas trinken?«, fragte er. »Eine Cola?« Er öffnete eine Klappe im Mittelteil des Wagens und zog eine Plastikflasche hervor, die er Cui anbot.

Stumm und mit der Gier eines Menschen, der für gewöhnlich von der Hand in den Mund lebte, griff sie zu.

Während Cui die Limonade trank, überdachte Bai Jun seine Lage. Rechtlich gesehen war sein Vorgehen gelinde gesagt heikel. Im Grunde musste er die junge Diebin entweder der Polizei übergeben oder laufen lassen. Festhalten durfte er sie nicht, auch wenn ihr selbst das nicht ganz klar zu sein schien – ein weiteres Indiz für die Gesellschaftsschicht, aus der sie vermutlich ursprünglich stammte und in der illegale Menschenhaltung zur Tagesordnung gehörte.

Bai Jun fragte sich, was sie nach Terrania verschlagen hatte. War sie vor ihrem Zuhälter geflohen und auf der Suche nach einem besseren Leben hierhergekommen, nur um wieder auf der Straße zu landen? Bai Jun konnte und wollte das nicht glauben. In Terrania sorgten die Menschen noch füreinander. Davon, dass Leute auf der Straße leben und sich mit Diebstählen über Wasser halten mussten, hatte er seit dem Ende der wirren ersten Tage der Stadtgründung nichts mehr gehört.

Aber vielleicht bin ich schon zu weit weg von den Menschen, dachte Bai Jun. Sein Amt als Bürgermeister und Beisitzer des Inneren Rats der Terranischen Union überhäufte ihn geradezu mit Pflichten, die seine volle Aufmerksamkeit beanspruchten. Bei den vielen visionären Projekten, die er gegenwärtig verfolgte, war es leicht, den Blick für das, was genau in diesem Augenblick unter seinen Augen geschah, zu verlieren.

Dabei lag seine Wohnung extra nur im zehnten Stock des Stardust Towers. Seine PR-Berater hatten die Hände über dem Kopf zusammengeschlagen, nachdem sie erfuhren, dass es selbst Steuerberater und Zahnärzte geben würde, die oberhalb des Bürgermeisters von Terrania residierten. Bai Jun hingegen war unnachgiebig geblieben. »Hoch genug, um die Dinge im Blick zu haben, aber nahe genug am Boden, um nicht abzuheben«, hatte er ihnen den Grund für seine Wohnungswahl genannt.

Doch offenbar hatte er sich getäuscht. Selbst zehn Stockwerke über den Straßen lebte man zu weit oben – wenn einem erst die eigene Brieftasche gestohlen werden musste, damit man mitbekam, dass gescheiterte Existenzen wie Cui in der Nachbarschaft existierten.

Und trotzdem ist es nicht bloß Mitleid, was dich bewegt, nicht wahr?, fragte eine provokante Stimme in seinem Inneren.

Bai Jun musste ihr gegen seinen Willen recht geben. Er verhielt sich nicht nur rechtlich fragwürdig, sondern auch erstaunlich irrational für seine Verhältnisse. Es war, als folge er einem inneren Zwang. Er wollte Cui, die dem ermordeten Mädchen von damals so unfassbar ähnelte, unbedingt helfen, ihr etwas Gutes tun.

Glaube ich, so späte Wiedergutmachung betreiben zu können?, fragte er sich. *Suche ich Sühne? Oder wird in mir nach all den Jahren, die ich den Lebemann gegeben habe, plötzlich die Sehnsucht nach Familie wach?* Unwillkürlich wanderte sein Blick nach vorne zu Lhundup, dessen konzentriert nach draußen blickende Augen er im Rückspiegel sehen konnte und der ebenfalls so jung war, dass er sein Sohn hätte sein können.

Vielleicht drehe ich aber auch einfach langsam durch. Die letzten Monate haben unser Weltbild phasenweise im Tagesrhythmus erschüttert. Da muss der beste Mann um sein inneres Gleichgewicht fürchten. Er sollte wieder mehr meditieren. Dazu war er seit seiner Wahl zum Bürgermeister viel zu selten gekommen.

Bai Jun seufzte lautlos. Im Grunde war es einerlei. Er hatte Cui die Tür geöffnet, jetzt konnte er sie nicht gleich wieder der Schwelle verweisen – und er wollte es auch gar nicht. Denn ganz gleich, was mit ihm selbst nicht stimmte: Cui brauchte wirklich seine Hilfe.

Er räusperte sich. »Sag mal, lebst du schon länger in Terrania, Cui?«

Die junge Diebin schielte ihn über den Rand ihrer Colaflasche scheu an. Sie schüttelte den Kopf.

»Und was ist mit deinen Eltern? Sind dein Vater und deine Mutter auch hier?«

Cui schüttelte den Kopf.

»Hast du Freunde? Bekannte? Irgendjemanden?«

Sie blickte ihn einen Moment lang stumm an – und schüttelte dann den Kopf.

»Aber wie kommst du dann nach Terrania? Kannst du mir nicht etwas über deine Vergangenheit sagen?«

Erneut antwortete ihm ein Kopfschütteln.

Bai Jun war sich nicht sicher, ob er Ärger oder Mitleid verspüren sollte. War das Mädchen nun einfach trotzig, oder hatte es tatsächlich noch immer solche Angst vor ihm, dass es nichts über sich preisgeben wollte? Er versuchte es mit gutmütigem Spott. »Was ist los mit dir? Vermagst du nur den Kopf zu schütteln?«

Sie schüttelte den Kopf – und Bai Jun merkte, dass er die Frage ungeschickt gestellt hatte.

Doch auch als er sie anders formulierte, hatte er kaum mehr Erfolg. Cui blieb einsilbig. Abgesehen von der offensichtlichen Information, dass sie ein Straßenkind ohne jede Bindung war, gelang es Bai Jun nicht, ihr Angaben über ihre Vergangenheit zu entlocken.

Irgendwann fiel ihm auf, dass Lhundup den Rückspiegel ein wenig verrückt hatte und immer wieder neugierig zu ihnen nach hinten schaute. Sein Assistent konnte seine Aufmerksamkeit gefahrlos teilen. Die Straße nach Terrania war dank der hell strahlenden Masten, die neben ihr verliefen, gut ausgeleuchtet, und das nächste Fahrzeug, ein Bus mit Besuchern der Einweihung des Fusionsreaktors, fuhr fast einen halben Kilometer vor ihnen.

»Darf ich es mal versuchen?«, mischte sich sein Assistent schließlich ein.

Überrascht sah ihn Bai Jun an. »Natürlich, bitte.«

Lhundup setzte den Blinker und hielt am Straßenrand. Sie befanden sich noch immer gut fünfzig Kilometer von Terrania entfernt. Er öffnete die Fahrertür, stieg aus und ging um die Limousine herum. Dann machte er die Tür neben Cui auf. Ein Schwall eisiger Nachtluft drang ins Innere des beheizten Wagens.

Der kleinwüchsige, aber stämmige Tibeter machte eine auffordernde Geste. »Steig aus, wenn du magst«, sagte er. »Du kannst gehen. Niemand hält dich fest. Wenn du nicht bei uns sein willst, wenn du nicht mit uns reden willst, hier ist der Weg zurück in dein altes Leben.«

Bai Jun hielt unwillkürlich den Atem an. In jeder anderen Nacht wäre es eine grausame Wahl gewesen. *Entweder du bist nett zu den beiden Onkeln, oder sie lassen dich da draußen erfrieren,* schien sie zu besagen. Die Januarnächte in der Gobi waren klirrend kalt, und so weit draußen in der Wüste würde Cui nirgendwo Schutz finden.

Natürlich war es mittlerweile anders. Eine riesige Kolonne Fahrzeuge folgte ihnen vom Yinshangebirge aus in Richtung Terrania. Niemand würde einer jungen Anhalterin eine Mitfahrgelegenheit verweigern.

Trotzdem war es ein sehr deutliches Ultimatum.

Cuis Blick huschte von Bai Jun zur offenen Tür und zurück.

Der Bürgermeister bemühte sich um eine möglichst neutrale Miene. Es hoffte, dass die Kälte sie davon abhalten würde auszusteigen, denn er wollte Cui nicht schon wieder verlieren – vor allem nicht so. Aber er begriff, dass er ihr die Wahl lassen musste. Sie selbst musste einsehen, dass es ihr bei ihm besser ergehen würde als draußen auf der Straße.

Zögernd schwang Cui ein Bein aus dem Wagen und lehnte sich ein wenig nach draußen. Lhundup rührte sich nicht, sondern sah sie nur auffordernd an. Wie ein sprungbereites Tier hockte die junge Diebin an der Schwelle zur Dunkelheit. Sie konnte darin eintauchen, wieder in der Anonymität verschwinden und sich den Zwängen, die ihr Bai Jun auferlegen mochte, entziehen. Doch gleichzeitig erwarteten sie dort Kälte und Einsamkeit.

Unvermittelt kam Cui zu einem Entschluss. Sie packte den Türgriff, zog das Bein zurück, riss die Tür zu und rutschte in einer schnellen Bewegung bis zu Bai Jun hinüber. Schutz suchend schmiegte sich ihr magerer Körper an den seinen.

Bai Jun legte ihr den Arm um die Schultern. Nicht wie ein viel zu alter Freier einer viel zu jungen Prostituierten, sondern wie ein Vater seiner Tochter. »Danke, dass du bei uns bleibst«, sagte er. »Niemand wird dir etwas antun. Das verspreche ich.«

Sie fuhren weiter, und erstaunlicherweise schien der Zwischenfall das Eis gebrochen zu haben. Zwar redete Cui noch immer nicht, aber sie rückte auch nicht von Bai Jun ab, sondern legte vielmehr ihren Kopf an seine Schulter und war bereits zehn Minuten später eingeschlafen.

»Woher wusstest du, was zu tun war?«, wollte Bai Jun von Lhundup wissen.

Lhundup grinste. »Mein Onkel Dalaimoc sagt immer: ›Wenn ein Gast dein Herdfeuer nicht schätzt, erlaube ihm, im Freien zu schlafen.‹ Und Cui schien einen Hinweis zu brauchen, wie schön unser Herdfeuer ist.«

Bai Jun schmunzelte. »Dein Onkel ist ein kluger Mann.«

»Ja das ist er«, bestätigte Lhundup.

Kapitel 5

Der Herr des Geleges
Topsid, noch elf Wochen

»Komm, Erikk-Mahnoli. Setzen wir uns. Genießen wir, als gäbe es kein Morgen. Und danach wollen wir über das sprechen, was passiert, wenn es doch ein Morgen gibt.«

Bismall-Kehn, der Herr des *Purpurnen Geleges,* deutete mit ausholender Geste auf die Tafel. Es handelte sich überwiegend um Fleisch in verschiedenen Zubereitungsformen: roh, gebraten, am Spieß und in Scheiben, braun und nach scharfer Würze riechend sowie blass und irgendwie faserig. Zwei Diener servierten die Speisen. Dazu gab es eine fladenbrotartige Beilage und etwas, das entweder eine Art Reis oder ein Topf voll gekochter Maden war.

»Ich danke Ihnen«, sagte Manoli. »Das ist sehr freundlich. Ich weiß gar nicht, wie ich zu dieser Ehre komme.« Er setzte sich an das eine Ende des Tisches, sein Gastgeber ans andere. Die Flugechse schwang sich mit einem Flattern von Bismall-Kehns Schulter und ließ sich auf einem Gestell aus Röhren nieder, das womöglich moderne topsidische Kunst darstellen sollte.

»Ich will ganz offen sein«, sagte Bismall-Kehn. »Du kommst zu dieser Ehre, weil meine Neugierde, dich kennenzulernen, größer ist als der Preis für dieses Mahl.«

»Sie könnten auch auf ganz andere Weise versuchen, Informationen aus mir herauszubekommen«, sagte Manoli und dachte dabei an die Verhöre, die er höchstwahrscheinlich hinter sich hatte.

Der Topsider sah ihn ohne jede Muskelregung im Gesicht an. Überhaupt war Manoli aufgefallen, dass es bei den Echsen praktisch keine Mimik gab. Sie schienen Stimmungen über Kopfhaltungen – oder eher noch subtile Duftstoffe – zu vermitteln. »Ich ahne, worauf du hinauswillst. Du warst Gefangener des Militärs.«

»Wissen Sie etwas darüber?«, fragte Manoli überrascht.

»Ich ziehe nur meine Schlüsse aus dem, was ich sehe«, sagte Bismall-Kehn. Er machte eine wegwischende Geste. »Aber reden wir später davon. Jetzt wird gegessen. Ich empfehle das Ssrilashar. Es ist ausgesprochen saftig heute.«

Sie luden sich die Teller voll, wobei Bismall-Kehn kräftig zulangte, während Manoli sich nur kleine Häppchen nahm, dafür aber von jeder Speise etwas probierte. Im Prinzip war er ein unkomplizierter Esser und offen für fast alles, was die irdische Küche hergab. Hier ließ er jedoch lieber Vorsicht walten. Er wusste nicht, wie sein Metabolismus auf die Speisen reagierte.

»Keine Scheu!«, rief der Topsider ihm vom anderen Ende des Tisches zu, während er mit den Fingern einen Brocken Fleisch vom Teller klaubte und in den Mund warf. »Ich habe nur Gerichte auftischen lassen, die für Arkoniden genießbar sind. Schließlich habe ich nichts davon, wenn du an einer Lebensmittelvergiftung stirbst.«

Ich bin aber kein Arkonide, dachte Manoli säuerlich. Doch nach außen hin lächelte er verbindlich und schob sich ebenfalls ein Stück Fleisch in den Mund.

Zu seinem Erstaunen erwiesen sich die meisten Speisen als recht genießbar. Das rohe Fleisch ließ er links liegen, und bei dem vermeintlichen Reis handelte es sich in Wirklichkeit um Tiere, die obendrein noch ziemlich säuerlich schmeckten. Ansonsten aber erinnerte ihn die Küche der Topsider an einiges, was er bei Besuchen in der Türkei, in Ägypten und Ländern des Nahen Ostens auf der Erde bereits gekostet hatte. Sie war auch ähnlich scharf, aber glücklicherweise wurde reichlich dickflüssiger Saft dazu gereicht, um Manolis brennende Kehle zu löschen.

»Dein Topsidisch ist erstaunlich gut«, stellte Bismall-Kehn fest, offensichtlich in dem Versuch, etwas Small Talk zu betreiben. »Was benutzt du? Translatormikroben? Hypnoschulung? Sprachsoftware mit einem biotronischen Gehirninterface?«

»Äh ... es handelt sich um eine winzige, spezialisierte Positronik«, verriet Manoli. »Sie wird ins Fettgewebe des Trägers injiziert und sucht sich dann autonom im Körper einen geeigneten Ort, um an das Nervensystem des Trägers anzudocken. In der Einlernphase analysiert sie Hörproben. Danach reagiert der Translator auf die Absicht des Sprechers. Will er etwas in einer Sprache sagen, die er beherrscht, bleibt der Translator inaktiv. Will er etwas in einer Sprache sagen, die er nicht gelernt hat, übersetzt der Translator in Echtzeit und übernimmt dabei die Stimmwerkzeuge. Natürlich können fremde Laute nur im Rahmen der menschlichen Stimme erzeugt werden. Die Einsatzmöglichkeiten sind also nicht unbegrenzt.«

»Eigenwillig«, urteilte Bismall-Kehn. »Wie so viele Dinge, die sich Arkoniden ausdenken. Aber nicht schlecht.«

»Können Sie mir nicht etwas mehr über den Ort erzählen, an dem ich mich befinde?«, stellte Manoli seinerseits eine Frage, nachdem er einen weiteren Bissen genommen hatte.

»Über das *Purpurne Gelege?«,* wollte Bismall-Kehn wissen.

»Nein. Über diese Stadt, in der Ihr ... Etablissement steht. Und über diesen Planeten.«

»Etablissement ...« Der Topsider stieß ein zischendes Lachen aus. »Was für ein nettes Wort. Wir sind ein Bordell, Erikk-Mahnoli. Ein Puff! Nicht wahr, Kikerren?« Er sah zu der Flugechse hinüber, die daraufhin ein Krächzen von sich gab und mit dem langen Kopf wackelte. Bismall-Kehn wandte sich wieder Manoli zu. »Aber was für einer, das muss man schon hinzufügen! Es gibt kein zweites Haus wie unseres in ganz Khir-Teyal.«

»Das glaube ich gerne. Eine Ihrer Damen, Khatleen-Tarr, hat mich ein wenig herumgeführt.«

»Ah, Khatleen-Tarr ...« Der Herr des Geleges ließ den Namen wie süßes Speiseeis auf der Zunge zerschmelzen. »Das ist ein Prachtmädchen, nicht wahr? Einfach hinreißend. Sie ist noch nicht lange hier, aber schon eine große Bereicherung für das Gelege. Ich hoffe, sie bleibt uns noch sehr lange erhalten. Aber um auf deine Frage zu antworten: Was weißt du denn schon über Topsid und Kerh-Onf?«

»Eigentlich so gut wie nichts«, gestand Manoli.

Bismall-Kehn schmatzte einmal. Es klang ernüchtert. »Natürlich. Wir sind schließlich nur ein Volk von Aufsteigern irgendwo am Rand des Großen Imperiums der Arkoniden. Ich hätte nichts anderes erwarten dürfen.«

»Sie missverstehen das«, beeilte sich Manoli zu sagen. »Wie ich Khatleen-Tarr schon erläutert habe, stamme ich von einer kleinen Agrarwelt innerhalb des Imperiums und hatte bis vor Kurzem mit dem galaktischen Geschehen so gut wie nichts zu tun. Ich bin Arzt und war mein Leben lang nur damit beschäftigt, Erkältungen und verstauchte Knöchel zu kurieren. Bis ich entführt wurde und irgendwie hier landete ...«

Bismall-Kehn züngelte misstrauisch. »Aha«, sagte er. Er breitete gönnerhaft die Arme aus. »Nun, in dem Fall verliere ich natürlich gerne ein paar Worte über meine Heimat. Topsid liegt in einem Sternsystem mit siebenundzwanzig Planeten, die zwei Sonnen umkreisen, eine weiße und eine violette. Frag mich keine astronomischen Einzelheiten hierüber. Ich betreibe ein Bordell, keine Sternwarte.«

Manoli schmunzelte. Der Herr des Geleges war ungewöhnlich aufgeräumt und humorvoll. Ganz anders als die Topsider, von denen ihm die Heimkehrer aus dem Krieg um das Wegasystem berichtet hatten. *Nun gut, bei jenen handelte es sich um Militärs – und die sind auch auf der Erde nicht für ihre joviale Art bekannt.*

»Topsid ist der dritte von sechs Planeten, die beide Sterne umkreisen«, fuhr Bismall-Kehn fort. »Die Oberfläche wird durch vier gewaltige Gebirgsmassive geteilt. Dazwischen liegen riesige Ebenen. Unsere Welt ist eher trocken, beinahe wüstenartig. Es gibt keine großen Ozeane, nur Binnenseen. Trotzdem liegt beinahe zu jeder Tages- und Nachtzeit ein leichter Nebel über dem ganzen Planeten.«

Manoli runzelte die Stirn. »Das klingt reichlich seltsam. Dieser Nebel braucht doch eine Quelle.«

»Oh, es existiert irgendein wissenschaftlicher Grund dafür, und in der Elementarakademie wusste ich ihn sogar mal«, erzählte der Topsider. »Aber ich habe wirklich Besseres zu tun, als mir Dinge zu merken, die einfach sind, wie sie sind, ohne dass sie für das eigene Leben eine Rolle spielen. Fragst du dich, warum Arkoniden keinen Schwanz haben?«

»Jeden Tag aufs Neue«, sagte Manoli trocken.

Bismall-Kehn blickte ihn geschlagene zwei Sekunden verblüfft an. Dann brach er in Gelächter aus. »Du gefällst mir! Du bist nicht so steif und arrogant wie die meisten deiner Art.«

»Erzählen Sie mir etwas über Kerh-Onf«, bat der Arzt. »Ich hörte, es sei die Hauptstadt von Topsid.«

»Der Sitz des Despoten, ja. Und zugleich ist Kerh-Onf die größte Stadt mit dem wichtigsten Raumhafen«, bestätigte Bismall-Kehn. »Sie liegt in direkter Nähe zum Gebirgsmassiv Omzrak am Rand der Groogwain-Ebene, aber ohne Kartenmaterial sagt das wenig aus. In der Stadt leben etwa vierzig bis fünfzig Millionen Topsider. Ganz genau weiß das aber niemand, nicht zuletzt wegen Orten wie Khir-Teyal.«

»Und das ist das ... Rotlichtviertel?«, hakte Manoli zögernd nach. Er hatte noch keine rechte Vorstellung davon, wo er eigentlich gelandet war.

Der Topsider legte den Kopf schief. »Rot-Licht-Viertel?«

»Ein Ort, an dem sich Bordelle und Spielclubs finden, an dem oft nicht ganz so legale Geschäfte gemacht werden und an dem die Macht der Ordnungshüter nicht so groß ist wie in anderen Stadtteilen.« Manoli fragte sich, ob es im Großen Imperium so etwas überhaupt gab.

Wenn nicht, schien Bismall-Kehn das jedenfalls ebenso wenig zu wissen wie er selbst, denn der Herr des Geleges neigte nur den Kopf. »Ah! Rot-Licht-Viertel. Ja, das trifft es etwa. Khir-Teyal ist ein Ort des Verbotenen, den es offiziell gar nicht gibt. Die Regierung und die Verwaltung von Kerh-Onf ignorieren uns, auch wenn es natürlich immer mal wieder Razzien gibt. Früher war das Land nur eine schmutzige Ebene, auf die man die Abwässer von Kerh-Onf leitete und wo man den Müll ablud.« Bismall-Kehn krächzte angewidert.

»Irgendwann jedoch«, fuhr er fort, »explodierte die Bevölkerung der Stadt, und immer mehr Ausgestoßene und Kriminelle suchten hier draußen nach einer Bleibe etwas abseits der aufmerksamen Augen des Despotats. Erste Fleischbratereien entstanden, danach Spielbetriebe, Bars, Duellkammern, Schlammbadehäuser und Bordelle. Aus Khir-Teyal wurde eine eigene Stadt jenseits der Stadt, ein zugleich dunkles und vielfarbig schimmerndes Zerrbild von Kerh-Onf. Hier kann man untertauchen, wenn man gesucht wird. Man kann als Gescheiterter sein Glück machen, sofern man wenig Skrupel hat. Und man findet einen schnellen Tod, wenn man unvorsichtig ist.«

»Klingt wirklich wie ein Rotlichtviertel«, brummte Manoli. »Oder vielmehr die nächste Stufe eines Rotlichtviertels.«

»Rot-Licht-Viertel ...« Bismall-Kehn gluckste zischelnd. »Das muss ich mir merken. So ein paar rote Lichter würden zum *Purpurnen Gelege* eigentlich ganz gut passen.«

Sie beendeten ihr Mahl unter weiterem harmlosen Geplauder. Als sie am Ende nur noch vor ihren Gläsern saßen, in die ein Diener hochprozentigen Beerenwein zum Verdauen eingeschenkt hatte, wurde Manolis Gegenüber spürbar ernster. »Du kannst während deines Aufenthalts auf Topsid so lange hier im Gelege bleiben, wie du möchtest, Erikk-Mahnoli. Nein, warte, lass mich das anders formulieren: Ich rate dir *dringend*, während deines Aufenthalts hier auf Topsid innerhalb des Geleges zu bleiben.«

»Das ist sehr fürsorglich von Ihnen, Bismall-Kehn, aber das wird nicht gehen«, sagte Manoli. »Ich suche einige Freunde, die hier verschollen sind.«

»Ich dachte, du wurdest entführt«, entgegnete der Topsider.

Richtig. Mist, durchfuhr es Manoli. »Äh ... das stimmt auch«, beeilte er sich zu sagen. »Aber ich war nicht der Erste. Kurz zuvor sind schon einige meiner Freunde spurlos verschwunden. Es hieß, sie seien ins All verschleppt worden. Da ich nach meiner eigenen Entführung hier gelandet bin, hege ich eine gewisse Hoffnung, dass das für sie auch gilt. Ich muss sie wiederfinden.«

Bismall-Kehn neigte den Kopf. »Nun schön. Ich werde dir dabei helfen, so gut ich es vermag. Ich habe Kontakte, die ich befragen werde. Und auf öffentliche Informationsquellen kann man von meinem Büro aus zugreifen. Aber du darfst das Gelege trotzdem nicht verlassen.«

»Das klingt stark danach, als wäre ich ein Gefangener«, meinte Manoli. Ein leichtes Misstrauen schlich sich in seine Stimme.

Sein Gegenüber machte eine abwehrende Geste. »Du deutest meine Motive falsch. Und offensichtlich erkennst du auch nicht die Gefahr, in der du dich auf Topsid befindest.«

»Sie spielen auf den Umstand an, dass Arkoniden bei Ihnen nicht sonderlich gut gelitten sind?«, fragte Manoli.

»Das ist eine ziemliche Untertreibung! Die meisten Topsider – und vor allem jene im Umfeld des Despoten – hassen sie. Wir sind eine junge Raumfahrtspezies, die erst seit wenigen Generationen ins All strebt. Doch wir sind zugleich stolz und ehrgeizig. Wir erwarten, dass unsere galaktischen Nachbarn uns ernst nehmen. Arkon tut das nicht. Man hält uns für Emporkömmlinge, straft uns mit Missachtung und behindert unseren Drang, neue Welten zu besiedeln.«

Manoli musste an das Wegasystem denken. Wenn die Topsider mit Besiedeln grundsätzlich Erobern meinten, konnte er die Arkoniden verstehen. Natürlich hütete er sich davor, diesen Gedanken laut auszusprechen.

»Deshalb herrscht zwischen unseren Kulturen ein ziemlich angespanntes Klima«, fuhr Bismall-Kehn fort. »Das heißt, das

Leben eines einzelnen Arkoniden auf Topsid ist nicht viel wert. Entweder erleidet er auf offener Straße einen bedauerlichen Unfall. Oder er wird von den Obrigkeiten geschnappt und verschwindet auf Nimmerwiedersehen an einem unbekannten Ort. Oder aber, und das wäre das Schlimmste, er endet in irgendeiner privaten Menagerie. Das kann und will ich nicht zulassen, Erikk-Mahnoli. Deshalb musst du dich hier verstecken und darfst dich niemandem zeigen. Meinen Bediensteten vertraue ich. Von ihnen hast du nichts zu befürchten. Aber selbst den Gästen darfst du dich nicht zeigen, denn wie schnell hat einer von ihnen die Obrigkeiten gerufen. Hast du mich verstanden?«

»Sehr deutlich«, knurrte Manoli. So hatte er sich das alles nicht vorgestellt.

Bismall-Kehn wiegte verständnisvoll den Kopf. »Ich verstehe, wenn du unzufrieden bist. Aber du musst mir glauben: Es ist so das Beste für uns alle. Keine Angst, wir werden auch von hier aus gut nach deinen Freunden suchen können. Und wenn wir sie gefunden haben, verschaffe ich euch eine heimliche Passage von Topsid fort. Das verspreche ich.«

Mit einem resignierten Nicken gab Manoli sein Einverständnis. Er erkannte, dass Bismall-Kehn nur um sein Wohlergehen besorgt war. Was eine nicht unbedeutende Frage aufwarf: »Warum helfen Sie mir? Das ist doch alles andere als ungefährlich für Sie.«

Der Herr des Geleges lachte leise. »Vielleicht, weil ich klüger bin als ein Großteil meines Volkes. Oder vielleicht, weil ich dümmer bin.«

Kapitel 6

Gute und schlechte Nachrichten
Terrania, 6. Januar 2037

Goldenes Morgenlicht flutete den Konferenzraum im neunundvierzigsten Stockwerk des Stardust Towers, direkt unterhalb des Büros des Administrators. Genau wie dieses verfügte der Raum, in dem sich der Innere Rat der Terranischen Union zur wöchentlichen Routinesitzung traf, über große Panoramafenster, die sich einmal komplett um das ganze Stockwerk herumzogen und einen atemberaubenden Blick auf die wachsende Stadt erlaubten.

In der linken Hälfte des Raumes stand der kreisrunde Konferenztisch, der Platz für Adams, die acht Koordinatoren des Rats und Bai Jun als Bürgermeister von Terrania bot. In der rechten Hälfte hatte das hauseigene Catering ein leichtes Buffet aufgebaut, das den Männern und Frauen ihre anstrengende Arbeit als oberste Weltpolitiker und Repräsentanten Terras etwas angenehmer machen sollte. Jede Woche ließen sich die Köche etwas Neues einfallen. Heute stand, wenn Bai Jun das richtig überblickte, französisch-italienische Küche auf dem Programm.

Der Bürgermeister hatte zu wenig geschlafen in der letzten Nacht. Dank der Anwesenheit von Cui, die im Gästezimmer einquartiert worden war, hatte er kaum ein Auge zubekommen. Die ganze Zeit hatte er sich gefragt, was er da eigentlich machte – und was er als Nächstes tun sollte.

Nun allerdings hielten ihn erst einmal seine Pflichten wieder auf Trab. Daher hatte er das Mädchen am heutigen Morgen Lhundups Obhut überlassen und war durch den zentralen Antigravschacht des Towers hinauf in den Konferenzraum geglitten.

Die meisten anderen waren bereits eingetroffen. Administrator Adams unterhielt sich mit Allan D. Mercant, dem ehemaligen Agenten der US-Homeland Security, der mittlerweile den Posten des Koordinators für Sicherheit innehatte. Manche Medien hatten diesen Schritt durchaus mit einem gewissen Sarkasmus kommentiert. Allerdings ließ sich nicht leugnen, dass Mercant ungeachtet seiner Vergangenheit schon seit der Landung der STARDUST in der Gobi stets terranische Interessen über die seines Heimatlandes gestellt hatte. In Fragen der Legitimation war er Bai Jun somit um einige wichtige Wochen voraus.

Gegenüber am Buffet tummelten sich unterdessen der frühere NASA-Flight Director und jetzige Raumfahrtkoordinator Lesly K. Pounder sowie die brasilianische Friedensnobelpreisträgerin Lygia Cielo. Bis vor wenigen Wochen hatte Cielo noch als Starreporterin und Menschenrechtlerin weltweit für Schlagzeilen gesorgt, bevor der brasilianische Präsident persönlich sie für den Inneren Rat und speziell das Amt des Koordinators für Kultur und Humanitäres vorgeschlagen hatte.

Etwas weiter links, am Fenster, stand William Tifflor, der berühmte Anwalt, der während des Schauprozesses gegen den Arkoniden Crest im letzten Juli in Washington als dessen Verteidiger aufgetreten war. Er diente der Terranischen Union als Koordinator für Justiz und Menschenrechte. Wie üblich hatte er einen Becher Kaffee in der Hand und sprach leise vor sich hin, während er über seinen Pod mit einem Kontakt irgendwo auf der Welt konferierte.

Drei Schritte weiter lehnte Élodie Marceau, die Koordinatorin für Wirtschaft und Finanzen, an der Scheibe des Panoramafensters. Einen Kaffee in der rechten und ihren Pod in der linken Hand, bildete die schlanke, in ein helles Kostüm gekleidete Französin, die zuvor Direktoriumsmitglied der Europäischen Zentralbank gewesen war, das weibliche Spiegelbild zum geschäftigen Tifflor.

Bai Jun sah, wie sich Mercant von Adams löste und zu ihm herübergeschlendert kam. Der weiße Haarkranz um den ansonsten kahlen Schädel stand in seltsamem Widerspruch zu dem beinahe jugendlich straffen Gesicht des untersetzten Mannes. »Guten Morgen, Bürgermeister. Wie war die Einweihungsfeier gestern Abend?« Der Tonfall klang jovial und ungezwungen. Dennoch konnte sich Bai Jun im Gespräch mit Mercant nie ganz des Gefühls erwehren, taxiert zu werden. Vielleicht lag es daran, dass sie beide einst für verschiedene Sicherheitsorgane ihres jeweiligen Landes tätig gewesen waren.

»Es war eine eindrucksvolle Zeremonie«, antwortete Bai Jun. »Ich hatte das Gefühl, dass es oben im Gebirge noch ein paar

Grad kälter war als in Terrania, aber die Menschen hat das nicht gestört. Die Freude über den neuen Fusionsreaktor war größer. Und das Lichterschauspiel am Ende von Adams' Rede hat *Guanghui* einen mehr als eindrucksvollen Einstand geben lassen.«

»Ich hörte, dass Sie nicht nur in Begleitung Ihres Assistenten, sondern auch einer jungen Dame vor Ort waren«, sagte Adams. »Eine Bekannte von Ihnen?«

Eine neue Woge des Misstrauens brandete durch Bai Jun. Vermutlich hatte die Frage gar nichts zu bedeuten, aber er kam sich vor, als spioniere man ihm nach. Er nickte. »Ja. Sie heißt Cui und ist erst vor Kurzem in Terrania eingetroffen. Die Arme leidet unter dem Verlust ihrer Eltern und hat sonst in der Heimat niemanden mehr.«

»Das tut mir leid zu hören. Hoffentlich geht es ihr gut.«

»Den Umständen entsprechend. Sie stammt aus der Provinz und ist eine Stadt wie Terrania nicht gewohnt. Deshalb verhält sie sich im Augenblick ziemlich scheu. Aber sie wird sich bestimmt schnell anpassen. Gegenwärtig wohnt sie bei Lhundup und mir.«

Hinter Bai Jun traten nun auch die übrigen drei Koordinatoren, Kareena Chopra, Maui John Ngata und Fredrik Dahlgren, aus der Antigravröhre. Adams registrierte ihre Ankunft mit einem zufriedenen Nicken. Er wartete noch einen Moment, bis die drei sich mit Getränken versorgt hatten, dann rief er die Gruppe zusammen.

»Alles Gute für Ihre junge Bekannte«, sagte Mercant, bevor er sich zu seinem Platz begab.

»Danke!«, erwiderte Bai Jun.

»Willkommen zur sechzehnten Sitzung des Inneren Rats der Terranischen Union«, begrüßte Adams die Runde, nachdem sich alle gesetzt hatten. »In der letzten Woche konnten wir mit der Inbetriebnahme von *Guanghui 1* einen großen Erfolg verbuchen, der sich auf den weiteren Aufbau von Terrania ausgesprochen positiv auswirken sollte. Ich hoffe, Sie alle genießen bereits den neuen Luxus, den die Aufhebung der generellen Energierationierung mit sich gebracht hat.«

»Ich habe mir gleich einen neuen großen Holofernseher bestellt«, warf Pounder grinsend ein.

»Nun, dann können wir uns ja demnächst alle bei Ihnen einladen«, konterte Adams.

Beifälliges Gelächter quittierte den Wortwechsel.

»Kommen wir zum Geschäftlichen, meine Damen und Herren: den Wochenberichten.« Der Administrator nickte William Tifflor zu. »Sie haben das Wort, Mister Tifflor.«

»Danke, Herr Administrator!« Der Koordinator für Justiz und Menschenrechte rückte das Tablet zurecht, auf dem sich seine Unterlagen befanden. »Ich habe erneut den Großteil der Woche beim Internationalen Gerichtshof in Den Haag verbracht. Die jüngste Weltgesetzesnovelle ist auf gutem Weg. Auch die Reformierungspläne des Internationalen Gerichtshofs zum Weltgerichtshof der Terranischen Union sind so gut wie fertig. Die Zusammenarbeit mit dem Stab von Präsident Donnifer klappt hervorragend, wenn ich das so sagen darf.«

»Das freut mich zu hören«, sagte Adams.

»Was die Durchsetzung der Menschenrechte in den Mitgliedsstaaten der Terranischen Union betrifft, ist die Lage gegenwärtig nach wie vor etwas schwierig«, fuhr Tifflor fort. »Einerseits ist die Terranische Union ein Zusammenschluss höchst unterschiedlicher Kulturkreise und Staatengebilde. Das Verständnis individueller Rechte und Pflichten – etwa der Vereinigten Staaten, von China und der Afrikanischen Föderation – ist in Teilen so unterschiedlich, dass noch immer Grundsatzdebatten geführt werden. Dazu kommt, dass wir den Mitgliedsstaaten weitgehende Unabhängigkeit zugesichert haben. Wir können also beispielsweise nicht direkt gegen einzelne Verstöße vorgehen, sondern nur auf die Einhaltung der grundsätzlich verabschiedeten Charta pochen.«

Einer nach dem anderen gaben die Koordinatoren ihren Bericht ab, schilderten Fortschritte und Rückschläge in ihren jeweiligen Aufgabenfeldern. Mercant stellte zufrieden fest, dass die Terranische Union nicht mehr von innen gefährdet sei. Die weitgehende innere Autonomie, die sie den Mitgliedsstaaten zugestehe, bedeute geringe Reibungsfläche für Nationalisten.

Der Däne Dahlgren, der Koordinator für Wissenschaft und Technik, stellte die neue Evernet-Datenbank SCIENTIA vor, in der ab sofort zentral und gebündelt alle Ergebnisse der Erforschung von Fremdvölkertechnologie für alle Mitgliedsstaaten zugänglich gemacht würden. »Nur so kann der gleichzeitige weltweite Fortschritt gewährleistet werden«, erklärte er abschließend. »Und das ist zum Nutzen aller Menschen.«

Pounder berichtete, dass der Aufbau einer Raumakademie im

ehemaligen russischen Weltraumbahnhof Baikonur nach Plan verlaufe. »Schon bald werden wir die erste Generation junger Astronauten dort ausbilden können«, sagte er nicht ohne Stolz in der Stimme.

»Wo wir gerade vom Weltraum sprechen: eine Zwischenfrage, wenn es erlaubt ist«, meldete sich die Inderin Chopra, die Koordinatorin für Verwaltung und Haushalt, mit weicher Stimme zu Wort. »Hat sich die TOSOMA-Expedition eigentlich schon gemeldet?«

Vor einer knappen Woche war der zehntausend Jahre alte Arkonidenraumer mit Perry Rhodan, Reginald Bull, Crest und Thora an Bord nach Arkon, ins Herz des Großen Imperiums der Arkoniden, aufgebrochen. Neben dem Ilt Gucky, den Mutanten Ras Tschubai, Tako Kakuta, Tatjana Michalowna, Wuriu Sengu, Anne Sloane und John Marshall sowie vierhundert Mann Besatzung waren tausendachthundert Passagiere an Bord – Wissenschaftler, Gelehrte und Künstler aus allen Nationen, mit denen Rhodan auf Arkon Eindruck zu schinden hoffte.

»Nein«, erwiderte Pounder kopfschüttelnd. »Aber das haben wir erwartet. Die Hyperfunkanlage der TOSOMA hat nur eine Reichweite von neunzig Lichtjahren, das heißt, das Schiff war bereits nach der ersten Transitionsetappe von sechshundert Lichtjahren außerhalb seiner Funkreichweite. Zudem kann sie bei gleichbleibenden Sprungetappen samt jeweils zwanzigstündigen Antriebsaufladezeiten in den letzten fünf Tagen bestenfalls dreitausendsechshundert Lichtjahre zurückgelegt haben. Damit befindet sie sich noch deutlich außerhalb des Netzes aus Hyperfunk-Relaisstationen des Großen Imperiums. Und erst wenn sie dort angekommen ist, wird wieder ein Kontakt möglich sein. Falls überhaupt eine vorgeschobene Relaisstation des Imperiums nahe genug an der Erde positioniert ist. Wovon wir nicht ausgehen können.«

»Ich verstehe«, sagte Chopra.

Bai Jun wusste, dass ein Bruder der Inderin als Mathematiker an Bord der TOSOMA weilte. Daher verstand er ihre Sorge.

Genauso wie Adams, der sich mit väterlicher Miene einschaltete. »Machen Sie sich keine Gedanken, Miss Chopra. Es wird schon alles glattgehen dort draußen. Das Schiff ist randvoll mit Spezialisten, nicht zuletzt Crest und Thora.« Er nickte Pounder zu. »Fahren Sie bitte mit Ihrem Bericht fort, Mister Pounder.«

Bai Jun wurde durch ein Aufblinken seines Pods abgelenkt. Eine weitere Nachricht seiner Kontaktleute traf ein. Noch in der gestrigen Nacht, nachdem Cui sich ins Gästezimmer zurückgezogen hatte, hatte er ein paar Nachrichten an alte Freunde geschickt und sie darum gebeten, für ihn herauszufinden, woher Cui ursprünglich stammte und was mit ihrer Familie passiert war.

Doch obwohl diese Männer absolute Profis darin waren, Informationen zu beschaffen, und selbst über den Hirtenjungen Lhundup ein erstaunlich umfangreiches Dossier zusammengestellt hatten, schienen ihre Fähigkeiten hier zu versagen. Zwei Rückmeldungen ohne Ergebnis hatte Bai Jun bereits bekommen. Diese hier war die dritte, wie sich herausstellte, als er die eingegangene Nachricht aufrief.

Es war, als hätte Cui bis gestern nicht existiert.

Bai Jun runzelte die Stirn. Das konnte eigentlich gar nicht sein. Jeder Mensch hinterließ Spuren – im Hukousystem, also der offiziellen Wohnsitzkontrolle der Bevölkerung der Volksrepublik, im staatlichen Schulamtsregister, in der Finanzverwaltung, bei Krankenkassen, Banken und Evernet-Einkaufsportalen sowie in sozialen Netzwerken. Die einzige Ausnahme bildeten die wirklich Illegalen, die auf der Straße geboren wurden, auf der Straße aufwuchsen, bereits im Kindesalter in die Kriminalität abrutschten und dann irgendwann in den Händen einer Gang oder den Hinterzimmern eines Bordells endeten. Diese Leute hinterließen meist nur einen einzigen Eintrag in den Unterlagen der Behörden: den einer unidentifizierbaren Leiche in einer Abfalltonne in irgendeiner dunklen Gasse mitten in den Slums am Rand von Hongkong, Shenyang oder Guangzhou.

Oder in Hohhot ..., ging es Bai Jun durch den Sinn, während erneut das Bild jenes jungen Mädchens vor seinem geistigen Auge aufstieg, das er hatte töten müssen und dem Cui so ähnlich sah.

Während Pounder seinen Bericht beendete und Élodie Marceau über die gegenwärtige Weltwirtschaftslage zu referieren begann, blinkte der Pod des Bürgermeisters erneut auf. *Die Meldung eines weiteren Misserfolgs,* dachte Bai Jun düster.

Doch er wurde überrascht. Der Absender hatte seine Adresse verschlüsselt. Allem Anschein nach handelte es sich um keinen von Bai Juns Leuten. Er rief die Nachricht auf – und spürte, wie sich seine Eingeweide unwillkürlich verkrampften.

Wir wissen, was Sie mit dem Mädchen getan haben, stand dort geschrieben. *Sie sind ein Mörder!*

Erschrocken und ein wenig fassungslos starrte Bai Jun auf die kurze Botschaft. Was zum Teufel hatte das zu bedeuten? Und wieso bekam er diese Nachricht ausgerechnet heute? Das konnte doch kein Zufall sein.

»Was ist mit Ihnen?«, fragt Adams besorgt.

Bai Jun schreckte auf. Er hatte gar nicht bemerkt, dass er die Aufmerksamkeit der anderen auf sich gezogen hatte. Mit einem verlegenen Räuspern erhob er sich. »Es ... es ist nur eine private Nachricht«, sagte er. »Bitte entschuldigen Sie mich.«

So schnell es ihm die Etikette erlaubte, floh er in den Antigravschacht.

Die zweite Textnachricht traf bereits ein, bevor er auch nur den Antigravschacht verlassen hatte. Sie enthielt bloß zwei Informationen und eine Forderung: *16 Uhr, Café Stellaris. Kommen Sie allein.*

Es bestand kein Zweifel, von wem diese Botschaft stammte. Es handelte sich um die geheimnisvolle Person, die einige sehr delikate Dinge über seine Vergangenheit wusste – oder dieses Wissen zumindest sehr geschickt anzudeuten vermochte.

Bai Jun blickte auf die Zeitanzeige des Pods. Ihm blieben noch ein paar Stunden bis zu dem Termin, Stunden, in denen er sich mehr als genug Gedanken machen konnte, wer hinter den ominösen Botschaften steckte, was er beabsichtigte und wie Bai Jun selbst darauf reagieren sollte.

Natürlich lag das Vorgehen nahe: Der Bürgermeister besaß genug vertrauenswürdige Kontakte in der Stadt, Exoffiziere, die er auf die Person, die ihn im *Café Stellaris* treffen wollte, ansetzen konnte.

Andererseits war solch ein Vorgehen im Moment vielleicht verfrüht. Er kannte seine Gegner noch nicht, konnte sie nicht einschätzen. Allerdings argwöhnte er angesichts der doch recht speziellen Informationen, über die besagter Gegner verfügte, dass es sich dabei um Geheimdienstler der chinesischen Volksrepublik handelte. Wer sonst wusste von seinem Einsatz und dessen Verlauf in Hohhot?

Oder die Burschen haben die Archivrechner des Geheimdiens-

tes geknackt, dachte er. Im Grunde war das praktisch unmöglich. Aber da in den letzten Monaten immer mehr außerirdische Technologien auf den freien Markt – und mehr noch: den globalen Schwarzmarkt – gelangt waren, ließ sich nicht ausschließen, dass irgendwelche Hacker in den Besitz arkonidischer Computeralgorithmen gekommen waren, die ihnen erlaubten, irdische Firewalltechnik einfach zu umgehen. Die unkontrollierte und weltweite Verbreitung von Fremdvölkerwissen hatte nicht nur zivilisatorische Vorteile, ganz gleich, wie Dahlgren das sah. Sie barg auch enorme Gefahren. Etwa wenn Menschen mit krimineller Energie Entdeckungen machten, gegen die die Ordnungshüter der Erde noch nichts ausrichten konnten.

All diese Gedanken führen nirgendwohin, erkannte Bai Jun, während er aus dem Schacht trat und zu seinem Büro ging, um erst einmal durchzuatmen. *Also suche ich nachher dieses Café auf und höre mir erst einmal an, was die Kerle überhaupt wollen.*

Er setzte sich in seinen Sessel, aktivierte seinen Computer und schickte eine Nachricht an Adams, um sich für den Rest der Sitzung zu entschuldigen. Anschließend suchte er sich die Adresse des *Café Stellaris* heraus. Schließlich formulierte er eine zeitgesteuerte Botschaft an Lhundups Pod, die diesen über die Situation aufklären würde, sollte Bai Jun nicht um 17 Uhr zurückgekehrt sein.

Nachdem er diese Vorbereitungen getroffen hatte, versuchte er, die Zeit bis zu seinem Termin mit Routinearbeiten zu überbrücken. Es gab viel zu tun in Terrania.

Ärgerlicherweise fiel es ihm ziemlich schwer, sich auf irgendetwas zu konzentrieren. Er war dankbar, als die Uhr endlich halb vier anzeigte und es ihm erlaubte, sich auf den Weg zu machen.

Das *Café Stellaris* war ein kleines, neu errichtetes Lokal am Südrand von Terrania. Es handelte sich um einen Bau mit quadratischer Grundfläche, der in einer Höhe von etwa einem Meter in eine Kuppel aus Folie überging, deren Struktur ihre ferronische Herkunft verriet. Die Folie war in mehrere Bereiche unterteilt, die sich separat durch ein Computerprogramm ansteuern und verdunkeln ließen.

Gegenwärtig war sie vollkommen transparent, sodass man alle Gäste sehen konnte. Die Einrichtung bestand aus silbernem und blauem Formplastik und stammte offensichtlich aus chinesischer Massenproduktion. Von den Metallträgern der Kuppelkonstruktion hingen kleine Raumschiffsmodelle. Ein paar Zierfarne, die der Besitzer dem Namen seines Cafés entsprechend mit Silberglitter behängt hatte, sorgten gemeinsam mit modularen Wandschirmen, die Aufdrucke von Sternkonstellationen zeigten, für den Anschein von Privatsphäre.

Über dem Eingang hing ein geschwungenes Schild mit der Aufschrift *Café Stellaris*. Weiße LEDs blinkten dazu auf schwarzem Grund. *Enthusiastisch*, war das Wort, das Bai Jun zu alldem in den Sinn kam. Und das war die denkbar freundlichste Beschreibung für diesen Ort.

Er trat durch die Eingangstür, die einem Raumschiffsschott nachempfunden war, und wurde von sphärischer Digitalmusik empfangen. *CosmoTrance* nannte sich dieser neue Stil, der im letzten halben Jahr, zweifellos beflügelt vom ersten ernst zu nehmenden Schritt der Menschheit ins All, zunehmend an Popularität gewonnen hatte. In Bai Juns Ohren klang es wie zwei sich in Zeitlupe anschreiende Schimpansen.

Es war erstaunlich warm im Inneren des Cafés. Obwohl die Kuppelfolie bestenfalls einen Millimeter dick war, schützte sie perfekt vor der eisigen Kälte des Winters. Den Gästen schien das zu gefallen. Einige von ihnen saßen sogar im T-Shirt an den kleinen Tischen.

Bai Jun wählte einen Tisch neben einer der Zierpflanzen an der linken Seite. Von hier aus konnte er den ganzen Raum gut überblicken, und sollte es Grund zur Flucht geben, war die Tür zur Küche nicht weit entfernt. Betont entspannt lehnte er sich zurück und studierte die Karte. Niemand sollte auf den Gedanken kommen, dass ihn konspirative Gründe hierher geführt hatten.

Obwohl er der Bürgermeister von Terrania war, konnte er sich nach wie vor unbemerkt unter den Menschen bewegen. Männer wie Perry Rhodan, Reginald Bull oder den Arkoniden Crest da Zoltral kannte jeder in der Stadt. Doch Bai Jun gehörte zu den Helden der zweiten Reihe. Wenn er sich wie jetzt unauffällig kleidete, verschmolz er mit dem Meer der übrigen Chinesen, die Terrania bevölkerten.

Eine nordeuropäisch aussehende Kellnerin kam zu ihm und fragte ihn nach seinen Wünschen. Zu seiner Freude stellte Bai Jun fest, dass sie Terranisch sprach. Immer mehr Leute versuchten, sich die neu geschaffene, universelle Kunstsprache der vereinten Menschheit anzueignen. Das gab Hoffnung für die Zukunft.

Der Bürgermeister bestellte sich einen Tee und bekam ihn auch umgehend. Eine Zeit lang saß er allein am Tisch und beobachtete die Gäste. Er fragte sich, ob einer von ihnen sein geheimnisvoller Nachrichtenschreiber war – und wie viele der übrigen zu seiner Verstärkung gehörten.

Auf einmal trat eine Frau ein. Es handelte sich um eine Chinesin um die vierzig, die das schlichte Kostüm einer mittleren Angestellten trug. Ihr Blick war arglos, ihre Bewegungen ebenso. Man hätte sie für eine Sekretärin oder Rechtsanwaltsgehilfin halten können, die nach der Arbeit noch ein wenig Entspannung suchte. Und trotzdem stellten sich Bai Juns Nackenhaare auf, als er sie sah. Seine Intuition sollte ihn nicht täuschen. Ohne Hast, aber doch zielstrebig bahnte sich die neu Eingetroffene ihren Weg zu seinem Tisch. Ungefragt setzte sie sich zu ihm.

»Ich wünsche Ihnen einen schönen Tag, verehrter General.« Ihre Stimme war samten und passte zu den zarten, dunklen Gesichtszügen der attraktiven Frau.

Bai Jun verengte leicht die Augen. »Sie irren sich. Ich bin mittlerweile Bürgermeister.«

Ein Lächeln umspielte die Mundwinkel der Frau. »Richtig. Wie sich die Dinge doch ändern. Vor wenigen Monaten noch waren Sie einer der bedeutendsten Offiziere Chinas, jetzt sind Sie ein zahnloser Tiger an der Leine alter Männer aus dem Westen.«

Bai Juns Miene verdüsterte sich. »Ich hoffe, Sie haben mich nicht nur deshalb herbestellt, um mich zu beleidigen. Abgesehen davon ist die Implikation Ihrer Worte absurd. Jeder im Rat wurde ordentlich gewählt, genau wie man mich zum Bürgermeister von Terrania gewählt hat.«

»Jeder im Rat ...« Die Frau ließ die Worte einen Moment vielsagend in der Luft hängen. »Und dennoch finden sich drei Amerikaner darin – alles Weggefährten von Perry Rhodan, auch ein Amerikaner. Gut, der Administrator selbst ist gebürtiger Brite – aber sagen Sie selbst, wo ist da der Unterschied? Und Rhodan führt gerade mit seinem zweiten Mann, Reginald Bull – Amerikaner –, eine Expedition nach Arkon an. Und was ist mit John Marshall, der das Lakeside Institut leitet, in dem sich Rhodans

Mutanten versammelt haben? Wo kommt der noch her? Richtig: Amerika.«

Die Bedienung kam, und die Frau bestellte ein Mineralwasser.

»Verfolgen Sie mit dieser Aufzählung irgendeinen Zweck?«, fragte Bai Jun, nachdem die Nordeuropäerin wieder verschwunden war.

Sie beugte sich vor, und ihre leise Stimme gewann an Schärfe. »In der Tat. Sehen Sie es ein, *Bürgermeister*. Die schöne, neue Welt, dieses Terra, das uns Perry Rhodan beschert hat, ist nichts weiter als ein Rückfall ins zwanzigste Jahrhundert, als Amerika auch glaubte, allen anderen Staaten seine politische Vorherrschaft aufzwingen zu können. Diese sogenannte Terranische Union ist reine Augenwischerei, ein Schattentheater in einem Zelt vor den Mauern von Terrania. All die Reiche der Erde, die eben noch groß und mächtig waren – China, Indien, Russland –, sehen sich auf einmal zu Lakaien und Stichwortgebern westlicher Herren reduziert. Genau das und nichts anderes hatten Männer wie Rhodan, Adams, Mercant und Pounder im Sinn, als sie dieses bizarre Konstrukt von einer Stadt mitten in der Wüste errichtet haben, diese Fata Morgana echter weltweiter Gemeinschaft.«

Unwillkürlich ballten sich ihre Hände auf dem Tisch. Die Gefühle gingen eindeutig mit ihr durch, ließen sie ihre professionelle Distanz verlieren. Bai Jun fragte sich, welche persönliche Tragödie dahintersteckte.

Die Bedienung kam und brachte das Wasser.

»Vielen Dank«, sagte Bai Juns Gegenüber mit einer Maske aus Liebenswürdigkeit auf dem Gesicht. Kaum, dass sie beide wieder allein waren, fuhr sie zischend und deutlich grimmiger fort: »Aber wie sieht es bei uns zu Hause nun aus? Was für ein strahlendes Reich war China! Dank Perry Rhodan sind Millionen Menschen bei Unruhen gestorben. Außerirdische Technologie zerstört unsere Wirtschaft. Besucher von den Sternen wie diese Fantan im letzten Sommer fühlen sich eingeladen, uns zu bestehlen und unsere Kulturgüter zu schänden. Man hat uns – Sie, Bai Jun – zum Hausmeister degradiert, während die echten Entscheidungen im All und an der Spitze dieses Stardust Towers von Amerikanern getroffen werden. Das ist unerträglich!«

»Sind Sie langsam fertig?«, fragte Bai Jun ungehalten. Er war wütend. Einerseits, weil er sich dieses Gejammer von Leuten, die nur auf das eigene Wohl bedacht waren und »den guten alten Zeiten« nachtrauerten, nicht mehr anhören konnte. Andererseits, weil die Frau etwas in ihm weckte, was er überwunden zu haben glaubte: Misstrauen.

War an ihren Worten etwas dran? Hatten sich Männer wie Großadministrator Adams und Sicherheitskoordinator Mercant, ein einstiger Homeland-Security-Agent, den Weg zur Spitze erschlichen, um unter dem Deckmantel der Terranischen Union eine Welt im Geiste des »American Spirit« zu formen?

Nein, verdammt! Lass dich nicht einwickeln, dachte er. *Diese Frau versprüht nur ihr Gedankengift.*

»Ja«, sagte sie unterdessen. »Für den Moment bin ich fertig.« Sie hatte ihre Fassung zurückgewonnen, und während sie von ihrem Wasser trank, lag auf ihrer Miene erneut milde Süffisanz.

»Schön. Dann verraten Sie mir jetzt vielleicht endlich, was dieses Treffen hier soll!«

»Können Sie sich das noch nicht ausmalen?«, fragte die Frau. »Wir wollen nicht, dass die Zukunft unter einem Sternenbanner steht. Die Terranische Union bedarf einer starken Führung. Dazu muss China zu alter Stärke zurückfinden, nicht nur als Nation, sondern auch als Kraft in Terrania.«

»Wer sind *wir?*«, wollte Bai Jun wissen.

Die Chinesin schüttelte lächelnd den Kopf. »Eins nach dem anderen. Nur so viel steht fest: Wir sind die Guten. Und wir wollen, dass Sie sich uns anschließen, dass Sie unser Brückenkopf in diesem feindlichen Territorium werden.«

»Brückenkopf?« Bai Jun schnaubte. »Das klingt gefährlich nach einem Militärputsch. Es klingt, als solle ich für Sie Perry Rhodans Vision sabotieren. Was erwarten Sie? Dass ich Adams umbringen lasse? Dass ich Abgeordnete besteche, um selbst zum Administrator zu werden? Oder soll ich Pounder zwingen, mir die NESBITT-BRECK zu überlassen?«

»Was Ihre Aufgabe sein wird, lassen wir Sie wissen, wenn die Zeit gekommen ist.«

Bai Jun lehnte sich zurück und verschränkte die Arme. »Und was, wenn ich mich weigere? Wenn ich bei diesem perfiden Spiel nicht mitmachen will?«

Sie legte die Hände zusammen und machte ein unschuldiges Gesicht. »Dann könnte es sein, dass gewisse Informationen über Ihre Vergangenheit an die Öffentlichkeit geraten. Sie wissen schon: über ihre Liebe zu Messern und jungen Mädchen. Ich frage mich, was Ihre amerikanischen Freunde davon halten. Mercant etwa. Ganz zu schweigen von all den braven Bürgern hier in Terrania.«

Bai Jun spürte, wie sich seine Eingeweide zusammenzogen. Wut, Scham und die Angst, all das Vertrauen, das er sich mühsam erarbeitet hatte, auf einen Schlag wieder zu verlieren, brandeten in ihm empor. »Sie ... Sie ...« Ihm fehlten die Worte.

»Oh, und wo wir gerade von Messern und jungen Mädchen sprechen. Wie gefällt Ihnen Ihre neue Spielgefährtin?«

»Cui?« Mit einem Mal begriff er, und ihm wurde eiskalt. »Sie haben dafür gesorgt, dass sie mir über den Weg läuft, nicht wahr?«

Die Frau neigte den Kopf. »Wir dachten, es würde Ihnen eine Freude bereiten, einer kleinen Straßenhure das Leben zu retten, um dafür zu sühnen, dass Sie einer anderen das Leben genommen haben. Aber wir können sie Ihnen auch wieder wegnehmen. Das Messer für ihre süße Kehle liegt schon bereit.«

»Ich bringe Sie um«, presste Bai Jun zwischen zusammengepressten Zähnen hervor. Sein ganzer Körper spannte sich an. Er war drauf und dran, sein Gegenüber hier, mitten im Café, anzuspringen und mit bloßen Händen zu erwürgen.

»Beruhigen Sie sich, General. Nichts von alldem muss passieren. Alles wird gut: für uns, für China, für Sie, für Cui, ja sogar für Ihre geliebte Terranische Union. Wenn Sie sich auf die richtige Seite stellen. Sie haben bis morgen früh Zeit, darüber nachzudenken.«

Mit diesen Worten stand die Frau auf, nickte ihm zum Abschied noch einmal zu und ging.

Kapitel 7

Heißblütig und Kaltblütig
Topsid, noch acht Wochen

Die nächsten drei Wochen verbrachte Manoli im *Purpurnen Gelege*. Es gelang ihm, mithilfe eines topsidischen Zeitmessers eine Annäherung an irdische Messwerte zu errechnen, wobei er schlicht irdische Sekunden nach dem bekannten System des Zählens von einundzwanzig bis dreißig ermittelte und diese Zeitspanne dann mit der auf der Uhr verstrichenen verglich. Zur Sicherheit legte er zusätzlich seinen morgendlichen Ruhepuls an und markierte nach sechzig Schlägen eine irdische Minute – diesen Wert hielt er schon seit Jahren. Das Ergebnis mochte nicht perfekt sein, aber es war gut genug für seine Zwecke.

Bei diesen Bemühungen fand er nicht nur heraus, dass ein Tag auf Topsid fast genau eine Stunde länger dauerte als auf der Erde, sondern auch, dass die Topsider ein Dodekal-Zählsystem verwendeten, das statt auf zehn auf zwölf Ziffern basierte.

Nach irdischem Verständnis bestand eine Minute dabei aus sechs Zwölfsekundenblöcken, also 72 Sekunden. Das Gleiche galt für eine Stunde, die entsprechend 72 Minuten oder 5184 Sekunden umfasste. Ein Tag war kurioserweise genau wie auf der Erde in zwei mal zwölf Stunden unterteilt, womit er 124.416 Sekunden umfasste – was gut 34,5 irdischen Stunden entsprochen hätte. Dass er trotzdem nur 25 währte, verwirrte Manoli eine Weile, bis er begriff, dass die Topsider offensichtlich eine andere Sekundenlänge als die Menschen zugrunde legten.

Die ganze Zeit über hielt er sich an die Vorgabe, die Bismall-Kehn ihm gemacht hatte: Er ging nicht vor die Tür und versteckte sich vor den Gästen des *Purpurnen Geleges*. Den überwiegenden Teil des Tages verbrachte er damit, in dem kleinen Zimmer, das man ihm zugewiesen hatte, mithilfe von Datenträgern und den planetaren Unterhaltungsmedien die topsidische Kultur zu studieren sowie im hiesigen Äquivalent des Evernets nach Spuren zu forschen, die auf Crest oder Perry Rhodans Expeditionsgruppe hinwiesen. Seine Suche blieb erfolglos.

Allerdings fiel ihm etwas anderes auf. Wie es aussah, war auf Topsid, ja im ganzen Despotat der Topsider, einiges am Brodeln. Bislang hatten die Topsider offenbar eine steile Karriere als aufstrebendes Raumfahrtvolk hingelegt. Abgesehen vom generellen Unwillen der Arkoniden hatte sie nicht viel dabei aufgehalten, neue Welten zu entdecken und für sich in Besitz zu nehmen.

Das Abenteuer der Wega-Invasion schien die erste größere militärische Niederlage der Topsider zu sein, seit sie die interstellare Raumfahrt begonnen hatten. Im Anschluss an dieses Desaster bahnte sich nun auch innenpolitisch eine Krise an. Wenn Manoli die Reporte richtig deutete, mehrten sich die Stimmen, die auf drastische Veränderungen innerhalb des Despotats pochten. Dabei schienen sich die Ansichten der politischen Opposition, was zu tun sei, in zwei grundverschiedene Richtungen zu bewegen.

»Das ist korrekt«, bestätigte Bismall-Kehn ihm bei einem gemeinsamen Mahl. »Die Opposition ist zersplittert. Auf der einen Seite stehen die ›Heißblütigen‹. Ihre Lehre aus dem Wega-Desaster ist, dass Topsid aufrüsten muss, um sich noch konsequenter seinen Feinden und irgendwelchen Widrigkeiten draußen im All stellen zu können. Du kannst dir sicher vorstellen, dass vor allem führende Militärs dieser Doktrin anhängen.«

»Seltsam«, sagte Manoli. »Ich dachte immer, die Topsider seien eher unterkühlt.«

»Das ist ein Irrtum. Wir sind, wie du mittlerweile zweifellos gelesen hast, wechselwarm, Erikk-Mahnoli. Das gilt sowohl für den Körper als auch für den Geist. Wir können sehr warmblütig sein, wenn wir wollen. Und die Hitze lieben wir geradezu. Was glaubst du, wieso das *Purpurne Gelege* ein so lukratives Geschäft ist?« Der Herr des Geleges lachte zischelnd.

»Deine ›Kaltblütigen‹ gibt es aber natürlich auch. Sie predigen Mäßigung, ja sind sogar der Meinung, dass militärische Stärke ein trügerischer Garant für Sicherheit ist. Denn in ihren Augen verführt sie zu verantwortungslosen Abenteuern wie dem im Wegasystem – und früher oder später sorgt sie für eine Konfrontation mit einem Gegner, dem man nicht gewachsen ist.«

»Lassen Sie mich raten«, sagte Manoli. »Arkon.«

Bismall-Kehn neigte den grün geschuppten Echsenkopf. »Ganz abgesehen davon stellt sich natürlich die prinzipielle Frage, ob kriegerische Expansion auf Dauer die Lösung für ein Volk im All sein kann. Zweifellos bedarf es einer gewissen Stärke, um von seinen Nachbarn ernst genommen zu werden. Aber früher oder später müssen Diplomatie und Zusammenarbeit den Wettkampf ablösen, sonst droht man all das, was man gewonnen hat, wieder zu verlieren.«

»Ist das Ihre Ansicht?«, fragte Manoli neugierig.

»So denken die ›Kaltblütigen‹«, antwortete Bismall-Kehn, und sein Echsengesicht blieb dabei unergründlich.

Khatleen-Tarr sah Manoli in diesen Wochen relativ selten. Da die Geschäftsstunden des *Purpurnen Geleges* bis tief in die Nacht hinein gingen, schlief sie, genau wie die anderen Mädchen, meist sehr lange. Danach kümmerte sie sich um Körperpflege oder nähte mit den anderen an neuen Kleidern – das topsidische Liebesspiel schien einen großen Stoffverschleiß nach sich zu ziehen.

Manchmal war sie auch in Khir-Teyal unterwegs, wobei sie stets vermummt das Haus verließ, als fürchte sie, auf der Straße erkannt zu werden. Und gelegentlich traf Manoli sie dabei an, wie sie einfach in ihrem Zimmer am Fenster hockte und in die Ferne starrte. Einmal machte er den Fehler, sie anzusprechen, und sie zischte ihn an, er solle sie bloß in Ruhe lassen.

Aus Langeweile begann Manoli in der vierten Woche seines Aufenthalts im *Purpurnen Gelege*, schlichte Dienertätigkeiten zu übernehmen. Irgendwie hatte er das Gefühl, er sei Bismall-Kehn für seine Gastfreundschaft mal was schuldig. Daher wischte er den Boden, polierte Statuen und tauschte eiförmige Kissen im Salon aus, genau so, als gehöre er zu den vier anderen männlichen Bediensteten, die das Bordell auf Vordermann hielten.

Darüber hinaus fing er an, sich mit topsidischer Anatomie zu beschäftigen, und stellte fest, dass seine ersten Vermutungen richtig gewesen waren. Topsider sonderten je nach Stimmung unterschiedliche Duftstoffe ab, die von einem anderen Topsider durch Züngeln wahrgenommen werden konnten. Die vielen Flakons mit Wässerchen, die in Khatleen-Tarrs Zimmer auf dem Schminktisch standen, dienten daher nicht bloß dazu, Wohlgeruch zu erzeugen, sondern darüber hinaus, die körpereigenen Pheromone zu überdecken oder zu verstärken.

»Wir müssen diese Duftwässer verwenden«, erklärte ihm Khatleen-Tarr, als er sie eines Mittags dazu befragte. »Nichts würde einen Freier mehr aus der Stimmung bringen, als zu wissen, dass wir bei der Paarung überhaupt nicht sexuell erregt sind.« Sie legte fragend den Kopf schief. »Wie ist das bei euch Arkoniden?«

Manoli schenkte ihr ein schiefes Grinsen. »Käufliche Liebe ist wohl überall in der Galaxis gleich«, meinte er. »Bei uns verwenden die Prostituierten keine Pheromone. Aber ein gutes Stück Schauspielerei ist beim Akt sicher dabei.« Er wollte noch etwas sagen, aber er brach ab.

Khatleen-Tarrs gespaltene Zunge schnellte hervor, und sie lachte leise. »Ich schmecke es doch, Erikk-Mahnoli. Du bist neugierig.« Sie beugte sich mit heiter glitzernden Augen vor. »Du wüsstest gerne, wie es unter Topsidern so läuft – nachdem du jetzt schon so lange bei uns im *Purpurnen Gelege* wohnst.« Sie strich ihm mit einer manikürten Klaue langsam über die Wange. »Wie sieht es aus? Möchtest du mal zuschauen? Für dich wäre es sogar kostenlos.«

»Was?« Manoli zuckte zurück und spürte, wie er errötete. »Nein. Das wäre nicht schicklich. Ich bin doch kein Voyeur!«

Khatleen-Tarr lachte erneut. »Du bist lustig, Erikk-Mahnoli. Ich sitze mit einem Freier im Gelegeraum, den ich mit viel Glück nicht widerlich finde, und werde dafür bezahlt, ihm Spaß bei einer Paarung vorzugaukeln, die mich in Wirklichkeit ungefähr so langweilt, wie in einer Fabrik am Fließband Strahlwaffen zu montieren. Glaubst du ernsthaft, ein arkonidischer Bauchaufschneider, der gerne ein paar Feldstudien anstellen möchte, würde mich stören? Eigentlich fände ich es sogar ganz lustig, denn die Vorstellung, dass sich irgendein schmieriger topsidischer Bürokrat, der in mir nur ein Stück Fleisch sieht, vor einem Arkoniden dermaßen entblößt ...« Sie kicherte rau. »Das würde den Spieß mal umdrehen.«

»Ich ... ich weiß trotzdem nicht«, brummte Manoli leise. »Nenn mich prüde, aber irgendwie bin ich der Sohn meiner katholischen Mutter. Ich glaube, das wäre mir peinlich.«

Mit einer schnellen Bewegung löste die Topsiderin die Schnalle ihres luftigen Gewandes, und der Stoff sank raschelnd zu Boden. Nackt trat sie einen Schritt zurück, hob halb die Arme und sah ihn herausfordernd an. Ihr braun geschuppter, geschmeidiger Körper glänzte im Licht der Mittagssonne, die durch die hölzernen Läden fiel. »Was siehst du?«, fragte sie ihn.

»Äh ... wie meinst du das?«

»Was siehst du?«

»Eine Frau?«, sagte Manoli vorsichtig.

»Nein.« Khatleen-Tarr drehte den Kopf zur Seite. Ihre Stimme klang nüchtern. »Du siehst eine auf zwei Beinen gehende Echse. Genau wie ich einen auf zwei Beinen gehenden Primaten sehe. Auch wenn ich dich für einen netten Mann halte, sind wir einander körperlich so fremd, dass wir nichts empfinden, wenn wir einander nackt gegenüberstehen.« Sie ging in die Knie und nahm ihre Tunika wieder auf, um sie sich überzuziehen.

Als sie die Hand hob, um die Schnalle zu schließen, trat Manoli vor und hielt sie auf. »Das ist nicht wahr«, sagte er sanft. Khatleen-Tarrs Haut fühlte sich fester an als die von Menschen, war angenehm warm, und die Schuppen verliehen ihr eine faszinierende Struktur.

Langsam machte Manoli die Schnalle für sie zu. Dabei blickte er die Topsiderin ernst an. »Du bist nicht bloß eine auf zwei Beinen gehende Echse für mich, Khatleen-Tarr. Nicht bloß ein kurioses Tier, das erstaunlicherweise spricht und mit Raumschiffen ins All fliegt. Ich mag tatsächlich nicht den Wunsch verspüren, mich mit dir zu paaren, wenn du unbekleidet vor mir stehst, das stimmt. Aber ich sehe trotzdem eine Frau und sogar eine sehr schöne Frau. Nur damit das klar ist.«

Einen kurzen Moment starrte die Topsiderin Manoli einfach nur an. Sie züngelte, als wolle sie sich vergewissern, dass er sie nicht auf den Arm nahm. »Du bist ungewöhnlich mitfühlend für einen Arkoniden, Erikk-Mahnoli«, sagte sie dann. Sie senkte die Schnauze ein wenig und blickte ihn unter halb geschlossenen Lidern schelmisch an. »Komm morgen Nacht in meinen Gelegeraum.«

Mit nicht geringen inneren Vorbehalten fand sich Manoli am nächsten Abend bei Khatleen-Tarr ein. Er bemerkte, dass sie die Heizung ihres Raums kräftig hochgedreht hatte. Anscheinend stand eine buchstäblich heiße Nacht bevor.

»Versteck dich im Bad und gib keinen Mucks von dir. Wenn der Freier dich bemerkt, bekommen wir riesigen Ärger – wenn wir Glück haben.« Sie gluckste. Nach wie vor schien sie das Ganze für einen prächtigen Scherz zu halten. Manoli dagegen fühlte sich ein wenig wie ein Halbstarker, der sich von seinen Freunden zu seinem ersten Puffbesuch hatte überreden lassen.

Betrachte es mit den Augen des Wissenschaftlers, ermahnte er sich, während er dem Befehl folgte und durch den Perlenvorhang trat. *Vielleicht bist du der einzige Mensch überhaupt, der jemals das Paarungsverhalten von Topsidern wird studieren können – und sei es auch das Verhalten bei bezahlten Paarungen. Und es ist immer noch besser, einer Einladung zur Feldbeobachtung zu folgen, als zwei Individuen in einem Käfig oder Labor unter die Lupe zu nehmen.*

»Also, ich will kein Zischen von dir hören«, schärfte Khatleen-Tarr ihm noch einmal ein.

Manoli nickte stumm, und daraufhin verließ sie den Raum.

Es dauerte eine knappe halbe Stunde, bis sie zurückkehrte, diesmal in Begleitung. Ihr Freier war ein beleibter Topsider mit schwarzgrauen Schuppen und einer breiten Schnauze. Er hatte einen blauen Anzug an, dessen hemdartiges Unterkleid allerdings schon halb geöffnet war, und trug eine bauchige Kanne mit sich, aus deren röhrenförmigem Ausguss er immer wieder einen kräftigen Schluck nahm.

»Ah, es ist wundervoll warm bei dir«, bemerkte er erfreut, während er sich im Raum umsah. »Das lässt das Blut in den Adern rauschen.«

»Ich wusste, dass dir das gefallen würde, Chon-Doh«, sagte Khatleen-Tarr.

»Lass uns gleich das Nest aufsuchen, meine heißblütige Echse«, drängte der Topsider. Er stellte die Kanne auf einen Beistelltisch, umfasste Khatleen-Tarrs Hüften und stupste sie übermütig mit der breiten Schnauze an.

Plötzlich hielt er jedoch inne, hob den Kopf und züngelte. »Riecht komisch in deinem Gelegeraum«, brummte er. »Irgendwie verdorben.«

Manoli spürte, wie ihm der Schweiß ausbrach. Hatte der Topsider ihn bemerkt? *Ruhig bleiben,* dachte er. *Der Kerl wird mit dem Geruch eines Menschen nichts anfangen können.*

»Vielleicht hat der Diener heute Morgen nicht richtig sauber gemacht«, zischelte Khatleen-Tarr verführerisch, während sie sich aus dem Griff Chon-Dohs herausdrehte. »Ich werde ihn züchtigen lassen. Aber unterdessen habe ich das hier.« Sie griff nach einem der Flakons auf ihrem Schminktisch und zerstäubte etwas von der farblosen Essenz in der Luft. »Das wird dich auf den Geschmack bringen.«

Er züngelte erneut und lachte dann rau. »Oh ja. Das gefällt mir. Ich spüre den immer stärker werdenden Drang, meine Schuppen an deinen zu reiben.«

»Nicht so stürmisch, mein Kraftvoller«, bremste ihn Khatleen-Tarr. »Schön langsam. Wir wollen doch hier unseren Spaß haben.« Sie löste die Schnalle ihres Kleidungsstücks und ließ es zu Boden gleiten.

Chon-Doh wollte erneut nach ihr greifen, aber sie schlug ihm mit den manikürten Klauen spielerisch auf die Finger. »Noch nicht anfassen«, sagte sie, während sie sich mit aufreizend pendelndem Schwanz umdrehte und erneut ihre Duftflakons betrachtete.

Der Topsider begann sich die Sachen vom Leib zu reißen. Dabei züngelte er immer wieder in Khatleen-Tarrs Richtung. Manoli sah, dass sich seine Pupillen verengt hatten und die gelben Iriden seiner Augen nun einen deutlichen Ring bildeten.

Die Topsiderin warf ihm einen verführerischen Blick über die Schulter zu. »Du hast es gerne richtig heiß, oder?«, fragte sie ihn und wedelte dabei mit einem schmalen Flakon.

»Ich will, dass wir beide in Lava baden«, antwortete er gierig.

»Mein Gelegenest wird ein Vulkan für dich sein«, versprach ihm Khatleen-Tarr. Sie entkorkte das Fläschchen, schüttete sich ein wenig von der Flüssigkeit auf die Hand und rieb sich damit in langsamen Bewegungen am Hals und am Unterleib ein.

»Gib her!«, forderte ihr Freier, entriss ihr das Fläschchen und schüttete sich eine ordentliche Dosis von dem Duftstoff auf die eigene breite Brust. Dann warf er es achtlos zur Seite. »Und jetzt komm zu mir.« Seine Stimme war ein dunkles Grollen, das Verlangen darin unüberhörbar.

Er wollte sie packen, aber erneut zuckte ihre Hand vor und schlug die seine beiseite. In Khatleen-Tarrs Augen funkelte etwas, das entweder Zorn oder Herausforderung war. Ganz sicher vermochte Manoli das nicht zu sagen. Doch da sie ihr nächster schneller Schritt zum Rand des Bettes führte, wo sie auffordernd wartete, nahm er an, dass die abwehrenden Hiebe zum Vorspiel gehörten.

»Du gibst dich widerspenstig«, rief der Mann lachend. »Sehr schön. Umso mehr Befriedigung wird es mir verschaffen, dich zu unterwerfen. Denn das ist es doch, was du wirklich willst, oder? Dich einem starken Mann unterwerfen?« Er packte Khatleen-Tarr, hob sie mühelos in die Luft und warf sie auf das Bett. Etwas schwerfällig stieg er ihr nach.

»Oh ja«, zischte die Topsidern. »Zeig mir mal, wie stark ein Schwanzhocker wie du wirklich ist. Bezwinge mich, wenn du kannst.« Sie zog ihm den Arm weg, und als er schwer in die Kissen fiel, rollte sie blitzschnell über ihn. »Oder bin ich es, die dich bezwingt?« Mit einem leisen Lachen beugte sie sich vor und bezüngelte seine Brust.

Knurrend holte der Topsider aus und schlug ihr mit der Rechten gegen den Kopf. Khatleen-Tarr wurde zur Seite geworfen. »Beleidige mich nicht!«, rief er, während er sich aufrappelte. »Ich bin hier der Herr im Haus!«

Die Prostituierte fauchte. »Mäßige dich ein bisschen, Kraftvoller. Vergiss nicht, wo du bist.«

»Sei still!«, fuhr der Angesprochene sie unerwartet heftig an. »Ich habe für dich bezahlt, jetzt darf ich mit dir doch wohl auch meinen Spaß haben.« Er packte Khatleen-Tarr und hielt sie an den Oberarmen fest. »Es heißt, im *Purpurnen Gelege* gäbe es keine Tabus. Hier wird der Traum jedes Mannes wahr. Das wollen wir doch mal sehen.« Er holte aus und schlug sie erneut.

»Bist du auf Drogen oder was?« Khatleen-Tarr begann sich unter ihm zu winden, biss ihm ins Handgelenk.

»Elende Nestbeschmutzerin«, fuhr er sie an und verpasste ihr einen dritten Hieb gegen den Kopf. Gleichzeitig versuchte er mit seinem Schwanz und seinen Beinen ihre Schenkel auseinander zu zwingen.

Manoli war sich nicht ganz sicher, aber er hatte das ungute Gefühl, dass das Liebesspiel ernsthaft aus dem Ruder zu laufen drohte. *Soll ich eingreifen oder nicht?* Woran sich die Frage anschloss, was er gegen einen Kerl würde ausrichten können, dessen Körpermasse doppelt so groß wie seine eigene war.

»Nein! Hör auf! Das ist nicht mehr lustig.« Khatleen-Tarr versuchte sich zu wehren, aber gegen das Gewicht ihres Gegners vermochte sie in ihrer gegenwärtigen Lage wenig auszurichten.

»Sehr schön«, zischte dieser. »Bettel darum, dass ich aufhöre. Vielleicht bin ich ja so gnädig. Natürlich erst, nachdem wir dieses Nest so richtig zum Kochen gebracht haben.« Er hob erneut die breite Hand.

Ach verdammt!, durchfuhr es Manoli. Dann sprang er auf und trat entschlossen durch den Perlenvorhang. »Es reicht!«, rief er laut und hob die Fäuste.

Der Freier fauchte erschrocken und fuhr herum. »Was bei den Fahlen Brüdern ...? Ein Arkonide?« Er drehte sich zu Khatleen-Tarr um. »Was hat eine Blasshaut hier zu such...«

Weiter kam er nicht, denn in diesem Moment traf ihn die kleine, aber kräftige Faust der Topsiderin. »Ja, ein Arkonide. Mein persönlicher Schutzarkonide, wenn man so will.«

»Miststück!«, brüllte Chon-Doh, und sein Kopf zuckte nach unten, um Khatleen-Tarr einen kräftigen Hieb gegen die Schnauze zu verpassen. Anschließend sprang er auf und flankte für seinen Leibesumfang erschreckend behände über den Rand des Bettes. »Und jetzt zu dir, Blasshaut.«

Manoli war unterdessen quer durch den Raum gerannt und hatte sich den Stuhl vor Khatleen-Tarrs Schminktisch gepackt. Drohend hob er ihn in die Luft. »Mach keinen Fehler!«, warnte er.

Der Topsider lachte. »So ein dreister Winzling.« Ohne Furcht marschierte er auf Manoli zu.

Der ließ den Stuhl auf ihn hinuntersausen.

Doch sein Gegner hob einfach den linken Arm und wehrte das Möbelstück ab. Er packte es, entriss es Manoli und warf es quer durchs Zimmer. Dann streckte er die kräftigen Arme aus, um Manoli zu ergreifen.

Dieser duckte sich unter den zupackenden Pranken hindurch und versuchte, an seinem Gegner vorbeizuhuschen. Leider gelang es ihm nicht ganz.

Eine sechsfingrige Hand erwischte ihn am Kragen seiner Tunika und riss ihn in die Höhe. »Du Wicht!«, dröhnte der Topsider. »Ich mag ein Schwanzhocker sein, aber einen Arkoniden wie dich stutze ich trotzdem mit Leichtigkeit zurecht.« Er wirbelte herum und schleuderte Manoli gegen die nächste Wand.

Krachend schlug der Arzt dagegen, prallte ab und landete unsanft auf dem Boden. Der Schmerz trieb ihm die Luft aus den Lungen. Einen Moment lang sah er nichts als Sterne.

Im nächsten war Chon-Doh schon wieder über ihm. Er ergriff ihn am Schlafittchen und zerrte ihn auf die Beine. »Irgendwelche letzten Worte?«, fragte er, während er die Faust hob und ausholte.

»Ja«, ertönte es auf einmal hinter dem Hünen, und als Manoli seinem Gegner über die Schulter schaute, sah er Khatleen-Tarr – nackt, blutend und sehr zornig. »Such dir einen Gegner in deiner Gewichtsklasse.« Sie ergriff seinen Arm und riss Chon-Doh zu sich herum. Im nächsten Moment verpasste sie ihm einen Aufwärtskinnhaken gegen die Schnauze, der den Kopf des Freiers zurückwarf. Er keuchte und ließ Manoli los.

Zugleich benommen und fassungslos beobachtete dieser, wie die junge Topsiderin ihrem viel größeren Gegner das Knie in den Unterleib rammte. Als der sich ächzend nach vorne beugte, hämmerte sie ihm einen linken Schwinger gegen die Schläfe.

»Was ist denn hier los?«, verlangte eine scharfe Stimme zu wissen. »Sofort aufhören!«

Umgehend ließ Khatleen-Tarr von dem Freier, der zum Feind geworden war, ab und trat einen Schritt zurück, die Fäuste jedoch nach wie vor gehoben und den Körper in Lauerstellung.

Im Türrahmen stand Bismall-Kehn in einem flammend roten Gewand und starrte sie voller Entrüstung an.

»Diese dreckige Eierdiebin wollte mich fertigmachen«, knurrte Chon-Doh.

»Ich habe ihn nur davon abgehalten, Erikk-Mahnoli umzubringen«, ereiferte sich Khatleen-Tarr.

»Er hat Khatleen-Tarr misshandelt«, rief Manoli.

»Schluss damit! Kein weiteres Wort.« Der Herr des Geleges machte eine entschiedene Geste. »In diesem Haus dulde ich keine Kämpfe. Rukr-Gran, eskortiere diesen Herrn nach draußen. Ihr anderen zwei bleibt hier.«

Ein grimmiger Wachmann schob sich hinter Bismall-Kehn in den Raum. »Wenn Sie mir bitte folgen würden.« Der Satz war nur den Worten nach eine Bitte.

Unwillig schnaubend sammelte Chon-Doh seine Kleidung auf und zog sich rasch an. Anschließend marschierte er zum Ausgang. »Das wird ein Nachspiel haben«, grollte er, als er Bismall-Kehn passierte.

Dieser enthielt sich jeder Antwort.

Schweigend wartete er, bis der Freier verschwunden war. Dann jedoch explodierte der Herr des Geleges: »Hat euch denn eine Horja-Mücke in den Schwanz gestochen? Khatleen-Tarr, wie konntest du nur so eine Szene machen? Und Erikk-Mahnoli, was bei den Fahlen Brüdern hattest du hier unten bei den Gelegeräumen zu suchen? Habe ich dir nicht ausdrücklich gesagt, dass du dich vor den Kunden verbergen musst, damit wir keinen Ärger bekommen? Ich riskiere meinen verdammten Hals dabei, dich zu verstecken. Hast du das vergessen?«

»Es ist meine Schuld«, sagte Khatleen-Tarr. »Ich habe ihn eingeladen zuzuschauen.«

»Eigentlich ist es die Schuld dieses Mistkerls«, meinte Manoli. »Er hat sie misshandelt, und zwar nicht zu knapp. Sehen Sie sich diese Kratzer an.« Er deutete auf die Wunden auf der Brust und im Gesicht der jungen Topsiderin.

Bismall-Kehn fauchte unwillig, dann jedoch blickte er Khatleen-Tarr an und schnaufte ergeben. »*Hier ist hier. Jetzt ist jetzt.* Geh und lass dich versorgen, Kleine! Was anderes bleibt uns nun eh nicht mehr übrig.«

»Ich kann das übernehmen«, erbot sich Manoli. »Wofür bin ich Bauchaufschneider?«

»Schön, wie du willst.« Bismall-Kehn schnaufte erneut. Er wirkte sehr unzufrieden, aber sein Zorn schien sich nicht mehr auf sie beide zu richten. Vielmehr hatte es den Eindruck, er mache sich Vorwürfe, den Gast überhaupt ins Haus gelassen zu haben. »Ich muss jemanden anrufen«, sagte er, »der dieses Problem für mich löst. Danach wollen wir nicht mehr davon reden.«

Warnend hob er eine Klaue und hielt sie den beiden entgegen. »Aber eins sage ich euch: Ich will so etwas nie wieder erleben. Sonst setze ich dich, Khatleen-Tarr, auf die Straße. Und dich, Erikk-Mahnoli, sende ich mit einer Schleife um den Bauch zum Palast des Despoten. Das ist ein Versprechen.«

Mit diesen Worten drehte er sich um und ging schnellen Schrittes davon.

»Das war kein so erfreulicher Abend«, stelle Manoli fest.

»Nein«, pflichtete Khatleen-Tarr ihm bei.

»Geschieht so etwas häufiger?«, fragte er.

Sie drehte den Kopf zur Seite. »Gelegentlich wird ein Gast mal etwas ausfallend. Aber so etwas habe ich noch nicht erlebt. Die meisten behandeln uns sehr anständig, manche sogar ehrfürchtig. Ich wünschte, du hättest so einer Nacht beigewohnt.«

Ihre Worte machten Manoli nachdenklich. »Meinst du, es lag an meiner Anwesenheit? Dieser Chon-Doh hat irgendetwas gerochen, als er hereinkam. Hat ihn mein Geruch womöglich so in Gewaltrausch versetzt?«

Khatleen-Tarr züngelte. »Nein. Rede dir das nicht ein. Ihr Arkoniden mögt etwas streng riechen, wenn euch zu warm ist. Aber so viel Macht über uns habt ihr nicht.«

»Na schön.« Manoli seufzte. »Wollen wir hoffen, dass du recht hast. Es wäre keine gute Basis für eine gemeinsame Zukunft, wenn sich unsere diplomatischen Delegationen bei jeder Begegnung die Köpfe einschlagen würden, sobald die Klimaanlage ausfällt.«

Die Topsiderin kicherte.

»Komm«, sagte der Arzt zu ihr. »Reinigen und verbinden wir deine Wunden. Und danke übrigens, dass du meinen Hintern gerettet hast.«

»Ich muss dir danken«, erwiderte seine Begleiterin. »Es war sehr tapfer von dir, dass du diesen Kerl angegriffen hast, obwohl er viel größer und stärker war als du. Es war dumm – aber tapfer.«

»Nun ja. Nach dem starken Einstieg habe ich leider schnell nachgelassen. Wärst du nicht gewesen, hätte mich dein Freier ziemlich zusammengefaltet. Wo hast du gelernt, so zu kämpfen?«

Khatleen-Tarr wandte den Blick ab. »Nicht heute, Erikk-Manoli. Ein anderes Mal vielleicht.«

Am nächsten Morgen las Manoli in den Nachrichten von einem Überfall mit Todesfolge. Ein Beamter aus dem engeren Kreis des Despoten hatte sich offensichtlich zu heimlichen nächtlichen Vergnügungen nach Khir-Teyal geschlichen. Dabei war sein Wagen ins Visier von einigen Bandenmitgliedern geraten. Der Mann hatte sich gegen sie zur Wehr gesetzt und war von ihnen erschossen worden.

Kapitel 8

Die richtige Seite
Terrania, 6. Januar 2037

Als Bai Jun an diesem Abend in seine Wohnung zurückkehrte, wurde er Zeuge eines denkwürdigen Schauspiels. Mitten im Wohnzimmer stand Lhundup in seinem schwarzen Anzug. Die Finger steckten in schwarzen Lederhandschuhen, auf dem Kopf trug er seine graue Wollmütze mit heruntergeklappten Ohrenteilen, und um die Schultern hatte er ein ebenso graues Badehandtuch gehängt.

Mit fordernd ausgestrecktem Arm stand er vor der Couch, auf der sich Cui in Leggins und T-Shirt flegelte. »Ich bin dein Vater!«, proklamierte Bai Juns Assistent mit verstellt tiefer Stimme.

Cui hob mit gespielt erschrockener Miene die Hände bis zum Gesicht und rief: »Oh, nein!«

»Doch, das bin ich«, bekräftigte Lhundup theatralisch. »Schließ dich mir an, und gemeinsam werden wir die Galaxis beherrschen.«

»Niemals!«, rief Cui, bevor sie sich kichernd auf der Couch zusammenkringelte.

»Störe ich?«, fragte der Bürgermeister von Terrania höflich.

Sein Assistent zuckte zusammen, und seine Augen weiteten sich erschrocken, als er Bai Jun im Eingang zum Wohnbereich stehen sah. Das Lachen des Mädchens explodierte förmlich und ließ Cui fast von der Sitzgelegenheit fallen.

»Ich ... äh ...« Lhundup riss sich die Mütze und den Umhang vom Leib. Er verbeugte sich entschuldigend. »Verzeih, Jun. Ich habe nur ein wenig mit dem Mädchen gespielt. Ich wollte die Kleine ermuntern, ein wenig aus sich herauszugehen.«

»Das ist dir offensichtlich gelungen«, meinte Bai Jun. »So oder so gibt es keinen Grund, sich zu entschuldigen. Ich bin froh, dass ihr beiden euch versteht.« Er bedachte Cui mit einem Lächeln und versuchte sich dabei nicht anmerken zu lassen, was er am Nachmittag über sie erfahren hatte.

Wir dachten, es würde Ihnen eine Freude bereiten, einer kleinen Straßenhure das Leben zu retten, um dafür zu sühnen, dass sie einer andern das Leben genommen haben. Aber wir können sie Ihnen auch wieder wegnehmen, hallten die Worte der geheimnisvollen Frau aus dem *Café Stellaris* in seinem Gedächtnis nach.

»Bist du heute zum Abendessen zu Hause?«, fragte Lhundup.

Bai Jun nickte bloß.

»Dann werde ich dem Tower-Catering Bescheid geben. Was möchtest du essen?«

»Nur etwas Leichtes«, sagte Bai Jun. Irgendwie hatte ihm der Tag auf den Magen geschlagen.

Während Lhundup den Raum verließ, um den Bringservice zu kontaktieren, der allen Offiziellen zur Verfügung stand, die im Stardust Tower wohnten und arbeiteten, legte Bai Jun sein Jackett ab und setzte sich zu Cui auf die Couch. »Wie geht es dir heute?«, fragte er.

»Gut«, antwortete sie. Ihre Körpersprache zeugte noch immer von einer gewissen Scheu Bai Jun gegenüber. Das lag vermutlich daran, dass er älter war als Lhundup und die Aura einer Respektsperson ausstrahlte. Aber in ihren Augen funkelte eine Neugierde, die dem Bürgermeister Hoffnung gab. Die junge Diebin fasste langsam Zutrauen.

»Hat Lhundup gut für dich gesorgt?«

Cui nickte. »Ja, er ist sehr nett.«

»Was ... äh ... habt ihr da gespielt?« Bai Jun deutete auf das über einem Stuhl hängende Handtuch.

»Lhundup hat mir eine Geschichte erzählt. Er sagt, sie stammt aus seiner Heimat Tibet und erzählt davon, wie die Menschheit zu den Sternen fahren wird.« Sie kicherte. »Er kann überhaupt nicht schauspielern.«

Bai Jun schmunzelte. »Das stimmt. Er ist zu aufrichtig, um ein guter Schauspieler zu sein.« Er legte eine fragende Miene auf. »Wie sieht es mit dir aus?«

Einen Moment lang schaute Cui ihn misstrauisch an. »Was meinen Sie?«

»Möchtest du uns nicht mal etwas erzählen? Gestern auf der Rückfahrt warst du so schweigsam. Ich wüsste noch immer gerne, wo du herkommst und was dich nach Terrania geführt hat.«

Cui zog die Beine an die Brust und schlang die Arme um sie. Auch ohne das nachfolgende Kopfschütteln war die Abwehrhaltung leicht zu erkennen. »Ich will nicht darüber reden«, sagte sie. »Da, wo ich herkomme, war es nicht schön.«

»Und was ist mit Terrania?«, fragte der Bürgermeister sanft.

»Ich bin hier, weil ich mir wünsche, dass es mir hier besser gehen wird. Genau wie alle anderen.«

»Und doch bist du auf der Straße gelandet und musstest stehlen ...«

Stumm senkte Cui den Kopf. »Nicht alle Wünsche gehen in Erfüllung«, murmelte sie.

Bai Jun musterte das Mädchen einen Moment stumm. Dann streckte er die linke Hand aus und hob sanft ihr Kinn. Ernst blickte er ihr in die Augen. »Bedroht dich jemand? Ist da jemand, der dir Angst macht? Wenn ja, sag es mir. Ich werde mich darum kümmern.«

Cui schüttelte erneut den Kopf. »Nein, es ist nichts.«

Seine Zeit beim Geheimdienst und danach beim Militär hatte aus Bai Jun einen leidlich guten Menschenkenner gemacht. Daher war er sich ziemlich sicher, dass sie log. Er fragte sich, ob die geheimnisvolle Frau und ihre Hintermänner Cui aus ihrem alten Leben gerissen und hierher verschleppt hatten, nur um sie dann auf den Straßen von Terrania auszusetzen und ihre Wege sich subtil mit den seinen kreuzen zu lassen.

»Na schön«, brummte er, vielleicht etwas mürrischer, als er es beabsichtigt hatte.

Sein Tonfall ließ Cui sofort aufhorchen. »Sind Sie mir jetzt böse?«, wollte sie wissen. Leichte Angst schwang in ihrer Stimme mit.

»Nein!«, beeilte sich Bai Jun, ihr zu versichern. »Du hast keine Schuld. Es ist vielmehr ... ich ... die Arbeit. Meine Arbeit macht mir gerade etwas zu schaffen.«

»Also schicken Sie mich nicht fort?«

»Wie kommst du denn darauf?«

Das Mädchen zuckte mit den schmalen Schultern. »Ich weiß nicht. Sie schicken mich immer fort, wenn sie mich nicht mehr mögen ... Und dann bin ich allein. Aber ich möchte nicht mehr allein sein. Nicht hier in Terrania, wo es so kalt ist. Ich möchte bei Ihnen bleiben. Und bei Lhundup. Ich mag ihn. Und Sie ... Ich glaube, Sie mag ich auch.«

Bai Jun spürte, wie ihm unvermittelt warm ums Herz wurde. Er ergriff Cuis Hand und drückte sie. »Wir mögen dich auch,

Cui. Und du kannst so lange bei uns bleiben, wie du möchtest. Niemand wird dir etwas antun. Dafür sorge ich. Das ist ein Versprechen.«

Mit diesen Worten traf er innerlich eine Entscheidung. Er würde Cui und sich nicht zum Spielball staatszersetzender Kräfte machen lassen. Die Motive der Frau aus dem *Café Stellaris* mochte er vielleicht sogar verstehen. Es waren ihre Methoden, die er verabscheute, Methoden, die das Ausnutzen eines verstörten jungen Mädchens zu niederen Zwecken beinhalteten.

In Gedanken begann er bereits, Pläne zu schmieden. Er würde ein paar vertrauenswürdige Leute auf die geheimnisvolle Frau ansetzen. Und er musste mit Adams sprechen. Die Vorstellung behagte ihm nicht, aber besser, der alte Mann erfuhr die unschönen Einzelheiten aus Bai Juns Vergangenheit von ihm als durch den Zerrfilter der üblen Nachrede dieser chinesischen Dissidentengruppe.

Es gibt einiges zu tun, dachte Bai Jun entschlossen. Er sah Cui an. *Ich tue es für dich.* Doch er war nicht ganz sicher, ob er damit das Mädchen auf der Couch meinte oder das Mädchen, dessen toter Leib irgendwo auf einem Friedhof von Hohhot begraben lag.

Nach dem Abendessen, als sich Cui auf ihr Zimmer zurückgezogen hatte, nahm Bai Jun Lhundup zur Seite, um ihn über die Vorfälle am Nachmittag zu unterrichten. Bai Jun hatte beschlossen, seine Bekanntschaft aus dem »*Café Stellaris Buming,* Frau Unbekannt, zu nennen. »Ich weiß nicht genau, was sie und ihre Hintermänner vorhaben«, endete er nach ein paar Minuten, »aber ich möchte Cui für ein paar Tage aus der Schusslinie bringen.«

Sein Assistent nickte. »Das ist sehr klug. Hast du einen Plan?«

»Ja, bring Cui hinauf in eines der leer stehenden Appartements im sechzigsten Stock«, sagte Bai Jun. »Dort seid ihr nahe genug, um Hilfe zu rufen, wenn ihr sie braucht. Aber gleichzeitig weit genug weg, dass euch dort niemand findet. Die Stockwerke einundfünfzig bis sechzig sind bereits fertiggestellt, aber noch nicht bezogen. Bis das geschieht, werden mindestens zwei Wochen vergehen. Das heißt, ihr seid dort vorerst völlig ungestört. Und solltet ihr doch einem Handwerker begegnen, gib einfach vor, in meinem Namen eine Inspektion durchzuführen.«

»Ich verstehe«, sagte Lhundup. Der junge Tibeter kratzte sich am Kopf. »Aber warum gehen wir nicht zur Polizei oder stellen das Mädchen unter Militärschutz? Wäre es dort nicht noch sicherer?«

Bai Jun schüttelte den Kopf. »Ich weiß nicht, wie stark unsere Gegner Terrania bereits unterwandert haben. Es befinden sich sehr viele ehemalige Militärangehörige der Volksrepublik in der Stadt, die als Ordnungshüter dienen. Wenn *Buming* und ihre Leute ehemalige Geheimdienstler sind, verfügen sie womöglich über Mittel und Wege, um genau diese Männer und Frauen besonders unter Druck zu setzen.«

»Du glaubst, sie gehörten dem Geheimdienst an?«

»Es ist nur ein Bauchgefühl, aber ja. Schon während der Belagerung der Landestelle der STARDUST haben Mitarbeiter des Guojia Anquan Bu, des Ministeriums für Staatssicherheit, meine Operation unterwandert und sabotiert. Vielleicht auch des Zhong Chang Er Bu oder des Politbüros 610 – so genau weiß ich das bis heute nicht.«

»Du meinst den Zwischenfall mit der Atombombe in der Wüste.«

»Ja. Und draußen in der Wüste war sie auch nur deshalb, weil dieser mutige Junge Sid sie per Teleportersprung weggebracht hat. Sonst wäre sie in den Tunneln am arkonidischen Energieschirm und damit direkt neben unserem Feldlager explodiert.« Er konnte nach wie vor kaum glauben, welches Glück sie damals gehabt hatten.

»Was ist mit den Mutanten drüben im Lakeside Institut?«, fragte Lhundup. »Könnten sie uns nicht helfen?«

»Daran habe ich auch schon gedacht. Aber keiner der in Terrania verbliebenen Mutanten besitzt eine militärische Ausbildung. Sie mögen eifrig sein und über erstaunliche Gaben verfügen, aber gegen eine ehemalige Kommandoeinheit des Guojia Anquan Bu oder des Zhong Chang Er Bu haben sie trotzdem keine Chance. Ich möchte ihre Leben nicht gefährden.«

Er wünschte sich, der Zünder Iwan Goratschin wäre noch bei ihnen. Der amerikanische Exsoldat russischer Abstammung hatte nicht nur Kampferfahrung besessen, sondern auch eine erstaunliche Offensivgabe. Leider war er nach dem Einsatz gegen das technische Genie Allister T. Whistler, auch genannt Scaramanca, in Peru verschwunden, um »zu sich selbst zu finden«.

»Was ich damit sagen will«, fuhr Bai Jun fort, »ist, dass mir Heimlichkeit im Augenblick unser bester Verbündeter zu sein scheint. Je weniger Leute Cuis Aufenthaltsort kennen, desto besser für alle.«

»Ich verstehe. Dann bringe ich sie wie besprochen hinauf in den Turm.« Lhundup legte Bai Jun eine Hand auf die Schulter. »Keine Sorge. Ich passe auf sie auf.«

Erleichtert nickte der Bürgermeister seinem Assistenten zu. »Das wollte ich hören. Vielen Dank!«

Er wollte gerade zu seinem Schreibtisch hinübergehen, um seine Aktentasche zu holen und dann den kurzen Weg zu seinem Büro anzutreten, als sein Pod Laut gab. Eine neue Textnachricht seiner Erpresser erschien darauf: *Ihre Entscheidung, General?*

Bai Jun tippte ohne Zögern, denn er hatte seine Wahl getroffen. Seine Antwort bestand nur aus einem einzigen Wort: *Nein.*

Nachdem er in sein Büro zur Arbeit gegangen war, ließ Bai Jun sich von seiner Sekretärin einen kurzfristigen Termin bei Administrator Adams geben. Er musste diese unleidige Angelegenheit nun, da er sich *Buming* verweigert hatte, rasch hinter sich bringen.

Zwei endlose Stunden später, kurz vor dem Mittagessen, erhielt er Nachricht, dass er nun vorbeikommen könne. Mit dem zentralen Antigravschacht fuhr Bai Jun hinauf in den fünfzigsten Stock. Adams erwartete ihn bereits in seinem Büro. Er saß an seinem großen Schreibtisch, während sich hinter ihm, jenseits der Panoramafensterscheibe, die stetig wachsende Stadtlandschaft von Terrania ausbreitete. Bai Jun registrierte, dass die Dächer der nahen Häuser immer näher zusammenrückten. Man bekam den Eindruck eines gewaltigen Fundaments, das sich rund um den Stardust Tower bildete.

»Ah, Bürgermeister Bai, kommen Sie herein«, begrüßte Adams ihn aufgeräumt, während er sich aus seinem schwarzen Ledersessel erhob und um den Tisch herumging, um Bai Jun die Hand zu schütteln.

»Administrator Adams«, erwiderte dieser etwas steif und deutete eine Verbeugung an.

»Setzen Sie sich«, bat ihn der bucklige alte Mann, bevor er sich zurück auf seinen Platz begab. »Es freut mich, dass Sie gekommen sind. Ich nehme an, es geht um meine Antwort auf Ihr Energiekonzept für Terrania. Ich könnte es verstehen, wenn Sie Fragen haben.«

Bai Jun blinzelte verwirrt. Natürlich erinnerte er sich an den Energieverteilungsplan, den er in den Tagen vor der Inbetriebnahme des arkonidischen Fusionsreaktors bereits prophylaktisch erstellt hatte. Aber dass Adams ihm darauf geantwortet hätte, war ihm neu. Er zweifelte nicht daran, eine Nachricht erhalten zu haben – wenn der Milliardär etwas war, dann ein Mann von pedantischer Gründlichkeit.

Doch irgendwie war sie Bai Jun durchgerutscht, und diese Vorstellung gefiel ihm überhaupt nicht, denn sie legte den Schluss nahe, dass ihm die Geschichte mit Cui und *Buming* zu naheging. Welche persönlichen Dämonen ihn auch heimsuchen mochten, er durfte nicht zulassen, dass sie seine Arbeit beeinträchtigten. *Umso wichtiger, dass ich dies hier rasch über die Bühne bringe*, dachte er.

Dennoch war seine Neugierde nun geweckt. »Helfen Sie mir bitte auf die Sprünge«, sagte er. »Ich fürchte, ich hatte heute Morgen noch keine Zeit, meine ganzen Nachrichten durchzusehen.«

»Selbstverständlich.« Adams verschränkte die Hände auf der Tischplatte. »Ich schrieb Ihnen, dass es leider nicht möglich ist, so viel Energie, wie Sie für Terrania einsetzen möchten, aus dem Fusionskraftwerk zu nutzen. Ich kann Ihnen fünfzig Prozent der veranschlagten Leistung geben. Damit ist gewährleistet, dass die Privathaushalte nicht im Dunkeln sitzen. Für alle anderen Projekte heißt es im Augenblick leider nach wie vor Energie sparen.«

»Fünfzig Prozent?«, wiederholte Bai Jun überrascht. »Nur die Hälfte? Da muss ein Irrtum vorliegen. Wenn die Spezifikationen, die mir vorlagen, korrekt sind, habe ich nicht mehr als vierzig Prozent der Nominalleistung des Reaktors für die städtische Versorgung veranschlagt. Und davon wollen Sie mir nun auch noch die Hälfte kürzen. Wofür brauchen Sie die ganze restliche Energie, wenn ich fragen darf?«

Adams breitete die Arme aus und deutete auf den Boden und die Decke seines Zimmers. »Ein Großteil der Energie wird für den Weiterbau des Stardust Towers benötigt. Die arkonidische Faserverbindung, die den Bau erst möglich macht, ist in der Produktion äußerst energieintensiv.«

Bai Jun schüttelte den Kopf. »Administrator, bei allem Respekt: Wir haben Januar, es ist dunkel und eiskalt. Die Stadt Terrania braucht den Strom, nicht der Turm! Der Stardust Tower ist ohnehin schon an die zwei Kilometer hoch. Wo soll dieses Monstrum noch hinwachsen? Wer braucht diese sechshundert Stockwerke?«

»Die Menschheit, Bürgermeister Bai«, antwortete Adams ernst. »Der Tower ist, genau wie Perry Rhodan, ein Symbol. Er steht für den Schritt der Menschheit in die Zukunft und hinaus ins All. Abgesehen davon wächst er nicht willkürlich in die Höhe. Es existiert durchaus ein sehr wohldurchdachter Plan dahinter. Der Tower soll der Sitz der Regierung und Verwaltung der Terranischen Union sein. Noch sind die Regierungsorgane überall in der Stadt und teilweise sogar über den Globus verteilt. Aber sie sollen so schnell wie möglich in diesem Bauwerk ein gemeinsames Zuhause finden. Das hat absolute Priorität für die Stabilisierung der gegenwärtigen Zustände auf der Erde.«

Bai Jun schüttelte den Kopf. »Ich verstehe Ihr Anliegen, aber nicht Ihre Eile. Der Tower ist nicht Terrania. Das dort draußen ist Terrania.« Er deutete aus dem Panoramafenster auf die tief unter ihnen liegenden Gebäude. »Und wenn Sie Ihren Plan fortsetzen, wie Sie ihn mir eben beschrieben haben, bauen Sie diesen Turm auf dem Rücken all der Leute, denen es an Licht, Wärme und vor allem Versorgungsgütern fehlen wird, weil Sie die Energie von *Guanghui 1* für diese Baustelle verwenden!«

Adams lehnte sich in seinem Sessel zurück. Auf seine Miene trat ein verschlossener Ausdruck. »Glauben Sie mir, ich bin mit dieser Lösung auch nicht glücklich. Aber es gibt einen Zeitplan für den Bau von Terrania und vor allem für den Bau des Stardust Towers, den wir einhalten müssen. Daran lässt sich nichts ändern. Ich unterstütze Sie gerne logistisch, soweit es in meiner Macht steht, um die Unannehmlichkeiten, die den Bürgern von Terrania daraus in den nächsten Wochen erwachsen mögen, so gering wie möglich zu halten. Aber hinsichtlich der Energiezuteilung des Fusionsreaktors habe ich keinerlei Spielraum.«

Es lag Bai Jun auf der Zunge, Adams vorzuwerfen, dass in diesem Fall die feierliche Lichterzeremonie vor zwei Tagen im Yinshangebirge und die Scherze über neue Fernseher während der Ratssitzung gestern wohl nichts als Scharade, als politische Schönrednerei gewesen waren. Doch er wollte nicht ausfallend werden. Das wäre seiner Position nicht angemessen gewesen.

Abgesehen davon sagte ihm sein Bauchgefühl, dass auch weiterer Protest nichts gebracht hätte. Adams schien, was den Bau des Stardust Towers anging, wirklich ausgesprochen festgefahrene Vorstellungen zu haben. Man konnte fast von einer zwanghaften Haltung sprechen. Gab es irgendeinen Grund dafür?

Der ehemalige General spürte, wie Misstrauen in seinem Inneren geweckt wurde. Hatte es mit dem Stardust Tower irgendeine Bewandtnis, die Adams vor ihm verbarg? Spielte der alte Mann aus dem Westen irgendein geheimes Spiel? Und wenn ja, wer war darin eingeweiht – Mercant? Pounder? – und warum schloss man ihn, Bai Jun, davon aus?

Das hier ist noch nicht vorbei, Administrator, dachte Bai Jun. *Ich bin der Bürgermeister von Terrania. Ich bin nicht nur für all die Menschen, die hier leben, verantwortlich, ich werde auch nicht zulassen, dass direkt unter meiner Nase Dinge vor sich gehen, von denen man mir nichts erzählt. Wenn Sie nicht reden wollen, bitte schön. Es gibt andere Mittel und Wege, Informationen zu bekommen.*

Unwillkürlich musste er an *Buming* denken. Sie hatte ihn vor den Amerikanern und ihrem Hang zu Eigenmächtigkeiten gewarnt. Das änderte zwischen ihm und ihr natürlich gar nichts. Doch Bai Jun schwor sich, künftig genauer darauf zu achten, was Adams, Mercant und die anderen innerhalb und außerhalb von Terrania so trieben, statt sich nur mit den offiziellen Berichten zufriedenzugeben.

Adams räusperte sich in die anhaltende Stille hinein. »Lassen Sie uns bitte das Thema wechseln, Bürgermeister«, sagte er und gab sich Mühe, einen versöhnlichen Tonfall anzuschlagen. »Sie sagten, dass Sie eigentlich gar nicht wegen der Stromfrage zu mir gekommen seien. Was kann ich denn für Sie tun?«

Bai Jun schwieg einen Augenblick. Im Grunde verspürte er in diesem Augenblick nicht das geringste Bedürfnis, sich Adams mitzuteilen. Aber ihm wurde klar, dass dieses Gefühl nichts weiter als kindischer Zorn war und dass er hier Privates mit Beruflichem vermischte. Es war nicht nur richtig, sondern vor allem notwendig, dass er mit dem Administrator über die Gefahr sprach, die seinem Image als Bürgermeister drohte.

Er wollte gerade ansetzen, als plötzlich sein Pod anschlug. Verwundert blickte Bai Jun auf die Anzeige. Er erwartete halb, erneut von *Buming* zu hören. Doch stattdessen handelte es sich um die Tower-Sicherheit.

Der Bürgermeister warf Administrator Adams einen besorgten Blick zu. »Bitte entschuldigen Sie, ich muss diesen Anruf annehmen. Es könnte wichtig sein.«

»Natürlich«, sagte Adams.

Bai Jun erhob sich von seinem Platz und verließ das Büro. Im Vorzimmer aktivierte er den Pod. »Ja, bitte?«

»Brettinger hier, Tower-Sicherheit«, meldete sich eine kraftvolle Männerstimme. Der Mann sprach Terranisch mit hörbar deutschem Akzent. »Wir haben ein Problem, Bürgermeister. Würden Sie bitte in den zweihundertvierzigsten Stock hinaufkommen.«

»Wie bitte? In den zweihundertvierzigsten Stock?« Das war weit oben in dem Bereich des Towers, der noch nicht einmal ansatzweise fertiggestellt war.

»Ja, Bürgermeister. Eine uns unbekannte Frau hat Ihren Assistenten Lhundup und ein Mädchen als Geiseln genommen.«

Als er das hörte, verkrampfte sich Bai Juns Magen zu einem harten Knoten. »Selbstverständlich. Ich bin schon unterwegs.«

Kapitel 9

Ohne Ausweg
Topsid, noch fünf Wochen

»Es reicht, Bismall-Kehn. Ich verschwinde.« Eric Manoli unterstrich die Worte mit einer entschiedenen Geste. »Ich bin jetzt schon viel zu lange hier. Ich habe keine Spur meiner Freunde finden können. Es wird Zeit, an anderen Orten weiterzusuchen.«

»Ich rate dir dringend davon ab, Erikk-Mahnoli. Topsid ist ...«

»... für einen Arkoniden gefährlich, ich weiß. Trotzdem kann ich meinen Lebensabend nicht in Ihrem Haus verbringen. Ich werde vorsichtig sein. Aber ich kann nicht bleiben.«

Der Herr des Geleges, der an diesem Tag in leuchtendes Blau und Gold gekleidet war, zischte unwillig. »Du bist undankbar. Habe ich mir nicht alle Mühe gegeben, deine Suche zu unterstützen? Ich habe Quellen befragt, von denen du nicht einmal wüsstest, dass sie existieren. Zugang zu Überwachungsdaten habe ich dir beschafft und zu Passagierlisten des Raumhafens. Und außerdem stehe ich in Gesprächen mit zwei unabhängigen Frachterpiloten, die mein Vertrauen besitzen und die sich bereit erklärt haben, dich von Topsid zu schmuggeln, sobald sich die Lage etwas beruhigt hat. Es hat zwei Bombenanschläge auf den militärischen Teil des Raumflughafens von Kerh-Onf gegeben. Man sagt, die ›Kaltblütigen‹ stecken dahinter. Seitdem herrschen dort rigorose Kontrollen«.

Manoli presste die Lippen zusammen. Die Vernunft gebot, auf Bismall-Kehn zu hören. Der Topsider hatte die Lage auf seiner Heimatwelt besser im Blick als er selbst.

Aber in der Brust des Arztes herrschte Ruhelosigkeit. Er war seinen mehr oder weniger erzwungenen Aufenthalt im *Purpurnen Gelege* leid. Diese Routine aus Schlafen, Essen, Putzen und abends in seinem Zimmer Sitzen, während er überall im Haus die Geräusche der Feiernden und sich Paarenden hörte. Diese absurde Dauerparty im Angesicht der Krise da draußen erschien ihm einfach falsch.

»Es dauert nicht mehr lange«, beschwor ihn Bismall-Kehn. »Ich bin sicher, die Regierung lockert die Kontrollen in den nächsten zwei bis drei Wochen. Dann kommst du hier weg. Ohne dass du dich dafür unnötig in Lebensgefahr begeben musst.«

»Natürlich.« Manoli seufzte resigniert. »Sie werden wohl recht haben. Danke, Bismall-Kehn! Wir sehen uns später.«

Mit einem nagenden Gefühl der Unzufriedenheit in den Eingeweiden verließ Manoli den Herrn des Geleges und ging zu den Quartieren der Bediensteten zurück. Bismall-Kehn mochte mit jedem seiner Worte richtigliegen. Das änderte allerdings nichts daran, dass der Arzt sich wie ein Tiger in einem viel zu kleinen Käfig fühlte. Die goldenen Käfigstangen, hinter denen er ruhelos hin und her lief, machten ihn langsam verrückt.

Eine Nacht lang wälzte er sich in seinem Bett herum. Am nächsten Morgen beschloss er, dass er nicht länger warten wollte – Gefahren hin oder her, die einem vermeintlichen Arkoniden wie ihm auf Topsid drohen mochten. Er musste sein Glück dort draußen versuchen, musste andere Leute und Wege finden, die ihn weiterbrachten. Sicher gab es einige »kaltblütige« Oppositionelle im Dunstkreis von Khir-Teyal, die nicht sofort die Strahlwaffe auspackten, wenn sie einen Fremdweltler sahen. Möglicherweise konnte einer von ihnen ihm zu einer Passage ins All verhelfen.

Manolis Gedanken wanderten zu dem Transmitter, mit dem er hierhergekommen war. Durch das mysteriöse Gerät unbekannter Herkunft zu schreiten war natürlich die erste Wahl, um dorthin zurückzukehren, von wo er gestartet war – nach Berenger IV im Wegasystem. Von den befreundeten Ferronen aus sollte es verhältnismäßig leichtfallen, die Erde zu erreichen. Zumindest deutlich leichter als von diesem Ort aus. Er wusste ja nicht mal genau, wie weit Topsid von der Erde entfernt lag.

Die Heimreise per Transmitter war praktisch ausgeschlossen. Er hatte keine Ahnung, wo das Gerät aufbewahrt wurde, nahm aber an, dass es sich um eine militärische Einrichtung handelte. Die bruchstückhaften Erinnerungen, die er an die ersten Tage nach seiner Ankunft auf Topsid hatte und die ihn immer wieder nachts in seinen Träumen heimsuchten, ließen diesen Schluss zu. Um aber besagte militärische Einrichtung zu finden – ganz zu schweigen davon, in sie einzubrechen –, brauchte er richtig viel Hilfe.

Für diese Art von Hilfe musste er sich vermutlich den oppositionellen Zellen anschließen, die mit Bomben und Parolen den Sturz des Despoten und ein neues, demilitarisiertes Topsid forderten. Mit diesen Männern und Frauen gemeinsame Sache zu machen war eine drastische Vorgehensweise, die ungeahnte Konsequenzen nach sich ziehen konnte. Doch womöglich war sie Manolis einzige Alternative, wenn er nicht hierbleiben und darauf warten wollte, dass Bismall-Kehn sein Versprechen irgendwann wahr machte und ihm zur Flucht verhalf.

Bis zu diesem Zeitpunkt begriff Manoli nicht ganz, warum der Herr des *Purpurnen Geleges* ihn seit Wochen bei sich wohnen ließ. *Vielleicht, weil ich klüger bin als ein Großteil meines Volkes. Oder vielleicht, weil ich dümmer bin,* hatte er bei ihrem ersten gemeinsamen Mahl gesagt. Mittlerweile glaubte Manoli nicht mehr, dass das die ganze Wahrheit war.

Er argwöhnte, dass Bismall-Kehn irgendein Spielchen spielte. Wie das genau aussah, vermochte er allerdings nicht zu sagen. Mit dem Mord an dem Beamten des Despoten hatte er jedenfalls bewiesen, dass er absolut kaltblütig handeln konnte, wenn es darum ging, seine unbekannten Ziele zu schützen.

Kaltblütig ... War das des Rätsels Lösung? War vielleicht auch der stets farbenfroh gekleidete und jovial auftretende Herr des Geleges ein heimlicher Regimegegner? In diesem Fall versprach er sich natürlich gewisse Möglichkeiten davon, einen Arkoniden bei sich zu haben. Die erfolgreiche Rückführung eines Bürgers des Großen Imperiums mochte durchaus diplomatische Vorteile mit sich bringen.

Umso wichtiger ist es für mich, bis dahin verschwunden zu sein, erkannte Manoli. Denn spätestens eine arkonidische Delegation würde bemerken, dass er nicht zu ihrer Spezies gehörte. Und er war nicht aus einem topsidischen Geheimgefängnis entkommen, um danach in einem arkonidischen zu enden. Zumal er den Arkoniden unter Druck Dinge verraten mochte, etwa über Crest und Thora, die keineswegs unbrisant waren. *Damit ist die Entscheidung gefallen,* dachte er. *Ich verschwinde.*

Einfach losmarschieren konnte er selbstverständlich nicht. Er trug nach wie vor Sandalenstiefel und eine halblange Tunika.

Das war nicht unbedingt die Kleidung, mit der man sich in einem Getto wie Khir-Teyal auf die Straße trauen sollte. Vor allem nicht als Mensch oder Arkonide. Das schrie geradezu nach einer Tracht Prügel oder Schlimmerem.

Er brauchte also andere Kleidung und ein wenig Ausrüstung: Geld, eine Stadtkarte, einen mobilen Zugang zum Kommunikationsnetz und vielleicht eine Waffe. Und ihm fiel nur ein Wesen im *Purpurnen Gelege* ein, das ihm dabei helfen konnte, all das zu beschaffen: Khatleen-Tarr.

»Störe ich?«, fragte Manoli leise.

»Ja«, antwortete Khatleen-Tarr düster.

Manoli merkte sofort, dass sie wieder eine ihrer Phasen hatte. Sie saß auf einem Stuhl am Fenster ihres Zimmers und starrte in den dunstigen Säulenwald des nachmittäglichen Khir-Teyal hinaus. Bald waren ihre Liebesdienste wieder gefragt. Aber noch blieb etwas Zeit. Bis dahin schien es ihr zu genügen, Trübsal zu blasen.

Für gewöhnlich ließ man sie damit am besten in Ruhe. Aber diesmal hatte Manoli keine Lust, rückwärts wieder den Raum zu verlassen. Er musste mit der Topsiderin reden, ganz gleich, was ihr über die Leber gelaufen war.

»Es ist wirklich wichtig, Khatleen-Tarr.«

Langsam drehte sie den Kopf und stierte ihn aus einem Echsenauge finster an. »Was ist los?«

Manoli schloss die Tür. Dann nahm er sich einen Stuhl und erklärte es ihr. Die ganze Zeit über blickte sie ihn reglos an. Er war sich nicht einmal sicher, ob sie blinzelte. In Momenten wie diesen kam sie ihm unendlich fremd vor.

Dennoch blieb ihm keine andere Wahl. Khatleen-Tarr war die einzige Verbündete, die er im *Purpurnen Gelege* besaß. Außerdem wusste er, dass unter der unnahbaren Fassade auch das schelmische Mädchen, auch die verletzliche junge Frau, auch die fürsorgliche Gefährtin steckte. An sie richtete er seinen Appell.

Nachdem er geendet hatte, sagte Khatleen-Tarr kein Wort. Sie schwieg so lange, dass Manoli schon fragend den Kopf schief legte, unsicher, ob sie mit offenen Augen eingeschlafen war. Auch das passierte, wie er wusste. Topsider vermochten beinahe nach Belieben ihre innere Körpertemperatur zu regulieren. Wenn sie schlafen wollten, regulierten sie sie nach unten, wurden in ihrem eigenen Sprachgebrauch »kaltblütig«, wodurch sich all ihre körperlichen Bedürfnisse extrem verringerten. Aber auch ihre Sinne verloren dabei an Empfindlichkeit, vor allem der so wichtige Geruchs- und Geschmackssinn. Um trotzdem vor gefährlichen Umweltveränderungen gewarnt zu werden, ließen sie manchmal ein Auge offen. Es sah für Menschen sehr merkwürdig aus.

»Tut mir leid, Erikk-Mahnoli«, sagte sie schließlich. »Ich kann dir nicht helfen.«

»Warum nicht?«, fragte er ein wenig ungehalten. »Du könntest doch mit mir kommen. Diesem Leben hier, das dich offensichtlich nicht glücklich macht, entfliehen. Gemeinsam könnte es uns gelingen, Topsid zu verlassen.«

»Erikk-Mahnoli, dein Plan ist Wahnsinn. Du wirst es niemals bis zu diesem phantastischen Apparat schaffen, diesem Transmitter. Und mit mir im Schlepptau schon gar nicht. Außerdem kann ich das *Purpurne Gelege* genauso wenig verlassen wie du. Oder zumindest darf ich mich nicht in die Nähe des Raumhafens oder des Regierungsviertels wagen.«

»Ich verstehe nicht, wieso ...

»Weil ich desertiert bin!«, fauchte sie ihn an.

»Was?« Das war das erste Mal, dass er davon hörte.

»Ich war Infanteristin in der Invasionsflotte, die das Wegasystem angegriffen hat«, fuhr Khatleen-Tarr fort, verbittert, aber anscheinend bestrebt, endlich mal reinen Tisch zu machen. »Ich habe auf Rofus und Ferrol gekämpft, Männer, Frauen und ... und vielleicht sogar Kinder getötet. Schließlich erlebte ich mit, wie ein Mond im konzentrierten Feuer der topsidischen Flotte verglühte. Ein ganzer Mond! Ich werde diese Bilder nie vergessen. Niemals.«

Manoli rieb sich unbehaglich mit einer Hand über den Nacken. »Das ... das tut mir leid. Das wusste ich nicht.«

»Woher auch?«, erwiderte Khatleen-Tarr leise. »Niemand im Gelege weiß es – außer Bismall-Kehn. Er hat mich aufgenommen, als ich kurz nach unserer Heimkehr aus der Armee floh und in Khir-Teyal landete. Er gab mir ein Dach überm Kopf und eine Aufgabe, bei der ich meinen Kopf ausschalten und alles vergessen kann. Außerdem sorgt er dafür, dass mich die Militärpolizei nicht findet. Dafür stehe ich in seiner Schuld. Ich kann ihn nicht verlassen.«

So war das also. Die Topsiderin war ein Flüchtling, genau wie er. Manoli fragte sich, ob sie sich nur deshalb Nacht für Nacht mit fremden Männern einließ, sich von ihnen erniedrigen und benutzen ließ, weil sie sich selbst bestrafen wollte. Oder ging es ihr um den Rausch der Partys und der Paarungen, während deren sie vergessen konnte, was sie getan hatte? *Nein*, erinnerte sich Manoli. *Sie hat gesagt, dass ihr diese Art von Sex nichts bedeutet.* Dann war es vielleicht doch eine bizarre körperliche Buße, die sie sich vermutlich unbewusst auferlegt hatte, um für das zu sühnen, was sie anderen angetan hatte.

So oder so: Er brauchte trotzdem ihre Unterstützung. »Hilf mir wenigstens, an etwas Geld und Kleidung zu kommen«, bat Manoli. »Mehr verlange ich nicht. Um unserer Freundschaft willen.«

Die Topsiderin schnaufte ergeben. »Gut. Aber mehr darfst du von mir nicht erwarten. Und ich werde ganz bestimmt nicht für dich eintreten, wenn etwas schiefgeht. Sobald du die Eingangstür zum *Purpurnen Gelege* verlassen hast, bist du auf dich allein gestellt.«

»Damit muss ich wohl leben«, sagte Manoli.

Noch am gleichen Abend, als er vom Putzen des Purpursalons in sein Zimmer zurückkehrte, fand Eric Manoli zu seiner Überraschung und Freude ein kleines Bündel vor. Es enthielt einen schlichten braunen Overall, feste Militärstiefel, eine Kapuzenjacke und einen Umschlag mit topsidischen Geldnoten, die ihn vielleicht eine Woche über Wasser halten würden, wenn er nicht über die Stränge schlug. Manoli nahm an, dass all das aus Khatleen-Tarrs persönlicher Geldbörse bezahlt und entnommen worden war.

Danke, dachte er. *Du bist eine gute Freundin.* Er bedauerte, dass die Topsiderin nicht mit ihm kam, und das nicht nur, weil er ihre Ortskenntnis gut hätte gebrauchen können. Er würde sie auch vermissen, weil sie die einzige echte Vertrauensperson gewesen war, die er auf dem Planeten der Echsen gehabt hatte.

Manoli versteckte die Sachen unter seinem Bett und wartete. Als der Morgen graute und auch der letzte Gast selig lächelnd das *Purpurne Gelege* verlassen hatte, holte er die Kleider und das Geld wieder hervor. Er zog sich um, und dann schlich er aus dem Raum.

Alles war ruhig auf dem Stockwerk. Die Mädchen und die

Bediensteten schliefen. Auf Zehenspitzen huschte Manoli den Gang entlang und anschließend durch das Treppenhaus hinunter in die untere der drei Kugeln.

Im Eingangsbereich würde es knifflig werden. Zwar wurde in den frühen Morgenstunden die Tür zum Bordell einfach geschlossen, und sowohl die Empfangsdame als auch die Wachen gönnten sich ein paar Stunden Schlaf. Ohne Schlüssel würde Manoli aber ziemlich dumm davorstehen, zumal es noch einen lokalen Energieschirm gab, der die Tür vor der Einwirkung von Strahlwaffen schützte. Und Manoli hatte keinen Schimmer, wie man das summende gelbliche Feld abschaltete.

Daher blieb ihm nur die Flucht aus einem der Fenster. Er holte den kabelgebundenen Bodenreiniger aus dem Putzraum und verkeilte ihn unter einem der Fenster im Großen Salon. Dann zog er das zehn Meter lange Stromkabel aus der Verschalung, wickelte es sicherheitshalber noch einmal um den Fuß einer schweren Statue und warf es schließlich aus dem Fenster.

Wenn ich mich bei der Zugfestigkeit dieser Dinger verrechnet habe, wird das eine verdammt kurze Flucht, ging es ihm durch den Kopf.

Er zerrte noch einmal prüfend daran, und schließlich schwang er sich über das Fenstersims. Das Kabel hielt, und einige schwindelerregende Klettermomente später erreichte Manoli sicher die Straßen von Khir-Teyal. Er huschte zur nächsten Kreuzung und bog ab, damit man ihn vom *Purpurnen Gelege* aus nicht länger sehen konnte. Dann zog er die Kapuze seiner Jacke tiefer ins Gesicht und tauchte in die dunstige Atmosphäre des Gettos ein.

Sein Ziel hatte Manoli klar vor Augen. Er musste mit einigen der Oppositionellen gegen das Despotat, genauer der Fraktion der »Kaltblütigen«, zusammenkommen. Nur sie konnten und würden ihm, einem vermeintlichen Arkoniden, dabei helfen, von Topsid zu fliehen.

Er hatte nicht mehr als ein paar Namen bekannter Regimekritiker ermitteln können: Krhak-Hon, Zrec-Moyn und Drmik-Zenja. Diese Namen würde er an ein paar Stellen diskret fallen lassen müssen. Er hoffte, dass man ihn daraufhin ansprach. Und dass der Sprecher auch wirklich zur Opposition gehörte und kein Agent der Obrigkeiten war.

Gott, das ist der blanke Irrsinn, dachte er. Aber was sollte er sonst machen? Er war ein Fremder auf einer ihm fremden Welt.

Da halfen auch noch so viele Stunden des kulturellen Studiums nicht, die er vor den öffentlichen Informationskanälen verbracht hatte.

Den größten Teil des Tages war Manoli damit beschäftigt, seine Spuren auszulegen. Er verwickelte mürrische Besitzer von Fleischbratereien in Gespräche und versuchte, dem Schankpersonal von kleinen Bars Informationen zu entlocken. Dabei nannte er immer wieder die Namen Krhak-Hon, Zrec-Moyn und Drmik-Zenja. Schließlich wollte er ja mit ihnen in Verbindung gebracht werden. Manche jagten ihn gleich wieder fort, als sie merkten, dass er ein Fremdling war – obschon er sein Gesicht zusätzlich mit einem Schal maskierte.

Einer schließlich erbarmte sich und verwies ihn auf ein Etablissement mit dem vertrauenerweckenden Namen *Ghak-Ruks Schlickgrube.* »Frag nach Ghak-Ruk, Fremder. Er kann dir vielleicht weiterhelfen«, sagte der Wirt. »Aber verrat ihnen nicht, dass du den Namen von mir hast. Ich bin unpolitisch. Ich will mit alldem nichts zu tun haben.«

Manoli versprach ihm, Stillschweigen zu bewahren.

Eine halbe Stunde später stand er vor einem für topsidische Verhältnisse erstaunlich flachen Bauwerk. Es hatte die Form eines eingeschossigen Quaders und besaß ein prominentes Kuppeldach. Über dem Eingang hing ein leuchtender Schriftzug, um den sich drei offenkundig unbekleidete, stilisierte Echsendamen rekelten.

Im Inneren herrschte das dampfend schwüle Klima eines türkischen Bades. Manoli schickte ein Dankgebet an Pounder und die NASA, die ihren Astronauten ein rigoroses Fitnesstraining abverlangt hatten. Mit einem etwas schwächeren Kreislauf wäre er vermutlich nach drei Schritten bewusstlos zu Boden gesackt.

Aber auch so brach ihm unter seiner verhüllenden Kleidung der Schweiß aus, während er sich durch den aus Bodenritzen aufsteigenden Dampf zum Empfangstresen vorarbeitete. Eine grün geschuppte Topsiderin stand dahinter. Sie trug kaum etwas. Dafür wiesen ihre Schuppen ein kompliziertes Muster aus schwarzen Kreisen und Ovalen auf, Körperschmuck, der irdischen Tätowierungen ähnelte.

»Ich möchte mit Ghak-Ruk sprechen«, sagte Manoli.

»Hast du einen Termin, Fremder?«, fragte sie.

»Nein«, antwortete Manoli. »Aber vielleicht kann er trotzdem ein wenig Zeit für mich erübrigen. Es geht um einen gemeinsamen Freund von uns: Krhak-Hon.« Der Name war willkürlich gewählt. Er hätte auch einen der beiden anderen Oppositionellen nennen können. Aber Manoli ging davon aus, dass dieser Hinweis dem Herrn des Hauses wenigstens verständlich machen würde, worum es bei dem Gespräch gehen mochte, das Manoli mit ihm zu führen wünschte.

»Warte!« Die Topsiderin drückte einen verborgenen Knopf.

Gleich darauf erschien ein kräftiger Kerl, der nichts als Sandalen, eine kurze Hose und metallene Armreifen trug. Auch seine graue Schuppenhaut zierten schwarze Muster, besonders den tonnenförmigen Brustkorb.

Die Frau sagte etwas zu dem Mann, was Manolis Translatorpositronik nicht zu übersetzen vermochte. Er fragte sich, ob es sich dabei um irgendeinen Gossenslang handelte oder um Überbleibsel regionaler Mundarten, die auf Topsid gesprochen worden waren, bevor sich eine planetare Gemeinsprache durchsetzte. *Ein nützlicher Trick, um es Fremdweltlern in Zeiten allgemeiner Translatornutzung zu erschweren, mitzubekommen, was über sie geredet wird,* dachte er.

Der Topsider knurrte etwas zur Antwort und neigte den Kopf. Dann verschwand er wieder.

»Warte hier, Fremder!«, sagte die Frau.

Manoli nickte und nahm auf einem Steinquader Platz, der zu seinem Unbehagen ebenfalls beheizt zu sein schien. Die Liebe der Topsider zu Wärme und Feuchtigkeit war wirklich anstrengend.

Es dauerte eine Weile, während der sich Manoli ernsthaft fragte, ob sein Gastgeber es darauf anlegte, ihm einen Kreislaufkollaps zu bescheren. Dann aber tauchte der tätowierte Topsider wieder auf und bedeutete dem Arzt, ihm zu folgen.

Manoli wurde durch einige schmale Gänge und eine Treppe hinuntergeführt, bis sie einen Raum erreichten, der an eine natürliche Höhle erinnerte. Statt angenehmer Kühle herrschte hier allerdings ein noch tropischeres Klima. Dampfschwaden hingen in der Luft, und Wasser rann an den Wänden herunter.

Die hintere Hälfte des Raums wurde durch eine Art Becken dominiert, doch es befand sich kein Wasser darin, sondern es war beinahe randvoll mit dunkelbraunem Schlamm gefüllt.

Gasblasen stiegen aus der dunklen Brühe auf und zerplatzten mit leisem Ploppen an der Oberfläche. Glücklicherweise war das Gas geruchlos.

Am einen Ende des Beckens hockte ein Topsider im Wasser. Er war bis zu den Achseln untergetaucht, sodass man nicht viel von ihm sehen konnte. Das wenige, was aus dem Schlamm herausragte, erweckte in Manoli den Eindruck, als sei der Bursche ein echter Riese. Bismall-Kehn gehörte schon zu den gut genährten Exemplaren seiner Spezies. Aber dieser Topsider musste ihn an Masse noch um das Doppelte übertreffen. *Der wiegt sicher vierhundert Kilogramm*, schätzte der Arzt entgeistert. *Was für ein Monstrum!*

»Willkommen, Fremder«, dröhnte der Topsider. »Ich bin Ghak-Ruk. Setz dich zu mir, und wir können reden.«

»Ich danke Ihnen dafür, dass Sie mich empfangen«, sagte Manoli. »Aber ich würde es vorziehen, draußen zu bleiben.«

Die Miene des Topsiders verfinsterte sich. »Willst du die Gastfreundschaft Ghak-Ruks beleidigen?«

Manoli drehte den Kopf zur Seite. »Selbstverständlich nicht.« Er warf dem tätowierten Wachmann einen unsicheren Blick zu. *Alles oder nichts*, dachte er und zog langsam Schal und Kapuze ab.

Ghak-Ruk sah ihn mit einer Reglosigkeit an, die nur Echsen zu eigen ist. Er gab mit keinem Wink zu verstehen, ob es ihn überraschte oder gar störte, einen Arkoniden vor sich zu haben. Auch der Tätowierte starrte Manoli bloß an, ohne jedoch etwas zu unternehmen.

Na schön, erste Hürde genommen, dachte Manoli. Er entkleidete sich und stieg etwas ungelenk in das Schlammbad. Wie erwartet war auch der Schlamm warm, aber nicht so unangenehm, wie er befürchtet hatte. Im Grunde fühlte es sich an wie eine heiße Badewanne. Eigentlich recht entspannend – nur war er nicht zu seinem Vergnügen hierhergekommen.

Eine Weile saßen sie sich schweigend gegenüber, während Ghak-Ruk Manoli musterte. Schließlich ergriff der Topsider das Wort. »Nun, was kann ich für den Freund von Krhak-Hon tun?«

»Eigentlich bin ich kein richtiger Freund von ihm«, gestand Manoli. »Aber ich möchte es werden.«

»Ist das so?«, fragte Ghak-Ruk. »Und warum, wenn ich fragen darf? Warum interessiert sich eine Blasshaut für einen kleinen topsidischen Politiker?«

»Keinen kleinen topsidischen Politiker«, sagte Manoli. »Einen der Anführer der ›Kaltblütigen‹.«

»Das beantwortet nicht meine Frage. Aber da du die ›Kaltblütigen‹ erwähnt hast, hoffe ich, dass deine nächsten Worte mich überzeugen.«

Manoli sah sein Gegenüber ernst an. »Vermutlich nicht. Aber ich habe keine andere Wahl.« Und dann erzählte er seine Geschichte vom entführten Arkonidenarzt, der von der Regierung gefangen genommen worden war und den ein unbekannter Gönner hier in Khir-Teyal ausgesetzt hatte. Die gesamte Episode um Bismall-Kehn verschwieg er. Stattdessen zog er seine Suche nach Krhak-Hon zeitlich etwas in die Länge.

An einem Punkt von Manolis Schilderung legte der Wachmann etwas den Kopf schief, so als empfange er eine Botschaft über ein winziges Headset. Leise trat er an das Becken heran, ging in die Hocke und raunte Ghak-Ruk etwas zu, was Manoli nicht verstand. Der Herr der Hauses neigte knapp den Kopf und wedelte den Mann mit einer Handbewegung davon. Ansonsten blieben sie ungestört.

Als Manoli geendet hatte, neigte Ghak-Ruk erneut den Kopf. »Ich verstehe«, sagte er. »Bitte verlass mich jetzt wieder, Erikk-Mahnoli.«

»Was ist mit meiner Bitte, Kontakt zu Krhak-Hon knüpfen zu können?«, wollte Manoli wissen.

»Ich habe kein Interesse daran, dir zu helfen.«

»Was?« Manoli musste an sich halten, um nicht zu schreien. »Ich habe Ihnen in der letzten halben Stunde meine ganze Lebensgeschichte ausgebreitet, und nun sagen Sie, dass Sie mir nicht helfen wollen?«

»Ja«, antwortete Ghak-Ruk schlicht. »Ich rate dir: Geh, solange du es noch kannst.«

Kopfschüttelnd zog sich Manoli aus dem Schlammbad. Er hatte keine Ahnung, was auf einmal in den Besitzer gefahren war. Hatte er etwas Falsches gesagt? Oder hatte es mit einer Information zu tun, die der Wachmann Ghak-Ruk gegeben hatte? Jedenfalls stand er wieder ganz am Anfang – und dieser Umstand frustrierte ihn zutiefst.

Dennoch war er klug genug, den Topsider nicht in seinem eigenen Reich zu verärgern. In Khir-Teyal verschwand man schneller, als man seinen eigenen Namen buchstabieren konnte. Das hatte Bismall-Kehn Manoli bereits am ersten Tag klargemacht.

Unter einem falschen Wasserfall wusch der Arzt sich den Schlamm vom Leib, dann trocknete er sich mit bereitliegenden Tüchern ab und zog sich wieder an. »Danke, dass Sie mich empfangen haben«, sagte er zum Abschied. Es gelang ihm nicht ganz, seine Enttäuschung zu verbergen.

»Scharfauge«, sagte Ghak-Ruk plötzlich.

Manoli blinzelte. »Wie bitte?«

»Such nach Scharfauge. Er ist der Mann, den du brauchst. Alle anderen sind nur Lakaien.«

Aufgeregt trat Manoli einen Schritt näher. Womöglich war sein Besuch in *Ghak-Ruks Schlickgrube* doch nicht ganz umsonst gewesen. »Wo finde ich ihn?«

Doch die Auskunftsfreude seines Gastgebers hatte sich bereits erschöpft. »Geh jetzt«, sagte er. »Möge dein Schwanz niemals faulig werden.«

Mit sehr gemischten Gefühlen verließ Manoli das Schlammbad und trat zurück auf die Straße. Mittlerweile war es Abend geworden. Das Leben wurde lauter, bunter – und gefährlicher. *Es wird Zeit, dass ich mir einen Platz zum Schlafen suche,* dachte er.

Er drehte sich um und wollte soeben die Straße hinunterlaufen, als wie aus dem Nichts ein hünenhafter Topsider mit schwarzgrauen Schuppen vor ihm stand. Er trug ein wildes Sammelsurium von Lumpen am Leib und machte alles andere als einen vertrauenswürdigen Eindruck.

»Was wollen Sie?«, fragte Manoli. Er bemühte sich darum, seiner Stimme einen festen Klang zu verleihen, aber ihm wurde schmerzhaft bewusst, dass er völlig unbewaffnet und auch körperlich seinem Gegner unterlegen war.

Seine Sorge nahm exponentiell zu, als der Topsider den Mund öffnete. »Endstation, Blasshaut«, knurrte er und zog ein orientalisch anmutendes Messer.

Ohne etwas zu erwidern, fuhr Manoli herum, um die Flucht zu ergreifen. Er kam keinen Schritt weit. Hinter ihm stand ein zweiter Schläger, genauso gekleidet wie sein Kompagnon, aber stattdessen mit einem silbernen Schlagstock bewaffnet. Er hob ihn, und ein blaues Knistern umzüngelte die Spitze der Waffe. *Elektroschocker!,* durchfuhr es Manoli. *Scheiße!*

Das war sein letzter bewusster Gedanke, bevor ihn die Waffe

am Kopf traf und es von einem Lidschlag zum nächsten dunkel um ihn wurde.

Als Manoli die Augen aufschlug, stand ein Topsider über ihm. Es handelte sich um Bismall-Kehn, der sich in schreiend gelbem Ornat und mit Kikerren auf der Schulter vor ihm aufgebaut hatte. »Willkommen zurück im *Purpurnen Gelege*«, sagte der Herr des Geleges.

Benommen schaute Manoli sich um. »Ich lebe noch?«, fragte er ungläubig.

»So sieht es aus«, antwortete Bismall-Kehn. »Aber das ist wahrhaftig nicht dein Verdienst. Du hast alles dafür getan, dich dort draußen umzubringen. Es war reines Glück, dass meine Leute dich just in dem Augenblick fanden, als diese Straßenräuber versucht haben, dich zu filetieren.«

Ächzend setzte sich Manoli auf. Sein Schädel brummte, als habe man ihn in einen Waschautomaten gesteckt und auf Schleudergang geschaltet. »Ich weiß nicht, was ich sagen soll.«

»Sag danke«, schlug Bismall-Kehn vor. »Und hör gefälligst auf damit, solchen Unsinn zu treiben. Auch meine Güte hat ihre Grenzen.« Der Topsider beugte sich so nah zu Manoli hin, dass seine Schnauze fast dessen Nasenspitze berührte. Seine Stimme wurde zu einem drohenden Zischen. »Also wenn du noch einmal mein Vertrauen missbrauchst, Erikk-Mahnoli, wirst du dir wünschen, mich niemals kennengelernt zu haben.«

Kapitel 10

Auf Messers Schneide
Terrania, 7. Januar 2037

Während Bai Jun mit einem Expressaufzug hinauf in den zweihundertvierzigsten Stock des Stardust Towers fuhr, fragte er sich immer wieder, was schiefgegangen war. Wieso hatte seine Vorsichtsmaßnahme nicht gegriffen? Wie war *Buming* Lhundup und Cui so schnell auf die Spur gekommen? Trug das Mädchen womöglich einen Sender unter der Haut? Daraufhin hatte er es natürlich nicht untersucht – im Nachhinein gesehen sträflich leichtsinnig und einmal mehr ein Beweis dafür, dass ihm Cuis Schicksal viel zu naheging.

Als er beinahe eintausend Meter über dem Erdboden von Terrania aus dem Aufzug stieg, wurde er schon von einem Trupp Sicherheitsleute erwartet. Die Männer trugen graue Hosen und Windjacken, auf deren Ärmeln die Galaxis der Terranischen Union prangte, vor der sich die charakteristische Nadelform des Stardust Towers erhob. Mit gezogenen Pistolen und filigranen Headsets bewaffnet standen sie in dem kahlen Faserbetonflur, der sich einmal um das zentrale Liftensemble herumzog.

An der gegenüberliegenden Wand befand sich eine Türöffnung. Durch diese konnte man in den Rohbau eines Großraumbüros blicken. Metallstreben stützten die Decke, an welcher offene Rohre für die noch nicht installierte Elektrik verliefen. Und durch unverglaste Fensteröffnungen wehte ein eiskalter Wind herein. Bai Jun fröstelte.

»Wer ist Brettinger?«, wandte er sich an die Gruppe.

»Hier«, meldete sich ein sehniger Mann mit Dreitagebart und streng nach hinten gekämmten Haaren, die in einem spornartigen Pferdeschwanz endeten.

»Statusbericht«, verlangte Bai Jun. In der Krise fiel er automatisch in seine Rolle als General zurück.

»Die Geiselnehmerin befindet sich mit den zwei Geiseln da

drüben in dem Raum. Sie trägt eine automatische Pistole bei sich und hat leichte Schutzkleidung an, in der sich vielleicht noch mehr Waffen befinden. Wenn jemand in den Raum kommt, wird sie die Geiseln töten, hat sie gesagt.«

»Verstehe«, sagte Bai Jun knapp. »Aber wie kommen diese Frau und ihre Geiseln überhaupt in den zweihundertvierzigsten Stock? Als ich meinen Assistenten und das Mädchen das letzte Mal sah, waren sie auf dem Weg in den sechzigsten.«

»Ursprünglich kam der Notruf auch aus dem sechzigsten«, erklärte der Wachmann. »Zwei Gebäudereiniger meldeten eine Gruppe aus drei schwarz gekleideten Eindringlingen, die sich an der Tür eines eigentlich leer stehenden Appartements zu schaffen machten. Als wir eintrafen, hatten sie die Tür gerade aufgebrochen, und von drinnen waren Schüsse zu hören. Wir nahmen das Trio ins Kreuzfeuer, und es gelang uns, zwei der drei auszuschalten. Es handelte sich bei beiden um männliche Chinesen.«

»Haben Sie die Männer in Gewahrsam?«

»Ich bedaure. Sie starben während des Schusswechsels. Wir wollten sie noch retten, aber es ging nicht mehr. Es waren nicht nur unsere Kugeln. Sie hatten offensichtlich Giftkapseln in den Zähnen. Keine Ahnung, warum die so scharf darauf waren, sich umzubringen.«

Bai Jun grunzte unwillig. »Das ist unerfreulich.«

»Ganz meine Meinung. Außerdem gelang es der dritten Person, einer Frau, in der Zwischenzeit, in das Appartement einzudringen und den Schützen dort zu überwältigen. Als wir hinzukamen, hatte sie Ihren Assistenten und das Mädchen bereits in ihrer Gewalt. Wir mussten sie abziehen lassen. Seltsamerweise wählte sie den Weg nach oben, auch wenn sie sich damit in eine Sackgasse manövriert hat.«

»Möglicherweise«, murmelte Bai Jun. »Möglicherweise auch nicht.« Er bezweifelte, dass die Entführer ohne einen Plan B in den Stardust Tower vorgedrungen waren.«

Er dachte kurz nach, dann wandte er sich wieder an den Anführer der Tower-Sicherheit. »Also gut. Ich werde versuchen, mit der Geiselnehmerin zu reden. Vielleicht gelingt es mir, zu ihr durchzudringen. Unterdessen möchte ich, dass Sie mit dem Lakeside Institut Verbindung aufnehmen. Sie sollen uns, wenn möglich, einen Teleporter und einen Telekineten schicken. Die meisten dürften mit Perry Rhodan auf dem Weg nach Arkon sein, aber ich glaube, Sid González ist in der Stadt. Und dieses Mädchen, Betty Toufry.« Beide waren in der gegenwärtigen Situation nicht Bai Juns erste Wahl. Es gefiel ihm gar nicht, Jugendliche in diese Angelegenheit hineinzuziehen. Aber die Situation war zu kritisch, um auf ihre Hilfe zu verzichten.

»Und was sollen diese zwei für Sie tun?«, fragte Brettinger.

»Die Augen offen halten. Aufpassen, dass unsere Geiselnehmerin nicht plötzlich versucht zu verschwinden.« Im Grunde hatte Bai Jun keine Ahnung, wie *Buming* eine Flucht aus dieser Höhe bewerkstelligen wollte. Ein arkonidisches Antigravmodul trug sie jedenfalls nicht. Das wäre Brettinger und seinen Leuten aufgefallen. Aber sie war eine ehemalige Agentin der Volksrepublik – und die gingen nicht mal ohne einen Plan B auf die Toilette.

Der Bürgermeister straffte sich und trat an den Wachleuten vorbei auf den leeren Türrahmen zu. Es mochten Spezialisten für solche Aufgaben existieren – Polizeipsychologen, Unterhändler, dergleichen eben. Aber für Bai Jun war diese Angelegenheit etwas Persönliches. Diese Frau wollte nur ihn treffen, und zu diesem Zweck hatte sie sich die beiden einzigen Menschen in ganz Terrania geschnappt, die ihm mehr bedeuteten als Arbeitskollegen oder flüchtige Bekannte.

»*Buming*, hören Sie mich?«, rief er. Erst als er den Namen bereits ausgesprochen hatte, fiel ihm auf, dass sie unter Umständen gar nichts damit anfangen konnte, weil nur er sie so genannt hatte.

Doch sie begriff sofort, mit wem sie es zu tun hatte. »General«, drang ihre Stimme von irgendwo jenseits des Türrahmens. »Ich dachte mir schon, dass Sie kommen würden.«

»Ich möchte mit Ihnen reden. Darf ich hineinkommen?«

»Sofern Sie allein und unbewaffnet sind, nur zu.«

Bai Jun warf einen letzten Blick zurück zu Brettinger und seinen Sicherheitsleuten. »Greifen Sie nicht ein!«, befahl er ihnen leise. »Nicht, bevor ich das Zeichen gebe. Und schaffen Sie mir diese beiden jungen Mutanten heran, und zwar schnell. Ich weiß nicht, wie lange ich die Frau hinhalten kann.«

Er wartete noch das zustimmende Nicken der Männer ab, bevor er die Hände hob und durch den Türrahmen trat.

Abgesehen von den in regelmäßigem Abstand aufgestellten

Metallstützen, den Rohren an der Decke und einigen Rollen Dämmmaterial in einer Ecke war der große Raum weitgehend leer. Es gab praktisch keine Deckung – und keine Möglichkeit, sich *Buming* und ihren Geiseln unbemerkt zu nähern.

Die Frau hielt sich am hinteren Ende auf, direkt vor dem großen Panoramafenster, das nach Osten zeigte. Bai Jun konnte sehen, wie die Stadt mit ihren gleichförmigen, mehrstöckigen Gebäuden draußen in das chaotische Durcheinander provisorischer Wohngelegenheiten überging. Dahinter folgte die flache Hügellandschaft der Wüste Gobi. In etwas mehr als dreißig Kilometern Entfernung konnte man die im Aufbau befindlichen Strukturen des Raumhafens von Terrania erkennen. Aus einem Kilometer Höhe war es ein überwältigender Anblick.

Doch Bai Jun konnte ihn nicht genießen, denn zwei andere Umstände fesselten sogleich seine Aufmerksamkeit. Zum einen besaß das Panoramafenster noch keine Scheibe, sodass es sich im Grunde um nicht mehr als ein riesiges Loch in der Wand handelte, durch das der eisig winterliche Wüstenwind hereinfuhr und hinter dem es tausend Meter im freien Fall in die Tiefe ging. Zum anderen saß Lhundup mit gefesselten Händen und blutender Schläfe auf dem Boden, während Cui sich direkt in der Hand ihrer Entführerin befand. *Buming* hatte sie als menschlichen Schild vor sich gestellt und hielt ihr eine Pistole mit Schalldämpfer und verlängertem Magazin an den Kopf.

»So sehen wir uns wieder, General«, sagte die Frau.

»Ich kann nicht sagen, dass es mir ein Vergnügen wäre«, knurrte Bai Jun. Er sah zu seinem Assistenten hinunter. »Alles in Ordnung, Lhundup?«

Dieser hob den Blick. Scham lag auf seiner Miene. »Ich habe versagt. Ich konnte Cui nicht schützen. Es tut mir leid.« Den jungen Tibeter schien dieses Versagen mehr zu schmerzen als seine gegenwärtige Lage.

»Wir haben unsere Gegner unterschätzt«, sagte Bai Jun. »Das war vor allem mein Fehler. Aber gewonnen haben sie diesen Kampf auch nicht. Sonst stünden wir jetzt nicht hier.« Er hob den Blick und fixierte seine Gegnerin. »Nicht wahr?«

Bumings Mundwinkel umspielte ein Lächeln, das ihre Augen nicht erreichte. »Tatsächlich habe ich mir den Verlauf dieser Operation etwas anders vorgestellt. Ginge es nach mir, befänden meine Kameraden und ich uns nun zusammen mit Ihrem Assistenten und Ihrem Mädchen an einem sicheren Ort und würden Ihnen das weitere Vorgehen diktieren. So, wie es aussieht, kann ich stattdessen froh sein, wenn ich mit heiler Haut aus der Angelegenheit herauskomme.«

»Das sehe ich auch so«, bestätigte Bai Jun. »Deshalb beweisen Sie einen Rest von gesundem Menschenverstand und Kooperationsbereitschaft und lassen Sie die Geiseln frei. Ich sorge dafür, dass Sie einen fairen Prozess in Terrania bekommen. Und wir wissen beide, dass Sie den in der Heimat nicht erwarten dürften.«

»Bedaure, aber das ist mir zu wenig. Ich habe zwei Geiseln, aber ich brauche nur eine, um von hier wegzukommen. Die andere gibt mir etwas zusätzlichen Verhandlungsspielraum, denken Sie nicht?« Die Frau verstärkte ihren Griff um Cui, die daraufhin ein leises Keuchen von sich gab. Dem Mädchen stand die nackte Angst ins Gesicht geschrieben.

»Diese Drohungen sind unnötig, genau wie Ihre ganze Operation«, erwiderte Bai Jun. Und bevor sie darauf antworten konnte, fuhr er rasch fort: »Ich habe über Ihre Worte gestern nachgedacht. Sie haben recht. China sollte nicht hinter den Amerikanern zurückstehen, sondern mit begründetem Stolz auf sein Erbe und seine Errungenschaften seinen Platz in der Welt einfordern. Genau wie jedes andere Volk der Erde haben wir ein Recht darauf, eine Stimme in der neuen Weltordnung zu sein, die Gehör findet. Es sind also nicht Ihre Prinzipien, denen ich mich verweigere – es sind Ihre Methoden.«

»Was soll das heißen?«, knurrte die Frau.

»Heimtücke und Intrigen«, sagte Bai Jun. »Das ist es doch, was Sie den Amerikanern vorwerfen. Sie behaupten, dass Perry Rhodans Vorstellung einer geeinten Menschheit die einer Menschheit unter dem Sternenbanner ist. Und auch wenn ich diese Meinung nicht teile, denn ich kenne diesen Mann deutlich besser als Sie, vermag ich Ihnen hier und jetzt nicht das Gegenteil zu beweisen. Darüber hinaus muss ich ebenfalls gestehen, dass der Einfluss alter Männer aus dem Westen gegenwärtig sehr hoch in Terrania ist. Doch wie sollen wir dagegen vorgehen? Was können wir unternehmen? Sollen nun auch wir Chinesen zu Heimtücke und Intrigen greifen und uns damit auf eine Stufe mit jenen stellen, denen Sie nur Verachtung entgegenbringen? Oder gebietet uns nicht unsere Ehre, besser zu sein als jene? Wenn wir uns auf unsere Tugenden besinnen – Leistungsbereitschaft, Demut, Weisheit – und wenn wir diese in den Dienst der neuen Menschheit stellen, dann wird sich unser Einfluss wie von selbst mehren, denn die Völker der Erde werden erkennen, dass wir zur Größe geboren sind. Man wird uns einen Respekt entgegenbringen, der viel machtvoller ist als die Furcht und der Hass, den Sie in den Gemütern wecken, wenn Sie Ihre Ziele mit Terror und Gewalt erreichen wollen.«

»Sie sind ein Traumtänzer«, sagte *Buming* verächtlich. »So funktioniert die Welt nicht.«

»Falsch«, verbesserte sie Bai Jun. »So *funktionierte* die Welt nicht. Da pflichte ich Ihnen bei. Aber seit wir die Tür ins All aufgestoßen haben, seit wir von der Existenz außerirdischen Lebens wissen, hat sich alles geändert. Die Ferronen besiedeln ein ganzes Sonnensystem. Die Topsider herrschen über gleich mehrere. Den Arkoniden sagt man nach, ein gewaltiges Sternenreich errichtet zu haben. Solche Größe erreicht man nicht durch Kleinstaaterei, durch Streitigkeiten zwischen Völkern, die auf unsere galaktischen Nachbarn wie Rangeleien von Kindern im Sandkasten wirken müssen. Die Erde muss dieses Denken überwinden und sich höhere Ziele stecken. Und das wird sie, da bin ich mir ganz sicher. Die Staaten werden aufhören zu existieren. Wir alle werden Terraner sein. Dennoch wird man China niemals vergessen, denn wir waren von Anfang an dabei. Aber wie soll man sich an uns erinnern? Als ewiggestrige Querulanten, die versucht haben, sich dem Lauf des Schicksals entgegenzustemmen? Oder als strahlende Vorbilder, die ohne Furcht und voller Tatendrang diese neue Herausforderung angenommen haben?«

»Er hat recht«, sagte Cui plötzlich. Die Angst schwand auf einmal aus ihrem Gesicht, als habe sie jemand mit einem Staubtuch weggewischt; sie löste sich aus der Umklammerung ihrer Entführerin und sah diese ruhig an. »Was wir machen, ist falsch.«

»Sei still!«, befahl ihr *Buming*.

Unwillkürlich hob Bai Jun die Augenbrauen. »Wie darf ich das verstehen?«, fragte er, auch wenn ihm im gleichen Moment schon klar wurde, was vor sich ging. *Sie wollten mich reinlegen*, fiel es ihm wie Schuppen von den Augen. *Cui war eine von ihnen.*

Es klang absurd, aber es erklärte einiges. Wieso sie nicht über ihre Vergangenheit reden wollte und er keinerlei Spuren eines früheren Lebens gefunden hatte. Vermutlich war sie ein Kunstgeschöpf, von skrupellosen Chirurgen so verändert, dass sie dem Mädchen glich, das Bai Jun in Hohhot getötet hatte. Und wahrscheinlich besaß sie in dem Fall auch keinen subkutanen Sender, sondern hatte ihre Mitverschwörer direkt zu dem neuen Versteck gerufen, in das Lhundup sie gebracht hatte.

»Aber hören Sie denn nicht, was er sagt?«, fuhr Cui – oder wie immer sie wirklich heißen mochte – fort. »In seinen Worten liegt die Weisheit eines Mannes, der wir uns beugen sollten. Das müssen Sie doch erkennen. Ich jedenfalls mache bei dieser Täuschung nicht länger mit.«

»Dann wirst du am Ende die Konsequenzen zu tragen haben. Ich hoffe, das ist dir klar«, gab die Chinesin zurück. Sie richtete ihren Blick auf Bai Jun. »Aber zuerst zu Ihnen. Sie sind eine Gefahr für unsere Sache. Und das werden Sie auch immer bleiben. Sie können einfach zu schön reden. *Das* erkenne ich. Und darum muss ich Sie ausschalten. Tut mir leid. Es ist nichts Persönliches.«

Sie hob ihre Pistole und zielte auf Bai Jun.

»Nein!«, rief Cui und warf sich ihr in den Arm.

Ein Schuss knallte!

Mit einem Seufzen sackte Cui in sich zusammen.

Ohne zu überlegen, sprang Bai Jun auf seine Gegnerin zu. Blitzschnell griff er ihr in die Waffe, zog die Waffenhand nach außen und drehte ihr die Pistole aus der Hand.

Doch auch *Buming* hatte schnelle Reflexe. Bai Jun war es kaum gelungen, umzugreifen und den Lauf der Pistole in Richtung seiner Gegnerin zu schwenken, als diese bereits hart zuschlug und ihm die Waffe aus der Hand prellte. Klappernd landete sie einige Meter entfernt auf dem Betonboden.

»Jetzt!«, schrie Bai Jun und parierte gleichzeitig eine Serie schneller Kampfsporthiebe, die gegen seine Brust und seine Kehle gerichtet waren.

Hinter ihm wurde das Trappeln von Stiefeln laut, als die Tower-Sicherheit den Raum stürmte. Den Bruchteil einer Sekunde war Bai Jun abgelenkt, und er bezahlte diese Unaufmerksamkeit mit einem schmerzhaften Schlag in die Magengrube. Ächzend taumelte er nach hinten.

»Stehen bleiben! Keine Bewegung!«, brüllte Brettinger.

Die Frau bedachte Bai Jun mit einem abschätzigen Blick. »Wir sehen uns wieder!«, versprach sie und drückte auf ein Tastenfeld auf einem Armband an ihrem Handgelenk.

Wie aus dem Nichts kommend fiel unvermittelt ein Flugapparat aus dem Himmel. Es handelte sich um einen Quadrotor, ein Luftfahrzeug, das vier flexible, senkrecht nach unten wirkende Rotoren aufwies. Das Fluggerät war offensichtlich unbemannt, eine Drohne, die entweder ferngesteuert wurde oder sogar komplett autonom agierte.

Bevor sich Bai Jun auch nur von seiner Überraschung erholt hatte – das also war ihr Plan B! –, wirbelte *Buming* bereits herum und warf sich mit einem kraftvollen Satz aus dem Panoramafenster und auf die Drohne zu.

»Holt das Ding vom Himmel!«, schrie Brettinger, und seine Männer fingen an zu feuern.

Doch es waren nicht die Kugeln, die *Bumings* Flucht vereitelten. Vielmehr wendeten Mutantenkräfte das Blatt zu Bai Juns Gunsten.

Denn von einer Sekunde zur anderen hing die Agentin auf einmal wie reglos mitten in der Luft, den Körper noch mitten im Sprung, die Arme nach vorne in Richtung des Quadrotors ausgestreckt, der unter den Einschlägen der Kugeln aus den Pistolen der Tower-Sicherheit wankte.

»Hab sie«, vernahm Bai Jun die aufgeregte Mädchenstimme von Betty Toufry. Mit einem kurzen Ruck wurde die Chinesin zurück ins Stockwerk gerissen. Keine Sekunde später jaulten die Motoren des Quadrotors auf, das Fluggefährt schmierte ab und verschwand rauchend außer Sicht.

Im gleichen Moment sprühte die Luft neben *Buming* Funken, und ein schmalbrüstiger Latino-Teenager mit zurückgegelten Haaren erschien wie aus dem Nichts: Sid González. Bevor die Agentin auch nur begriff, was mit ihr geschah, hatte er sie bereits an der Hand gepackt und war in einem weiteren Funkenschauer verschwunden.

»Hab sie auch«, verkündete er, als er zehn Meter hinter Bai Jun wieder materialisierte. Sofort richteten sich ein halbes Dutzend Pistolenmündungen auf die Frau.

»Das war ein Zugriff nach meinem Geschmack«, verkündete Brettinger grinsend.

Auch Bai Jun atmete auf. Die Mutanten waren rechtzeitig eingetroffen, um *seinen* Plan B umzusetzen. Er blickte die Frau an. »Das mit dem Wiedersehen ging schneller als gedacht, nicht wahr?« Dann richtete er sich an die Wachen. »Sperrt sie ein und befreit Lhundup von seinen Fesseln!«

Im nächsten Moment fiel sein Blick auf Cui. Die junge Frau lag zusammengesunken auf dem Betonboden, und eine Blutlache bildete sich unter ihr. »Und ruft sofort einen Arzt! Cui wurde angeschossen. Sie muss umgehend behandelt werden.«

Bai Jun ging neben ihr in die Hocke. Er legte Cui die Hand auf die Schulter. Ihr Gesicht war aschfahl, und ihr Atem ging rasselnd. Ihre verschleierten Augen suchten benommen die seinen. Mit kalten Klauen griff die Furcht nach seinem Herzen. »Alles wird gut, hörst du. Das ist nur eine Schusswunde. Das kriegen wir wieder hin. Ich lasse dich nicht sterben. Dich nicht!«

Neben ihm tauchte Sid auf. »Lassen Sie mich das übernehmen. Ich bringe sie ins Krankenhaus. Ich bin schneller als jede Notfalleinheit.«

Der Bürgermeister blickte zu dem Jungen auf. Mit zusammengepressten Lippen nickte er, während er gleichzeitig ein wenig zur Seite rückte. »Danke, ich komme dann nach.«

»Sie können auch gerne mitkommen, Bürgermeister«, bot Sid ihm an und hielt Bai Jun die linke Hand hin.

Ohne zu zögern, griff Bai Jun zu.

Keinen Herzschlag später teleportierten sie.

Kapitel 11

Das Fest der Drei Monde
Topsid, noch eine Stunde

Es wurde Abend über der Hauptstadt von Topsid – und mit ihm begann das Fest der Drei-Monde-Konstellation oder kurz: das Fest der Drei Monde.

Manoli hatte gelesen, dass dieses Ereignis zu den höchsten Feiertagen auf Topsid zählte. Es wurde nur in unregelmäßigen, jahrelangen Abständen gefeiert, immer dann, wenn die drei Monde Topsids, die drei Fahlen Brüder, in genauer Linie über Kerh-Onf standen, wobei sie – braun, blau und rot – den Eindruck eines dreiteiligen Lampions erweckten.

In dieser Dreierkonstellation wurden sie auch das »Himmlische Gelege« genannt und galten als das Symbol eines in topsidischen Augen perfekten Geleges. Entsprechend war das Fest der Drei Monde eine Nacht, in der man das Leben selbst feierte – und in der laut Statistik mehr Kinder als in allen anderen Nächten gezeugt wurden.

Überall in der Stadt wurde das Motiv der drei Monde aufgenommen. Lichtkugeln hingen von den Brücken zwischen den Wohntürmen. Mondwanderer liefen durch die Straßen und malten drei Kreise an Haustüren. Man konnte Anstecknadeln, bedruckte Jacken, Schwanzschmuck und Kappen kaufen. Und die Fleischbratereien boten spezielles Fleischdreierlei am Spieß an, zu Ehren des Feiertags. Im Zentrum von Khir-Teyal, vermutlich bezahlt von irgendeinem wohlmeinenden Paten, ragte eine riesige Lichtinstallation auf, die drei holografische Monde zeigte, die einander anmutig umkreisten.

Die Mädchen im *Purpurnen Gelege* bekamen an diesem Tag ausgefallene Kostüme, ein Dreigestirn aus glänzendem Stoff, das sich von der Brust bis zum Schoss hinabzog und von aufreizend dünnen Trägern gehalten wurde. Außerdem trugen sie besondere Armreifen, und einige der Prostituierten hatten sich die Drei-Monde-Konstellation auf die Schuppen gemalt.

Für Manoli wäre es eine Nacht wie jede andere gewesen, eine Nacht, die er in zunehmender Unzufriedenheit in seinem goldenen Käfig hoch oben im Bedienstetenstockwerk des Bordells verbrachte. Doch eine Nachricht von Bismall-Kehn, die er vor einer Woche erhalten hatte, ließ auch den Arzt den nächsten Stunden entgegenfiebern.

Der Herr des Geleges war zuvor einige Tage unterwegs gewesen. Im Anschluss daran hatte er Manoli folgende Botschaft überbringen lassen: *Du kannst nach Hause fliegen. Ich habe alles arrangiert. Zur elften Stunde in der Nacht des Fests der Drei Monde steht eine Fähre für dich bereit, die dich zu einem Frachter bringt, der das Lossausystem am Rand des Großen Imperiums anfliegt. Halte dich bereit, Erikk-Mahnoli.*

Genau das tat Manoli. Er hatte wieder den Overall, die Stiefel und die Kapuzenjacke angezogen, die Khatleen-Tarr ihm vor fünf Wochen für seine Flucht aus dem *Purpurnen Gelege* beschafft hatte. Alle Ergebnisse seiner Studien über die topsidische Kultur befanden sich auf einem schmalen Datenträger in seiner Brusttasche. Er wollte sie mit zur Erde nehmen und dort den Wissenschaftlern übergeben. Und für Khatleen-Tarr hatte er ein paar Grüße aufgezeichnet, mit denen er ihr für die gemeinsame Zeit dankte – nur für den Fall, dass er gezwungen war, das Gelege zu verlassen, ohne sich von ihr verabschieden zu können.

Ansonsten gab es für ihn nicht viel vorzubereiten. Er war als Mann mit leichtem Gepäck nach Topsid gekommen, und er verließ den Planeten der Echsen mit ebenso leichtem Gepäck.

Durch das Fenster sah er, wie vor dem Bordell die Wagen und Gleiter vorfuhren, die die Gäste zu der heute stattfindenden Festivität brachten. Es handelte sich fast ausschließlich um teure Modelle. Der gewöhnliche Bordellbesucher hatte heute keinen Zutritt.

Bismall-Kehn hatte sich nicht lumpen lassen und ein Gelage orgiastischen Ausmaßes vorbereitet. Manoli war dabei gewesen, als Berge erlesener Speisen und Fässer mit bestem Beerenwein in die Küche des Geleges gebracht worden waren. Darüber hinaus hatte der Herr des Geleges auch das Personal um ein paar neue Mädchen und einen ganzen Trupp zusätzlicher Wachleute aufgestockt.

Es bestand kein Zweifel, dass sich einiges an Prominenz im geschmackvollsten Lusttempel am Platz einfinden würde.

Durch die nur angelehnte Tür kam Khatleen-Tarr herein. Aus irgendeinem Grund klopften Topsider niemals vorher an. Manoli hatte gelernt, damit zu leben.

»Erikk-Mahnoli, hilf mir mal«, bat sie. Wie ihre Gefährtinnen trug sie das äußerst knappe Mondkostüm, dazu Sandalen und einige Schmuckreifen. Ihr Körper glänzte wie eingeölt, und ein leichter Geruch exotischer Würze wehte mit ihr in den Raum. Auf der Schnauze und um den Kopf herum trug sie eine bronzefarbene Halbmaske, die mit allerhand Glitter verziert worden war. »Diese widerspenstige Maske will nicht halten«, fuhr sie fort, während sie mit ihren Klauen erfolglos an der um den Hinterkopf verlaufenden Kordel herumnestelte.

Manoli grinste. »Ich glaube, das ist das erste Mal, dass du mich beim Anziehen um Hilfe bittest«, sagte er.

»Bilde dir nicht zu viel darauf ein«, versetzte sie. »Du bist der Letzte, der noch übrig ist. Alle anderen sind bereits unten.«

»Also gut, komm her.« Er hob die Hände und löste den Knoten, um ihn erneut zu binden. »Wozu überhaupt diese Maske? Ich wusste gar nicht, dass heute Maskenball ist.«

»Bismall-Kehn hat sie mir und ein paar anderen Mädchen gegeben, damit wir nicht Gefahr laufen, von einem der Gäste erkannt zu werden. Es sind ziemlich viele Minister und Offiziere heute hier, sogar ein oder zwei ›Kriegshelden‹ der Wega-Invasion.«

»Du klingst irgendwie nicht besonders glücklich darüber.«

Khatleen-Tarr schnaubte. »Du kennst meine Vergangenheit. Kannst du es mir verdenken?«

»Nein, du hast recht. Entschuldige.« Manoli runzelte die Stirn. »Wie kommt es eigentlich, dass heute so viele hohe Tiere im *Purpurnen Gelege* sind? Ist das normal für das Fest der Drei Monde?« Irgendwie war er davon ausgegangen, dass man den höchsten Feiertag eher in der Familie beging oder mit Freunden – nicht gerade in einem Bordell.

»Dass hier wild und hemmungslos gefeiert wird, während das Himmlische Gelege über uns hängt, ist tatsächlich normal«, sagte Khatleen-Tarr. »Zumindest behauptet das Suki-Garm. Für mich ist es ja auch das erste Mal, dass ich das Fest hier erlebe. Aber dass so viele Regierungsmitglieder eingeladen sind, wundert mich ehrlich gesagt auch. Mir war nicht bewusst, dass Bismall-Kehn so gute Kontakte zum Despotat pflegt.«

»Hm«, brummte Manoli. Irgendetwas gefiel ihm an alldem nicht. Bislang war der Herr des Geleges stets entschieden unpolitisch aufgetreten. Außerdem verbarg er nun schon seit Wochen einen arkonidischen Flüchtling. Und auf einmal teilte er mit der Regierung Wein, Brot und Frauen? Das erschien doch reichlich seltsam.

Andererseits gab es nichts, was Manoli diesbezüglich hätte unternehmen können. Daher konzentrierte er sich auf das, was unmittelbar vor ihm lag. »So, die Maske sitzt«, verkündete er.

»Danke!«, sagte Khatleen-Tarr.

Sie wollte schon wieder den Raum verlassen, doch Manoli hielt sie auf. »Warte noch kurz.«

»Was ist?«

»Ich ... äh ...« Nervös fuhr er sich mit der Hand durchs Haar. »Ich muss dir noch etwas sagen. Ich habe meine Passage bekommen. Bismall-Kehn sagt, er bringt mich noch heute Nacht von Topsid fort.«

»Du verlässt uns?« Die Topsiderin sah ihn überrascht an. »Jetzt auf einmal?«

»Sieht so aus, ja. Ich ... ich bin kein Mann großer Abschiedsworte. Unter meinem Kopfkissen liegt ein Datenträger für dich. Nur ein Gruß. Und ein Dank für all deine Hilfe.«

Khatleen-Tarr neigte den Kopf. »Ich verstehe.« Sie schien noch etwas hinzufügen zu wollen, brach aber ab. »Pass auf dich auf«, sagte sie stattdessen.

»Ja, du auch. Ich werde dich vermissen.« Zögernd hob er die Hände an ihren Kopf. »Darf ich?«

Fragend schaute die Topsiderin ihn an. »Ich weiß nicht. Was denn?«

»Das«, sagte Manoli, legte seine Hände an ihre Wangen und gab ihr einen Kuss auf die Schnauze.

Khatleen-Tarr blinzelte verwirrt. »Was war das?«

»Ein Kuss«, antwortete Manoli ihr. »So verabschiedet man sich bei uns von geliebten Menschen.«

»Men...schen?« Die Topsiderin legte den Kopf schief.

Idiot!, durchfuhr es ihn. Jetzt hatte er sich nach fast drei Monaten als Arkonide doch noch verplappert. Zum Glück wusste der Translator mit dem Wort auf Topsidisch nichts anzufangen. »So nennen sich die Arkoniden auf meinem Planeten. Nur eine ... spezielle Volksgruppe. Nicht so wichtig.«

»Ah.« Khatleen-Tarr senkte das Kinn ein wenig. »Weißt du, was man bei uns macht, wenn man sich von guten Freunden verabschiedet?«

»Nein.«

Sie beugte sich vor und legte ihre Schnauze an seine Wange. Ihre gespaltene Zunge kitzelte seinen Hals, als sie hervorschnellte. »Wir nehmen ihre Witterung noch ein letztes Mal auf. Um uns an sie zu erinnern. Und um sie wiederzuerkennen, wenn wir sie viele Jahre später erneut treffen.«

Manoli schenkte ihr ein schiefes Lächeln. »Ich hoffe, es wird nicht so lange dauern, bis wir uns wiedersehen.«

»Das hoffe ich auch.« Mit diesen Worten verließ sie sein Zimmer und verschwand den Gang hinunter, um sich zu den Feiernden zu gesellen.

Und für Eric Manoli hieß es weiter warten.

Eine knappe Stunde später wurde erneut die Tür zu seinem Zimmer aufgerissen, und Khatleen-Tarr stürzte herein. »Erikk-Mahnoli, du musst sofort von hier verschwinden!«, rief sie. »Es ist eine Falle. Bismall-Kehn will dich dem Despoten ausliefern.«

»Was?« Alarmiert sprang Manoli von dem Stuhl hoch, auf dem er gesessen hatte. »Wovon redest du da?«

»Ich war unten bei den Vorspielen im Purpursalon und wollte mir und meinem Freier etwas zu trinken holen. Da der Beerenwein leer war, ging ich hinunter zur Küche, um neuen anzufordern. Dabei bekam ich zufällig mit, wie sich Bismall-Kehn mit einem Diener des Despoten unterhalten hat.« Sie hielt inne. Ihre Augen waren groß vor Fassungslosigkeit.

»Und?«, drängte Manoli.

»Er ... er sagte, er habe den Arkoniden gefunden, der vor ungefähr drei Monaten aus dem Gewahrsam des Militärs geflohen sei. Und als treuer Bürger sei er natürlich bereit, ihn an den Despoten zu übergeben. Aber nur persönlich. Der Despot muss sich hierher zum Gelege begeben. Als der Mann fragte, wie Bismall-Kehn zu solch einer Dreistigkeit käme, erzählte er dem Kerl irgendeine Geschichte darüber, dass er doch nur ein alter Mann sei und sich nichts sehnlicher wünsche, als dem Despoten einmal im Leben persönlich zu begegnen.«

Manoli drehte den Kopf zur Seite. »Aber das passt alles hinten und vorne nicht. Bismall-Kehn interessiert sich nicht im Geringsten für den Despoten. Oder hat er uns alle die ganze Zeit getäuscht?«

»Ich weiß es nicht, Erikk-Mahnoli«, antwortete Khatleen-Tarr gehetzt. »Ich weiß nur das eine: Der Despot hat eingewilligt. Er wird zum *Purpurnen Gelege* kommen. Und vorher musst du von hier verschwunden sein, sonst ist es um dich geschehen.«

»Das sehe ich ebenso«, pflichtete Manoli ihr bei. »Aber wie soll ich das anstellen? Ich komme niemals ungesehen durch den Turm bis hinunter zum Ausgang. Es sind viel zu viele Gäste anwesend!«

Khatleen-Tarr starrte ihn aus weit aufgerissenen Augen an. In Gedanken schien sie fieberhaft nach einer Lösung zu suchen. »Die Sechs Schleier!«, rief sie plötzlich.

»Wie bitte?«, fragte Manoli.

»Das Gewand der Sechs Schleier. Wir tragen es manchmal beim Vorspiel für Kunden, die ihre Gespielin gerne entblättern. Komm mit.«

Na großartig, ging es ihm durch den Kopf. *Jetzt fehlt nur noch, dass wir erwischt werden und ich für irgendeinen fetten Topsider-General das Tanzbein schwingen muss, um meine Tarnung aufrechtzuerhalten. Ob so eine Echse wohl auf haarige Männerwaden steht?* Er wollte lieber gar nicht länger darüber nachdenken.

Stattdessen ließ er sich willig von Khatleen-Tarr in ihr Zimmer führen, wo sie in einem Kleideralkoven all ihre Kostüme aufbewahrte. Dafür, dass die Mädchen des *Purpurnen Geleges* für gewöhnlich kaum Stoff am Leib trugen, war das Möbelstück von beachtlicher Größe.

»Hier. Als Erstes brauchst du das.« Sie hielt ihm einen rotgoldenen Stoffschlauch hin.

»Und das ist?«

»Ein Schwanzling«, antwortete Khatleen-Tarr. »Den stopfen wir aus und binden ihn dir um. Sonst merkt man sofort, dass unter den Schleiern keine Topsiderin steckt.« Hastig begann sie, das Kleidungsstück mit einigen ihrer Gewänder zu füllen, sodass es zu einer spitz zulaufenden Wurst wurde.

Das wird ja immer besser, dachte Manoli. »Vielleicht sollte ich einfach aus dem Fenster klettern und mich abseilen«, schlug er vor. »Das würde uns viel Arbeit ersparen – und das Risiko, mitten durch die Feiernden laufen zu müssen.«

Khatleen-Tarr schüttelte den Kopf. »Vor dem Gelege wimmelt es von Fahrern und Wachleuten. Das würde sofort auffallen. Und jetzt halt still.« Sie kniete sich vor ihm auf den Boden und band ihm den falschen Schwanz um.

»Gib es zu, das macht dir Spaß«, brummte Manoli missmutig, während er das absurde Anhängsel an seinem Hintern betrachtete.

Die Topsiderin schaute zu ihm auf. »Nicht im Geringsten«, antwortete sie ernst. »Ich versuche nur, dein Leben zu retten.«

Ernüchtert blinzelte Manoli sie an. »Okay, meine Bemerkung war blöd. Entschuldige. Gib die Schleier her, damit wir verschwinden können.« Er nahm die bodenlangen, halb transparenten Schleier und begann sie sich nach einem komplizierten Muster überzuhängen.

»Unter diesen Dingern kann ich fast nichts sehen«, beschwerte er sich. »Die Augenschlitze befinden sich an der falschen Stelle.«

»Das macht nichts«, gab Khatleen-Tarr zurück. »Ich führe dich. Nimm einfach meine Hand. Oh, und nimm das hier unter die Schleier.« Sie drückte ihm etwas in die Hand, was sich als Strahlwaffe entpuppte.

»Wo hast du die her?«, wollte Manoli wissen.

»Dienstwaffe«, sagte seine Begleiterin nur. »Ich habe sie mitgehen lassen, als ich aus der Armee ›ausgetreten‹ bin. Ich hoffe, wir brauchen sie nicht – aber man weiß ja nie.«

»Also schön.« Manoli zog den letzten Schleier vors Gesicht. »Ich hoffe, dass das gut geht.«

Natürlich ging es nicht gut.

Sie waren soeben aus dem Zimmer der Topsiderin gehuscht und auf dem Weg zur Treppe nach unten, als von dort plötzlich Stimmen laut wurden. Wahllos riss Khatleen-Tarr eine der Türen neben ihnen auf. Das doppelte Fauchen, das Manoli aus dem Raum vernahm, ließ darauf schließen, dass sie zwei Artgenossen beim spontanen Stelldichein gestört hatten.

»Oh, wie reizend.« Vom Treppenabsatz her war die belustigte

Stimme von Bismall-Kehn zu hören. »Steht uns heute Abend noch eine Sechs-Schleier-Darbietung bevor? Was für eine nette Überraschung hast du da für unsere Gäste vorbereitet, Khatleen-Tarr?«

Manolis Schultern sackten herab. Diese Flucht war ja noch schlechter verlaufen als seine letzte. Ein Ausbrecherkönig würde wohl nie aus ihm werden. Aber vielleicht klappte ja mit etwas Druck, was mit List nicht funktioniert hatte. Er hob den Schleier von seinem Gesicht. »Hallo, Bismall-Kehn«, sagte er.

»Erikk-Mahnoli.« Der Herr des Geleges musterte ihn von Kopf bis Fuß. Zu Manolis Überraschung wurde er nur von einem einzigen Wachmann begleitet, und der schien bloß seine Schockkeule zu tragen. *Umso besser.* »Du siehst ausgesprochen reizvoll aus«, fuhr Bismall-Kehn fort. »Aber entkommen wirst du damit nicht.«

»Vielleicht nicht. Aber wie sieht es hiermit aus?« Manoli schob die Hand mit der Pistole unter den Schleiern hervor. »Ich nehme an, du bist nicht scharf darauf, dass ich mal ausprobiere, wie gut ich mit einer topsidischen Strahlwaffe umgehen kann.«

Die Augen des Topsiders weiteten sich, und er züngelte nervös. »Das ist nicht nötig, Erikk-Mahnoli. Wir sind keine Feinde.«

»Seltsam. In Khatleen-Tarrs Bericht eben klang das ganz anders«, hielt Manoli dagegen.

Der Blick des Topsiders huschte zu der Prostituierten und Exsoldatin. »Was hast du gehört?«, wollte er wissen.

»Genug«, sagte sie. »Dass du Erikk-Mahnoli an den Despoten verkaufen willst.«

Bismall-Kehn drehte verneinend den Kopf zur Seite. »Das ist ein großes Missverständnis. Ich ... Hier können wir nicht reden. Einen Moment.« Er ging zu der Tür, die eben bereits Khatleen-Tarr geöffnet hatte, und machte sie auf. Ein doppeltes Fauchen begrüßte ihn. »Raus, alle beide!«, befahl er schroff. Im nächsten Moment huschten ein halb nackter Diener und eine ganz nackte Dame, die offenbar zum Stab eines der Gäste gehörte, zur Tür hinaus. Je ein Bündel Kleider an die geschuppte Brust gepresst, verschwanden die beiden Topsider eilig den Gang hinunter.

Manoli, Khatleen-Tarr, Bismall-Kehn und der Wachmann begaben sich in den Raum. Manoli schloss hinter ihnen die Tür. Dabei behielt er den Herrn des Geleges stets im Auge. »Also? Wir waren bei ›großes Missverständnis‹ stehen geblieben.«

»Und genau das ist es«, beteuerte Bismall-Kehn. »Ich beabsichtige nicht, dich an den Despoten zu verkaufen. Ich will diesem vielmehr eine Falle stellen, um dann ihn und einige seiner höchsten Berater und Generäle in einem schnellen Streich gefangen nehmen zu können.«

Manoli runzelte ungläubig die Stirn. »Das ist nicht Ihr Ernst, oder? Sind deshalb all die bedeutenden Gäste anwesend?«

»Ganz genau. Vertrau mir, Erikk-Mahnoli. Es wurde alles von langer Hand von mir vorbereitet. Ich bin einer der führenden Köpfe der ›Kaltblütigen‹. In dieser Nacht soll es planetenweit zum Putsch kommen. Die Gefangennahme des Despoten ist nur der Anfang.«

»Wieso haben Sie mit keiner Silbe jemals etwas darüber verlauten lassen?«

»Unsere Bewegung hätte nie so lange überlebt, wenn wir nicht extrem vorsichtig gewesen wären. Nur die wenigsten wissen, wie gut wir wirklich organisiert sind. Ich durfte dich nicht ins Vertrauen ziehen. Es war ein zu großes Risiko.«

Diese Eröffnung brachte eine ganz erstaunliche Wendung der Dinge mit sich. Aber Manoli traute dem Braten noch nicht ganz. »Beweisen Sie es mir!«, befahl er. »Wenn tatsächlich wahr ist, was Sie sagen, dann wissen Sie bestimmt, wie der Anführer der ›Kaltblütigen‹ heißt. Und ich meine nicht Krhak-Hon, Zrec-Moyn oder Drmik-Zenja. Ich spreche von dem, dessen Namen man in keinem Nachrichtenkanal zu lesen oder zu hören bekommt. Den nur die Eingeweihten kennen.«

Der Herr des Geleges kniff die Augen zusammen. Er züngelte misstrauisch und schien sich zu fragen, was Manoli über den wahren Anführer der »Kaltblütigen« wissen mochte. Dann jedoch erkannte er offenbar, dass Vertrauen nur mit Vertrauen erkauft werden konnte. »Scharfauge«, sagte er. »So heißt er: Scharfauge.«

Manoli senkte die Strahlwaffe. »Richtige Antwort.«

»Also«, fragte Bismall-Kehn nun sichtlich entspannter. »Bist du bereit, mir zu helfen?«

»Ich sehe noch immer keinen Grund, warum ich das tun sollte.«

»Weil du mir etwas schuldest: War ich dir kein guter Gastgeber drei Monate lang? Habe ich dich nicht vor allen Gefahren von Khir-Teyal beschützt?«

Manoli schnaubte. »Wenn ich das nur wüsste. Mir scheint es

so, als hätten Sie mich die ganze Zeit bei sich eingesperrt, damit Sie mich heute als Köder für den Despoten verwenden können. Wie viel früher hätte ich Topsid verlassen können? Wie viele Wege zurück in meine Heimat haben Sie mir verschwiegen, nur weil Sie nicht wollten, dass ich verschwinde, bevor Ihr Komplott bereit ist?«

»Es stimmt«, gestand Bismall-Kehn. »Ich habe dich benutzt. Aber nur, weil ich dich brauche. All das dient einem höheren Zweck. Es dient dem Wohl Topsids. Das musst du doch erkennen! Und ein neues, ein friedlicheres Topsid wäre nicht nur gut für uns Topsider. Es wäre ebenso gut für euch Arkoniden, denn auf diese Weise muss es nicht zum Krieg zwischen unseren Kulturen kommen. Also schau nicht so beleidigt und arrogant auf mich herab, sondern hilf mir! Wenn alles klappt, das verspreche ich dir, wirst du morgen früh auf dem Weg in deine Heimat sein.«

»Na schön«, entschied Manoli. »Ich spiele Ihr Spielchen noch eine Weile mit. Aber wenn Ihr Plan schiefgeht, ist jeder auf sich allein gestellt. Dann bin ich weg, so schnell ich kann.«

»Wenn mein Plan scheitert, ist es gleichgültig, ob du mich im Stich lässt«, sagte Bismall-Kehn. »In dem Fall ist ohnehin alles verloren.«

Kapitel 12

Sieg für Terra
Terrania, 7. Januar 2037

Obwohl das vor wenigen Wochen eingeweihte Zentralkrankenhaus von Terrania zu den modernsten der Welt gehörte, haftete ihm die gleiche irgendwie unangenehme Mischung aus bemüht freundlicher Atmosphäre und unterschwelliger Anspannung an, die wohl ein Großteil aller Hospitäler auf der Welt teilten. Die Sitzgelegenheiten im lichtdurchfluteten Wartebereich des Krankenhauses, das die Stockwerke eins bis sechs des Stardust Towers ausfüllte, waren grün und blau bezogen. Kunstdrucke moderner Malerei an den Wänden setzten farbige Akzente. Und um die Nerven zu beruhigen, gab es eine kleine Bar mit Getränken und Knabbereien.

Doch das Einzige, was Bai Jun wirklich wahrnahm, war dieser unglaublich feine Geruch von Desinfektionsmitteln, jener ganz besonders scharfen Sorte, mit denen man auch hartnäckigste Viren und Bakterien tötete. Unwillkürlich fragte er sich, ob es in den Wissensspeichern der Arkoniden oder der Ferronen nicht vielleicht eine Formel für eine Reinigungslösung gab, die nicht nach *Krankheit* roch. Das wäre mal eine wirklich bahnbrechende Erfindung gewesen.

Zum gefühlt tausendsten Mal blickte der Bürgermeister auf die Digitaluhr an der Wand. Fast vier Stunden waren seit ihrem Eintreffen vergangen. Draußen vor dem sanft getönten Fenster neigte sich die Sonne bereits dem westlichen Horizont entgegen. Und noch immer hatte er keine Nachricht von Cuis Befinden.

Ihm war klar, dass er mindestens drei Nachmittagstermine unentschuldigt hatte platzen lassen, indem er mit Sid ins Krankenhaus teleportiert war, um dort darauf zu warten, dass das Leben der angeschossenen jungen Frau gerettet wurde. Aber das spielte für ihn keine Rolle. Er ging davon aus, dass Lhundup sich darum gekümmert hatte. Das war sein Job als Assistent.

Bai Jun war kein besonders religiöser Mensch. Als Militär, aufgeklärter Denker und – zumindest vorgeblicher – Lebemann hatte sein Leben viel zu sehr im Hier und Jetzt stattgefunden, als dass er viel Zeit gehabt hätte, sich Gedanken über höhere Mächte und ihren Einfluss auf die Sterblichen zu machen.

Und trotzdem betete er in diesem Augenblick. Er wusste, dass dieses Rufen nach göttlichem Beistand im besten Fall albern, im schlimmsten eine Frechheit war, denn schließlich hatte er sich nie zuvor darum bemüht, sich den guten Willen irgendwelcher Götter oder Geister zu erarbeiten. *Aber so sind wir Menschen nun einmal,* dachte er in einem Anflug von Selbsterkenntnis. *Geht es uns gut, sind wir uns selbst genug und lachen womöglich noch über frömmelnde Mitbürger. Erst wenn wir am Abgrund stehen, strecken wir Hilfe suchend die Hand zum Himmel.*

»Alles wird gut«, sagte eine Stimme hinter ihm.

Überrascht und beinahe erschrocken zuckte Bai Jun zusammen, doch als er den Kopf drehte, sah er nur Lhundup, der mit hängenden Schultern herantappte. Seine Stirnwunde war geklammert worden, doch auf dem Kragen seines Hemds und Jacketts konnte der Bürgermeister noch immer dunkle Blutflecken sehen.

Er machte den Eindruck, als habe ihn eine Straßenbande in die Mangel genommen. Dennoch stand in seinen Augen ein zuversichtliches Glitzern, und sein Mund war zu einem Lächeln verzogen.

»Hast du irgendetwas gehört?«, wollte Bai Jun wissen.

Sein Assistent nickte. »Ich habe Doktor Haggard vorne auf dem Gang getroffen. Er hat nur einen Daumen gehoben und gesagt, dass er gleich zu uns kommen würde.«

Der Bürgermeister schloss für einen Moment die Augen und atmete hörbar aus. Es war, als habe man ihm eine schwere Last von den Schultern genommen. Im Grunde war es verrückt: Er wusste, dass Cui ihn angelogen hatte. Dass sie mit *Buming* und ihren Drahtziehern gemeinsame Sache gemacht und ihm absichtsvoll die Ähnlichkeit zu diesem toten Mädchen in Hohhot vorgespielt hatte, um ihn innerlich aus dem Tritt zu bringen.

Und trotzdem konnte er ihr nicht wirklich böse sein. Irgendwie hatte er das Gefühl, dass sie genauso ein Opfer der Umstände geworden war wie er. Vielleicht lag es an der Art, wie die andere Frau mit Cui oben im Stardust Tower umgesprungen war. Oder vielleicht wollte er auch einfach nicht glauben, dass so etwas Unschuldiges wie dieses Mädchen aus freien Stücken so niederträchtig sein konnte.

Bai Jun wurde aus seinen Gedanken gerissen, als Doktor Frank M. Haggard den Warteraum betrat. Der gut aussehende australische Arzt hätte auch in einer amerikanischen Vorabendserie nicht fehl am Platze gewirkt. Aber wer ihn nur auf sein Äußeres – seine breiten Schultern und sein volles Haar – reduzierte, übersah dabei, dass Haggard Nobelpreisträger war und sein Leben in den letzten Jahren damit verbracht hatte, Bedürftigen in Äthiopien medizinische Versorgung zu bieten.

Voller Erwartung erhob sich Bai Jun. »Sie haben gute Neuigkeiten für mich?«, fragte er

»Die habe ich wirklich«, sagte Haggard. »Ihre kleine Cui hatte Glück im Unglück. Wäre sie nur zwanzig Minuten später bei uns eingetroffen, hätte ich für nichts mehr garantieren können. Aber dank des schnellen Eingreifens von Sid und der unverzüglich anberaumten Notoperation kann ich Ihnen nun zufrieden und erfreut verkünden, dass die Patientin über den Berg ist. Sie wird noch ein paar Tage zur Beobachtung hierbleiben müssen, aber einer vollständigen Genesung steht, so, wie ich das sehe, nichts im Wege.«

»Das ist schön zu hören«, sagte der Bürgermeister. »Darf sie schon Besuch empfangen?«

»Sie mag noch ein wenig benommen von der Narkose sein, aber ich habe gerade eben gesehen, dass sie erwacht ist. Ich denke, einem kurzen Besuch steht nichts entgegen. Gehen Sie ruhig zu ihr. Es wird ihr bestimmt gefallen, Sie zu sehen. Sie hat schon nach Lhundup und Ihnen gefragt.«

»Komm, Lhundup«, sagte Bai Jun. »Wir wollen Cui nicht warten lassen.«

Auf dem Weg zum Aufwachraum fragte sein Assistent leise: »Was wird nun mit Cui passieren? Wird sie bestraft?«

»Davon soll jetzt noch keine Rede sein«, entgegnete Bai Jun. »Letzten Endes betrifft die ganze Affäre vor allem dich und mich. Wir wurden getäuscht, wir befanden uns in Gefahr. Dem Gesetz nach ist Cui sicherlich schuldig. Aber ob das Gesetz Anwendung findet, entscheiden wir.« Müde schüttelte Bai Jun den Kopf. »Ich weiß noch nicht genau, was ich denken soll. Zunächst einmal möchte ich mir ihre Version der Geschichte anhören. Das bin ich ihr schuldig. Außerdem dürfen wir auch nicht außer Acht lassen, dass sie ihr Leben riskiert hat, um meines zu retten. Sie mag den Einflüsterungen von *Buming* anfangs erlegen sein. Aber sie hat die innere Kehrtwende geschafft. Das spricht für sie.«

Sie erreichten den Aufwachraum. Doktor Haggard verabschiedete sich mit einem freundlichen Nicken. »Ich habe noch andere Patienten zu behandeln. Aber ich schaue später erneut vorbei.«

»Danke, Doktor!«, sagte Bai Jun. »Für alles.«

Sie fanden Cui auf einer Krankenliege vor, einen dicken Verband um die Brust und umgeben von Geräten, die ihre Vitalfunktionen überwachten. Auf einem kleinen Nachttisch neben ihr stand ein Glas Wasser und lag ein TerraNet-Ohrstöpsel. Ansonsten war der gelb gestrichene Raum größtenteils leer. Ein Fenster wies hinaus auf den kleinen Platz, der sich im Westen des Stardust Towers befand. Mildes Sonnenlicht schien durch die zugezogenen Vorhänge.

»Hallo, Cui! Wie geht es dir?«, fragte Bai Jun, während er sich einen Stuhl heranzog und sich zu dem Mädchen setzte. Lhundup blieb neben ihm stehen.

»Es geht so.« Sie lächelte tapfer. »Ich fühle mich noch ziemlich schwach und ein bisschen seltsam. Aber ich lebe. Ist das nicht das Wichtigste?«

»Ja, das ist es. Du hattest wirklich Glück. Dieser Schuss hätte dich genauso gut töten können. Wie kamst du nur auf den Gedanken, *Buming* anzugreifen?«

»Ich konnte doch nicht zulassen, dass sie Sie erschießt«, wandte Cui ein. »Sie heißt übrigens Chang. Ihren Vornamen kenne ich nicht. Sie ist eine ehemalige Agentin der Volksrepublik. Ich glaube, sie gehörte zum Militärgeheimdienst. Genau wie die anderen.«

Bai Jun merkte auf. Eigentlich hatte er diese Dinge noch gar nicht zur Sprache bringen wollen, aber da Cui nun von selbst davon anfing, hakte er nach: »Die anderen? Wie groß ist Changs Gruppe? Was weißt du darüber? Und wie passt du ins Bild des Ganzen? Du bist doch keine Exagentin?« So viel vermochte der Bürgermeister zu sagen. Wäre sie es gewesen, hätte sie Chang entwaffnen können, ohne sich eine Kugel einzufangen.

»Nein, ich habe nichts mit dem Geheimdienst zu tun«, bestätigte Cui. »Ich war auch eigentlich gar nicht Teil der Gruppe, der

Chang angehörte. Deshalb kann ich darüber überhaupt nichts sagen. Ich bin Schauspielerin aus Peking.«

»Schauspielerin?«, echote Bai Jun verblüfft. Damit hatte er nicht gerechnet – ein Indiz für ihr besonderes Talent. Und es erklärte, warum Cui jetzt, da sie nicht mehr ihre Rolle spielte, deutlich selbstbewusster sprach und agierte. Das verängstigte Straßenkind war sie nur für ihn gewesen.

Cui nickte. »Ja. Vor zwei Wochen wurde Changs Gruppe auf mich aufmerksam. Sie sagte, die Volksrepublik brauche mich. Zunächst war ich gutgläubig. Ich erkannte nicht, dass diese Leute schon lange nicht mehr im Dienst des Staats standen, sondern auf eigene Faust handelten.«

»Eine Dissidentengruppe gegen die Terranische Union«, sagte Bai Jun.

»Genau. Dass ihre Motive irgendwie fragwürdig sein könnten, begriff ich erst, als man mir sagte, ich solle nach Terrania gehen, um dort Ihr Vertrauen zu erschleichen. Offensichtlich sehe ich einem Mädchen sehr ähnlich, mit dem Sie, Bürgermeister, eine schmerzliche Episode Ihrer Vergangenheit verbinden. Mit diesem Schmerz wollten Chang und ihre Leute arbeiten.«

Und das war ihnen gelungen, musste Bai Jun sich eingestehen. Das Auftauchen von Cui hatte sein Leben und seine innere Ruhe gehörig durcheinandergewirbelt. Glücklicherweise nicht stark genug, um ihn seine Grundsätze und den Glauben an Perry Rhodans Vision verlieren zu lassen.

»Als ich hörte, was sie mit mir vorhatten, weigerte ich mich. Ich sagte, es käme mir nicht rechtens vor, einen Mann so zu quälen. Daraufhin entführte Chang meinen Vater. Sie setzte mich unter Druck. Wenn ich nicht gehorchte, würden sie ihn töten. Und wenn ich irgendjemandem etwas verriete, wenn ich Hilfe bei der Polizei suchte, würden sie ihn auch töten. Es würde wie ein Unfall aussehen. Niemand könnte ihnen etwas anhaben. Ich musste ihnen das glauben. Und auch wenn ich furchtbare Angst hatte und dazu einige Skrupel, ließ ich mich auf das Spiel ein. Ich sollte nur Ihre Nähe suchen. Mehr wurde nicht von mir erwartet. Und genau das machte ich. Es tut mir leid, dass ich Sie getäuscht habe. Sie waren so gut zu mir – oder vielmehr zu dem heimatlosen Straßenmädchen Cui.« Sie senkte beschämt den Kopf.

Bai Jun beugte sich ein wenig vor und ergriff ihre Hand. »Es war nicht deine Schuld. Ich werfe es dir nicht vor. Mach dir deswegen keine Gedanken.«

Zögernd sah das Mädchen ihn an. »Aber was wird jetzt aus meinem Vater? Ich habe Angst, dass Chang und ihre Leute ihm etwas antun, um mich zu bestrafen.«

»Chang stellt im Augenblick keine Gefahr dar«, sagte der Bürgermeister. »Sie ist in Gewahrsam. Und die zwei Männer, die mit ihr in den Stardust Tower eingedrungen sind, leben nicht mehr. Sie kamen beim Kampf mit der Tower-Sicherheit um. Aber deswegen ist dein Vater wirklich noch nicht in Sicherheit.«

»Können wir ihn nicht retten?«, mischte sich Lhundup ein.

Nachdenklich tippte Bai Jun sich ans Kinn. »Ich hoffe sehr, dass wir das können. Ich muss mit Chang im Gefängnis sprechen. Vielleicht gibt es eine Möglichkeit – auch wenn der Preis, den wir dafür wahrscheinlich zahlen müssen, mir überhaupt nicht schmeckt.«

An der Tür räusperte sich jemand, und als Bai Jun sich umdrehte, sah er den Kopf von Sid, der verlegen hereinschaute. »Stören wir, Bürgermeister?«, fragte der junge Mutant. Hinter ihm tauchte der Blondschopf von Betty Toufry auf.

»Nein, kommt rein«, sagte Bai Jun, während Cui den TerraNet-Ohrstöpsel vom Nachttisch nahm und einsetzte.

Die beiden Mutanten traten in das Zimmer. Sid trug einen Pod bei sich. »Wir wollten mal sehen, wie es dir geht, Cui«, erklärte er. »Und wir wollten dir was zum Zeitvertreib mitbringen. Ein paar neue Spiele.« Er hob den Pod.

Cui schenkte ihm ein mattes Lächeln. »Danke! Aber verzeiht mir: Ich weiß gar nicht, wer ihr seid.«

»Das sind Sid González und Betty Toufry, zwei junge Leute mit besonderen Gaben«, erklärte Bai Jun. »Ich bin sicher, sie werden dir alles darüber erzählen, wenn du sie lässt. Wir sind ihnen zu Dank verpflichtet, denn sie halfen uns nicht nur, Chang zu fassen, sondern auch und vor allem, dir das Leben zu retten.«

Mit großen Augen sah Cui die beiden an. »In diesem Fall danke ich euch noch mehr.«

»Nicht der Rede wert«, gab Sid mit einer abwinkenden Geste zurück. »Den Tag zu retten ist unser Job.«

»Aufschneider«, warf Betty grinsend ein und boxte ihn gegen den Arm.

Sid lachte nur.

»Ich lasse euch junge Leute dann mal allein«, sagte der Bürgermeister und stand auf. »Es gilt, einige Dinge zu erledigen.« Er nickte Cui zu. »Um deinen Vater kümmere ich mich. Den Preis, den mich das wohl kosten wird, bin ich bereit zu zahlen.«

»Ich finde kaum Worte für Ihre Güte, Bürgermeister Bai. Sie sind die Kugel, die ich für Sie abgefangen habe, wirklich wert.« Auf Cuis Gesicht lag grenzenlose Dankbarkeit.

Bai Jun spürte, wie ihn ein Gefühl von Wärme durchflutete. »Du kannst mich Jun nennen«, sagte er. »Einfach nur Jun.«

Die zwei unauffälligen Zivilmaschinen trafen sich auf einem namenlosen Flugfeld am östlichen Rand der Wüste Gobi. Es war einer dieser Momente, die verdächtig an einen Hollywoodfilm erinnerten, aber ob jetzt die Kunst das Leben oder das Leben die Kunst imitiert hatte, vermochte Bai Jun nicht zu beurteilen.

Die beiden Piloten blieben im Cockpit der zweimotorigen Cessna sitzen. Bai Jun verließ gemeinsam mit Lhundup und zwei vertrauenswürdigen Soldaten die Maschine. Sie alle trugen einheitliche Anzüge und lange Wintermäntel darüber. Sonnenbrillen gegen die gleißende Wüstensonne komplettierten ihre Garderobe. Unter den Mänteln hätte man vortrefflich leichte Schusswaffen verbergen können. Doch Bai Jun und seine Männer befanden sich mitten im Nirgendwo. Hier trug man seine Waffen – in ihrem Fall Maschinenpistolen aus chinesischen Militärbeständen – einfach offen.

In ihrer Mitte ging Chang. Bai Juns Leute hatten der ehemaligen Geheimagentin, die zur Dissidentin geworden war, Handschellen angelegt. Außerdem trug sie Fußringe, die schmerzhafte Schockladungen freisetzten, wenn die Gefangene zu große Schritte machte. Chang kannte diese Art von Fesseln und gab sich sichtlich Mühe, ihre Füße beisammenzuhalten.

Staub und vereinzelte Schneeflocken wehten über die einsame Piste. In allen vier Himmelsrichtungen war nichts als Einöde zu sehen. Einige wenige Wellblechhallen und Baracken sahen verlassen aus. Die Türen standen offen, und die Fenster waren blind vom Wüstensand.

Bai Jun fragte sich, was das hier bloß für ein Ort gewesen sein mochte. Ein Zwischenstopp für Bergleute, die nach seltenen Erzen schürften? Ein Schmugglernest? Oder gar ein geheimer

Stützpunkt des Geheimdienstes weit außerhalb jeder Jurisdiktion, an dem die Damen und Herren in Schwarz unbehelligt schalten und walten konnten, wie es ihnen beliebte?

Letzteres wirkte nicht so abwegig, wie es klang. Schließlich hatten Changs Hintermänner diesen Flecken Einöde als Ort der Übergabe vorgeschlagen. Bai Jun hatte ihn per Militärsatellit überprüfen lassen und sich einverstanden erklärt. Damit war wieder ein Gefallen abgegolten, den ihm frühere Kollegen in der Armee noch schuldig waren. *Langsam wird es Zeit, ein paar neue Gefälligkeiten zu erweisen,* dachte Bai Jun. *Sonst stehe ich irgendwann ohne Mittel da.*

Er ging im Geiste die Liste exotischer Güter und Datenpakete durch, die gegenwärtig noch in Terrania unter Verschluss waren und nach denen sich jeder hohe Militär und Industrielle der Welt die Finger leckte. Ein paar Kleinigkeiten konnte er sicher abzweigen. Damit war er keinesfalls der Einzige innerhalb des Führungsstabes der Terranischen Union. *Doch das hat Zeit,* ermahnte er sich, seine Aufmerksamkeit auf das Hier und Jetzt zu richten.

In einiger Entfernung stand die Maschine ihrer »Geschäftspartner«, eine schlanke, nachtschwarze Mitsubishi mit VTOL-Kapazität, also der Fähigkeit, mittels Schubumkehr senkrecht zu starten und zu landen. Im Augenblick gehörte das Flugzeug noch zu den modernsten Maschinen seiner Art. Schon bald würde seine Zeit jedoch abgelaufen sein, wenn Hybridtechnologie das Wissen der Arkoniden, Ferronen, Menschen und anderer Kulturen der Galaxis mehr und mehr verschmolz.

Bai Juns Blick wanderte zu dem Quartett schwarz gekleideter Männer weiter, die im Windschatten der Maschine standen und sie erwarteten. Auch ihre Zeit, so hoffte Bai Jun inständig, war bald abgelaufen.

Aber im Augenblick war es noch nicht so weit. Und deshalb musste er sich hier mit ihnen treffen und ein Geschäft abwickeln, das juristisch zumindest fragwürdig war, moralisch aber die einzige Option. Er musste eine überführte Terroristin gegen das Leben eines unschuldigen Mannes eintauschen, das Leben von Cuis Vater.

Etwa zwanzig Meter von der anderen Gruppe entfernt blieben Bai Jun und seine Leute stehen. »Wir haben Chang mitgebracht, wie abgesprochen. Wo ist Wang De Ming?«

»Hier.« Einer der Männer gab einer nicht sichtbaren Person innerhalb des Flugzeugs ein Zeichen. Ein hochgewachsener, aber gebeugt gehender Mann mit schütterem Haar und einer großen Brille auf der Nase kam unsicher die kurze Treppe heruntergestiegen. Auch seine Hände waren gefesselt.

»Schön«, sagte Bai Jun. »Dann vollziehen wir jetzt den Austausch.«

»Einverstanden«, antwortete sein Gegenüber. »Keine Tricks.«

»Die gleiche Warnung könnte ich Ihnen gegenüber aussprechen.« Er nahm die Sonnenbrille ab und nickte Chang zu. »Das war es dann wohl«, sagte er unwirsch. »Ich hoffe, wir sehen uns nie wieder.«

»Das wird sich zeigen«, entgegnete die Frau mit der ihr eigenen Süffisanz. Sie hielt ihm die gefesselten Hände entgegen. Bai Jun gab Lhundup ein Zeichen, und der entfernte die Handschellen und Fußringe.

»Vielen Dank«, sagte Chang und wandte sich zum Gehen.

»Denken Sie über meine Worte nach«, gab Bai Jun ihr zum Abschied mit auf den Weg. »Vielleicht erkennen Sie ja doch irgendwann, was das Beste für die Zukunft der Menschheit ist.«

Chang bedachte ihn mit einem schmallippigen Lächeln. »Denken Sie über *meine* Worte nach, General. Nicht jeder in Terrania ist Ihr Freund. Die Amerikaner hüten noch so manches Geheimnis.« Mit diesen Worten verließ sie ihn, und Cuis Vater kam zu ihnen herüber.

»Willkommen, Wang De Ming«, begrüßte ihn Bai Jun. »Sie sind jetzt in Sicherheit. Wir bringen Sie nach Terrania, wo Ihre Tochter Sie bereits sehnlich erwartet. Wenn Sie möchten, beginnt für Sie beide ab heute ein neues Leben. Sie sind in Terrania herzlich willkommen.«

Kurz darauf hoben beide Maschinen wieder ab und flogen in unterschiedliche Richtungen davon. Zurück blieben der Wüstenwind, die Einsamkeit und die unausgesprochene Frage Bai Juns, was Chang mit dieser Warnung wohl gemeint hatte.

Kapitel 13

Kampf dem Despoten
Topsid, in diesem Augenblick

Sie erwarteten den Despoten in einem privaten Nebenraum des Purpursalons: Eric Manoli, Khatleen-Tarr und Bismall-Kehn. Der Herr des Geleges trug seinen bodenlangen Kaftan aus seidenartig schimmerndem rotviolettem Stoff. Auf seiner Schulter saß Kikerren und fixierte die zum Flur weisende Tür, als wisse sie genau, wer demnächst hindurchtreten würde.

Durch eine geschlossene zweite Tür in der linken Wand hörten sie das Lachen der Feiernden, das Klirren von Gläsern und den Klang verführerischer Musik, die ohne Zweifel dazu gedacht war, die Atmosphäre aufzuheizen. Den Wartenden war nicht zum Feiern zumute. Sie spielten mit dem Feuer, und die Gefahr, dass sie sich hierbei die Finger verbrannten, war erschreckend groß.

Die Tür zum Flur öffnete sich, und ein Diener streckte den Kopf herein. »Herr, der Despot ist eingetroffen. Er befindet sich unten im Eingangsbereich.«

»Sehr schön. Er kann hochkommen. Ich empfange ihn hier.«

»Ja, Herr.«

Bismall-Kehn wandte sich an Manoli. »Versteck dich dort in dem Durchgang. Ich rufe dich, wenn es so weit ist.« Er deutete auf einen Zugang für Bedienstete in der Stirnseite des Raums, der durch einen Perlenvorhang verhängt war. »Und wundere dich nicht über die Leute, die sich dort bereits verbergen. Die gehören zu mir.«

»Ich verstehe.« Manoli bedachte Khatleen-Tarr mit einer Geste des Daumendrückens, die von der Topsiderin vermutlich nicht verstanden wurde, und ging durch den Vorhang. Dahinter war es dunkel, und ein schmaler Korridor zweigte nach links ab, um kurz darauf an einer weiteren Tür zu enden. Die Tür stand offen. In den Raum, der dahinter lag, konnte Manoli allerdings nicht blicken, denn im Türrahmen standen drei grimmig wirkende Topsider mit brauner Schuppenhaut. Jeder der drei trug eine Handwaffe wie Manoli.

Der Arzt nickte ihnen stumm zu. Sie züngelten und neigten dann ebenfalls die Köpfe. Man war auf derselben Seite.

Als Manoli sich umdrehte, um in den Raum zurückzublicken, sah er gerade noch, wie sich Khatleen-Tarr rekelnd auf einem couchartigen Möbelstück neben Bismall-Kehn in Pose legte. Sie hatte die Aufgabe, als schnelle Eingreiftruppe zu dienen, sollte es nötig werden. Der Despot würde in ihr nicht mehr als ein dummes Freudenmädchen sehen. Dass sie eine militärische Nahkampfausbildung genossen hatte und eine Waffe unter dem Kissen versteckte, würde er hoffentlich erst begreifen, wenn es zu spät war.

In diesem Moment öffnete sich die Tür zum Flur. Ein Mann in einem dunklen Kapuzenmantel trat ein. Sein Gesicht war halb verborgen durch einen Mundschutz, wie ihn manche Topsider aus Kerh-Onf trugen, wenn sie erstmals Khir-Teyal besuchten. Er wurde nur von einem einzigen Begleiter eskortiert, der den nichtssagenden Aufzug eines mittleren Beamten zur Schau stellte, allerdings höchstwahrscheinlich ein perfekt ausgebildeter Personenschützer war.

Der Vermummte zog Mundschutz und Kapuze herunter. Zum Vorschein kam die kräftige Schnauze eines Mannes, dem eine natürliche Autorität anhaftete. In seinen kleinen gelben Augen blitzte kalte Intelligenz. Megh-Takarr, der Despot, war ein ehemaliger Militär, der durch einen Putsch an die Macht gekommen war – das wusste Manoli aus den Nachrichten –, und diese Vergangenheit sah man ihm auch an. Im Grunde machte ihn das nicht zu einem schlechten Topsider. Machtwechsel auf dem Planeten der Echsen fanden in der Regel in Form eines Putsches statt. Trotzdem war er Manoli irgendwie sofort unsympathisch.

»Bismall-Kehn.« In Megh-Takarrs Stimme lag die Schärfe eines Machthabers, der es gewohnt war, Befehle zu geben, die danach sofort befolgt wurden.

»Mein Despot.« Der Herr des Geleges verbeugte sich tief. »Ich fühle mich geehrt, dass Sie mein bescheidenes Heim besuchen.«

»Ich bin nicht zum Vergnügen hier – im Gegensatz zu einigen meiner Offiziere und Ratsmitglieder, wie ich gesehen habe. Sie ließen mir ausrichten, Sie hätten etwas für mich. Jemanden, um genau zu sein. Einen Arkoniden, der vor einiger Zeit aus meinem Gewahrsam entfliehen konnte.«

»Das ist richtig, mein Despot«, sagte Bismall-Kehn. »Ich fand ihn zufällig vor ...«

»Ihre Geschichte interessiert mich nicht«, schnarrte Megh-Takarr. »Sie nannten als Bedingung für die Übergabe meine persönliche Anwesenheit. Nun gut, ich bin hier. Wo ist mein Arkonide? Geben Sie ihn mir, damit ich mich wieder auf den Weg machen kann. Das lasterhafte Treiben in diesem Haus widert mich an.«

»Das *Purpurne Gelege* ist für viele eurer Bürger ein Quell der Freude. Sie urteilen zu hart über meine Mädchen und mich.«

»Und Sie verschwenden meine Zeit. Ich habe noch andere Verpflichtungen.«

Bismall-Kehn schmatzte mit gespielter Enttäuschung. »Also schön: Bringt den Arkoniden rein!«

Die drei Topsider richteten ihre Waffen auf Manoli. Ein Adrenalinstoß jagte durch seinen Körper. *Bismall-Kehn hat mich doch verraten! Nein, nein, Unsinn. Er kannte Scharfauge. Vertrau ihm und spiel mit.*

»Geh!«, sagte der Erste der Topsider.

Manoli neigte den Kopf und betete, dass er nicht gerade den größten Fehler seines Lebens beging. Er ließ die Arme locker am Körper hinabhängen und versuchte, möglichst unbeeindruckt zu wirken. Doch innerlich verkrampften sich seine Eingeweide, als er um die Ecke schritt und dem Despoten entgegentrat. Hinter ihm folgten die drei Topsider mit ihren gezogenen Strahlwaffen in den Raum.

»Drei Wachen?« Der Despot schnaubte abfällig. »Ich glaube, Sie überschätzen die Kampfkraft dieser Blasshaut, Bismall-Kehn.«

»Die Männer sind nicht seinetwegen hier«, erklärte der Herr des Geleges höflich. »Sondern Ihretwegen.«

Neben ihm auf der Couch zauberte Khatleen-Tarr plötzlich ihre Dienstwaffe unter einem Kissen hervor. Gleichzeitig richteten die drei Topsider ihre Pistolen auf den Despoten und seinen Begleiter. Und auch Bismall-Kehn holte eine Waffe aus seinem bodenlangen Gewand.

»Verrat!«, brüllte der Despot.

Und auf einmal geschah alles gleichzeitig. Der Begleiter des Despoten riss den Arm hoch und rief eine Warnung in seinen

Handgelenkkommunikator. Einer der Oppositionellen schoss und traf ihn mitten in die Brust. Der Despot warf sich mit einem kraftvollen Sprung auf Bismall-Kehn. Dessen Strahlwaffe fauchte ebenfalls, wurde aber von einem plötzlich aufschimmernden Körperkraftfeld abgelenkt. Kreischend erhob sich Kikerren in die Luft. Es herrschte ein Riesenchaos.

Manoli sprang hinter die Couch und prallte fast mit Khatleen-Tarr zusammen, die ihrerseits über die Rücklehne flankte. Die Tür zum Purpursalon wurde aufgesprengt, und ein uniformierter Topsider, dem Rang nach ein hoher Raumflottenoffizier, brach, mit einem Wachmann in Sandalen und Tunika ringend, in den Raum herein. Manoli konnte sehen, dass hinter den beiden im Purpursalon, wo eben noch getrunken und gefeiert worden war, ebenfalls wilde Kämpfe ausgebrochen waren.

Die Oppositionellen mochten waffentechnisch im Vorteil sein. Die falschen Wachleute hatten Schockkeulen und Strahlwaffen gezogen. Aber sie hatten sich nicht nur harmlose Schreibtischtäter ins Haus geholt, sondern auch Soldaten und Kriegshelden, die sich mit einer Mischung aus Wagemut und fanatischer Loyalität dem unerwarteten Gegner stellten. Schon flogen Stühle und metallene Skulpturen durch den Raum auf die Putschisten zu. Die Anhänger des Despoten kämpften mit allem, was sie zur Hand hatten.

»Das also war Bismall-Kehns toller Plan?«, fragte Manoli fassungslos. »Eine wilde Schlägerei im eigenen Haus?« Er duckte sich, als ein Energiestrahl knapp über sie hinwegfauchte und über ihren Köpfen die Luft verbrannte.

»Frag nicht mich. Ich hatte damit nichts zu tun«, antwortete Khatleen-Tarr. »Und der Kampf der ›Kaltblütigen‹ ist mir auch egal. Ich will im Moment nur eines: lebend aus dieser Schlüpflingsgrube entkommen. Das Gelege war wohl die längste Zeit meine Heimat.« Neben ihnen fiel einer der Bewacher Manolis schwer zu Boden. Seine Augen starrten blicklos ins Leere. Aus seiner halb geöffneten Schnauze rann Blut.

»Sehe ich auch so«, pflichtete Manoli ihr bei.

»Tötet sie!«, brüllte der Despot irgendwo jenseits des Sitzmöbels. »Bringt diese elenden Putschisten um!« Seine Stimme entfernte sich etwas, als er offenbar in den Purpursalon hinüberwechselte. Wie es schien, war es Bismall-Kehn nicht gelungen, ihn zu überwältigen.

»Kämpfen wir uns gemeinsam bis unten durch«, sagte Manoli. »Wenn wir erst mal erfolgreich aus dem *Purpurnen Gelege* geflohen sind, kenne ich vielleicht jemanden, der uns weiterhelfen kann. Falls der sich nicht auch in just diesem Moment unglücklich macht.« Er dachte an Ghak-Ruk in *Ghak-Ruks Schlickgrube.*

»Also gut.« Khatleen-Tarr neigte den Kopf, dann schob sie ihn nach oben und lugte über den Rand ihrer Deckung. »Sieht in Ordnung aus«, zischte sie.

Manoli hob ebenfalls den Kopf – nur um ihn im nächsten Moment wieder einzuziehen, als ein Energiestrahl an ihnen vorbeipeitschte. »Ich dachte, es sei alles in Ordnung«, rief er empört und mit gefühlt verdoppeltem Herzschlag.

Die Topsiderin fauchte und erwiderte das Feuer, bevor sie sich duckte. »Ich sagte: ›Sieht in Ordnung aus‹«, verbesserte sie ihn. Sie warteten drei bange Herzschläge, dann wagte Khatleen-Tarr erneut einen Blick über den Rand.

»Und jetzt?«, fragte Manoli.

»Sieht in Ordnung aus.«

Er seufzte.

»Nein, ehrlich.«

»Dann los! Nichts wie raus hier.« Die Schüsse und Schreie aus dem Nachbarraum wurden immer heftiger, und auch auf dem Korridor schien gekämpft zu werden.

Sie verließen ihre Deckung und eilten auf die nur angelehnte Tür nach draußen zu. Überall im Raum lagen niedergestreckte Topsider: der Begleiter des Despoten, zwei der Oppositionellen und ...

»Bismall-Kehn!«, entfuhr es Manoli.

Der Herr des Geleges lag zusammengesackt an der Wand neben der Tür zum Purpursalon. Blut floss aus einer klaffenden Wunde an seiner Schläfe, und an der Brust war sein rotviolettes Gewand versengt. Über ihm auf der Kante der aufgesprengten Tür hockte Kikerren und schlug aufgeregt krächzend mit den lederartigen Flügeln.

Als er die Bewegung von Manoli und Khatleen-Tarr vor sich wahrnahm, hob Bismall-Kehn leicht den Kopf. Seine halb geschlossenen Augen öffneten sich. »Helft mir ... Bitte helft ...«

Die beiden wechselten einen Blick. »Wir haben keine Zeit«, zischte die Topsiderin. »Jeden Moment werden Truppen des Despoten hier eintreffen. Wir müssen hier weg.«

Manoli zögerte. Alles sprach dafür, den Verletzten zu ignorieren. Er hatte Bismall-Kehn gewarnt, dass jeder auf sich allein gestellt sein würde, wenn sein verrückter Plan schiefging. Nun war es so weit. Und das Beste, was er in diesem Moment tun konnte, war weglaufen. Er musste sich in den Straßen von Khir-Teyal verstecken und danach versuchen, auf eigene Faust seine Flucht von Topsid zu arrangieren. Mit Khatleen-Tarrs Hilfe hatte er eine Chance – die mit jeder Sekunde kleiner wurde, die er länger im *Purpurnen Gelege* verweilte.

Aber Manoli war auch Arzt. Er hatte einen Eid geschworen, denen zu helfen, die seiner Hilfe bedurften. Das bezog sich zwar ursprünglich nur auf Menschen, aber Topsider, Ferronen und Arkoniden hatten genau das gleiche Recht zu leben wie jeder Mensch. Er konnte Bismall-Kehn nicht einfach links liegen lassen.

»Nein«, entschied er. »Wir helfen ihm. Gib mir Deckung, ich ziehe ihn hinüber in den Durchgang zum Bedienstetenraum. Ich hoffe, dort gibt es einen Notfallkoffer.«

»Das ist verrückt, Erikk-Mahnoli. Du gefährdest dein Leben für jemand anderen, für jemanden, der dich ausgenutzt hat.«

»Ich weiß. Aber ich bin ein Bauchaufschneider. Das ist mein Beruf.«

Fluchend fing Khatleen-Tarr an zu schießen, während Manoli eine rasche Untersuchung an Bismall-Kehn vornahm. So, wie es aussah, hatte er nur Fleischwunden davongetragen, keine Knochenbrüche. Topsider waren erfreulich stabil gebaut. Aber er stand unter Schock und brauchte dringend ein Aufbaupräparat.

Fachmännisch nahm Manoli den Verwundeten in einen Tragegriff und schleifte ihn durch den Raum zu dem Perlenvorhang. »Warum zum Teufel bist du nur so fett?«, ächzte er leise, während er den gewichtigen Topsider durch den Vorhang und den kurzen Gang hinunterzog.

Dahinter befand sich wie erwartet ein kleiner Raum für Bedienstete, in dem diese Speisen und Getränke für die Gäste des Purpursalons und seiner angrenzenden Zimmer zubereiten konnten. Und an der Wand an der Stirnseite hing ein leuchtend grüner Kasten mit einem weißen Kreis darauf. »Genau das, was ich gesucht habe«, brummte Manoli.

»Danke!«, murmelte Bismall-Kehn in seinen Armen schwach. »Danke, Erikk-Mahnoli ...«

»Schon gut«, sagte dieser. »Danken Sie mir, wenn ich Sie gerettet habe.« Er hob die Stimme. »Bring zwei Kissen für ihn mit, Khatleen!« Es war ihm egal, ob sie glaubte, er wolle sich mit ihr paaren. Er hatte keine Zeit für lange Namen.

Einen Augenblick später tauchte die Topsiderin im Türrahmen auf, die Strahlwaffe im Anschlag und die gewünschten Kissen unterm Arm. »Hier.«

»Leg sie ihm hin und bette auf eins seinen Kopf, das andere klemmst du ihm unter die Beine.« Während er noch Anweisungen erteilte, lief Manoli zum Notfallkoffer hinüber, riss ihn von der Wand und öffnete ihn. Sterile Wundabdeckung, Spritzen mit Aufbaulösung, Wundschließer. Die Topsider besaßen einige wirklich nette Spielzeuge zur Erstversorgung von Verletzten. Selbstverständlich hatte Manoli alle verfügbaren Daten darüber auf das Speichermedium in seiner Brusttasche kopiert.

Dieses Interesse an fremder Medizintechnik mochte Bismall-Kehn in diesem Moment das Leben retten. Denn nur deshalb – und aufgrund seines Studiums topsidischer Anatomie – war es dem Arzt möglich, den Herrn des Geleges zu versorgen. Andernfalls hätte er hilflos wie ein Medizinstudent im ersten Semester vor dem Verletzten gestanden.

Im Laufe der nächsten fünf Minuten versorgte Manoli mit raschen, wenn auch nicht gänzlich routinierten Bewegungen Bismall-Kehns Wunden. In den Räumen des Bordells wurden die Kämpfe unterdessen mit unverminderter Härte fortgeführt. Doch es kam Manoli so vor, als würden die Schreie und Schüsse etwas leiser. Offenbar verlagerte sich das Ringen der Putschisten mit den regierungstreuen Gästen des Hauses in die untere Kugel.

Trotzdem bestand für sie noch immer Gefahr. Der Purpursalon lag viel zu nah. Ein flüchtender Kämpfer mit einer Waffe in den Klauen und einem nervösen Zeigefinger genügte, um diesen Abend noch hässlicher zu machen, als er bereits war.

Daher beschränkte sich Manoli auf das Nötigste zur Ersthilfe, bevor er sich Khatleen-Tarr zuwandte, die mit grimmiger Miene die Türen im Auge behielt. »Ich denke, er ist so weit stabilisiert. Wenn nichts Unerwartetes mehr passiert, sollte er durchkommen. Das heißt, wir können jetzt verschwinden.«

»Ich weiß nicht, ob das noch geht«, murmelte Khatleen-Tarr. Sie hatte den Kopf geneigt und schien zu lauschen.

»Wie meinst du das?«

»Ich fürchte, die Verstärkung des Despoten ist eingetroffen.«

Manoli huschte zur Tür, die zu dem Gang mit dem Perlenvorhang führte, und lauschte ebenfalls. Tatsächlich glaubte er, gedämpfte Stimmen aus dem Treppenhaus zu hören, die knappe, harte Befehle gaben.

Er fluchte. »Was machen wir jetzt?«

»Es gibt ... noch einen zweiten Ausweg«, keuchte Bismall-Kehn, der nach wie vor am Boden lag. »Mein Büro. Wir ... wir müssen in mein Büro.«

»Aber das ist ganz oben, in der oberen Kugel«, wandte Khatleen-Tarr ein.

»Keine andere Möglichkeit mehr ...«, beharrte der Herr des Geleges.

Die Topsiderin sah Manoli an. »Also dann. Beeilen wir uns.«

Kapitel 14

Schuld und Sühne
Terrania, 8. Januar 2037

Auch in Hohhot war es eiskalt.

Der kleine Friedhof lag am Ostrand der Stadt, dort, wo die Slums schleichend in Wildnis übergingen. Eine mannshohe Mauer umgab das sanft hügelige Gelände, Backstein mit kleinen Terrakottaziegeln an der Mauerkrone. An einer Stelle war ein mit abblätternder roter Farbe lackiertes Gittertor eingelassen. Es war verschlossen, aber nicht verriegelt, wie Bai Jun feststellte, als er die Hand auf die Klinke legte und diese hinunterdrückte.

Schweigend schritt er zwischen den kleinen Schreinen dahin, in denen die Urnen der Verstorbenen aufbewahrt wurden. Es waren schlichte Grabstätten, kaum mehr als ein paar aufeinandergestapelte Backsteine, die mit etwas persönlichem Zierrat versehen worden waren. Manche der Schreine waren solche Fertigmodelle aus Gussplastik, wie sie in den letzten zehn Jahren bei all jenen, die sich nicht mehr leisten konnten, in Mode gekommen waren.

Das Grab des Mädchens war noch aus Stein, etwas größer als ein Handkoffer. Es befand sich im hinteren Bereich des Friedhofs unter einem blattlosen Baum mit knorriger Rinde, der seine kahlen Äste in die kalte Winterluft streckte. Irgendjemand hatte ein paar rosafarbene Plastikschleifen daran befestigt. Es war ein eigenartiges Bild, das von kindlicher Naivität zeugte und zugleich unendlich traurig stimmte.

Ying-Ying, stand auf dem Grabstein. Ohne Nachnamen. Laut der Polizeiakte, die Bai Jun nach einigen Telefonaten hatte einsehen dürfen, hatte niemand ihn gekannt. Das Mädchen, eine wegen zahlloser kleinerer Delikte vorbestrafte Kinderprostituierte, hatte sich immer nur Ying-Ying genannt. In dieser Akte hatte Bai Jun auch den Friedhof gefunden, an den der Leichnam gebracht worden war, nachdem die hiesige Obrigkeit den Mord an ihr und ihrem Freier als Bandenkriminalität für abgeschlossen erklärt hatte – vermutlich unter dem sanften Druck des Geheimdienstes, für den Bai Jun damals tätig gewesen war.

Das alles war schon so verdammt lange her.

Ein anderer Mann hätte diese Tat schon längst hinter sich gelassen, das Gesicht des Mädchens einfach vergessen. Doch Bai Jun war das nie ganz gelungen, und die Tage mit Cui hatten die alte Wunde mit Macht aufreißen lassen.

Daher hatte er, nachdem er Cuis Vater sicher in Terrania abgeliefert hatte, sich dazu entschlossen, gleich zu einer zweiten Reise aufzubrechen, einer Reise deutlich privaterer Natur. Aus diesem Grund begleitete ihn niemand, weder Lhundup noch seine Leibwächter. Nur ein Pilot wartete auf ihn am Flughafen von Hohhot.

Das mochte leichtsinnig sein. Schließlich hoffte nicht nur Chang dort draußen auf ihre Gelegenheit, ihn für ihre Niederlage büßen zu lassen. Aber Bai Jun bezweifelte, dass die Frau und ihre Freunde sich so schnell wieder aus ihren Löchern wagten. Sie waren aufgeflogen. Man wusste in Terrania – und auch in den entsprechenden Behörden Chinas – nun, dass es sie gab. Sie würden ihre nächsten Schritte sehr vorsichtig angehen müssen.

Abgesehen davon lag Hohhot fernab von allen irdischen Krisenzonen. Kein Mensch erwartete Bai Jun hier. Er war ein Niemand unter Millionen von Niemanden. Die größte Gefahr ging davon aus, Opfer eines Kleinkriminellen zu werden. Aber die trieben sich nicht mitten am Tag auf Friedhöfen herum. Außerdem hatte Bai Jun eine Pistole bei sich. Nur zur Sicherheit. Und vor der Friedhofstür wartete der Streifenwagen, der ihn nach einer großzügigen Spende in die Kaffeekasse des örtlichen Polizeireviers hergebracht hatte.

Schweigend stand Bai Jun vor dem alten, heruntergekommenen Urnengrab. Er wusste selbst nicht so genau, wie er diese Begegnung am besten gestalten sollte. Bei seinem Aufbruch aus Terrania war ihm nur klar gewesen, dass er diese Reise endlich machen musste – besser spät als nie –, wenn er jemals inneren Frieden finden wollte. Es gab keine Entschuldigung für sein Handeln. Aber er konnte zumindest versuchen, um Verzeihung zu bitten.

Er blickte auf das Kästchen, das er unter dem linken Arm trug, eine einfache Holzschatulle. Er klappte sie auf und entnahm ihr die kleine, schön verzierte Messingschale, die er spontan in Hohhot gekauft hatte. Behutsam stellte er sie vor das Grabschild. Anschließend holte er etwas Räucherwerk hervor, das er in einer Papiertüte in seiner Manteltasche mitgebracht hatte, und zündete es an. Feiner Rauch stieg in den kalten Himmel auf.

Es tut mir leid, dachte er. *Wenn ich könnte, würde ich ungeschehen machen, was damals passiert ist.*

Eine Weile stand er schweigend mit gefalteten Händen vor dem Grab. Er dachte daran, wer er einst gewesen war und wie ihn die Begegnung mit Perry Rhodan zu einem anderen, zu einem besseren Menschen gemacht hatte. Rhodan würde vielleicht nie verstehen, wie dankbar er ihm dafür war und immer sein würde.

Schließlich verbeugte sich Bai Jun vor Ying-Yings letzter Ruhestätte, drehte sich anschließend um und ging über den Kiesweg des Friedhofs zurück zum Ausgang.

Am Tor erwartete ihn ein Mann in einem beigefarbenen Trenchcoat. Er hatte den Kragen hochgeschlagen und die Hände in den Taschen vergraben. Als Bai Jun ihn erkannte, konnte er sich einer gewissen Überraschung nicht erwehren. »Mister Mercant, was machen Sie denn hier?«

Der kleinwüchsige Exagent der Homeland Security und derzeitige Sicherheitskoordinator der Terranischen Union löste sich von der Mauer und schlenderte auf Bai Jun zu. Ein Blick an Mercant vorbei zeigte dem Bürgermeister, dass der Sicherheitskoordinator im Gegensatz zu ihm einige Bodyguards mitgebracht hatte. Sie warteten allerdings diskret außerhalb des Friedhofsgeländes.

»Ich brauchte mal etwas Abstand von Terrania«, sagte Mercant im Plauderton. »Teil einer Weltregierung zu sein ist wirklich ein Knochenjob. Man ertrinkt geradezu in Arbeit und übersieht dabei leicht, wenn Mitmenschen in Not sind. In Gewissensnot beispielsweise.« Er lächelte.

Bai Jun dagegen runzelte die Stirn. »Wie darf ich das verstehen? Spionieren Sie mir nach, Mister Mercant? Ich bin aus rein persönlichen Gründen hier. Ich habe einer alten Bekannten einen Besuch abgestattet.«

»Ich bin auch aus rein persönlichen Gründen hier. Ich wollte mit Ihnen reden, außerhalb des Dunstkreises der Regierungsgeschäfte.«

»Dafür haben Sie einen ziemlich weiten Weg auf sich genommen.«

Mercant zuckte mit den Schultern. »Was sind schon tausend

Kilometer in einer Zeit, in der wir zu anderen Sternsystemen fliegen?«

»Bitte verzeihen Sie mir, wenn ich das sage, aber ich habe gegenwärtig keine Lust auf derlei Spielchen. Kommen Sie zum Punkt, Mercant.«

Dieser schüttelte mit beinahe bedauernder Miene den Kopf. »Mister Bai, wir kennen einander nun schon seit beinahe einem halben Jahr. Dennoch sehen Sie in mir immer noch den Exagenten der US-Homeland Security. Und ich gestehe, dass auch ich bis vor Kurzem vor allem den Exgeneral der chinesischen Volksarmee in Ihnen gesehen habe. Das ist grundfalsch. Lassen Sie uns noch einmal von vorne anfangen.« Er streckte Bai Jun die Hand hin. »Hallo, mein Name ist Allan Mercant! Ich bin Terraner.«

Verblüfft starrte Bai Jun auf die dargebotene Hand seines Gegenübers. Zögernd ergriff er sie. »Ich weiß die Geste zu schätzen, Mister Mercant, aber ...«

»Allan«, sagte Mercant. »Bitte, nennen Sie mich Allan.«

»Schön ... Allan ... Aber Sie können mir doch nicht erzählen, dass Sie nur deswegen den Weg von Terrania nach Hohhot auf sich genommen haben, um mir die Hand der Freundschaft zu reichen.«

»Ich wüsste keinen besseren Grund«, erwiderte Mercant. »Trotzdem haben Sie recht, Jun – darf ich Jun sagen?«

Bai Jun nickte knapp. Alles andere wäre auch reichlich unhöflich gewesen, und sosehr ihn Mercants eigenwilliger Vorstoß verwunderte, gab ihm der Mann doch keinen Anlass, abweisend zu sein.

»Ich bin hier, weil ich wissen wollte, ob ich irgendetwas für Sie tun kann«, fuhr Mercant fort.

»Wie meinen Sie das?«, fragte Bai Jun verblüfft.

»Wir sind uns ähnlicher, als Sie denken, Jun. Wir haben beide in Regierungsorganisationen gedient. Im Verlauf dieses Dienstes waren wir mitunter zu fragwürdigen Handlungen gezwungen. Und wir haben uns Feinde gemacht, die versuchen könnten, uns daraus heute einen Strick zu drehen.«

Er wusste es! Bai Jun hatte keine Ahnung, wie Mercant es geschafft hatte, die Hintergründe des Zwischenfalls mit Cui und Chang herauszufinden. Aber vermutlich hätte er es erwarten müssen. Der Sicherheitskoordinator war, ähnlich wie Bai Jun, unglaublich gut vernetzt.

Er schenkte ihm ein anerkennendes Lächeln. »Es stimmt, Allan. Wir sind uns wirklich sehr ähnlich. Aber in dem Fall wissen Sie auch, dass uns ein paar Geister der Vergangenheit nicht zu bezwingen vermögen. Vielleicht lassen sie uns einen Augenblick straucheln. Aber wir sind schließlich beide Männer mit Prinzipien. Diese Prinzipien geben uns Kraft und lassen uns selbst gegen Gegner bestehen, die mit unlauteren Methoden vorgehen.«

Auch Mercant lächelte. »Das dachte ich mir fast. Ich wollte mich aber vergewissern. Und dabei ging es mir gar nicht so sehr um die Sicherheit Terranias, sondern wirklich um Sie. Als General waren Sie groß, Jun. Aber als Bürgermeister von Terrania entfalten Sie Ihr gesamtes Potenzial. Sie geben den Bürgern eine Stimme, eine starke Schulter zum Anlehnen und ein herausragendes Vorbild dessen, was es heißt, ein Terraner zu sein. Ich hätte Sie nicht gerne fallen sehen. Daher ist es schön zu hören, dass Sie mit Ihrem ... Geist fertig geworden sind. Aber beim nächsten Mal ...« Er beugte sich nah zu Bai Jun hinüber und senkte die Stimme. »... lassen Sie uns den Feind gemeinsam bekämpfen. Dann müssen wir Leute wie Chang vielleicht nicht wieder freilassen, nur um den Vater einer armen, fehlgeleiteten Schauspielerin zu retten. Also kommen Sie einfach zu mir und reden Sie Klartext. Wozu hat man schließlich Freunde?«

Bai Jun neigte würdevoll den Kopf. »Ich werde Ihre Worte im Hinterkopf behalten, Allan.«

Es lag eine erstaunliche Harmonie in diesem Augenblick. Etwas Altes hatte seinen Abschluss gefunden – und etwas Neues mochte soeben im Begriff sein zu beginnen. *Alles im Universum hat Bedeutung,* dachte Bai Jun. *Nichts geschieht zufällig.*

»Sehr schön«, sagte Mercant. Er deutete auf den Friedhofsausgang. »Darf ich Sie mit zum Flughafen nehmen?«

»Nur wenn Sie Gast an Bord meiner Maschine auf dem Rückflug nach Terrania sind«, erwiderte Bai Jun liebenswürdig.

»Sofern Sie Budweiser an Bord haben, bin ich dabei.«

»Lassen Sie mich kurz telefonieren, und bis wir am Flughafen sind, wird das ganz bestimmt der Fall sein.«

Lachend schlug Mercant ihm auf die Schulter, als die beiden Männer den kleinen Friedhof von Hohhot hinter sich ließen.

Kapitel 15

Flucht ins Ungewisse
Topsid, in diesem Augenblick

Keuchend schlug Manoli die Tür zum Büro von Bismall-Kehn hinter sich zu. Er war völlig außer Atem und schwitzte, als wäre er einen Marathon gelaufen. Warum gab es in diesen elenden Wohntürmen der Topsider eigentlich keine Aufzüge, sondern nur Treppen?

Wahrscheinlich hat Bismall-Kehn das extra so angelegt, damit seine Mädchen keinen Speck ansetzen, dachte er sarkastisch. Umso unerfreulicher war es, wenn man einen gut genährten Mann wie den Herrn des Geleges all die Stufen hinauf bis ins oberste Stockwerk schleppen musste.

Manoli drehte sich zu Bismall-Kehn um, den Khatleen-Tarr eben in einer kissenreichen Sitzecke abgeladen hatte. Die grünen Schuppen des Topsiders zeigten eine kränklich graue Färbung, sein Atem ging rasselnd. Kikerren, die ihrem Herrn nicht von der Seite gewichen war, landete auf der Metallbüste eines Topsiders, die neben der Sitzecke auf einem Sockel stand.

»Sehr gut ... danke«, sagte der Herr des Geleges. Er hob den Arm und deutete auf seinen großen Schreibtisch in der Mitte des Raums. »Oberste Schublade. Ein kleiner silberner Kasten.«

Khatleen-Tarr ging zu dem Möbelstück hinüber und zog an der Schublade. »Sie ist verschlossen.«

»Drück auf den Schädel ... der linken Echse«, gebot ihr Bismall-Kehn, womit er sich auf ein Zierelement bezog, von dem der Schreibtisch eine ganze Menge aufwies.

Die Topsiderin gehorchte, und mit einem Klicken öffnete sich die Schublade. Rasch griff sie hinein und holte ein zigarettenpäckchengroßes Kästchen hervor, auf dessen Oberfläche sich einige Knöpfe befanden. Es erinnerte Manoli stark an eine Fernbedienung. »Das hier?«, fragte sie.

Bismall-Kehn neigte schwach den Kopf. »Nun der rote Knopf«, sagte er.

Sie gehorchte, und Manoli vernahm ein mehrfaches Schließgeräusch in der Zimmertür. Zugleich schien draußen im Flur etwas surrend aus Boden, Wand oder Decke zu fahren. Ein energetisches Summen wurde hörbar.

Der Herr des Geleges erschlaffte erleichtert. »Für einen Moment ... sind wir sicher«, verkündete er. »Es sei denn ... unsere Gegner fahren richtig schweres Gerät auf. Aber ich bezweifle ... dass sie dazu gegenwärtig in der Lage sind.« Er lachte abgehackt.

»Was sollte sie abhalten?«, wollte Manoli wissen.

»Der Aufstand, Erikk-Mahnoli«, antwortete Bismall-Kehn, »der Aufstand der ›Kaltblütigen‹ ... gegen das Despotat hat begonnen. Überall in der Stadt. Darum haben die ... die Getreuen von Megh-Takarr ganz andere Sorgen als uns.«

Irgendwo in der Ferne, jenseits von Khir-Teyal, erschütterte eine Explosion die Nacht. Manoli bezweifelte, dass es sich dabei um einen Feuerwerkskörper handelte.

»Sie sagten, es gäbe hier einen zweiten Ausweg«, erinnerte ihn Khatleen-Tarr an den Grund ihres Hierseins. »Wo ist er?«

»Dort.« Bismall-Kehn deutete auf einen hohen Wandschrank neben einem Fenster.

Manoli ging hinüber und öffnete ihn. Eine harpunenartige Apparatur, die an einem Metallgerüst befestigt war, hing darin. »Was ist das?«, fragte er.

»Euer Fluchtweg.«

»Hätten Sie nicht ein Antigravmodul darin verstecken können?«, beschwerte sich Khatleen-Tarr.

»Schon«, erwiderte Bismall-Kehn. »Aber damit könnte nur einer entkommen.«

»Weißt du, was wir mit dem Ding anstellen sollen?«, fragte Manoli die Topsiderin.

»Ja«, sagte sie, griff beherzt zu und zog die Apparatur aus dem Schrank. Lautlos und butterweich schwang die Harpune an dem Metallgerüst herum und rastete an einem Vorsprung im Boden ein. Der Lauf zeigte direkt auf das einzige Fenster von Bismall-Kehns Büro.

Khatleen-Tarr stieß es auf. Rufe und Schüsse wehten von unten zu ihnen herauf. Das vielfarbige Blinken von Sicherheitsfahrzeugen erhellte die dunstige Nacht. In den Straßen von Kerh-Onf kam es zu einer weiteren Explosion. Über alldem hingen die drei fahlen Scheiben der Monde Topsids.

Manolis Begleiterin schob die Kanone mit einem Ruck nach vorne. »Wohin geht die Fahrt?«, fragte sie Bismall-Kehn, während sie durch das schlanke Zielfernrohr der Waffe blickte.

»Siehst du den Turm direkt gegenüber?«

»Ja.«

»Mittlere Kugel. Ein offenes Fenster.«

»Habe ich.«

»Feuere die Harpune dorthin ab! Die Wohnung dahinter gehört mir. Und die anderen Bewohner des Hauses sind bestochen. Keiner wird Fragen stellen oder Antworten geben.«

»Wundervoll.« Der Sarkasmus in der Stimme der Topsiderin war kaum zu überhören, als sie Maß nahm. Dann feuerte sie, und mit einem trockenen Knall schoss eine mattschwarze Leine in die Finsternis hinaus. Manoli konnte das Knirschen nicht hören, mit dem die Harpune in die Wand des benachbarten Gebäudes einschlug. Aber der Schuss musste gesessen haben, denn Khatleen-Tarr betätigte eine Kurbel und zog das Seil straff. »Sieht in Ordnung aus«, stellte sie fest.

»Sag doch so was nicht«, bat er.

Sie legte kurz fragend den Kopf schief, dann stieß sie unvermittelt ein zischelndes Lachen aus. »Weißt du was, Erikk? Ich mag deinen Humor. Selbst in der schlimmsten Krise noch einen Scherz auf den Lippen.«

»Eric?« Manoli hob die Augenbrauen. »Bitte sag mir, dass ich dich falsch verstanden habe. Du willst dich doch nicht jetzt mit mir paaren, oder?«

»Paaren?«, fragte Bismall-Kehn von der Sitzecke aus verwirrt.

Khatleen-Tarr lachte erneut. »Ich habe ihn an seinem ersten Tag im Gelege etwas am Schwanz gezogen. Er glaubt, nur Paarungsbereite nennen sich beim Erstnamen.«

»He, das stimmte nicht?«, fragte Manoli entrüstet.

»Es war nicht die ganze Wahrheit«, gab seine Begleiterin zu. »Aber *auch* Paarungsbereite nennen sich beim Erstnamen.«

»Also, dann nenne ich dich aber ab jetzt Khatleen!«, entschied er. »Nein, besser noch: Khat! Und zwar ganz ohne Paarungswunsch.«

»Vielleicht solltet ihr eure Neckereien auf später verschieben«, sagte Bismall-Kehn. »Wenn ihr wirklich in Sicherheit seid.«

»Ja, Sie haben recht«, pflichtete Manoli ihm bei. »Verschwinden wir von hier. Wenn wir nur wüssten, wohin ...«

Bismall-Kehn richtete sich etwas auf. »Ihr müsst zu Scharfauge«, verkündete er. »Er kann euch am besten helfen.«

»Scharfauge?«, wiederholte Manoli ungläubig. »Diesem ominösen Anführer der ›Kaltblütigen‹? Aber wo finden wir ihn? Ich glaube, es gibt derzeit niemanden auf ganz Topsid, der sich bedeckter hält als er.«

»Kikerren wird euch den Weg weisen«, sagte der Herr des Geleges. »Sie kennt den Weg.«

Die Flugechse krächzte wie bestätigend und nickte mehrfach mit dem langen Kopf.

»Ihr Schoßtier?« Manoli betrachtete es zweifelnd.

»Kikerren ist viel mehr als das. Vertrau mir, Erikk-Mahnoli.«

»Also dann«, sagte Khatleen-Tarr. Sie griff erneut in den Schrank und holte zwei der sicher zehn Rollapparaturen heraus, die dort lagen. Mit geübten Handgriffen klinkte sie die beiden hintereinander in das Seil ein. »Bereit für einen nächtlichen Ausflug?«

Mit einem unguten Gefühl in der Magengrube blickte Manoli auf die Seilkonstruktion. »Ungern, aber was bleibt mir anderes übrig?«

»Ganz recht.«

»Wartet noch einen Moment, bevor ihr verschwindet.« Bismall-Kehn stemmte sich ächzend von den Kissen hoch und humpelte zu dem Schreibtisch hinüber. Er aktivierte einen weiteren Geheimmechanismus, und ein Stück der hölzernen Tischplatte fuhr zur Seite, um eine glatte schwarze Scheibe zu enthüllen. Auf einen Fingerdruck hin erwachte sie zum Leben und wurde zu einem Touchscreen-Computer.

Der Topsider gab einige Befehle ein. »Das wird jetzt kurz zwicken«, sagte er.

Im nächsten Augenblick zuckte Manoli zusammen. Ihm war, als habe ihn jemand mit einer Stecknadel in den Allerwertesten gepikt. Khatleen-Tarr neben ihm erging es ähnlich. »Autsch! Was war das denn?«, wollte er wissen.

»Ein subkutaner Sender«, antwortete Bismall-Kehn. »Was glaubst du, wie ich dich bei deiner Flucht vor fünf Wochen so schnell gefunden habe? Ich verliere nicht gerne Personen, die mir wichtig sind.«

»He, davon wusste ich gar nichts!«, regte sich Khatleen-Tarr auf. »Unverschämtheit.«

Der Herr des Geleges gab ein schmatzendes Geräusch von sich. Es klang abschätzig. »Kein Grund, aus den Schuppen zu fahren. Ich habe mein Wissen nie missbraucht. Es handelte sich um eine reine Sicherheitsvorkehrung. Khir-Teyal ist ein gefährliches Pflaster. Daher ist es mir wichtig zu wissen, wo ich suchen muss, wenn mal jemand von meinen Leuten nicht pünktlich zur Arbeit erscheint. Außerdem habe ich die Sender ja eben gerade zerstört. Denn dort, wo ihr jetzt hingeht, darf euch niemand nachfolgen können.«

»Was wird eigentlich aus Ihnen?«, wollte Manoli wissen.

»Ich bin ein Mann mit vielen Talenten«, sagte Bismall-Kehn. »Mein größtes mag darin bestehen, meinen Kopf aus Schlingen zu ziehen. Ich komme schon zurecht.« Er neigte auffordernd den Kopf. »Und nun geht, bevor euch auch dieser Fluchtweg versperrt ist.«

»Frauen und Kinder zuerst«, sagte Manoli und bedeutete Khatleen-Tarr, eine der Rollapparaturen zu ergreifen.

Sie schlüpfte in die Halteschlinge und packte den Steuergriff der Apparatur. »Du weißt, wie das funktioniert?«, fragte sie. »Einfach am rechten Griff drehen; das löst die Sperre, und es geht abwärts.«

»Ich komme schon klar«, sagte Manoli, während er sich ebenfalls bereit machte.

Khatleen-Tarr setzte sich auf das Fenstersims und schwang die Beine ins Freie. »Ziemlich viel los da unten«, stellte sie fest. »Zum Glück ist es Nacht, und wir befinden uns gut vierzig Meter über dem Erdboden.«

»Das hättest du nicht extra erwähnen müssen.«

»Verzeih mir. Ab jetzt bin ich still.« Sie zwinkerte Manoli zu. »Wir sehen uns auf der anderen Seite.« Sie stieß sich ab und verschwand rauschend in der Finsternis. Kikerren folgte ihr mit aufgeregten Flügelschlägen.

Manoli brachte sich in Position. *Nicht nach unten schauen. Nur nicht nach unten schauen,* ermahnte er sich.

Im Korridor vor dem Büro wurden energische Stimmen laut. Im nächsten Moment begann eine Schnellfeuerwaffe zu hämmern.

Der Arzt warf einen sorgenvollen Blick zum Eingang, dann

auf den an seinem Schreibtisch sitzenden Bismall-Kehn. Der Herr des *Purpurnen Geleges* wirkte vollkommen entspannt. »Ich wünsche dir viel Glück, Erikk-Mahnoli«, sagte er. »Und richte Scharfauge meine Grüße aus.«

»Das werde ich. Und auch Ihnen alles Gute!«

Mit einer entschlossenen Bewegung stieß sich Manoli vom Fenstersims ab und raste hinaus in die Nacht von Khir-Teyal.

Michelle Stern

Das Gespinst

»Ixik, sa tuslon, saigez haldor.«
»Hör, mein Bruder, uns rufen die Sterne.«
Mehandor

Kapitel 1

Perry Rhodan
2. Januar 2037, weit fort von daheim

Die Sterne flackerten im Holo auf, als könnten sie sich nicht entscheiden, ob sie bleiben oder für immer erlöschen wollten. Licht und Dunkelheit stritten miteinander. Perry Rhodan klammerte sich an den Armlehnen seines Kontursessels fest. Ein Messer schien nach seinen Halswirbeln zu stechen, der Nacken brannte wie unter Rohrstockschlägen. So plötzlich, wie er aufgeflammt war, verschwand der Schmerz wieder.

»Neue Schäden am Transitionstriebwerk!«, rief Thora neben ihm. Die Arkonidin hatte sich schneller von der Transition erholt als er; für die erprobte Raumschiffskommandantin musste der Entzerrungsschmerz vertraut sein.

Zitternd wischte sich Rhodan Schweiß vom Hals und straffte die Schultern. *Kann man sich je daran gewöhnen, dass einem eine unsichtbare Klinge mit Wucht in den Nacken getrieben wird?*

Rhodan lehnte sich zurück, sah die zahlreichen Holografien, die hufeisenförmig um Thora lagen und sie wie eine Mauer aus Licht einschlossen. Weitere Bilder und Statusmeldungen leuchteten am Kommandostand auf. Die Einfärbungen zeigten gut zwei Dutzend Systemausfälle. Die Positronik war überlastet und musste manuell unterstützt werden. Akustische Informationen blieben aus, lediglich das schrille Heulen einer Sirene war zu hören, als käme es von überall zugleich.

Rhodan brauchte keinen zweiten Blick, um zu erkennen, dass die TOSOMA sich in ein besseres Wrack verwandelt hatte. Durch die erneute Transition gab es zahlreiche zusätzliche Schadensanzeigen, die sich mit rhythmischem Blinken in den Vordergrund drängten. Offensichtlich war dieses Mal besonders die äußere

Kugelschale in Mitleidenschaft gezogen worden. Die noch vorhandenen Teile der gepanzerten Außenhülle aus Arkonstahl waren zerlöchert wie nach einer Raumschlacht, der Ringwulst des Kugelraumers wies mehrere Dellen und Einkerbungen auf. Als hätten sich die Zähne eines mondgroßen Raumriesen hineingegraben, war das Segment aus dem Schiff herausgefetzt worden, das sie hatten absprengen müssen.

Er zwang sich, die Erinnerungen daran hinter sich zu lassen. Die Gegenwart wartete mit neuen Herausforderungen auf. Auch wenn sich die Schwerkraftverhältnisse der inneren Kugel stabilisierten, war es höchste Zeit, sich um die neuesten Schäden zu kümmern. Mit raschen Bewegungen berührte Rhodan die Schaltflächen des Steuerpults auf seiner Konsole, um weitere Holoelemente zu erzeugen. Innerhalb eines Augenblicks umgaben ihn Thoras Darstellungen. Jede Schadensmeldung schien laut der Farbgebung aufgrund der fehlerhaft arbeitenden Positronik die wichtigste zu sein.

Rhodan griff mit ruhigen Händen nach den Daten der Lebenserhaltung und zoomte sie mit Daumen und Zeigefinger heran. In wenigen Sekunden würden gleich zehn Aggregate versagen, die Systeme endgültig zusammenbrechen. Die Zentrale würde also nicht mehr durch Energie und Sauerstoff versorgt werden. Dann käme er sich wieder wie in der Hölle vor, in der er erst vor Kurzem gewesen war, beim zweiten und verheerenden Fehlsprung der TOSOMA.

»Positronik, Energie in Lebenserhaltungssysteme umleiten! Restliche Impulstriebwerke dafür desaktivieren!« *Solange wir wie Raumschrott im All treiben, brauchen wir sie nicht. Atemluft und Druck gehen vor.*

»Neue Brände durch Aggregatversagen in vier Außensektionen!«, sagte Thora. »Löscharbeiten sind eingeleitet!«

Neben ihnen erklang ein Fluchen. »Verdammt, wer hat mich denn niedergeboxt? Mein Nacken fühlt sich an, als hätte jemand die Finger nicht vom Elektroschocker lassen können!«

Rhodan ignorierte Reginald Bulls Kommentar, seine Augen weiteten sich, aufsteigendes Entsetzen machte ihn sprachlos. Mit angehaltenem Atem starrte er auf eine gelb schillernde Anzeige. Die Fusionsreaktoren standen kurz vor der Überlastung. Würde das Schiff sich in einen Glutball verwandeln? Zehntausend Jahre auf dem Grund des Atlantiks gingen an einem arkonidischen Raumschiff nicht spurlos vorüber. Im Neuzustand wären die Schäden sicher schnell behoben und die richtigen Schritte eingeleitet worden. So jedoch reagierte die Positronik quälend langsam. Zum Glück sanken die bedrohlichen Werte.

Rhodan presste die Luft aus den Lungen und widmete sich einem anderen Problem. »Wie viele Verletzte?«, fragte er Thora.

»Weitere hundert, mindestens. Die Synchronisation der Transition ist nicht exakt gelungen. Kreislaufprobleme und Krämpfe sind die Folge. Medizinische Erstversorgung ist auf dem Weg.«

In den Daten sah Rhodan die Anzahl der Besatzungsmitglieder. Die Rettung der im Hangar Eingeschlossenen war ein voller Erfolg gewesen. Sie hatten niemanden im Weltraum zurücklassen müssen, und die Verletzungen hielten sich in Grenzen. Vermutlich würde es keine bleibenden Schäden geben. Zumindest das war ein Lichtblick. An die zwölf Menschen, die direkt oder an den Folgen der ersten missglückten Transition gestorben waren, durfte er nicht denken, sonst würden ihn Trauer und Entsetzen überwältigen. Er kannte ihre Namen und hatte jedem von ihnen die Hand geschüttelt, als sie an Bord kamen.

»Die Lebenserhaltungssysteme stehen!«, stieß Thora hervor. Sie blinzelte Tränen der Erregung fort.

Um sie herum erstarb das enervierende Heulen der Sirene. Stille trat ein.

Rhodan merkte erst in diesem Augenblick, wie sein Herz raste. Es hämmerte in seiner Brust, als wollte es die mangelnde Aktivität der Positronik ausgleichen. Schweißtropfen lagen auf seiner Stirn. Trotzdem fühlte er sich körperlich um Längen besser als nach der ersten Transition.

»Basismodus stabilisiert sich«, sagte er zu Thora, aber auch zu Reg und den anderen Besatzungsmitgliedern in der Zentrale der TOSOMA.

Viele von ihnen kamen in diesem Moment stöhnend und fluchend wieder zu sich. Der Entzerrungsschmerz hatte sie außer Gefecht gesetzt. Ein medizinischer Roboter nahm sich John Marshalls an, der noch immer bewusstlos war, und verabreichte ihm eine Injektion. Ein Mechaniker übergab sich röchelnd. Reg war aufgestanden und kümmerte sich um den wimmernden und sich windenden Tako Kakuta, der vor der Transition auf einer behelfsmäßigen Liege fixiert worden war. Die Anstrengungen der vielen Teleportersprünge zur Rettung der Eingeschlossenen hatten ihn gezeichnet. Seine bleiche Haut spannte über den Knochen. Zwei Schritte weiter lag Gucky auf einer ähnlichen Trage. Der Mausbiber regte sich nicht, er schien bewusstlos zu sein.

Rhodan sah von ihm zu Anne Sloane, die sich über Gucky beugte, um nach ihm zu sehen. *Trotz der Mutanten haben wir einen Koch gebraucht, um den Großteil der Eingeschlossenen zu retten. Wenn dieser Rhino mein Appartement im Stardust Tower haben will, sei es ihm mit Kusshand geschenkt.*

Im großen Holo unter der Decke der Zentrale veränderte sich das Bild der Sterne. Sie erloschen endgültig, um der Schwärze Raum zu geben.

»Wiederherstellung der Optik voraussichtlich in drei Minuten«, informierte Thora. Ihre Bewegungen waren atemberaubend schnell, doch Rhodan hatte keine Zeit, ihr länger zuzusehen. Er war damit beschäftigt, zusätzliche Löschroboter manuell zu aktivieren, um sie in die Hauptbrandregion zu schicken. Danach kanalisierte er die medizinische Hilfe für die Besatzung und überschlug mithilfe der Positronik die Möglichkeiten an Unterstützung sowie einer Erstversorgung. Die Bordmittel reichten aus, wenn auch knapp.

»Ortung in vier Minuten möglich!«, mischt sich Crest ein. Der alte Arkonide sprang auf und half Reg, eine bewusstlose Ingenieurin in die stabile Seitenlage zu bringen.

Mehrere Augenblicke vergingen in angespanntem Schweigen. Um sich herum hörte Rhodan, wie die Zentralebesatzung die Arbeit wieder aufnahm. Nach und nach gelang es den Männern und Frauen, Herr über das Chaos zu werden.

Wir schaffen es, machte sich Rhodan Mut. *Wir haben den Atombrand aufgehalten und sind entkommen. Wir meistern auch diese Situation.*

Die Notbeleuchtung wich dem Licht mehrerer kranzförmig angeordneter Strahler, deren heller Schein Rhodan blendete. Er blinzelte, griff zu den Schaltelementen und stellte eine akustische Verbindung zur Besatzung her. »Hier spricht Perry Rhodan. Der Atombrand ist aufgehalten, die Besatzung geborgen. Wir mussten niemanden zurücklassen.«

Zittriges Lachen und begeisterte Rufe kamen aus der Zentrale. Rhodan vermutete, dass seine Worte im ganzen Schiff Erleichterung auslösten. »Wir haben vor allem einem Mann zu danken: dem Sternekoch Rinat Ugoljew, der vielen von Ihnen unter dem

Namen Rhino bekannt ist. Danke, Rhino! Ich denke, ich spreche nicht nur für mich, wenn ich sage: Sie haben mehr als einen Orden verdient.« Er machte eine kurze Pause. »Weitere Hilfe ist unterwegs. Bitte bleiben Sie ruhig und folgen Sie den Anweisungen der Besatzung. Ich melde mich wieder.«

Thora drehte sich zu ihm um, ihr Gesicht wirkte ausgezehrt von der überstandenen Anstrengung. Die roten Augen verengten sich, die Anspannung in ihren Zügen verriet neue Sorgen. »Wir haben eine Ortung. Die Positronik hat aufgrund der missglückten Transition eigenständig diese Koordinaten angesteuert.«

Ehe Rhodan fragen konnte, warum Thora die Eigenmächtigkeit der Positronik offensichtlich missfiel, entstand neben dem Kommandostand ein Hologramm. Es zeigte in Übergröße ein gestochen scharfes, dreidimensionales Bild. Er drehte seinen Sessel zu der Erscheinung. Die Aufmerksamkeit aller Anwesenden richtete sich darauf.

Mitten in der Einsamkeit des Weltraums lag ein silbriges Gebilde mit zahlreichen ausgestreckten Armen, die wie Tentakel um sich griffen. Das Holo zeigte parallel mehrere Daten an.

War das ein *Raumschiff?*

»Wow!«, entfuhr es Reg. »Ein Oktopus aus Stahl!«

Rhodan hörte, wie mehrere Menschen scharf einatmeten. Auch ihm drohte die Luft wegzubleiben. Anne Sloane trat näher heran und streckte die Hand nach dem Holo aus. Ihr Finger berührte strahlendes Licht. »Das ist ... atemberaubend. So unwirklich. Wie aus einem verrückten Traum.«

Fasziniert starrte Rhodan auf das Konstrukt. Eben schob sich unter ihm ein kreisrundes Objekt mit hoher Albedo hervor. Ein Planet. Weiße Krater durchzogen eine helle Oberfläche.

Was Rhodan im ersten Augenblick für ein Raumschiff gehalten hatte, entpuppte sich anhand der eingeblendeten Daten als Raumstation von gigantischem Ausmaß. Die zentrale Einheit bestand aus einem Walzenschiff, das gut siebenmal so lang war wie das größte menschliche Objekt im All. Auf der Walze lag auf mehreren turmartigen Säulen eine mindestens doppelt so lange Plattform mit transparentem Dach, die sich wie ein Spielbrett mit winzigen Gebäuden und gläsern wirkenden Skulpturen vor ihnen ausbreitete. Auf ihr wucherten fremd wirkende Pflanzen, eingebettet in ein kompliziertes System von Wasserläufen. Einige schienen von innen heraus zu leuchten. Gleichzeitig sonderte das durchsichtige Dach ein Glitzern und Funkeln ab, als würde ein geschliffener Diamant von der Größe einer Kleinstadt im Raum treiben. An den Kanten reizte das bunte Irisieren die Augen und ließ das gesamte Gebilde wie ein Trugbild flirren.

Die Station befand sich im geostationären Orbit einer Eiswelt. Eine ferne Doppelsonne lieferte wie ein Scheinwerfer orangegoldenes Licht. Der blassere blaue Schein des kleineren Sterns konnte sich gegen die Strahlkraft des Überriesen an seiner Seite nicht durchsetzen. Die Helligkeit war derart extrem, dass die Positronik sie automatisch dimmte. Laut den Anzeigen besaß die Sonne die hundertfache Leuchtkraft von Sol.

Beta Albireo, erkannte Rhodan. Sein Hals fühlte sich zugeschnürt an. *Im Sternbild Schwan. Über dreihundertzwanzig Lichtjahre von der Erde entfernt.* Er wusste nicht, was ihn mehr beeindruckte: der unvorstellbare Abstand zu seiner Heimat oder die glitzernde Raumstation vor ihm, die wie eine Oase in der Wüste des Weltraums lag und sich im Nichts zwischen den Sternen behaupten musste.

»Ein Diamantgarten im Weltall«, sagte Reg in die andächtige Stille. »Auf dem Rücken eines Stahlkraken. Ich werd verrückt.«

Neugierig glitten Rhodans Blicke über die Konstruktion. Von der zentralen Einheit gingen zahlreiche Aus- und Zubauten ab. Es war ein Konglomerat an zylindrischen Schiffen, die jeweils im rechten Winkel abstanden. Manche blinkten wie von Feuerfunken übersät, andere erschienen dunkel und schwammig, als läge ein Feld aus aschgrauem Licht um sie. Kilometerlange Tunnel und Versorgungsleitungen streckten sich ins All hinaus. Sie hoben sich hell leuchtend von der Schwärze des Hintergrunds ab. An einigen von ihnen dockten Raumschiffe verschiedenster Größen, Formen und Farben an. Neben zwei bunten Kugelraumern ruhten drei einfarbige Walzen und ein schwarz gemusterter Diskus; auf der ihnen entgegengesetzten Seite löste sich ein ellipsoides Schiff neben einem klein erscheinenden Würfel in glänzendem Gold aus seiner Parkposition. Zahlreiche weitere Schiffe gaben dem Gesamtgebilde seine wechselhafte Form. Die meisten von ihnen waren offensichtlich unbewaffnete Frachter.

Es war das erste Mal, dass Rhodan auf einen Blick erfassen konnte, wie viele Zivilisationen sich in der Galaxis vor seinen Augen verbargen. Eine Offenbarung. Die Schiffe waren so unterschiedlich wie ihre Erbauer, und jedes einzelne schien zu sagen:

»Sieh hin, Perry Rhodan, das Weltall ist groß und die Menschheit nur ein winziges Sandkorn am Strand des Sternenozeans.«

»Was ist das?«, flüsterte Tako Kakuta, der sich so weit erholt hatte, dass er, wenn auch zittrig, ohne Hilfe auf den Beinen blieb.

»KE-MATLON«, antwortete Crest. »Eine Etappenstation für Transitionsraumschiffe. Einen Moment, wir erhalten per Kennungsausstrahlung ein Datenpaket. Ich stelle auf visuelle Annahme.«

Rhodan sah fasziniert zu, wie unter dem Gebilde Daten in einer fremden Sprache auftauchten und innerhalb von Sekunden in Arkonidisch und Englisch übersetzt wurden. Mehrere Infosätze flammten auf. Einer davon verriet, dass die Bewohner das Gebilde »Gespinst« nannten. Die Eiswelt trug den Namen Gedt-Kemar.

»Snowman«, sagte Reg mit einem Grinsen. »Wenn man auf Gedt-Kemar hinabsieht, erkennt man in den Umrissen des Kontinents einen Schneemann. Wir sollten den Planeten so in der Datenbank abspeichern.«

Crest nickte gutmütig. »Wie Sie wünschen.«

Rhodan lächelte. »Die Station hat eine Werft. Deshalb hat die Positronik uns vom Kurs geschickt. Etwas Besseres hätte uns nicht passieren können.«

Thora verschränkte die Arme vor der Brust. »Glauben Sie. Ich fürchte ...«

»Ein Hyperfunkspruch!«, unterbrach Crest. Er sah Rhodan an. »Im Datenpaket befindet sich ein Update, das mit unseren Translatoren kompatibel ist. Ich überspiele Ihnen die Mehandorhandelssprache auf den implantierten Chip. Sie heißt Interkosmo.«

»Annehmen!«, befahl Thora. Sie stand auf, wischte sich übers Gesicht, um die letzten Tränen zu trocknen.

Das Bild KE-MATLONS verschwand. Übergangslos stand die Holografie einer Frau im Raum. Die Fremde trug eine weiße Kombination mit lindgrünen Verzierungen. Auf Rhodan wirkte sie wie eine drahtige Endfünfzigerin von zierlicher Statur. Kurze rote Haare ließen sie Reg ähneln. Sie war etwas kleiner als Thora. Das Gesicht hatte sie dezent geschminkt. An der Oberseite eines Ohres saß eine diamanten blitzende Klammer, an der drei dünne Silberfäden baumelten.

»Hier spricht Matriarchin Belinkhar aus der Sippe der Nham. Ihr Schiff hat keine gültige Kennung. Bitte identifizieren Sie sich und nennen Sie Ihr Anliegen.« Für eine so zierliche Frau klang ihre Stimme überraschend tief. Mit wachem Blick fixierte sie Thora. Ihre grünen Augen sahen sich neugierig in der Zentrale um, ehe der Blick zu Thora zurückschweifte. Von der Benommenheit arkonidischer Fiktivspielsüchtiger fehlte bei ihr jede Spur. Sie schien mit beiden Beinen ganz im Leben zu stehen, ihre stolze Haltung stand der Thoras in nichts nach.

Mit gehobenem Kinn machte Thora einen Schritt weiter in das Erfassungsfeld hinein. »Mein Name ist Tiara da Intral. Wir sind durch eine misslungene Transition auf diese Position gesprungen und beabsichtigen nicht, die Neutralität des Gespinsts zu gefährden.«

Die Matriarchin hob eine Augenbraue. »Ihre Worte in den Ohren des Regenten, Arkonidin. Wenn Sie weiterfliegen, dürfen Sie passieren.« Sie musterte Thora von oben bis unten. »Ihr Schiff hat schon bessere Zeiten gesehen. Sollten Sie eine Reparatur oder medizinische Versorgung in Anspruch nehmen wollen, lassen Sie sich von Haklui Sarkatz in Sektor C einweisen. Ich erwarte Ihre Entscheidung innerhalb der nächsten drei Arkonstunden. Danach endet Ihre Aufenthaltsgenehmigung in unserem Sippengebiet.«

Thora und Crest tauschten einen Blick, den Rhodan nicht deuten konnte. Er sah eine steile Falte auf Thoras Stirn, die zuvor nicht da gewesen war.

»Danke, Matriarchin Belinkhar. Das ist sehr großzügig.«

Das Bild der Matriarchin erlosch.

Rhodan lehnte sich in seinem Sessel vor. »Tiara da Intral? Wieso geben Sie einen falschen Namen an?«

Entgegen ihrer sonst sehr forschen Art senkte Thora den Blick. »Aus Sicherheitsgründen. Wir sind nicht unter Freunden.«

Bull verdrehte hinter Thora die Augen. Eine Mimik, die Rhodan zeigte, dass er neuen Nachschub für seine Befürchtungen erhalten hatte. Thora und Crest hielten sich seit Beginn der Planungen zu ihrem Vorstoß nach Arkon bedeckt. Bisher hatte Rhodan es hingenommen, er verdankte den beiden Arkoniden eine Menge, doch langsam kam er an eine Grenze, deren Stacheldrahtzäune aus Misstrauen unübersehbar waren. »Ihre Befürchtungen erscheinen mir unbegründet, Thora. Diese Matriarchin mag eine Tendenz zum Spotten haben, aber sie wirkt auf mich wie ein Mensch, mit dem sich reden lässt.«

»Täuschen Sie sich nicht. Es sind Mehandor.«

»Und?«

»Es gibt seit jeher ein geflügeltes Wort auf Arkon. Übersetzt lautet es: ›Nur ein Tor handelt mit den Mehandor.‹«

»Sie glauben, wir sollten dieses Gebilde nicht ansteuern?«

»Nicht, wenn wir eine Wahl haben. Wir ...«

Eine Explosion erschütterte die TOSOMA. Thora fuhr zu den Holobatterien über ihrer Konsole herum. »Steuerelemente!«, forderte sie.

Die Positronik setzte die Anforderung innerhalb von Sekundenbruchteilen um, weitere virtuelle Elemente tauchten vor Thora auf. Thora kniff die Lippen zusammen und schüttelte den Kopf. »Wir haben keine Wahl mehr. Die Explosion hat mindestens drei der Strukturfeldkonverter beschädigt. Wir sind nicht länger überlichtflugfähig.«

Rhodan sah auf das Hologramm, das frei im Raum schwebte wie eine geisterhafte Erscheinung. Das Gespinst kam ihm wie ein Wunder vor, selbst wenn es weitere Schwierigkeiten bedeuten sollte. »Docken wir an.«

»Watlon ulop jantarka kantanlon, sa nanlon, ulop suktorka loklon.«
»Das Leben ist giftige Süße, mein Sohn, ist bittere Schönheit.«
Mehandor

Kapitel 2

Levtan
Im Rausch des Kan'ors

Levtan lag nackt auf der Außenwand seines Wohnblocks. Seine Finger glitten über Izkats mit Mustern bestochenen Bauch, entlang der Falte unterhalb des Nabels. Mit aufgerissenen Augen starrte er hinaus in die Schwärze zwischen Gedt-Kemar und der fernen Doppelsonne. Wärme durchpulste ihn, machte den Moment erhaben und gab ihm die Gewissheit, mehr zu sein als der vierte Sohn eines unerreichbar erfolgreichen Vaters. Er fühlte sich leicht, nicht nur durch die niedrigere Schwerkraft des Gravofeldes seiner Außengeländeeinheit, sondern auch durch die berauschende Wirkung des Kan'ors, die ihn trotz seiner schwermütigen Gedanken zufrieden mit sich sein ließ. Mit Kan'or war sein Leben auf KE-MATLON schön, selbst die depressivste Stimmung verwandelte sich in gutmütige Dunkelheit, freundlich und vertraut wie die eigene Schlafzuflucht.

»... suktorka loklu-u ...«, tönte die rauchige Stimme Simtans über die Liegeplatte. Das Lied machte Levtan melancholisch; die Ballade eines Vaters, der seine Kinder liebte, ihnen Weisungen auf den Weg mitgab. Auch sein Vater hatte ihn geliebt, ehe Levtan den verhängnisvollen Fehler begangen hatte, einen Arkoniden zu bestehlen und sich dabei von den Haklui-Kräften erwischen zu lassen. Es war der Anfang eines langen Abstiegs geworden. Wäre sein Leben ein anderes, hätte er der Versuchung damals widerstanden? Würde er dann wie ein strahlender Janraklui-Gewinner den Ehrentunnel durchschreiten, anstatt von außen an der Wandung zu kratzen?

Vorbei, wie ein Meteorit, der vorüberzieht, ohne Spuren zu hin-

terlassen. Er spürte Izkats erhitzte Haut an seiner. Eben noch hatten sie einander geliebt, im goldenen Licht der Sonnen, geschützt vor neugierigen Mitbewohnern durch die Schirmfelder. Es war herrlich gewesen, war Kan'or-Sex gewesen, heftig und ehrlich, laut genug, um die Musik zu übertönen. Als müssten sie hinausschreien, dass sie da waren, erfüllt von unbändiger Lust. Ihr gieriges Atmen beim Akt hatte die Sauerstoffsättigung abnehmen lassen, wie sie es mochten. Je dünner die Luft, desto intensiver der Orgasmus. Noch immer war der Normpegel nicht ganz erreicht, doch Levtan sah keinen Grund, das System zu korrigieren.

Das Kan'or durchpulste ihn. Er genoss die Empfindung, ein vom Körper losgelöstes Bewusstsein zu haben; eine schwebende Kamera über seinem Kopf, versehen mit einer bunten Linse, die für ihn in die Welt sah.

Eine Weile lagen sie schweigend auf dem weichen Untergrund, bis Izkat unruhig wurde und seine Hand von ihrem Körper schob. Sie griff nach einem nagelgroßen Klebeoval, besetzt mit feinen Haarnadeln, und drückte es auf die Innenseite ihres Oberschenkels. Ein Lächeln trat auf ihr Gesicht, sie seufzte wohlig, begann zu hecheln. Ihre Muskulatur entspannte sich und ließ sie wie einen Sack tiefer in den nachgiebigen Untergrund sinken.

»Wie war's auf der ARINA?«, fragte Levtan. Er glaubte, etwas sagen zu müssen, die Stille und die Unbeschwertheit nicht zu lang auskosten zu dürfen, weil er Izkat damit das Gefühl geben könnte, ihre Gesellschaft nach dem Sex nicht wertzuschätzen.

»Wunavoll«, lallte sie. Ein Grinsen spaltete ihr Gesicht. »Sie sin irre, die Arkoni...den, das schon. Aber das Schiff isn Traum. Und großzügig sinsie. Weißt du, dass sie zehntausend Chronners zahln, wennen besondere Kolonisten geliefert wern?«

»Zehntausend?« Levtan stellte sich die Chronner-Einheiten auf seinem virtuellen Resort vor. Er griff nach einem Klebe-Pad neben sich. »Damit könnten wir uns bis zur Sonnenbarke Kan'or kaufen.«

Sie lachte leise und drehte sich zu ihm. In ihrem Gesicht lag Spott. Die moosgrünen Augen hefteten ihn mit ihrem Blick an den Untergrund. »Soso, du würdst also mimir teilen, was?«

Levtans Wangen brannten. Nein. Das würde er nicht. Genauso wenig wie sie mit ihm. Sie mochten ihre Körper teilen, aber mit Liebe oder Verpflichtung hatte es nichts zu tun. Eher mit Vertrautheit und dem Gefühl der Leere, so weit wie der Abstand zu Gedt-Kemar, was sie beide gern für ein paar Momente vergaßen.

Das Schweigen wurde drückend. Levtan hörte, wie sich Izkats Atem beruhigte. Die vernebelnde und Zungen lähmende Erstwirkung des Kan'ors ließ schlagartig nach. Es folgte das Gefühl, durch die Tunnel zu schweben, losgelöst von jeglicher Schwerkraft.

»Willst du nicht die nächste Tour mitmachen?«, wechselte Izkat das Thema. »Wir ham noch einen Platz frei auf der ESTATOR. Du könntest Chronners abgreifen. Sieh dir selbst an, wie verrückt die Weißhaare sind.«

»Nein.« Die Antwort kam schnell. Levtan hatte das Gespinst noch nie verlassen. Nicht, dass es ihn nicht hinauszog in die Weite der Sterne. Insgeheim sehnte er sich nach dem Reisen im All, wie es die Fremdgeher zelebrierten. Ein Sog schien nach ihm zu tasten wie unsichtbare Finger, die ihn greifen und mit sich nehmen wollten, irgendwohin, wo Verheißungen warteten. Aber die Furcht vor dem Neuen war größer. Und die Sorge, auf einem ihm fremden Schiff nicht rechtzeitig genug an die nächste Dosis Kan'or zu kommen oder ertappt zu werden. Obwohl die Arkoniden selbst Süchtige waren, die ohne ihre Fiktivspiele im Gepäck keine Zugangsplattform betraten, gingen sie hart gegen Drogenmissbrauch vor.

»Feigling.« Izkat wandte sich ab.

Das Wort war wie ein Schlag. Scham stieg in Levtan auf, gleichzeitig ärgerte er sich. Er war es leid, von anderen verurteilt zu werden, weil er nicht dem entsprach, was sie in ihm sahen, oder er ihren Wünschen nicht nachkam. »Als ob du selbstlos wärst. Dir geht's nicht um mich, Kata. Du hast Angst, allein auf ein neues Schiff zu gehen.«

Halb senkte sie die Lider, sie stritt seine Anschuldigung nicht ab. »Ich brauche vorher noch Kan'or ...« Izkat hielt inne und setzte sich auf. Von einem Augenblick zum nächsten wirkte sie hellwach. »Was ist das?«

Levtan folgte ihrem Blick. Ein Raumschiff flog Sektor C an und manövrierte auf Position Fünf zu. »Ein Kugelraumer. Arkonbauweise. Nichts Besonderes.«

»Sieh genauer hin.« Sie klang streng, verärgert wie die Mutter, wenn er nach den Lerneinheiten wiedergekommen war und sein magerer Tagespunktestand im Sippenholo eingeblendet wurde. Sein Bruder Darun hatte traurig zu Boden geblickt, mit einer Geste der Hilflosigkeit, weil Levtans Wertungen so miserabel gewesen waren, dass selbst Daruns Glanzleistungen die Gesamtwertung der sechs Geschwister nicht aus ihrem Loch herausreißen konnten.

Schieb die Vergangenheit endlich weg. Du bist alt geworden, Lev, hältst dich am Gestrigen fest wie ein Wegdriftender an einer Strebe.

»Der Raumer ist betagter als unsere Zentraleinheit«, behauptete Izkat.

»Quatsch. Leg dich wieder hin, ich will Simtan hören.« Gleich kam sein Lieblingslied.

Izkat ließ sich in die weiche Verkleidung zurücksinken. »Ich weiß, was ich sehe, Levtan. So ein Schiff kam noch nie an. Eine unbekannte Besatzung. Vielleicht ist das gut für uns.«

»Vielleicht«, sagte Levtan und hoffte, dass sie endlich Ruhe gab. Aber wie er Izkat kannte, würde er keine bekommen. Wenn Izkat Beute witterte, ließ sie sich nicht von der Fährte abbringen. Er sah in ihre Augen und wusste, dass sie dabei war, Pläne zu schmieden.

»Da ikonnos li simamlon, haka ulop jai bulka.«
»Wenn du deine Sippe nicht kennst, was kann dir noch heilig sein?«
Mehandor

Kapitel 3

Belinkhar
Der Schatten

Belinkhar sah von der Zentrale in Ausbauturm Acht zu, wie die schwer angeschlagene TOSOMA in Richtung ihres Andockplatzes flog. Mehrere Kilometer vor dem Stahlglasfenster, scheinbar zum Greifen nah, schwebte das arkonidische Schiff vorbei, hin und wieder driftete es vom Kurs ab. Es machte auf die Matriarchin den Eindruck eines weidwunden Tieres.

Innerlich zählte sie rückwärts. *Drei, zwei, eins ...*

»Was denken Sie sich eigentlich dabei!«, schimpfte Etztak neben ihr los. Er stand vornübergebeugt, als würde die künstliche Schwerkraft seinen wuchtigen Leib nicht nur nach unten, sondern auch nach vorne ziehen. Sein Gesicht war eine Maske der Empörung, der Fuß im teuren Sar-Schuh zuckte. Gleich würde er aufstampfen, um seinen Protest zu verstärken.

Und null. Zuverlässig wie die Sauerstoffregulation, dachte die Matriarchin sarkastisch und drehte sich zu ihrem »Schatten« um. »Was denke ich mir wobei?«, fragte sie, obwohl sie genau wusste, was Etztak meinte.

»Revidieren Sie Ihre Entscheidung, Belinkhar!« Er zeigte mit seinem Zeigefinger anklagend auf die TOSOMA. »Dieser Raumer wird uns nur Ärger machen. Er wird unsere Neutralität verletzen. Denken Sie an die Sippe!«

»Ich denke immer an die Sippe, Etztak.« Belinkhar sah zu dem Schiff hin, das seine Parkposition erreichte und innerhalb des Fangfelds von riesigen Klammern umgeben wurde, die es in seine vorerst endgültige Lage brachten. »Und ich sehe da unten kein Kriegsschiff, sondern ein Wrack. Die TOSOMA ist schwer beschädigt, es liegt Raumnot vor. Sollen wir die Besatzung sich selbst überlassen? Das bedeutet, sie dem Tod preiszugeben. Die Orterergebnisse lassen keine Zweifel zu. Der Überlichtantrieb ist ausgefallen, die Mannschaft kommt zu keinem Planeten mehr. Was würde wohl mit unserem Ruf geschehen, wenn es hieße, die Sippe der Nham ließe Hilflose im Weltraum ersticken? Wir haben eine moralische Verpflichtung, Etztak, und der gedenke ich nachzukommen. Alles andere ist inakzeptabel.«

Etztak ging aufgeregt neben ihr auf und ab, sein Unterkiefer bewegte sich mahlend. Je nervöser und hektischer er wurde, desto ruhiger fühlte sich Belinkhar. Mit einer fahrigen Geste berührte Etztak seinen gestutzten Bart. »Das Schiff hat keine gültige Kennung. Irgendetwas ist da faul. Dieser Typ wird seit mehreren tausend Jahren nicht mehr gebaut. Vielleicht ist die Kugel von einem Raumfriedhof gestohlen worden. Wenn der Regent erfährt ...« Etztak blieb unvermittelt stehen, sein Blick ging ins Leere, die Stimme wurde zum Flüstern. »Der Regent verzeiht niemals.«

Belinkhar drehte sich zu ihm um. »Beruhigen Sie sich. Das Weltall ist weit. Der Regent muss es nicht mitbekommen. In einem Punkt haben Sie recht: Dieses Schiff umgibt ein Geheimnis. Für mich ist die ungültige Kennung gerade ein Grund zu helfen. Ich möchte wissen, was dahintersteckt. Was verbirgt sich hinter dem Auftauchen dieser Tiara da Intral und ihrer Besatzung? Sie haben die Bilder der Optik und die übersendeten Crewdaten gesehen. Für Arkoniden sind diese Besatzungsmitglieder ungewöhnlich. Bis auf die Kommandantin und den Derengar, den alten Wissenschaftler, erscheinen sie fremd. Ich wüsste nicht, von welcher Kolonie sie stammen sollten. Vielleicht können wir Profit aus der Situation schlagen, oder das Wissen wird sich anderweitig als von hohem Wert erweisen.«

»Das ist ein gefährliches Spiel, Belinkhar. Wenn jemand redet ...«

Belinkhars Augen verengten sich. Sie spürte ein Kratzen im Rachen, als würden feine Nadeln darüberschaben. Nicht zum ersten Mal wünschte sie sich, Etztak den Mund verbieten zu dürfen. Leider war er ihr Schatten: Er hatte nicht nur das Recht, sondern die Pflicht, ihre Entscheidungen infrage zu stellen. »Wer soll uns verraten, Etztak? Vertrauen Sie der eigenen Sippe nicht mehr? Ihre Loyalität ist über alle Zweifel erhaben, oder?«

Etztak schwieg. Endlich. Aber Belinkhar wusste, dass es die Ruhe vor einer Strukturerschütterung war. Sie sah es an der nur zu vertrauten Art, wie Etztak seinen Rücken rund machte und die Arme an den Rumpf presste. Ihr Schatten versank in sich, sammelte Kraft, um erneut aus sich herauszubrechen. Er drehte sich mit einem Trippelschritt im Halbkreis, die Blicke huschten nach rechts und links, als suchte er Unterstützung. Es gab keine. Sie standen allein im Kontrollraum der Zentrale.

»Dieses Schiff muss abgewiesen werden«, beharrte Etztak auf seiner Einschätzung. »Es ist eine unbekannte Größe. Wir müssen der Sicherheit den Vorrang geben, keinem Bauchgefühl. Nur wenn wir es fortschicken, haben wir klug gehandelt. Richten Sie sich danach, Matriarchin, ehe es zu großem Schaden für das Gespinst kommt.«

Belinkhar verstand Etztaks Einwände. Das Imperium war in den letzten Monaten ungewöhnlich aktiv in den Außenbezirken. Irgendetwas ging vor sich, was bereits in der Luft lag, aber noch nicht zu fassen war. Dennoch wollte sie nicht nachgeben. Die TOSOMA war ein Segen. Sie fortzuschicken bedeutete, ein großes Geschenk zurückzuweisen. »Wir können die Unbekannten jederzeit beseitigen, sollte die Lage kritisch werden«, wehrte Belinkhar eisern ab.

Das Gesicht des Schattens verfärbte sich, die roten Bartstoppeln schienen im selben Maß blasser zu werden, wie ihm das Blut zu Kopf stieg. Er hob die Arme. Seine Mimik verriet Belinkhar deutlich, was er dachte. Er hielt ihre Entscheidung für die einer verantwortungslosen »Dekhinlu«, einer Jungmehandor, die ihre Nase in jeden Energiestrahl stecken musste. Seine Stimme wurde schneidend. »Warum auf einen tödlichen Gravostrudel zusteuern, wenn die rettende Plattform gleich nebenan liegt?«

»Meine Entscheidung ist gefällt. Der Raumer bleibt.«

»Ich bestehe darauf, dass mein Protest in die Astaren im It des Tages Drei Dasgae 8356 aufgenommen wird.«

Die Worte waren die unvermeidliche Kapitulation. Etztak war zwar der Schatten, aber sie blieb die Matriarchin. Letztlich war er machtlos, und das Unheil verkündende Glimmen in seinen Augen zeigte, wie unzufrieden er einmal mehr mit der zweiten Tochter Esrads war. *Obwohl ich nur zehn Jahre jünger bin als er, wünscht er sich meine Schwester zurück. Die alte, erfahrene Anführerin.* Aus einem Impuls heraus berührte Belinkhar die lederne Haut ihrer Wange. *Als ob ich nicht selbst inzwischen alt geworden wäre.*

»Ihr Protest wird vermerkt.« Belinkhar ging näher an die Konsole heran und machte eine im System einprogrammierte Geste mit der Hand, die eine Verbindung zu Sektion C herstellte. Haklui Sarkatz erschien im Holo. Sein bartloses, asketisch wirkendes Gesicht zeigte Überraschung, Belinkhar persönlich vor sich zu haben. Die braunen Augen verengten sich fragend. »Matriarchin, was kann ich für Sie tun?«

»Überwachen Sie den Ausstieg der Passagiere des neu angedockten Schiffes. Ich räume der Besatzung hiermit volle Bewegungsfreiheit im Gespinst ein. Sie sollen sich ruhig in KE-MATLON umsehen. Sagen Sie Tiara da Intral, sie und ihre Crew seien herzlich eingeladen, das Schiff zu verlassen. Gewähren Sie der Mannschaft ›Hastlu‹. Das erste Getränk geht zur Begrüßung auf die Station. Alles Weitere wird sich finden.«

Neben ihr lehnte sich Etztak so weit vor, dass es Belinkhar wie ein Wunder erschien, dass er nicht mit seiner breiten Nase auf die Stahlplatte krachte. »Matriarchin, ich protestiere heftig gegen diesen Befehl! Wir kennen die Fremden nicht. Ihr Rechtsstatus ist unbekannt. Was ist, wenn sie Waffen auf die Station schmuggeln? Es ist unzumutbar, ihnen eine solche Freiheit einzuräumen!«

»Auch das wird in die Astaren im It des dritten Dasgae aufgenommen. Sonst noch etwas, Etztak?«

Ihr Schatten hatte die Finger wie eine Pyramide zur Faust geschlossen; der abgeknickte Mittelfinger ragte als Spitze vor, als wollte er einen Fauststoß in ihren Magen ausführen. »Nein, Matriarchin.« Er drehte sich um und verließ die Zentrale. Sicher würde er sich an seinem Lieblingsmantanstand eine heiße Savia gönnen und nach etwa zwei Stunden mit ausdruckslosem Gesicht zurückkommen, um seinen Dienst weiter auszuüben. Er würde sie spüren lassen, dass sie ihm suspekt war und er ihre Schwester Gyrikh vermisste.

Belinkhar ließ ihn gehen. Ihr Blick suchte das angedockte Schiff. Sie hatte ihren Grund, freundlich zu den Neuankömmlingen zu sein. Ein feines Lächeln machte ihre Züge weich. Vielleicht konnte die TOSOMA der Sippe genau das bieten, was sie so dringend brauchte.

»Imawot Te-Hankatlon, Sislon, za iwulkon kantanka Sainlon.«
»Lebe im Jetzt, Schwester, wo du süße Luft atmest.«
Mehandor

Kapitel 4

Tatjana Michalowna
In einer fremden Welt

Das Sprungbrett federte unter ihren Füßen, einmal, zweimal. Es kribbelte in den Zehen, vibrierte durch die Beine hinauf bis in den Magen. Ein harter Stoß jagte sie hinauf und wieder zurück. Das Bild unter ihr sackte rhythmisch ab, schoss in die Höhe. Fünfzig Meter Nichts, dann die weißblaue Fläche, von harten Rissen durchzogen. Adrenalin durchströmte sie, lustvolle Angst beschleunigte ihren Herzschlag. Tatjana Michalowna griff Crests Hand. Sie sprangen gemeinsam ab, stürzten kopfüber durch samtige Schwärze auf den harschen Eisgrund Snowmans zu.

Michalowna schrie und presste Crests Finger zusammen. Crest war den Bruchteil einer Sekunde vor ihr abgesprungen, seine weißblonden Haarsträhnen kitzelten ihre Wange. Es roch salzig und nach Metall, als wollten sie in ein Meer aus abkühlendem Stahl eintauchen. Der Rausch des freien Falls verwandelte ihren Schrei in ein euphorisches Johlen, ihr Mundraum trocknete aus. In ihrem Kopf wurden die Gedanken weggewischt bis auf einen: *Ich lebe.*

Die Oberfläche des Planeten schlug ihnen mit Wucht entgegen. Der Aufprall kam hart und unvermittelt. Von einem Prallfeld gestoppt, verharrten sie dicht über dem Holo, das den Untergrund Snowmans suggerierte. Ein imaginärer Schneewall umgab sie. Sie hingen in der Luft, den Bauch voran, die Beine angewinkelt, die Arme ausgebreitet. Unter Crest und Michalowna öffnete sich ein Krater. Goldene Funken tanzten auf seinem Grund und stiegen ihnen wie Seifenblasen entgegen.

Crest lachte. »Das habe ich seit vielen Jahrzehnten nicht mehr gemacht. Die Vergnügungscontainer der Mehandor sind unbezahlbar.«

Ein leises Klingeln ertönte, das Holo verschwand und gab die Sicht frei.

Unter ihnen legte Anne Sloane den Kopf in den Nacken. »Das glaube ich allerdings auch«, bemerkte die Amerikanerin spitz. »Und irgendwer wird für Ihre Vergnügungen aufkommen müssen, Crest!«

Tatjana Michalowna verdrehte von Sloane abgewandt die Augen. *Gibt es für diese Frau eigentlich ein Leben vor dem Tod oder nur eins danach an der rechten Seite Gottes?* Sie musterte Crest, dessen Lachen mit einem Schmunzeln endete. Es tat gut, ihn so ausgelassen zu sehen. Seine roten Augen glommen unternehmungslustig. Ihr neugieriger Blick wollte nicht zu den tiefen Linien passen, die sich mit den Jahren in sein Gesicht gegraben hatten. Einmal mehr ging ihr durch den Kopf, dass er alt war, aber auf eine nicht zu fassende Art jung wirkte.

Langsam schwebte Michalowna mit kreisenden Armbewegungen neben ihm zu Boden und ging auf die Schleuse zu, die in einen Abschnitt mit erdähnlichen Schwerkraftverhältnissen führte. Crest folgte ihr mit der Spannkraft eines Leistungssportlers.

Sie nahmen einen Antigravlift nach unten. Von dieser Perspektive aus konnte man das neu aktivierte Holo des Planeten Snowman nicht sehen. Stattdessen hatten sie direkten Blick auf die Sprungplattform, fünfzig Meter höher, auf der zwei zierliche Mehandormädchen mit kunstvollen roten Flechtzöpfen wippten.

Michalowna blieb stehen, um die beiden zu betrachten. Bunte, hochgeschlossene Kombinationen in schlichtem Taubengrau betonten ihre Rundungen. An den Ohren und in den Zöpfen blitzten Schmuckklammern. Ihre Füße steckten in ungewöhnlichen Stiefeln, zu klobig, um nach menschlichem Ermessen modisch zu sein. Doch auf dem Gespinst trug sie nahezu jeder. Crest hatte sie Sar-Schuhe genannt und erklärt, dass sie bei geringerer Schwerkraft eine automatisch regulierte magnetische Bindung zum Boden der Station aufnehmen konnten.

Michalowna streckte neugierig ihre mentalen Fühler aus. Schon beim Verlassen der TOSOMA hatte sie ausprobiert, ob sie die Gedanken der Mehandor lesen konnte. Es war ihr ohne Probleme gelungen. Sie schloss die Augen, feiner Schweiß bildete sich auf ihrer Stirn. Die Mädchen waren aufgeregt, freuten sich auf den bevorstehenden Sprung. Gleichzeitig verunsicherte sie das Bild, das sich ihnen bot. Michalowna erschloss nicht, was genau die beiden abschreckte, doch die Tatsache, ausgerechnet der simulierten Oberfläche von Gedt-Kemar entgegenzuspringen, löste bei ihnen Grausen aus und galt als eine Art Mutprobe.

»Können wir weiter?«, fragte Sloane. Man sah ihr deutlich an, für wie überflüssig sie diesen Zwischenstopp hielt.

Crest berührte vertraulich ihren Arm. »Gönnen Sie sich denn gar keinen Spaß, Miss Sloane? Wir haben Zeit. Die Gartenplattform werden Sie noch schnell genug entdecken. Sie läuft uns nicht davon.«

Sloane erwiderte nichts, wirkte aber besänftigt.

Michalowna grinste in sich hinein. Wenn Crest vergnügt lächelte, fiel es anderen schwer, missmutig zu sein. Selbst Anne Sloane, die seit der Transitionskatastrophe einen dicken Panzer aus unsichtbarem Eis um sich trug. Verübeln konnte Michalowna ihr das nicht. Sie fühlte sich selbst mitgenommen, und sie wusste, dass es eine Zeit der Trauer geben würde. Aber im Moment ging es ihr wie vielen anderen der TOSOMA: Ein Cocktail aus Euphorie und Erleichterung hielt sie wach. Der Atombrand war gestoppt worden, sie hatten überlebt. Es hätte anders ausgehen können, mit über zweitausend Toten. Michalowna dankte dem Universum, dass dieser Kelch an ihnen vorbeigegangen war und sie lebte.

Zu dritt betraten sie einen der Tunnel, der zum Zentrum des Gespinstkonglomerats führte. Die Innenwandungen waren von farbigen Panoramaholos bedeckt, die feurige Lichtwirbel und Sternnebel aus den Systemen um Beta Albireo zeigten. Obwohl es nur Bilder waren, ging Michalowna langsamer.

Ich kann es nicht glauben, mitten auf einer außerirdischen Raumstation zu stehen. Sie schloss die Augen. Die ausgestandenen Schrecken hatten sie gezeichnet, trotzdem fragte sie sich, ob sich die Reise für sie nicht bereits mit dem Andocken an diese Station gelohnt hatte. Sie sah Dinge, die kein Mensch je erblickt hatte. Es fühlte sich gut an, Pionier zu sein, mutig zu sein. Als ob sie auf der Suche nach einer Goldmine wäre, die mitten im Raum auf sie wartete.

Crest stieß sie an. »Zum Schlafen haben Sie später Zeit.« Er ging auf einen kleinen, dreirädrigen Wagen zu, mit dem er zwei weitere Personen transportieren konnte. Das Gefährt stand als eines von dreien an der Tunnelwand. »Ein Faku. Kommen Sie, das verkürzt die Strecke erheblich.«

Michalowna sah sich unbehaglich um. Sie hatten noch keine halbe Stunde das Schiff verlassen, nachdem Rhodan die Erlaubnis dazu gegeben hatte. »Darf man sich dieses Ding einfach so nehmen?«, fragte sie unsicher und sah die lange Röhre hinunter. In ihrem Abschnitt war niemand zu sehen. Nur ganz weit vorn entdeckte sie ein weiteres Fahrzeug, das sie entfernt an ein Quad erinnerte.

»Aber ja«, beruhigte Crest. »Deswegen stehen die Fakus im Gang. Jeder, dem ›Hastlu‹ gewährt wird, darf sie nutzen. Die Wege sind für einen Fußmarsch viel zu weit. Deshalb bestehen die einzelnen Röhren aus mehreren Innentunneln. Manche sind für den Flugverkehr reserviert und dürfen nur von autorisierten Mehandor betreten werden, andere sind auch für sippenfremde Raumfahrer zugänglich. Es gibt mehrere Methoden, auf die Plattform KE-MATLONS zu kommen, aber das ist diejenige, die am meisten Spaß macht. Glauben Sie mir.« In seinen Augen blitzte der Schalk.

Michalowna lächelte ihn an. Seitdem er auf Wanderer die Unsterblichkeit erhalten hatte, war Crest wie verwandelt. Und dies, obwohl ihm ES, der Herr Wanderers, das ewige Leben verweigert hatte. Crest hatte die Unsterblichkeit Perry Rhodan zu verdanken. Rhodan hatte das ewige Leben, das ES ihm angeboten hatte, weitergereicht. An Crest. Nun schien der alte Arkonide um Jahrzehnte verjüngt. Zwar war er im Geist schon immer jung gewesen, doch die Tatkraft, die er neuerdings an den Tag legte, überraschte und verblüffte sie. Sie kämpfte gegen einen Anflug von Neid. *Bisher scheint die Unsterblichkeit sich nicht negativ auf ihn auszuwirken, im Gegenteil.*

»Kommen Sie schon!«, drängte Crest Sloane und griff wie ein begeisterter Fünfjähriger nach ihrer Hand.

Die Telekinetin zeigte ein schüchternes Lächeln. Crests gute Laune war ansteckend. »Also schön, wenn Sie uns versichern, dass wir Rhodan dadurch keinen Ärger verursachen ...«

»Bestimmt nicht.« Crest zog Sloane schwungvoll zu sich, beide Frauen nahmen auf dem hinteren Sitz des Fakus Platz, sie passten bequem darauf. Die Bank war breit genug für drei der zierlichen Mehandor, eine stützende Rückenlehne gab ihnen Halt.

»Anschnallen!«, scherzte Crest, denn es war kein Gurt zu sehen. Stattdessen spürte Michalowna, wie sich ein unsichtbarer Widerstand gegen ihren Bauch und die Hüften drückte.

»Crest ...«, brachte sie hervor, dann kam der Andruck, der sie in das schwarze Polster presste. *Von null auf fünfzig in null Sekunden.* Sie keuchte. Neben ihr krallte Sloane ihre Finger in den Sitz und stieß einen spitzen Schrei aus.

Der Arkonide tat so, als hätte er ihn nicht gehört. »Wir haben Glück. Kaum Verkehr.«

Crest beschleunigte, folgte mehreren feinen Spurrillen auf dem Boden und fuhr in einem doppelten Spurwechsel die Wand hinauf. Die Welt stand plötzlich kopf. Sloane stöhnte auf und griff nach ihren wild herunterhängenden Haaren.

Michalowna entspannte sich. Ihr Körper blieb in seiner Position, fixiert von Energiefeldern, die sie wie die Hand eines Schutzengels festhielten. Die Schwerkraft veränderte sich merklich; es begann, sich normal anzufühlen, auf dem Kopf zu stehen. Sloanes dunkle Haare fielen wieder auf ihre Schultern. Mit gut achtzig Stundenkilometern rauschten sie an der Decke durch den Tunnel. Der Fahrtwind riss an ihr, lockerte den festen Zopf auf ihrem Hinterkopf. Ein angenehmes Kitzeln verbreitete sich in ihrem Bauchraum.

Andere Fahrzeuge kamen in Sicht, eines fuhr unter ihnen, ein zweites an der Tunnelwand.

»Langsamer!«, schrie Sloane.

Crest kam auf den Boden zurück und drosselte die Geschwindigkeit. »Verzeihen Sie mir, Miss Sloane. Ich konnte der Versuchung nicht widerstehen.«

Sloane sah aus, als würde sie den alten Arkoniden am liebsten aus dem Gefährt stoßen. Die rasante Fahrt hatte ihre Frisur gehörig durcheinandergewirbelt. Mühsam ordnete sie die dunklen Haare. Michalowna brauchte ihre Gedanken nicht zu lesen, um zu wissen, dass es Sloane lieber gewesen wäre, einer anderen Gruppe zugeteilt zu werden. Doch die Einteilung war unbürokratisch und ohne Sonderwünsche vonstattengegangen, nachdem die Matriarchin die Mannschaft eingeladen hatte, sich frei auf der Station zu bewegen. Perry Rhodan wollte das entgegengebrachte Vertrauen würdigen und hatte die ersten hundert Menschen nach einer kurzen Instruktion gegen den ausdrücklichen Protest Thoras ziehen lassen. An Bord wurden sie schließlich nicht gebraucht.

Das Faku bremste ab. Sie erreichten eine Röhre, die steil nach oben führte. Ein mehrere Meter breites, helles Oval kam in Sicht, dem sie sich rasch näherten. Sie verließen die Röhre und sprangen über eine Kante auf einen weiträumigen freien Platz. Von einer Sekunde zur anderen wurden sie in eine fremde Welt katapultiert.

»Verdamm mich!«, stieß Michalowna hervor. Sie war mitten in ein russisches Märchen hineingeraten, in einen Zauberwald, wie sie ihn als Kind in den Geschichten Afanassjews geliebt hatte, bewohnt von magischen Geschöpfen.

Sloane sagte gar nichts, ihr Mund stand offen, während Crest sich grinsend zu ihnen umdrehte. »Willkommen auf KE-MATLON, einem Gespinst der Mehandor!«

Michalowna blinzelte. Ihre Tunnelröhre endete auf einer weitläufigen Plattform, die seitlich fünf Meter über der gut anderthalb Kilometer langen Gartenebene aufragte. Sie hielten ganz am Rand und hatten einen guten Blick über einen dreißig Meter langen Teil der Parklandschaft unter ihnen. Zu ihrer Rechten begrenzten Felsen die Sicht. Die anderen Seiten wurden in verschiedenen Abständen von Gewächsen verdeckt, die höher als die Landeplattform aufragten.

Versetzt unter ihnen verlief ein Gehweg. Formen und Farben vermischten sich zu kleineren Gebäuden, fremden Lebewesen, Pflanzen und Strukturen. Erst aus der Nähe erkannte Michalowna Restaurants und Geschäfte, die entlang des goldenen Fußgängerabschnitts unter bunten, entfernt an Farn erinnernden Mammutwedeln lagen und auf natürliche Weise in die Landschaft integriert waren. Der Eindruck der Irrationalität wurde durch die Lautlosigkeit unterstrichen, in der sich das Getümmel abspielte. Obwohl keine Wände zu erkennen waren, drang von der Plattform kein Ton zu ihnen herauf. Sie fragte sich, welche Technik hinter der paradiesischen Stille steckte.

»Bitte absteigen!«, forderte Crest sie auf. »Von hier aus lohnt sich das Flanieren.«

Die vielen Eindrücke kamen über Michalowna wie die Jäger einer Luftwaffe. Schwerfällig stieg sie vom Sitz und trat näher an den Rand der Plattform. Ihre Finger krampften sich um ein hohes Geländer, ihr wurde schwindelig. *Träume ich?*

Unter ihr tummelten sich auf den goldenen Wegen die unterschiedlichsten Außerirdischen. Viele waren schlank und hatten rote Haare wie die Matriarchin, andere hatten Rüssel im Gesicht, ihre Haut schimmerte im gedämpften Licht Beta Albireos in warmen Erdtönen.

Instinktiv öffnete sich Michalowna für die Gedanken der Menge. Ein geistiger Schlag traf sie. Sie zog ihre mentale Gabe erschrocken zurück. Sie schaffte es nicht, das Gemisch aus den Gedanken Humanoider und Nichthumanoider ohne großen Kraftaufwand zu trennen. Es kam ihr fremd und beängstigend entgegen, mit einer Wucht, dass ihre Knie wackelig wurden. *Später,* dachte sie. *Wenn ich mehr gesehen habe. Dann versuche ich es erneut.*

Surreal wirkende Gewächse säumten verschlungene Pfade. Die wenigsten davon besaßen Blätter wie irdische Bäume oder Blumen. Manche schienen nur aus Blüten oder Licht zu bestehen. Andere besaßen ein Eigenleben und ließen ihre Äste in der Luft tanzen. Es gab mehrere Nadelgewächse, die bläulich schimmerten. Kakteenähnliche Knollen spritzten dünnflüssiges rotes Sekret in die Höhe und benetzten sich damit selbst. Leuchtfalter, die verknittertem Papier ähnlicher sahen als Schmetterlingen, flatterten von Pflanze zu Pflanze. Auf dem Boden wuchs kein Gras, sondern blaugrünes Moos, durchzogen von einer Brunnen- und Kanallandschaft, die ihresgleichen suchte.

Die Wasseranlagen bildeten in ihrer künstlerischen Symmetrie einen scharfen Kontrast zu den natürlich gewachsenen Pflanzen. Nur ein paar Tore trennten die einzelnen Abschnitte. Dazwischen plätscherte das Wasser, in vielen Farben schillernd, von fremder Technik in Formen gezwungen, die der Schwerkraft trotzten. Wie Skulpturen aus buntem Glas reihten sich die Brunnen neben den Wegen.

Es duftete süß und würzig, ein wenig nach Glühwein und Zitrone und – fremd. Treffender konnte Michalowna es nicht beschreiben. Gleichzeitig wusste sie, dieser Geruch würde ihr bis ans Lebensende in Erinnerung bleiben, verschmolzen mit Vielfalt, Abenteuer und dem Gespinst.

»Was ... was ist das?«, fragte Sloane und wies mit dem Kopf auf eine Gruppe etwa dreißig Zentimeter hoher Gewächse in unterschiedlichen Grünschattierungen, die entfernt an Salatgurken erinnerten.

Erst beim zweiten Blick bemerkte Michalowna, dass die Gewächse nicht neben dem Weg standen, sondern auf demselben. Sie bewegten sich!

»Swoon«, sagte Crest. Er lehnte sich lässig an das Geländer. »Lassen Sie sich von der Größe nicht täuschen. Klein, aber oho, wie es bei den Menschen heißt.«

Fasziniert betrachtete Michalowna den fremdartigen Körperbau. »Sie haben vier Arme.« Erst in diesem Augenblick bemerkte sie, dass die Swoon vollständig verhüllt waren. Ihre Kleidung war wie ihre Haut in ähnlichen Farbtönen gehalten. Selbst die Stiefel schimmerten in ausgeblichenen Grüntönen, wenn auch die Schäfte von Gold durchsetzt waren.

»Sind das Arkoniden?«, fragte Sloane interessiert und wies auf eine Gruppe hochgeschossener Männer mit kahlen Köpfen. Sie lehnte sich so weit vor, dass es aussah, als würde sie jeden Augenblick in das Getümmel des Weges hinunterstürzen.

Crest schüttelte den Kopf. »Das sind Aras.«

»Wie Doc Fulkar?«, hakte Michalowna nach.

»Ja. Sie sind führend auf dem Gebiet der Medizin. Mit den Mehandor betreiben sie gern Handel. Bei ihnen ist ihre Ware in besten ...«

»Was ist das?«, unterbrach Sloane. Dieses Mal hob sie die Hand, obwohl es unhöflich war, auf andere zu deuten. Sie schien es ebenfalls zu bemerken und ließ den Finger rasch wieder sinken.

Michalowna erkannte anhand der Geste, worauf sich Sloanes Aufmerksamkeit richtete. Zwei amöbenartige Geschöpfe schoben sich über einen sandfarbenen Weg neben einem Gartenrestaurant. Sie glitzerten weiß wie Elfenbein. Zahlreiche Pseudopodien umgaben sie, wuchsen an, bildeten sich zurück. Die flachen, ovalen Körper glitten zügig voran. Auf den Oberseiten gruppierten sich mehrere Wülste.

»Xisrapen«, antwortete Crest geduldig, mit einem Lächeln auf den Lippen. Ihm schien seine Rolle als Mentor und Reiseleiter Spaß zu machen. »Zwei junge Exemplare. Eines steht kurz vor der Häutung.«

Michalowna konnte beim besten Willen keinen Unterschied zwischen den beiden Wesen finden. Die Oberfläche sah für sie absolut identisch aus. Crests Blick musste um einiges geschulter sein als ihr eigener.

»Gehen wir hinunter«, sagte Anne Sloane mit leuchtenden Augen. Die Melange aus sensationellen Neuheiten, Fremdartigkeit und Verheißung schien auch bei ihr endlich eine Wirkung zu zeigen und den Panzer aus Eis zu brechen.

Gemeinsam nahmen sie einen Lift hinunter auf die Plattform und standen innerhalb weniger Augenblicke mitten im Gewimmel. Lachen, Klappern, die Rufe von Tieren und tausend Stimmen umgaben sie. Viele benutzten Interkosmo, aber einige auch Arkonidisch sowie zahlreiche weitere Sprachen, die vom Translator nicht übersetzt wurden. Am liebsten wäre sie zurück in den Lift getreten. Verunsichert tastete sie nach ihren Hosentaschen, doch es war nichts darin, was man ihr hätte stehlen können.

Crest berührte ihren Arm. »Sie waren ausgesprochen forsch auf Tramp und Larsaf, Tatjana«, sagte er so leise, dass Sloane es nicht hören konnte. »Wie eine Arkonidin. Ihr Selbstbewusstsein hat mir imponiert. Wovor haben Sie in diesem Garten Angst?«

»Die Menge«, gab sie knapp zurück. Als Telepathin wusste sie besser als jeder andere, wie unberechenbar Menschen sein konnten. Sie dachte an einen alten Rollstuhlfahrer, den sie in Moskau getroffen hatte. Sein Lächeln war rührend gewesen. Dann hatte sie in seinen Gedanken gelesen, wie gern er jungen Mädchen auf Rockkonzerten K.-o.-Tropfen gab – einfach nur, weil es ihn amüsierte, sie umfallen zu sehen.

»Ich bin da«, sagte Crest. Einen Moment fürchtete Michalowna, er wolle sich über sie lustig machen, doch der Blick in sein Gesicht zeigte, wie ernst die Worte gemeint waren. Auf ihn konnte sie sich verlassen.

Sie lächelte ihn an. »Gehen wir.«

Sloane bildete die Spitze, hinter ihr kam Michalowna, danach Crest. Sie blieben dicht zusammen und passten sich der langsamen Gehgeschwindigkeit auf den überfüllten Wegen an. Mehrere Restaurants und Garküchen verströmten die unterschiedlichsten Gerüche. An einer Ecke wurde Michalowna übel, so sehr roch es nach Harn. An einer anderen konnte sie kaum weitergehen, weil ihr das Wasser im Mund zusammenlief und sie an ihren Hunger erinnerte.

Es gab tausend Details zu entdecken: die winzige Blütenbrosche am Gewand einer Swoon; die wie Augäpfel wirkenden violetten Knödel in einer Suppe; das mit fremden Zeichen schief beschriebene Schild neben einer Gaststätte. Jeder Augenaufschlag, jede Kopfdrehung gab neue Wunder preis. Manche schienen vertraut, als könnten sie der Heimat entspringen. Alles befand sich einige Zentimeter vom Gewohnten entfernt, war wortwörtlich verrückt.

Je tiefer ich in den Zauberwald hineingehe, desto mehr wird er mich verändern. Vielleicht werde ich bald ein Teil von ihm sein. Der Gedanke war erschreckend und verlockend zugleich.

Sie passierten einen zwanzig Meter hohen Felsen, an dem mehrere Mehandor sich im Klettern übten. Statt Seilen sicherten sie Kraftfelder, die wie die Luft über einem Feuer flimmerten. Wenn man nicht genau hinsah, erkannte man die Felder nicht, und die Mehandor schienen ganz ohne Sicherung den Fels zu erklimmen. Ein kobaltblauer Wasserfall in ornamentaler Form fiel ein Stück entfernt über eine Steilwand. Michalowna glaubte zuerst an eine Holoprojektion und war überrascht, als die Tropfen ihr Gesicht wie Sprühnebel benetzten.

»Setzen Sie sich«, schlug Crest vor. Er deutete auf den neben ihnen über einem bunten Blütenteppich schwebenden, freien Balken. »Ich hole Ihnen etwas zu Ihrer Erfrischung.« Er schien zu merken, wie erschlagend die vielen neuen Eindrücke für sie und Sloane waren.

Ich wollte mit auf diese Expedition, dachte Michalowna und berührte ihre Hose über einer flachen Schnittwunde am Knie. *Ich habe gehofft, neue Welten zu entdecken, Außerirdische zu sehen, aber das ...* Es war so anders, davon zu träumen, im All zu sein, als auf einem Schwebebalken im Gespinst zu sitzen und die würzige Luft zu atmen.

In Sankt Petersburg standen die Menschen in diesem Augenblick vermutlich auf dem Alexanderplatz und sahen explodierenden Feuerwerkskörpern zu, die mit ihren Lichtblüten das neue Jahr begrüßten, während die Kinder in den Häusern in der warmen Stube vor den ausgepackten Geschenken saßen, die Väterchen Frost am letzten Dezembertag mit der Pferdetroika vorbeigebracht hatte. In Terrania würden die letzten Kater auskuriert sein, der Aufbau weiter voranschreiten und das Wahrzeichen der Stadt, der Stardust Tower, den Himmel ein winziges Stück tiefer aufspießen. Sie war unvorstellbar weit fort von allem, was sie kannte. Neue Geräusche stürmten auf sie ein; ein Heer aus Tönen, das unerbittlich Land gewann und ihren Kopf mit spitzen Lanzen angriff.

Michalowna schloss die Augen und fühlte in das Gewimmel um sich herum hinein. Sie brauchte einen Augenblick, zwischen Mehandor und Fremdwesen zu unterscheiden. Viele der Fremdwesengedanken musste sie von sich schieben, da sie unverständlich bei ihr ankamen und ihr aufgrund ihrer vielfachen Intensität Kopfschmerzen bereiteten. Obwohl sich viele der Passanten langsam bewegten, spürte sie eine allgemeine Unruhe, die wie eine dunkle Wolke über dem Garten lag. Gedanken an die Arkoniden flammten in ihrem Bewusstsein auf, als wären es ihre eigenen. Die Befürchtungen der Besucher und Bewohner KEMATLONS standen für sie greifbar im Raum. Sie verteilten sich auf Fremdwesen wie Mehandor gleichermaßen.

»Was lesen Sie?«, fragte Sloane. In ihrer Stimme lag Misstrauen. Wie Michalowna war Sloane eine Parabegabte. Sie hatten zusammen zahlreiche Trainings im Lakeside Institute absolviert. Inzwischen wusste Sloane, wie Michalowna aussah, wenn sie gezielt versuchte, die Gedanken aus ihrer Umgebung aufzufangen. Die dünne Schicht Schweißperlen auf ihrer Stirn war ein gut zu deutendes Anzeichen.

»Eine Melange verschiedenster Gefühle, aber vor allem Unsicherheit«, gab Michalowna leise zurück. »Offenbar sind viele Mehandor ihrer Matriarchin gegenüber kritisch eingestellt. Die politische Lage ist schwierig.« Sie konzentrierte sich auf einen bartlosen Mehandor mit roten Haarstoppeln und ungewöhnlich weiter Gewandung, die operettenhaft bunt war. »Der da denkt, dass die arkonidische Flotte in diesem Sektor aktiv geworden ist. Zum ersten Mal seit Jahrhunderten ... Viele haben das im Kopf. Es ist wie ein Hintergrund, eine Sorge, die beständig durch die Planungen, Wünsche und Ziele der Mehandor geistert: die Furcht vor dem Regenten. Dabei hat niemand ein Bild vom Regenten. Ich bin nicht einmal sicher, ob er ein humanoides Wesen ist.«

Sloane verzog das Gesicht. Michalowna wusste, dass der Telekinetin ihre Gabe unheimlich war. Sie fühlte sich von Michalowna bedroht. Michalowna hatte Sloane in Terrania vor der Abreise das Versprechen geben müssen, ihre Gedanken niemals zu durchleuchten, wenn Sloane es nicht wollte. Trotz dieses Versprechens schien Sloane Michalowna zu misstrauen.

Dabei hat sie selbst eine erschreckende Gabe. Michalowna sah die Ilts vor sich, wie sie auf Tramp Arkoniden angegriffen hatten. Durch ihre parakinetischen Fähigkeiten hatten sie die Angreifer mit der eigenen Zunge erstickt. Diese Macht besaß Sloane auch. Sie war eine lebende Waffe.

Blinzelnd versuchte Michalowna, den unangenehmen Gedanken zu vertreiben. Ihr fiel bei der Erinnerung an Tramp auf, dass sie keinen Ilt auf der Plattform sah. Waren die Ilts in anderen Teilen der Milchstraße beheimatet?

»Bitte schön!« Crest überreichte ihr einen geschlossenen Goldwürfel mit einem Saugstutzen am oberen Ende. »Nicht zu schnell trinken, ist noch eiskalt.«

Vorsichtig nahm sie den Würfel an und führte den Kunststoffstutzen an die Lippen. Ein süßscharfer Geruch stieg auf, der sie entfernt an Chili und Honig erinnerte. Sie nahm einen Schluck und schmeckte liebliche Frucht. Von Schärfe keine Spur.

»Was ist das?«, fragte Anne Sloane, die ihren Würfel unschlüssig in der Hand drehte.

»Unithischer Barsbeersaft. Erinnert entfernt an Himbeeren.«

Michalowna nahm gerade einen tieferen Schluck, als sie die behandschuhten Finger bemerkte, die sich seitlich auf Crests Brust vorarbeiteten. Hastig ließ sie den Trinkwürfel sinken. »Crest, passen Sie auf!« Sie sprang vor, sah gerade noch, wie kleine, kräftige Finger den Zellaktivator packten und von Crests Hals rissen. Ein bärtiger Mehandor stürmte davon.

Crest fuhr herum. »Sloane! Halten Sie ihn auf!«

Sloane reagierte sofort. Michalowna bemerkte die Veränderung auf ihrem Gesicht. Der Dieb stolperte scheinbar über einen unsichtbaren Gegenstand. Der Aktivator fiel ihm im Sturz aus der Hand. Sloane standen Schweißperlen auf der Stirn, ihr Gesicht war vor Anstrengung verzerrt.

Michalowna sprang vor, doch als sie und Crest bei dem bärtigen Mehandor ankamen, hatte sich bereits ein zweiter Mehandor hinabgebeugt und das wie ein Schmuckstück wirkende Gerät an der Kette aufgehoben. Sie blieben stehen und fuhren zu dem Mann herum. Er war zierlich, trug ein enges schwarzes Oberteil und einen weiten dunkelblauen Rock aus festem Stoff. Sein ausgestreckter Arm ragte herausfordernd vor. Der Aktivator baumelte wie ein Pendel in der Luft.

»Geben Sie das her!«, sagte Crest. Seine Stimme klang angespannt, der Körper wirkte kampfbereit.

Michalowna erschrak über die arrogante Aristokratie, die unvermittelt in seinem Auftreten lag.

Der Mehandor hob den Aktivator auf Augenhöhe. »Ganz ruhig, Arkonide.« Er lächelte. »Niemand will Ihnen Ihr Eigentum vorenthalten, okay?«

Aus den Augenwinkeln sah Michalowna, wie sich der Dieb aufraffte und davonstürmte. Zwei Mehandor in einheitlicher Kleidung verfolgten ihn.

»Das war dumm von diesem Bärtigen.« Der Fremde gab Crest den Aktivator zurück. »Ein sehr plumper Versuch. Er riskiert die Verbannung.«

»Hätten Sie es besser gemacht?«, rutschte es Michalowna heraus. Sie versuchte in die Gedanken des Fremden einzudringen, doch eine unsichtbare Mauer blockte den Versuch. Verwundert öffnete sie den Mund. Warum konnte sie seine Gedanken nicht lesen? War er besonders geschützt, oder hatte sie ihre Gabe durch das Belauschen der Mehandor überstrapaziert?

Sie war auf sein Äußeres zurückgeworfen, die neugierig wirkenden Augen, die breite Stirn, den leicht spöttischen Zug um die dünnen Lippen. Seine Haut spannte sich glatt und straff, nur um die Augen konnte man erahnen, dass er bereits im mittleren Alter war. Zahlreiche Fältchen lagen darum, und Michalowna kam unwillkürlich der Gedanke, dass sie nicht vom Lächeln herrührten.

Der Mehandor lachte. »Sie tragen Ihr Herz auf der Zunge, Kolonistin.« Das Lachen wirkte ansteckend. Es schien ehrlich zu sein.

Crest steckte den Aktivator in seine Brusttasche. Die Kette, an dem das Gerät zuvor um seinen Hals gehangen hatte, war an zwei Gliedern aufgebogen und nicht mehr zu gebrauchen. »Vielen Dank. Mein Name ist Crest da Intral. Wie heißen Sie, Mehandor?«

»Levtan. Sie sind neu auf dem Gespinst, was?«

»Wir sind auf der Durchreise«, wich Crest aus. »Wie die meisten.«

Levtan legte den Kopf schief. »Das können Sie so nicht sagen. Immerhin leben mehrere zehntausend Sippenmitglieder auf der Station. Soll ich Sie ein wenig herumführen?«

In Michalowna gellten Alarmglocken. Sie wechselte einen schnellen Blick mit Anne Sloane, die warnend den Kopf schüttelte. Kein Zweifel, auch die Telekinetin hatte dem Mehandor gegenüber ein schlechtes Gefühl, obwohl er Crest geholfen hatte. Seine Art wirkte auf Michalowna eine Spur zu jovial. Dass sie seine Gedanken nicht lesen konnte, war mehr als ungewöhnlich und beunruhigte sie. »Nein danke, wir ...«, setzte sie an.

Crest unterbrach sie. Seine Hand lag auf der Brusttasche deutlich sichtbar um den Aktivator. »Aber ja, Levtan. Ausgesprochen gern. Zeigen Sie uns KE-MATLON von seiner schönsten Seite.«

Kapitel 5

Cyr Aescunnar
5. Januar 2037, nahe Bradbury Base, Mars

»Hetcher, melde dich! Rühr dich endlich, verdammt!« Cyr Aescunnar brüllte so laut in das Mikrofon des Funkgeräts, dass er beinahe glaubte, dass der taube Ferrone, dessen Marsmobil sich drei Kilometer vor ihm durch die Valles Marineris arbeitete, ihn hören könnte.

Cyr benutzte Hetchers Spezialfrequenz für Notfälle, die sicher auch Kommandantin Riembau verwendete, um dem Ferronen Einhalt zu gebieten und ihn nach Bradbury Base zurückzurufen. Die Frequenz ließ am Handgelenks-Pod des Gehörlosen in rhythmischem Abstand ein helles blaues Licht aufblitzen, das ihn auf den gewünschten Kontakt aufmerksam machte.

Im Stillen hoffte Cyr, dass Hetcher sein Gerät weiterhin eingeschaltet ließ, obwohl er von mehreren Seiten mit Kommunikationsanfragen überhäuft wurde. Schließlich ignorierte auch Cyr die zahlreichen Anfragen oberster Dringlichkeitsstufe von Bradbury Base, die seit seinem Entschluss, Hetcher zu verfolgen, bei ihm eingingen. Er stellte sich tot wie ein Käfer, während er sich in einem Mobil, das wegen seines flügelartigen Sonnensegels »Beetle« genannt wurde, mit knapp dreißig Stundenkilometern von der Base entfernte.

Eigentlich ironisch, wenn nicht pleonastisch, dachte Cyr. *Ein toter Käfer in einem Käfer. Und wie es aussieht, gibt es zwei davon, die einander jagen.*

»Hetcher, melde dich!«, rief er per Helmfunk. Unter ihm ruckte der Beetle über eine Bodenunebenheit, die Federung glich den harten Stoß aus, auch der Raumanzug hielt etwas davon ab. Dennoch spürte Cyr den Ruck unangenehm im Steißbein. *Stein Numero eintausendzweihundert, seitdem ich draußen bin,* dachte er sarkastisch. Der Mars bot die größte Basaltsteinwüste des gesamten Systems.

Die sechs großen, mit Luft gefüllten Räder trugen ihn sicher über den harschen Untergrund des sieben Kilometer tiefen und Hunderte Meter breiten Canyons. Das riesige Sonnensegel überspannte die Kanzel wie aufgestellte Flügel. Trotzdem fühlte es sich an, als würde Cyr frei in der gigantischen Einöde des Mars schweben. Wie ein vergessener Geist in einem roten Naturschloss aus Felsen und Gestein, in dem seit Jahrtausenden niemand mehr den Staub wischte. Einen Augenblick spürte Cyr eine allumfassende Einsamkeit und die Angst, nie wieder zurück in die Zivilisation zu kommen. Wenn er einen Unfall hatte, war alles vorbei. Seine Knochen würden zusammen mit dem Beetle unter millimeterdickem rostrotem Staub mitten in diesem endlosen Canyon in den Valles Marineris begraben werden. Es konnte Jahre dauern, bis jemand seine sterblichen Überreste fand. Er riss sich zusammen.

»Hetcher, ich weiß, dass du mich lesen kannst. Du hast einen Bildschirm genau vor deiner beeindruckenden Nase.«

Wieder nichts. Keine Antwort. Als ob Cyr sich den Ferronen nur einbilden würde, der vor ihm durch dieselbe urwüchsige, spröde Landschaft fuhr, mit den Reifen Staub aufwirbelte, seine Spuren in den Grund zeichnete und es sich in den massigen Kopf gesetzt hatte, einfach von der Base fortzufahren. Zum zweiten Mal, obwohl der erste Alleingang Hetcher beinahe das Leben gekostet hätte.

Warum Hetcher das getan hatte und wieder tat, wusste Cyr nicht. Aber er fühlte, dass er Hetcher folgen musste. Cyr jagte unter dem hellen Marshimmel nicht nur einem Ferronen nach, sondern einem Geheimnis.

»Hier geschieht Großes«, hatte Hetcher vor einigen Tagen angedeutet. Und bei den letzten Gebärden, die Hetcher ihm gegenüber gemacht hatte, hatte er gerufen: »Ich höre!« Nur das. »Ich höre! Ich höre!« Ein seltsamer Satz für jemanden, der taub war.

Cyr scharrte nervös mit den Stiefeln in dem viel zu kurzen Fußraum. Seine langen Beine passten nicht richtig in die für Ferronen ausgelegten Maße. Cyr wünschte sich, sein Marsmobil wäre arkonidischen Ursprungs. Dann wäre dieser Spuk von Hetchers Flucht längst vorbei gewesen. Und er hätte die Beine ausstrecken können. Unruhig streifte sein Blick die Cockpitkonsolen. Das eingebettete Display blieb tot. Auch akustisch kam kein Lebenszeichen. Langsam riss Cyr der Geduldsfaden. Vielleicht musste er neue Wege gehen: Hetcher nicht bitten oder ihn auf herzige Weise anschnauzen, wie es Louanne Riembau zweifelsfrei bis zur Perfektion beherrschte, sondern ihn provozieren.

»Hetcher, du hast alle Fahrzeuge der Station sabotiert. Deinetwegen sitzt das Team für mehrere Stunden fest und kann wichtigen Wartungsarbeiten nicht nachkommen. Und das nur, damit sie dich nicht verfolgen können. Bist du stolz auf deinen Egotrip?«

Er hielt den Atem an. War er zu weit gegangen? Aber was hatte er zu verlieren? Er glaubte nicht, dass Hetcher geisteskrank oder selbstmordgefährdet war und deshalb allein in die Einöde des Mars hinausfuhr. Auch war Hetcher kein Saboteur wie die Ärztin Tempsky. Es gab einen Grund, warum dieser Ferrone handelte, wie er es tat. Hetcher hatte ein Geheimnis, und Cyr würde dahinterkommen.

Unvermittelt sah Cyr sich als Kind im Arbeitszimmer des Vaters auf dem indigoblauen Teppich sitzen. Eigentlich durfte er dort nicht hinein. Sein Vater war deutscher Diplomat. Alle Papiere, selbst die, die sich nicht in der Botschaft, sondern zu Hause befanden, waren zu wertvoll, um sie von Schokoladenfingern berühren zu lassen oder dass sie als Papierflieger endeten. Nicht auszudenken, was ein Kindmonster wie Cyr im Allerheiligsten anrichten konnte. Aber seine Eltern waren nicht da, der Vater in der Botschaft, die Mutter einkaufen, und Cyr hockte im Schneidersitz im Arbeitszimmer vor einem verschlossenen Karton auf dem Boden und musste ihn auspacken. Er hatte eine Pappecke hochgebogen und erkannt, dass es sich um in Zeitungspapier gewickelte Gegenstände handelte. Sein Herz raste, er sah sich immer wieder verschämt um, kam aber nicht gegen den Drang an, einen Gegenstand herauszunehmen.

Damals war er sechs gewesen und hatte geglaubt, sterben oder ohne Abendessen mit einer ordentlichen Strafpredigt und Netzverbot ins Bett zu müssen, wenn die Eltern ihm auf die Schliche kamen. Trotzdem hatte er den Gegenstand Schicht um Schicht ausgepackt. Und dann den nächsten. Und den nächsten. Am Ende hatte er es vor sich, das ganze armenische Geschirrset, Teller, Tassen, Untertassen, versehen mit blauroten Ornamenten. Er hatte nicht gewusst, dass die Großmutter es geschickt hatte. Sorgfältig hatte er alles wieder eingewickelt und zurückgelegt. Cyr war nie entdeckt worden. Für ihn war es gewesen, als hätte er einen Schatz gefunden. Später hatte er dieses Geschirr im Küchenschrank am meisten geliebt.

Wie damals sah er den braunen Karton deutlich vor sich, hatte einen Deckel gelüftet und verpackte Gegenstände in Zeitungspapier erkannt. Er musste wissen, was für Gegenstände es waren oder, in diesem Fall, welche Motive. Denn letztlich war es Hetcher, der ihn faszinierte.

Als er glaubte, Hetcher würde sich nicht mehr melden, hörte er die Stimme des Computers, die Hetchers Gebärdensprache übersetzte. »Ich tue, was ich tun muss.«

Endlich! Ein Kontakt. Cyr lehnte sich vor und hielt den Atem an. Er überlegte, was er entgegnen konnte. Er musste Hetcher bei der Stange halten und ihn dazu verleiten, weiter mit ihm zu sprechen. Da die Provokation gut angeschlagen hatte, versuchte er es weiter damit und machte seinen Gefühlen Luft. »Das ist Wahnsinn! Verstehst du? Du machst allen Sorgen, okay? Dort draußen ist nichts. Nur lachsfarbener Himmel, Basalt und Sand! Komm zurück!«

»Nur weil da für dich nichts ist, muss das nicht auf mich zutreffen.«

Cyr witterte einen weiteren verpackten Gegenstand im Karton. »Wie meinst du das? Was soll da draußen sein?«

»Vielleicht nur Ruhe vor Nervensägen wie dir.«

Cyr überlegte, Hetcher damit zu konfrontieren, dass er ein Sonderling war, ein Ferrone, ausgestoßen von seinen Artgenossen, der vor der Gesellschaft floh. Aber er spürte, dass das nicht stimmte. Dieser Pfeil würde das Ziel nicht einmal ansatzweise treffen. Hetcher schien sich mit seiner Absonderung abgefunden zu haben. Dass er auf einer selbst auferlegten Mission mit Höchstgeschwindigkeit durch den Canyon pflügte, hatte einen anderen Grund. Stattdessen fragte er: »Was hörst du, Hetcher?«

Eine lange Pause folgte. »Du bist der Einzige, der zumindest versucht, mich zu verstehen, Cyr. Aber auch du hörst die Welt nicht, wie sie ist. Du weißt, dass sie mich nicht hätten gehen lassen, deshalb habe ich die Marsmobile manipuliert. Ich musste es tun.«

»Warum?«

»Fahr zurück, Cyr. Bevor es zu spät ist.«

»Hetcher ...«

»Du gehörst nicht hierher. Ich schon. Ich will nicht, dass dir etwas geschieht.« Obwohl der Computer die Worte übersetzte, spürte Cyr ihre Eindringlichkeit. Das war kein Spiel. Seine Angst, seine Knochen könnten samt Marsmobil unter rotem Sand begraben werden, war begründet. Wenn er in eine Notlage geriet, würde niemand kommen und ihn retten.

Hetcher unterbrach die Verbindung. Angestrengt starrte Cyr nach vorn. Er sah an der dunklen Reifenspur entlang zu einem Punkt, wo er glaubte, die im Sonnenlicht glitzernde Staubwolke sehen zu können, die Hetchers Beetle in der niedrigen Schwerkraft in Zeitlupe aufwirbelte und hinter sich herzog. Der Käfer jagte den Käfer. Und er würde nicht aufgeben.

Kapitel 6

Hetcher
Stimmen

Sie behaupteten zu hören, aber sie hörten nichts. Sie sagten, sie würden sprechen, doch wann sagten sie jemals Dinge von Bedeutung? Worte waren für sie nur sinnlose Aneinanderreihungen von Lauten, die sie nicht fühlten und nicht würdigten. Sie spürten den Zauber nicht, den sie beim Sprechen woben, und hörten nicht, wie falsch sie klangen, wenn sie das Universelle in der Sprache missachteten. Jede kleine Geste hatte eine eigene Schwingung, einen unhörbaren Ton, der im großen Ganzen vibrierte und das Göttliche ehrte, wenn der Einklang gegeben war.

Das beste Beispiel stellte für Hetcher der Rote Planet dar, dem sich die Wissenschaftler zugewandt hatten, nachdem die Erdenmenschen auf ihrer blauen Kugel fast alle Geheimnisse gelüftet hatten. Hetcher spannte seine Bauchmuskeln an und spuckte mit zusammengekniffenen Augen in den Helmschlauch. *Mars nennen sie ihn. Nach einem Gott. Gewissenlos benutzen sie diesen Namen, um den Planeten zu würdigen, und was sehen sie in ihm? Eine leblose, gefriergetrocknete Rostkugel!* Sogar den Namen »Pockengesicht« hatte er in Aufzeichnungen gefunden. Ein unschöner Name, der auf die zahlreichen Krater des Planeten anspielte. Als ob die Welt nur aus ihrer Oberfläche bestünde.

Für Hetcher gab es keinen Ferronen mit blauem Bart, der im Himmel, auf einem Planetenring oder auf einem Mond saß und mit einem Zepter winkte. Es gab das, was es gab. Und das war so unendlich viel mehr, als ein einzelner Ferrone, Topsider oder Erdenmensch jemals erfassen würde. Je mehr Ego ein Wesen besaß, desto tauber wurde es für den Zauber der ewigen Allmacht. Glücklich waren die Tiere und gleichzeitig arm, denn sie konnten das Glück nicht reflektieren, das ihnen zuteilwurde, und sie würden nie mit vollem Magen dem unbekannten Flecken hinter dem Horizont nachjagen.

Als er vom Wegasystem aufgebrochen war und die Erde erreichte, hatte er gehofft, unter den Menschen Gleichgesinnte zu finden. Er hatte sich vor dem Abflug zum Mars Daten geben lassen, die Geschichte des Roten Planeten studiert, über den religionspolitischen Fauxpas der Römer in sich hineingelacht, da in Griechenland ganz sicher kein Erdenmensch vom blutrünstigen Ares abstammen wollte. Cyr hatte sein Wissen durch literarische und mythologische Geschichten ergänzt und erweitert. Doch schon vor den spannenden Erzählungen des Erdenmenschen hatte sich Hetcher mit dem Planeten auseinandergesetzt, der – stellte man sich ihn terraformt vor – seiner Heimatwelt ähnelte.

Schon über das Wort »Planet« hatte er den Mund verzogen, denn laut der Übersetzung bedeutete Planet »umherirren«. So sahen die Erdenmenschen das. Planeten irrten kopflos umher. Von Göttlichkeit oder höherer Fügung keine Spur.

Aber da waren die wunderschönen Namen, die ein Mensch namens Schiaparelli dem Mars im neunzehnten Jahrhundert der Erdzeit beim Erschaffen einer neuen Karte angedichtet hatte: »Elysium«, »Tharsis«. Das klang nicht einfach nach kartierbarer Realität, sondern nach Sehnsüchten, Visionen vom Fernen, Fremdartigen und Versunkenen. Diese Namen schwangen gut, das spürte er beim Lesen. Leider schienen Menschen wie Schiaparelli selten zu sein.

Ein Findling unter den Reifen schüttelte den Beetle durch. Hetcher fühlte in den Stein hinein, der sich freute, dass er wahrgenommen wurde. Der Brocken hatte die Räder liebkost, hatte darum gebeten, berührt zu werden, und auch der Beetle surrte hell, Freude schwang um das Mobil wie eine Wolke aus goldenem Licht. Sie fuhren voran, immer voran, berührten den lebenden Boden, streichelten ihn zusammen mit den Jahrmillionen, die er alt war. Das war gut. Jedes Staubkorn funkelte, um Hetcher zu erfreuen, und er war gekommen, die Staubkörner zum Lachen zu bringen. War das nicht sein eigentlicher Lebenszweck? Die Aufgabe, die er genau in diesem Moment hatte? Letztlich ging es einzig darum: den Moment zu fühlen, nicht mehr, aber auch nicht weniger.

Hetcher verzog das Gesicht zu einer Grimasse. Hätte er lachen können, es wären laute Töne geworden, herzlich und urwüchsig, die seinem Mund entsprungen wären. *Sie denken, ich wäre allein,* dachte er erheitert. *Cyr meint, dass ich einsam sein muss in dem, was er Einöde des Mars nennt. Er kennt so viele Geschichten über diesen Planeten und hat doch nichts begriffen.*

Es stimmte nicht. Hetcher war niemals allein gewesen. Alles um ihn herum lebte, atmete, fühlte. Die Dinge hatten Auren, die sie umgaben und verhießen, dass sie mehr waren als Dinge. Jedes winzige Staubkorn besaß eine Seele. Viele von ihnen sangen unablässig, ehrten ihr Sein und die Existenz an sich. Sie waren friedvoll, es genügte ihnen, zu existieren, selbstvergessen zu singen und sich strahlend wie Sterne in Miniatur vom Boden zu erheben, wenn die Reifen sie brausend grüßten.

Hetcher schloss die Augen und fühlte, wer in seiner Nähe am meisten Unterhaltung wünschte. Es war ein Felsen, vielleicht einen Kilometer vor ihm, der ihm zurief.

»Ich komme zu dir, Bruder Fels«, sagte Hetcher in Gebärdensprache, während das Marsmobil gemäß den Voreinstellungen weiterfuhr und sich automatisch seinen Weg durch die Steinwüste suchte. »Du bist nicht länger allein unter deinesgleichen, mein Freund. Mein Weg wird deinen Standort kreuzen. Hetcher hört dich, oh ja. Deine Stimme spricht deutlich.«

Er öffnete die Augen und blickte nach vorn, in die scharfen Kegel der Scheinwerfer, die rostroten Grund anstrahlten. Eben ging die Sonne über dem Felsenmeer unter. Der lachsfarbene Schein veränderte sich, wurde zu einem warmen Blauviolett, das über den Himmel strich und das Licht der Wega ehrte. Wäre die Sonne nicht winzig gewesen, Hetcher hätte für einen Augenblick glauben können, dass er vertrautes blaues Licht aus seiner Heimat sah. *Der ganze Mars hat eine Seele. Wie die Erde und jeder einzelne Planet im Wegasystem. Wenn man ganz still ist, kann man das Seelenwispern hören: wie sie sich zuflüstern, durch die unendliche Weite, und jahrtausendealte Geheimnisse ausplaudern.*

Der Beetle fraß Kilometer um Kilometer. Durch die Voreinstellungen musste Hetcher sich um nichts kümmern. Das Mobil folgte der etablierten Route durch die Valles Marineris nach Sinharat Base. Hetcher wusste, dass die Base nicht sein eigentlicher Anlaufpunkt war. Er hatte mit dem Gedanken gespielt, an einer der Versorgungsstationen zu halten, um Nahrung und Sauerstoffvorräte aufzufüllen, aber nun saß ihm Cyr im Nacken. Hoffentlich gab dieser Verrückte auf, ehe es zu spät für ihn war.

»Hetcher«, flüsterte der Stein, auf den er zuhielt. »Beeil dich. Ich bin nicht der Einzige, der auf dich wartet, weißt du? Auch meine Schwester will dich sehen. Sie wartet so lange, wie die Sonne scheint, so lange, wie sie ist, geformt aus Sternenstaub. Sie wartet auf dich. Du wirst gebraucht.«

Erschaudernd lehnte sich Hetcher zurück und starrte am Rand des zusammenklappenden Sonnensegels vorbei in den blauvioletten Himmel. Eiswolken trieben wie die ausgestreckten Finger einer Hand darüber. Auch sie sprachen wie die Steine. Sie liebten ihn, wie sie alles liebten. Unter ihnen gab es keinen Verrat, keine Intrigen oder heimtückisch geflüsterten Beleidigungen hinter vorgehaltener Hand. An diesem Ort befand er sich unter Freunden.

Der Stein sang leise. Hetcher nahm es als pulsierende Farben wahr, die er in seinen Gedanken sah und wie Wärme spürte, wenn er die Lider schloss.

»Auch ich habe auf diesen Moment gewartet«, gestikulierte er. »Seit ich Sternenstaub war.« Er wusste nicht, ob das stimmte, aber es fühlte sich richtig an, es zu sagen.

Die Stunden vergingen, wurden zu Tagen. Nachts sirrte das Aggregat, das den Beetle versorgte, tagsüber richtete sich das Sonnensegel über ihm aus und lieferte ihm die nötige Energie für die Brennstoffzelle. Er hatte genug Wasser und Essen dabei, um nicht übermäßig zu leiden. Ein Nahrungsmittelkonzentrat linderte die schlimmsten Symptome von Hunger und Durst. Langweilig wurde ihm nie. Wirbelnde Windhosen bauten sich um ihn herum auf, kaum so hoch wie ein Mann. Sie begleiteten ihn in einigem Abstand, winkten ihm zu und legten sich wieder schlafen.

Der Himmel änderte sich stündlich, variierte seine Farben in einer Unzahl an Braun-, Rot- und Orangetönen bis hin zu Rosa. Auch der Boden variierte seine Färbungen. Rost nannten es die Erdenmenschen. Hetcher hatte andere Namen dafür. Tausend Namen, die er niemals einem anderen verraten hatte. Farben gab es für ihn so viele, wie Steinbrocken am Boden lagen.

Er hatte den rufenden Stein längst passiert, passierte auch seine Schwester und fuhr weiter, immer weiter, ohne sich zu fragen, warum er das tat. Er wusste es. Es hatte einen Mann gegeben, der ihn besser verstanden hatte als alle anderen. Auch besser als Cyr Aescunnar. Vielleicht einen zweiten Schiaparelli. Wehmütig dachte Hetcher an Nguyen, den ehemaligen Kommandanten von Bradbury Base, der vor einigen Wochen spurlos verschwunden war.

»Wir helfen dir, ihn zu finden, Hetcher«, flüsterte der Staub. »Er lebt, oh ja, er lebt.«

»Fahr weiter«, sangen die Sonnenstrahlen. »Immer voran. Hab keine Angst. Wir schicken dir tröstende Wolken bei Nacht und das Licht zweier Monde.«

Weit vor Hetcher kamen die Vulkane der Tharsis Montes in Sicht. Ein Ruf ertönte, der in Hetcher vibrierte, stärker, als der Antrieb des Marsmobils seinen Körper erzittern ließ: »Hetcher, komm zu uns! Komm zu uns! Wir warten auf dich!« Es war nicht einer, der sprach, es waren viele. Jeder Vulkan besaß eine eigene Stimme. Zusammen dröhnten sie in ihm, wie eine Glocke in den Kirchen der Erdenmenschen dröhnen musste, wenn man dicht unter ihr stand. Einen Augenblick fürchtete er, ohnmächtig zu werden. Ihm war schwindelig, er verlor die Orientierung, als würde er sich in einem roten Meer aus Staub schwerelos überschlagen. Oben, unten, alles verschwamm um ihn.

»Ich komme«, gebärdete er matt, nur die nötigsten Bewegungen machend. »Oh ja, Hetcher ist auf seinem Weg. Hetcher kommt zu euch.«

Er blickte auf die Displayanzeigen, machte ihnen gegenüber eine Gebärde des Dankes und des Verständnisses, als wollte er sich bei ihnen entschuldigen. Wenn er zu den Vulkanen fuhr, würde die Reichweite des Marsmobils erschöpft sein. Zwar konnte der Beetle theoretisch endlos über die Ebenen fahren, doch der Sauerstoffvorrat ging langsam zur Neige. Es gab ein Ziel. Aber vielleicht keinen Weg zurück, wenn er nicht an einer Versorgungsstation hielt.

Ein leiser Zweifel beschlich Hetcher. Er konnte die Vulkane aufgrund des kilometerlangen Anstiegs kaum als solche ausmachen, aber er fühlte sie als Berge. Gut erinnerte er sich an die überwältigende Sicht beim Anflug, als sie über die drei erloschenen Schildvulkane hinweggeflogen waren. Alle anderen hatten hinuntergesehen und ganz sicher Dinge gesagt wie: »Oh, seht nur, der zweithöchste Vulkan im Sonnensystem!« oder »Ascraeus Mons, er ist achtzehn Kilometer hoch! Beeindruckend, was?« Und: »Die Fundamente der Berge sind so breit, dass man in Halbschuhen hochlaufen könnte.« Aber sie hatten nicht gespürt, was da unten *wirklich* war.

Hetcher dagegen hatte das Zittern am ganzen Körper kaum unterdrücken können. Er fühlte die drei gigantischen Wunder unter sich, spürte ihre Stimmen im Rhythmus seines Herzens in seinem Brustraum vibrieren, sah ihre Farben wie bunte Explosionswirbel vor den geschlossenen Augen.

Hetcher richtete sich in seinem Sitz auf. Knochen und Muskeln taten ihm weh, er bemerkte es kaum. Wie in Trance formten seine Hände und die Mimik immer wieder dieselben Worte: »Hetcher kommt zu euch. Das Warten ist vorbei.«

»Imaxal ura ranhanka.«
»Zahle immer lächelnd.«
Mehandor

Kapitel 7

Perry Rhodan
Der Preis der Mehandor

»Crest? Wo stecken Sie?« Thora klang ungehalten. Sie hatte das Gesicht von Rhodan abgewandt und starrte mit zum Mund gehobenem Kom in die schwarz getönte Scheibe des viersitzigen Stationsflitzers.

Hinter ihnen verlagerte John Marshall sein Gewicht in den Polstern. Rhodan fragte sich, ob Marshall wegen der anstehenden Verhandlungen mit den Mehandor genauso nervös war wie er selbst. Die Verantwortung für die Besatzung der TOSOMA lag schwer auf seinen Schultern.

Zwölf Menschen, dachte er nicht zum ersten Mal, das Bild der von Robotern in einem gekühlten Raum aufgebahrten Leichen vor Augen. *Und ich hatte nach der letzten Ansprache an die Mannschaft nur dreißig Minuten für mich, ehe ich ins Gespinst aufbrechen musste. Dreißig Minuten, um zu begreifen, dass sie tot sind. Ich sollte da drüben sein und Reg helfen, der die Trauerzeremonie vorbereitet. Aber zweiteilen kann ich mich nicht, und meine Mannschaft braucht mich als Verhandlungspartner für jeden Einzelnen.*

»Crest? Melden Sie sich!«

»Erreichen Sie ihn nicht, Thora?«

Thora ließ das minipodgroße Funkgerät sinken und klinkte es in eine Vorrichtung am Armband an ihrem Handgelenk ein. »Er nimmt die Verbindung nicht an. Und das ausgerechnet zu einem so wichtigen Zeitpunkt. Er sollte dabei sein.«

Rhodan besah die Geschwindigkeitsanzeige und rechnete sie um. Achtzig Stundenkilometer, sie würden in wenigen Minuten da sein. Der dreieckige Flitzer rauschte selbsttätig durch die enge, sauerstofflose Tunnelröhre. Hin und wieder tauchte eine lang gezogene Holowerbung für ein Restaurant oder eine Vergnügungshalle auf, die Rhodan unweigerlich an den Roman »Fahrenheit 451« denken ließ; an die Werbeplakate, die sich Hunderte von Metern an den Autobahnen entlangzogen.

»Sicher geht es Crest gut«, beruhigte Rhodan.

»Zu gut«, versetzte Thora spitz. »Ich fürchte, er hat sein Gerät nicht einmal auf das Gespinst mitgenommen. Er hatte es eilig loszuziehen.«

Rhodan hatte Thoras Blick bemerkt, als ihr Ziehvater im Schlepptau von Tatjana Michalowna in das Gespinst aufgebrochen war. Begann die Arkonidin eifersüchtig auf Michalowna zu werden? Crest und die Mutantin hatten einige Abenteuer gemeinsam überstanden. Zwischen ihnen wuchs eine Freundschaft ganz besonderer Art.

Der Flitzer wechselte die Richtung, flog in eine abbiegende Röhre ein. Er war ihnen von Matriarchin Belinkhar geschickt worden und brachte sie zur Zentrale des Gespinsts, in der Mitte unterhalb der Gartenplattform. In Rhodans Magen zuckte es, wenn er an die bevorstehende Verhandlung dachte.

Er suchte Marshalls Blick. Der ehemalige Investmentbanker war Konferenzen und Sitzungen gewohnt. Aber das, was auf sie zukam, war vollkommen anders. Sie wussten wenig über die Mehandor, keine gute Voraussetzung für das anstehende Geschäft. Auf der TOSOMA hatte er Reg nicht im Weg gestanden, als dieser auf der Parkposition Nachforschungen über die Mehandor und den Regenten anstellen wollte. Die Zugänge zu den Informationsnetzen waren blockiert gewesen. Die TOSOMA erhielt keinen Zugriff. Reg hatte geargwöhnt, dass Thora und Crest dahintersteckten, indem sie die Zugänge schiffsintern von der Positronik hatten sperren lassen. Rhodans einzige Wissensquelle blieb Thora, und die hielt sich bedeckt.

Wissen ist Macht, dachte Rhodan. *Und Thora will nicht, dass wir Macht erlangen. Sie will, dass wir von ihr und Crest abhängen.*

»Wir werden zahlen müssen, oder?«, fragte er.

John Marshall sah die Arkonidin ebenso aufmerksam an wie er. Es war gut, den verantwortungsvollen und zuverlässigen Freund an seiner Seite zu wissen.

Thora hob die Schultern. »Jeder muss zahlen.«

»Haben Sie eine Ahnung, wie der Preis aussieht?«, mischte sich Marshall ein. Er kam mit ihnen, um sie mit seiner Paragabe zu unterstützen. Durch seine Fähigkeit, Gedanken und Stimmungen anderer aufzunehmen, würde er wissen, wie die Matriarchin ihnen gegenüber eingestellt war. Halbherzig wünschte sich Rhodan, Marshall würde seinen Ehrenkodex und den des Lakeside Institutes brechen und in Thoras Gedanken lesen. Dann hätte Rhodan die warnende Stimme Reginald Bulls in seinem Inneren hoffentlich zum Schweigen bringen und Thora wieder voll vertrauen können. Ihn ließ die Frage nicht los, warum sie sich unter einem falschen Namen vorgestellt hatte. Was sollten die Mehandor mit ihrem richtigen Namen zu ihrem Schaden tun können?

Thora wandte sich ab. Sie kniff die Augen zusammen und bedachte das Funkgerät am Handgelenk mit einem bitterbösen Blick.

»Bitte, Thora.« Rhodan legte eine Hand auf ihren Unterarm. »Wenn Sie etwas wissen, was uns weiterhelfen kann ...« Er verstummte, der Flitzer änderte abrupt die Richtung und stieg wie eine Antigravplattform in die Höhe, hinein in eine senkrechte, gut zwölf Meter breite Röhre. Sie hatten die mittlere Säule erreicht, die zwischen der Zentraleinheit und der Gartenplattform lag.

Der Flitzer bremste stark ab und steuerte eine Landeplattform vier Meter unter scheinbar freiem Himmel an. Sie waren am Ziel. Das Fluggerät setzte auf, rollte langsam durch einen energetischen Übergang. Das transparente Dach öffnete sich nach zwei Seiten und glitt zurück, Leitern klappten automatisch an der Außenwand herab. Die Luft duftete frisch und süß, als würden blühende Obstbäume neben ihnen wachsen. Der Geruch stand in krassem Gegensatz zu der schlichten Tunnelwand, die an dieser Stelle keine Holos zeigte und wie wabenartig gemusterter Stahl aussah.

»Gehen wir«, wich Thora aus. Sie schien zu ahnen, worin der Preis bestand, wollte aber offensichtlich nicht darüber sprechen.

Rhodan presste die Lippen zusammen. *Bisher wirkt Belinkhar wie eine Frau von Verstand, mit der sich reden lässt. Es muss möglich sein, uns zu einigen.* Die Verantwortung drohte ihn in die Knie zu zwingen. Er war die motivierende Kraft gewesen, die den Vorstoß nach Arkon vorangetrieben hatte. Nicht um Menschenleben zu gefährden oder leichtsinnig mit einem uralten

Kugelraumschiff ins All aufzubrechen, sondern um den Arkoniden zuvorzukommen. Rhodan wollte die Bedingungen bestimmen, unter denen der Kontakt zum Imperium hergestellt wurde.

Der Wagemut der Menschheit, die Vielfalt der an Bord befindlichen Personen sowie die Parabegabungen einiger Besatzungsmitglieder sollten Arkon und den Regenten beeindrucken und Thora und Crest bei ihrer Mission unterstützen. Schließlich hatte Crest mithilfe der Menschheit das ewige Leben gewonnen. Wenn das nicht beeindruckte, was dann? Doch bisher war die Reise ein Desaster. Sie konnten von Glück sagen, dass ihre Verluste nicht weit höher lagen.

Eine schwarze Metalltür am Zugang eines Transportschachts glitt auf und versank in der Wand. Rhodan dachte unwillkürlich an den Fahrstuhlzugang in einem Parkhaus. In der Öffnung erschien eine hochgewachsene, hagere Mehandor in weißer Uniform mit lindgrünen Applikationen. Wie die meisten Mehandor wirkte sie zierlicher als ein Mensch. Ihre Glieder waren die einer Elfe. Rhodan erkannte in ihr sofort die Matriarchin wieder. Kurze rote Haare rahmten ein eindrucksvolles Gesicht mit weit geöffneten Augen und scharfen Zügen. Dicht hinter ihr stand ein für einen Mehandor bulliger Mann, der sich leicht nach vorn lehnte. Wie im Kontrast zur Matriarchin trug er eine schiefergraue Uniform von ungewöhnlich weitem Schnitt. Seine Augen wirkten im Gegensatz zu denen Belinkhars klein, er musterte die Neuankömmlinge misstrauisch.

Rhodan berührte unwillkürlich seinen Nacken an der Stelle, wo ein winziges Gerät im Gewebe saß. Einmal mehr wurde ihm bewusst, was für ein Wunder der implantierte Translator war, der es ihm ermöglichte, sowohl Interkosmo als auch Arkonidisch zu verstehen.

»Sie müssen Tiara da Intral sein«, eröffnete Belinkhar das Gespräch auf Interkosmo. »Und wer sind Sie?« Sie sah von Thora zu Marshall und Rhodan.

Thora trat vor, sie wirkte steif. »Das sind Perry Rhodan, mein Erster Offizier, und John Marshall, Ordonnanz und Berater.«

»Bitte sehr.« Belinkhar machte ihnen Platz und führte sie auf eine zwei mal zwei Meter durchmessende Plattform, die rasch nach oben fuhr. »Mein Begleiter ist Etztak, mein Schatten.«

Interessiert wollte Rhodan nachfragen, was ein Schatten war, doch er bemerkte Thoras warnenden Blick rechtzeitig und deutete ihn: Er sollte sich nicht anmerken lassen, wie wenig er über die Mehandor wusste.

Rhodan spürte einen Anflug von Ärger. *Wenn Thora nicht so geheimniskrämerisch wäre, hätte ich mich besser auf dieses Treffen vorbereiten können. Warum enthält sie uns Informationen vor?* Er grübelte erneut darüber, was die Mehandor als Preis von ihnen verlangen könnten. Immerhin hatten sie den Menschen das Leben gerettet. Außerdem, hofften sie, waren die Mehandor in der Lage, die angeschlagene TOSOMA zu reparieren.

Belinkhar führte sie in die Zentrale, einen kreisrunden, karg eingerichteten Raum mit demselben Durchmesser wie der Tunnel unter ihm. Beeindruckend waren die Panoramafenster, die statt Wänden die Raumbegrenzung bildeten und freien Blick über die Zentralwalze sowie einen Großteil der Station gewährten. Die Aussicht ins All war überwältigend. Unter ihnen lag Snowman, als würden sie auf seinem Pol tanzen wollen, doch um sie herum erstreckte sich eine endlose Weite aus samtigem Schwarz wie ein Meer aus Finsternis, während die beiden Sonnen von der Gartenplattform ausgeblendet wurden. Vor den Fenstern standen in regelmäßigem Abstand insgesamt sieben Konsolen mit Bedienelementen. Über vier der Bedienpulte schwebten Holos in der Luft. Eines zeigte die Station in Miniatur. Auf einer Außenposition erkannte Rhodan die TOSOMA.

»Setzen wir uns«, forderte Belinkhar knapp und betätigte einen Sensor an der Wand. Der Boden faltete sich mit einem mechanischen Geräusch zusammen, wuchs an und formte einen Tisch aus. »Fünf Personen«, sagte die Matriarchin von ihnen abgewandt. Fünf Stühle wuchsen auf dieselbe Weise wie der Tisch in die Höhe.

Thora setzte sich wie selbstverständlich, Rhodan und Marshall taten es ihr nach. Aus der Tischplatte fuhr eine winzige Plattform mit fünf würfelförmigen, geschlossenen Behältern sowie einer goldenen Platte mit roten Fruchtschnitzen. Die Platte zerteilte sich in fünf gleich große Teile.

»Verschwenden wir keine Zeit.« Belinkhar suchte Thoras Blick. »Was ist das für ein Schiff?«

Sie ist gradlinig und intelligent, dachte Rhodan anerkennend. *Sie lässt sich nichts vormachen. Der Schatten macht eher einen tumben Eindruck.*

Rhodan griff selbstbewusst nach einer der Platten und einem

Trinkwürfel. Auch wenn er das Gespräch zunächst Thora überlassen musste, wollte er sich nicht zu sehr in den Hintergrund drängen lassen und sich aktiv zeigen.

Scheinbar gelöst lehnte Thora sich zurück. Rhodan kannte sie inzwischen gut genug, um die angespannte Linie um ihren Mund richtig zu deuten. Es hing viel davon ab, ob die Matriarchin ihr glauben würde oder nicht. »Ich war die Kommandantin des Forschungskreuzers DARION und bin vor zwei Jahren zu einer Mission aufgebrochen, um einige ungewöhnliche Mehrfachsternsysteme zu untersuchen. Durch eine Verkettung unglücklicher Umstände ist mein Schiff in den Bereichen der größten Expansion des Imperiums havariert. Nahezu meine gesamte Besatzung starb. Doch ich stieß auf eine verschollene arkonidische Kolonie. Terra. Bewohnt von Arkonidenabkömmlingen, die sich Terraner nennen. Auf dem Planeten befand sich die TOSOMA. Es gelang mir, das uralte Schlachtschiff wieder flugfähig zu machen und die Heimreise anzutreten.«

Belinkhar hörte konzentriert zu, in ihrem Gesicht zuckte kein Muskel. Ihr Blick wirkte wacher und misstrauischer als zuvor.

Rhodan nahm einen Schluck, es schmeckte süß und erfrischend zugleich. Er musste sich zusammenreißen, um nicht auf John Marshall zu starren, der hoffentlich herausfand, was die Matriarchin dachte.

»Eine Fehlfunktion des Transitionstriebwerks führte dazu, dass die TOSOMA ihren Flug nicht aus eigener Kraft fortsetzen kann«, fuhr Thora fort. »Doch mit der Hilfe Ihrer Sippe, Matriarchin, bin ich zuversichtlich, dass wir unsere Reise wieder aufnehmen können, um dem Regenten die Wiederentdeckung Terras mitzuteilen und den Terranern den Anschluss an die glorreiche arkonidische Zivilisation zu ermöglichen.«

Belinkhar hob spöttisch eine Augenbraue. »Ich bin gespannt, wie den Terranern die Herrschaft des Großen Imperiums schmecken wird.«

Thora winkte ab. »Machen Sie sich nicht lächerlich, Mehandor. Den Terranern kann wohl kaum etwas Besseres passieren, als sich Arkon anzuschließen.«

»Tatsächlich?« Die Matriarchin musterte Rhodan unverhohlen. »Sehen Sie das auch so, Erster Offizier Rhodan?«

»Ich stehe voll hinter meiner Kommandantin«, antwortete Rhodan eine Spur zu schnell. Er tauschte einen Blick mit Marshall, der nickte kaum merklich. Belinkhar schien Thora die Geschichte abzunehmen.

»Ich verstehe.« Belinkhar legte ein unverbindliches Lächeln auf. »Die Position Terras?« Ihre Erkundigung klang unschuldig, als fragte sie nach der derzeitigen Tiefsttemperatur von Snowman. Mit einem Schaudern dachte Rhodan daran, was auf der Erde los sein würde, wenn die Position des Planeten in die falschen Hände geriet. Die Technologie der Mehandor war laut Crest und Thora nahezu auf dem Stand der Arkoniden. Würde die Matriarchin die Erde unterwerfen, wenn sie die Möglichkeit dazu hatte?

Thoras Antwort kam höflich, aber bestimmt. »Diese Mitteilung ist dem Regenten vorbehalten.«

Belinkhar zeigte ihre Zähne. »Natürlich, Arkonidin. Alles in seiner Rangfolge, nicht wahr? Gut. Kommen wir zum Handel! Darf ich die Berater bitten, den Raum zu verlassen?«

Rhodan blickte zu Marshall, ihm gefiel diese Wendung nicht. Der Telepath war ihr Trumpf im Ärmel. Marshall sollte ihnen bei den Verhandlungen eine unschätzbare Hilfe sein. »Ist das unbedingt nötig? Wir haben vor unserer Ordonnanz keine Geheimnisse.«

Belinkhar hob überrascht eine Augenbraue. »Das ist interessant, aber irrelevant. Der Handel auf einer Station wird immer unter Ausschluss der Berater geführt.« Sie sagte es in einem Ton, der Rhodan indirekt rügte.

Rhodan fing Thoras warnenden Blick auf. Anscheinend hatte er schon zu viel gesagt. Er zwang sich zu einem Lächeln. »Wie Sie wünschen, Matriarchin.«

Belinkhar winkte herrisch mit der Hand. Etztak verzog das Gesicht, als hätte er eine Transition hinter sich. Er richtete sich in seinem Sitz auf. »Ich protestiere! Sie sollten dem Anliegen des Ersten Offiziers in diesem Fall nachgeben.«

»Wird vermerkt. Dem Handel muss Genüge getan werden, Etztak. Sie kennen die Regeln. Begleiten Sie John Marshall hinaus und bieten Sie ihm eine heiße Savia an.«

Der Berater stand auf und stapfte vornübergeneigt aus der Zentrale. John Marshall folgte ihm zögernd.

Belinkhar wartete, bis sich die Metallgleittür hinter den beiden Männern geschlossen hatte und sie allein waren. Sie sah Thora und Rhodan nacheinander prüfend an und legte ihre Finger ineinander, die Unterarme zum Dreieck auf die Tischplatte gestützt. »Ich lasse Ihre Leute beobachten«, eröffnete sie unvermittelt. »Sie sind keine gewöhnlichen Kolonisten. Sie haben das Staunen noch nicht verlernt. Deshalb will ich Ihnen ein Angebot machen: Vergessen Sie Arkon. Schließen Sie sich uns an. Sie werden es nicht bereuen.«

Rhodan starrte die Matriarchin an wie eine Erscheinung. Hatte er richtig gehört? Sich der Matriarchin anschließen? Um was zu tun? Mitglied in einer Mehandorsippe zu werden?

In Thoras Gesicht zuckte es, die Arkonidin rang sichtlich um Fassung. Sie lehnte sich zurück.

Einen Augenblick sprach niemand, nur das leise Summen technischer Geräte war zu hören.

»Sie wissen, zu was Sie uns da auffordern?«, fragte Thora nach einer Weile, nun wieder ganz die beherrschte Arkonidin, die stets die Form wahrte. »Ihr Angebot überrascht uns. Unsere Treue gilt dem Großen Imperium. Wir freuen uns, wenn Sie uns helfen, dorthin zu gelangen.«

Wenn Belinkhar enttäuscht war, merkte man es ihr nicht an. Ihre Augen verengten sich eine Spur, doch ihr Gesicht wirkte nach wie vor freundlich. »Dann muss ich Ihnen den Preis abverlangen. Sie, Arkonidin, kennen ihn.«

»Der Siebte?«

»So ist es.«

Rhodan lehnte sich mit aufgestützten Unterarmen vor und schob den Trinkwürfel zur Seite. »Was ist das?«

Die Matriarchin legte den Kopf schief. Sie fixierte Rhodan herausfordernd. »Jeder Siebte Ihrer Besatzung bleibt für sieben Jahre an Bord des Gespinsts. Ihre Arbeit, Ihre Impulse und Ideen werden die Bezahlung für die Reparatur Ihres Schiffes und die weiteren Unkosten des Aufenthaltes sein.«

Rhodan glaubte, der Boden der Station würde sich unter ihm auflösen. Er presste die Hände nach Halt suchend gegen den Tisch. »Das ist unmöglich!«

»Es ist die einzige Möglichkeit.«

Thora wandte den Blick ab.

Rhodan konnte diesen Preis von niemandem aus der Mannschaft verlangen. Sie waren aufgebrochen, um den Kontakt zu Arkon herzustellen und anschließend nach Hause zurückzukehren, nicht, um sieben Jahre lang Frondienst in einer Weltraumstation zu leisten. Sie waren davon ausgegangen, vielleicht einige Wochen unterwegs zu sein, nicht länger. Die meisten hatten Familie, Freunde, ein Leben, zu dem sie zurückkehren wollten. Sollte er ihnen das alles wegnehmen?

Je mehr er sich innerlich aufregte, desto ruhiger schien Belinkhar zu werden. Ihr Blick wurde freundlich, in ihrer Stimme lag Mitgefühl. »Das ist Handel, Rhodan. Beide Seiten geben etwas. Ihre Leute werden es bei uns besser haben als beim Regenten oder auf der primitiven Welt, von der sie stammen. Mit geringen Abstrichen werden sie Sippenangehörigen gleichgestellt sein. Sie können möglicherweise sogar zur Auffrischung unseres Genpools beitragen.«

»Ich kann das meinen Leuten nicht abverlangen.« Er sah nach Unterstützung suchend zu Thora, hoffte, dass sie einen Ausweg bot. Schließlich war das ihre und Crests Mission, und die beiden mussten mächtige Freunde haben.

Thora blieb stumm. Rhodan sammelte sich. Die letzten Stunden hatten ihren Tribut gefordert, er spürte deutlich, dass er mental nicht in Hochform war. Dennoch musste er sich zusammenreißen und aus der Situation das Beste herausholen. »Ich denke außerdem, dass die Bezahlung unangemessen ist. Nehmen wir an, wir brauchten zu einem späteren Zeitpunkt eine weitere Reparatur oder Ihre Leute hätten einen Schaden übersehen. Müssten wir dann wieder ein Siebtel der Mannschaft stellen?«

Belinkhar machte eine ablehnende Geste, indem sie ihm beide Hände entgegenstreckte. »Sie haben für sieben Jahre ein gewisses Kontingent an Aufenthalt und Reparatur frei. Die Konditionen sind festgelegt und werden Ihnen mit dem Standardvertrag übermittelt.«

»Ich könnte also sieben Jahre lang diese Station anfliegen?«

»Richtig.«

»Dann schlag ich vor, dass ich auf Terra nachfrage, wer auf dieser Station leben will. Ich bin sicher, es finden sich Freiwillige. Die derzeitige Besatzung hat einen Auftrag, niemand ist entbehrlich. Sie reparieren das Schiff, und wir holen die gewünschte Anzahl an Personen.«

»Ich soll mich auf Ihr Wort verlassen? Nein, das ist kein Handel.«

»Dann tauschen wir die auf dem Gespinst zurückgebliebene Besatzung nachträglich aus.« Er betrachtete Thora. Das würde ihre Heimreise nach Arkon um einige Wochen verzögern, doch Thora musste verstehen, dass Rhodan seine Crew nicht im Stich lassen konnte. Die Mannschaft hatte Vorrang.

»Tut mir leid«, schmetterte Belinkhar ab. »Die Regeln besagen, dass Sie unmittelbar ein Siebtel der Mannschaft stellen müssen. Ein späterer Austausch ist von unserer Seite nicht gewünscht. Wir lernen Ihre Leute an, integrieren sie. Jede weitere Eingewöhnungsphase kostet Chronners und Zeit.«

Thora lehnte sich vor und berührte seinen Unterarm. »Wir müssen zahlen, wenn wir weiterkommen wollen.«

Am liebsten wäre Rhodan ihr scharf ins Wort gefallen. Musste ausgerechnet sie ihn unter weiteren Druck setzen? Hatte Reg vielleicht recht damit, dass Thora ihre Heimreise nach Arkon jedes Opfer wert war und sie die Terraner wie Bauern in einem Schachspiel einsetzte?

»Wir haben Tote zu betrauern«, sagte er an Belinkhar gewandt. Seine Stimme klang ruhig wie immer, er wusste, wie beherrscht er nach außen wirkte. Innerlich fror er. »Ich weiß nicht, wie es bei Ihnen ist, Belinkhar, aber wir ehren unsere Toten und kümmern uns um die Hinterbliebenen.«

Belinkhar senkte zum ersten Mal seit dem Beginn des Gesprächs den Blick. »Ich biete Ihnen an, Ihre Toten nach unserer Art zur letzten Ruhe zu bringen. In einer Stunde fliegt eine Barke ab, ein kleines Schiff, das besonders gekennzeichnet ist.« Sie aktivierte einen Sensor am Tisch und gab eine Abfolge ein. Ein erbsengroßes Ausstrahlungsgerät fuhr in die Höhe und projizierte den goldenen Raumer von der Form eines Würfels, der Rhodan bei der Ankunft aufgefallen war. »Das Schiff wird in die Sonne gelenkt, unsere Toten werden auf diese Art Teil des Lichts und sind mit dem Licht bei uns.«

»Danke!« Rhodan meinte es aufrichtig. »Das Angebot ist gut, ich werde darüber mit dem Offiziersstab beraten und Ihnen schnellstmöglich Antwort geben. Leider ist es nicht unsere Sonne, und vielleicht gibt es Wünsche Einzelner, in der Erde Terras begraben zu werden. Wir werden das anhand von Testamenten überprüfen.«

»Einverstanden. Ich schicke Ihnen Aramediker und Versorgungsgüter an Bord, wenn Sie sich auf den Siebten einlassen. Es soll den Verletzten an nichts mangeln, und sicher müssen Sie medizinische Bestände auffüllen.«

»Wie viel Zeit habe ich, die Angelegenheit auf der TOSOMA mit der Besatzung zu besprechen, Belinkhar?«

»Solange die Reparatur dauert. Sie können in dieser Zeit klären, wer bereit ist, zurückzubleiben, aber zahlen müssen Sie. Wie gesagt, es wird Ihren Leuten gut gehen.«

»Und wenn sich niemand findet?«

Belinkhar hob die Arme, die Hände standen wie eine Mauer gegen Rhodan und gaben ihrer Haltung Entschiedenheit. »Keinen Siebten, keine Reparatur.«

Rhodan senkte den Kopf. Er suchte nach Argumenten, mit denen er die Matriarchin umstimmen konnte, und fand sie nicht. Er hatte nichts anzubieten, was dem Geforderten auch nur ansatzweise entsprach und somit eine echte Alternative darstellte. »Also gut. Wir zahlen den Siebten.«

»Soi haka itamaikkan, uwot te-siu.«
»Nur was du berührt hast, lebt in dir.«
Mehandor

Kapitel 8

Levtan
Auf verbotenen Wegen

Levtan betrachtete die beiden Frauen, die eben aus der Wechselkammer traten. Beide waren anders als Mehandorfrauen oder Arkonidinnen. Terranerinnen hatten sie sich genannt. Sie wirkten, als hätten sie noch nie eine Mehandorstation gesehen. Ihr Verhalten zog ihn an, stieß ihn aber gleichzeitig wieder ab, weil es ihm fremd war. Einerseits mochte er die neugierigen Blicke, die Zweifel und Fragen, andererseits verwirrten sie ihn.

Ich bin alt und konservativ geworden. Früher hätte ich sicher versucht, eine der beiden zu verführen, einfach, weil sie anders sind.

»Ich weiß nicht ...«, murmelte die Frau namens Anne Sloane, die so schlank war, dass sie als Mehandor hätte durchgehen können, und betastete den leichten rotblauen Raumanzug, den sie über ihre Kleidung gezogen hatte. Sie hielt den Helm unschlüssig in der anderen Hand.

»Was weißt du nicht?«, scherzte die andere Frau, Tatjana Michalowna, deren große Augen Levtan faszinierten. »Ob du in dem Ding zu dick aussiehst?«

Sloane warf ihrer Begleiterin einen vernichtenden Blick zu. »Ob wir das Richtige tun. Wir sollten Informationen sammeln, Rhodan irgendwie nützlich sein und uns nicht in Vergnügungen stürzen.«

Levtan trat näher. Er spürte ein unangenehmes Kribbeln in den Beinen, ein erstes Anzeichen von Entzug, das ihm Sorgen machte. »Oh, ich werde Ihnen ganz viele Informationen geben, Sloane, keine Sorge. Aber ist es nicht viel schöner, wenn man das Beschriebene mit eigenen Augen sieht? Es gibt ein altes Sprichwort der Mehandor: ›Nur was du berührt hast, lebt in dir.‹«

Sloane wirkte nicht von seinen Worten überzeugt. Sie sah sich nervös um, als würde sie einen Fluchtweg suchen.

Hinter ihnen trat der Arkonide Crest da Intral aus einer zweiten Wechselkammer. Er war alt, doch seine Haltung war die eines viel jüngeren Mannes. Er bewegte sich kraftvoll und sicher. Sein Raumanzug saß hervorragend. Levtan hatte die exakte Größe getroffen. »Können wir?«, fragte Crest.

Zur Bestätigung kreiste Levtan mit einer Hand und ging voran. Crest und Michalowna folgten ihm in geringem Abstand. Sloane fiel zurück. Ihr Gesicht wirkte verschlossen. »Sie wollen mich doch nur zu einem Rennen mit diesen Space-Flitzern überreden, oder zu einer anderen Tätigkeit, die ihrer Sippe Profit einbringt.«

Levtan blieb stehen und drehte sich zu ihr um. Entwaffnend öffnete er die Arme. »Sie schätzen mich völlig falsch ein, Miss Sloane. Alles, was wir derzeit tun, kostet Sie keine einzige Einheit. Ich will Ihnen KE-MATLON zeigen. Meine Heimat. Ich wurde auf ihr geboren, und ich sterbe auf ihr. Darauf bin ich stolz.«

Michalowna sah ihn kritisch an. Sie wirkte, als wollte sie seine Aussage auf eine für ihn nicht nachzuvollziehende Weise prüfen.

Wie könnte sie das auf KE-MATLON? Selbst der höchstentwickelte Drohnenspion würde durch die Abwehrfelder versagen. Dafür müsste sie schon Gedanken lesen können, und das kann niemand. Trotzdem verunsicherte ihn Michalownas forschender Blick. Levtan wandte sich ab und ging weiter. Er war nur halb so stolz auf KE-MATLON, wie er gesagt hatte. Um der Wahrheit die Ehre zu geben, wollte er schon lange fort von dieser Sippe, die nicht seine war, und herunter vom Gespinst, das ihm immer wieder Demütigungen und Erniedrigungen beibrachte. Aber wohin? In der eigenen Sippe brauchte er sich nicht blicken zu lassen. Er konnte froh sein, dass man ihn noch nicht in die Verbannung geschickt hatte.

Levtan führte die Gruppe über einen Ausgang hinaus auf die Außenseite des Gespinstes und setzte sich den Helm auf. Seine Begleiter machten es ihm nach; er half Michalowna, auf den Sensor zu drücken, der die luftdichte Verriegelung zwischen Anzug und Helm aktivierte. »Der Anblick wird Sie überraschen«, versprach er in den integrierten Helmlautsprecher und vergewisserte sich mit einem kurzen Blick, dass die drei ihm als Einheit folgten. »Bleiben Sie bitte zusammen und achten Sie darauf, sich nicht zu fest vom Boden abzustoßen. Hier draußen enden die Generatorfelder unregelmäßig und teils abrupt. Oberhalb der Bewegungszone beginnt das All. Die leichten Anzüge sind für den dort herrschenden Niedrigdruck nicht ausgelegt. Der Sauerstoff im Tank würde sich ausdehnen und Risse erzeugen. Ich muss wohl nicht weiter ausführen, was das bedeutet. Bewegen Sie sich vorsichtig, falls Sie das Gehen in geringer Schwerkraft nicht gewohnt sind.«

Das Kribbeln in seinen Beinen wurde zum Brennen und breitete sich im Bauch- und Rumpfbereich aus. Es griff wie eine Seuche um sich. Langsam, aber sicher ließ die Kan'or-Wirkung nach. Bald würde Levtan Nachschub brauchen. Sein Blick streifte Crest da Intral. Eigentlich sollte er seine Zeit nicht mit den drei Sippenfremden vertun, sondern sich um seine Probleme kümmern. Doch etwas an der Art des Arkoniden und der gesamten Gruppe faszinierte ihn und machte ihn aufmerksam. Irgendwie musste sich aus diesen dreien Profit in Form von Informationen oder Gegenständen herausholen lassen. Sie waren etwas Besonderes, dafür besaß er ein Gespür. Und wenn es nur ihre exotischen Kleidungsstücke waren, die er ihnen zum Dank abschwatzen würde.

Nachdenklich dachte er an die TOSOMA, von der die Fremden gekommen waren und die Izkat und ihm bereits bei der Ankunft aufgefallen war. *Diese Crew umgibt ein Geheimnis, ebenso wie ihr Schiff. Wie viele Jahrhunderte mag dieser Kugelraumer auf dem Ringwulst haben?*

Unauffällig musterte er das Schmuckstück, das sich als Ausbuchtung in der Brusttasche von Crests Raumanzug abzeichnete. Zu schade, dass Izkat der Raub des Kleinods nicht gelungen war. Levtan verstand nicht, wieso die als Mann verkleidete Freundin ausgerechnet in dieser prekären Lage gestolpert war. Izkat verfügte über akrobatisches Können sowie jede Menge Geschick. Nie zuvor war sie bei einem Diebstahl dieser Art ins Straucheln geraten. Wenn sie nicht versagt hätte, hätte er seine nächste Dosis Kan'or schon intus gehabt. So aber hatte er die Gruppe von Izkat ablenken müssen, damit sie fliehen konnte.

»Halten Sie sich gut fest«, sagte Levtan nach hinten gewandt. »Der Steg ist wegen der Vereisung rutschig.« Er kletterte auf einen schmalen Gang mit hüfthohem Geländer, der an der Außenwand eines Gespinstauslegers entlangführte.

Hinter ihm geriet Michalowna ins Schlittern, konnte sich aber noch festhalten. »Vielleicht hätten wir lieber spacesurfen sollen«, murmelte sie. »Im Eiswandern bin ich wenig begabt. Und die Aussicht, bei einem zu weiten Hopser zu ersticken, macht es nicht besser.«

»Spacesurfen?«, fragte Anne Sloane nach. Die Terranerin klang interessiert. »Ist das wie Wellensurfen? Gibt es das auch auf der Station?«

Crest mischte sich ein. »Als wir für den Holosprung angestanden haben, haben Michalowna und ich Werbung auf der Warteplattform gesehen. Es muss auf der anderen Seite der Station einen eigenen Raumabschnitt von mehreren Kilometern geben, der nur für derlei Aktivitäten frei gehalten wird. Oder, Levtan?«

»Das stimmt. Ein Netz aus Arkonstahl umgibt ihn, damit niemand abtreiben kann. Gerade junge Mehandor lieben das Spacesurfen. Aber sehen Sie selbst!« Levtan folgte dem zylindrischen Anbau um eine scharf abknickende Ecke. Vor ihm öffnete sich eine Besichtigungsplattform. Er blieb stehen und wartete, bis die anderen zu ihm aufgeschlossen hatten. »Ist KE-MATLON nicht wunderschön?«

Von ihrer Position aus erkannte man das mächtige Netz aus Arkonstahl, das silbrig schimmernd an der Station lag und auf den ersten Blick wie ein weiterer angedockter Ausbau wirkte. Neben ihm rasten winzige Lichtpunkte auf der Rennstrecke der Janraklui-Flitzer durch das All. Es gab im Tagmodus pro Einheit mindestens ein Rennen. In den Spielhallen konnte man auf die Ergebnisse der Veranstaltungen setzen. Ein Stück vom Netz entfernt lagen mehrere Raumschiffe unterschiedlichster Typen an die langen Arme der Station angedockt. Hinter ihren Körpern leuchtete der weißblaue Planet Gedt-Kemar, angestrahlt von der fernen Doppelsonne. Levtan sah nicht hin. Allein dass sein Blick die Eiswelt streifte, ließ ihn frösteln.

»Die TOSOMA!«, rief Michalowna aus. »Seht nur, die Reparaturarbeiten haben angefangen!«

Levtan bewunderte die guten Augen der Terranerin. Tatsächlich glitten mehrere blaurote Roboter von der Größe eines Raumflitzers an der Außenhülle der TOSOMA entlang. Maschinen dieser Farbgebung machten präzise Scans und Analysen, die der Reparatur vorausgingen.

»Betrachten Sie lieber den Planeten. Er sieht wunderschön aus«, flüsterte Sloane. Ihre Bedenken schienen wie weggewischt. »Was kümmert da die TOSOMA?« Sloane blickte andächtig zu Gedt-Kemar hin. »Seine Krater bilden verschlungene Zeichen, als würde eine Botschaft auf seinen Kontinenten stehen.«

Levtan konnte der Versuchung nicht widerstehen, näher an sie heranzurücken. Fast berührten sich ihre Hände auf der Geländerstange. »Täuschen Sie sich nicht, Sloane. Gedt-Kemar ist wunderschön. Und tödlich. Eine Eiswelt, die jedem, der sie betritt, das Höchste abverlangt.« Levtan nahm seinen Mut zusammen und blickte auf Gedt-Kemar hinab. Tatsächlich, da war eine Schönheit, die ihm bisher entgangen war.

Sloane begegnete seinem Blick. »Waren Sie schon einmal dort?«

Levtan lachte auf. »Ich bin doch nicht verrückt! Niemand geht freiwillig nach Gedt-Kemar!«

Sloane streckte den Arm aus, als wollte sie den von Furchen und Rissen überzogenen Planeten anfassen. »Ein Besatzungsmitglied hat die Welt Snowman genannt. Aber ich kann keinen Schneemann erkennen.«

»Weil er im Moment auf dem Kopf steht. Sehen Sie die kreisrunde Verwirbelung im untersten Drittel? Das ist der obere Teil der Figur.«

»Ja. Ich sehe ihn. Wie groß sind seine Umrisse?«

»Mehrere tausend Kilometer.« Er vergewisserte sich, dass sich auch Crest und Michalowna in den Anblick der Eiswelt vertieften. Würden sie keine Raumanzüge tragen, wäre das der perfekte Augenblick, sie zu bestehlen. Alle drei starrten abgelenkt hinaus ins All.

Der Entzugsschmerz meldete sich mit einem vehementen Zwicken und wurde rasch stärker. Ihm war, als würden Zangen seine Innereien traktieren. Viel Zeit blieb ihm nicht.

Levtan lächelte Sloane charmant an. »Habe ich Ihnen zu viel versprochen? Ein Anblick, wie man ihn nur einmal in der Galaxis sieht.«

»Zumindest, wenn man nicht weit herumkommt«, kommentierte Crest spöttisch, aber gutmütig. »Gedt-Kemar verfügt tatsächlich über eine einzigartige Musterung, und die Gespinste der Mehandor sind für sich sehenswerte Welten.«

Einen Augenblick war Levtan sprachlos. Ein Arkonide hatte ein gutes Wort für eine Mehandorstation? »Danke!« Levtan beschloss, den Tag Drei im Dasgae 8356 rot in seinem privaten Verlaufsholo zu markieren. Im Allgemeinen ließen die arroganten Arkoniden kein gutes Haar an den Sippen. Der Neid nagte an ihnen, weil die Mehandor sich nicht in unsinnigen Fiktivspielen verloren, sondern schlagkräftig und wach im Geist geblieben waren.

Sie sind wirklich anders. Auch dieser Crest. Für sein Alter wirkt er viel zu jung. Levtan war den Umgang mit Fremdwesen gewohnt wie kein Zweiter auf KE-MATLON. Immerhin hatte er sich trotz aller zwielichtigen Geschäfte und kleiner Diebstähle seit vielen Jahren nicht erwischen lassen, und das war unter anderem seinem Gespür dafür zuzuschreiben, genau zu wissen, was er sich bei welchen Wesen leisten und wie weit er gehen konnte.

Nägel bohrten sich in seinen Magen und boykottierten seine Gedanken. Sie unterstützten die Zangen. Gleichzeitig setzte ein vertrauter, dumpfer Schmerz in den Nieren ein. Die zweite Phase des Entzugs begann. Wenn er Pech hatte, würde sein Nervensystem Probleme machen. Er musste diesen kleinen Ausflug abbrechen. Schwitzend trat er einen Schritt vom Geländer zurück. »Ich kenne eine herausragende Unitherbar auf der Gartenplattform. Es wäre mir eine Freude, Sie zum Abschluss unseres Ausflugs dorthin zu begleiten.«

Der Schmerz in den Nieren nahm rasch zu. Mit Schrecken begriff Levtan, dass der Entzug ungewohnt heftig ausfiel. Angst, schwarz und vernichtend, machte jeden klaren Gedanken zunichte.

Crest wandte sich zu ihm um. »Nein danke! Lassen Sie uns eine Weile bleiben und anschließend ...«

Die Worte des Arkoniden wurden immer leiser, verloren ihre Bedeutung. Levtans Muskeln krampften, kontrahierten unwillentlich. Er ging in die Knie und sprang ab, von der Plattform fort.

Nein ... nein ... nein! Panik kam in ihm auf und ließ ihm die Luft wegbleiben. Sein Sprung katapultierte ihn genau auf die kritische Zone zu. Wenn der künstliche Druck plötzlich nachließ, würde der Schutzanzug nur Sekunden standhalten. Unter ihm schrie Michalowna auf. »Anne, halt ihn fest!«

Levtan spürte, wie er immer weiter hinaufgetragen wurde. Zu der Stimme der Kolonistin kam eine zweite, mechanische durch den helmintegrierten Lautsprecher. »Warnung. Sie erreichen eine kritische Zone. Bringen Sie sich unverzüglich in Sicherheit.«

Will ich ja, du verdammtes Mistding! Verzweifelt wollte Levtan gegenlenken, doch sein Körper gehorchte ihm nicht. Wie ein lebloser Sack trieb er immer weiter hinauf. Der Sog nahm beständig zu. Levtan konnte spüren, wie der Druck unvermittelt abnahm. Bis eine Rettungseinheit bei ihm war, würde es zu spät sein. Er sah sie schon vor sich, die drei Mann große, goldfarbene Maschine, die seinen toten Körper barg und Richtung Kühlschiff flog. Haklui Jakar würde an seine aufgebahrte Leiche treten, den Kopf schütteln und sagen: »Schon wieder einer, der verbotenerweise die Außengänge benutzt hat. Manche lernen es nie!«

Entsetzen packte ihn, schüttelte ihn zusammen mit den Entzugskrämpfen, vernebelte seine Gedanken mehr und mehr. Er blickte zum Gespinst, sah die Gesichter von Crest, Michalowna und Sloane als verwaschene helle Flecken vor schmierigem Silber. Schon wurde er weiter hinausgesaugt, spürte, wie der Sauerstoff in seinem Brustkorb sich ausdehnte und die Lungenflügel qualvoll aufblähte.

»Warnung«, tönte die Anzugpositronik. »Rapider Druckverlust. Sauerstoff im Tank wird aus Sicherheitsgründen abgelassen.«

Levtan atmete keuchend aus. Ihm blieben nur Sekunden. Schon spürte er, wie ihm schwindelig wurde – da wurde er plötzlich von etwas Unsichtbarem gerammt.

Verwirrt sah Levtan sich um. Ein Gegenschub drängte ihn zurück in Richtung Plattform. Ihm war, als würde eine energetische Hand unerbittlich an ihm ziehen, bis er das Geländer zu fassen bekam.

Michalowna packte seinen Unterarm und half ihm zurück auf die Plattform. Einige Augenblicke konnte Levtan das Geländer nicht loslassen. Die Terranerin half ihm, seine Finger zu lösen.

»Sauerstoffablassung wird wegen Druckstabilisierung gestoppt«, informierte die Positronik.

Levtan war übel, trotz des Helms brannten seine Augen. »Was war das?« Sein Körper zitterte, als läge er nackt im Kühlschiff, bereit für die Sonnenbarke, dabei war er dem Tod gerade entronnen.

Sloane legte eine unschuldige Miene auf. »Nichts weiter. Es ist nichts geschehen. Sie hatten Glück. Ein Sicherheitsmechanismus hat gegriffen und Sie zurückgezogen.«

Levtan wusste, dass sie log. Es gab keinen Sicherheitsmechanismus. Die Mehandor, die sich dauerhaft für Wartungsarbeiten hier draußen aufhielten, waren verpflichtet, schwere Anzüge zu tragen, die neben Wärme und Sauerstoff auch stabile Druckverhältnisse im All boten. Was verbarg sie vor ihm? Eine höhere Technologie? Seine Waden kontrahierten unkontrolliert, er stolperte. Ehe er stürzte, war der alte Arkonide bei ihm und hielt ihn mit ungeahnter Kraft aufrecht. Crest brachte ihn sicher zu Boden, packte erst sein rechtes, dann sein linkes Bein und entkrampfte es mit wenigen Handgriffen, indem er die Fußspitzen in den klobigen Stiefeln in Richtung Schienbein zog. Der Schmerz ließ schlagartig nach. Levtans Atem beruhigte sich. Vorsichtig setzte er sich auf.

Der Arkonide kniete neben ihm. »Sie sollten sich unbedingt in medizinische Betreuung begeben. Solche Anfälle kommen nicht aus dem Nichts. Vielleicht liegt eine ernsthafte Erkrankung vor.«

»Nur eine Kreislaufschwäche«, ächzte Levtan. Die Krämpfe ließen langsam nach. Er griff nach der Brust des Arkoniden, um sich abzustützen, dabei glitt einer seiner Finger in die an einem Ende offene Brusttasche hinein und stieß gegen das eiförmige Schmuckstück. Obwohl er Handschuhe trug, zuckte er zusammen. Ein Energieschlag durchpeitschte ihn und vertrieb innerhalb einer Sekunde seine Benommenheit und Schwäche. »Was ist ...«, flüsterte er.

Crest schob ihn grob von sich. »Nehmen Sie die Finger von meinem Eigentum!«

Levtan stützte sich am Geländer ab und hob entschuldigend die Hand. Er spürte einen haarfeinen Riss im Kunststoff des Handschuhs, der durch nachquellendes Material verschlossen wurde.

»Lassen Sie ihn!«, nahm Sloane Levtan unvermutet in Schutz. »Er wollte nur Halt suchen. Sehen wir lieber zu, dass wir ihn hineinbringen. Er braucht einen Arzt.«

Crest nickte, die Geste wirkte widerwillig.

Levtan stand verwundert auf, sich am Geländer abstützend. Er fühlte sich besser. Das Stechen in Magen und Beinen war so plötzlich verschwunden, wie man es dem Schmerz im Anschluss an eine überstandene Transition nachsagte. Auch das dumpfe Pochen in den Nieren wurde schwächer. Er fühlte dem Energiestoß nach, der von dem eiförmigen Kleinod über den Finger in seinen Körper gefahren war. Ein Schauer rann von seiner Halswirbelsäule bis hinunter zum Becken.

Das sind keine normalen Raumfahrer! Mit einem Mal sah Levtan klar. Diese drei Neuankömmlinge verfügten über besondere Kräfte und Gegenstände. Der Schmuck war gar kein Schmuck, sondern etwas anderes, eine Art Gerät. Was hatte Izkat erzählt? Das Imperium zahlte für besondere Kolonisten? Levtan hatte sich gefragt, was ein Kolonist haben oder können musste, um dem Regenten so viel wert zu sein. Nun stand die Antwort in dreifacher Ausfertigung vor ihm. Er musste nicht die Kleidung oder die Schmuckstücke der drei verkaufen. Er musste *sie* verkaufen. Komplett, so, wie sie waren. Wenn das Imperium sie wollte, würde er sich für den Rest seines Lebens Kan'or leisten können!

Sloane streckte ihm die Hand entgegen. »Kommen Sie.«

Ihr ovales Gesicht mit den freundlichen Augen versetzte Levtan einen Stich. *Sie hat mir gerade das Leben gerettet. Was bin ich für ein undankbarer Ma'pek, dass ich auch nur daran denke, ihr und ihren Freunden das anzutun?*

»Miss Sloane hat recht.« Crest nickte ihm zu. »Sie haben genug für uns getan. Kehren wir zurück in das Gespinst.«

»Nein!« Levtan streckte sich. Er wusste, was zu tun war. »Sie und Ihre Begleiterinnen haben mir das Leben gerettet. Ich stehe in Ihrer Schuld. Kommen Sie mit, ich kann Ihnen Informationen verschaffen, die für Sie höchst wertvoll sind.«

Crest zögerte, aber Levtan merkte an seinem Gesichtsausdruck deutlich, dass der Arkonide Interesse zeigte. Die weitverzweigten Informationsnetze der Mehandor waren berühmt. Wenn ein Mehandor Informationen beschaffen wollte, beschaffte er sie auch. Es gab wenig, was die Arkoniden und der Regent vor den Sippen geheim halten konnten. Die Netzwerke waren nicht nur weitverzweigt, ihre Quellen reichten auch bis in oberste Kreise.

»Informationen?«, fragte Crest.

Levtan drehte die Hand. »Ja. Kommen Sie! Sie werden es nicht bereuen.«

»Kunkondor ulop Ke-Matlon Te-lanlon, kemai uhunlon nattin Te-funlutdor.«
»Vertrauen ist ein Gespinst im Herzen, das von der Flotte des Denkens niemals erreicht wird.«
Mehandor

Kapitel 9

Belinkhar
Wehmut

Belinkhar lag in ihrem privaten Ruheraum auf der Ratu-Liege und betrachtete die Holografien über sich. Mehrere Menschengruppen waren darauf zu sehen, bestehend aus Terranern von der TOSOMA. Eben lächelte ein hellhäutiger Mann mit schmalen Augen und klugem Blick in das Erfassungsfeld der Kamera, als wüsste er, dass sie auf ihn gerichtet war. Man sah ihm die Müdigkeit an, tiefe Schatten lagen unter seinen Augen, über seine Stirn zog sich eine breite, gezackte Narbe. Gleichzeitig wirkte er neugierig auf seine Umgebung. Er drehte sich auf der Gartenplattform im Kreis, schien sich nicht entscheiden zu können, wohin er mit seinen Begleitern zuerst gehen sollte.

Gyrikh hätte sie fortgeschickt, ging es Belinkhar durch den Kopf. Sie dachte an die vertrauten Züge der Schwester, die lange Nase, das entschlossene Kinn und die unbeschreiblich schönen grünen Augen. Am meisten vermisste sie Gyrikhs warme Art zu lachen. *Gyrikh und Etztak hätten ein gutes Gespann abgegeben. Beide sind niemals fremdgegangen. KE-MATLON war Gyrikhs Leben.* Sie schloss die Augen und fühlte Wehmut. Die Lücke, die durch Gyrikhs Tod in der Hierarchie des Gespinsts entstanden war, war nur eine von zweien. Weit mehr schmerzte Belinkhar die Leere in ihrem Herzen.

»Matriarchin?«, erklang eine zögernde Stimme. »Kann ich Sie einen Augenblick sprechen?«

Sie blinzelte. Etztak war lautlos hinter sie getreten. Als ihr Schatten stand es ihm frei, ihre privaten Räume jederzeit aufzusuchen. Normalerweise störte Belinkhar seine Gegenwart nicht, aber gerade in diesem intimen Moment, in dem die Trauer über den Verlust Gyrikhs sich Bahn brechen wollte, fühlte sie sich belästigt. »Sie wollen mir Ihre Bedenken erneut vortragen?«

»Ich habe nachgeforscht. Vertrauliche Quellen in Regierungskreisen kontaktiert.« Etztak trat dicht vor sie, den Oberkörper leicht geneigt; als wollte er sich zu ihr auf die Liege stürzen.

Ungeduldig winkte Belinkhar mit der Hand. Am liebsten hätte sie Etztak weggeschickt. »Und? Hat das etwas gebracht? Hat Tiara da Intral gelogen?«

Etztak führte beide Hände von der Brust in Richtung Boden. »Nein. Eine DARION ist tatsächlich vor zwei Jahren zu einem Forschungsflug von Arkon aus aufgebrochen. Sie gilt als verschollen.«

Belinkhar richtete sich in der Liege auf, schwang die Beine über den Rand und setzte sich aufrecht hin. »Natürlich ist sie das. Wie sollte man sonst diese Terraner erklären?«

Sie stand auf und betrachtete eines der Holos. Ein untersetzter, glatzköpfiger Mann hob einen swoonschen Ormbraten mit zwei Fingern an den Mund, legte ihn genussvoll auf die Zunge und schüttelte sich wie ein nasser Ma'pek. Sein Gesichtsausdruck zeigte echtes Entsetzen über diese kulinarische Beleidigung seiner Geschmacksnerven, die buschigen Augenbrauen formten eine Linie der Entrüstung. Trotzdem griff er sofort zu einer anderen Speise, während er einen Schluck aus einem Trinkwürfel nahm. Belinkhar konnte sich kaum von seinem Anblick losreißen. »Das Staunen steht ihnen ins Gesicht geschrieben. Einige haben noch nie Fremdwesen gesehen.«

Etztak schnaufte. »Es sind ungebildete Wilde. Welchen Wert sollen wir aus ihnen ziehen?«

»Bildung lässt sich vermitteln. Neugierde nicht.«

Etztak lehnte sich so weit vor, dass sie den dezenten Duft nach Jaris-Frucht riechen konnte, mit deren Schalenextrakt er sich pflegte. Obwohl der Geruch eigentlich angenehm war, fühlte sie sich durch ihn bedrängt. »Die TOSOMA gefährdet unsere Sippe! Die Kommandantin, Tiara da Intral, und der wissenschaftliche Leiter, Crest da Intral, sind mit hoher Wahrscheinlichkeit Oppositionelle.« Etztak bot nun ein Bild gerechter Empörung. An seiner Stirn schwoll eine Ader an. »Warum sonst lassen sie sich von uns helfen und nicht von Arkon? Wenn der Regent erfährt, dass wir ihnen ...«

»Das wird er aber nicht!« entgegnete Belinkhar scharf. Sie spürte einen bohrenden Schmerz hinter der Schläfe. Dieses Mal nahm Etztak seine Rolle zu ernst. Seine Selbstherrlichkeit widerte sie an. »Niemand weiß von ihnen. Und niemand wird von ihnen erfahren. In drei Arkonstunden ist die TOSOMA wieder eingeschränkt überlichtfähig. Die beschädigten Strukturfeldkonverter lassen sich nach geringfügigen Anpassungen durch die Konverter ersetzen, die wir vorrätig haben. Das Schiff wird das Gespinst verlassen – und wir behalten die Terraner, die den Regenten nicht kümmern.«

»Kümmern sie ihn wirklich nicht, Belinkhar? Und was sollen wir mit ihnen anfangen?«

Belinkhar spürte, dass ihre Geduld riss wie eine schlecht gewartete Stahlstrebe. »Das habe ich bereits erörtert. Wir werden durch sie wertvolle Impulse erhalten. Das Neue ist zu fördern!«

»So wie das Fremdgehen?«, zischte Etztak. Ihm gefiel es nicht, dass sie die jungen Mehandor immer wieder dazu aufrief, ihren Dienst außerhalb des Gespinsts zu verrichten und sich auf fremden Schiffen zu anderen Welten und Gespinsten mitnehmen zu lassen.

»Wie das Fremdgehen«, bestätigte sie äußerlich ruhig, aber im Innern war sie aufgewühlt wie die Strommeere unter Gedt-Kemars Eisflächen.

Etztaks Hände zitterten. Ihr Berater schien kurz davor zu stehen, ihr all die Dinge zu sagen, über die sie seit ihrem Antritt als Matriarchin vor einem Arkonjahr nicht redeten. In gewisser Weise wünschte Belinkhar sich, dass er endlich die Beherrschung verlor, sie beleidigte und offen aussprach, was ihn wirklich störte: dass sie eine von ihm verabscheute Fremdgeherin war, eine verdorbene Mehandor, die Jahrzehnte ihres Erwachsenenlebens außerhalb des Gespinsts zugebracht hatte und ihm deswegen suspekt erschien.

Dann könnte ich ihm endlich ins Gesicht sagen, was für ein borniertes, selbstgefälliges Stück Raumschrott er ist. In die Altersstarre gekommen, kreist er sinnlos in einem Orbit aus Ignoranz und Zwanghaftigkeit. Die aufkommende Verachtung machte sie stumm. Mehrere Augenblicke sahen sich Belinkhar und Etztak schweigend an, während der Glatzkopf im Holo sich den swoonschen Getränken zuwandte und sich gleich zwei Dutzend Fingerhüte servieren ließ.

Etztaks erregter Atem wurde langsamer. Er lehnte sich zurück. »Sie wissen, dass dieser Rhodan gelogen hat. Ich kenne Typen wie ihn. Er wird sich wehren, den Siebten abzutreten.«

Mit dem Themenwechsel machte Etztak zugleich ohne explizite Worte das Friedensangebot. Belinkhar wandte sich enttäuscht von ihm ab und blickte auf die Holografien. Der reinigende Streit war wieder nicht gekommen. »Davon gehe ich aus. Aber wir werden ihm keine Chance geben. Sollten die Terraner sich widersetzen, haben wir das Recht, beliebig viele von ihnen festzunehmen. Lassen Sie den Zugriff vorbereiten.«

Etztak trat einen Schritt zurück. »Ja, Matriarchin.« Er zögerte. Sein Blick ging unschlüssig zwischen ihr und dem Raumzugang hin und her.

Belinkhar sah von ihm fort. Sie gab sich keine Mühe, freundlich zu klingen. »Gibt es etwas, das Sie davon abhält, Ihre Pflicht zu tun, Etztak?«

»Es ...« Er schien nach Worten zu suchen. Sein Fuß setzte leicht auf, als wollte er eine Geste der Wichtigkeit machen. »Nein, Matriarchin«, sagte er nach einer Pause. »Es ist alles gesagt.« Er drehte sich um und ging.

Belinkhar atmete tief ein und ließ sich zurück auf die Liege sinken. Sie blickte auf den glatzköpfigen Terraner, den offensichtlich niemand vorgewarnt hatte, wie die Getränke der Swoon auf Humanoide wirken konnten. Er taumelte lachend und verlangte nach einem Gegenstand, den er »Bratpfanne« nannte, um laut seiner Aussage »etwas Vernünftiges zu kochen«. Das Moolwurmsekret des letzten Getränks versetzte ihn deutlich sichtbar in einen hyperaktiven Zustand. Nach der nächsten Schlafphase würde er mit furchtbaren Magenschmerzen zu kämpfen haben.

»Armer Terraner«, flüsterte Belinkhar und lehnte sich in der Liege zurück. »Dein Erwachen wird fürchterlich sein.«

Kapitel 10

Cyr Aescunnar
Marsstaub

Cyr Aescunnar wälzte sich unruhig auf dem zurückgelegten Sitz. Der Raumanzug wurde mehr und mehr zu einem sperrigen Sarg, in dem er sich lebendig begraben fühlte. Er glaubte, den Geruch der abtransportierten Ausscheidungen riechen zu können. Wie gern hätte er das verdammte Ding abgelegt, in den Staub geworfen und liegen lassen. Aber die Atmosphäre des Mars verstand keinen Spaß. Selbst bei der höchst seltenen Bodentemperatur von zwanzig Grad im Sonnenlicht brauchte man in einem Meter Höhe wegen des niedrigen Luftdrucks einen wärmenden Schutzanzug. Auf dem Mars entsprach der Luftdruck dem der Erdatmosphäre in über dreißig Kilometern Höhe. Zwei Meter über dem Boden war es bereits bis zu dreißig Grad kälter. Die Durchschnittstemperatur betrug siebzig Grad weniger als auf Terra. Wahrscheinlich war das nicht immer der Fall gewesen. Durch das schwache Magnetfeld des Planeten und wegen seiner geringen Dichte war davon auszugehen, dass die Atmosphäre vermutlich im Lauf der Zeit vom Sonnenwind abgetragen worden war. Die Luft war trocken, ihre Zusammensetzung von Kohlendioxid beherrscht. Letztlich stellte der Anzug die einzige schützende Bastion dar, die ihm gegen die lebensfeindlichen Bedingungen zur Verfügung stand. Nur bequem war er nicht.

Endlich schlief Cyr ein. Er träumte, ohne Schutzanzug am Grund der gigantischen Valles Marineris zu stehen. Die Strahlung des Alls bombardierte ihn mit unsichtbaren Ionen, hinter sich hörte er ein apokalyptisches Donnern, dass er glaubte, die Vulkane der Tharsis Montes würden Lava spucken. Aber es war keine Lava, die durch einen Hotspot nach oben quoll. Die kilometerhohe Wand zu seiner Rechten brach auf, mit infernalischem Getöse sah er eine zweite Wand aus Schlamm wie die Welle eines Tsunamis auf sich zurasen. Massen aus Schutt, Eis und sprudelndem Wasser quollen Cyr kilometerhoch entgegen, als wäre der gesamte Planet eine Sektflasche, die jemand zu stark geschüttelt hatte und die nun ihren schwefelhaltigen Inhalt verschäumte. Das Gemisch würde viertausend Kilometer weit fließen, über Bradbury Base hinweg, und den wahnwitzigen Versuch des Terraformings zunichtemachen.

Als er aufwachte, fühlte er sich leidlich erholt.

Es ging stetig Richtung Osten. Die letzte automatische Versorgungsstation der Route nach Sinharat Base lag weit hinter ihm, unbenutzt wie die anderen. Cyr hatte sich nicht getraut, dort anzuhalten, um Hetcher nicht endgültig zu verlieren. Wenn der Ferrone keine Rast machte, durfte er es auch nicht.

Fünf Tage und fünf Nächte fuhr er durch die eintönige, wenn auch in ihrer Armut und Schlichtheit betörende orangerote Landschaft. Manchmal tauchte eine Eiswolke von besonderer Schönheit am dunklen Himmel auf, manchmal eine Windhose bei Tag, die emporstieg, sich aber zum Glück jedes Mal rasch wieder legte. Ein leichter Sturm kam für mehrere Stunden auf und kratzte mit Sandfingern über das Kuppelglas wie ein Monster mit langen Krallen. Schönheit und Einsamkeit, trostlose Momente und überraschtes Staunen hatten sich zu Anfang der Fahrt abgewechselt. Cyr fühlte sich an die ägyptische Wüste erinnert mit ihren Dünen und Steinfeldern, nur dass die in Ägypten viel gepriesene Sonne vom Mars aus anderthalbmal so weit entfernt war wie von der Erde oder Terra, wie es neuerdings hieß.

Er hatte Gipsablagerungen gesehen, die sich in ihrer Helligkeit vom rostroten und braunen Gestein unterschieden. Erst vor Kurzem hätte er am liebsten angehalten, um sich die Überreste eines Mars Pathfinder Rovers anzusehen, den das Display nur wenige Kilometer entfernt von seiner Route anzeigte. Der Pathfinder hatte seinen Dienst vor Jahrzehnten quittiert und lag seitdem wie viele andere Überbleibsel der Weltraumforschung unberührt an dem Platz, an dem sein Antrieb versagt hatte.

Zuerst hatte Cyr sich eine sinnvolle Tätigkeit gesucht und vor allem darauf geachtet, sich im Mobil und dem inzwischen verhassten Schutzanzug zu bewegen, die Muskeln anzuspannen und zu lockern, den Sitz zurückzustellen, sich in verschiedene Stellungen zu legen, wenn er schon nicht laufen konnte. Sogar Yoga hatte er versucht. Dabei hatte er sich eine Datei auf seinem Tablet immer wieder vom Computer vorlesen lassen. Es war Hetchers Datei, die die gesammelten Gebärden des Ferronen enthielt. Knapp zehn Stunden Material waren in der Datei vorhanden.

Auf der Fahrt hatte Cyr sich die übersetzten Gebärden insgesamt dreimal angehört, seitdem er von Bradbury Base aufgebrochen war. Er belauschte Hetcher nachträglich bei festgehaltenen Selbstgesprächen. Das meiste davon erschien ihm belanglos. Hetcher sprach mit den Dingen, vermenschlichte sie und sah in einigen sogar seine Freunde. Bedenkenswert vielleicht, denn ein wenig verrückt war es auf jeden Fall. Aber es gab keine Hinweise auf das Geheimnis, nach dem Cyr suchte. Erst beim dritten Hören der Übersetzung war ihm aufgefallen, dass sich ein Wort öfter als andere wiederholte. Das Wort »warten«. Nachdem er sich nun mit einem kurzen Schlaf ausgeruht hatte, wollte er die Auffälligkeit prüfen.

Cyr setzte sich aufrecht hin, seine Gelenke knackten. Er ließ sich erneut alle Sätze vorsprechen, die das Wort »warten« enthielten.

»Ich weiß, dass ihr auf mich wartet«, sagte der Computer. »Ich werde kommen, ihr wartet schon lange.« Eine kurze Pause, der Computer suchte. »Ihr müsst nicht länger warten.«

Cyr lief ein Schauer vom Genick bis zur Hüfte. Unbehaglich sah er sich im Beetle um. Natürlich war er allein, der Sitz neben ihm war ebenso verwaist wie der Notsitz in seinem Rücken. Trotzdem spürte er eine diffuse Furcht. Als ob Hetcher sich die Wesen, die auf ihn warteten, nicht nur einbilden würde, sondern tatsächlich auf rätselhafte Weise Kontakt zu einer außerirdischen Zivilisation auf dem Mars hergestellt hätte, die Vorsorge traf, Cyr in einen Käfig zu stecken mit der Aufschrift: »Mensch in natürlichem Habitat«.

Ihm fielen die zahlreichen Geschichten wieder ein, die er Hetcher beim gemeinsamen Arbeiten erzählt hatte. Vom kleinen grünen Comicmännchen, das eine Antenne auf dem Kopf trug, bis hin zu Wells' bekanntem Roman »Krieg der Welten« und der »Mars-Odyssee« von Weinbaum.

Hetcher redet mit den Dingen, dachte Cyr, um sich zu beruhigen. Die lange Fahrt durch die rostrote Einöde machte ihn paranoid. *Da draußen ist niemand. Er glaubt, Steine hätten eine Seele, sein ganzes Weltbild ist tief animistisch. Aber solange er deswegen nicht anfängt, Sabotage zu betreiben oder auf andere loszugehen, ist das kaum ein Grund, ihn einzusperren.*

Cyr atmete langsam ein und wieder aus. Fünf quälend lange Tage lagen hinter ihm. Wie oft hatte er mit Louanne Riembau über Funk gesprochen? Er wusste es nicht mehr. Riembau hatte ihm gedroht, geflucht, ihre ganze Wut verbal an ihm ausgelassen, aber sie hatte es nicht geschafft, ihn zur Rückkehr zu bewegen.

»Sie bilden sich ein, weil Sie einen Saboteur entlarvt haben, hätten Sie bei mir einen Stein im Brett, Aescunnar. Aber ich muss Sie enttäuschen. Auf dem Marsboden liegen so verdammt viele Steine herum, dass es im Brett keinen Platz mehr gibt, und wenn wir gerade von Brettern sprechen: Nehmen Sie endlich Ihres vorm Kopf weg! Sie sind Wissenschaftler, oder? Sie können logisch denken, habe ich gehört. Was soll dieser Blödsinn, ein genau gleich schnelles Fahrzeug zu verfolgen? Sie kämpfen auf verlorenem Posten. Wenn Hetcher es nicht möchte, werden Sie ihn nie einholen!«

Ja, er hatte die Debatten mit Riembau in der Stille des Mars genossen. Ihre Schimpftiraden zeigten eine Spur von Leben, und Cyr verstand die Frau. Bradbury Base hatte bereits einen Angehörigen auf dieser Mission verloren. Der letzte Kommandant war auf rätselhafte Weise verschwunden. Unter ihrem Zorn verbarg sich die Angst um ihn.

Ein heller Ton erklang und riss Cyr aus seinen Gedanken. »Wenn man an den Teufel denkt«, mummelte er. Sein Mund fühlte sich staubtrocken an, er hatte die Trinkvorräte stark rationiert und zwang sich, nur so viel wie nötig zu sich zu nehmen.

»Riembau an Aescunnar, bitte kommen.«

»Hier Aescunnar. Was kann ich für Sie tun?«

»Umkehren und Ihren Wissenschaftshintern zurück in meine Base bewegen!«

»Negativ. Hetcher hat noch immer nicht angehalten, ich fürchte, er fährt bis Sinharat Base durch.«

Die Stimme Riembaus zeigte ihre Gereiztheit überdeutlich. »Wo sind Sie, Aescunnar? Bei Station F?«

Cyr wollte antworten, doch ein Blick auf die Ortung lenkte ihn ab. Es fiel ihm schwer zu glauben, was er da sah. Der Balken von Hetchers Marsmobil befand sich nicht mehr auf der gesicherten Route. Hätte Riembau ihn nicht mit dem Funkspruch abgelenkt, wäre es ihm schon früher aufgefallen.

»Einen Moment, bitte!« Er fuhr langsamer, schließlich hielt er an. Vor sich sah er die Spur von Hetchers Beetle am Boden, die ihn schaudern ließ. Die sechs breiten Reifen hatten sich deutlich sichtbar als schwarze Profilabdrücke in den Staub gefressen. Sie beschrieben eine scharfe Kurve. Einen Moment sagte Cyr nichts und dachte nach. Hetcher hatte die Route nach Sinharat Base verlassen. Er fuhr in die Richtung der drei Schildvulkane. Dort gab es keine Versorgungsstationen. Kein Essen, kein Wasser, kein Sauerstoff. Verkrampft klammerten sich Cyrs Finger ineinander.

»Was ist los?«, fragte Riembau. »Denken Sie endlich ernsthaft über meine Befehle nach?«

»Hetcher ist abgebogen. Er hat die Route verlassen. Wenn er diese Richtung beibehält, wird er die Schildvulkane erreichen.«

Eine Pause. Cyr fragte sich, ob Riembau dachte, was er denken musste: die Vulkane, der Ort, in dessen Nähe Kommandant Nguyen verschwunden war. Hatten sie Hetcher die ganze Zeit über falsch eingeschätzt? Ging es dem Ferronen um eine wahnwitzige Rettungsmission, und das, nachdem alle Suchaktionen nach Nguyen vor ihm gescheitert waren?

»Kehren Sie um!«, forderte die Kommandantin.

Die Vehemenz ihrer Worte beeindruckte Cyr. Eine leise Stimme in ihm sagte, dass Riembau recht hatte. Er musste diesen Wahnsinn beenden, bevor es zu spät war. »Das haben Sie schon hundertmal gefordert. Was macht Sie glauben, dass ich diesmal auf Sie hören könnte?«

»Dass Sie zwar ein schräger Vogel sind, aber trotz aller Bretter nicht völlig auf den Kopf gefallen. Hetcher ist verloren. Die Reichweite des Marsmobils mag theoretisch grenzenlos sein, aber wir wissen beide, dass sie es praktisch nicht ist. Fährt der Ferrone zu den Tharsis Montes, läuft er Gefahr, keine Versorgungsstation mehr zu erreichen. Hetcher wird sterben. Wenn sein Sauerstoff zur Neige geht, ist es vorbei. Lieben Sie ihn so sehr, dass Sie dieses Schicksal teilen wollen? Ihr Anzug mag ferronische Hightech sein, aber er ist kein arkonidisches Wunderwerk. Sie wissen so gut wie ich, dass aus der Marsluft aufgrund der winzigen Mengen kein Sauerstoff gefiltert werden kann. Ihr Verbrauch dürfte in spätestens zehn Stunden Ihre Vorräte bei Weitem übersteigen. Möchten Sie ersticken wie ein Fisch auf dem Trockenen?«

Cyr antwortete nicht. Stattdessen gab er die Daten des Marsmobils in den Bordrechner ein. Die Tharsis Montes lagen gut dreitausend Kilometer von Bradbury Base entfernt. Zwar hatte Cyr schon den Großteil dieser Wegstrecke zurückgelegt, aber bislang keine einzige Versorgungsstation genutzt, um seine Vorräte aufzufüllen. Fuhr er weiter, würde er keine Station mehr anfahren können und damit sich und das Marsmobil gefährden. Der Computer brauchte wenige Sekunden, um die Aussagen Riembaus auf frappierende Weise zu untermauern. Cyrs Verfolgungsjagd war zu Ende.

Er schloss die Augen und lauschte auf die Stimme in seinem Inneren. Es war dieselbe Stimme, die ihm als Sechsjährigem geraten hatte, ins Arbeitszimmer zu gehen und den Karton auf dem indigoblauen Teppich auszupacken. Eine Stimme, die ihn auf die höchsten Berge der Erde und in lebensfeindliche Gegenden wie den Saturnmond und den Mars gelockt hatte. Und diese Stimme drückte sich klar und deutlich aus, völlig unmissverständlich: »Weiter!«

Cyr zögerte. Dieses Mal ging es nicht um einen Karton auf einem Teppich. Es ging um sein Leben. Wenn er weiterfuhr, konnte er den Rückweg nicht schaffen, es sei denn, es passierte ein Wunder. Cyr Aescunnar glaubte an Tatkraft und Vernunft, nicht an Wunder. Er atmete tief ein, lauschte der Stille, die absolut um ihn herrschte. Es dauerte, bis er sprechen konnte.

»Ich danke Ihnen für Ihre Sorge, Louanne. Ich will eines klarstellen: Was mit mir geschieht, liegt nicht in Ihrer Verantwortung. Sie tragen keine Schuld.«

»Cyr, machen Sie keinen Unsinn!« Es war das erste Mal, dass sie ihn beim Vornamen nannte. »Sie sind ein guter Mann, ich will Sie nicht verlieren! Sie können Hetcher nicht einholen, das wissen Sie! Ihr Mobil und seines sind gleich schnell. Sie werden nicht einmal mit diesem Verrückten persönlich sprechen können, ehe Sie Ihren letzten Atemzug tun!«

»Tut mir leid, Louanne. Ich habe mich entschieden. Aescunnar over.« Er trennte die Verbindung. Einen Augenblick saß er still und zögerte. Ihm war, als hätte er eine letzte Chance umzukehren, wenn er es gleich tat. Wenn er weiterfuhr, war diese Gelegenheit endgültig verpasst.

Ich verfolge ihn. Ich hole ihn ein. Trotz der gefährlichen Lage grinste Cyr. Ihm war ein Gedanke gekommen, wie er das Unmögliche schaffen konnte.

»Machst du einen Vertrag mit einem Mehandor, lies ihn zehnmal durch.«
Arkonidisch

Kapitel 11

Perry Rhodan
Pläne und Fragen

Reg strahlte Rhodan an, als er die Zentrale der TOSOMA betrat. Überschwänglich schlug er ihm gegen den Oberarm. »Perry, du alter Halunke! Wie hast du das wieder angestellt? Mehrere Hundertschaften Roboter sind über uns hergefallen und reparieren das Schiff, als ginge die Welt morgen früh unter! Es ist ein Anblick für die Götter!«

Rhodan schaffte es nicht, das euphorische Lächeln Regs zu erwidern. Er sah sich in der Zentrale um, sie war bis auf Reg und seine Begleiter leer. Thora setzte sich an ihren Platz, John Marshall ließ sich in einen freien Kontursessel sinken. »Reg, du weißt nicht, welchen Preis wir zahlen müssen. Die Matriarchin verlangt den Siebten von uns. Jedes siebte Besatzungsmitglied muss für sieben Jahre auf dieser Station bleiben.«

Bulls Hochstimmung schlug sichtbar um. Er schloss die Finger zu Fäusten. Sein Gesicht verfärbte sich. »Das ist nicht dein Ernst, Perry!«, polterte Reg los. »Das können wir nicht machen! Wir können niemanden zurücklassen!«

Rhodan tauschte einen Blick mit Marshall und Thora. »Ich wollte das Thema in Gegenwart der Matriarchin nicht ansprechen, aber kann uns der Regent nicht helfen?«

Unwillkürlich machte Thora einen Schritt zurück. »Davon muss ich abraten.«

»Warum?« Die Frage war so einfach wie berechtigt.

Sie schien Thora aber die Fassung zu rauben. »Der Regent kümmert sich nicht um solche Kleinigkeiten!«

»Kleinigkeiten?«, echote Reg. »Es geht um mehr als zweitausend Leben, verdammt!«

»Es geht um Kolonisten«, erwiderte Thora. »Sie interessieren den Regenten nicht in diesem Maß.«

Rhodan wurde blass, ihn fror plötzlich. Reginalds Blick ließ sein Misstrauen gegen Thora schlagartig anwachsen. »Wir können keine Hilfe von Arkon erwarten, um die Lage zu ändern?« Insgeheim hatte er darauf gehofft.

»Nein.« Thora verschränkte die Arme vor der Brust. »Arkon ist keine Option. Zumindest nicht zu diesem Zeitpunkt. Zuerst müssen wir auf unsere Art vor den Regenten gelangen. Dann können wir Hilfe von ihm anfordern.«

Marshall hörte schweigend zu, Rhodan entging nicht sein argwöhnischer Blick. Gab es einen Grund für die Ablehnung einer Kontaktaufnahme mit Arkon, der ihnen nicht bekannt war? Rhodan hatte Thora schon vor über zwei Stunden gefragt, warum sie nicht versuchte, Kontakt mit dem Regenten oder wenigsten arkonidischen Regierungsstellen aufzunehmen, schließlich besaß sie über das Gespinst die Möglichkeit, den Hyperfunk zu nutzen. Thoras Aussage, sie würde den Mehandor nicht vertrauen, das Gespräch würde sicher abgehört werden, erschien ihm mehr und mehr wie eine fadenscheinige Ausrede. *Ist der Hyperfunk an Bord der TOSOMA überhaupt durch das Alter so weit zerstört worden, dass er nicht mal hundert Lichtjahre weit reicht, oder ist auch das nur eine weitere Lüge, um Thoras und Crests eigentlichen Status zu vertuschen?*

Regs Gesichtsausdruck war noch deutlicher als der Marshalls. Sein Freund fühlte sich von Thora hintergangen. Herausfordernd sah er Rhodan an. »Wir dürfen unsere Leute nicht über dreihundert Lichtjahre von zu Hause entfernt aussetzen, wo man sie zu Leibeigenen macht, Perry!«

»Das werden wir auch nicht. Wie lange dauert es, bis die TOSOMA wieder überlichtflugfähig ist?«

»Das glaubst du nicht!« Trotz Regs Entrüstung über den Siebten schaffte er es nicht, seine Begeisterung über die technische Wunderleistung der Mehandor zu verbergen. »Drei Stunden! Die übrigen Schäden ...«

»Können wir woanders reparieren lassen«, unterbrach Rhodan. »Wir müssen so schnell wie möglich verschwinden. Je länger wir warten, desto mehr Zeit hat Belinkhar, sich vorzubereiten und eine Flucht zu verhindern. Leider wissen wir nicht, ob sie uns traut.«

Rhodan hatte sich nicht gesetzt, John Marshall blickte aus dem Sessel erschöpft zu ihm auf. Wie viele Besatzungsmitglieder hatte er in den vergangenen Tagen zu wenig geschlafen, man sah es ihm an. Tiefe Ringe lagen unter seinen Augen. »Ich bedaure, dass ich nicht dabei war. Ich hätte Belinkhars Gedanken gern geprüft.«

»Schon gut, John. Wir müssen davon ausgehen, dass Belinkhar misstrauisch ist. Deswegen ist es umso wichtiger, ihre Zweifel zu zerstreuen. Reg, du musst veranlassen, dass weitere Besatzungsmitglieder sich das Gespinst ansehen, damit die Matriarchin keinen Verdacht schöpft.«

»Noch mehr Leute rausschicken?« Reg kratzte sich an den roten Stoppeln, die an seinem Kinn sprossen. Er war seit Stunden nicht mehr dazu gekommen, sich zu rasieren. »Sollten wir nicht lieber zusehen, alle wieder einzusammeln? Hinterher bleibt einer da.«

»Du unterschätzt Belinkhar. Wenn wir sofort alle einsammeln, durchschaut sie uns. Wie geht es Gucky, Kakuta und Ras? Sind sie einsatzfähig?«

»Sie erholen sich. Gucky ist inzwischen wieder auf den Beinen, aber er ist ganz schön mitgenommen.«

»Gut. Schick die Leute raus und sag ihnen, sie sollen den anderen mitteilen, dass wir in drei Stunden abfliegen. Bis dahin sollen möglichst viele wieder zurück sein. Die Übrigen sollen sich an bestimmten Orten sammeln, damit die Teleporter sie transportieren können – oder Stoßtrupps sie nötigenfalls mit Gewalt befreien können.«

»Okay, Perry.« Bull grinste zuversichtlich. »Wir schaukeln das schon. Ich hab keine starke Bewaffnung bei den Mehandor gesehen. Ich glaub nicht, dass die uns zerlegen, wenn wir abhauen. So, wie es aussieht, setzen sie auf Neutralität, nicht auf Waffengewalt.« Er wandte sich ab und ging an seine Konsole, um die Befehle weiterzugeben.

»Ich weiß nicht, ob diese Idee gut ist.« Marshall sah nachdenklich aus. »Vielleicht sollten wir zahlen.«

»Zahlen?« Rhodan glaubte, sich verhört zu haben. »Und von wem außer mir selbst kann ich fordern, sieben Jahre für die Terranische Union zu opfern? Ich muss diese Leute nach Hause bringen, John! Reicht es nicht, dass zwölf von ihnen für immer verloren sind?«

Beschwichtigend hob Marshall die Hand. »Ich verstehe dich, Perry. Wirklich. Aber die Mehandor scheinen mir grundehrlich und Experten für Recht und Gesetz zu sein. Die Gedanken, die ich bisher von ihnen und Belinkhar auffangen konnte, zeigen keine Verschlagenheit. Es geht ihnen nicht darum, andere zu übervorteilen. Sie halten sich an Regeln. Glaub mir, ich habe lange genug mit gesetzlosen Jugendlichen gearbeitet, um mir über solche Themen Gedanken zu machen. Diese Station folgt Regeln, und wenn wir diese Regeln verletzen, kann das üble Folgen haben. Dann sind wir die Gesetzlosen.«

»Wir werden den Regenten um Hilfe bitten, zu vermitteln, sobald es möglich ist. Und wenn wir zur Erde zurückkommen, werden wir fragen, wer von Terra aus freiwillig nach KEMATLON aufbrechen möchte, um den Siebten nachträglich zu erfüllen. Ich bin sicher, es gibt Menschen, die das wollen, vor allem, wenn sie dafür terranische Vergünstigungen und Wertschätzung erhalten. In meinen Augen ist jeder mutige Pionier ein Held, genau wie jeder Einzelne dieser Mannschaft. Aber ich werde keinen einzigen Menschen dazu zwingen.«

»Dann hoffe ich, dass du es zumindest schaffst, auf Waffengewalt zu verzichten. In meinem Leben hat sie bisher nichts Gutes gebracht.« Marshall beugte sich zu seinem Bein und strich mit verzerrtem Gesicht darüber, als würde ihn die Schussverletzung noch schmerzen, die er vor vielen Monaten erlitten hatte.

Rhodan fiel auf, dass sich Thora nicht in das Gespräch einmischte. Sie saß mit maskenhaften Zügen an ihrem Platz an der Holokonsole, umgeben von mehreren Darstellungen, die verschiedene Plätze auf dem Gespinst zeigten: Zwei junge Künstler glitten auf surfboardähnlichen Geräten durch den Weltraum; eine Gruppe aus fünf Angestellten der Bordküche lag mit sonnenverbrannten Gesichtern auf steinern wirkenden Liegen, die in eine traumhafte Gartenlandschaft eingebettet waren, und schlief; eine Schwarzhaarige stand vor der mehrfächrigen Auslage eines Geschäfts und berührte eine mattgoldene Schmuckklammer, ihr Finger versank im Metall, offensichtlich handelte es sich um eine Holoauslage. Rhodan merkte auf, als er Mildred Orsons und Julian Tifflor an einer Klippe beim Klettern erkannte. Tiff schien frei in der Luft zu schweben, gehalten von unsichtbaren Sicherungen. Unter ihm schäumte ein Wasserlauf am Felsen vorbei.

Die Bilder wechselten und zeigten weitere Kleingruppen, Thora schien etwas Bestimmtes zu suchen. Sie beugte sich konzentriert vor.

»Wo steckst du, verdammt?«, flüsterte sie auf Arkonidisch.

Rhodan trat neben sie. »Was ist, Thora?«

»Es ist Crest. Er ist im Gespinst, aber ich kann ihn weder finden noch erreichen! Und das ausgerechnet in unserer Lage.« Sie sagte nichts mehr. Rhodan wusste, worauf sie anspielte. Wenn sie Crest nicht fand, konnte es passieren, dass er mit Tatjana Michalowna und Anne Sloane auf dem Gespinst zurückblieb. »Das ist ungewöhnlich für ihn. Er muss sich außerhalb des medial überwachten Gebiets bewegen. Aber warum?«

»Das wird sicher eine harmlose Erklärung haben – aber wir wollen uns nicht darauf verlassen.« Rhodan drehte sich zu John Marshall um. »John, ich weiß, du hattest viel zu wenig Schlaf, trotzdem würde ich mich wohler fühlen, wenn du dabei wärst. Deine Gabe könnte von großem Nutzen sein und viel Zeit sparen.«

Marshall nickte. »Ich bestehe darauf mitzukommen. Unser Aufbruch wird für die Matriarchin ein unumstößliches Zeichen sein, dass wir uns an den Handel halten werden.«

»Ja, das denke ich auch.«

Thora stand auf, die Bilder um sie erloschen schlagartig. »Gehen wir.«

»Ist es ein Ma'pek oder ein Mehandor?«
Arkonidisch

Kapitel 12

Levtan
Der Verräter

Levtan führte Crest und seine beiden Begleiterinnen von der TOSOMA fort. Er konnte ihr Misstrauen deutlich spüren, besonders Anne Sloane und Tatjana Michalowna machten keinen Hehl daraus.

»Was sind das für Informationen?«, fragte Michalowna. »Inwiefern sollten sie uns helfen?«

Die Frau ist klug und aufmerksam. Ich sollte sie nicht unterschätzen. Levtan blieb dicht vor einem Übergang ins Innere des Gespinsts stehen und drehte sich zu Michalowna um. Hinter ihrem Rücken ragte Gedt-Kemar wie eine Warnung für ihn auf. »Ich habe einen Kontakt, der Beziehungen zum innersten Kreis des Regenten unterhält.« Er sah Crest an. »Er kann Ihnen wichtige Insiderinformationen über die aktuelle politische Lage geben.«

Crest, der auf dem Gang zwischen Michalowna und Sloane stand, machte sich noch eine Spur größer. Trotz seines Alters wirkte er imposant. »Das ist gut gemeint, Levtan, aber warum sollten wir diese Informationen benötigen?«

Levtan begann zu schwitzen, die Entzugserscheinungen machten sich erneut bemerkbar. Ein Messer kratzte an seiner Magenwand, er fühlte überwältigenden Durst. Wenn dieser Crest nicht auf Informationen angewiesen war, weil er aus den obersten Kreisen stammte, war Levtan geliefert. Aber ein Arkonide, der direkt vom Regenten selbst kam, benutzte kein Wrack wie die TOSOMA und war weder auf die Unterstützung von Mehandor noch von irgendwelchen Kolonisten angewiesen. Viel wahrscheinlicher war, dass es sich bei Crest da Intral um einen Oppositionellen handelte. Und selbst wenn nicht: Was in den obersten Kreisen geschah, wussten die treuesten Anhänger des Regenten nicht zwangsläufig.

»Die Lage hat sich grundlegend geändert«, improvisierte er. »Mein Informant hat angedeutet, dass der Regent mit Jahrhunderte alten Traditionen zu brechen bereit ist, um seine Ziele durchzusetzen. Sie waren längere Zeit in einem Außeneinsatz, da Intral, oder? Wenn Sie auf meine Hilfe verzichten wollen, ist das Ihr gutes Recht, und ich werde Sie nicht weiter belästigen. Aber wenn Sie Wissen erhalten möchten, das Ihrem Geschlecht einen entscheidenden Vorteil bringt, kommen Sie mit mir. Ihre Entscheidung.«

Sloane machte einen Schritt an Crest heran. »Wir sollten zur TOSOMA umkehren und das absprechen.«

Michalowna nickte bestätigend. »Diese Information läuft uns nicht fort.«

Crest schüttelte den Kopf. »Sie irren beide. Die TOSOMA wird in wenigen Stunden repariert sein. Die Mehandor sind bekannt für schnelle und präzise Arbeit. Wenn wir die Informationen wollen, müssen wir sofort mitgehen.«

Michalowna kniff die Augen zusammen. Wieder sah sie Levtan auf eine Art an, die ihm sonderbar erschien. *Als wollten ihre Blicke durch meinen Schädel dringen und die Gedanken darin lesen.*

Wenn die Terranerin das wirklich konnte, war er in ernsthafter Gefahr. Er setzte ein vertrauliches Lächeln auf. »Wie gesagt: Ihre Entscheidung. Ich will Ihnen nichts aufschwatzen.«

Die Nadeln in seinem Magen vermehrten sich auf wundersame Weise und stachen unerbittlich zu.

Jetzt beiß endlich an, du arkonidischer Moolwurm, dachte Levtan wütend. Er brauchte diese drei. Nie wieder Sorgen um Nachschub, das verhießen sie ihm: Kan'or auf Lebenszeit. Alles, was er schaffen musste, war, sie in seine Gewalt zu bringen. Er berührte den Finger, mit dem er Crests Schmuckstück angefasst hatte. Die Kuppe kribbelte noch immer. Was für ein Gerät es wohl war, das der Arkonide wie seinen Augapfel hütete?

Michalowna sah von ihm fort, hob leicht die Schultern.

»Bringen Sie uns zu Ihrem Informanten«, forderte Crest.

Na endlich! »Aber nur, wenn Sie es wirklich wollen«, beteuerte Levtan. »Falls Sie Bedenken haben, können Sie jederzeit umkehren. Ich habe nicht vor, Ihnen Unannehmlichkeiten zu bereiten.«

Er sah, wie seine Worte die Wachsamkeit der beiden Begleiterinnen Crests sinken ließ. Wie immer wusste er, was er zu sagen hatte, um misstrauische Gemüter zu beruhigen.

»Einverstanden«, sagte Crest.

Levtan drehte sich um und führte die Gruppe zurück ins Gespinst. »Lassen Sie die Anzüge ruhig an«, schlug er vor. »Vielleicht werden wir nachher bei der Rückkehr einen anderen Außenweg nehmen. Dann könnte ich Ihnen die Zuchtkristalltanks zeigen. Dort wachsen wirklich außergewöhnliche Zori-Kristalle in allen nur erdenklichen Farben. Außerdem gibt es ein angeschlossenes Schmuckgeschäft, das den Damen gefallen könnte. Mein Onkel Sarim betreibt es. Er ist ein Bruder von Haklui Sarkatz.«

Michalowna sah nicht so aus, als würde sie ein Schmuckladen sonderlich interessieren. Aber sie brachte auch keinen Einwand gegen Levtans Vorschlag.

Jetzt hab ich euch. Er sah, wie die Züge Michalownas und Sloanes sich entspannten. Der Hinweis auf den angedachten Rückweg und seine erfundene Verwandtschaft zum Organisator des C-Sektors ließen ihn noch vertrauenserweckender erscheinen als zuvor. Mit raschen Schritten ging er voran.

»Willkommen in Sektor D, meinem Wohnsektor.« Er machte Sloane gegenüber eine Geste der Freude, indem er die Finger kurz zusammenpresste. »Wenn man von Fagzetlu Jankalui absieht, der Sektion der tausend Gärten, ist dieser Sektor der schönste des Gespinsts. Die Holoprojektionen sind von ausgesuchter Qualität, und es gibt ein Schwimmbecken von zweihundert Metern Länge. Schwimmt man auf Ihrem Kolonialplaneten?«

Sloane schenkte ihm ein Lächeln. »Ja, durchaus. Unser Planet hat mehrere große Meere. Sie sollten sehen, wie schön sie sind. Wenn man auf den Wellen reitet, glaubt man, die Welt würde einem gehören.«

Levtan dachte an Archetz, nur kurz, dann verbot er sich den Gedanken. An die unerreichbare Welt zu denken lenkte ihn ab. Er musste sich auf sein Vorhaben konzentrieren.

»Ich könnte mir das gar nicht vorstellen, Tag für Tag im Weltall zu leben«, brach es aus Sloane heraus. »Auf einer Station, auf der es niemals Wind gibt, regnet oder schneit. Wie ist das für Sie? Waren Sie je auf einem Planeten?«

»Wozu auf einen Planeten gehen? Mir genügen die Holos und

die Simulationen.« Eine Lüge mehr. Wenn seine Furcht nicht wäre, die ewige Furcht, ganz auf sich gestellt zu sein, würde er anheuern und das Weltall bereisen, wie Izkat es tat.

Sie gingen durch die Garlinröhre, passierten zwei T-Abzweigungen, die zu angedockten Schiffen führten. Levtan verzichtete auf einen Flitzer oder ein Faku. Er wählte einen kaum benutzten Weg durch den Endorian, einen Nebengang der Garlin. Während Sloane und Michalowna die Holografien an den Gangwänden mit leicht geöffneten Lippen und großen Augen betrachteten, wirkte Crest wenig angetan.

»Die Holos erscheinen mir in dieser Sektion eher schlechter«, bemerkte der Arkonide prompt, als sie an einer ausgedehnten Seelandschaft mit orangefarbenem Wasser entlanggingen, die hin und wieder leicht flackerte.

»Wir sind gleich da«, lenkte Levtan ab.

Sie näherten sich dem Ende der Röhre, es war kaum ein anderer Mehandor zu sehen. Um diese Zeit spielte sich das Leben größtenteils auf der Gartenplattform oder in den privaten Gemächern ab. Erst in einigen Arkonstunden würden sich die Gänge mit geschäftigem Leben füllen.

»Da vorn ist schon Einheit Sieben, die Fartonlu.« Er bemühte sich, Stolz in seine Stimme zu legen. Der Gespinstanbau, der am Ende des Tunnels auf sie wartete, beherbergte über fünfhundert Wohneinheiten, von denen eine Levtans Unterkunft war. Sie gehörte weder zu den größten noch zu den schönsten des Gespinstes. Levtan mochte sie und verkroch sich gern in ihr, wenn keine Geschäfte anstanden. Aber stolz war er nicht auf sein Heim, auch wenn es als eines von wenigen den seltenen Blick auf die beiden Sonnen bot, der in anderen Einheiten von Projektionen simuliert werden musste.

»Es erinnert ein wenig an eine Sakuwabe«, sagte Michalowna.

»Sakuwabe?«, fragte Levtan nach. »Sakus leben in unterirdischen Kavernen.«

»Ein Übersetzungsfehler.« Michalowna tippte sich an die Brust neben der Schulter. Dort musste ein implantierter Translator sitzen. Levtan ertappte sich dabei, dass er die Brüste der Terranerin einen Augenblick zu lange anstarrte. Rasch wandte er sich ab.

Sie fuhren eine Antigravplattform hinauf. Levtan blieb vor der beigefarbenen Front stehen, in die mehrere Zugänge führten. Er legte den nach wie vor leicht kribbelnden Finger auf den Sensor, und die Tür glitt auf.

»Oh!«, entfuhr es Anne Sloane. »Das ist ... das ...«

Sphärenmusik der Kantunlu klang ihnen entgegen und erinnerte Levtan daran, warum er diese Band besonders liebte. Das Ensemble traf seinen Nerv, der Sänger Simtan hatte eine raue Stimme und scheute nicht davor zurück, unangenehme Wahrheiten auszusprechen: »Hüte dich, dich selbst aufzugeben, mein Bruder, entferne dich von dem Verrat, der dich der Strahlung des Kosmos gleich versengen wird, bis du vergessen hast, wer du bist.«

»Musik ausschalten!« Levtan fühlte sich unwohl. Der Liedtext weckte seine Schuldgefühle. Er drehte sich zu Sloane, die ihm das Leben gerettet hatte. Die Terranerin sah sich in seiner Wohneinheit um, als habe sie eine Erscheinung. Ihre Gesichtszüge erschienen wie entgleist. Verachtete sie, was sie umgab? War ihr das Wasserrauschen zu laut? Ärger stieg in ihm auf, eigentlich Zorn auf sich selbst, doch er entlud ihn an den Fremden, die ihn in solche Gewissenskonflikte stürzten und seine Wohneinheit mit offenem Mund verabscheuten. »Was ist?«, fragte er grob. »Ist es Ihnen nicht aufgeräumt genug?«

»Es ist wunderschön«, brachte Sloane andächtig hervor. »Als ob man in eine Fototapete hineingelaufen wäre.« Ihr Blick folgte dem blauen Warunvogel, der hoch über ihnen seine Kreise zu ziehen schien.

Auch Michalowna stand mit geweiteten Augen in der Tür, während Crest neben den beiden lächelte.

Levtan begriff: Die beiden Kolonistinnen hatten nie zuvor eine Mehandorwohnung gesehen. Was für ihn alltäglich war, musste ihnen unwirklich vorkommen. *Ihre Heimat wird ein barbarischer Planet sein, dessen Technikstand weit unter unserem liegt. Kennen sie dort keine atmosphärische Innengestaltung?*

Sloane ging über den simulierten goldroten Felsboden zur Bruchkante des Wasserfalls. Das Innenpanorama suggerierte einen steilen Abfall von gut hundert Metern. Unten schäumte die Gischt. Im Hintergrund öffnete sich der Blick dem Weltall mit den beiden Sonnen, die zum Greifen nah zu stehen schienen. Türkisblauer Himmel erstreckte sich, so weit das Auge reichte. Ganz so, als befänden sie sich nicht im Weltall, sondern auf einem Planeten mit Sicht auf die Eiswelt.

»Wie groß ist diese Wohnung?«, fragte Michalowna verblüfft. Sie schien die Übergänge vom Boden zur Wand nicht entdeckt zu haben.

»Etwa sechzig Dag-Darninlui.«

»Siebzig Quadratmeter«, mischte sich Crest ein. »Klein, aber beeindruckend.« Er stupste mit dem Finger gegen einen virtuellen Schmetterling, der sich auf seine Schulter gesetzt hatte.

Mit verzücktem Augenaufschlag atmete Sloane ein. »Es duftet herrlich. Was ist das?«

»Marik-Extrakt. Aus der Rinde.« Levtan wurde unruhig. »Was halten Sie davon, wenn Sie meine Wohnung in Ruhe betrachten und ich hole die Kontaktperson?«, sagte er schnell. »Solche Dinge bespricht man lieber in den eigenen Rundungen, Sie verstehen?«

Sloane nickte abwesend. Crest trat vor und berührte einen rotbraunen Steinfelsen, der sich bei der Berührung als breite Liege entpuppte. »Dreisitzer«, sagte Crest anweisungsgewohnt. Die Wohnpositronik reagierte und formte die Liege mit wenigen Bewegungen zu einer dreisitzigen Couchgruppe um.

»Beeilen Sie sich bitte«, forderte der Arkonide, während er sich setzte.

Levtan nickte und ging zur Gleittür. An der Wand holte er hinter seinem Rücken drei Klebeovale aus einem Geheimfach. Sein Herz schlug verräterisch laut. Konnte er das wirklich tun? Er dachte an den Vorfall an der Gespinstaußenwand und hörte wieder, wie Michalowna rief: »Anne, halt ihn fest!« Die Frau musste besondere Fähigkeiten haben, nur dadurch war seine Rettung zu erklären. Auf irgendeine ihm unverständliche Weise hatte sie sein Abtreiben beeinflusst. Vielleicht hatte sie zuvor beim misslungenen Diebstahl Izkat aufgehalten.

Genau deshalb wird sie für das Imperium höchst wichtig sein, ebenso wie der Alte, verteidigte die dunkle Stimme in ihm sein böses Vorhaben. Er hasste diese Stimme, aber er hörte ihr trotzdem zu. *Denk an die Bezahlung, Levtan, sei kein Idiot. Kan'or bis zur Sonnenbarke, keine Probleme mehr. Und es ist keine Straftat, wenn du sie einsperrst. Der Regent vergibt Sondervollmachten. Wenn du sie ablieferst und sie werden angenommen, bist du ein Tusant'or, ein Kopfgeldjäger im Auftrag des innersten Kreises. Du musst sie sogar in deiner Wohnung festhalten, es ist deine Pflicht.*

Seine Entscheidung war getroffen. »Ich bin gleich wieder da.«

Er wollte sich abwenden, als er sah, wie der Gesichtsausdruck Michalownas sich veränderte. Sie sprang vor. Überrascht zuckte Levtan zurück, die Tür glitt lautlos auf. Michalowna wollte ihn am Arm packen, er wich zur Seite aus. Sie setzte nach, doch dieses Mal stieß er sie von sich, dass sie in den Raum zurücktaumelte und zu Boden stürzte. Sie fiel auf die Seite.

Crest wurde aufmerksam und stand mit überraschtem Gesichtsausdruck auf. Anne Sloane drehte sich zu Michalowna um. »Tatjana!«

»Schließen und verriegeln!«, befahl Levtan. Seine Stimme zitterte.

»Bitte, tun Sie es nicht!« hörte er Michalowna durch den schmaler werdenden Spalt rufen. Dann arretierte die Tür. Kein Laut drang mehr nach außen.

Levtan blieb stehen, er stützte sich an der Wand ab und atmete so heftig, als habe er ein Tunnelrennen hinter sich. Er glaubte, die großen, flehenden Augen Michalownas vor sich zu sehen.

»Bitte, tun Sie es nicht.« Die Worte schmerzten wie Stromschläge. Wodurch hatte er sich verraten? Was hatte er falsch gemacht?

Nicht darüber nachdenken, wies er sich zurecht. *Du hast sie, alles andere ist unwichtig. Ruf die Flotte und kassier deine Belohnung.*

Levtan drehte sich um und machte sich auf den Weg. Aber der Gedanke an Michalownas flehenden Gesichtsausdruck ließ ihn nicht los. Er begleitete ihn mit jedem Schritt in die Röhre hinein.

»Si wulkonlon ulop sa wulkonlon.«
»Dein Atem ist mein Atem.«
Mehandor

Kapitel 13

Belinkhar
Am Ende der Frist

»Zugriff vorbereiten. Voraussichtliche Einsatzzeit E minus zehn. Vorher will ich keinen in der Nähe sehen, verstanden?« Belinkhar ließ das Handgelenk sinken. Sie wusste, dass der Sicherheitsdienst in Stellung ging, um rasch und unblutig zugreifen zu können. Nervös sah sie sich auf dem zehnten Abschnitt der Gartensektion um. Das Getümmel bot Sichtschutz, es verbarg die Einsatzkräfte, war aber zugleich ein Risiko. Zu viele Leben konnten bedroht werden, falls die Situation eskalierte und die Terraner Gewalt anwendeten. Haklui Dartek war informiert und würde im Rahmen seiner Möglichkeiten dafür sorgen, dass niemand im Umkreis seines Sektors zu Schaden kam.

»Sie gehen weiter«, informierte Etztak, der auf einem Holo über seinem Armbandgerät Perry Rhodan, Tiara da Intral und deren Berater John Marshall beobachtete. »Sie sehen verzweifelt aus. Soll ich die Akustiküberwachung aktivieren?«

Belinkhar hob verneinend die Hände. »Ich weiß, was sie besprechen. Crest da Intral, der Derengar, ist mit zwei Begleiterinnen vor über drei Stunden ihrer Zeit verschwunden. Ich kann ihn nirgends im Gespinst ausfindig machen.«

»Nirgends? Was hat das zu bedeuten?« Ihr Schatten beobachtete weiter das Holo. Seine Stimme klang beim Sprechen gepresst, er konnte nur mühsam verbergen, wie unzufrieden er mit der gesamten Situation war.

»Ich weiß es nicht. Vielleicht ist er einer jungen Fremdgeherin in ihre Wohneinheit gefolgt«, scherzte Belinkhar, ohne es auch nur ansatzweise lustig zu finden. Sie atmete tief ein. *Ich bin selbst so nervös wie ein Soldat der Flotte vor dem ersten Ein-*

satz. Ihre Hand glitt über die Ausbuchtung an der Hüfte, wo sie unter dem langen Hasan-Jackett eine Strahlenwaffe trug. Der Strahler fühlte sich unangenehm an. Obwohl er kaum Gewicht hatte, schien er sie nach unten zu ziehen und jeden Schritt zu erschweren.

Etztak bemerkte ihre verstohlene Geste. »Sie hätten den Befehl, Waffen auszuteilen, nicht geben dürfen, Belinkhar. Das ist unüblich.«

»Haben Sie nicht selbst gesagt, diesem Rhodan sei nicht zu trauen?«, konterte sie.

Ihr Schatten schwieg.

»Was machen die drei?«, wechselte Belinkhar das Thema. Sie glaubte nicht an das Märchen, dass Rhodan sich einfach ergeben würde und den Siebten zahlte. Doch die Zeit wurde langsam knapp, und Rhodan machte keine Anstalten, zur TOSOMA zurückzukehren. Vielleicht hatte sie sich in ihm geirrt.

»Der Berater schließt immer wieder die Augen und konzentriert sich. Es scheint eine Art Ritual zum Nachdenken bei den Terranern zu geben. Er denkt ziemlich viel nach.«

Das kam Belinkhar seltsam vor. Sie betrachtete den Mann mit den dunklen Haaren, der konzentriert neben einem blühenden Hantubaum stand und von dessen Eigenlicht beleuchtet wurde. An seiner Seite machte Perry Rhodan beschwichtigende Armbewegungen in Richtung der aufgelöst wirkenden Arkonidin.

Belinkhar strich sich mit einer Geste der Verwunderung über die Stirn. »Tiara da Intral ist außer sich. Ich wüsste selbst gern, wo dieser Crest steckt.« Überfälle oder Entführungen auf dem Gespinst waren selten. Es kam hin und wieder zu Diebstählen, doch die meisten davon waren innerhalb kürzester Zeit aufgeklärt.

Ob jemand herausgefunden hatte, dass Crest tatsächlich ein Oppositioneller war, und ihn festgesetzt hatte, um ihn an die Flotte zu verraten? Sie äußerte den Gedanken nicht laut, er hätte Etztak Zündstoff für neue Vorwürfe gegeben. Schließlich vertraute ihr Schatten der Sippe nicht im selben Umfang wie sie. Eine leise Stimme meldete sich, als hätte sie gleich den höhergestellten Arkoniden einen aktivierten Extrasinn: *Es muss ja niemand aus der Sippe gewesen sein. Vielleicht ein »Gartinlu«, ein Fremder.* Es ärgerte sie, Crest da Intral nicht von vornherein besser überwacht zu haben. Da er neben Thora der einzige Arkonide an Bord der TOSOMA zu sein schien, war er wichtig.

»Kreis enger ziehen!«, befahl sie den Haklui-Kräften.

Etztak drehte die Hände. Ihm war deutlich anzumerken, dass er lieber sektorenweit fort gewesen wäre, aber als ihr Schatten hatte er in ihrer Nähe zu sein. Immer. Ein wenig genoss Belinkhar es, Etztak Unannehmlichkeiten zu bereiten.

Sie arbeiteten sich an die Gruppe heran. Vorneweg ging Belinkhar, Etztak folgte ihr mit eingezogenem Kopf. Gut zehn Männer und Frauen der Haklui-Wache taten es ihnen unauffällig gleich. Belinkhar hatte sich immer wieder versichert, dass die drei Fremden nichts von ihrer Anwesenheit ahnten. Sie musste unverhofft zuschlagen.

Auf dem Holo sah sie das verzweifelte Gesicht Tiara da Intrals. Wenn die Arkonidin sich solche Sorgen um Crest machte, warum hatte sie die Haklui-Wache dann nicht verständigt? *Ist das nicht ein Beweis dafür, dass sie fliehen wollen? Wenn sie zahlen würden, könnten sie sich vertrauensvoll an uns wenden.* Sie sprach den Gedanken laut aus.

Etztak überlegte. »Wir sind wenige Schritte entfernt, das Schiff ist jeden Moment repariert. Ich glaube, wir haben uns geirrt. Selbst wenn diese Terraner es wollten – wie sollten sie fliehen können? Wir haben sie eingekreist.«

Auf dem Armbandgerät Belinkhars meldete sich Haklui Sarkatz. »Matriarchin, die Reparatur ist abgeschlossen. Der Handel ist rechtskräftig.«

»Danke!« Belinkhar stellte eine Verbindung zu Jeston her, dem »Kanwenlu«, der die Gespinstwache anführte. »Zugriff genehmigt! Bitten Sie die Terraner, mit Ihnen zu den freien Wohneinheiten zu kommen. Um da Intral und Rhodan kümmere ich mich persönlich.«

»Verstanden.«

Es war nicht Belinkhars erster Einsatz dieser Art, trotzdem war sie unsicher wie selten zuvor.

Ein heller Alarmton klang über die Gartenplattform. Die Mehandor, denen das Geräusch bereits vertraut war, nahmen sich der Besucher an, die es erschreckte. Mit beruhigenden Worten zogen sie störende Raumfahrer zur Seite. Innerhalb weniger Augenblicke war das Gebiet um Belinkhar leer geräumt. Die Menge schloss sich in fünf Schritt Entfernung um Tiara da Intral, Rhodan und Marshall herum, bildete eine Insel, deren Zentrum die Arkonidin und ihre beiden Begleiter waren.

Belinkhar blickte Rhodan an, der zurücksah. In seinen grauen Augen lag eine Härte, die sie erschreckte.

Dieser Mann wird sich nicht ergeben. Sie wusste es mit einer Gewissheit, die unverrückbar schien. Obwohl sie nur noch zehn Schritte von Rhodan trennten, rechnete sie mit dem Unmöglichen. Sie zog die Waffe. Aus der Menge drängten die Wachen hervor. Der Kreis um da Intral, Rhodan und Marshall zog sich wie eine Schlinge zu. »Rhodan wird fliehen!«

»Aber ...«, setzte Etztak an. »Wie soll er denn ...« Er verstummte. Das gedämpfte Licht der Doppelsonne beleuchtete die Szene vor ihnen wie die Darbietung auf einer Bühne.

Mitten aus dem Nichts erschien ein großer schwarzer Mann in terranischer Kleidung. Er streckte die Arme aus. Rhodan, Marshall und da Intral griffen danach. Sie traten dicht zusammen.

Etztak blieb stehen, wie ein nach vorn geneigtes Brett verharrte er auf der Stelle. Belinkhar wurde langsamer. Ihre Gedanken überschlugen sich. Ein Mensch aus dem Nichts! Der verdammte Kerl war aufgetaucht wie eine Holoerscheinung! War er überhaupt echt?

»Was ist das?«, fragte Etztak. »Wo ...« Er verstummte.

»Halt!«, schrie Belinkhar. Sie wusste nicht, was da geschah, aber etwas ging vor sich. Mit gehobener Waffe zielte sie auf Perry Rhodan, aber sie zögerte zu lange.

Von einem Moment zum nächsten waren der Dunkle, da Intral, Rhodan und Marshall verschwunden. Das rotgoldene Licht beleuchtete die Stelle, an der sie eben noch gestanden hatten. Sie war leer, als hätten die Wachen und die Gespinstführung gemeinsam eine kollektive Sinnestäuschung erlitten.

Belinkhar sah die Verwirrung in den Gesichtern der Wachen. Ihr Herz raste in der Brust, sie sah sich suchend um. Was hatte das zu bedeuten?

Jeston drehte sich im Kreis, seine weite schwarze Gewandung flatterte in der Bewegung. Durch seinen ungewöhnlich hohen Wuchs konnte er über die Menge hinwegsehen. Das scharf geschnittene Gesicht mit den schmalen Augen zeigte Fassungslosigkeit. »Sucht sie!«

Das kann nicht wahr sein! Rhodan und seine Begleiter waren verschwunden! Einfach weg!

»Wie Geister«, sagte Etztak hinter ihr. Er glaubte so wenig an

Geister wie an die Güte des Regenten, doch eine bessere Antwort auf den unglaublichen Vorgang schien ihm nicht einzufallen.

»Nein!« Belinkhar schloss die Finger zu Fäusten, die Knöchel zum Magenstoß vorgereckt. Sie erinnerte sich an Gerüchte, die sie zu ihrer Zeit als Fremdgeherin auf der TUS'RAK gehört hatte. »Jeston! Lassen Sie die Schutzschirme aktivieren! Alle! Hören Sie! Versuchen Sie, die internen zu verstärken! Energieumleitung wenn nötig! Kein Schiff hat zu starten oder anzudocken! Alarmstatus!«

»Geht klar!«

Etztak kratzte sich an seinem gestutzten Bart. »Was soll das bedeuten, Belinkhar? Was haben die Schirme damit zu tun?«

»Später! Wir müssen uns an die Verfolgung machen! Sicher sind sie nicht weit gekommen! Laufen Sie, Etztak!«

Etztak wirkte kläglich. »Aber wohin?«

Belinkhar schaltete ihr Holo ein und aktivierte die Suchfunktion. »Das werden wir gleich erfahren.«

Kapitel 14

Cyr Aescunnar
Hase und Igel

Cyr fühlte sich demotiviert. Seine Idee, die ihm Aufwind gegeben hatte, Hetcher weiterhin zu folgen, schien nicht zu funktionieren.

Niedergeschlagen sah er sich um. Die beiden unnötigen Sitze hatte er während der Fahrt ausmontiert. Sie lagen hinter ihm zwischen scharfkantigen Basaltbrocken, zwei Anzeichen menschlicher Zivilisation in einer Steinwüste, die kaum mehr zu sehen waren. Er seufzte. *Es wäre auch zu schön gewesen, wenn dieser primitive Trick tatsächlich funktioniert hätte: Wirf alles über Bord, und die Geschwindigkeit nimmt zu.*

An der Software hatte er sich in den vergangenen Tagen immer wieder versucht und sich die Zähne ausgebissen. Ihm blieb eine dünne Hoffnung, die ihn vor dem Aufgeben bewahrte. Vielleicht würde das Marsmobil schneller werden, wenn er weitere Sachen ausbaute. Das war zwar unwahrscheinlich, aber nicht unmöglich. Da Kapitulieren nicht infrage kam, arbeitete er verbissen weiter.

Mit einem elektrischen Schraubenzieher bewaffnet machte er sich an einer Verschalung der Seitenwand zu schaffen. Über ihm stand die Kuppel offen, er konnte sich hinstellen, wenn er wollte. Der Raumanzug behinderte ihn in der Bewegung. Das im Vergleich zu arkonidischen Erzeugnissen primitive Modell ließ ihm wenig Bewegungsfreiheit. Sehnsüchtig erinnerte sich Cyr an seinen Flug über die Titanoberfläche in einem arkonidischen Schutzanzug. Wie angenehm und transparent sich das angefühlt hatte, wie einfach zu lenken. Ganz anders das ferronische Produkt. Die dicken Handschuhe raubten ihm jegliches Fingerspitzengefühl, und mehrmals war ihm der elektrische Schraubenzieher bereits aus den Fingern geglitten. Das Werkzeug war auf ferronische Hände ausgelegt, die kompakter und stärker waren als seine eigenen. Die Schaltfläche zur Auslösung der Drehung brauchte einen großen Druck, der unangenehm in den Kuppen schmerzte.

»Warnung!«, erklang die Stimme des Computers. »Verschalung C löst sich!«

»Das soll sie ja auch.«

»Warnung! Sie könnten das Element verlieren. Halten Sie unverzüglich an und führen Sie Wartungsarbeiten durch.«

»Klappe halten«, brummte Cyr in den Helm. Es war anstrengend genug, sich zu konzentrieren, da brauchte er nicht die Stimme dieses nervtötenden Geräts, um sich ablenken zu lassen.

»Warnung ...«

Cyr fuhr herum und stellte den Ton ab. So würde er zwar auch Louanne Riembau nicht hören, aber da er nicht vorhatte, ein weiteres Gespräch von ihr anzunehmen, war das kein großer Verlust.

Der Protest der Maschine war abgewürgt. Cyr wandte sich wieder der Verschalung zu, als er aus den Augenwinkeln eine Bewegung außerhalb des Mobils sah.

Er blinzelte. Sicher flog da nur Staub entlang. Was sollte es sonst sein? Cyr wollte sich erneut dem Ausbau widmen, als er die Bewegung ein zweites Mal sah.

Irritiert hielt er inne und starrte auf einen grauen Findling. Die Sonne ging allmählich unter, und das helle Licht des Himmels wich einem kühlen Blaugrau. *Was war das?*, dachte er verwirrt. Er rief sich den Moment zurück. Etwas huschte seitlich vom Mobil von Stein zu Stein wie ein Tier.

»Einbildung«, murmelte er.

In Gedanken schalt er sich einen Narren. Generationen von Sonden hatten den Mars nach flüssigem Wasser und Leben untersucht und nichts gefunden. Aber er, Cyr Aescunnar, brauchte bloß einmal auf den Roten Planeten zu reisen, um ein Tier zu finden, das von Stein zu Stein huschte.

Vermutlich war es eine besonders auffällige Staubformation gewesen, die der Wind vorbeigetrieben hatte und aus der seine müden Augen eine vertraute Form geschaffen hatten. Obwohl das Marsmobil selbsttätig den Kurs hielt, war Cyrs Schlaf unruhig und viel zu flach, um wirklich erholsam zu sein. Die Anstrengungen der letzten Tage hinterließen ihre Spuren. Im Grunde war es überraschend, dass er nicht viel früher Halluzinationen gehabt hatte. Er brauchte eine Pause.

Cyr setzte sich zurück, schloss die Kuppel und aktivierte ein Element auf dem Display am Handgelenk. Ein Strohhalm fuhr aus der Innenwandung des Helms. Geschickt schnappte Cyr ihn mit dem Mund und trank mit vorsichtigen Schlucken. Er musste sich zusammenreißen, nicht mehr zu nehmen, als er brauchte. Der Wassertank im Anzugtornister war fast leer, auch die Vorräte im Beetle gingen zur Neige. Widerwillig ließen seine Lippen den Halm los. Das Kunststoffröhrchen fuhr in die Helmseite zurück.

Trotz seines Hungers hatte Cyr keine Lust auf den Nährbrei, den er auf dieselbe Weise zu sich nehmen konnte. Wenn er zurück in Bradbury Base war, würde er ein Steak essen. Aber zuerst musste er Hetcher einholen und notfalls überwältigen. Irgendwann musste er schneller werden, wenn er genug demontierte.

»Ich schaffe es«, sagte er laut. Es tat gut, die eigene Stimme in der Stille zu hören. Vor ihm lag eine weitere, düstere Marsnacht, die nicht einmal die Abwechslung von berauschend schönen Felsformationen oder glitzernden Staubteufeln bieten würde.

Cyr wandte sich wieder der Verschalung zu, die er schon fast komplett abgelöst hatte. Sollte er nicht lieber aufgeben und umkehren? Er schüttelte den Kopf. Dafür war es zu spät.

»Ich hole Hetcher ein. Sicher kann ich ihn bald stellen, und wenn es sein muss, schlage ich ihn bewusstlos und trage ihn zurück. Es sei denn, er redet und erklärt, was das soll.«

Es half alles nichts. Zuerst musste er die Verschalung abmontieren, dann konnte er weitersehen. Nach einer kurzen Atempause machte sich Cyr wieder an die Arbeit. Vorsichtig hob er den grauen Kunststoff an und bog ihn zur Seite. Im Metall darunter prangte eine Kombination aus Buchstaben und Zahlen, die schwarz eingestanzt waren: MMV-3.

Cyr rutschte die Verschalung aus der Hand. Die Seriennummer wurde wieder verdeckt. Er fluchte. Flüchtig sah er auf das Display. Sein Ausbau zeigte noch immer keinen Erfolg. Es schien keine Untergrenze zu geben. Seine letzte Hoffnung starb. Hetchers Beetle blieb in unerreichbarer, konstanter Ferne. Sollte er erneut versuchen, die Software zu knacken? Ohne Kodes war das aussichtslos, und Louanne Riembau würde ihm sicher nicht behilflich sein.

Geistesabwesend fuhr seine Hand über die Verschalung. »Die Seriennummer«, sagte er laut. Ein Gedanke kam ihm. Rasch schlossen sich ihm weitere an. Elektrisiert richtete Cyr sich auf. Ja, das musste funktionieren! Die neue Idee war die Rettung! Sie war einfach und effektiv.

Cyr drehte sich nach vorn, zum Display hin. Durch seine zahlreichen Versuche, die Software zu überlisten, kannte er das Programm des Beetles inzwischen sehr gut.

»MMV-3!« Er grinste und rief das Menü auf, in dem die Seriennummer vermerkt war. »Wollen doch mal sehen, was passiert, wenn wir aus dir einen MMV-2 machen!«

Das Marsmobil der zweiten Version war kleiner als der MMV-3 und besaß Räder von geringerem Durchmesser. Von der Software her waren beide Modelle kompatibel. Cyr war inzwischen sicher, dass die Geschwindigkeitssperre an die Umdrehungszahl der Räder gekoppelt war. Vermeintlich kleinere Reifen würden seinem Modell mehr Umdrehungen erlauben. Aber da die Reifen gleich groß blieben, würde er schneller vorankommen!

Zielstrebig tauschte er die Nummern aus und bestätigte mehrfach, dass seine Angabe Richtigkeit besaß. Es dauerte nur wenige Sekunden, bis das System reagierte und die Geschwindigkeit sich merklich vergrößerte.

»Halleluja!«, stieß Cyr aus und ließ sich nach hinten in den Sitz sinken. Das war geschafft. Auf dem Display näherten sich beide Fahrzeuge einander.

Er kam Meter um Meter näher heran, die Beetles waren zu Schnecken geworden, und seine Schnecke hatte definitiv das Salatblatt gesehen, das sie wie magisch anzog. Bald schon würde er Hetcher einholen. Mit einem Schmunzeln dachte er an die Geschichte vom Hasen und vom Igel, die ein Wettrennen veranstalteten. Der Hase war schneller, natürlich, aber der Igel war der Klügere. Er hatte am Zielpunkt einen zweiten Igel postiert, der ihm zum Verwechseln ähnlich sah, und täuschte den Hasen.

Cyr hatte kein zweites Marsmobil zur Hand, das er vor Hetcher hätte stationieren können, aber eines konnte er auch: betrügen. Wenn man es denn einen Betrug nennen wollte. Er grinste. Ihm gefiel das Wort »überlisten« besser. Er überlistete die Geschwindigkeitsregulation, indem er ihr vortäuschte, ein anderes Modell zu sichern. Bald schon würde er Hetcher stellen.

Kapitel 15

Hetcher
Tharsis Montes

Die Farben wirbelten vor den geschlossenen Augen, Freude durchströmte ihn. Hetcher fühlte sein Herz in der Brust, wie es warmes Blut durch die Adern pumpte. Vor ihm stiegen stetig die Tharsis Montes an, diese unbegreiflich schönen und gigantisch hohen Vulkane. Alle drei riefen nach ihm, lockten ihn, bezirzten seine Sinne.

Hetcher war, als würde er die Fesseln seiner bisherigen Existenz abstreifen wie eine alte Haut, die ihre Schuldigkeit getan hatte. Er war frei. Ein für alle Mal. Eingebunden in die Seelen des Mars, die ihn liebten und verstanden.

»Komm, komm, komm«, riefen die drei Berge ihm zu.

Hetcher gestikulierte wild. Er war auf dem Weg. Bald würde er sie erreichen, alles andere war belanglos.

Er sah auf das Display neben dem Lenkrad. Das Marsmobil von Cyr Aescunnar wurde als Balken dargestellt, der hinter ihm zurückblieb. Cyr war stehen geblieben, genau an dem Punkt, an dem Hetcher die Route verlassen hatte. Zu Hetchers Freude kam Erleichterung.

»Er bleibt zurück!«, rief er den drei Bergen mit stürmischen Gesten zu.

Sie sprachen zu dritt mit einer Stimme: »Das ist gut so. Er ist taub. Er muss zurückbleiben.«

»Cyr ist außergewöhnlich sensibel«, verteidigte Hetcher den Historiker. Dabei wunderte er sich über sich selbst. Warum verteidigte er Cyr? Mochte er ihn mehr, als er sich eingestehen wollte?

»Seine Reise ist zu Ende«, sagten die Tharsis Montes. »Es ist, wie es sein soll.«

»Ja.« Hetcher schloss die Augen wieder, gab sich den Farben und Glücksgefühlen hin. Als Kind war er einmal mit dem Vater allein beim Fischen gewesen, sie hatten lange Tar-Stöcke mit Schnüren dabeigehabt, die sie in den See warfen. In der Stille mit dem Vater vereint war es ihm gewesen, als ob der Vater ihn verstehen könnte und wüsste, wie es ihn ihm aussah. Sie hatten einander angelächelt, und Hetcher war glücklich gewesen. Nicht so glücklich wie in diesem Augenblick; trotzdem ließ die Erinnerung ein warmes Gefühl zurück, das sich mit den Empfindungen von Vorfreude und Einssein verband. Die Schildvulkane hatten ihn ausgewählt. Sie riefen ihn, weil er anders war und sie ihn brauchten.

»Hetcher«, flüsterten die Vulkane. Die hellen Farben vor Hetchers Lidern verblassten, Dunkelheit breitete sich aus. »Sieh auf das Display, Hetcher, er folgt dir weiter!«

Blinzelnd sah Hetcher auf den Balken. Cyr hatte die Fahrt wieder aufgenommen, hinter ihm her.

»Nein«, gestikulierte er mit schwachen Bewegungen. Seine Arme fühlten sich an, als stände er in der Folterkammer von Bradbury Base, dem Fitnessstudio, und trüge mit Sand gefüllte Gewichte an den Gelenken.

»Es darf nicht sein!« Die Stimmen brandeten auf wie ein Sturm. Der helle Himmel über Hetcher schien sich bei ihrem Klang zu verdunkeln. »Er ist taub. Tu etwas!«

»Was kann ich tun?«

»Halte ihn auf. Egal wie.«

Hetcher erstarrte. Cyr etwas antun? Dem Erdenmenschen, der das Übersetzungsprogramm für ihn geschrieben hatte? Hetcher tat, als hätte er die zornigen Stimmen nicht gehört. Jedes Einwirken würde bedeuten, Cyr massiv zu schaden. Cyr war auf den Beetle angewiesen. Was hätte Hetcher außer einem Angriff schon tun können? Jede Form von Gewalt, auch die, die sich gegen das Marsmobil richtete, wäre Cyrs Ende.

»Halt ihn auf!«, forderten die Vulkane erneut.

Hetchers Hochstimmung schwand, Furcht breitete sich in ihm aus. Er ahnte, dass die Berge ungehalten sein würden, wenn er Cyr nicht davon abhielt, ihm zu folgen. Außerdem verstand er zum ersten Mal seit Beginn der Verfolgungsjagd, wie es sich anfühlte, wenn der andere sich nicht meldete. Ein schlechtes Gewissen regte sich in ihm. Cyr war nett zu ihm gewesen und gab sich Mühe. Er hatte ihn im Sturm gerettet, auch wenn Hetcher davon überzeugt war, dass die Rettungsmission unnötig gewesen war. Er wäre nicht da draußen gestorben, das fühlte er. Aber aus Cyrs Sicht schuldete er ihm ein Leben.

»Er kann mich nicht einholen«, beruhigte Hetcher die Tharsis Montes. »Unsere Mobile sind genau gleich schnell, die Höchstgeschwindigkeit ist aus Sicherheitsgründen festgelegt. Die Sperre lässt sich mit Bordmitteln nicht beseitigen. Cyr stellt keine Gefahr für mich dar, nur für sich selbst.«

Die Vulkane schienen beruhigt, ihre Stimmen blieben stumm.

Hetcher entspannte sich. Er versuchte kein weiteres Mal, mit Cyr Kontakt aufzunehmen, hoffte aber, dass der Erdenmensch Vernunft annahm. Wenn Cyr seinetwegen starb, würde es schwer auf ihm lasten.

Das Mobil arbeitete sich stetig die leichte Steigung hinauf. Einige Minuten verstrichen, Hetcher lauschte den Geschichten der Steine unter den Rädern. Dann wurde die Ruhe jäh unterbrochen. »Er kommt näher!«, riefen die Vulkane. »Er kommt näher!«

Hetcher war sich plötzlich nicht mehr sicher, ob es nur die Vulkane waren, die riefen. Es fühlte sich nicht wie drei Stimmen an, sondern wie tausend. Die Steine der Ebene hatten sich mit den Tharsis Montes zu einem Sprechchor vereint.

Hastig sah Hetcher zurück, hinter ihm konnte er in drei Kilometern Entfernung eine winzige, glitzernde Staubwolke erkennen. Er sah voraus, auf das Display. Cyrs Beetle holte auf! Das war unmöglich. Verzweifelt schüttelte Hetcher den Kopf. Hatte Cyr es geschafft, die Softwaresperre auszuhebeln, die die Geschwindigkeit begrenzte? Oder war sein eigenes Marsmobil defekt? Hastig checkte Hetcher die Systeme. Er stellte keine Einschränkungen fest. Der Computer bestätigte, dass alles in Ordnung war. Das Fahrzeug arbeitete in den Sollwerten.

Und dennoch kroch sein Verfolger langsam, aber unerbittlich näher.

»Es ist schwieriger, eine vorgefasste Meinung zu zertrümmern als ein Atom.«
Terranisch

Kapitel 16

Perry Rhodan
Auf der Flucht

Rhodan stand direkt nach dem Sprung mit einem Bein in einem Teich und drohte der Länge nach ins Wasser zu schlagen. Thora packte seinen Arm. Dankbar stützte sich Rhodan auf sie, bis er wieder Halt fand und aus dem Teich steigen konnte. Er drehte sich zu einer Baumgruppe um, die mit Paradiesblumen besetzten Ulmen ähnelte. Gut ein halbes Dutzend versperrte die direkte Sicht zum nächsten Parkweg.

Die Hände gegen die Schläfen gepresst kauerte Marshall vor Rhodan auf den Knien und keuchte. Seine Stiefel gruben sich tief in blaues Moos, nur mit Mühe schien er in dieser Haltung auf den Füßen zu bleiben. Er musste mit Ras Tschubai einen Block gebildet haben, der seine Parakräfte übermäßig beansprucht hatte. Ras ging es noch schlechter, er lag verkrümmt auf der Wiese, als würden ihn Darmkrämpfe plagen. Rhodan konnte überall einen dünnen Schweißfilm auf dessen dunkler Haut erkennen. Rasch ging er zu ihm. »Ras!«

»Ziehen Sie ihn tiefer unter die Bäume!«, ordnete Thora an. »Schnell! Es gibt überall Optiken.«

Sie waren ein Stück abseits von einem der Hauptwege gelandet. Ein träger Strom aus Mehandor und Besuchern wälzte sich keine vier Schritte an ihnen vorbei. Als sie die Gartenplattform das erste Mal betreten hatten, hatte sich Rhodans Herz vor Aufregung und Erstaunen über die zahlreichen Fremdwesen schmerzhaft zusammengezogen. Im Moment hatte er keinen Blick mehr für sie. Alles, was zählte, war die Gesundheit seiner Freunde.

Thora half ihm, Ras in den Sichtschutz eines baumähnlichen

Gewächses zu ziehen. Marshall stand aus eigener Kraft auf und schleppte sich voran. Er wollte sich an den Stamm lehnen, doch Thora stieß seine Hand fort.

»Lassen Sie das lieber, Ratubäume sondern Klebesekret ab.«

»Ras, hörst du mich?« Rhodan beugte sich über den Freund. Schuld breitete sich in ihm aus und nagte mit spitzen Zähnen an seinem Inneren. Ras Tschubai hatte sich erst vor wenigen Stunden vollkommen verausgabt, als der Atombrand an Bord der TOSOMA gewütet hatte. Durch seinen beherzten Einsatz hatte Ras viel geleistet, aber auch viel bezahlt. Vielleicht zu viel. Ganz sicher war er nicht in der Lage gewesen, von der TOSOMA zu springen, ohne an seine Grenzen zu gehen. »Du hättest das nicht tun sollen!«

Ras' Gesicht war bleich, die dunkle Haut wirkte wie ausgewaschen. Schweiß stand in Perlen auf der Stirn des Teleporters, die Augen lagen tief in den Höhlen. Sein Grinsen kam Rhodan verzerrt vor, sicher hatte er Schmerzen. »Eigentlich nicht. Aber Reg hätte mir die Hölle heißgemacht, wenn ich euch hätte hängen lassen ...«

Thora sah unruhig über die Schulter zum Weg hin. »Wir müssen verschwinden. Von unserem letzten Standort aus sind es keine achthundert Meter. Wenn wir nicht sofort aufbrechen, sind wir geliefert!«

»Ras, kannst du gehen?«

Er nickte. Marshall und Rhodan zogen Ras auf die Füße. Er schwankte wie ein Betrunkener. »Langsam«, bat er. Man sah ihm an, wie sehr er sich bemühte und was es ihn kostete. Ein trockenes Husten schüttelte ihn wie einen Grippekranken. Er stützte sich auf Rhodan ab, Schritt für Schritt gingen sie unter blütenförmigen Baumkronen weiter.

Thora starrte wütend zurück in die Richtung, aus der sie vor dem Sprung gekommen waren. »Diese Belinkhar! Diese verräterischen Raumdiebe! Das kommt davon, wenn man ihnen traut! Genau davor warnt mein Volk! Ich hätte auf die weisen Worte Geran da Mirtals hören sollen und sie mir eine Warnung sein lassen! Diese verdammten Rothaare haben kein Recht, uns zu ...«

»Doch, das haben sie«, widersprach Marshall.

Rhodan war vom Klang seiner Stimme irritiert. Marshall fiel Thora nicht einfach in den Satz, er schien ebenso wütend zu sein wie sie. Sein sonst ruhiges Gesicht hatte einen grimmigen Ausdruck angenommen. Die dunklen Augen und seine Körperhaltung waren eine einzige Maßregelung. Er baute sich vor Thora auf, als wäre sie eine Jugendliche, die ihre Zigarette leichtsinnig an der Herdplatte entzündet hatte und damit den gesamten Pain Shelter hätte abrennen lassen können. »Hören Sie lieber auf unser Volk, Thora. Bei uns heißt es: Es ist schwieriger, eine vorgefasste Meinung zu zertrümmern als ein Atom. Vielleicht hätten sich Herr Mirtal und Herr Einstein auf einen Kaffee treffen sollen, um sich auszutauschen.«

Thora starrte Marshall verblüfft an. Auch wenn sie schon länger unter Menschen lebte, war sie selten derart schonungslos behandelt worden. »Erklären Sie das!« In ihren Augen lag ein Ausdruck, der Rhodan nicht gefiel.

Marshall seufzte, er hielt noch immer eine Hand gegen die Schläfe gepresst. »Entschuldigen Sie, Thora, aber mein Kopf fühlt sich an, als hätte ich beim Start unter der TOSOMA gestanden, und Ihre Vorurteile gegenüber den Mehandor sind mir unbegreiflich. Ich konnte vor dem Sprung in den Gedanken von Jeston lesen, dem Befehlshaber der Gespinstwache. Die TOSOMA ist repariert, sie ist überlichtfähig und der Handel damit abgeschlossen. Der Siebte wird somit fällig. Belinkhar hat jedes Recht des Universums, ihn einzufordern. Deswegen auf die Mehandor zu schimpfen widerspricht der Logik.«

Rhodan begriff. Sein Plan war gescheitert. »Dann ist es unmöglich, die Besatzung friedlich an Bord zu bringen. Wir könnten es nur mit Waffengewalt schaffen, und genau die dürfen wir nicht einsetzen.«

»Korrekt«, bestätigte Marshall. »Ich habe die Zeit auf der Suche nach Crest auch genutzt, die Gedanken der Mehandor um uns einzufangen. Wenn wir Waffengewalt anwenden, sind unsere Rechte verwirkt, und zwar gänzlich! Dann kann Belinkhar mit uns verfahren, wie es ihr beliebt. Sie könnte uns samt der TOSOMA in Besitz nehmen. Für immer. Wir wären Leibeigene.«

Thora hatte die Lippen aufeinandergepresst und zugehört.

Ras' Atem beruhigte sich langsam. Er schaffte es, die Hand zu heben und sich mit dem Ärmel Schweiß von der Stirn zu wischen.

In Rhodan arbeitete es. Wenn nur einer aus der Mannschaft überreagierte, verschlechterten sich ihre Chancen, gut aus dieser Sache herauszukommen, dramatisch. Er hob das Armfunkgerät an den Mund. »Reg? Melden! Wir müssen uns ergeben, hörst du? Wir ...« Er verstummte. Die Verbindung zur TOSOMA war nicht aufgebaut worden. Erneut aktivierte er das Gerät. »Reg?« Was war los? Er sah sich suchend um, trat an den Rand des Blütendachs. Sein Blick glitt hinauf zur transparenten Decke, die sich über den Garten spannte. Dabei fiel ihm auf, wie milchig die Luft über der Gartenplattform mit einem Mal wirkte. Als ob sich außer der beeindruckenden Konstruktion ein Energiefeld über sie spannen würde.

Thora zog ihn am Arm zurück. »Was machen Sie da? Wollen Sie die Mehandor zu uns führen?«

»Belinkhar!« Er unterdrückte ein Fluchen. »Sie hat herausgefunden, dass wir über Mutanten verfügen! Das Gespinst ist mit Schutzschirmen abgeriegelt!«

»Das kann nicht sein.« In Thoras Stimme lag Verachtung. »Paragaben sind weithin unbekannt in der Milchstraße. Eine Mehandor kann davon nichts wissen.«

»Ich hätte da auch einen Spruch«, kam Ras Rhodan mit einer Entgegnung zuvor. »Das Vorurteil ist die hochnäsige Empfangsarkonidin im Vorzimmer der Vernunft.« Es war ungewöhnlich, dass sich der nachdenkliche Teleporter zu Wort meldete. Und noch ungewöhnlicher, dass er es mit einer scharfen Bemerkung wie dieser tat.

»Ras«, mahnte Rhodan. Thora machte sich Sorgen um Crest, und ganz sicher war es falsch, ihre eigene Anspannung an der Arkonidin auszulassen, selbst wenn Thoras Vorurteile und ihre mangelnde Kooperation, was Informationen betraf, eine harte Belastungsprobe waren. Er fasste Thora am Arm. »Was Ras meint, ist, dass Ihre Vorurteile gegenüber den Mehandor Ihren sonst so scharfen Verstand trüben. Sie dürfen die Mehandor und insbesondere Belinkhar nicht unterschätzen!«

Thora bedachte ihn mit einem giftigen Blick. »Sind Sie zu meinem Lehrmeister avanciert, Rho...«

»Da!«, stieß Marshall hervor. Er zeigte auf zwei uniformierte Mehandor mit Strahlenwaffen in den Händen, die sich durch die Menge in ihre Richtung schoben. Noch schienen sie die Gruppe nicht entdeckt zu haben.

»Ras, kannst du schneller gehen?« Rhodan packte den Teleporter fester.

Ras antwortete nicht. Er humpelte im Griff von Rhodan und Marshall los. Sie gewannen immer mehr Abstand.

»Versuchen wir, uns zur TOSOMA durchzuschlagen«, schlug Rhodan vor. Wie von den Mehandor verlangt, hatten sie keine Waffen auf das Gespinst mitgenommen, von daher würden sie auch nicht in Versuchung kommen, sie zu benutzen. »Vielleicht haben es ja doch alle zurück an Bord geschafft.«

Und wenn nicht, wollte er wenigstens Thora, Ras und Marshall sicher an Bord wissen. Er selbst war bereit, sich den Mehandor auszuliefern, wenn es keinen anderen Weg gab. Kurz überlegte er, sich zu ergeben, aber er verwarf den Gedanken sofort wieder. Noch konnte eine Flucht zurück auf das Schiff gelingen. Alles, was sie brauchten, war ein wenig Glück.

Vielleicht hat Reg recht. Vielleicht tue ich es nur für Thora, meldete sich eine leise, unerbittliche Stimme. Sowenig er über die Mission der Arkoniden wusste, er wollte nicht, dass Thora scheiterte. Die Arkonidin musste in der TOSOMA sein, damit sie nicht durch ein Missverständnis zu einem Teil des Siebten wurde und damit auf dem Gespinst festsaß. Ganz davon abgesehen machte er sich Sorgen um Bulls Reaktion. Wenn er Reg aus der Gefangenschaft heraus sagte, er solle die TOSOMA aufgeben, würde der Freund vielleicht überreagieren und damit das endgültige Verderben über die Besatzung bringen. Er musste mit Reg sprechen. »Weiter!«, trieb er die Freunde an.

»Folgen Sie mir!«, forderte Thora. Sie wies auf den überfüllten Weg. Nicht weit entfernt zeigte ein Schild auf Mehandor das Wort Ausgang. In einer angrenzenden Kuppel erkannte Rhodan einen Markt, der unter anderem weite Tücher, Kleidungsstücke und Kopfbedeckungen führte. Über die einzelnen Stände waren hellblaue Kunststoffplanen gespannt, die den Optiken die Sicht abschnitten.

»Ich verstehe.« Er rannte ihr nach. Wenn es ihnen gelang, sich schnell genug zu tarnen, hatten sie vielleicht eine Chance, unbemerkt in den Zugangstunnel zu kommen, der zur TOSOMA führte.

»Daslon umastik Lantanlon«
»Die Not enthüllt den Kern.«
Mehandor

Kapitel 17

Tatjana Michalowna
In der Falle

Michalowna sprang in die Höhe und hetzte auf die Tür zu. Der Spalt wurde enger, das helle Licht zu einem Streifen, dann war es verschwunden. »Prakljat'je!«, fluchte sie. »So eine verdammte Scheiße!« Sie bekämpfte den Impuls, gegen die wie eine Felsenlandschaft wirkende Barriere zu treten.

»Was ist denn passiert?« Crest trat neben sie, er berührte ihre Schulter. »Tatjana, was haben Sie?«

Anne Sloane sah aus, als hätte ihr jemand unverhofft einen Wassereimer übergegossen. »Ich verstehe nicht ...«

Michalowna streifte Crests Hand ab, ihre Haut brannte. Sie hatte das Gefühl, den Freund im Stich gelassen zu haben, und ertrug seine Nähe nicht. Wenn sie schneller gewesen wäre, hätte sie Levtans Verrat verhindern können. »Er will uns an die arkonidische Flotte verraten!«

»Was?« In Crests Innerem schien etwas zu zerbrechen, Michalowna sah es an seinem Gesicht, doch es machte beim Gesicht nicht halt. Crest sackte zusammen, als wäre er eine Marionette, deren Fäden ein böser Mensch durchgeschnitten hatte. Er wich zurück und lehnte sich schwer an die Wand, sein Kopf senkte sich zur Brust. Die sonst so volltönende Stimme klang kläglich. »Das ... das ist nicht wahr.«

»Leider doch.« Die Bitterkeit in Michalowna weitete sich zu heftigen Selbstvorwürfen aus. »Ich hätte es vorher wissen müssen. In seinen Gedanken stand es deutlich zu lesen. Er glaubt, dass der Regent ihn fürstlich bezahlen wird, wenn er uns ausliefert. Damit will er Geld oder Zahlungsmittel für Drogen bekommen. Er ist von Anfang an auf Geld aus gewesen, damit er sich Kan'or kaufen kann.«

Sloanes Augen verengten sich. »Und warum hast du das erst so spät gemerkt, Tatjana? Du hattest die Verantwortung! Du hättest seine Gedanken viel früher lesen müssen! Warum hast du uns nicht gewarnt?«

Crest sagte gar nichts. Er wirkte schwach, als wäre der längst überstandene Krebs unvermutet von einer Sekunde auf die andere zurückgekommen, zum ersten Mal seit Erhalt des Aktivators war sein Gesicht eingefallen.

Michalowna fuhr sich über die Schläfen. »Ich weiß nicht, warum, Anne. Aber ich konnte nichts in seinen Gedanken erkennen. Es war, als wäre ein Vorhang vor seine Absichten gezogen. Erst in den letzten Momenten, bevor Levtan ging, zog sich der Stoff zur Seite, und ich bekam einen Einblick. Vielleicht hat es mit der nachlassenden Wirkung dieser Droge zu tun. Solange die Droge wirkt, kann ein Telepath nichts lesen.«

Ja, als sie es aussprach, kam es Michalowna logisch vor. *Wenn ich Crest und Anne nur früher gesagt hätte, dass ich Levtans Gedanken nicht lesen kann. Aber es gab keine Möglichkeit. Wenn wir eins im Lakeside eingebläut bekommen haben, dann nie, nie, nie in der Gegenwart von Unbekannten über unsere Paragaben zu sprechen ...*

Sloane stemmte die Hände in die Hüften. »Eine schöne Ausrede, wirklich! Und so praktisch. Die Droge ist also schuld.«

»Das ist das Ende«, murmelte Crest, ohne die beiden Frauen anzusehen. »Wenn wir auf diese Weise zum Regenten gelangen, wird er uns beseitigen lassen, bevor jemand davon erfährt, dass ich und Thora leben.«

Die Schuldgefühle saßen wie Stacheln in ihrer Haut, trotzdem wurde Michalowna wütend über Sloanes Anschuldigungen. »Eine Ausrede? Pass auf, wie du mit mir umgehst, Anne. Ich bin nicht dein Punchingball wie Tako Kakuta!«

Schweigen breitete sich aus, einzig das dumpfe Rauschen der Wasserfallsimulation war zu hören. Sloane sah sie aus großen Augen an, auf ihrem Gesicht lagen rote Flecken. Michalowna konnte ihre Angst spüren, dem Imperium ausgeliefert zu werden und die Erde nie wiederzusehen. Einen Moment stieg Mitleid in ihr auf, dann siegte der Trotz. *Egal welche Scheißangst sie hat, sie hat nicht das Recht, mich so zu behandeln. Ich kann nichts dafür, dass Levtan seine Gedanken vor mir verborgen hat. Er hätte ebenso gut zufällig selbst parabegabt sein können oder eine leicht antimutantische Gabe gehabt haben.*

Anne Sloane presste die Lippen zusammen. »Okay, tut mir leid. Ich habe überreagiert. Ich ... ich habe Levtan für einen netten Kerl gehalten. Offensichtlich habe ich ein Talent, den Falschen zu vertrauen.« Ihre Stimme verriet eine Selbstverachtung, die der Situation nicht angemessen war.

Michalowna lachte trocken, sie konnte nicht anders, auch wenn ihr gar nicht zum Lachen zumute war. »Das haben Betrüger an sich, Anne, dass sie hervorragend im Gewinnen von Vertrauen sind. In gewisser Weise ist das ihr Job, glaub mir. Und du bist nicht allein auf ihn hereingefallen, oder?«

Sloane nickte zögernd.

Crest hob den Kopf. Er richtete sich auf, seine Muskeln spannten sich. Die Farbe kehrte in seine Wangen zurück. »Das darf nicht geschehen!«

»Das wird es auch nicht.« In Sloanes Stimme kehrte die spröde Trockenheit zurück. »Geht zur Seite. Die Tür muss sich öffnen lassen.«

Crest und Michalowna machten ihr Platz. Sloane schloss die Augen und konzentrierte sich. Mehrere Sekunden vergingen in angespanntem Schweigen. Michalowna hielt den Blick auf den Ausgang gerichtet. Sollte sie Sloane anbieten, sie mit einem Parablock zu unterstützen?

»Ich hab's gleich.« Sloane schien keine Unterstützung zu brauchen.

Michalowna trat einen weiteren Schritt zurück. Ihr Respekt vor der Telekinetin wuchs. Nachdem der erste Schock überwunden war, handelte sie schnell und kompetent. Wenn sie die Tür tatsächlich aufbekam, musste sie ein telekinetisches Fingerspitzengefühl haben wie ein Chirurg, der das Messer millimetergenau einsetzte.

Es gab ein leises, klackendes Geräusch. Die Tür sprang ein Stück vor. Crest warf sich dagegen und schob sie auf. Mitten in der roten Felslandschaft klaffte ein rasch größer werdender Ausgang.

Sloane drehte sich zu ihr um, ihre Hände zitterten. Das Gesicht war gerötet, als hätte sie rohes Chilipulver gegessen, aber die Augen zeigten dieselbe Klarheit und Entschlossenheit wie Crests. »Wo ist dieser Verräter hin, Tatjana? Wir schnappen ihn uns!«

»Sei wie ein Mond, bewahre deine dunkle Seite.«
Terranisch

Kapitel 18

Perry Rhodan
Geständnisse

Der Markt erschlug Rhodan mit seinen Eindrücken. Stoffe und Farben glänzten und schillerten. Einige der Gewebe enthielten Duftstoffe, die sich wie eine Wolke aus tausend verschiedenen Geruchsanteilen über den Platz unter der Kuppel legten. Über hundert unterschiedlich gekleidete Mehandor drängten sich zwischen den in Pflanzen eingebetteten Ständen, handelten, lachten, schimpften. Gleichzeitig lauerte im Hintergrund die drohende Gefahr, jederzeit entdeckt zu werden. Das Blut pochte in Rhodans Schläfen. Vor seinen Augen schien die Luft zu flirren, dunkle Punkte tanzten im gedämpften Licht unter den Planen. Jeder einzelne Mehandor konnte sie erkennen, verraten, vielleicht ein Wächter des Gespinstes sein oder einen solchen rufen.

»Zu mir!«, rief Thora ihnen zu. Sie hatte mehrere bunte Jacken auf dem Arm sowie vier blaurote Kopfbedeckungen mit Silberfäden.

Inzwischen konnte Ras wieder aus eigener Kraft gehen. Er stolperte neben Rhodan und Marshall her. Thora verteilte die Kleidungsstücke, während sie wie selbstverständlich weiterging, als hätte sie die Ware gekauft und nicht gestohlen. Im geschäftigen Treiben sah kaum einer zu ihnen hin.

»Diebstahl!«, brüllte eine Stimme hinter ihnen.

»Ziehen Sie das an!«, zischte Thora. Die Arkonidin hielt Marshall fest, der schneller gehen wollte. »Lassen Sie das, Marshall. Niemand hat mit dem Finger auf uns gezeigt. Solange wir uns normal verhalten, werden wir nicht auffallen.«

Rhodan zwängte sich in ein Jackett, das ihm zu kurz war und sich über dem Bauch nicht schließen ließ. Dennoch war es unauffälliger als seine einfarbige Kombination. Die meisten

Mehandor trugen bunte Farben, manche sogar knallig, die von innen heraus zu leuchten schienen wie die Blüten im Garten. Zwar würden sie auch mit der veränderten Kleidung nicht als Mehandor durchgehen, aber vielleicht als andere Raumfahrer mit humanoider Gestalt. Außerdem würde die Kopfbedeckung sie vor einer direkten Gesichtserkennung durch erhöht angebrachte Optiken bewahren.

Thora setzte ihm einen Hut auf, der Rhodan an einem Mann unglaublich lächerlich vorkam. Doch er sah gleich zwei Mehandor in der Nähe, die ähnliche Kopfbedeckungen trugen.

Auch Ras und Marshall zogen das Diebesgut über. Sie gingen zielstrebig, aber nicht zu schnell durch die Menge, an Ständen mit Kleidung, Schuhen und verrücktester Unterwäsche entlang, in die Richtung, die sie zur TOSOMA führte. Wenige Meter voraus endete die Marktkuppel, die durch einen eigenen, milchig schimmernden Energieschirm abgetrennt war. Vor dem Markt waren gut dreihundert Meter Gartenplattform zu überwinden, ehe sie den Knotenpunkt der Tunnel erreichen würden. Rhodan fühlte sich elend, wenn er daran dachte. Ihre Flucht war aussichtslos. Spätestens am Knotenpunkt brauchten die Wächter nur auf sie zu warten. Ihre einzige Hoffnung bestand in einer Teleportation, die sie die Haklui-Kräfte sauber umgehen ließ und tief in den Tunnel hineinbrachte.

Sicher werden auch vor der TOSOMA Wachtposten aufmarschieren.

»Ras, kannst du springen?«, fragte er mit wenig Hoffnung.

»Sorry, Perry, ich bin durch.« Ras senkte den Blick. Er versuchte sich wie Rhodan und Marshall so klein wie möglich zu machen, um unter den durchschnittlich kleineren Mehandor unauffällig zu bleiben. Durch seinen tiefen Gang und die eingesunkenen Schultern wirkte er zusätzlich entmutigt und am Ende seiner Kraft. »Außerdem sind da die Energieschirme. Ich schaffe vielleicht ein paar Meter, aber nicht durch die Schirme. Ich kann es nicht verantworten, uns darin zu braten.«

Thora drängte sich dicht an sie. Auch sie sah sich immer wieder verstohlen um. »Es muss Strukturlücken geben. Ein Schirm lässt keine Materie durch, und auf dieser Station leben ein paar tausend Mehandor. Belinkhar kann die einzelnen Sektoren nicht vollständig abriegeln, das würde zu einer Massenpanik führen.«

»Aber die Knotenpunkte werden bewacht sein«, gab Marshall

zu bedenken. »Ich bin sicher, dass das der Grund ist, warum wir bisher keine Wache sehen. Die warten da vorne, am Übergang zur Gartenplattform.«

»Okay.« Rhodan sammelte sich. »Ras, John, ihr bildet eine Gruppe. Wenn möglich bildet einen Block und teleportiert zusammen durch die nächste Strukturlücke. Thora und ich lassen uns mit der Menge zurück auf die Gartenplattform treiben und versuchen die übernächste Lücke am Knotenpunkt zum Tunnel zu erreichen. Da treffen wir uns und sehen weiter. Sollten wir nicht auftauchen und ihr habt die Möglichkeit, dann geht vor und wartet nicht auf uns.«

Marshall schien der Gedanke nicht zu gefallen, Rhodan und Thora allein zu lassen. Auf seiner Stirn lagen feine Fältchen. Die Augenbrauen waren gerunzelt. Dennoch widersprach er nicht. Er und Ras hatten nach dem letzten Sprung nicht die Kondition für eine anstrengende Verfolgungsjagd.

»In Ordnung«, sagte Ras Tschubai. »Vielleicht ist es mir möglich, durch die Strukturlücke zu springen.«

Ein großes Tor mit Schmucktieren, die entfernt Drachen ähnelten, kam immer näher. Gut zehn Mehandor passten in der Breite hindurch. Am Tor standen mehrere Haklui-Kräfte, die sich wachsam umsahen. Sie trugen einheitliche hellgrüne Gewänder, die eng anlagen. An der Schulter prangte ein Symbol, das wie eine dreifache Möbiusschleife aussah.

Rhodan riss sich zusammen. Er schloss zu Thora auf, während Marshall und Ras sich ein Stück zurückfallen ließen. Die Wachen hielten nicht jeden Mehandor an. Wenn sie großes Glück hatten, würden sie in der Menge passieren können.

»Zur Großfamilie!«, rief Thora.

Rhodan nickte. Gut zehn Mehandor verschiedenen Alters gingen in ähnlicher Kleidung als Gruppe vor ihnen. Sie zwängten sich dicht hinter die letzten Mitglieder, einen alten, bartlosen Mann, dessen kurzes rotes Haar von silbernen Strähnen durchzogen wurde, und eine junge Frau mit verträumtem Blick in einem weiten Leuchtkleid.

»Bücken Sie sich!« zischte Thora.

Rhodan ging tiefer in die Knie. Er fiel schon allein deshalb auf, weil er nicht zierlich genug gebaut war. Aus einem Impuls heraus griff er nach Thoras Hand und zog sie mitten in die Großfamilie hinein.

»Hey!«, meckerte der alte Mehandor, das Mädchen sah sie verständnislos an.

»Entschuldigung«, sagte Rhodan und hob beschwichtigend die Hände. Er zog das Kinn zur Brust, versteckte sich unter dem Hut.

Die Mehandor blickten sie feindlich an, ein Kind pikte mit spitzem Finger nach Rhodans Oberschenkel. »Hau ab!«

»In Ordnung.« Rhodan lief schneller, drängte sich durch die Großfamilie und durch das Tor. Er wagte es nicht, nach den Wachen zu sehen. Auch Thora hob den Kopf nicht. Die Ränder ihrer Hüte berührten sich, als sie hintereinander das Tor passierten. Sie hatten vielleicht fünf Meter zurückgelegt und die Mehandorfamilie hinter sich gelassen, als der heulende Alarm losging.

»Der gilt uns!« Thora zitterte. »Da kommen zwei Wachen! Gleich sehen sie uns!«

Rhodan sah sich hektisch um. Längs Wegs erstreckten sich mehrere riesige Wasserbecken im Garten. Eines davon wechselte beständig seine Farbe von Orange nach Violett. Eine gut anderthalb Meter hohe Wasserkugel sprühte aus einer langen Röhre in der Mitte und ragte wie eine aufgehende Sonne über die Wellen. Wie die Farbe des Wassers wechselte sie ihre Form mal in einen Stern, mal in eine Blüte, dann wieder in die Kugel. Tief sah der Teich nicht aus, vielleicht einen halben Meter. Es war schwer zu sehen, da die Farbe des Wassers den Grund nur als Umriss erkennen ließ.

Rhodan drängte Thora an den Teich heran und zeigte auf eine breitfächerige Pflanze an dessen Rand. »Erst hinter dieses Gewächs, dann springen Sie!«

Sie wichen zusammen vom Weg, glitten wie zwei Verliebte hinter ein Gewächs, das aus roten Blüten bestand und berauschend duftete. Kaum waren sie außer Sicht, stürzten sie sich in das Wasser. Es war warm, gut zwanzig Grad, trotzdem fühlte sich die Nässe unangenehm in der Kleidung an. Sie knieten dicht beieinander, im Zentrum des Beckens, damit ihre Körper von außen verdeckt wurden.

Vor den Wasserschleiern sah er den dunklen Umriss einer Wache auftauchen. Er hielt den Atem an. Die Wache blieb stehen, drehte sich vermutlich im Kreis – genau ließ es sich nicht erkennen – und ging weiter. Rhodan entspannte sich. »Das war verdammt knapp.«

Thora sprach leise, das Wasser übertönte die Worte beinahe. »Es tut mir leid, Sie in diese Situation gebracht zu haben, Rhodan.«

»Wirklich?« Rhodan hatte seine Zweifel. »Als Sie vor Wochen von mir forderten, dass ich Soldaten mit auf die Reise nehme und keine Künstler, haben Sie da schon gewusst, was passieren würde? Ich dachte, ich hätte dem Regenten etwas anzubieten: dynamische Terraner, ein Bündnis, von dem beide Seiten profitieren. Wir stellen Freiwillige, die nach Arkon kommen. Er akzeptiert unsere weitgehende Unabhängigkeit. Er hat so viele Kolonien, nicht? Warum sollte er Terra im Weg stehen, anstatt unser Potenzial zu nutzen?«

Rhodan schwieg kurz und dachte an seine Hoffnungen. Die Begegnung mit Thora und Crest hatte völlig neue Perspektiven eröffnet. Arkonidisches, ferronisches und auch topsidisches Wissen veränderte die Gesellschaft der Erde rasend, hatte die Gründung der Terranischen Union möglich gemacht. Doch Rhodan gab sich keinen Illusionen hin: Sie standen erst am Anfang ihres Weges in eine bessere Zukunft. Die Menschheit brauchte mehr als ein paar Brosamen des Wissens technisch überlegener Kulturen, um nicht zu straucheln. Arkon, das Große Imperium, hatte Rhodan gehofft, könnte zum Mentor der Menschheit werden, ihrem Beschützer. Deshalb hatte er den Vorstoß nach Arkon gewagt. Zu Recht?

»Sie waren von Anfang an nicht ehrlich zu mir, Thora. Sie haben mich im Stich gelassen.«

Thoras rote Augen sahen ihn zornig an. »Ach ja? Sie wussten im Vorfeld, dass mit meinem und Crests Aufenthalt etwas nicht stimmt, dass wir nicht ganz freiwillig auf der Erde gestrandet sind.«

»Ich hatte meine Vermutung«, gab Rhodan zu. »Aber ich dachte, mit dem Erlangen der Unsterblichkeit hätte Crest Ihre Verfehlungen gutgemacht. Schließlich hat er ein nicht zu überschätzendes Gut für die Arkoniden gewonnen.«

In Thoras Gesicht trat ein Ausdruck von Unverständnis. »Sie sind ein größerer Träumer, als ich dachte, Rhodan. Die Unsterblichkeit hat nichts mit dem Regenten zu tun.«

Rhodan war, als würde Thora auf den Scherben seiner Träume herumtreten. War ihr Vorwurf gerechtfertigt? Nein. Er hob den Kopf. »Leugnen Sie, mir Informationen absichtlich vorenthalten zu haben? Behaupten Sie, mich nicht bewusst getäuscht zu haben, damit Sie Ihren Willen bekommen und mit terranischer Unterstützung nach Arkon losfliegen konnten? Sie wollten die Mutanten.«

Langsam senkte Thora den Blick auf die Kräuselwellen an der Wasseroberfläche. Tropfen rannen von ihrem Kinn wie Tränen, fielen auf den Teich und bildeten kleine violette Kreise. »Nein. Sie haben recht. Ich habe Sie getäuscht, und Crest hat das auch. Wir wollten nach Hause. Wir haben befürchtet, Sie würden uns nicht unterstützen, wenn Sie das ganze Ausmaß unseres Hintergrunds und des Aufenthaltes auf der Erde verstehen. Crest und ich sind Oppositionelle, aber wir haben Freunde. Charron da Gonozal würde uns nie im Stich lassen, er ...«

Rhodan blickte durch die Wasserschleier hindurch, verschwommene Umrisse zeigten ihm, dass die Wachen in den grasgrünen Uniformen verschwunden waren. »Später! Das ist unsere Chance!« Er packte sie an der Hand, half ihr aus dem Teich und zerrte sie zurück unter die Mehandor, dabei riss er eine Spur zu grob an ihrem Gelenk.

In Rhodan raste die Wut. Thora und Crest hatten ihn betrogen. In einem Vertrauen, das nicht gerechtfertigt war, hatte er das Leben einer ganzen Schiffsmannschaft zu einem Spieleinsatz der Arkoniden gemacht. Die Erkenntnis schmeckte bitter. Dass Thora nach Hause wollte, verstand er. Dass sie ihn belog und benutzte, schmerzte. Für ihn waren die beiden Arkoniden Freunde geworden. *Ich habe mich von ihr und Crest täuschen lassen.*

Zwei Mehandorjungen in weiten Hosen und roten Hemden lachten sie an, als sie triefend aus der Halbkugel hervortraten. Mehrere Erwachsene drehten sich um und machten verwunderte Gesten mit den Händen. Thora ignorierte die Blicke und rückte mit einer würdevollen Geste die nasse Kopfbedeckung zurecht. Rhodan zog sie fort, tiefer in die Menge hinein, in die Richtung der nächsten Strukturlücke. Sie kamen fünfzig Meter weiter, dann sah er Ras und Marshall, die geduckt unter einem Strauch mit breiten roten Wedeln standen, der hoch wie eine Laterne war. Sofort wechselte er die Richtung.

Thora wehrte sich nicht dagegen, dass er sie mit sich zerrte. Ihre Blicke richteten sich angstvoll auf den Punkt vor ihnen, an dem ein unscheinbarer Übergang in der energetischen Kuppel von mindestens zwölf Wachen besetzt wurde.

Durch Lärm, Gelächter und den beißenden Geruch von saurem Rauch erreichten sie Ras und Marshall.

»Es ist aus«, sagte Marshall statt einer Begrüßung. »Die Mehandor wissen, dass wir in dieser Kuppel sind, und sie warten. Die Wachen sind bestens informiert, mindestens zwanzig weitere lauern uns versteckt auf.«

Ras presste die Lippen aufeinander. Aus Thoras Augenwinkel rann eine Träne der Aufregung.

Rhodan atmete tief durch. »Wir ergeben uns, ehe die Lage schlimmer wird.«

Wider Erwarten protestierte Thora nicht. Sie blickte von ihm fort, ihr Gesicht wirkte grau. Rhodan wusste plötzlich, dass an diesem 3. Januar 2037 nicht nur seine Träume zerbrochen waren, sondern auch ihre. *Was haben Thora und Crest eigentlich im Sinn gehabt? Einen Umsturz auf Arkon?* Die Vermutung raubte ihm den Atem.

»Zögern wir es nicht unnötig hinaus«, riet Marshall. »Wir gehen auf den Durchgang zu und heben rechtzeitig die Hände. Die Geste sollten die Mehandor verstehen.«

Rhodan trat einen Schritt vor.

Einer der Wächter wurde auf ihn aufmerksam. Er hob den Arm und deutete auf sie. Sein Mund bewegte sich. Er stand zu weit fort, um ihn zu verstehen, sagte unhörbar etwas zu einem Kameraden.

»Es ist so weit«, flüsterte Ras, seine Stimme klang, als hätte er Glassplitter im Hals.

Rhodan straffte die Schultern und hob die Arme. Da erklang hinter ihm eine singende Stimme. »Die Uniformierten sehen ja ganz nett aus, aber willst du nicht lieber mit mir kommen, Perry?«

Sie fuhren herum. Hinter ihnen stand ein anderthalb Meter hohes Wesen, das aussah wie eine Mischung zwischen Maus, Biber und Mensch. Es hatte die Arme auffordernd auf die Hüften gestützt und legte den Kopf mit den großen Ohren schief. In seinem offenen Mund schimmerte ein einziger Zahn. Ras' Augen weiteten sich, Marshall lachte leise.

»Gucky«, brachte Rhodan heraus. »Wie hast du das angestellt? Die Schirme haben das Gespinst hermetisch abgeriegelt.«

Gucky ließ seinen fluoreszierenden Zahn blitzen. »Nicht für den Retter der Verfolgten des Universums!« Er streckte beide Arme aus. »Gruppenkuscheln!«, sagte er mit einem Grinsen, das auf seinem felligen Gesicht drollig wirkte. Gleichzeitig lag ein

Ausdruck in seinen braunen Augen, der deutlich machte, dass ihre Lage nicht komisch und seine Worte kein Spaß waren.

Rhodan trat rasch näher. Inzwischen arbeiteten sich drei Wachen in ihre Richtung vor. »Danke, Gucky!« Er packte eine Hand des Mausbibers, Ras nahm die andere. Thora und Marshall berührten Guckys Unterarme. Von einem Moment zum anderen verschwand die Umgebung. Sie kamen über die Nahtstelle, tauchten mitten vor dem blutroten Holo einer Tunnelinnenröhre wieder auf.

Rhodan bemerkte besorgt, wie erschöpft Gucky wirkte. Wie Ras hatte sich auch der Ilt erst vor wenigen Stunden gehörig verausgabt. Er taumelte. Rhodan packte ihn an den Schultern und hielt ihn fest.

»Wir müssen gehen«, sagte Gucky. Er sah Rhodan entschuldigend an. »Wenigstens ein Stück. Dann können Ras, John und ich einen Block bilden und zur TOSOMA springen. Der Schiffszugang ist von einer Wachmannschaft abgeriegelt, aber noch versuchen sie nicht, mit Gewalt einzudringen.«

»Gut.« Rhodan packte Gucky an der Hüfte am leichten Druckanzug und hob ihn an.

»Was machst du?«, protestierte der Ilt. Seine Stimme klang scharf, er presste die Hände hart gegen Rhodans Unterarme. »Ich bin kein Stofftier! Lass mich los, oder ich beiße!«

Rhodan zögerte und setzte ihn wieder ab. »Willst du wirklich gehen?« Er ersparte es sich, Gucky zu sagen, dass der Ilt nicht so aussah, als würde er gehen können. Gucky schien dem Zusammenbruch nahe, die Beine zitterten stark, und der sonst elastische, nach oben gebogene Biberschwanz hing energielos auf den Boden, als wäre er zum Wischmopp verkommen. Dass er Körperkraft statt Telekinese eingesetzt hatte, um Rhodan von sich zu stoßen, sprach für sich.

Gucky stieß ein Geräusch aus, das wie eine Mischung aus einem Schnauben und einem Seufzen klang. »Okay, sei mein Taxi und trag mich huckepack. Aber sag's nicht Reg.«

»Versprochen.« Rhodan ließ Gucky aufsteigen. Marshall stützte Ras.

Sie eilten los. Wachen begegneten ihnen nicht. Nur wenige Minuten später waren sie nah genug heran und sprangen. Die Zentrale der TOSOMA tauchte auf, wurde unvermittelt aus der Dunkelheit des Nichts gerissen. Rhodan atmete auf. Sie hatten es geschafft.

Kapitel 19

Hetcher
Tweel

Hetcher döste und schmiegte sich dabei in seinen schützenden Druckanzug, der ihn wie eine zweite Haut umgab. Er dachte im Halbschlaf zusammenhanglos an die drei Vulkane, die aufgereiht wie Perlen an einer Kette hintereinander lagen und mit Olympus Mons die Dominanten der Tharsis-Region darstellten.

Wie sind ihre irdischen Namen? Ascraeus, Pavonis und Arsia Mons? Sind das gute Namen? Was bedeuten sie?

Er blinzelte und konnte in der Ferne Spuren von Lavaabflussrinnen und Röhren sehen. Sie durchzogen die Flanke des Vulkans wie Adern. Auch die Ebene war von fächerförmigen Lavaflüssen gezeichnet worden.

»Nicht einschlafen, Hetcher!«, schalten ihn die Stimmen. »Siehst du nicht, dass er aufholt? Cyr wird dich bekommen. Das darf er nicht.«

Hetcher blinzelte. Cyr holte tatsächlich auf, näherte sich ihm Stück für Stück. Ruckartig spannte Hetcher die Muskeln. Angst vertrieb seine Müdigkeit. »Was soll ich tun?«

»Töte ihn!«, forderten tausend Stimmen.

Hetcher hielt die Luft an. Ihm war, als würde der dicke Schutzanzug ihn plötzlich nicht mehr vor der eisigen Kälte des Mars bewahren. »Ihn töten? Nein! Cyr hat viel für mich getan. Und selbst wenn nicht – ich töte nicht! Niemanden!« Wie konnten die Stimmen das von ihm verlangen?

»Hetcher!« Die Stimmen wurden schmeichelnd. »Es geht nicht anders, versteh doch. Er darf dir nicht weiter folgen. Mach ihm ein Ende.«

»Nein! Er hat mir das Leben gerettet!« Die Hochstimmung, die Hetcher auf seinem Weg gefühlt hatte, löste sich auf wie eine Eiswolke in der Sonne. Das durften die Vulkane nicht von ihm fordern. Es war nicht richtig. Ihm kamen Zweifel, und das Atmen fiel schwer. »Wer seid ihr, dass ihr ihn töten wollt? Ist euch dieses Leben nichts wert?«

»Vertrau uns, Hetcher. Das Opfer muss sein. Tu, was du zu tun hast.«

»Nein! Jedes Leben ist heilig! Ich töte nicht.«

»Es ist eine Ausnahme.«

»Es gibt keine Ausnahmen!«

Die Stimmen surrten zornig in Hetchers Kopf, jede hatte eine andere Schwingung. Hässliche, verunreinigte Farben umgaben sie. Dann erloschen sie plötzlich.

Hetcher atmete tief ein und aus. Sein Zwerchfell schmerzte vor Anspannung, die Finger zitterten. In seinem Kopf rasten die Gedanken, als wollten sie davonlaufen. War er auf der langen Fahrt wahnsinnig geworden? Bildete er sich die Stimmen ein, die so vehement gefordert hatten, er müsste Cyr töten? »Ich bin nicht verrückt«, gebärdete er in der Kanzel. Aber zum ersten Mal zweifelte er ernsthaft daran. Nie zuvor hatten die Seelen der Umgebung ihn aufgefordert, anderen zu schaden.

Er blickte auf das Display neben dem Lenkrad. Die Entfernung zwischen ihm und Cyr Aescunnar schmolz kontinuierlich zusammen.

Hetcher schüttelte den Kopf und spuckte in den Helmschlauch. »Wahnsinn«, meinte er, dabei fühlte er sich nüchterner. »Der Mars hat mich verrückt gemacht.«

Hetcher blickte hinaus durch die getönte Kanzel. Auf der leicht ansteigenden Ebene stand ein breiter Felsen, nun so stumm wie alle anderen Steinbrocken. Er hatte scharfe Kanten, war nie vom Wasser weich gespült worden wie die Basalte auf den Planeten im Wegasystem. *Er sieht aus wie ein Würfel,* dachte Hetcher. *Ein Würfel mit gesplitterten Kanten ...*

Der Würfel lenkte seine ganze Aufmerksamkeit auf sich. Hetcher sah einen Reflex, der über den Stein huschte. Inzwischen wurde es dunkel. Was er sah, durfte es nicht geben. Ein heller Schein mäanderte über die Oberfläche, dann zerbarst der Würfel vor seinen Augen.

»Was ...!«, gestikulierte Hetcher fassungslos. Er wich zurück, presste den Oberkörper in den Sitz. Seine Speichelproduktion stieg schlagartig an, er spuckte mehrfach in den Schlauch. Vor ihm bewegte sich der Brocken, der nun kein Brocken mehr war! Er hatte seine Gestalt verändert und veränderte sie noch. Was im ersten Moment wie ein Bersten gewirkt hatte, war eine sekundenschnelle Metamorphose. Der Fels sprang auf ihn zu, verwandelte sich in ein vogelähnliches Tier mit langem Hals und breiten, vierzehigen Eidechsenfüßen. Cyr konnte einen dieser Füße von unten genau vor seinem Gesicht sehen. Die Zehenspitzen besaßen Saugnäpfe, die an der Kuppel klebten, als wäre das Geschöpf ein Reptil. Etwas Weiches, Bewegliches glitt über das Glas, tastete die Struktur ab. Es erschien wie ein Schnabel, doch es bog sich von einer Seite auf die andere, ähnlich einem Rüssel. Die Augen konnte Hetcher aus seiner Position nicht erkennen.

Hetcher wusste nicht, wann er jemals in seinem Leben so erstaunt gewesen war. Einen Augenblick konnte er die Fußunterseite über seinem Gesicht nur anstarren. Mühsam gelang es ihm, die Arme zu heben. »Du ... Was ... was bist du?«, gebärdete er.

Die Fassungslosigkeit mischte sich mit Ehrfurcht. Der Fels hatte sich gewandelt. Es gab Leben auf dem Mars! Leben, das vielleicht aus dem tiefsten Inneren der Vulkane kam und sich nach Jahrmillionen entwickelt hatte. Oder war das Wesen auf dem Mars fremd wie Hetcher? Stammte es vielleicht aus einem ganz anderen System?

»Ich bin die, die dich gerufen haben«, hörte Hetcher die Antwort in seinem Kopf. Blassgoldenes Licht flammte um das Wesen auf. Das Geschöpf schwieg einen Augenblick. Hetchers Herz schlug bis zum Zerreißen. Er wagte kaum zu atmen. Ein leichter Druck lag auf seinem Gehirn, als würden unsichtbare Finger es abtasten. »Nenn mich ... Tweel«, sagte das Wesen. »Das ist ein guter Name.«

»Tweel!«, gestikulierte Hetcher. Er lachte lautlos, fühlte das Zucken im Zwerchfell. Tweel war ein Wesen aus einer Geschichte, die Cyr ihm erzählt hatte. Ein Chemiker musste sich über den Mars zurück zu seiner Base durchschlagen und hatte ein Wesen namens Tweel gefunden und gerettet. Das Wesen auf der Kanzel sah genauso aus, wie Hetcher sich diesen Tweel vorstellte: nicht Vogel, nicht Reptil, kein Rüssel, kein Schnabel und gleichzeitig alles zusammen. Dinger mit vier Fingern, die man Hände nennen konnte, und federartige Anhänge um den Schnabelschaft rundeten das Bild des Geschöpfes ab.

Plötzlich kam Hetcher der Verdacht, dass das Wesen Hilfe brauchte und sich deshalb Tweel nannte. Wenn das Erlebnis nicht eine Halluzination war, ausgelöst durch Wasser- und

Schlafmangel. »Du lebst?«, fragte er. Die Gesten kamen zögernd. Er vertraute seiner Wahrnehmung nicht mehr.

Tweels Stimme erklang klar und deutlich. »Ja, wir leben. Noch. Aber wir brauchen deine Hilfe, Hetcher. Du verstehst uns. Töte diesen Menschen! Du musst es tun!«

Hetcher schloss die Augen, einige Sekunden überlegte er, dann berührte seine Hand die Notschaltfläche. Das Marsmobil bremste scharf ab, Tweel verlor an der Kanzel den Halt, flog von Hetcher fort, geschleudert wie ein Geschoss. Er verschwand aus Hetchers Sicht zwischen Staub und Dämmerung. Wieder schien das Wesen die Gestalt zu wandeln. Es passte sich der Umgebung an, ehe es in den Sand klatschte. War es blitzschnell roter Staub geworden? Mit offenem Mund starrte Hetcher auf die Stelle, an der er Tweel zuletzt gesehen hatte.

Hetcher spürte Ratlosigkeit und zugleich die Gewissheit, handeln zu müssen. Er faltete über ein Schaltelement das Sonnensegel zusammen, öffnete die Kanzel und wartete in der Dämmerung auf Cyr Aescunnar.

Kapitel 20

Cyr Aescunnar
Überraschungen

Auf der Erde würden sich die Vulkane quer durch die USA erstrecken, dachte Cyr. Obwohl sein Marsmobil Hetcher stetig näher kam, glitten seine Gedanken immer wieder zu den drei aufgereihten Giganten der Tharsis. Nachdem er die Valles Marineris verlassen hatte, fuhr er schnurgerade zwischen Arsia und Pavonis Mons auf die ansteigende Ebene. Durch die Hunderte Kilometer breite Basis der Vulkane konnte er sie mit den Augen nicht als einzelne Berge ausmachen. Erst mithilfe der Displayanzeige begriff er, was die aufsteigenden Flanken neben ihm zu bedeuten hatten.

Cyr liebte Berge, seitdem er sich erinnern konnte. Ob die Alpen oder das Dach der Welt, ihn faszinierten Flanken und Gipfel. Und die Frage, wie es hinter ihnen weiterging. Der Berg war für ihn ein Symbol, Hindernisse nicht als unüberwindbare Schwierigkeiten anzusehen und vor ihnen zu kapitulieren, sondern an ihnen zu wachsen. Wer den Gipfel erreichte, verschaffte sich einen Überblick. Wie weit man wohl vom Gipfel eines der Montes sehen konnte?

Er wurde jäh aus seinen Gedanken gerissen, als er auf dem integrierten Monitor Hetchers Vollbremsung sah. Balken und Strich näherten sich unverhofft. Der angezeigte Abstand schrumpfte merklich zusammen und ließ Cyr den Blick heben. Seine Aufmerksamkeit richtete sich auf das Marsmobil vor ihm, das er inzwischen mit bloßem Auge gut erkennen konnte. Überrascht bremste er ab. Hetcher war stehen geblieben!

Einen Moment war Cyr zu verblüfft, um zu begreifen, was geschehen war. Warum hielt Hetcher an? Hatte der Ferrone sich endlich besonnen? Nein, dazu war Hetcher zu stur. Sein Mobil musste einen Defekt haben. Aufgeregt atmete er schneller. Wenn er Hetcher stellte, konnten sie zurückfahren. Sie würden es bis zur nächsten Versorgungsstation vielleicht gerade rechtzeitig schaffen. Dort konnten sie ihre Wassertanks und den Sauerstoffvorrat für die Anzüge auffüllen und sich auf den Rückweg nach Bradbury Base machen.

Ein Hochgefühl ließ Cyr leise summen. Er konnte es kaum erwarten, endlich auf die Höhe von Hetchers Mobil zu kommen. Er hielt dicht neben dem Beetle des Ferronen und zeichnete seine eigene dunkle Reifenspur neben die des stehenden Beetles. Als er hinüberblickte, stellte er fest, dass die Kanzel offen stand, Hetcher jedoch nicht zu sehen war.

»Hetcher?«, fragte er über Funk. Er vergaß in der Aufregung, dass Hetcher ihn nicht hören konnte, schalt sich selbst und aktivierte die Frequenz, die auf Hetchers Display blaues Licht aufleuchten ließ. »Hetcher? Was ist los?«

Cyr kam der unwirkliche Gedanke, der Ferrone hätte austreten müssen. Er kicherte. *Oh Mann,* wies er sich zurecht. *Ich bin vollkommen überdreht.* Anspannung und Angst zerrten an ihm. Wenn er Hetcher nicht schnell genug fand, war seine Verfolgungsjagd umsonst gewesen.

Die lange Zeit allein im Marsmobil hatte Cyr zugesetzt. Zum ersten Mal glaubte er verstehen zu können, was Astronauten auf Stationen wie der MIR und der ISS durchgemacht haben mussten, eingepfercht auf engstem Raum ohne einen Himmel über sich.

Cyr öffnete die Kuppel und stieg aus. Die Dämmerung malte lange, bizarre Schatten und verfremdete den Beetle vor ihm. Langsam umrundete Cyr Hetchers Marsmobil. Die Reifen sahen unbeschädigt aus, gefüllt und funktionstüchtig. Das Sonnensegel war eingeklappt. Wenn es einen technischen Defekt gegeben hatte, dann keinen, den man von außen erkennen konnte.

»Hetcher?«, rief er in die Stille. Wenn Hetcher das Licht am Display gesehen hatte, würden seine Worte für ihn in seiner Sprache auf dem Display zu lesen sein. »Wo steckst du?« Ein ungutes Gefühl beschlich ihn. Er drehte sich im Kreis. In so kurzer Zeit konnte Hetcher nicht verschwunden sein. Hetcher musste sich hinter einem der vielen höheren Gesteinsbrocken befinden. War er auf dem Weg zu Fuß durch die Steinwüste? Ob der Freund verrückt geworden war und meinte, wie Hiob oder andere Propheten durch diese unwirkliche Landschaft gehen zu müssen?

Cyr schüttelte den Kopf. Nervös bewegte er den Kiefer. Er suchte die ihn umgebenden Steine ab. Die meisten waren zu klein, hinter ihnen konnte sich Hetcher nicht verbergen. Blieben ein Dutzend größere. Das schlechte Gefühl wuchs. Er rechnete jeden Augenblick mit etwas Unerwartetem. Würde der Ferrone ihn angreifen? »Hetcher, willst du Verstecken spielen? Dafür sind wir zu alt, oder?«

Keine Antwort. Der Wind pfiff leise über die Ebene, einer der Monde kam am Himmel in Sicht. Die Sterne gingen jenseits der Dämmerung auf, kalt und fern. Unschlüssig sah Cyr von links nach rechts. Er bückte sich und hob einen faustgroßen Stein auf. Ohne es erklären zu können, fühlte er sich bedroht. Ein leises Poltern ließ ihn herumfahren. Hetcher kam links von ihm hinter einem großen, scharfkantigen Felsen hervor, der wie ein Würfel mit abgebrochenen Kanten aussah. Er gestikulierte wild mit den Händen. »Geh!«, gebärdete er. »Geh, geh, geh!«

Cyr hatte den Ferronen niemals so aufgelöst gesehen. Er ließ den Stein los. »Was ...«, gebärdete er zurück, doch Hetcher schien zu aufgeregt, um auf seine Hände zu sehen. Stur wiederholte er das eine Wort, dann folgten weitere Gebärden. Dabei blickte er Cyr flehend in die Augen. »Du darfst nicht hier sein! Verschwinde! Geh, solange du noch kannst!«

Cyr schüttelte den behelmten Kopf. »Nein!« Er deutete auf das Marsmobil. »Komm zurück. Da drin können wir besser reden, über das Display und den Computer.« Er kannte nicht alle Gebärden des letzten Satzes und ersetzte »Display« durch einen angedeuteten Kasten, den er mit Daumen und Zeigefingern bildete. Außerdem zeigte er auf sein Handgelenk.

Hetcher stampfte auf. Es sah seltsam aus in der dünnen Atmosphäre. Der Staub wirbelte behäbig nach oben wie in Zeitlupe. Verzweifelt wiederholte Hetcher seine Gebärden.

»Ich gehe nicht, wenn du nicht mit mir kommst«, beharrte Cyr. Er konnte mindestens ebenso sturköpfig sein wie der Ferrone, da war er sicher. Wenn es um Hartnäckigkeit ging, machte ihm niemand etwas vor. Doch das schlechte Gefühl in ihm wurde stärker, ließ ihm den Schweiß ausbrechen und brachte ihn dazu, sich immer wieder unsicher umzusehen, als ob sie beobachtet werden würden. Ihm fiel auf, dass Hetcher immer nervöser und hektischer wurde. Aber warum? Der Ferrone regte sich in einem Maß auf, das völlig unangebracht war, oder?

Cyr trat auf ihn zu. »Was ist los, Hetcher? Wovor hast du Angst?« Er gebärdete zögernd und war sicher, zahlreiche Grammatikfehler zu machen, trotzdem schien Hetcher ihn zu verstehen.

Der Ferrone erstarrte. Die Gebärde für »Angst« schien seine plötzliche Wandlung ausgelöst zu haben. Die blaue Haut unter der getönten Helmscheibe wirkte blass. Hetcher spuckte zweimal kurz hintereinander in den breiten Helmschlauch, die Augen blinzelten nervös.

»Ich ...« Weiter kam der Ferrone nicht. Der Stein neben ihm bewegte sich.

Cyr sprang zurück. »Oh mein Gott!«, keuchte er. Adrenalin durchflutete ihn, seine Beine zitterten. *Was ist das?* Der scharfkantige Felsen verwandelte sich in etwas, das auf den ersten Blick wie ein Strauß aussah, aber keiner war. »Was ...«

Das Ding sprang auf ihn zu, ein scharfer Schnabel hackte über seine Schulter, in die Luft. Der Körper des Wesens prallte schwer gegen ihn und warf ihn rücklings in den Staub. Plötzlich lag Cyr auf dem Boden. Steine bohrten sich in seinen Rücken. Einer hatte die Wirbelsäule knapp verfehlt.

Cyr wollte fortkriechen, sein Gehirn war überfordert, alle Reaktionen verlangsamt. Selbst das Denken fühlte sich anstrengend an. *Ein Lebewesen! Ich bin von etwas Lebendigem angefallen worden! Das ist unmöglich!*

Doch das Unmögliche saß mit mindestens sechzig Kilogramm auf seinem Brustkorb. Der scharfe Schnabel hackte nach dem Schutzanzug. Cyr riss die Arme hoch, schloss die Finger zu Fäusten, dass der Schnabel in seine Hand hackte. Er richtete den Kopf und den Nacken ein Stück auf und umklammerte den Hals der Kreatur. Seine Finger drückten zu.

Ich träume, dachte Cyr. *Ich bin im Beetle eingeschlafen und habe wirre Albträume. Es gibt kein Leben auf dem Mars!*

Eine zweite Stimme in seinem Inneren riss ihn aus seiner Benommenheit. *Wenn das Ding deinen Schutzanzug zerreißt, gehst du drauf!*

Das war kein Spiel, sondern tödlicher Ernst. Cyrs Muskeln schmerzten, so heftig riss das groteske Geschöpf den Hals zurück, um erneut auf ihn einhacken zu können.

»Hetcher!«, brachte er hervor und sah zu dem Ferronen.

Hetcher stand erstarrt keine drei Schritte von ihm entfernt und sah zu, wie Cyr um sein Leben kämpfte.

»Da izak maklon, izak watlon.«
»Wenn du den Vertrag brichst, brichst du das Leben.«
Mehandor

Kapitel 21

Tatjana Michalowna
Der Derengar

»Da entlang!« Michalowna zeigte an schwindelerregend hohen, beigefarbenen Wohneinheiten entlang auf einen Tunnelzugang. Über den Blöcken war ein graublauer Himmel simuliert, der darüber hinwegtäuschte, dass sich die Blöcke innerhalb eines umstrukturierten Zylinderschiffes befanden. »Levtan hat diesen Weg genommen, ich bin mir sicher, dass er an den Tunnel zwischen den Anbauten dachte.«

Crest übernahm die Führung. »Wenn er die Flotte kontaktieren will, braucht er Hyperfunk. Beeilen Sie sich!« Der Arkonide war so schnell zu Fuß unterwegs, dass Michalowna und Sloane kaum mithalten konnten.

Michalowna brannten nach dem Sprint zum Tunneleingang die Lungen. Doch es wäre ihr im Traum nicht eingefallen, sich zu beschweren. Sie wollte Crest helfen. Ohne Zögern tauchte sie an der Seite ihrer Gefährten in den hell erleuchteten Zugang ein.

»Da!« Anne Sloane zeigte auf ein Faku an der Holowand. »Können wir das nehmen?«

»Sicher!« Crest sprang voran, schwang sich auf den Fahrersitz und berührte die Sensorflächen.

Michalowna saß noch nicht richtig, als das Gefährt einen Satz nach vorn machte und in den breiten Gang hineinschoss. Crest wich zwei entgegenkommenden Fahrzeugen aus, ein grüner Wald aus dreidimensional erscheinenden Eiskristallen flog an ihnen vorüber und wurde mehr und mehr zu verwischenden Wandfarben.

Das Faku ist bestimmt bei fünfzig Stundenkilometern, dachte Michalowna. Das Atmen fiel schwer, die Lunge schmerzte beständig, und der Andruck machte es nicht besser. Der Fahrtwind biss in ihre Haut.

»Positronik!«, befahl Crest scharf. »Wo ist der nächste Zugang zum Hypersender?«

Eine freundliche Frauenstimme antwortete: »In Sektion D. Aber persönliches Erscheinen ist für Sie als Arkonide nicht zwingend. Gegen einen entsprechenden Aufpreis ...«

»Danke, wir ziehen persönliches Erscheinen vor.«

»Dann möchten Sie dieses Ziel als neue Destination ansteuern?«

»Ja!«

»Voraussichtliche Ankunft in zwei Minuten«, informierte die Positronik.

Michalowna krallte die Finger in das Polster. Zwei Minuten. Das war eine Ewigkeit. Vielleicht war es längst zu spät. Levtan konnte den Funkspruch an das Imperium in dieser Sekunde abgeben, wenn er ebenfalls ein Faku genommen hatte und nicht gelaufen war. Sie streckte ihre mentalen Finger nach ihm aus. Die Paragabe suchte nach Gedanken in der Nähe, doch sie fand nur verschwommene Eindrücke von anderen Faku-Fahrern. Plötzlich spürte Michalowna, wie ihre Telepathie gegen eine unsichtbare Mauer stieß. Sie keuchte auf. Gleichzeitig verlangsamte das Faku.

Sichtlich überrascht kniff Sloane die Augenbrauen zusammen. »Sind wir schon da?« Sie fuhren keine zwei Minuten.

»Nein ...« Crests Finger flogen über die Sensorfelder. »Positronik, warum halten wir?«

Die weich modellierte Stimme antwortete unverzüglich. »Sie wurden erkannt, Crest da Intral. Ihr Status hat sich geändert. Sie besitzen nicht länger ›Hastlu‹, da Sie zu einem Teil des Siebten geworden sind. Melden Sie sich unverzüglich bei den Wachen des Gespinsts, um einen neuen Status zu erhalten.«

»Was bedeutet das? Teil des Siebten?«, fragte Michalowna.

Crests Gesicht verzerrte sich. »Das heißt, dass wir die Bezahlung für die Reparatur der TOSOMA geworden sind. Kommen Sie!«

Sie waren zur Bezahlung geworden? Verwirrt schüttelte Michalowna den Kopf.

Das Faku war stehen geblieben. Crest sprang hinaus und rannte auf den Tunnelausgang zu. Mehrere hundert Meter projizierter Wald lagen vor ihnen, mit kreischenden, affenartigen

Tieren, die so real wirkten, dass Michalowna es mit der Angst zu tun bekam. Knapp unter Augenhöhe liefen alle zwanzig Meter Informationen auf Interkosmo über das Bild, die die Illusion zerstörten. Sie informierten darüber, dass die Tiere Ma'pek hießen, von einem Kolonialplaneten stammten und Menschenfleisch fraßen, wenn sie es bekamen.

»Wir müssen ... zum Schiff ...«, keuchte Sloane.

»Erst der Verräter!«, rief Crest, ohne sich zu ihnen umzudrehen. Er schien stetig schneller zu werden. Trotzdem waren sie zu Fuß zu langsam, um Levtan aufzuhalten.

»Es ist zu spät!« Michalowna spürte, wie die Hoffnungslosigkeit ihr das Durchhaltevermögen nahm. »Levtans Vorsprung ist größer geworden. Ich finde ihn mental nicht mehr!«

Sie erreichten das Tunnelende. Crest wurde langsamer. Er orientierte sich. »Dort drüben!« Er zeigte auf einen Gebäudewürfel, der in unterschiedlichen Farben gehalten war. Am aufdringlichsten stach ein grelles Orange vor.

Michalowna sah sich unbehaglich um. Der Gebäudewürfel war einer von vieren, die wie ein Hochhausblock vor ihnen aufragten. Auf den schmalen Straßen waren zahlreiche Mehandor in bunter Kleidung unterwegs. Viele von ihnen betrachteten sie neugierig. »Wir stehen wie auf einem Präsentierteller«, brachte sie heraus.

Crest stürmte weiter vor. Er hetzte eine dreistufige Treppe hinauf, die in einen orangefarbenen Zugang führte. An der Wand prangte ein Repräsentationsholo, das unter anderem das Wort »Hyperfunk« enthielt. Zwei Türen glitten zur Seite und führten ins schlicht gehaltene Innere. »Wo ist er?« Crest drehte sich in einer Vorhalle mit goldgrünem Kunststoffboden im Kreis. Vom Vorraum gingen fünf Gleittüren ab, deren Optiken sie wie silbernen Rauch aussehen ließen.

Michalowna blieb verunsichert neben Anne Sloane stehen, während Crest einen Zugang nach dem anderen per Sensorberührung öffnete. Erstaunte, bartlose Gesichter sahen sie an. In der letzten Kabine befand sich eine ältere Frau, die mit einer grünen Tasche auf Crest einschlug und ihn anschrie: »Privatgespräch, Arkonide!«

Crest trat den Rückzug an. »Er ist nicht da ... aber ...«

»Stehen bleiben!«, erklang ein polternder Ruf vom Eingang der Vorhalle her.

Sie fuhren herum und sahen zwei Haklui-Kräfte in grünsilbernen Uniformen. Hinter ihnen schloss sich die doppelflügelige Gleittür.

Der größere der beiden Mehandor kam auf sie zu. Er hatte ein rundes Gesicht mit wachen Augen. Sein Schultergürtel war ungewöhnlich breit, der Klang seiner Stimme fordernd. »Crest da Intral, Sie und Ihre Begleiter sind ein Teil des Siebten. Sie haben uns ohne Gegenwehr in Sektor F zu folgen, wo Sie die Einweisung und eine Belehrung über Ihre derzeitige Situation erhalten werden.«

Crest wurde sichtlich ruhig. Er verzweifelte nicht wie kurz zuvor in Levtans Wohneinheit. Das Feuer in seinen Augen machte Michalowna Angst. »Gut«, sagte er. »Wir folgen Ihnen.«

»Aber die TOSOMA ...«, setzte Anne Sloane an.

»Wir sind ein Teil des Siebten«, erklärte Crest. »Gehen wir mit und machen den beiden Mehandor keinen Ärger.«

Michalowna fühlte, dass Crest überhaupt nicht die Absicht hatte, sich zu ergeben. Sie begriff nicht, was er vorhatte. Irritiert trat sie neben ihn. »Crest ...«

Weiter kam sie nicht. Die Aufmerksamkeit der beiden Wachen ließ nach. Sie wandten sich dem Ausgang zu. Crest bückte sich und riss eine Waffe aus der Beintasche seiner Glanzhose. Im Aufrichten schoss er – einmal, zweimal.

Sloane schrie auf. Die beiden Mehandorwachen sackten regungslos auf den goldenen Boden. Wie tot lagen sie auf dem Kunststoff. Hinter ihnen schrie die Frau mit der Handtasche, die eben aus ihrer Kabine getreten war.

»Weg! Na los!«, brüllte Crest.

Betäubt folgte Michalowna ihm hinaus, während hinter ihnen weiteres Geschrei und lautes Gerede ausbrachen. Niemand folgte der Gruppe. »Crest, was haben Sie getan?«

»Keine Sorge. Die Wächter sind nur betäubt.«

Sloane brachte keinen Ton hervor.

»Nur betäubt?« Michalowna blieb stehen, Zorn flammte in ihr auf und verdrängte die gefährliche Lage, in der sie sich befanden. »Sind Sie verrückt geworden? Sie haben eine Waffe auf das Gespinst geschmuggelt! Sie haben auf Mehandor geschossen! Laut Thoras Instruktion vor dem Aufbruch ist das genau das, was wir unter keinen Umständen tun sollten, oder? Damit ist jeglicher Vertrag hinfällig, und wir sind Freiwild!«

»Wollen Sie sieben Jahre lang auf KE-MATLON bleiben?«, fragte Crest zurück.

Michalowna schwieg, ihre Wut verrauchte. Es blieb das dumpfe Gefühl, verraten worden zu sein. Gerade von Crest, dem bedächtigen Wissenschaftler, hätte sie niemals eine solche Tat erwartet. Ihr Blick heftete sich auf die Ausbuchtung an der Brust unter seinem leichten Raumanzug. *Ist es die Unsterblichkeit, die ihn so handeln lässt?* Crests Risikobereitschaft ängstigte sie. Hatte er die Verantwortung vergessen, die er für die Besatzung der TOSOMA trug?

Crest griff zum zusammengefalteten Helm an seinem Gürtel. »Sie dürfen später wütend sein, Tatjana! Kommen Sie bitte!« Er setzte sich wieder in Bewegung.

Michalowna folgte zögernd. »Wohin?«

»Wir kehren zur TOSOMA zurück.« In Crests Antwort lag eine Selbstverständlichkeit, als handelte sich sein Vorhaben um einen Spaziergang. Dabei mussten sie mit Verfolgung rechnen, mit Wachen, die nun ebenfalls bereit waren, auf sie zu schießen.

Sloane schloss zu ihnen auf. »Und wie sollen wir das anstellen? In wenigen Sekunden wird es von Wachen wimmeln! Wenn Sie nicht gerade in den letzten zehn Sekunden teleportieren gelernt haben, dann ...«

Crest schnitt ihr das Wort ab. »Auf dem Weg, den uns Levtan gezeigt hat. Ich habe im Tunnel eine Tür hinaus aus dem Gespinst gesehen. Wir werden das Schiff erreichen!« In seiner Stimme lag eiserne Entschlossenheit.

Michalowna spürte, wie ihre Finger taub wurden und die Kälte des russischen Winters über sie kam. *Ist das noch der Mann, an dessen Seite ich die Prüfungen von ES durchgestanden habe?* Sie sprach den Gedanken nicht aus. Ihr Vertrauen war tief erschüttert worden. Schweigend jagte sie hinter Crest her, hinein in die Röhre, einem ungewissen Schicksal entgegen.

»Soi Gongusdor okonlun Arkondor.«
»Nur Narren vertrauen den Arkoniden.«
Mehandor

Kapitel 22

Belinkhar
Vertragsbruch

Belinkhar verlangsamte ihre Schritte. Sie hatte den Gantus-Markt inzwischen dreimal abgelaufen. »Wo sind sie, verflucht?«

Etztak stand gebeugt an einer Stahlstrebe, die zu einem unithischen Stoffgeschäft gehörte. »Wir haben sie verloren. Sie müssen eine Strukturlücke in den Schirmen genutzt haben.«

»Vermutlich.« Es ärgerte Belinkhar, dass Etztak recht haben konnte. KE-MATLON ließ sich nicht komplett abriegeln, ohne für Unruhe zu sorgen. Für Mehandor war Offenheit ein zentraler Wert.

Ein eingehender Funkspruch unterbrach ihre Gedanken. Jeston meldete sich. Er hatte sich mit einem Teil seiner Leute an der nächsten Strukturlücke am Übergang zum D-Sektor positioniert.

»Haben Sie sie?«, fragte Belinkhar statt einer Begrüßung.

»Nein, aber es gibt wichtige Neuigkeiten. Die Friedenspflicht wurde gebrochen. Crest da Intral hat einen Schockstrahler auf das Gespinst geschmuggelt und eingesetzt.«

»Dieser alte Derengar?« Verwundert strich sich Belinkhar eine Haarsträhne aus der Stirn. Von Crest da Intral hätte sie zuletzt einen Gesetzesbruch erwartet.

»Ja, Matriarchin. Die Bildübermittlung läuft, es gibt keinen Zweifel.«

»Ich verstehe. Das ändert die Lage. Wir könnten die gesamte Besatzung in Gefangenschaft nehmen.«

»Könnten?«, fragte Etztak, als wäre er ein erbostes Echo. Er stieß sich von der Strebe ab. »Was meinen Sie mit *könnten?*«

Auch Jeston wirkte irritiert. Er wartete ihre weiteren Befehle ab.

Belinkhar zögerte. Mit dem Bruch der Friedenspflicht stand

es ihr nach Mehandorrecht zu, nach Belieben mit den Fremden zu verfahren. Gefangenschaft war die mildere Form, sie konnte auch befehlen, die Terraner töten zu lassen und nur die Arkoniden festzusetzen, damit diese von einer netten energetischen Zelle aus zusehen konnten, wie die TOSOMA als Totenbarke in eine der Sonnen gestoßen wurde. Eigentlich hätte sie sich freuen sollen. Das war ihr Tag. Alle ihre Entscheidungen waren in gewisser Weise richtig gewesen. Denn nun lag die TOSOMA samt ihrer Crew wie ein Geschenk vor ihr, bereit, um darüber nach Belieben zu verfügen. Ihre Sippe hatte einen großen Zugewinn gemacht, selbst Etztak musste das anerkennen – und es war ihr Verdienst.

Die Anerkennung der Sippe war ihr sicher, doch sie hatte einen bitteren Beigeschmack. Auf diese Art hatte sie sie nicht zu erringen erhofft. Belinkhar presste die Lippen zusammen, wissend, dass Etztak und Jeston auf ihre Entscheidung warteten. Sie hatte die nötigen Anweisungen zu geben, ob es ihr nun gefiel oder nicht.

»Fordern Sie die Terraner unverzüglich zur Kapitulation auf! Das Gespinst ist kein Schießstand! Setzen Sie Crest da Intral fest und alle, die Waffen bei sich haben! Etztak, Sie ...«

Belinkhar verstummte. Etztak war fort, der Platz an ihrer Seite leer. Sie sah sich auf dem Stoffmarkt um. Wo war ihr Schatten? Er hatte an ihrer Seite zu sein. Sie spürte ein Kichern in sich aufsteigen, das sie sich rasch und resolut verbat. Seit ihrem Amtsantritt wünschte sie sich, dass Etztak verschwand. Nun war das Unglaubliche geschehen: Ihr Schatten hatte sich ohne ein Wort des Abschieds entgegen dem Protokoll entfernt.

»Etztak?« Sie gab Jeston einen Wink, sich an seine Aufgabe zu machen, und versuchte, Etztak über Funk zu erreichen. Vergeblich. Wenn Etztak es bemerkte, nahm er die Verbindung nicht an. Einen Moment war Belinkhar versucht, an die vielgestaltige Sternenbestie zu glauben, ein Märchen, das der Vater ihr und Gyrikh gern vor dem Einschlafen erzählt hatte. Die vielgestaltige Bestie packte unartige Kinder und schleppte sie fort, auf einen Planeten am Rand des Universums, auf dem es weder Cremeeis noch Gespinstkuchen gab.

Wo ist er nur hin? Sie versuchte es erneut, doch das Ergebnis war das gleiche: Etztak blieb verschwunden.

Kapitel 23

Hetcher
Die Entscheidung

Hetchers Herz raste. Er fühlte sich gefangen, überfordert und verwirrt. Vor ihm war Cyr zu Boden gegangen, durch Tweels Angriff auf dem Rücken gelandet und wehrte das Hybridgeschöpf mit beiden Armen ab. Tweels Schnabel hackte nach Cyr wie ein Messer, der unförmige Leib drückte ihn unerbittlich zu Boden, und Cyr rief Hetchers Namen.

Hetcher wollte zu Cyr laufen und ihm helfen, aber er konnte es nicht. Die Handlungsimpulse aus seinem Gehirn wollten nicht in den Beinen ankommen. Während Tweel und Cyr sich einen erbitterten Austausch von Angriff und Verteidigung lieferten, es Cyr gelang, Tweel ein Stück von sich zu stoßen und auf die Knie zu kommen, tobte ein Kampf in Hetchers Innerem, der ihm jede Bewegung verbat.

Cyr hat keine Chance gegen Tweel. Der Gedanke tauchte unvermittelt auf, er fühlte sich an wie eine Erkenntnis. Cyr wehrte sich mit ganzer Kraft, stieß Tweel von sich und kam auf die Füße. Obwohl es gut für ihn aussah, wusste Hetcher instinktiv, dass der Mensch sich auf Dauer nicht durchsetzen konnte. Tweel war in der Lage, seine Gestalt zu wandeln. Er trug keinen Druckanzug, dessen winzigstes Loch ihn zu einem qualvollen Erstickungstod verurteilen würde. Weder schien Tweel die Kälte des Mars zu beeinträchtigen, noch schien er ein Problem mit dem Kohlendioxid zu haben.

Sollte Hetcher Tweel verbieten, Cyr etwas anzutun, und damit vielleicht sein eigenes Leben verwirken? Hetcher wollte Cyr helfen, er war sein Freund oder zumindest das, was einem Freund in Bradbury Base am nächsten kam. Der Erdenmensch hatte ihm das Leben gerettet und sich seinetwegen in diese Gefahr gebracht. Ein Teil von Hetcher konnte es nicht ertragen, diesen Kampf zu sehen und stillzustehen.

Aber da war auch der andere Teil, der zu Tweel hielt. Beide waren gleich stark, zwei Hälften eines Ganzen, eine so wichtig und wertvoll wie die andere. Wenn Hetcher Cyr half, verriet er Tweel. Und Tweel war letztlich die Erfüllung eines uralten Wunsches, wenn nicht die Antwort auf all seine Gebete und Hoffnungen. Tweel lebte! Er war Fels, Staub und Wesen in einem. An sich schien Tweel unmöglich zu sein, dennoch existierte er, und er hatte sich Hilfe suchend an Hetcher gewandt. Tweel war wie Hetcher: Er konnte hören und sehen, wie es andere Ferronen oder Menschen nicht konnten. Tweel sah die Farben, spürte die Schwingungen der Namen und der Dinge. Hetcher musste ihm folgen, tun, was immer Tweel von ihm forderte, denn Tweel war ein Wunder.

Erstaunlich geschickt wich Cyr einer weiteren Attacke aus und ließ Tweel ins Leere laufen. Die beiden stämmigen Beine mit den Reptilienfüßen scharrten über den Sand und spritzten kleine Steine fort. Längst standen sie alle drei in einer größer werdenden Staubwolke, die sich im letzten Licht der Sonne glitzernd über sie legte.

Tweel sprang mit seinen dürren Beinen mit ungeahnter Kraft vom Boden ab. Er katapultierte sich in die Luft, um mit dem Schnabel voran auf Cyr zu stürzen. Der Erdenmensch wich aus, packte einen Stein vom Boden und warf ihn auf Tweel. Einen Augenblick steckte Tweel verkehrt herum im roten Sand und musste sich erst lösen. Stück um Stück glitt der Rüsselschnabel aus dem Untergrund, während Tweels Beine Halt suchten.

Cyr wagte einen verzweifelten Angriff. Er stürzte sich auf Tweel und warf das Geschöpf zu Boden, doch Tweel hatte seinen Schnabel befreit und entwand sich ihm wie eine Schlange. Hetcher war nicht sicher, ob das Geschöpf dafür seinen kugelförmigen Leib in die Länge gezogen hatte oder ob der Staub seine Sicht trübte. Mit einem schlingernden Bocken entkam Tweel, gewann Abstand und richtete sich einige Schritte entfernt vom taumelnden Cyr auf. Er würde wieder angreifen, in die Höhe springen und zuhacken. So lange, bis er sein Ziel erreicht hatte und Cyr tot war.

Hetcher hörte Tweels Stimme in seinen Gedanken. »Er muss sterben, Hetcher. Versteh das!«

Es gelang Hetcher nicht, eine Antwort zu denken oder zu gebärden. Konnte er Cyr sterben lassen? Lautlos stöhnte Hetcher. Am liebsten hätte er sich abgewandt, aber er zwang sich, den

Blick auf Cyr und Tweel gerichtet zu lassen. Es erschien ihm feige, die Augen zu verschließen oder den Kopf zu drehen.

Tweel griff an. Mit einem Satz warf er sich gegen Cyrs Beine und riss sie ihm unter dem Leib weg. Es sah sonderbar aus, wie verzögert Cyr fiel, wie die niedrigere Schwerkraft ihn zu Boden brachte, als wäre er zusätzlich an unsichtbaren Seilen befestigt. Tweel sprang auf ihn und drückte ihn zu Boden. Dieses Mal lag Cyr auf der Seite. Er hob beide Arme und schlug auf Tweel ein.

Hetcher wagte kaum zu atmen. Cyrs Bewegungen wurden sichtlich langsamer. Seine Kräfte erlahmten. Tweel stieß mit dem Schnabel vor, hackte und biss in den Anzug und riss daran. Das ferronische Material entglitt seinem Schnabel. Es zeigte eine Ausbeulung, war aber noch intakt. Tweel warf den Kopf von einer Seite zur anderen wie ein Jagdhund, der seine Beute totschüttelte.

Hetcher wurde übel, er presste die Hände gegen den Bauch. Sein Blickwinkel schrumpfte auf Tweels Angriff zusammen. Der Schnabel, das Reißen am Anzug, das er nicht hören, aber sehr wohl interpretieren konnte. Gleich war es vorbei, dann würde in Cyrs Schutzhülle ein Loch klaffen, das den Tod einließ. Er musste sich entscheiden. Sofort. Oder Tweel nahm ihm die Entscheidung endgültig ab.

Hetcher löste sich aus seiner Erstarrung. Er stolperte auf Tweel zu und packte ihn an einem der schwarzen, flügelartigen Ansätze, die in Händen endeten. Seine Finger umklammerten geschmeidige Muskeln oder zumindest etwas, das sich anfühlte wie massiges Fleisch unter lederartiger Haut. Er riss Tweel zurück.

Lass ihn!, dachte er intensiv. *Lass ihn gehen!*

Tweel hielt inne und drehte den langen Hals zu Hetcher. Er besaß drei Augen wie der Thort. Hetcher hielt den Atem an. Der Thort war ein außergewöhnlicher Ferrone, der durch sein drittes Auge erstaunliche Fähigkeiten besaß, mit deren Hilfe er die Ferronen anführte. War nicht allein diese Ähnlichkeit zum Thort ein Beweis dafür, wie göttlich Tweel war? Alle drei Sehorgane waren geschlitzt und schimmerten gelblich. *Es muss sein, Hetcher. Halt uns nicht auf. Der Mensch muss sterben. Lass mich los.*

Hetcher zögerte. Einen unendlich erscheinenden Moment sahen sie einander an. In Tweels gelben Schlitzen meinte Hetcher, Zorn und unerbittliche Härte zu erkennen. Er atmete tief ein, ließ Tweel los und trat zurück. Er hatte sich entschieden.

»Die meisten Kulturen deiner Heimat würden mich als einen Gott sehen.«
ES

Kapitel 24

Levtan
Auf der Kippe

»Izkat, wach auf!« Levtan berührte Izkat am Gesicht, strich über ihren Hals. Sie murmelte etwas im Schlaf und drehte sich auf die andere Seite. Er sah sich in der Wohneinheit um, die einer Saku-Höhle nachempfunden war. Das Bett glich einem Nest aus brackig riechenden Mulchhölzern. An den Wänden krabbelten die schillernden, ovalen Ringleiber der Saku geschäftig übereinander. Levtan hatte nie verstanden, was Izkat an diesen Tieren liebte. Zwar hatte sie versucht, es ihm zu erklären (»Sie können das Fünfzigfache der eigenen Last tragen, fliegen und zwei Jahre ohne Nahrung überleben!«), aber wirklich begriffen hatte er es nicht. »Izkat! Ich hab's eilig!«

Sie öffnete die Augen, schrak leicht zurück. In ihrem Gesicht waren Klebereste von ihrer Männermaske zu sehen. Sie bildeten Rollfetzen wie strahlenverbrannte Haut. »Lev ... konntest du was von den Fremden abgreifen?«

»Noch nicht, aber ich hab eine Überraschung. Ich muss zum Kommunikationspunkt. Willst du mitkommen?«

Dass er überhaupt ein bestimmtes Gebäude aufsuchen musste und nicht bequem von zu Hause aus den Hyperfunk nutzen konnte, lag an der verdammten Arroganz der Weißhaare. Die Arkoniden hatten das Monopolrecht auf Hyperfunk, ließen sich die Nutzung von den Mehandor teuer bezahlen und verlangten von ihnen persönliche Kontrollen vor Ort, die aufgezeichnet wurden. Angeblich ging es dabei um Sicherheit, doch Levtan wusste, was es wirklich war: technische Schikane! Auf diese Art zeigten die Arkoniden subtil, wer ihrer Meinung nach in diesem Raumabschnitt das Sagen hatte.

Levtan hatte zuerst auf direktem Weg zum Hyperfunkzugang in der nächsten Sektion gewollt. Es gab nur ein Hyperfunkgerät auf der Station, das von mehreren Stellen aus zugänglich war, und es konnte dauern, bis er an die Reihe kam. Doch Izkats Wohneinheit hatte auf dem Weg zum zweitnächsten Kommunikationspunkt gelegen, und er hatte die bohrende Sorge nicht verdrängen können, ob sie den Haklui-Kräften entwischt war oder nicht.

Izkat grinste säuerlich. »Und da kommst du erst zu mir? Hattest du Schiss, ich verpfeif dich?«

Damit lag sie nicht völlig falsch, er hatte tatsächlich Angst gehabt, sie könnte gegenüber den Haklui-Kräften auspacken, wenn sie erwischt werden würde und ihr das Kan'or ausging. Levtan erwiderte das Grinsen gequält. »Vielleicht ein wenig. Was ist nun?«

Sie sprang auf, zog ein Kleid über den Kopf, ohne auf Unterwäsche Wert zu legen, und stieg in ihre Sar-Schuhe. »Okay, ich komme mit. Was hast du vor?«

»Eine Überraschung ist nur dann eine, wenn man sie vorher nicht verrät«, belehrte sie Levtan. Er war sich selbst nicht sicher, warum er Izkat gegenüber ein Geheimnis daraus machte. Vielleicht lag es daran, dass es in seinem Inneren eine nicht tot zu bekommende Stimme gab, die ihm einflüsterte, es nicht zu tun. Wenn er Izkat sagte, was Sache war, war ihm die Entscheidung endgültig aus der Hand genommen.

Vielleicht habe ich auch Angst, dass sie mich bewusstlos schlägt, damit sie die Belohnung allein einheimsen kann, dachte er halb im Ernst, halb belustigt. Izkat war selbst für eine Mehandor zierlich, und die Vorstellung, wie sie ihn ohne eine Waffe niederschlug, war für ihn komisch.

»Besserwisser. Du hattest schon immer 'ne Positronik auf Halbwert.« Sie folgte ihm aus der Wohneinheit. Dabei pulte sie sich im Gesicht herum und zog die letzten Klebereste von der Haut ab. »Hast du noch Stoff? Meine Vorräte sind leer.«

Die Frage irritierte Levtan. Nicht, weil sie sie gestellt hatte. Kata fragte ihn mindestens zweimal pro Tagzyklus nach Kan'or. Obwohl sie mehr Chronners verdiente als er, gab sie die Einheiten schneller aus, als eine Walze auf Lichtgeschwindigkeit kam. Ihn störte, dass er tatsächlich Kan'or bei sich hatte – und es sich unangerührt in der Seitentasche seines leichten Raumanzugs befand! *Wie kann ich Kan'or bei mir haben, ohne es zu nehmen?* Vor nicht ganz einer Stunde hatten ihn Entzugskrämpfe beinahe unwiderruflich ins All katapultiert. Er hätte sich sofort in seiner Wohneinheit eine Dosis kleben sollen. Stattdessen hatte er drei Ovale heimlich eingesteckt, als die Terranerinnen im Anblick des Wasserfalls versunken waren, und sich dann auf den Weg gemacht.

»Hast du was, oder nicht?«, unterbrach Izkat seine Gedanken.

»Ja, schon ...« Sie kamen in die Warinröhre, Levtan steuerte zielstrebig auf ein Faku zu.

»Ich zahl's dir oder geb's dir zurück, ehrlich.« Izkats Stimme wurde quengelnd. »Nur ein einziges Pad, wir sind Kumpel, oder?«

Levtan bückte sich, zog ein Pad aus der Tasche – sorgsam darauf bedacht, dass keine Erfassungsoptik aufnehmen konnte, was er in der Hand hielt – und drückte es Izkat in die Finger.

»Du bist der Beste«, lobte sie ihn überschwänglich, wie sie es nie tat, wenn sie miteinander schliefen. Aber er verstand sie. So hohl und hintergründig verzweifelt sich ihr Gerede anhörte, er wusste genau, was sie in diesem Augenblick empfand. Das Erstaunliche war, dass er sich nicht einmal im Ansatz ähnlich fühlte wie sie.

Ich müsste an Entzugserscheinungen leiden wie ein angeschossener Ma'pek.

Er startete das Faku, Izkat schwang sich neben ihn auf den Beifahrersitz, versteckte die Hände unauffällig unter der überstehenden Konsole und klebte das Pad auf. Sie sackte schlapp in ihren Sitz zurück, ein dümmliches Lächeln auf den Lippen.

Levtan beschleunigte. Seine Gedanken rasten dem Fahrzeug voraus. Da war durchaus der Wunsch in ihm, Kan'or zu nehmen. Er glaubte sogar ein feines Kratzen im Magen zu spüren und ein leicht taubes Gefühl in den Nieren. Aber das war eben der Unterschied: Er *glaubte* es. Seine Wahrnehmungen kamen nicht als Boten aus seinem Körper, sie waren das Machwerk seiner Psyche. Mit echten Entzugserscheinungen hatten sie so wenig zu tun wie ein buntes Wandholo mit einem echten Planeten.

Levtan spürte ein leichtes Kribbeln in seinem Finger, wieder dachte er an den einmaligen, völlig irrationalen Moment, in dem er die Brusttasche von Crest da Intral berührt hatte. *Es ist, als hätte das Gerät mich geheilt. Mein Verstand möchte Kan'or haben, mein Körper dagegen braucht es nicht länger.*

Er nahm eine Abzweigung, schoss an mehreren Werbeholos vorbei und überholte einen hellblauen Flitzer der Haklui-Kräfte.

Bilder jagten durch seinen Kopf wie eine private Vorführung, die nur für ihn abgehalten wurde. Er sah sich mit Izkat im *Dasganlu*, einem schicken Restaurant, das sich abends mit nur wenigen Sensorberührungen in eine scheinbar heruntergekommene Kneipe verwandelte, wie sie auf einigen arkonidischen Kolonialwelten zu finden waren. Wie in einer Aufzeichnung hörte er sich selbst sprechen, die Kamera über seinem Kopf zeigte ihm alles von oben: »Wir haben ein Recht auf Kan'or, Izkat. Diese Stahlköpfe können uns unsere Droge nicht verbieten. Das ist ein freies Gespinst, kein Hinterhof des Regenten.«

Die Szenerie wechselte, zeigte ihn im Kan'or-Rausch, eines der vielen Male, die er sich übernommen hatte und mit der Überdosis kämpfte. Er hielt sich an einer swoonschen Säule fest, neben dem »Mastinklu«, der offiziellen Botschaft der Swoon auf dem Gespinst. Er musste sich übergeben, spie helle Brocken über eine sorgsam gezüchtete Garneli-Blütenpracht und glaubte, sterben zu müssen vor Scham und Schmerzen.

Weitere Bilder kamen, sie alle hatten eine erschreckende Gemeinsamkeit: Sie ließen Levtan sprachlos zurück, als wäre er nach einer entsetzlichen Nacht aufgewacht und würde mit der Decke über dem Kopf daliegen, während die Impressionen eines durchlittenen Albtraums durch ihn jagten.

Das Recht auf unsere Droge, dachte er. Der Satz erschien ihm bitter wie Gallenflüssigkeit. Was hatte er anderes getan, als die beste Zeit seines Lebens zu verschwenden? Die Droge war wie ein Monster aus den Märchen der Mütter und Väter. Es hatte ihm in einer dunklen Tunnelecke aufgelauert und kettete sich seitdem an ihn. Es würde ihn nie mehr aus seinem Energiefeld entlassen, ihn ewig an sich binden wie eine verrückte Mutter, die ihr Kind nicht hinaus ins All lassen wollte und es lieber einsperrte, als es fremdgehen zu lassen.

Ich bin ein Sklave von Kan'or. Die Eindringlichkeit dieses neuen Gedankens ließ ihm schlecht werden.

»Haltan, verdammnt!«, lallte Iztkat neben ihm. »Wirsin schon da.«

Er bremste ab, kam eine Fakulänge vor dem nächsten Gefährt zum Stehen. Wie betäubt stieg er aus und half Izkat beim Absteigen. Vor ihnen lag eines der Gespinstteile, die einen Kommunikationspunkt enthielten. Von dieser Stelle aus war es möglich, Zugriff auf den Hypersender der Station zu bekommen.

Sie fuhren mit einem Lift in den zehnten Stock und passierten die Sicherheitskontrollen. Am Empfangsschalter saß ein zierlicher Funkwächter, der die Zeit der Reife kaum hinter sich gelassen hatte. Mit seinem selbstgefälligen Grinsen hatte er sicher mehr Punkte auf dem Familienholo geholt als Levtan seinerzeit. Er winkte ihnen lässig zu und verwies auf eine freie Zweierkabine mit Terminal. Eigentlich war die Geste überflüssig, denn der breite Lichtbalken über dem Gleitzugang zeigte deutlich die Unbesetztheit an.

Levtan ging voran und aktivierte das Terminal. Izkat schloss hinter ihm per Sensorberührung die Tür und setzte sich auf einen der beiden Sessel. Hastig zog Levtan seinen Chipwürfel hervor und klinkte ihn ein. Ein leises Piepen erklang, es dauerte einen Moment.

Was tue ich überhaupt? Levtan hatte keinen Verbindungsmann, er würde einen privaten Funkspruch vortäuschen, um an Belinkhar vorbei die Arkoniden zu erreichen. Von Izkat wusste er, wie es ging. So, wie die Mehandor ihre Informationen aus den höchsten Kreisen des Regenten bezogen, besaßen auch die Arkoniden Spitzel und Möglichkeiten, wie man über Leute wie ihn und Izkat an Sippeninterna kam. Vor einem Jahr war es Levtan gelungen, eine Anweisung Belinkhars an den Kommandanten eines nahen Sektors des Imperiums zu verkaufen, die von niederem Rang war, ihm aber immerhin zehn Tage Kan'or beschert hatte.

Die Antwort auf seine Frage war klar: Er tat, was er immer tat, was er die letzten Jahre getan hatte, so zuverlässig, wie der Schein der Sonnen auf KE-MATLON fiel. Die wesentliche Frage war eine andere: Wollte er das wirklich? Er brauchte kein Kan'or mehr.

»Der Zugriff auf den Hypersender ist derzeit nicht möglich«, informierte eine sonore Stimme, die Vertrauen suggerieren sollte. Man hörte ihr die Künstlichkeit nicht an.

Levtan zögerte, dann vervielfachte er die Summe. Es waren seine letzten Einheiten. Auch ohne Kan'or würde es genug Dinge geben, die er sich immer hatte leisten wollen und es nicht konnte. Eine neue Zeit brach an, ohne Entbehrungen und falsche Bescheidenheit. Ohne Kan'or. Obwohl der Gedanke ihn lockte, hörte er in seiner Erinnerung die Stimme der Kolonistin mit dem hübschen Gesicht: »Bitte, tun Sie es nicht.«

»Sie sind im vordersten Rang«, sagte die Positronik. »Sobald der Sender wieder freigegeben ist.«

Izkat legte den Kopf in den Nacken. »Was ist das für ein Mist? Du hast so viel abgedrückt, da müsste schon Belinkhar selbst das Ding nutzen!«

»Vielleicht tut sie's.« Levtan bereute, die vielen Chronners bezahlt zu haben. Wer am meisten gab, kam auch zuerst dran – nur die Matriarchin hatte das oberste Vorrecht. Sie warteten.

»Nutz die Pause!«, riet Izkat und klopfte sich gegen den Schenkel. »Du hattest schon lange keine Dosis mehr, oder?«

Levtan setzte sich zu ihr und griff in alter Gewohnheit in seine Tasche. Da waren sie, die süßen Lebensovale. Das Pad lag leicht mit der glatten Seite auf der Handfläche, als wöge es nichts, kein Gewicht, keine Verantwortung.

Unschlüssig hielt Levtan die ovale Klebefolie hoch. Sie schwebte über seinem Gelenk, die feinen Härchen schienen sich nach dem Fleisch zu sehnen, wollten in die oberste Hautschicht einstechen.

»Mach schon!«, zischte Izkat. Wie hypnotisiert starrte sie Levtan an. Ihr Mund stand geöffnet, die Armmuskeln spannten sich.

Sie kann es nicht ertragen zuzusehen, erkannte Levtan. Er hatte einmal einen Swoon im *Dasganlu* gesehen, der einer anderen Swoon ein Glas Savia aus der Hand geschlagen hatte vor Zorn, weil sie es nicht leer trinken wollte. Kein Süchtiger konnte es begreifen, wenn seine Droge missachtet wurde.

Stück für Stück senkte er das Pad. Izkats Pupillen sprangen auf, sie beugte sich vor, als würde sie mit ihm die berauschende Wirkung fühlen können, wenn er sein Werk zu Ende brachte.

Levtan hielt inne, keinen Fingerbreit von den Adern entfernt, die wie verschlungene, rätselhafte Wege seinen Unterarm überzogen. Er sah den Arkoniden vor sich – Mahinran da Uktir –, den er damals bestohlen hatte. Ein Rangabzeichen aus Trillium-Kristall, das hatte er mitgehen lassen. Der Wert hätte für drei Wochen Kan'or gereicht, doch der Preis war wesentlich höher gewesen. Was musste man zahlen, um den verletzten Stolz eines Arkoniden aufzurichten? Wenn es nach da Uktir gegangen wäre, hätte er Levtan ohne Schutzanzug hinaus ins All katapultiert. Dabei hatte der alte General sein Abzeichen wiederbekommen.

»Es ist beschmutzt!«, hatte da Uktir immer wieder gerufen. »Beschmutzt von diesem Ma'pek!« Der Arkonide hatte darauf bestanden, dass Levtan zum »Zantlu« wurde, einem aus der Sippe Verstoßenen, der sich gegen das Gesetz vergangen hatte. Das hätte die Verbannung bedeutet, aber darauf war Matriarchin Gyrikh nicht eingegangen. In ihren Augen war die Strafe hart genug gewesen, und Levtan erinnerte sich gut an den mitleidigen Blick, mit dem sie ihn bedachte. Gyrikh hatte gewusst, dass dies sein Abstieg war. Niemand würde mehr mit ihm zu tun haben wollen. Die Einzige, die immer zu ihm gehalten hatte, war Izkat.

Mit geschlossenen Augen fühlte Levtan in sich hinein. Er wusste, dass er kein Kan'or mehr brauchte. Sein Körper war frei. Wenn er es dieses Mal richtig machte, würde er durch den Tunnel der Sieger schreiten, statt von außen an der Wandung zu kratzen. Vielleicht nicht durch den echten Tunnel, drüben bei der Rennstrecke, aber es würde sich bei jedem Schritt so anfühlen als ob. Es würde sich gut anfühlen. Richtig.

Levtan hob die Lider und betrachtete Izkat, ganz ein Bild der Gier. »Ich schenk's dir.«

Sie starrte ihn an, als sei er wahnsinnig geworden. »Was?«

»Ehrlich, Izkat, du kannst es haben. Ich hab dich verarscht. Es gibt keinen Hyperfunkspruch. Das ist die Überraschung. Du bekommst mein Kan'or, bevor du an Bord gehst. Alles, die ganzen Vorräte. Sind fünfhundert Gramm. Das sollte für die Zeit auf der ESTATOR dicke reichen, meinst du nicht?«

Ihre Augen traten vor, die Finger krallten sich in die Lehne. »Spielst du ein dummes Spiel mit mir, Lev?«

»Nein. Ich spiele nicht mehr.« Sein Gewissen meldete sich und sagte ihm, dass er ihr das Kan'or nicht überlassen durfte, weil es ihr schadete. Er überhörte das belehrende Quengeln. Nur zu gut wusste er, wie aussichtslos es gewesen wäre, Izkat zu bitten, gemeinsam mit ihm aufzuhören. Ebenso gut konnte er Mahinran da Uktir bitten, sein Stiefel putzender Sklave auf Lebenszeit zu werden. Nein. Izkat würde seine Vorräte bekommen. Wenn sie irgendwann von selbst aufhören wollte, würde er sie unterstützen. Anders lief es nicht.

Er gab ihr das Klebeoval in seiner Hand und holte auch das letzte aus der Anzugtasche. »Glaubst du mir nun?«

Sie nickte heftig, als würde ein unsichtbarer Riese sie schütteln. »Ich ... ich verstehe das nicht, Levtan.«

»Ich verstehe es selbst nicht«, gab er zu, die Fingerspitzen aneinandergelegt. »Aber mit Kan'or bin ich fertig. Für immer.«

Sie sah ihn lange an, schien zu spüren, dass er es ernst meinte. Angst rötete ihr Gesicht. »Bist du dann auch mit mir fertig, Lev?«

Er nahm sie in die Arme, sein Mund lag dicht an ihrem Ohr. »Ich bleibe bei dir, Izkat. Und gehe mit dir auf die ESTATOR. Raus ins All. Das ist so was von überfällig.«

Sie weinte. Er war nicht sicher, ob vor Trauer, Freude oder Erleichterung.

Die sonore Stimme durchschnitt ihr leises Schluchzen wie ein Messer. »Sie können den gewünschten Funkspruch absetzen. Die Verbindung steht.«

»Es ist gut«, sagte Levtan. »Geben Sie weiter. Ich brauche keine Verbindung mehr.«

Die Positronik war nicht auf emotionale Rückfragen programmiert. »Zehn Prozent der Einheiten sind bereits abgebucht. Wenn Sie weitergeben, werden Sie sie verlieren.«

»Macht nichts. Ich habe genug gewonnen.« Levtan stand auf und zog Izkat mit sich. »Komm, Kata, wir gehen heim.«

Sie lehnte sich an ihn. Zum ersten Mal seit langer Zeit fühlte es sich gut an, auf dem Gespinst zu leben und bei der Sippe der Nham zu Hause zu sein.

»Imasen waka haldor, asa imasen li Ke-Pondan.«
»Du kannst tausend Sterne sehen und weißt doch nichts über das Morgen.«
Mehandor

Kapitel 25

Rhodan
Im Auftrag des Regenten

»Schiff abflugbereit machen, Triebwerke durchchecken.« Rhodan trat an seine Konsole und setzte sich.

Thora folgte ihm und blieb neben ihm stehen. Sie zeigte auf ein Hologramm des Gespinsts, das neben ihnen klein wie das Spielzeug eines Kindes in der Luft stand. »Crest ist noch immer da drin!«

»Wir holen ihn später, Thora. An Bord sind beinahe zweitausend Menschen, für die ich die Verantwortung trage.«

»Sie denken nur an sich!« Ihre Augen tränten.

Rhodan hob den Kopf. Er verkniff es sich zu sagen, dass sie es war, die permanent an sich dachte. Inzwischen war er überzeugt davon, dass Thora und Crest vom Regenten mit hoher Priorität gesucht wurden. »Sie wissen, dass das nicht stimmt. Anne Sloane und Tatjana Michalowna sind mit Crest da drüben, und ich wünschte bei allen Sonnen und Planeten, sie hätten es zurückgeschafft. Genau wie Crest. Genau wie alle anderen, die draußen sind. Außerdem denke ich an Sie, Thora. Wenn wir bleiben, ist Ihre Mission gescheitert. Wenn wir sie aber fortführen, bewahren wir uns die Chance, später hierher zurückzukehren. Und dann nicht als Bittsteller.«

Sichtbar angespannt legte Thora ihm eine Hand auf den Arm. »Es tut mir leid.«

»Schon vergessen. Helfen Sie mir?«

Ohne ein weiteres Wort ging Thora an ihren Platz. »Triebwerke vorbereiten! Schnellstmöglicher Start!«

»Perry!« Regs Gesichtsfarbe näherte sich der Haarfarbe bedrohlich an. »Die Belinkhar ist im Funk. Du solltest dir das anhören. Kann ich auf Holo umlegen?«

Als Rhodan knapp nickte, drehte Reg sich um und aktivierte die Holoannahme der Funkverbindungen. Wie zu ihrer Ankunft im Orbit Gedt-Kemars erschien das lebensgroße Abbild Belinkhars in der Mitte der Zentrale.

Rhodan stand auf und trat in das Erfassungsfeld. Er sah, dass Thora ihm unauffällig ein Zeichen gab. Sie würde sich im Hintergrund weiter um den Start der TOSOMA kümmern. »Matriarchin, was kann ich für Sie tun?«

Belinkhars grüne Augen verengten sich. Ihr war der Ärger anzusehen. »Sparen Sie sich falsche Höflichkeiten, Rhodan. Sie haben vor, Betrug zu begehen und sich um den Siebten zu drücken.«

Rhodan straffte seine Schultern. »Sie haben recht. Ich werde den Siebten zu Ihren Bedingungen nicht zahlen. Wie ich bereits in der Verhandlung zu erklären versuchte, sind Terraner keine Mehandor oder Arkoniden. Wir sind weder unseren Familien noch unserer Regierung derart untertan, dass frei über uns verfügt werden könnte wie über Gegenstände. Ich würde die Rechte und Gesetze Terras verletzen, würde ich bestimmen, dass ein Siebtel meiner Mannschaft auf dem Gespinst bleiben muss. Mein Angebot, mich mit Ihnen zu einigen, steht nach wie vor. Wir werden zahlen, aber nicht auf diese Art.«

Belinkhar senkte den Blick. Sie wirkte unglücklich. »Ich bedauere diese Eskalation. Ich hätte mich mit dem Siebten begnügt. Das ist nun nicht mehr möglich.«

Ein Gefühl dunkler Vorahnung verlangsamte Rhodans Herzschlag. Obwohl Belinkhar zerknirscht wirkte, war ihr Eingeständnis keine Kapitulation. Instinktiv wusste Rhodan, dass die Matriarchin sie nicht gehen lassen würde. »Worauf wollen Sie hinaus? Werden Sie uns starten lassen und akzeptieren, dass wir zu einem späteren Zeitpunkt zahlen?«

»Die Lage hat sich geändert, Rhodan. Ein Besatzungsmitglied der TOSOMA hat das Feuer eröffnet und auf die Wache geschossen.«

Rhodan hielt den Atem an. »Wer?«

»Crest da Intral. Der Derengar.«

Thora fuhr von ihrer Konsole herum. »Was? Das ist eine Lüge!«

Bedauernd schüttelte Belinkhar den Kopf. »Ich übermittle die Bilder.«

Ihr Holo verschwand. Auf fünfzig Prozent der vorherigen Größe reduziert, wurde eine Szene vor ihnen eingespielt, die Rhodan irreal vorkam. Crest schoss mit ausdruckslosem Gesicht auf die Wache. Er tat es von hinten, als die Wächter sich umdrehten. Skrupel schien er keine zu haben. Der Strahler, den er benutzte, war identisch mit den Modellen der TOSOMA. Er hatte ihn zweifelsfrei von Bord geschmuggelt, gegen Thoras ausdrückliche Anweisungen.

In der Zentrale war es so still, als wäre sie unbemannt. Dem sanftmütigen Crest hätte niemand eine Gewalttat zugetraut. Thoras Augen glänzten feucht vor Aufregung. »Das ist unmöglich. Sie haben diese Aufnahmen manipuliert! Crest muss im Vorfeld bedroht worden sein! Er würde niemals grundlos schießen!«

Das Holo verschwand, Belinkhar erschien wieder in der Zentrale. »Ob bedroht oder nicht, Sie sehen, die Situation hat sich vollständig gewandelt. Es mag sein, dass ich Ihrem Gesetz gegenüber nicht aufgeschlossen genug war. Nach meinem Gesetz, dem Recht der Mehandor, sind alle Ihre Rechte mit dieser Tat verwirkt. Ich muss Sie nicht nur festhalten, ich bin gegenüber meiner Sippe sogar dazu verpflichtet. Den Siebten werden Sie auf jeden Fall zu leisten haben, außerdem wird es ein Verfahren geben, in dem beschlossen wird, ob auch der Rest der Mannschaft auf dem Gespinst zu bleiben hat und wie weiter mit der TOSOMA verfahren wird.«

Thora wandte sich wieder ab. Sie gab Rhodan ein Zeichen, dass sie in wenigen Sekunden startbereit waren.

»Was fordern Sie?«, fragte Rhodan.

»Liegt das nicht auf der Hand? Kapitulation. Auf KE-MATLON sind verschiedene Kleingruppen Terraner verteilt. Ich schalte den Kommunikationskanal frei, damit Sie ihnen befehlen können, sich zu ergeben.« Belinkhar schwieg einen Moment. »Falls Sie mit dem Gedanken spielen, zu fliehen, würde ich dringend davon abraten. Sicher haben Sie bemerkt, dass wir auf der Station keine Waffensysteme haben. Unsere Walzen sind unser Zuhause, wir wollen sie nicht in Kriegshandlungen verwickeln. Sie denken vielleicht, Sie könnten ins Weltall entkommen, wenn Sie sich aus den Andockklammern reißen, aber das ist nicht so.«

Rhodans Puls beschleunigte. »Erklären Sie das«, forderte er, auch wenn er wusste, dass er seine Absicht damit preisgab.

Belinkhar wirkte selbstsicher, ihre Mimik und Gestik zeigten eine Frau, die weder bluffte noch log. »Die Mehandor mögen friedlich sein, aber sie sind nicht dumm, Rhodan, selbst wenn die Arkoniden das in ihren Volksweisheiten behaupten mögen. Wir haben Ihr Schiff repariert. Sie können starten, sicher. Aber Sie werden nicht weit kommen. Es gibt zwei Funkfrequenzen, die ich auslösen kann. Die erste dient zur Fixierung eines starken Traktorstrahls innerhalb eines Kilometers. Mit der nötigen Energie könnte ich die TOSOMA durch das All zur Station zurückziehen, wie ein Kind einen Jonga-Ball wirft. Die zweite Frequenz ist eine Sicherung, falls wir nicht schnell genug reagieren sollten oder Ihre Antriebe unerwartet stark sind. Sie löst auf einer Reichweite von bis zu mehreren tausend Kilometern kleinere Explosionen an den von uns eingebauten Triebwerken aus. Haben Sie das verstanden?«

Rhodan sah, wie alle Farbe aus Regs Gesicht wich. Nach der extremen Rötung wirkte der Vorgang beunruhigend. Thora hatte sich umgedreht und den Countdown unterbrochen. Marshalls Mund bildete eine harte Linie. Entsetzte Blicke trafen Belinkhar wie Nadelstiche.

Abwägend fixierte Rhodan Belinkhar. Er glaubte ihr. Die Matriarchin hatte ihnen von Anfang an misstraut.

Belinkhar hob die Arme in einer Geste der Abwehr oder Entschuldigung, Rhodan wusste es nicht zu deuten. »Hätten wir den Siebten wie vereinbart erhalten, hätten Sie nie von den Sicherungen erfahren, Rhodan. Sobald Sie außer Reichweite gewesen wären, hätten wir keine Möglichkeit mehr gehabt, auf die TOSOMA einzuwirken. Wir haben Ihr Schiff repariert, und wir sind gut in dem, was wir tun. Meine Leute würden die Zerstörung der Triebwerke bedauern, aber wenn Sie nicht kooperativ sind, wird die TOSOMA wieder zu dem Wrack werden, das Sie in meinen Orbit gerettet haben.«

»Ich verstehe. Ich glaube Ihnen. Wir werden von Fluchtplänen absehen. Verbinden Sie mich mit der Stationsdurchsage. Wird man mich überall auf dem Gespinst hören können?«

»An allen öffentlichen Plätzen.«

»Gut, ich ...«

Reg unterbrach ihn. »Perry, willst du nicht wenigsten versuchen zu fliehen?«, fragte er. »Vielleicht blufft Belinkhar.«

Rhodan konnte seine tiefe Überzeugung schwer in Worte fassen. Er schüttelte den Kopf. »Ich weiß, was ich tue, Reg. Wenn die TOSOMA zum Wrack wird, haben wir endgültig verloren. Wenn wir kooperieren, ist vielleicht eine Einigung möglich. Wir lassen einen Teil der Besatzung vorübergehend da, aber nur um ihn später gegen Freiwillige auszutauschen. Ohne Schiff ist das unmöglich.«

Reg senkte den Kopf wie ein Stier, der zum Angriff auf ein rotes Tuch übergehen wollte. Doch er griff nicht an. Sein Blick blieb auf den Boden der Zentrale gesenkt. Auch Thora sah fort. Beide gaben Rhodan stillschweigend ihre Einwilligung, ihm die Entscheidung zu überlassen.

»Belinkhar, steht die Verbindung?«

Die Matriarchin bestätigte mit dem bereits vertrauten Drehen der Hände. Rhodan wollte gerade ansetzen zu sprechen, als ein heller Ton durch die Zentrale pfiff. Eine heftige Erschütterung ließ die TOSOMA erbeben. Das Schiff vibrierte, als würde ein zu hoher Ton es wie Glas erschüttern. Einen Moment fürchtete Rhodan, der Stahl könnte gleich amorphem Kristall zerbrechen.

»Was ist das?«, fragte Reg. Er sprang von seinem Sitz auf.

»Strukturerschütterungen«, meldete die Positronik.

»Beim Zepter des Imperators!«, stieß Belinkhar aus.

Das Holo der Matriarchin wanderte verkleinert auf ein Nebenfeld. Im Hauptfeld leuchtete das All um das Gespinst auf. Elf Kugelraumer tauchten aus dem Nichts auf. Ihre Formation bildete einen spitzen Pfeil, der in Richtung TOSOMA zeigte. Die Ankunft brachte das gesamte Gespinst zum Schwingen wie plötzlich aufkommender Wind das Netz einer Spinne. Rhodan las die eingeblendeten Daten. Der Verband umfasste ein gut achthundert Meter großes Schlachtschiff, zwei Fünfhundert-Meter-Kreuzer, sechs Schwere Kreuzer von je zweihundert Metern Durchmesser. Begleitet wurde er von unbewaffneten Versorgungsfrachtern.

»Ein Verband der Imperiumsflotte!«, stieß Thora aus. Ihre Augen glänzten feucht. Aufgeregt erhob sie sich. »Das ist das Ende!« Sie stand fassungslos zwischen ihrem und Rhodans Platz, als könnte sie nicht begreifen, was da geschah.

»Die wollen eine Verbindung«, sagte Reg. Seine Stimme klang, als wären die Töne ausgewaschen worden.

»Annehmen.« Mehr brachte Rhodan nicht heraus. Er wusste, dass die altersschwache TOSOMA gegen dieses Aufgebot nicht den Hauch einer Chance hatte. Neun der elf Schiffe waren schwer bewaffnet. Die Thermostrahler konnten den Kugelraumer innerhalb weniger Augenblicke in eine atomare Trümmerwolke verwandeln.

Das Holo wechselte, ein schwarzhäutiges Wesen von gut drei Metern Höhe drehte sich in der Zentrale wie ein Baumstamm. Sein von Furchen durchzogenes Gesicht mit den drei dominierenden Augen wirkte so lebensecht, dass Rhodan zusammenzuckte. *Der Herr der Albträume,* dachte er im ersten Impuls und schalt sich gedanklich. Zwar wirkte das kahle, ledrige Gesicht mit den drei Augen und dem ovalen Mund wenig einladend – besonders der Mund schien jede Hoffnung einfach hinunterschlucken zu können –, doch die schwarzsilberne Uniform war beeindruckend gut gearbeitet, der Stoff von einem Glanz, mit dem terranisches Gewebe auch in der besten Färberei nicht aufwarten konnte. Mehrere Symbole prangten an der rechten Seite der tonnenförmigen Brust. Rhodan vermutete, dass dieses Geschöpf von einer Welt mit hoher Schwerkraft stammte.

»Ein Naat!«, schrie Thora auf. Sie schloss die Finger zu Fäusten. Einen verrückten Moment glaubte Rhodan, sie wollte sich auf die Projektion stürzen.

»Was ...«, setzte Rhodan an.

Der Naat unterbrach ihn. Seine Stimme dröhnte durch die Zentrale. Das Arkonidisch war akzentfrei. »Novaal spricht, Kommandant der KEAT'ARK und Reekha der 247. vorgeschobenen Grenzpatrouille. Ergeben Sie sich, Kommandantin da Intral, oder sollte ich Sie lieber Thora da Zoltral nennen? Sie wurden anhand von Holoaufnahmen identifiziert. Hiermit sind Sie und Ihr Schiff meiner Befehlsgewalt unterstellt. Fügen Sie sich meinen Anweisungen. Dies ist eine ultimative Aufforderung. Sie und Crest da Zoltral haben sich wegen Hochverrats vor dem Regenten zu verantworten. Verhandlungen werden nicht akzeptiert.«

»Hochverrat?«, fragte Reg.

Thoras Augen tränten, sie schien in der Bewegung erstarrt zu sein. Schweigend sah Rhodan sie an. Aus. Vorbei. Die stolze Arkonidin hatte aufgegeben.

»Lache nie über einen Naat, der zurückweicht. Er könnte Anlauf nehmen.«
Arkonidisch

Kapitel 26

Belinkhar
Der Verrat

Äußerlich war Belinkhar die Ruhe selbst. Nur hinter ihrem Rücken kneteten sich die ineinander verschlungenen Finger nervös und verrieten, wie es wirklich in ihr aussah.

»Was wollen Sie, Naat?« Sie reckte das Kinn und sah zu dem drei Meter großen Holo auf, dabei ärgerte sie sich, dass sie das Holo in Echtgröße angenommen hatte. Sie hätte den Naat auf die Hälfte seiner Größe reduzieren sollen.

»Mein Name ist Novaal, ich bin Reekha der ...«

»Ich weiß, wer Sie sind. Was wollen Sie?«

Die bernsteinfarbenen Augen Novaals verengten sich, über dem dritten Auge zuckte eine Ader. Er hob einen Arm. »Vorsicht, Matriarchin. Ihre Arroganz ist nicht gerechtfertigt. Sie haben der TOSOMA und ihrer Besatzung ›Hastlu‹ gewährt, das Schiff repariert, und das, obwohl Sie vermuteten, dass Sie Verräter beherbergen, denen die TOSOMA unrechtmäßig in die Hände fiel.« Novaals Stimme wurde immer leiser, und gerade das ließ Belinkhar ein unangenehmes Kribbeln über die Halswirbelsäule rinnen. Ihr Herz schlug schneller. Ihr Körper riet ihr zur Flucht. Sie knirschte mit den Zähnen und schwieg.

Der Naat drehte sichtlich zufrieden beide Hände. »Schön. Ich sehe, wir verstehen uns. Liefern Sie die arkonidischen Verräter samt ihrer primitiven Helfershelfer und das imperiale Schiff unverzüglich aus. Andernfalls werde ich zu Waffengewalt greifen.«

Trotz der Bedrohung, die von Novaal ausging, öffnete Belinkhar die Arme und neigte leicht den Kopf in einer Geste der Verwunderung. »Verräter? Schiff des Imperiums auf meiner Station? Ich weiß nicht, was Sie meinen, Novaal.«

»Ach nein?« Novaal bewegte sich keinen Millimeter, nur sein ovaler Mund öffnete und schloss sich. Er wirkte wie ein Götze aus Stein. »Die TOSOMA ist unübersehbar. Ich habe bereits mit ihr Kontakt aufgenommen. Außerdem hat mir Ihr Schatten Etztak einen umfassenden Bericht geliefert. Mit seiner Hilfe war es möglich, die Verräter zu identifizieren. Eine Aufgabe, die eigentlich Ihre gewesen wäre, Matriarchin.« Er beugte sich vor.

Belinkhar riss sich zusammen, um nicht zurückzuweichen. Sie presste die Füße in den Stiefeln gegen den Boden.

Der Mund Novaals nahm eine runde Form an, ein Ausdruck seines Spotts. »Vielleicht ist Etztak besser geeignet als Sie, das Gespinst zu führen. Ihnen scheint am Wohlergehen Ihrer Sippe wenig zu liegen. Soll ich einen Warnschuss auf die Gartenkuppel abgeben, damit Sie sehen, wie ernst es mir ist?«

»Nein.« Belinkhars Mund fühlte sich so ausgetrocknet an, als hätte sie seit Tagen nichts getrunken. Ein Warnschuss würde die Plattform erschüttern und konnte je nach Intensität zu Chaos führen. Eine der größten Sippenängste war der unverhoffte Angriff aus dem All. Massenpanik würde die Folge sein.

Wut stieg in ihr auf. *Das ist alles Etztaks Schuld! Er hat mich verraten!* Darum also war ihr Schatten verschwunden. Er hatte den Hypersender der Station benutzt und die Arkoniden auf den Plan gerufen. Elender Zantlu!

»Dann kooperieren Sie also!«, donnerte Novaal, dass es in Belinkhars Ohren dröhnte.

Wie betäubt sah sie zu ihm auf. Mit diesem Handlanger des Imperiums war nicht zu spaßen. Er verkörperte eine Entschlossenheit, die die meisten Arkoniden nicht mehr besaßen. Belinkhar trat wortlos an die Schaltelemente der Hauptkonsole. Die Wut auf Etztak schob sie in den Hintergrund ihres Denkens, weit fort von der Logik. Sie musste eine Entscheidung treffen. Das Schicksal ihrer Sippe hing einmal mehr von ihr ab, und sie würde das Richtige tun.

Kapitel 27

Cyr Aescunnar
Arsia Mons

Er hatte wieder diesen Traum. Der gesamte Mars verwandelte sein Inneres in die schäumende Brühe einer gigantischen, geschüttelten Sektflasche und jagte es aus sich heraus, salzig, schweflig, vernichtend. Cyr krächzte. Er fühlte sich schwach und müde, jeder Muskel schmerzte. Unendlich langsam erinnerte er sich an den Kampf gegen das Fremdwesen. Oder war auch das ein Traum gewesen? Es musste ein Traum gewesen sein. Eher glaubte er an eine um Millionen von Jahren verspätete Lavaeruption als an ein Fabelwesen, das versucht hatte, ihn umzubringen.

Blinzelnd öffnete er die Augen. Sein Sauerstoffvorrat wurde langsam knapp. Die Anzuganzeige riet, den tragbaren Tank in absehbarer Zeit zu wechseln.

Cyr drehte den Kopf und sah Hetcher neben sich sitzen. Erleichterung durchflutete ihn, schenkte ihm einen Moment der Glückseligkeit. Er hatte sich dieses Wesen vom Mars, das ihn an Tweel aus der Geschichte Weinbaums erinnerte, tatsächlich nur eingebildet. Sein Sauerstoff musste zu knapp geworden sein, irgendetwas war passiert, aber Hetcher hatte ihn nicht da draußen liegen lassen, sondern ihn gerettet.

Dankbar wollte er sich zu Hetcher umdrehen, doch er konnte sich nicht bewegen. Benommen sah er an sich hinunter. Dicke Kunststoffseile hielten ihn auf seinem Platz. Sie stammten aus den Eingeweiden des Beetles und dienten zur Transportsicherung.

Einen Augenblick begriff Cyr nicht, was das bedeutete. Es war, als würde sein Gehirn ein Wort suchen, das ihm auf der Zunge lag, doch konnte er es nicht aussprechen. Dann schlug die Wahrheit über ihm zusammen wie eine Eiswelle und ließ ihn scharf den Atem ausstoßen: Er war gefesselt! Hetcher hielt ihn gefangen. Ruckartig riss er an dem Seil, das seine Arme an den Körper und den Körper wiederum an den Sitz band.

»Was ist los? Was soll das?« Cyr wiederholte die Frage, bis er sah, dass der Computer reagierte und seine Worte auf dem Display in ferronische Schriftzeichen umsetzte. »Was tust du?«, fragte er. Wut und Enttäuschung brodelten in ihm. Hetcher war nicht sein Retter, sondern sein Gefängniswärter.

»Es war die einzige Möglichkeit«, sagte Hetcher. »Sonst wärst du gestorben.«

»Was soll das heißen, die einzige Möglichkeit?«

»Es ist, wie es ist.« Hetcher gebärdete nichts mehr, tiefes Schweigen legte sich über das Marsmobil.

Cyr war froh, dass er das sonderbare Geschöpf nirgendwo sah. Je länger es wegblieb, desto sicherer wurde er, einer Halluzination erlegen zu sein. Er konzentrierte sich auf das Display und die Umgebung. Über ihnen standen dunkle Eiswolken wie die Finger einer göttlichen Hand. Die Scheinwerfer beleuchteten eine Steigung. Cyr verglich das Gesehene mit den Daten auf dem Display. Sie fuhren den Arsia Mons hinauf, bald musste die Sonne aufgehen.

Arsia Mons, dachte er. Das Denken fiel ihm schwer, als wäre sein Gehirn in Melasse gepackt. Er versuchte herauszulesen, wie viele Höhenkilometer sie bereits überwunden hatten. Arsia Mons besaß eine Höhe von vierzehn Kilometern. Wenn er richtig schätzte, hatten sie fünf bis sieben davon bereits erklommen.

Cyr versuchte unwillkürlich, sich das gewaltige Impaktereignis vorzustellen, das vermutlich die Ursache für die vulkanischen Aktivitäten in der Vergangenheit gewesen war. Wie in die Erde war mit großer Wahrscheinlichkeit auch in den Mars ein zweiter Brocken hineingeflogen, der seine Form veränderte und sie zu einer Birne machte, während auf der Erde der Mond entstanden war.

Auf dem Display wurde der gesamte Schildvulkan angezeigt, die Sicht stellte ihn von oben dar, offenbarte die über hundert Kilometer lange Caldera, die in die Tiefen des Mars führte. Der kosmische Kessel stellte alles in den Schatten, was es auf der Erde an Vulkankratern gab. Im Gegensatz zu den anderen Vulkanen der Tharsis-Ebene hing über dieser Caldera eine sich auftürmende Spiralwolke, entstanden aus dem Sand des letzten Staubsturms. Es war unvorstellbar, welche Mengen an Magma einst in der dünnen Atmosphäre geflossen sein mussten. Wie viele Millionen Jahre hatten die großen Vulkane geraucht? Nur Sand war geblieben. Zu feinstem Staub zerrieben, tanzte die Lava ihren roten Totentanz in der Einsamkeit.

Schließlich brach Cyr das Schweigen. »Wohin fahren wir?«

»Dorthin.« Hetcher zeigte durch die transparente Kuppel auf die Öffnung einer riesigen Höhle in der Felswand, die mindestens hundertfünfzig Meter maß. Es sah aus, als sei an dieser Stelle einmal ein Schlot nach oben gegangen, dessen Seitenwand auf einer Länge von mehreren hundert Metern weggebrochen war. Gleichzeitig wirkte die Struktur so gerade, dass sie nicht in die unwirkliche Felslandschaft passte. Handelte es sich um eine von Lebewesen angelegte Höhle, oder war sie natürlich entstanden? War dies das Geheimnis, das Hetcher antrieb?

Cyrs Wut verrauchte. Er wurde wieder das Kind, das Wunder entdeckte. Gab es Leben auf dem Mars? Er kannte diese Höhleneingänge von Kamerabildern. Sie wurden »Sieben Schwestern« genannt. Man hatte früh verworfen, dass es in den Höhlensystemen unter dem großen Vulkan eine Ökonische mit primitivem Leben geben könnte. Das extreme Höhenklima machte jede Hoffnung darauf zunichte. Oder nicht? Aufgekratzt sah Cyr Hetcher an.

»Was ist das für eine Höhle?«

»Ich weiß es nicht.«

»Aber wieso ...«

Hetcher unterbrach ihn. »Er weiß es.«

Über Cyrs Schulter kam eine Mischung aus Rüssel und Schnabel geschossen. Sie peitschte an ihm vorbei, wurde langsamer und zuckte zurück. Der Rüsselschnabel glitt über Cyrs Helm, kratzte über das vom Kampf eingekerbte Visier, als wollte er die Haut darunter streicheln.

Cyr brach der Schweiß aus. Seine Hoffnungen zerbrachen wie dünnes Eis. Es gab Tweel wirklich, und er war ihm schutzlos ausgeliefert.

Tweel sprang über die beiden Männer hinweg und drängte sich zwischen sie, sodass sie ganz an den Rand des Beetles geschoben wurden. Über ihnen glitzerte das kalte Licht der Sterne.

Ich habe nicht geträumt, dachte Cyr, einer Ohnmacht nah. *Tweel existiert.*

Mit großen Augen starrte er auf das Geschöpf, während Hetcher das Marsmobil vorwärtslenkte, hinein in den breiten Höhlenzugang. Cyr fühlte eine Beklemmung, die ihm den Atem nahm. Hektisch sah er auf seine Sauerstoffwerte, um sich zu versichern, dass der Tank ihn weiter versorgte. Dann blickte er zurück zu Tweel, dessen drei gelbe Augen von innen heraus zu leuchten schienen. Tweel fixierte die Öffnung.

Cyrs Angst erreichte ungekannte Ausmaße. Er presste die Finger krampfhaft um den Kunststoff des Sitzes. *Es ist vorbei. Der Vulkan wird mich verschlucken und nie wieder hergeben. Arsia Mons wird mein Grab werden.*

»Und wenn sie nicht gestorben sind, dann sterben sie noch heute.«
Terranisch

Kapitel 28

Tatjana Michalowna
Verloren

»Kommen Sie!«, forderte Crest Michalowna und Sloane auf. »Wir müssen uns beeilen!«

Michalowna keuchte. Trotz der geringeren Gravitation war sie am Ende ihrer Kraft, die Müdigkeit zerrte an ihr. Neidisch sah sie auf Crest. *Mit einem Zellaktivator würde ich vielleicht nicht merken, wie verdammt müde ich nach dem ganzen Gedankenlesen und Davonrennen bin.*

Neben ihr stöhnte Sloane verhalten. »Wir sind fast da, oder?« Im All täuschte die Sicht, sie wussten das alle drei. Der lange Tunnel, den sie außen an einem Geländer entlangkrochen, schien kein Ende zu nehmen, obwohl das Schiff scheinbar zum Greifen nah lag. Es war, als würde die TOSOMA sie verspotten.

»Vielleicht noch ein Kilometer.« Tatjana hangelte sich weiter am Geländer entlang, immer darauf bedacht, nicht auszurutschen. Sie hatten zu Beginn den Weg genommen, den Levtan ihnen gezeigt hatte, und waren von dort aus weitergeklettert. Fast das gesamte Gespinst war an der Peripherie von schmalen Gängen mit Geländern umgeben. Vermutlich dienten sie der Wartung. Bisher waren ihnen nur zwei andere Mehandor begegnet, die sie ignoriert hatten. In den Anzügen mit geschlossenem Helm unterschieden sie sich kaum von den Gespinstbewohnern. Die Mehandor waren nur geringfügig zierlicher gebaut als sie. Am meisten fiel Crest im Anzug auf, doch auch er konnte als Sippenmitglied durchgehen.

Schweigend arbeiteten sie sich weiter vor. Unter dem Anzug schwitzte Michalowna. Ihr ging nicht aus dem Kopf, dass Crest, der umsichtige Mann, dem sie vertraute, eine Waffe mit an Bord des Gespinsts geschmuggelt hatte.

Crest hielt an. »Tatjana, können Sie herausfinden, ob die TOSOMA bewacht wird?«

Sie waren vielleicht noch zweihundert Meter entfernt, hingen außen am Gespinst wie Insekten an einer übergroßen Frucht. Um zur TOSOMA zu kommen, mussten sie wieder das Innere der Station betreten. Michalowna schloss die Augen und streckte ihre Gedankenfühler aus. Sie spürte die Angst Sloanes. *Weiter*, spornte sie sich an. Ihre mentale Gabe weitete sich aus, suchte den Raum ab und fand Gedanken.

»Mehrere Mehandor«, sagte sie. »Sie sind bewaffnet, bewachen das Schiff und halten Nachzügler auf. Zwei stehen in der Nähe des Zugangs, aber sie scheinen nicht damit zu rechnen, dass der Außenweg benutzt wird.«

»Wir kommen nie zurück«, flüsterte Sloane.

Crest schenkte ihnen ein Lächeln. »Ich gehe allein vor. Ich werde die Wachen betäuben, mich vorarbeiten und darauf hoffen, dass ich Gucky oder Ras Tschubai auf mich aufmerksam machen kann. Dann können wir alle drei abgeholt werden.«

Michalowna zögerte. »Wir würden zu dritt zu sehr auffallen.« Ihr gefiel der Gedanke nicht, Crest gehen zu lassen, aber welche Wahl gab es schon?

Sloane lehnte sich kurzatmig gegen die Tunnelwandung. »Okay, Crest, gehen Sie vor. Sie kommen ohne uns schneller voran. Wir warten hinter dem Zugang.«

»Wenn es Schwierigkeiten gibt, komme ich zurück«, versicherte Crest.

Der Satz entlockte Michalowna ein müdes Lächeln. Wenn es Schwierigkeiten gab, würde Crest gefangen genommen werden und sie auch. Sicher würden die Mehandor anhand von Crests leichtem Raumanzug sowie seinem überraschenden Auftauchen auf die Idee kommen, dass sie sich außen am Tunnel bewegten.

Crest ging beschwingt wie ein Leistungssportler. Von den bisherigen Strapazen merkte man ihm nichts an.

»Machen wir eine kurze Pause?«, fragte Sloane. »Am liebsten würde ich eine rauchen.« Sie kicherte, Michalowna hörte die Anspannung heraus. »Wäre das nicht die wahre Freiheit, die die Werbung für Zigaretten verspricht? Rauchen im Orbit eines anderen Planeten ...«

»Nur ein bis zwei Minuten«, lenkte sie ein.

Sloane lehnte den Rücken gegen die Wand und rutschte mit

angezogenen Knien zu Boden. »Ein schöner Mist! Hätten wir die TOSOMA doch nie verlassen.«

»Ja.« Michalowna war nicht danach, sich zu unterhalten. Sie starrte zum Schiff hin, das nur einen Sprung entfernt am Ende des Tunnels zu liegen schien. Ihre Muskeln lockerten sich ein wenig. Sie stand wieder auf. »Komm weiter. Die zwei Minuten sind um.«

Sloane kämpfte sich auf die Füße. Sie protestierte nicht. Dicht hintereinander kamen sie immer näher an ihr Ziel.

Eine Erschütterung ließ das Gespinst erbeben. Sloane schrie auf, ihre Füße verloren den Halt, die Finger lösten sich vom Geländer. Michalowna packte ihre Hand. »Anne!«

Gemeinsam schafften sie es, Annes Hand wieder zur Metallstange zu bringen.

»Was ist das?«

Michalowna sah zur TOSOMA hin. Über dem Schiff materialisierte in der Schwärze des Alls ein Flottenverband. Die Schiffe standen wie ein Pfeil auf das alte arkonidische Schiff gerichtet, als wollten sie von einer unsichtbaren Sehne fliegen und die TOSOMA auslöschen. »Oh nein!« Sie lief schneller vorwärts, hielt sich kaum noch am Geländer fest. »Arkoniden! Sicher kein Freundschaftsbesuch! Sieh dir die Schiffe an!« Obwohl es keinen rationalen Grund dafür gab, spürte Michalowna, dass diese Schiffe nicht zur Unterstützung der TOSOMA gekommen waren, sondern um sie zu vernichten.

Sloane rannte hinter ihr her. Sie stolperte mehrfach, fluchte und schimpfte. Michalowna stieß sich das Schienbein an einer der Seitenstangen. Sicher würde die Haut blau werden. Sie achtete nicht darauf. *Vielleicht irre ich mich, und die Arkoniden kommen, um uns zu helfen,* dachte sie mit einem Anflug von Hoffnung. *Thora könnte sie gerufen haben.*

Nein, sicher konnte sie diese Hoffnung begraben. Der Flottenverband kam nicht zur Rettung. Bedrohlich hing er im Weltraum, bereit, sich auf die hilflose TOSOMA zu stürzen.

Sie hetzte weiter.

Crest eilte ihnen entgegen. »Wir müssen zum Schiff! Sofort! Wenn wir nicht an Bord gehen, bleiben wir auf KE-MATLON zurück!« Er packte Michalowna an der Hand. Die Berührung war ihr unangenehm.

»Wollen Sie uns den Weg frei schießen?« Die Frage klang kalt und bissig, dabei spürte Michalowna nichts anderes als heiße Angst, die sich in Panik zu verwandeln drohte.

»Nein, die Mehandor ziehen ab! Deswegen bin ich zurückgelaufen, um Sie zu holen. Wir können es zusammen versuchen! Kommen Sie!« Crest führte Michalowna und Sloane erst zu einer Metalltür, die ins Innere führte, dann durch eine schmale Nebenröhre hinaus auf eine Plattform, die von einer energetischen Schutzhülle umgeben war. Der Anzug zeigte auf dem Display am Handgelenk gute Sauerstoffbedingungen an.

Michalowna kam sich vor wie in einem verrückten Traum. »Wieso ziehen sich die Mehandor zurück?« In ihrem Gehirn arbeitete es. Sicher wusste die Matriarchin, dass nicht alle Besatzungsmitglieder an Bord waren. Laut den Vorabinformationen gab es an vielen Stellen des Gespinstes überwachende Optiken. Die Matriarchin musste annehmen, dass versprengte Terraner versuchen könnten, das Schiff zu erreichen. Es war unlogisch, dass sie ihren Fang nicht bewachen ließ.

»Die Klammern lösen sich!«, schrie Sloane.

»Nein!« Crest rannte aus dem Schatten und der Deckung der Tunnelwand hinaus, der TOSOMA entgegen. Das gewaltige Schiff ruckte ein Stück von ihm fort. Es entfernte sich einige Meter von seinem Landeplatz, abgestoßen von der Plattform.

Sloane blieb so unvermittelt vor ihr stehen, dass Michalowna gegen sie stieß. Die Amerikanerin drehte sich um und packte ihre Schultern. Ihre Augen waren geweitet wie die eines ängstlichen Kindes, das einen Tornado im Feld hinter dem Elternhaus erblickte. »Was bedeutet das?« In ihrer Stimme lag Panik.

Michalowna begriff mit unheimlicher Ruhe, dass alles verloren war. Aber sie brachte es nicht über sich, Sloane diese Antwort zu geben.

Die TOSOMA nahm plötzlich Fahrt auf, aber ohne dass ihre Impulstriebwerke aufgeflammt wären. Das Gespinst stieß das Schiff mit Traktorstrahlen ab.

Michalownas Magen wurde zu einem harten Klumpen. *Als werfe man einem Rudel Raubtiere Beute vor ...*

Christian Humberg

Flucht ins Dunkel

»Mein Blick wanderte zu dem gestrandeten Schiff,
welches die Brandung des Meeres und die beachtliche Entfernung
beinahe vor mir verbargen, und ich dachte:
Herr, wie war es möglich, dass ich das Ufer erreichte?«
Daniel Defoe, »Robinson Crusoe«

Prolog

Die Nacht des Jägers

Kerh-Onf brannte.

Alle paar Häuserblocks loderten im Kern der Stadt neue Feuer aus den Straßenschluchten empor und zauberten flackernde Schatten auf die Fassaden. Die Luft roch nach Rauch und der Asche des Vergänglichen.

Der Jäger stand auf dem Balkon und ließ seinen Blick über die Feuer, Brücken, Sumpfparks, Schatten und den ganzen Rest der eigentümlichen Szenerie schweifen, lauschte dem Treiben in den Straßen unter ihm.

Es waren Freudenfeuer, das wusste er. Unzählige Topsider standen in diesen Stunden um die gewaltigen Brandherde versammelt und feierten den Anlass, der sie zusammengeführt hatte: das Fest der drei Monde, deren Licht sich auf den Dächern der weitflächigen Metropole am südlichen Rand der Groogwain-Ebene spiegelte. Scharenweise zogen die Topsider durch Kerh-Onfs Straßen, verharrten an den Markt- und Essensständen und wohnten mal länger, mal kürzer den künstlerischen Darbietungen bei, die nahezu an jeder Ecke stattfanden.

Alle schienen in dieser Nacht auf den Beinen zu sein, alle Millionen und Abermillionen Einwohner der Hauptstadt des Despotats von Topsid. Sie feierten das Leben, das die Monde dem Volksglauben nach symbolisierten, wenn sie in dieser seltenen Konstellation über Topsid prangten – im *Himmlischen Gelege*. In keiner anderen Nacht wurden so viele Nachkommen gezeugt, fanden sich so viele Paare. Jeder, vom Standbetreiber bis zum

Straßenkünstler oder -prediger, brannte zum Dreimond mit dem inneren Feuer der Begeisterung.

Doch dem Jäger war nicht nach Feiern zumute.

Du wirst hier nie wirklich ankommen, oder?, ertönte eine Stimme. Sie existierte nur in seiner Phantasie, und trotzdem klang sie wie ein trauriges Seufzen.

Der Jäger hob den Blick von dem bunten Trubel in der Tiefe und sah tadelnd auf das klobige Armband an seinem rechten Handgelenk.

Dann stutzte er. *Also doch ...*

Den ganzen Abend schon hatte er das Gefühl, dass etwas geschehen würde. Er konnte es nicht begründen, nicht mit Fakten untermauern – aber er hatte gelernt, seinem Bauchgefühl zu vertrauen. In seinem Metier zahlte sich das aus.

Und jetzt ... Fragend und ein wenig abwartend schaute er wieder hinunter zu den Dächern und Gassen. Die festliche Atmosphäre hatte sich verändert. Nicht für die Feiernden, *noch* nicht, aber für ihn, ihren stummen Beobachter.

Etwas geschah dort draußen. Jetzt, in diesem Moment. Etwas, das ...

Ein lauter Knall riss ihn aus seiner Anspannung und bestätigte seine Befürchtung. Kam das aus Khir-Teyal? Der Jäger wandte den Blick nach links und in Richtung des Gettos. Tatsächlich: Schwarzer Rauch stieg von einigen der Bauten dort auf.

Das ist kein Freudenfeuer.

Und es blieb kein Einzelfall. Schon knallte es wieder, nun irgendwo nahe dem Regierungsviertel. Dann ein drittes, ein viertes Mal. In schneller Folge erschütterten die Explosionen die Metropole. Der Jäger hörte Alarmsirenen aufheulen, sah die Feiernden ratlos die Köpfe drehen. *Gehört das zum Fest?*, schienen ihre fragenden Mienen zu sagen und *Ich fürchte nicht* das angstvolle Flackern, das er in ihren Augen ahnte. Aus dem Fest des Lebens drohte ein Triumph des Todes zu werden.

Unruhe kam auf. Panik. Der Jäger beobachtete, wie erste Grüppchen die Straßen hinabrannten. Rücksichtslos und von der Furcht getrieben, bahnten sie sich ihre Wege durch die Feiernden, schubsten und drängelten. Manche schrien auf. Mit jedem neuen Knall wurden es mehr.

Der Jäger schaute reglos zu. Im Gegensatz zu ihnen sparte er sich seine Kräfte auf. Er ahnte, dass er sie bald brauchen würde.

Und abermals trog ihn sein Instinkt nicht. Kaum war die jüngste Explosion zwischen Kerh-Onfs mondbeschienenen Häusern und Türmen verklungen und von etwas wie erschrockener Stille ersetzt worden, meldete sich sein Kommunikator vom Schreibtisch her. Der Jäger sah ein letztes Mal hinab auf die Stadt, nickte knapp und trat zurück in die Wohnung.

Im Inneren des Turmes war es wärmer als draußen auf dem Balkon. Die Wände heizten noch nach, gaben die am Tag gespeicherte Sonnenwärme ab. Das gefiel ihm. Es war so ziemlich das Einzige an dieser Bleibe, die er bewohnte, obwohl sie ihm so wertlos war wie der falsche Name an ihrer Tür, dem er mehr als nur zweckmäßigen Nutzen abgewinnen konnte.

Ein prächtiger Teppich zierte die rechte Wand des Wohnzimmers. Er zeigte, kunstvoll gefertigt, historische Ereignisse aus der Frühzeit Topsids. Der Jäger ignorierte ihn wie üblich. Mit schnellen Schritten trat er an ihm vorbei und zum steinernen Tisch auf der anderen Seite des Wohnzimmers. Dort lag sein handtellergroßes schwarzes Komgerät und summte nach wie vor.

Der Jäger ergriff es und nahm den Anruf an, ohne das Display eines Blickes zu würdigen. Es gab ohnehin nur eine Person, die ihn auf diesem Weg kontaktierte. »Ich höre, Megh-Takarr.«

Aus dem kleinen Fenster in der Mitte des rechteckigen Geräts erwuchs die Darstellung eines markanten Gesichts. Schnitte und Schrammen zierten es, und nicht nur *ein* dünner Blutfaden rann aus ihnen. Dennoch wirkte Megh-Takarr nicht, als befinde er sich in Gefahr – zumindest nicht mehr. »Ich habe einen neuen Auftrag für Sie, Gihl-Khuan«, knurrte er ebenso zornig wie grußlos. »Einen, der nicht warten kann, verstehen Sie?«

Der Jäger deutete ein Kopfnicken an und senkte kurz den Blick. »Ich verstehe. Geht es um die Explosionen?«

»Was?« Für einen Moment wirkte der Herrscher über alle Topsider verwirrt. »Nein, nein. Obwohl: auch.«

Gihl-Khuan zog sich den Hocker heran, hob den Echsenschwanz aus dem Weg und nahm Platz. Sein Geist schaltete auf Aufnahme, bereit für die Details, die sein Auftraggeber ihm gleich mitteilen würde. »Dann also um den Arkoniden.« Eine Feststellung, keine Frage.

Megh-Takarrs kleine gelbe Augen funkelten. »Sie hat ihn mir genommen«, zischte er. »Diese ... diese dreckige Verräterin von einer Hure ist mit *meinem* Preis auf und davon! Finden Sie sie,

Gihl-Khuan. Ganz egal, was es kostet und welche Opfer es Ihnen abverlangt – finden Sie die beiden und bringen Sie mir mein Eigentum zurück!«

»Das werde ich«, sagte Gihl-Khuan. Es war kein leichtfertig gegebenes Versprechen, sondern tiefste Überzeugung. Gewissheit. Im Gegensatz zu dem emotional aufgewühlten Despoten hatte sich der Jäger unter Kontrolle und wusste, was er tat. »Erzählen Sie mir mehr, Herr. Sie sprachen von einer Verräterin?«

»Khatleen-Tarr.« Verächtlicher hätte kein Name ausgesprochen werden können. »Sie stammt aus Bismall-Kehns Sündenpfuhl im *Purpurnen Gelege,* aber ihr Werdegang unterscheidet sich von dem anderer Huren.«

Mit wenigen Worten beschrieb der Despot, was während der vergangenen Stunden in dem Freudenhaus in Khir-Teyal vorgefallen war. Von dem Versprechen, das der exzentrische Herr des Geleges ihm gegeben und dann nicht gehalten hatte. Immer wieder kehrte er bei seinen Schilderungen jedoch zu der Frau zurück, zu Khatleen-Tarr. »Ich habe sie inzwischen überprüfen lassen, Gihl-Khuan. Die entsprechenden Daten gehen Ihnen umgehend zu. Unterschätzen Sie sie nicht. Sie ist mehr, als sie zu sein vorgibt.«

»Soll heißen?«

Es war nicht Gihl-Khuans Art, seinen Auftraggeber zu mehr Klarheit zu ermahnen, doch Megh-Takarr ritt auf einer Welle aus Zorn, die ihm den Boden des Nüchternen und Wesentlichen zu überfluten drohte.

Zu Gihl-Khuans Glück bemerkte der Despot die kleine Maßregelung gar nicht. »Dass sie desertierte!«, wetterte er. »Kurz nach der Wega-Invasion. Sie tauchte einfach unter, entfernte sich von der Flotte. Steht alles in den Daten.«

Eine Einzelgängerin ... Für den Bruchteil eines Augenblicks empfand der Jäger fast so etwas wie Verständnis für seine Beute. Topsid mochte zwar nominell seine Heimat sein, wirklich heimisch fühlte er sich auf dieser Welt jedoch ebenfalls nicht. Längst nicht genug, um für sie kämpfen und das Leben riskieren zu wollen. Er war nur dem Despoten treu, die Welt kümmerte ihn nicht.

»Sie sagten, ich solle die beiden Flüchtlinge aufspüren«, fasste er den Auftrag zusammen, »aber nur einen, den Arkoniden, zu Ihnen bringen. Was, Herr, soll mit der Deserteurin geschehen?«

Megh-Takarr schnaubte. »Von mir aus können Sie ihr jede Schuppe einzeln ausreißen und sie dann in der Ebene erfrieren lassen. Tun Sie, was immer Sie wollen, aber bringen Sie mir den Mann, hören Sie? Bringen Sie ihn mir *lebend!*«

Abermals nickte Gihl-Khuan. »Er wird Topsid nicht verlassen. Und er wird mir nicht entgehen.«

Der Herrscher schien noch etwas sagen zu wollen, doch ein Ereignis zu seiner Linken, das außerhalb des Übertragungsfensters lag, lenkte ihn ab. Gihl-Khuan sah, wie das Abbild die Mundwinkel verzog, dann trennte Megh-Takarr die Verbindung. Abschiedsworte waren ohnehin nie seine Sache gewesen.

Es gab auch keinen Grund für sie. Der Jäger wusste, was er zu tun hatte. Alles war gesagt ...

Kühler Nordwind wehte von draußen herein und brachte die erdfarbenen Vorhänge in ihren Halteschlaufen zum Schwingen. In der Luft lagen Sirenengeheul und das Versprechen von Weite, vom endlos scheinenden Nichts in der Ebene jenseits der Stadt. Es erinnerte den Jäger so stark an die Nächte auf Buntayn, dass es fast schmerzte.

Gihl-Khuan atmete tief ein und legte den Kommunikator zurück auf die Tischplatte. Dann stand er auf und trat zum Wandteppich. Suchend glitt sein Blick über die historischen Szenen, bis er schließlich die Darstellung der Schlacht um Bor-Tha fand. Gihl-Khuan streckte die Hand aus und hielt sie so dicht vor die schmucke Webarbeit, dass kaum noch Luft zwischen seine Schuppen und Bor-Thas Stoff gewordenes Denkmal passte.

Sofort begann der gesamte Teppich zu flackern. Die verborgene Positronik erkannte Gihl-Khuans Handabdruck, gewährte ihm den Zugriff, den er wünschte – und einen Augenblick später waren Teppich und Wand Geschichte. Wo sie sich angeblich befunden hatten, fiel Gihl-Khuans Blick nun auf einige Quadratschritte weiterer Raumfläche. An der *echten* Wand, von der ihn nun wieder fünf Fußbreit trennten, hing sein Waffenarsenal, wie er es zurückgelassen hatte.

Gihl-Khuan nahm einen Dolch, hielt ihn in die Höhe. Ein Strahl Mondlicht, der durch die offene Balkontür fiel, spiegelte sich auf der silbernen Klinge und ließ sie funkeln.

»Khatleen-Tarr«, flüsterte der Jäger in die Stille des Raumes, und mit einem Mal war er zu Hause.

Kapitel 1

Der Spion, der in die Kälte kam
Terrania, 9. Januar 2037

Der Stardust Tower ragte in den frühmorgendlich blauen Himmel über der Wüste Gobi wie ein Versprechen, das jeden Tag aufs Neue in einer fremden Sprache gegeben wurde; einer, die man nicht mit den Ohren und dem Intellekt, sondern mit dem Bauch erfasste. Den Emotionen. Zweitausend Meter maß dieses Symbol der geeinten Menschheit inzwischen, und es wuchs noch immer.

Lhundup stand auf der anderen Straßenseite des Turmeingangs, dort, wo die Häuser und Straßen mittlerweile wirkten, als wollten sie eins mit dem Fuß des imposanten Riesen in ihrer direkten Nachbarschaft werden. Einmal mehr fasziniert, legte er den Kopf in den Nacken, kniff die Lider enger zusammen, um seine Augen vor den noch recht schwachen Strahlen der Sonne zu schützen, und schaute staunend nach oben. Sofort wurde ihm schwindlig. Im Changthang fanden sich Berge, die weit höher als der Stardust Tower waren, doch wann immer er direkt vor diesem stand, konnte er Ersteres kaum noch glauben.

»Es soll ja Leute geben«, erklang eine Stimme in seinem Rücken, in die sich ein leises Lachen mischte, »die, obwohl sie kerngesund und stocknüchtern sind, nicht gerade stehen können. Raus damit, bist du krank, oder hast du getrunken?«

Lhundup senkte beschämt den Blick und legte die Arme, die er ruckartig ausgebreitet hatte, um sein Gleichgewicht zu halten, wieder an den Körper. Dann erst drehte er sich um. »Weder noch, Jun. Ich bin nur ... nicht ganz schwindelfrei, fürchte ich.«

»Sagte er und befand sich doch *vor* und nicht auf dem Turm«, ergänzte Bai Jun und kam näher. Sein Lächeln nahm den Worten ihren Tadel. Auf der Jutetasche, die er um die Schulter trug, prangte eine fröhlich lächelnde Sonne.

Lhundup mochte den stets zu ein wenig Großspurigkeit neigenden Bürgermeister Terranias, auch wenn mitunter der ehemalige General mit ihm durchging. Kurz nach dem Sturm auf die Stadt, dem Bruch mit China und dem Ableben von Juns einstigem Adjutanten He Jian-Dong hatte Lhundup sich Jun angeschlossen ... oder, besser ausgedrückt, aufgedrängt. Lhundup, der einfache Infanterist, war seinen Instinkten gefolgt und Bai Jun so lange nicht von der Seite gewichen, bis dieser gedroht hatte, ihn zu erschießen – um ihn anschließend, nachdem Lhundup sich von der Drohung nicht hatte einschüchtern lassen, zu seinem persönlichen Assistenten zu machen. Deswegen stand Lhundup nun in der morgendlichen Kälte und sah seinen Arbeitgeber halb erwartungsvoll, halb skeptisch an.

»Du hast mich herbestellt«, sagte Lhundup, als Bai Jun nicht gleich das Wort ergriff.

Der Bürgermeister schwieg weiter. Dann fragte er: »Was machen deine Verletzungen?«

Lhundup hob die Hand zur Stirn, wo die Ärzte seine Wunde hatten klammern müssen. Zwei Tage waren seitdem vergangen. »Sie heilen. Und wie geht's dir?«

Seit den Ereignissen um die mysteriöse Cui hatten sie einander kaum gesehen und keine Zeit für ein längeres Gespräch unter vier Augen gefunden. Lhundup konnte nicht von sich behaupten, das Geschehen inzwischen vollumfänglich verstanden zu haben, aber er wusste, dass die Gefahr gebannt und die Normalität wiederhergestellt war. Andererseits aber gab es so etwas wie Normalität in Perry Rhodans Wüstenstadt ohnehin nicht.

»Wie soll es armen Leuten schon gehen?«, fragte Bai Jun lapidar zurück.

Lhundup spürte, dass Jun auf diese Floskel keine Antwort erwartete, sondern sich vielmehr selbst vor einer drückte, und beschloss, nicht nachzuhaken.

Der Blick des mittelgroßen Mannes wanderte zum Stardust Tower. »Ich habe dich herbestellt, ganz recht. Ich möchte, dass du einen weiteren Auftrag für mich erledigst. Einen ganz besonderen.«

Allmählich kam Leben in Terranias Straßen. Erste Geräusche hallten die Gassen und Wege entlang, Gesprächsfetzen, Motorenklang, Schritte auf dem Pflaster. Hier wurde ein Fenster geöffnet, von da wehte der Duft frischen Kaffees herüber. Die Stadt mochte jung sein, aber sie war auch schon groß und ihre Bevölkerungsdichte nicht zu unterschätzen. Lhundup hatte nie etwas Größeres gesehen, was von Menschenhand geschaffen worden war. Zwar hatten die anfänglichen Menschenströme ein wenig nachgelassen, doch kamen nach wie vor Unmengen an Träumern, Idealisten und Entwurzelten aus aller Herren Länder an Terranias Grenzen, um in diesem staatenlosen, von national beschränkten Weltanschauungen und politischem Geklüngel freien Ideal einen Neuanfang zu versuchen und ein neues – oder endlich ein – Zuhause zu finden.

Lhundup mochte diese Zeit rund um den Sonnenaufgang, wenn der Tag noch jung und unbelastet war, voller Möglichkeiten. Nicht selten zog er dann durch die leeren Straßen, beeindruckt von der Stadt und ihren Versprechen. Nur schade, dass es eine so verflixt *frühe* Zeit war. »Ich höre«, sagte er und mühte sich vergebens, ein Gähnen zu unterdrücken.

Bai Jun schien es nicht zu bemerken oder war gnädig genug, darüber hinwegzusehen. »Was weißt du über diesen Turm, Lhundup?«

Er runzelte die Stirn. Seit er seine tibetische Heimat verlassen und sich ebenfalls Rhodans Traum verschrieben hatte, war er nur selten mit Fragen konfrontiert worden, die ihm ebenso sinn- wie ziellos erschienen. Daher beschloss er, auch diese nicht für eine solche zu halten – vorerst.

»Schätzungsweise so viel wie die meisten hier«, antwortete er. »Der Stardust Tower ist nach dem Raumschiff benannt, in welchem Rhodan, Bull, Manoli und Flipper zum Mond reisten. Er wächst und wächst, und obwohl täglich weiter an ihm gearbeitet wird, haben die Bewohner Terranias bereits viele seiner Etagen bezogen.«

Im Erdgeschoss halfen Vertreter der Stadt Bürgern bei ihren administrativen und organisatorischen Fragen. Die direkt darauffolgenden Stockwerke beherbergten eine von Dr. Haggard und dem derzeit vermissten Dr. Manoli geleitete Klinik. Dann kamen Wohnungen – unter anderem die Homer G. Adams', des Administrators und somit gewissermaßen Juns direkten Vorgesetzten – und weitere Büros. Aber all das war Jun hinlänglich bekannt. Wem half es, diese Informationen wiederzukäuen?

»Er birgt Geheimnisse, Lhundup«, sagte der Bürgermeister leise und sah zu ihm. »Solche, die offenbar nicht einmal der Vorsteher dieser Stadt erfahren darf. Nenn mich paranoid, aber wenn ich in meinen langen Jahren beim Militär eines gelernt habe, dann zu erkennen, wenn mich andere für dumm verkaufen wollen. Und so leid es mir tut: Administrator Adams versucht es.«

Lhundup fuhr sich mit der Hand durch das kurze schwarze Haar. Daher wehte der Wind also. Bai Jun ärgerte sich noch immer über die Geheimniskrämerei, die Adams bei der Sache mit der Energieversorgung an den Tag gelegt hatte. Obwohl: Ärgern war vermutlich der falsche Begriff.

Entgegen vorherigen Zusicherungen hatte Homer G. Adams einen Gutteil der von *Guanghui 1* erzeugten Energie exklusiv dem Stardust Tower zuführen lassen und nicht der Gesamtheit Terranias. Lhundup wusste, dass Jun den alten Mann damit konfrontiert hatte. Er wusste aber auch, dass der Bürgermeister bei dieser Konfrontation nichts hatte erreichen können. Adams' Entschluss stand, eine Rechtfertigung blieb der Administrator Bai Jun bis heute schuldig.

Und ich soll jetzt Adams hinterherspionieren? Lhundup sah sich schon wie ein Geheimagent um Häuserecken lugen oder mit falschem Bart und Perücke getarnt die Stadtoberen observieren. Ein albernes Bild.

In seiner Kindheit hatten die Nomaden des Changthang so manchen eisig langen Winterabend mit gemeinschaftlich zelebrierten Filmvorführungen überstanden. Dicht an dicht hatten sie sich in eines ihrer großen Zelte gedrängt, in dem jemand irgendwelche Raubkopien auf batteriebetriebenen Displays abspielte. Es waren alte Streifen gewesen, teilweise sogar uralte, und doch hatten Lhundup und seine Stammesanhänger jeden einzelnen genossen. Nicht obwohl, sondern gerade weil die in ihnen geschilderten Geschichten und gezeigten Figuren sich so grundlegend von der Realität in den tibetischen Hochebenen unterschieden. Insbesondere der britische Geheimagent James Bond hatte es dem Kind Lhundup angetan. Und nun sollte er selbst zu einem Bond werden? Er bezweifelte, dass er dazu das nötige schauspielerische Talent besaß, von der Chuzpe ganz zu schweigen.

»Hast du denn gar nichts Neues in Erfahrung bringen können?«, fragte er unglücklich und ungläubig.

»Machst du Witze?«, erwiderte Bai Jun mit ein wenig militärischer Schärfe im Ton. »Meine Fühler sind längst ausgestreckt, meine Kontakte aktiviert. Erst gestern Abend saß ich wieder mit Sicherheitskoordinator Allan Mercant beisammen, aber ...«

Lhundup stutzte. Das ungute Gefühl, das mit der Vorstellung, in eine James-Bond-Rolle schlüpfen zu müssen, gekommen war, blieb. »Aber?«, hakte er vorsichtig nach und bedauerte es im selben Augenblick.

»Du magst doch den Traum Terranias, oder?«, fragte Bai Jun mit leisem Lächeln. »Du bist gern ein Teil von ihm, baust mit uns allen an unserer gemeinsamen Zukunft als Terraner.«

»Äh ... ja?« Lhundup hasste es, wenn sein Verstand nicht ganz mit dem Tempo der Ereignisse mithalten konnte, aber wachsam genug war, ihn das spüren zu lassen. In solchen Momenten kam er sich vor, als wolle sein eigener Geist ihn auf den Arm nehmen – und das erfolgreich!

Bai Jun griff in die Jutetasche und zog ein sorgsam gefaltetes Etwas hervor. Es war braun und, so begriff Lhundup plötzlich mit nicht geringem Entsetzen, garantiert in der richtigen Größe.

»Herzlichen Glückwunsch, Lhundup. Deine Bewerbung als Baugehilfe am Stardust Tower wurde soeben akzeptiert.« Der Bürgermeister zog sein Pod aus der Hosentasche und las die Uhrzeit vom Display ab. »Du kannst in ... vierzig Minuten anfangen. Mack und die anderen erwarten dich an der Hauptpforte.«

Bewerbung? *Ist wohl nichts mit falschem Bart und Perücke*, dachte Lhundup seufzend. Dann sah er wieder nach oben. Und schluckte. »Aber Jun, ich ... ich habe Höhenangst.«

»Und ich den dringenden Wunsch nach drei Wochen Urlaub am Strand.« Bai Jun schlug ihm so aufmunternd auf den Rücken, dass Lhundup einen Schritt nach vorn machen musste, um nicht umzufallen. »Aber das Glück ist mit dem, der seine eigenen Wehwehchen zu ignorieren versteht, wenn er es muss. Ich wette, dieser Onkel Dalaimoc, dessen Sinnsprüche du ständig zitierst, würde mir da zustimmen.«

Lhundup kam nicht umhin, Jun recht zu geben. Auch wenn es ihm vorkam – zumindest ein klein wenig und nicht mit dem Intellekt, sondern dem Bauchgefühl –, als unterschreibe er damit sein eigenes Todesurteil.

»Luhkneppel?«

»Hier.«

»Kaesbrod?«

»Hier.«

Der Stift flog über das Klemmbrett, hakte ab. Der amerikanischstämmige Ingenieur, der ihn führte und die Namen aufrief, war von durchschnittlicher Statur, hatte mittig gescheiteltes kurzes Haar, in dem die ersten grauen Stellen zu erkennen waren, und stets die Andeutung eines Lächelns in den Mundwinkeln. Auf seinem braunen Overall prangte in Brusthöhe ein Aufnäher mit der Aufschrift »David A. Mack«.

Und er sah Lhundup recht genervt an.

Der junge Tibeter blinzelte erschrocken und merkte erst dann, dass er seinen eigenen Namen überhört haben musste.

»Du *musst* Lhundup sein, Kleiner«, sagte Mack. »Alle anderen auf meiner Liste sind bereits abgehakt.«

Lhundup spürte die amüsierten Blicke der restlichen Truppe auf sich ruhen. »Was? Äh, natürlich. Ja, ich ... Verzeihung, aber ... Ich bin Lhundup.«

»Kein Name, für den man sich entschuldigen müsste«, sagte Mack schmunzelnd. »Und fürs nächste Mal: Ein einfaches ›Hier‹ genügt vollkommen.« Er reichte Klemmbrett und Stift an seinen Nebenmann weiter, einen stämmigen Skandinavier mit dunklen Ringen unter den verschlafenen Augen. Dann klatschte er in die Hände. »Also gut, meine Damen und Herren. Wunderschönen guten Morgen und willkommen in Bautrupp Delta. Ihr seid hier, weil ihr Lust auf harte, aber lohnenswerte Arbeit habt und euch beim Gedanken an mehrere hundert oder gar tausend Meter Höhe nicht gleich das Frühstück wieder in den Mund schießt, richtig?«

Die vor dem Haupteingang des Stardust Towers versammelten fünfzehn Personen nickten; es waren Männer und Frauen unterschiedlichster Hautfarben und Altersklassen, die allesamt den gleichen Typ Overall trugen. Lhundup dachte an 007 und nickte auch.

Alle Anwesenden verstanden Mack, denn er sprach Terranisch, die sich entwickelnde Sprache dieser Stadt. Zwar wurden dank TerraNet die Landessprachen ihrer Bewohner inzwischen fast perfekt simultan übersetzt, doch bedienten sich immer mehr Terraniabewohner ihrer eigenen. Auch das, wusste Lhundup, stiftete Identität.

»Wunderbar.« Mack nickte seinem Begleiter zu. »Rogen, sagen Sie unseren Küken, was ihnen bevorsteht.«

Der Skandinavier trat vor. Sein blondes, zu einem Pferdeschwanz gebundenes Haar leuchtete im Sonnenschein. »Ihr werdet mithelfen, dieses prachtvolle Gebäude in meinem Rücken zu errichten. Damit leistet ihr einen direkten, bedeutenden Beitrag zum Gesicht und dem Selbstverständnis Terranias. Aber bevor ihr damit anfangt ...«, er hielt inne und grinste so breit, dass Lhundup schon wieder ganz anders wurde, »... haben wir eine kleine Überraschung für euch. Folgt mir.«

»Ihr habt den Mann gehört, Leute. Alles in den Turm, aber schnell!«

Der Befehlston war eindeutig scherzhaft gemeint und schien Mack ernsthaft Spaß zu bereiten. Unter anderen Umständen hätte Lhundup seinen Sinn für Humor auch geschätzt. Nun aber folgte der junge Tibeter den beiden Ingenieuren und den übrigen Berufsanfängern mit einem mulmigen Gefühl in der Magengrube ins Innere des Stardust Towers. Wie er befürchtet hatte, ließen sie die Sprechzimmer der Stadtangestellten, vor denen sich bereits lange Warteschlangen gebildet hatten, links und rechts liegen.

Stattdessen ging es direkt zum Antigravschacht. Diese gut zwanzig Meter durchmessende Röhre bildete den Kern des gesamten Turmes. Sie erstreckte sich, so wusste Lhundup, bis weit in die obersten Etagen. Ein sogenanntes Antigravfeld, eines der vielen in Terrania durch arkonidische Technik erzeugten Wunder, ermöglichte Bewohnern und Angestellten des Towers, die einzelnen Stockwerke schnell und sicher zu erreichen.

»Alles einsteigen und das Rauchen einstellen!«, alberte Mack herum, als die Letzten der Gruppe eintrudelten. Kaesbrod und Luhkneppel lachten vergnügt.

Lhundup, der aus gutem Grund die Treppen bevorzugte, schloss die Augen, als sein Körper den Bodenkontakt verlor und auf die bereits vertraute und dennoch unangenehme Weise in die Höhe schwebte. *Das,* da war er sich fast sicher, hatte selbst der Agent Ihrer Majestät nie erleiden müssen.

Die Reise endete im sechzigsten Stock. Höher reichte das Feld nicht. *Noch* nicht?

Lhundup atmete aus. *Falls sie mit uns noch weiter hinauffahren wollen, müssen sie in die Kabinenlifte wechseln, die einzig die Bautrupps benutzen. Deren Kabinen sind mir deutlich lieber als dieses freie Schweben.*

»Bitte alles umsteigen!« Mack schien Lhundups Einschätzung prompt zu bestätigen.

Als der Tibeter die Augen öffnete, trottete die Gruppe den beiden Ingenieuren zu den Kabinenliften hinterher. Diese führten zum Teil auch außen am Gebäude vorbei, wo eine komplexe, am Turm selbst verankerte Konstruktion aus Fahrstuhlbahnen und Gerüsten für die Arbeiter hing, und nach oben. Lhundup war beinahe starr vor Schreck, als er sie sah. Er musste sich zwingen, den anderen zu folgen.

Die Reise wurde eng und unruhig. Die Kabinen, rechteckige Käfige aus gelb lackiertem Metall und silbernem Blech, ruckelten stoisch nach oben. Die Luft wurde merklich dünner, je höher sie fuhren, und roch nach Schmieröl. Lhundup stand inmitten seiner erwartungsvoll lächelnden Begleiter, die sich in den Fahrstuhl gezwängt hatten, und fühlte sich dem Tode nah, krampfhaft bemüht, den angstvollen Blick nicht von den Gesichtern der anderen abzuwenden – aus Sorge, stattdessen in das entsetzlich schrankenlose und tiefe Draußen zu sehen.

Nach einer gefühlten Ewigkeit kam der letzte einer ganzen Reihe von mal im, mal am Gebäude angebrachten Aufzügen, die sie benutzen mussten, zum Stehen. Metall quietschte und klackte, als Halterungen einrasteten, über deren Stabilität Lhundup nicht nachdenken wollte. Dann drückte Rogen einen Knopf auf der pechschwarzen flachen Steuerkonsole, und mit lautem Rattern öffnete sich die Kabinentür.

»Wir sind da«, verkündete Mack unnötigerweise. »Höher geht's nicht.« Lächelnd öffnete er einen breiten Spind im hinteren Bereich des Käfigs und entnahm ihm einige gefütterte Arbeitsjacken, die er an die Gruppe verteilte.

»Zieht sie an, Leute!«, riet Rogen, der ebenfalls in eine Jacke schlüpfte und Handschuhe aus ihren Taschen zog. »Und bleibt nah beieinander, wenn wir jetzt aussteigen. Hier oben ist der Turm alles andere als bezugsfertig, wie ihr seht. Und wir wollen nicht, dass einer von euch unfreiwillig in die Luft geht.«

Er nickte Mack kurz zu und ging los. Lhundup und die anderen folgten seinem Beispiel. Ihr Weg führte sie in einen kahlen grauen Korridor aus Faserbeton. Erst jetzt merkte Lhundup, dass die Kälte, die er empfand, nicht allein von seiner Angst, sondern vor allem von der Tatsache herrührte, dass diese Etage allem Anschein nach bislang kaum Außenwände und Fenster besaß. Statt auf geschlossene Zimmer- und Wohnungstüren blickte er auf einen Rohbau. Unverputzte Stützsäulen ragten zu einer Decke empor, aus der unverkleidete elektrische Kabel ragten und auf die immer mal wieder händisch Bauanweisungen gekritzelt worden waren. Türrahmen warteten stumm auf fehlende Türen, Fensteröffnungen auf das Glas, das sie komplettieren würde.

Lhundup schlug das Herz bis zum Hals. Rogen geleitete die Gruppe in einen leeren großen Raum, dessen Außenwand eine milchige Plastikplane war, die sich im Wind bog. Er löste eine ihrer Ecken aus ihrer Halterung, schlug sie beiseite und stellte sich rücklings an den so entstandenen Abgrund. Er lächelte. Hinter ihm waren nur noch der Himmel und der Horizont.

»In Ordnung, Frischlinge.« Auch Mack lächelte aufmunternd. Er musste fast brüllen, denn der Wind pfiff am Ende des Fußbodens ordentlich und übertönte beinahe alles andere. »Etwa zehn Meter über uns befindet sich die aktuelle Spitze dieses beeindruckenden Bauwerks. Höher als wir war bislang kaum jemand, denn hier wird der Großteil der Arbeiten noch von autonomen Maschinen erledigt.«

»Und was wollen wir hier?«, fragte eine stämmige Asiatin unsicher.

Macks Lächeln mutierte zum Grinsen. »Es wird Zeit für eure Stardust-Taufe.«

Vor den Augen der teils amüsiert, teils ein wenig ängstlich wirkenden Gruppenmitglieder schlug er ein weiteres Stück Plane beiseite und trat auf eine Konstruktion zu, bei deren Anblick Lhundup am liebsten sofort wieder in den luftigen Käfig geflohen wäre. Etwa anderthalb Schrittlängen hinter Mack endete die Etage im Nichts. Ein einzelner Stahlträger ragte horizontal aus dem Fußboden und vielleicht zwanzig Meter in die kühle terranische Morgenluft hinaus. An seinem Ende befand sich eine kleine, quadratische Plattform, auf der dem Anschein nach maximal drei Leute nebeneinander Platz fanden – und das auch nur, wenn sie sich umarmten. Was sie, fand Lhundup, ohnehin tun sollten, denn so ungeschützt im Nichts, mit nicht einmal einem Geländer um sich herum nutzte man besser jeden Halt, den man fand.

Wir sollen doch wohl nicht dort rübergehen?, dachte er entsetzt. *Bitte lasst uns nicht dort rüberbalancieren.*

»Ihr werdet jetzt nacheinander dort rüberspazieren«, erklärte Mack, und Lhundup hätte ihn dafür schlagen können. »Wer es bis zur Plattform und zurück schafft, hat seine Taufe absolviert und zählt ab sofort und für alle Zeiten zu den ruhmreichen Erbauern des Stardust Towers.« Er sah strahlend in fünfzehn mehr oder weniger schockierte Gesichter. »Die Damen, die Herren? Wer fängt an?«

»Gern«, sagte der Mann neben Lhundup laut. Seine roten Haare und das Funkeln in seinen Augen wiesen ihn, zumindest Lhundups Einschätzung nach, als Abenteurer aus. Terrania war voll mit Leuten dieses Schlages.

»Herr Luhkneppel.« Mack nickte anerkennend. »Warum bin ich nicht überrascht?«

Mehrere Anwesende kicherten. Lhundup wunderte sich, sagte aber nichts. Eine Mischung aus Faszination und Grauen hatte ihn gepackt und raubte ihm die Sprache. Mit viel Nervosität im Leib sah er zu, wie Mack Luhkneppel mit wenigen routinierten Griffen in ein aus Gurten, Seilen, Haken und Ösen bestehendes Geschirr steigen half, wie es Bergsteiger tragen mochten. Erst jetzt fiel dem Tibeter der zweite, deutlich schmalere Stahlträger auf, der gut zweieinhalb Meter über dem anderen aus dem Turm ragte. An diesem befand sich eine Vorrichtung, in der zwei der Sicherheitsseile endeten.

»Es kann, wie du siehst, überhaupt nichts passieren«, raunte Rogen. Der Skandinavier war zu Lhundup getreten und legte ihm die Hand auf die Schulter – eine Geste, die fraglos beruhigend wirken sollte, aber das Gegenteil erreichte. Der Wind spielte mit seinem Pferdeschwanz. »Wohin du auch trittst, du wirst die ganze Zeit gesichert sein. Falls du stürzt, fängt dich das Geschirr. Falls du zu weiche Knie bekommst und aufgeben willst, bringt es dich sogar eigenmächtig zurück zum Start. Und falls dir dort draußen die Nerven versagen ... Nun ja, dann ist dieser Job vermutlich ohnehin nicht der richtige für dich, oder?«

Es waren freundliche, sanfte Worte, doch Lhundup war, als habe er noch nie etwas Fürchterlicheres vernommen. Fassungslos sah er Rogen an. Musste er wirklich dort hinaus? Geschah das hier tatsächlich?

Dann stieg Luhkneppel auf den Stahlträger. Der Rothaarige hatte ein Lächeln auf den Lippen, wirkte selig. Und er setzte sichtlich unbekümmert einen Fuß vor den anderen. Die Gruppe applaudierte schon nach dem ersten Meter und hörte auch nicht auf, als er – ohne ein einziges Mal zu schwanken – die kleine Plattform im luftigen Nirgendwo erreichte.

»Wie ist die Aussicht von dahinten?«, rief eine Frau mittleren Alters.

Luhkneppel hielt sich beide Hände an die Ohren und schüttelte den Kopf.

»Zu viel Wind«, übersetzte Mack. »Der hört uns nicht mehr. Aber wenn dich die Antwort wirklich interessiert, Mademoiselle Curdin, warum findest du's nicht selbst heraus?«

Kaum hatte er den Satz beendet, trat er auch schon an sie heran und hielt ihr ein weiteres Geschirr hin. Curdin, offenbar französischer Abstammung, zögerte nur kurz.

Lhundup beobachtete Luhkneppels Rückweg. Der junge Mann mit der blassen Haut bewegte sich absolut sicher und zeigte keinerlei Anzeichen von Angst oder Sorge. Im Gegenteil: Auf halber Strecke hielt er sogar inne und kniete sich auf den Träger, um, sich mit der rechten Hand am kalten Stahl abstützend, der Welt unter ihm zuzuwinken.

»Irgendwer bringt die Nummer da immer«, murmelte Rogen. »Letzte Woche hat sogar jemand einen Handstand machen wollen. Wir hatten echt Mühe, ihn davon abzubringen, kannst du dir das vorstellen?« Er lachte leise und schüttelte den Kopf.

Kaum war Luhkneppel wieder auf dem sicheren Etagenboden, wurde Curdin in die Seile gezurrt, und die zweite Stardust-Taufe nahm ihren Lauf. Mit jedem Gruppenmitglied, das den Weg über den stählernen Träger wagte und dafür von den anderen Anwesenden mit Jubelrufen gefeiert wurde, wuchs Lhundups Anspannung. Wem machte er hier etwas vor? Dies war definitiv nicht sein Menschenschlag. Was suchte er inmitten von Abenteurern, zwischen solch unbekümmerten Himmelstänzern? Wenn das James Bond war, durfte James Bond gern unter sich bleiben, besten Dank.

»Ich …« Er schluckte trocken und sah zu Rogen. »Ich kann das nicht. Echt, mir wird ganz flau, wenn ich nur daran denke.«

Der Skandinavier lächelte. »Keine Sorge, dir passiert nichts. Versuch's einfach.«

Einfach? Was, bitte sehr, sollte daran denn einfach sein? Lhundup wollte gerade zu einer Erwiderung ansetzen, da hörte er Mack nach ihm rufen. Als er sich umdrehte, lagen wieder alle Blicke auf ihm.

»Du bist der Letzte, mein Freund«, sagte Mack. »Täufling

Nummer fünfzehn. Mach deiner Taufgruppe die Ehre, und raus mit dir!«

Für einen Moment war Lhundup zu perplex, um zu reagieren. Dann spürte er schon die Hände des amerikanischen Ingenieurs an seinen Armen und Beinen und wurde in das Sicherungsgeschirr gesteckt. »Äh, nein ... Moment ...«

»Du machst das schon, Mann.« Rogen nickte ihm aufmunternd zu. »Kinderspiel.«

Lhundup wurde übel. Sein Herz schlug auf einmal mit einer Inbrunst, die sogar das Pfeifen des Windes übertönte, und statt Beinen glaubte er plötzlich instabile Wattestäbchen unter der Hüfte zu haben. Rogens Hand auf seinem Rücken und der freundschaftliche Jubel der Umstehenden begleiteten, nein, schubsten ihn nahezu bis zur Kante der Etage.

Mack – blieben Henker sonst nicht immer namenlos? – spannte ihn in die Halterung. Dann hob er den Daumen. »Kann losgehen.«

Rogen prüfte die Vorkehrungen und nickte. »Nur Mut, Nummer fünfzehn. Genieß es.«

Dieser Turm birgt Geheimnisse, erklang Bai Juns Stimme in Lhundups Erinnerung. *Das Glück ist mit dem, der seine eigenen Wehwehchen zu ignorieren versteht, wenn er es muss. Denk an deinen Onkel.*

Der Wind zerrte am Overall, als wolle er Lhundup mitnehmen.

»Ist ein Kinderspiel«, sagte Luhkneppel.

Lhundups Eingeweide schienen sich zu Stein zu verwandeln.

»Wie fliegen, nur schöner«, sagte Curdin.

Rogen klopfte ihm auf die Schulter. »Keine Sorge, manche von euch brauchen ein wenig Ermutigung.« Einen Sekundenbruchteil später hörte Lhundup, wie in der Haltevorrichtung über seinem Kopf verborgene Servos zu surren begannen. Er erschrak – und die Sicherungsseile zogen ihn mit sanfter Bestimmtheit nach vorn, raus auf den Stahlträger!

Himmel!, dachte Lhundup fassungslos, und dann stand er schon mitten in selbigem. Die Servos verstummten. Gleichzeitig brandete hinter ihm der Jubel seiner neuen Kollegen auf. Vor ihm war das Nichts, unterbrochen von einem flachen, kaum drei Handflächen breiten Träger und einem weißen, dünnen Quadrat an dessen Ende.

Lhundup riss die Augen so weit auf, wie er konnte. Dann sah er nach unten, nur ganz kurz, und presste die Lider sofort fest zusammen. So tief, so entsetzlich tief. Das war keine Welt mehr, das war ein farbiger Fleck ohne Details. Lhundup hielt den Atem an und wagte es nicht, auch nur einen Muskel zu bewegen. Sein Mund wurde trocken. Seine Zähne klebten aufeinander, als hätten sie nie etwas anderes getan. Sein Pulsschlag strebte einem Geschwindigkeitsrekord entgegen.

Der Jubel verstummte. Zurück blieb nur das Pfeifen des Windes. Er zerrte an Lhundups Haaren, seiner Kleidung und den Seilen, trocknete den eiskalten Schweiß auf seiner Stirn. Auch die Finger in Lhundups Handschuhen waren schweißnass. Seltsam, was einem alles auffiel, wenn man starb.

»Ich fürchte, das wird nichts«, seufzte Mack irgendwo im Wind. »Nummer fünfzehn, willst du zurück? Schaffst du's allein?«

Er erwiderte nichts, konnte sich nicht rühren. Selbst ein Wimpernzucken, behauptete die Angst, die alles war, was er noch wirklich hörte, konnte das sichere Ende bedeuten. Warum war er nicht als Teleporter geboren worden? Für jemanden wie Sid González war diese Übung garantiert ein Klacks; Sid würde sich einfach auf die Plattform *denken*, und schon wäre er dort.

Doch dies war nicht das Lakeside Institut, nicht das Heim für Mutanten. Dies war ein Problem – und zwar seines.

Gedankenfetzen wehten durch seinen Geist, wiederholten sich in scheinbarer Endlosschleife, ein Mantra des Entsetzens: zweitausend Meter. Und oben er. Lhundup aus dem Changthang, der Hirtenjunge. Bai Juns Geheimagent. Zweitausend Meter. Zweitausend Meter.

Plötzlich spürte er zwei Paar Hände an seinen Armen. Sie zogen ihn zurück, und ein Arm legte sich um seine Hüfte, stützte ihn. Als sie losließen, sank Lhundup zu Boden. Der nackte Rohbau der Etage, um dessen Stützsäulen und tragende Wände der Wind pfiff, hatte ihn wieder. Lhundup kam sich vor wie neugeboren. Seine Hände zitterten.

»W... wie weit war ich d... draußen?«, fragte er mit klappernden Zähnen, öffnete die Augen und sah Rogen an.

Der schmunzelte. »Schwer zu sagen. Vielleicht ... zwanzig Zentimeter?« Dann lachte er fröhlich, und die anderen stimmten ein.

Obwohl es kein abwertendes, verstoßendes Lachen war, fühlte sich Lhundup wie der größte Versager westlich des Pazifiks. Er hatte es nicht geschafft, hatte beim Aufnahmeritual versagt und den Posten verloren, den Bai Jun ihm besorgt hatte. Er würde nicht am Stardust Tower mitbauen dürfen. Er würde nicht Juns Augen und Ohren innerhalb des Gebäudes sein. Er war und blieb ein Nichtsnutz, denn er würde auch Jun nichts nützen.

Er gehörte nicht hierher. James Bond? Pah! Was hatte er sich da nur gedacht?

Langsam rappelte er sich auf. »Ich schätze, ich fahr dann mal wieder runter«, murmelte er niedergeschlagen und nickte Mack und Rogen zu.

Der amerikanische Ingenieur lächelte, trat auf ihn zu und legte ihm den Arm um die Schultern. »Mach das, Nummer fünfzehn! Ich gebe über mein Pod Bescheid, dass sie dir dort eine Aufgabe zuweisen.«

Lhundup stutzte. »Aufgabe? Aber ... ich habe doch versagt! Ich *kann* das hier nicht.«

»Falsche Betonung, mein Freund. Du kannst *das* hier nicht. Aber selbst der höchste Baum hat Wurzeln. Im Falle des Stardust Towers sogar ziemlich tiefe. Willkommen im Bautrupp, Täufling!«

Lhundup stand der Mund noch offen, als der Jubel der Gratulanten verklungen war.

Kapitel 2

Im Schein der Fahlen Brüder
Topsid, Nacht der drei Monde

Eric Manoli rannte um sein Leben. Mal wieder.

»Hier rüber! Schnell!«

Khatleen-Tarrs winkende Echsenhand war wie ein Leuchtturm hinter stürmischer See. Eric drehte sich nach rechts, wo die junge Topsiderin und die Flugechse Kikerren gerade durch ein Loch in einer unverputzten Hauswand flohen – und schaffte es im letzten Moment, dem Strahlschuss des Stadtsoldaten auszuweichen, der ihm gegolten hatte. Verflucht, die Echsen in den Uniformen kamen immer näher.

Seit Manoli und Khatleen-Tarr im *Purpurnen Gelege* dem Zugriff Megh-Takarrs entkommen waren und einer eigenartigen Flugechse durch die nächtliche Hauptstadt folgten, hatten sie die Soldaten des Despoten auf ihren Fersen.

»Sag mir bitte noch mal«, keuchte Manoli, als auch er jenseits des Loches war und sich in einer anderen Straße des Gettos wiederfand, »warum wir nicht in deiner Wohnung geblieben sind.«

Khatleen-Tarrs Zunge fuhr schnell und mehrfach aus ihrem Maul, ein deutliches Zeichen von Verwirrung. »Weil sie dort als Erstes nach uns gesucht hätten«, antwortete sie im Laufen. »*Falls* sie inzwischen von ihr wissen, heißt das ... Aber wir dürfen das Risiko nicht eingehen, das Gegenteil vorauszusetzen. Wir müssen in Bewegung bleiben, wenn wir überleben wollen.«

»Ach ja, genau. Darum.« Erics Lunge brannte. Sämtliche Muskeln seines strapazierten Körpers schienen sich zum gemeinschaftlichen Protest entschieden zu haben, und obwohl er ihren Unmut verstand und sogar teilte, durfte er ihnen nicht nachgeben. Es wäre sein Tod gewesen.

Die drei Verfolger hingen bereits seit mehreren Kreuzungen an ihren Fersen. Eric brauchte ihre Helme nicht zu sehen, um zu wissen, worüber sie via Helmfunk bereits sämtliche anderen Einsatzkräfte informiert hatten: Die flüchtige Hure und ihr Arkonide wollten sich nach Norden durchschlagen, das Getto verlassen.

Wir brauchen ein anderes Versteck, schoss es ihm durch den Kopf. *Eines, mit dem Megh-Takarrs Häscher nicht rechnen, weil sie es gar nicht kennen können.*

Die Straße war voll mit Echsen. Das Fest der drei Monde trieb sie ebenso auf die Straßen wie die Explosionen. Überall sah Eric in Echsengesichter, die er trotz seines inzwischen mehrwöchigen Aufenthalts auf dieser Welt nur selten wirklich zu deuten vermochte. Waren ihm diese Wesen freundlich gesinnt, oder verrieten sie ihn bei erstbester Gelegenheit an die Stadtwächter? Sicherheitshalber mühte er sich, sein ganz und gar unechsenhaftes Antlitz vor ihren Blicken zu verbergen, ergriff Khatleen-Tarrs ausgestreckte Hand und ließ sich von ihr weiterziehen.

Zwischen den Passanten erschien ein Stadtsoldat. Er deutete mit dem Finger seiner ausgestreckten behandschuhten Rechten auf sie beide. »Hey! Hier vorne!«

Khatleen-Tarr fluchte. Dann zischten wieder die Energiestrahlen.

»Stehen bleiben! Im Namen des Despoten!«

»Vergiss es!«, knurrte die junge Echsenfrau und schubste Eric in die Deckung des erstbesten Hauseingangs, der sich ihnen bot. Eric fand sich in einem Treppenhaus wieder, erdfarbene Wände konkurrierten mit dunklem Holz und dem Schein brennender Fackeln in eisernen Halterungen. Von draußen hallte das panische Geschrei der entsetzten Masse herein.

»Rauf, Erikk! Dritte Etage.« Angst flackerte im Blick ihrer Echsenaugen, doch Khatleen-Tarr gab ihr nicht nach. »Vertrau mir.«

Was blieb ihm auch übrig? Er war allein unter Fremden, der einzige Mensch auf einer Welt, deren Obrigkeit alles daransetzte, ihn zu fassen, und deren Bevölkerung, Khatleen-Tarr einmal ausgenommen, ihn für einen Arkoniden und somit entweder für den personifizierten Erzfeind der Topsider oder für eine kuriose Attraktion hielt.

Die Stufen der Treppe knarrten unter ihren Laufschritten. Soldatengebrüll erfüllte den Raum. Wohnungstüren wurden aufgerissen, angsterfüllte Visagen spähten vorsichtig in den Flur. »Sie sind hier oben!«, rief eine sichtlich feige ältere Bewohnerin dieses Hauses in Richtung der von unten nacheilenden Wachleute und kassierte prompt einen strafenden Blick ihres nicht minder alt wirkenden Nebenmannes. Doch auch dieser half den Fliehenden nicht.

Manoli seufzte innerlich und aktivierte weitere Kraftreserven. Angst gebar Mitläufer, das war wohl auf allen Welten der Galaxis gleich.

Wieder zischte ein Strahlerblitz heran, schlug dicht neben seiner Schulter in die Wand. Steinsplitter regneten zu Boden, und die warme Nachtluft Khir-Teyals roch kurzzeitig nach Ozon. Khatleen-Tarr umfasste seine Hand fester und zog ihn weiter die Stufen hinauf. Ihr keuchender Atem war ihm Ansage genug. Wenn sie den Trumpf, den er in ihrem sprichwörtlichen Ärmel vermutete, nicht bald ausspielte, war alles vorbei.

Dann sah er das Fenster. Es befand sich auf Höhe der dritten Etage, gleich an der Treppe, und es stand offen. Kikerren flatterte bereits im Freien. Als Manoli einen Blick hinauswagte, sah er, dass das Gebäude an einem Hang stehen musste, denn direkt unter ihm folgten nur niedrigere und zudem deutlich schäbiger scheinende Häuser.

»Stehen bleiben!«, kam markanter Soldatenton aus dem zweiten Stock herauf. »Sie sind beide verhaftet!«

Manoli sah zum Fenster und zurück zu Khatleen-Tarr. »Raus?«

»Raus.«

Hand in Hand sprangen sie in die Dreimondnacht, dem Unbekannten entgegen.

Nein, sie würde *nicht* weinen! Nicht hier und erst recht nicht vor ihm, verdammt!

Khatleen-Tarr saß auf dem rostigen Pflug und starrte die unverputzte Scheunenwand an, als verbürgen sich irgendwo zwischen den Steinen und dem Mörtel die Antworten. Als könne das Stück Mauer dort sie hinwegschleudern, wenn sie es nur fest genug *wollte.*

Abermals bebte der Boden. Staub rieselte vom hölzernen Giebeldach herunter und auf Khatleen-Tarrs Schulter. Sie ließ ihn liegen.

»Die war zumindest schon weiter weg als die vorige.« Es raschelte kurz hinter ihr, dann spürte sie den Besitzer der Stimme wieder an ihrer Seite. »Das mag ein gutes Zeichen sein. Oder irrelevant. Aber ich schätze, wir müssen positiv denken.«

Sie schluckte die Erwiderung, die ihr auf der Zunge lag, unausgesprochen runter, wollte nicht reden, wollte gar nichts mehr – warum begriff dieser Erikk-Mahnoli das nicht? Warum ließ er ihr nicht den Moment?

»Alles in Ordnung?«

Khatleen-Tarr schwieg und wünschte sich weit weg.

»Hey, ich ... ich will nicht aufdringlich wirken oder so, aber du machst mir keinen gesunden Eindruck.«

Just als er sie untersuchen wollte, drehte sie den Kopf und schenkte ihm einen wütenden Blick. »Es. Geht. Mir. Gut.«

Erikk schien von ihrem warnend leisen Ton kaum beeindruckt zu sein. »Mhm, und ich bin Rekordnationalspieler der Azurri«, murmelte er, ließ die Hände aber wieder in den Schoß sinken. »Wirklich, es ist nicht meine Absicht, dich zu drängen. Aber ... Na ja, ganz ehrlich gesagt bist du der einzige Orientierungspunkt, den ich in diesem Chaos habe. Und es beunruhigt mich, dich so schweigsam zu sehen.«

Khatleen-Tarr schnaubte. *Dann ist dein Leben noch verkorkster als meins, Bauchaufschneider ...*

Sie hatten die Soldaten des Despoten tatsächlich abgehängt, zumindest für den Moment. Die Scheune, in deren hinterer Ecke nicht nur der Pflug stand, hatten sie allerdings nur durch Zufall gefunden. Das abbruchreif wirkende Gebäude stammte vermutlich aus der Zeit, als dieser Bereich der Stadt fast nur aus mit Abwässern gedüngten Feldern bestand. Sie war wenig mehr als ein fensterloser Raum, zu dem ein schief in seinen Angeln sitzendes hohes und breites Holztor führte.

Die Scheune befand sich am Rande des Viertels Khir-Teyal, diesem dunklen und doch vielfarbig schimmernden Zerrbild der Metropole, und wer nicht schon aus ihrem Aussehen darauf schloss, dass sie seit Ewigkeiten niemand mehr betreten hatte, den überzeugte sie durch ihren Geruch. Besser gesagt: Gestank. Über dem Sammelsurium aus ausrangierten landwirtschaftlichen Geräten, halb vermoderten Getreideresten und alten Gravo-Containern lag ein Mief, für den sich selbst der niederste Angestellte der Stadtkloaken noch geschämt hätte, wäre er damit im *Purpurnen Gelege* erschienen.

Erikk schlug sich mit den Handflächen auf die Oberschenkel.

»Hast du auch Hunger? Ich könnte ein halbes Schwein ... Habt ihr Schweine auf Topsid?«

»Du musst das nicht tun«, sagte sie leise. »Ehrlich nicht.«

»Nämlich was?«

Sie hörte die Überraschung in seiner Stimme, wusste aber, dass sie gespielt war. Zur Behandlung gehörte. »Mich bespaßen. Ablenken. Aus meiner Höhle ködern.« Ein Seufzen. »Ich komme schon selbst wieder raus, wenn mir danach ist.«

Erikk sah sie an. Sein Mund schwieg, doch seine Miene sprach Bände – zumindest in ihrer Phantasie: *Super,* kommentierten die eigenartigen Stirnfalten, an deren Anblick sie sich wohl nie gewöhnte, *aber bis dahin haben uns entweder Megh-Takarrs Häscher gefunden oder die »Kaltblütigen« mit ihren Explosionen erledigt.*

»Ich ... brauche hin und wieder meine kleinen Auszeiten, okay? So bin ich einfach. Die haben nichts mit dir oder sonst wem zu tun.« Khatleen-Tarr spürte, dass die Phase so gut wie vorüber war. Entsprechend leicht fand sie ihre Sprache wieder und schaffte es sogar, sich ein schwaches Lächeln abzuringen. »Also, Blasshaut, wie lautet der Plan?«

Erikk wirkte, als läse er in ihr wie in einem Buch. Sie hasste ihn dafür, wenigstens ein bisschen. Typisch Heiler ...

Aber er gewährte ihr den Themenwechsel. »Hier dürften wir fürs Erste sicher sein«, behauptete er. »Wir warten, bis dort draußen das Gröbste vorbei ist, und dann folgen wir Kikerren zu diesem Scharfauge, von dem Bismall-Kehn gesprochen hat.«

Irgendwo hinter ihrer Stirn machte etwas »Klick«. Trotz, Frust und Angst formten sich zu Worten und drangen in die stinkende Scheunenluft. »Auf gar keinen Fall!«

»Was? Aber das war doch von Anfang an ...«

Sie hob die Hand und begann, an ihren Fingern abzuzählen. »Ich werde *nicht* auf die Führung eines Tieres vertrauen. Erst recht nicht auf eines aus Bismall-Kehns Besitz, klar? Ich werde außerdem *nicht* auf die Hilfe einer Person vertrauen, die mir völlig unbekannt ist und ...«

»Er steckt hinter den Bemühungen der Oppositionellen«, warf Erikk ein, als sei damit alles erklärt und gerechtfertigt. »Und Kikerren hat uns eben erst gerettet. Was brauchst du noch, um ihr zu vertrauen?«

»Es ist ein Tier«, wiederholte Khatleen-Tarr. »Das Maskottchen eines exzentrischen Gecken, nichts weiter.«

Kikerren, die auf einem der Dachbalken hockte und durch einen Mauerriss ins Freie spähte, gab plötzlich ein Zischen von sich, das so beleidigt klang, als habe sie die Worte verstanden.

Khatleen-Tarr fuhr unbeirrt fort: »Und Scharfauge ist nichts als ein Platzhalter. Nein, Erikk, das genügt nicht. Wer sagt uns denn, dass Bismall-Kehns mysteriöser Hintermann diesen Kampf gewinnt? Gut, momentan lassen es die ›Kaltblütigen‹ da draußen gehörig krachen und rumsen, aber beweist das etwas? Ist es von Dauer? Was, wenn wir mit diesem Scharfauge als Ziel zu den Verlierern fliehen, vom Regen in die Traufe?«

Einmal mehr dachte sie daran, den eigenartigen Arkoniden einfach zurückzulassen und sich allein durchzuschlagen. Aber sie hatte sich bereits vor Stunden dagegen entschieden und stand zu ihrem Entschluss. Ohne sie würde er die Nacht nicht überleben.

Erikk verschränkte trotzig die Arme vor der Brust. »Selbst Ghak-Ruk, dieser schmierige Kriminelle aus der *Schlickgrube*, hat mir Scharfauge empfohlen, falls du dich erinnerst. Aber okay, wenn du einen besseren Vorschlag hast, lass hören.«

Abermals zischte die Flugechse. Er sah auf. Das smaragdgrüne Flattertier war ganz nah an den Riss herangetreten und blickte so verbissen hindurch, als wolle es seine beiden Begleiter auf etwas aufmerksam machen.

Der Arkonide stutzte. »Was hat sie denn?«, murmelte er, stand auf und schwang sich, noch bevor Khatleen-Tarr ihn ob dieses Aufwands schelten konnte, an dem Balken in die Höhe. Es kostete ihn einiges an Mühe, obwohl er recht durchtrainiert aussah. Vermutlich war die Schwerkraft seiner Heimatwelt geringer. Das Holz knirschte bedenklich, kaum dass es sein Gewicht tragen musste, doch Erikk schob sich unbeirrt bis zu Kikerrens kleiner Maueröffnung vor. Dann spähte er hindurch.

»Vergiss es«, tadelte Khatleen-Tarr ihn. »Ich kenne diese Gegend. In der Richtung, in die ihr zwei da glotzt, befinden sich nur die Ebene von Groogwain und dahinter das Omzrakgebirge. Bevor wir dorthin fliehen, erschießen wir uns lieber selbst. Das erspart uns einiges an unnützer Anstrengung.«

Sie schloss die Augen. Bilder aus dem Wegakrieg erwarteten sie im Dunkel hinter ihren Lidern, aus ihrer grauenvollen Zeit beim Militär, also öffnete sie sie schnell wieder – gerade rechtzeitig, um ihren blasshäutigen Begleiter neben sich zu Boden plumpsen zu sehen.

»Welche wäre denn nicht unnütz?«, fragte er ein wenig gereizt und streckte sich.

Sie senkte den Blick. Der Arkonide musste sie für fürchterlich schroff halten, und das tat ihr leid. Er konnte schließlich nichts für ihr Innenleben.

»Wir schlagen uns zum Raumhafen durch«, sagte sie sanft und hoffte, es klang wie eine Entschuldigung. »Das ist unsere beste Option. Fort aus Kerh-Onf. Und wir brechen *jetzt* auf, nicht erst nach dem Ende des ›Kaltblütigen‹-Aufstands. Das Chaos dort draußen ist die beste Tarnung, die wir bekommen werden. Wenn es überall knallt und qualmt, wenn die Besucher des Dreimondfestes panisch durch die Straßen hechten – wer achtet dann auf zwei Gestalten mehr?«

»Du willst Topsid verlassen?« Erikk betrachtete sie skeptisch.

»Welche Zukunft habe ich hier denn? Ich kann nicht zu Bismall-Khen ins *Gelege* zurück, und Alternativen sehe ich keine. Für dich übrigens auch nicht.«

»Etwas Besseres als den Tod finden wir überall ...«, murmelte er, für einen Moment ganz gedankenverloren. Dann schüttelte er den Kopf. »Trotzdem: Das wird nicht funktionieren. Megh-Takarr hat den Raumhafen mit Sicherheit längst abgeriegelt, und wir sind garantiert nicht die Einzigen, die auf diesem Weg vor den Unruhen fliehen wollen.«

»Na, umso besser. Je mehr Gedränge, desto weniger Aufsehen erregen eine Bäuerin und ihr Rrakass.«

»Und ihr *was?*« Wieder schlug seine Stirn diese faszinierenden Falten.

Khatleen-Tarr schmunzelte. *Ratloser kleiner Bauchaufschneider.* »Komm mal her!«, bat sie ihn amüsiert. »Nein, noch näher.«

Er verstand sichtlich nicht, gehorchte aber. »Mag ja sein, dass du dort draußen wenig Aufsehen erregst, aber was ist mit mir?«

Sie betrachtete ihn schweigend. Dann stand sie auf, näherte sich mit der Schnauze seinem Hals und züngelte kurz. »Das kriegen wir schon hin, mein kleines ... Wie hast du es vorhin genannt? Schwein?«

Seiner Miene nach zu urteilen, hielt er sie für völlig übergeschnappt.

Khatleen-Tarr trat zu einem der Lagercontainer und sah hinein. Sie hatte die zumeist offen stehenden Behälter schon kurz nach ihrer Ankunft in der Scheune inspiziert, und so langsam formte sich daraus ein Plan.

»Khat, was …«

»Halt den Mund und zieh dich aus, Mann!«, unterbrach sie ihn schelmisch. Irgendwie seltsam, dass es immer wieder auf die gleichen Sätze hinauslief.

Erikks schuppenloses Antlitz wurde kurzzeitig noch ein wenig blasser, dann hob er aber eine Braue. »Was ist in der Kiste da?«

»Deine neue Abendgarderobe, Herr Arkonide«, antwortete sie und begann, sich ihrer eigenen Kleidung zu entledigen. Allzu viel trug sie, Bismall-Kehns Bordellstatuten sei zweifelhafter Dank, ja ohnehin nicht.

Einige Handbreit über ihren Köpfen zischte die Flugechse abermals.

Nichts da!, winkte Khatleen-Tarr in Gedanken ab und genoss die Sicherheit und den Tatendrang, die sie auf einmal wieder durchströmten. *Ab jetzt übernehme ich das Ruder, Flattervieh.*

Irgendwo draußen, weit jenseits der Scheunenmauern, detonierte ein neuer Sprengsatz. Sie beschloss, das als Ansporn zu nehmen.

Kapitel 3

Am fremden Ufer

... ist Khir-Teyal so gut wie gesichert. Ich wiederhole: Khir-Teyal so gut wie gesichert. Die Aufständischen ziehen sich zurück und ... Oh, verflucht, nein! *Zentrale, das ist ein Hinterha...*

Der Rest des Funkspruchs ging in statischem Rauschen unter. Gihl-Khuan machte eine unauffällige Bewegung mit zweien seiner Finger, und der kleine Empfänger seines filigranen Headsets, den er in der Ohrmuschel trug, wurde leiser.

»Stümper«, flüsterte er abfällig.

Was erwartest du?, reagierte die vertraute Stimme in seinem Kopf. Sie klang amüsiert. *Es sind immerhin Heimatweltler.*

Gihl-Khuan wollte etwas entgegnen, doch die Schlange vor dem Grill, an dem er sich angestellt hatte, war nun hinter und nicht mehr vor ihm. Er war dran.

»Einen Bungerrt-Spieß, bitte«, bestellte er bei der stämmigen Standbetreuerin. »Extrascharf, wenn's geht.«

Die Frau grunzte nur und drehte sich um, um das gewünschte Traditionsgericht von den glühend heißen Grillsteinen zu klauben.

Gihl-Khuan ließ seinen Blick schweifen. Wenn diese Gasse exemplarisch für ganz Kerh-Onf war, ließ sich die Stadt das Dreimondfest *doch* nicht von den Ereignissen rund um die »Kaltblütigen« verderben. Der Andrang an den Ständen kam zwar merklich nicht an die aus früheren Jahren gewohnten Verhältnisse heran, war er doch seit Beginn der von den oppositionellen Aufständischen verschuldeten Explosionsserie spürbar zurückgegangen, trotzdem konnte sich wohl kein Aussteller und Verkäufer wirklich beschweren.

Sogar die Kleriker, die auf Mäuerchen und Kisten von der Herrlichkeit des Lebens und der Bedeutung dieses besonderen Abends kündeten, hatten nach wie vor beeindruckend viele Zuhörer.

Heimatweltler hin oder her, dachte Gihl-Khuan mit der Faszination eines Soziologen, der eine ihm fremde Kultur studierte, *ihre trotzige Art verdient Bewunderung.* Und obwohl er das Armband auffordernd ansah, verkniff sich die körperlose Stimme in seinem Geist jeglichen Kommentar.

»Soßen stehen dahinten«, riss ihn die Stämmige aus seinen Betrachtungen. Sie knallte ein hölzernes Brettchen auf den Tresen ihres Verkaufsstandes. Darauf lag ein dünner Spieß, an dem deutlich weniger – und deutlich kleinwüchsigere – gegrillte Insekten prangten, als es die werbenden Holos oberhalb des Grillstands verhießen.

Einen Sekundenbruchteil lang überlegte Gihl-Khuan, ob es zu seiner Tarnung passte, sich ob der klar minderwertigen Portion zu beschweren, dann entschied er sich aber dagegen. Er wollte weiterziehen, kein Straßentheater aufführen.

»Danke! Und noch ein gesegnetes Fest. Möge das Licht der drei ...«

»Ja, ja, ja.« Die Stämmige winkte schroff ab. »Der Nächste?«

Gihl-Khuan schnaubte zufrieden und machte den Weg für neue Kunden frei. Mit dem Spieß, so fand er, war seine Fassade ohnehin komplett. Er hatte das Zeichen der Monde am Kragen, mühte sich, den Blick eines faszinierten Festbesuchers zu imitieren, und ließ sich mit dem Strom der Menge treiben. Mehr brauchte es nicht, zumindest für den Moment.

Den Rest erledigte das Interface. Die Kombination aus Funkempfänger in seinem Ohr und dem kleinen rechteckigen 3-D-Monitor in der Halterung vor seinem rechten Auge brachte die ganze Stadt zu ihm. Bereits seit er vor knapp einer Stunde die Wohnung verlassen hatte, lauschte und beobachtete er den Datenstream der städtischen Sicherheitskräfte.

Die Funkmeldungen – eine traurige Mischung aus verfrühtem Siegesjubel, frustrierten Flüchen und strategischem Rangieren von Einsatztrupps und Schwebegleitern – erwiesen sich bislang als wenig inspirierend. Die Bilder aber, die seine technische Ausrüstung aus den Nachrichtenfeeds zog und dem mehrfach gesicherten behördlichen Netz unbemerkt abzwackte, gaben durchaus Aufschluss über den aktuellen Stand in den Straßen der Metropole. Gihl-Khuan sah Aufnahmen, in denen panische Topsider aus dem Getto flohen, Bilder von Sendschai-Karth und anderen Gebäuden des in diesen Stunden von Patrouillen besonders aufmerksam überwachten Regierungsviertels sowie aus diversen anderen Teilen der Stadt. Es waren zwar allesamt Standbilder – mehr musste er dem Interface in der aktuellen Situation nicht abverlangen –, doch für seine Zwecke mehr als ausreichend. Wo immer die Helmkamera eines städtischen Ordnungshüters oder Soldaten Aufnahmen an die Einsatzleitung übertrug, hatte Gihl-Khuan einen unwissenden Informanten.

Die Bilder auf dem winzigen Monitor wechselten in so rascher Folge, dass sie einen in der Jagd weniger geschulten Betrachter sicher verwirrt hätten. Doch nicht ihn. Und früher oder später, das wusste er aus langer Erfahrung, würden sie ihm die Information zeigen, auf die er lauerte. Die Spur!

Den Bungerrt in der Linken, fuhr er mit rechts die Lautstärke des Empfängers wieder ein wenig höher. Sofort kehrte das Chaos aus dem Äther zurück.

... haben wir inzwischen die Gewissheit, dass das Regierungsviertel bislang nicht im Visier der Aufständischen ist, meldete eine tiefe Stimme gerade. *Leider liegt uns nach wie vor keine Spur der Flüchtenden vor. Eine Personenbeschreibung Khatleen-Tarrs kann via Datenfeed eingesehen werden ...*

Die unnützen Ansagen der Sicherheit im Gehörgang und die Momentaufnahmen vor dem Auge, bog er um eine Häuserecke und in die nächste Straße. Immer weiter trugen ihn seine Füße, fort vom Wohnturm und den Essensständen und weiter ins Herz der Hauptstadt. Kerh-Onf war ein architektonischer Flickenteppich, in dem historische Viertel – die stolzen Altbauten des Zentrums – friedlich neben modernen Wolkenkratzern existierten, raketenförmigen Türmen mit sphäroidischen Ausbuchtungen.

Normalerweise erwies sie sich in der Nacht als Meer künstlicher Lichter. An diesem Abend aber, zu Ehren der drei Monde, hatte man auf nahezu sämtliche Beleuchtung verzichtet, die nicht natürlichen Ursprungs war. Künstliches hatte im Fest des Lebens keinen Platz. Gihl-Khuan zog an den Feuern, Lampions und Fackeln vorbei, sah die dunklen Fassaden und fühlte sich, als sei er an einem ganz anderen Ort gelandet. Einem unendlich schöneren.

»Fast wie daheim, oder?«, flüsterte er und staunte, wie viel Wehmut die Worte mitbrachten.

Die imaginäre Stimme seines Armbands bestätigte es. *Auf Buntayn hatten wir auch kein künstliches Licht.*

»Wir *brauchten* keines.«

Mit den zahlreichen technischen Errungenschaften der zivilisierten Welt hatte er sich nie vollständig anfreunden können. Einzig die kleine Positronik, die er seit Kindertagen am Handgelenk trug, war ihm ein wirklicher Nutzen – und sie hatte ihren Dienst längst aufgegeben. Gihl-Khuan scherte sich nicht darum. Einem uncharakteristischen Anflug von Nostalgie nachgebend, kommunizierte er in seiner Phantasie noch immer mit dem irreparabel zerstörten Gerät. Es hatte ihn gewissermaßen aufgezogen, damals auf Buntayn, war ihm eine gefühlte Ewigkeit lang Eltern und Mentor gewesen, ein Freund in der Einsamkeit.

Ohne die Positronik hätte er nach dem Absturz des Raumschiffs nämlich keine zwei Mondwechsel überlebt, das wusste er. Entweder wäre er dem Hunger oder dem Wahn zum Opfer gefallen. Doch das kleine Armband und dessen zwar begrenzter, dennoch unschätzbar wertvoller Datenspeicher hatten ihn alles gelehrt, was er brauchte, um durchzuhalten, bis die Retter kamen: Autarkie. Stärke. Topsidische Werte. Es mochte inzwischen so »tot« sein wie die restliche Besatzung des Unglücksschiffes von Buntayn, doch es blieb sein Vertrauter. Der Einzige, den Gihl-Khuan hinter der Fassade des Jägers tolerierte.

Megh-Takarr hatte Gihl-Khuan, den Jungen aus der Wildnis, damals zwar zurück in die topsidische Gesellschaft geholt, aber die Armbandpositronik war alles, was er an »Familie« brauchte und wollte. Alles, was er je besessen hatte.

Die Stunden vergingen, und die Fahlen Brüder, wie die Einheimischen die Monde ihrer Welt nannten, zogen ihre Bahnen am Firmament. Sie scherten sich nicht um Explosionen und flüchtige Huren. Der Jäger hielt Augen und Ohren offen, für die direkte und die medial zugespielte Umwelt, verkörperte äußerlich aber gekonnt seine Rolle. Er grüßte hier, lauschte dort künstlerischen Darbietungen und verhielt sich ganz wie die anderen Nachtschwärmer.

Denn die Menge war trotzig. Sie bot den tragischen Entwicklungen die Stirn, ließ sich das Fest nicht von ein paar Unzufriedenen und ihren Sprengsätzen verderben. Noch immer verzierten die traditionell durch die Straßen ziehenden Mondwanderer die Haustüren mit drei Kreidekreisen, dem Zeichen des Dreimondfestes. Das Leben, so sagte jede ihrer Handlungen, jeder noch immer Feiernde durch seine stoische Ruhe, bot dem Tod die schuppige Stirn. Wenigstens in dieser besonderen Nacht.

Je näher er dem Getto kam, desto mehr wich die als Courage empfundene Sturheit Kerh-Onfs allerdings dennoch einer schizophrenen Melange aus Angst und nervöser Erwartung. Er sah es in den Augen und Gesten derer, die er passierte. Die Straßen in dieser Gegend waren merklich leerer, und hier und da machte Gihl-Khuan bereits Gebäudeschäden aus, klafften Löcher in Altbauwänden, die es am Nachmittag noch nicht gegeben hatte.

Die »Kaltblütigen«, das wusste er, traten für Mäßigung in der Außenpolitik ein. Ihrer Ansicht nach führte die aggressive Expansion des Despotats Topsid in den Untergang. Bis vor nicht allzu langer Zeit waren sie nur ein kleines Häuflein belächelter oder verachteter Verrückter gewesen. Doch dann hatte Megh-Takarr die Invasion des Wegasystems angeordnet – aus unerfindlichen Gründen. Die Ferronen, Säugetiere, die den Arkoniden ähnelten, waren technologisch zurückgeblieben. Sie besaßen nichts, was Topsid genützt hätte. Der Despot hatte sich gegen seinen Stab durchgesetzt. Die Invasion hatte ein besseres Manöver für die Flotte darstellen sollen. Doch sie war gescheitert, und die Flotte war dezimiert und demoralisiert zurückgekehrt. Seitdem gärte es im Despotat. Bis sich in dieser Nacht die Spannung in einem bewaffneten Aufstand entlud ...

Überall waren jetzt Sicherheitsleute. Die Uniformierten, die in klobigen, mit silbernen Brust- und Schulterstücken versehenen Kampfanzügen steckten, standen an den Ecken und schritten durch die Menge. Zwar konnte Gihl-Khuan nicht durch ihre verspiegelten Helmvisiere blicken, wusste aber, dass den Männern und Frauen des Despoten keine Auffälligkeit entging.

Vorsorglich trat er ein wenig mehr in die Schatten.

Ausgerechnet dort holte ihn der Aufstand ein.

»Herr ...«

Die Stimme drang so leise an sein Ohr, dass er sie anfangs für eine neue Ausgeburt seiner Phantasie hielt. Erst als sie erneut erklang, blieb er stehen und spähte ins Dunkel.

Die schmale Gasse, an der er vorüberschlenderte, war nahezu pechschwarz. Weder Fackel- noch Mondschein erhellte die kaum drei Schritt breite Passage zwischen der leer stehenden Kürschnerwerkstatt und dem alten Theater.

»Herr. Helfen ...« Ein Hustenanfall, nicht minder leise, folgte den Worten und unterbrach die Sprechende.

Gihl-Khuan verringerte die Lautstärke des Sicherheitsfunks

erneut, sah fragend hinter sich, und erst als er sicher war, dass niemand sonst die eigenartige Stimme vernommen hatte oder auf ihn achtete, trat er in die Gasse.

»Was ist geschehen?«, fragte er ins Dunkel.

Einen Moment später sah er die Antwort. Auf einem kleinen Schutthaufen, der sich im Laufe vieler Jahre hier angesammelt haben musste, lag rücklings ein Kind. Seit dieses topsidische Mädchen aus dem Reich der Schlüpflinge zurückgekehrt war, waren fraglos erst wenige Mondwechsel über seine Welt gezogen, so jung und klein war es noch. Es trug zeremonielle Kleidung, gehörte also einer der religiösen Gruppierungen an, die anlässlich des Dreimonds ihren Sermon ins vorbeiflanierende Volk predigten. Doch die Brustseite der mit Stickereien der Fahlen Brüder verzierten Robe war blutdurchtränkt.

Die hat etwas abbekommen, begriff Gihl-Khuan. Ob die Gasse bis nach Khir-Teyal führte? Ob das Mädchen von dort bis hierher geflohen war, hoffend auf helfende Hände und Sicherheit, nur um so kurz vor dem Ziel, wenige Schritte gar, die letzte Kraft zu verlieren?

»Bitte«, wimmerte es schwach. Sein Blick war bereits getrübt. Gihl-Khuan brauchte ihm nur ins Gesicht zu sehen und wusste, dass es die Fahlen Brüder nie wieder erblicken würde, selbst wenn es diese Nacht überstand. »Bitte ho... holen Sie einen Heiler und ...«

Gihl-Khuan hatte sich in all den einsamen Jahren auf Buntayn nur zweimal ernstlich verletzt. Beide Male hatte er sich dank der Positronik selbst verarztet, und von dieser Erfahrung zehrte er nun. Mit geschulten Griffen verschaffte er sich schnell einen Eindruck vom Ausmaß der Verletzungen des Kindes.

Sie kann es noch schaffen, erkannte er. *Der Blutverlust ist beachtlich, aber wenn sie binnen der nächsten Minuten zu einem Heiler kommt ...* Im Geiste ließ er die vergangenen Schritte seines Weges rückwärtslaufen. Wo war der letzte Sicherheitsmann gewesen? Wem konnte er am schnellsten Meldung von der verletzten Kleinen machen?

Achte das Leben!, erklang die Stimme der Positronik in seinem Geist, nannte ihm einen der Sätze der Sozialen Weisung, der gesellschaftlichen Normen seines Volkes. Wie damals auf Buntayn. *Erhalte es, wo du kannst. Lösche es nur dort aus, wo es unumgänglich ist.*

Ein Satz, wie er dieser Nacht nicht angemessener hätte sein können. Und nichts anderes hatte Gihl-Khuan vor.

Das Mädchen erschrak, als er wieder aus der Hocke ging. Eine nasskalte, schwache Hand legte sich auf seinen Unterarm. »Nicht ... weggehen.«

»Keine Sorge, ich laufe nur schnell zurück zur Straße, siehst du? Gleich dort unten ist sie. Und da hole ich dir einen Sicherheitsmann. Der kümmert sich dann schon um all...«

Gihl-Khuan verstummte. Von einem Moment zum anderen hatte er die Welt um sich vergessen, nur noch Augen für das Bild, das sich soeben auf den 3-D-Monitor geschlichen hatte.

Wo?, dachte er. *Wo ist das?*

Er stoppte den Datenstream, um die eine Aufnahme länger und genauer zu betrachten. Da war eine Straßenecke. Schäbige Bauten. Wenig Passanten. Irrte er sich, oder stieg dort eine schmale Rauchsäule über dem Dach zum Nachthimmel auf?

In der Nähe einer Explosion also. Und den Häusern nach zu urteilen ...

Das war Khir-Teyal, kein Zweifel. Die zwei Personen, die Megh-Takarr suchte, hatten das Getto noch nicht verlassen! Kein Wunder, dass er sie nirgendwo anders fand.

»Herr ...«

Das sterbende Kind röchelte. Gihl-Khuan ignorierte es. Für ihn gab es jetzt nur noch die Beute.

Du also bist Khatleen-Tarr, dachte er und betrachtete die im Standbild eingefrorene Gestalt. Sie war hübsch. Deutlich hübscher, als Megh-Takarrs Fahndungsdaten suggeriert hatten. Deutlich hübscher als jede andere Gettohure, die er kannte. Etwa einen Meter achtzig groß, schlank. Glänzende braune Schuppen. Ein Traum.

Im Vergleich zu ihr wirkte das *Ding* an ihrer Seite noch alberner als ohnehin und ...

Die Stimme des Kindes wurde sekündlich schwächer. »Herr, bit... bitte.«

Stresshormone schossen durch Gihl-Khuans Körper. Seine Fingerkuppen kribbelten, wie immer, wenn die Jagd in die heiße Phase wechselte. Schnell prüfte er den Zeitindex auf dem Standbild, rief sich in Gedanken den Stadtplan auf und überschlug, wo er die zwei ungleichen Gestalten am wahrscheinlichsten abfangen konnte.

Das schaffst du noch, sagte die defekte Positronik. *Wenn du sofort aufbrichst. Und rennst. Diese Gasse führt zum Ziel.*

»Tut mir leid, Kleines«, hauchte Gihl-Khuan. Dann schüttelte er die nasskalte Kinderhand ab und lief ins Dunkel. Manchmal, insbesondere während der Jagd, *war* es eben unumgänglich.

Pferde übergeben sich nicht, dachte Eric Manoli. *Bleib in deiner Rolle.* Aber das war leichter gesagt als getan, wenn das Kostüm so stank.

Seit knapp einer Stunde kroch er nun auf allen vieren neben seiner Begleiterin her, und allmählich sah er in der Entdeckung durch Megh-Takarrs Schergen eine überlegenswerte Alternative. Der Tod, so hoffte Manoli, war wenigstens geruchsfrei.

»Alles in Ordnung da unten?«

War seine Begleiterin jetzt übergeschnappt? Woher sollte er wissen, welche Geräusche diese Rrakass von sich gaben? Wiehern? Schnauben?

Khatleen-Tarr lachte leise. »Du darfst sprechen, Erikk«, raunte sie. »Ich passe genau die Momente ab, in denen uns niemand entgegenkommt, wenn ich dich etwas frage.«

»In dem Fall: alles bestens«, log Manoli. Dann stöhnte er. »Abgesehen davon, dass ich unter gefühlten zwanzig Kilogramm Tierfell begraben durch die Straßen einer fremden Welt krieche, nichts außer dem Boden unter meinen Händen und Schienbeinen sehe und schon vor einer Ewigkeit mein Abendbrot aufs Pflaster erbrochen hätte, hätte ich denn eines gegessen.«

Konnte es überhaupt schlimmer kommen? Sicher, Perry und Reg hätten ihn einen Narren geschimpft, hätten sie von seinem Unterfangen gewusst, sie zu finden. Das taten sie aber zu seinem Bedauern nicht.

Manoli fragte sich, was aus ihnen und ihren Kameraden geworden war. Hatte es sie auch nach Topsid verschlagen? Hatten sie die Welt des Ewigen Lebens gefunden? Oder waren sie längst tot? Würden sie – und er – Terrania jemals wiedersehen? Oder war der große Traum, den sie alle seit dem Mondflug der STARDUST – und eigentlich schon viel länger – träumten, bereits gescheitert?

Khatleen-Tarr klopfte von oben auf das stinkende Fell, in dem Manoli steckte. »Lass uns eine Pause machen, tapferes Rrakass! Ich glaube, du musst mal durchatmen.«

Wenige Augenblicke später saßen sie in einem kleinen Sumpf, der den Hinterhof eines Wohnturmes bildete. Dichte Büsche und blubbernde dunkle Morastpfützen umgaben sie. Das Versteck stank sogar noch mehr als das Fell aus dem Scheunencontainer, aber es verbarg sie vor neugierigen Blicken. Staunend sah Manoli an der Außenwand des Turmes hoch. Das grob an eine stilisierte Rakete erinnernde Bauwerk glänzte silbern im Licht der aufgehenden Sonne. Nicht einmal der Stardust Tower daheim in der Gobi hätte ihm den Rang ablaufen können.

Die Topsiderin half Manoli, sich des Fells zu entledigen. Sie hatte es ihm – nicht ohne hämische Freude – in der Scheune persönlich angelegt und mittels Schnüren und einer zähflüssigen Klebeschmiere, die ein bisschen wie Mist wirkte und über die Manoli nicht nachdenken wollte, an seinen Gelenken, Oberarmen und -schenkeln sowie an seinem Rücken fixiert. Entsprechend mühsam war es nun, ihn wieder freizulegen.

»Wie weit ist es noch bis zum Raumhafen?«

Khatleen-Tarr schloss die Augen. »*Zu* weit, wenn du mich fragst. Zumindest zu Fuß. Wenn wir nur einen Gleiter fänden ...«

Sie hatten bereits zweimal versucht, eines der am Straßenrand abgestellten privaten Fortbewegungsmittel zu stehlen. Beim ersten Mal hatten sie zwar die Tür aufzwingen, die Positronik des Gleiters dann aber nicht starten können, und beim zweiten Mal waren sie nur um Haaresbreite dem Zugriff des städtischen Sicherheitspersonals entkommen, das ob des plärrenden Diebstahlalarms herbeigeeilt war. Seitdem zögerten sie ein wenig, es erneut zu wagen.

»Ich hab ja *gleich* vorgeschlagen, die ›Untere‹ zu nehmen.«

Die Topsiderin schüttelte den Kopf und strich sich den Rock ihrer Verkleidung – einer aus Stoff, Leder und allerhand Messing bestehenden, abgewetzten Bäuerinnenkluft – glatt. »Auf Arkon fahren Nutztiere tagtäglich im öffentlichen Personennahverkehr, ja?«

Okay, das war ein Argument. Andererseits: War es seine Idee gewesen, als Rrakass durch Kerh-Onfs Straßen zu kriechen? Manoli presste die Lippen aufeinander. Verzweiflung bahnte sich den Weg durch seine Kehle nach oben, und er wollte ihr keinen Ausgang gewähren. Sie nutzte niemandem. *War ich je weiter von allem entfernt, was ich kenne? Je fremder?*

»Halt durch, Erikk«, sagte Khatleen-Tarr leise und schenkte

ihm ein schwaches Topsidlächeln. »Ich sage das nicht gern, aber: Nimm dir ein Beispiel an ihr.« Dabei deutete sie in die Höhe, wo, keine fünf Handbreit über ihrer beider Köpfe, Kikerren vergnügt durch die Luft flog und nach Mondlichtstrahlen schnappte. »Pessimisten gehen nur selten als Sieger vom Feld.«

Manoli senkte kurz den Blick. Er wusste, dass sie recht hatte. »Hey, ich bin hier der, der andere aufbaut. Schon vergessen?«

»Schätze, dann sind wir jetzt quitt.« Schalk glitzerte in ihren Echsenaugen. Man musste kein Topsider sein, um das zu erkennen. »Angenommen, du wärst nicht hier, sondern auf deiner Welt. Was würdest du jetzt machen?«

Er hob die Brauen. Den Themenwechsel hatte er nicht erwartet. »Ich, äh ...«

»Nicht überlegen, antworten. Was würdest du tun?«

Manoli dachte an Terrania, an die Klinik, die er mit Frank Haggard und dem Ara Fulkar aufgebaut hatte, das Lakeside Institute, wo sie die parapsychischen Gaben der Mutanten erforschten. »Das, was ich immer tue. Kranken helfen, so gut ich kann.«

»Klingt gut. Klingt *wichtig.*« Sie sah ihn mit ihren eigenartigen Echsenaugen an. »Klingt, als könnte dich deine Heimat gebrauchen. Für die Zukunft.«

»Die Zukunft.« *Hat Terrania denn noch eine? Wer weiß, was sich auf der Erde getan hat, seit ich von dort aufbrach? Steht Perrys Wüstenexil überhaupt noch?*

»Kämpfe dafür. Kämpfe, um diese Zukunft real werden zu lassen. Wenn du dich aufgibst, gibst du auch sie auf.«

Eine Erinnerung drang in sein Bewusstsein. Perry Rhodans historische Worte, ausgesprochen vor der in der Gobi gelandeten STARDUST und übertragen in alle Welt: *»Hier wird die Stadt Terrania entstehen, nicht auf Sand gebaut, sondern auf Ihrer Tatkraft und Zuversicht. Sie wird unabhängig sein von nationalen Staaten und Bündnissen, verpflichtet nur dem Ziel, der Menschheit einen Weg ins All zu ebnen. Bauen Sie mit an dieser Vision! Kommen Sie nach Terrania!«*

Manoli atmete tief durch, legte den Kopf in den Nacken und schaute gen Himmel. Die drei Monde verblassten allmählich, und der neue Tag machte sich langsam daran, das Firmament zu erobern. »Der Hafen liegt immer noch östlich von uns?«, fragte er leise.

Khatleen-Tarr bejahte.

»In Ordnung. Dann lass uns gehen.«

Schweigend brachen sie auf, die Topsiderin wieder ganz in ihrer Rolle und er auf allen vieren. Kikerren schien das Spiel mit den Sonnenstrahlen ermüdet zu haben, denn statt zu fliegen, ruhte sie sich nun auf dem Rücken des falschen Rrakass aus.

»Zuchtvieh *und* Lastenträger. Du machst dich, Erikk, du machst dich.«

Er hätte sie treten können, fürchtete aber, ihrer gemeinsamen Tarnung zu schaden.

Keine halbe Stunde später starrte er in die hasserfüllten Augen eines Wachoffiziers.

Kapitel 4

Zu Stardusts Wurzeln
Terrania, 12. Januar 2037

Lhundup war in der Hölle. Schlimmer noch: Er baute aktiv an ihr mit. Das Gewicht der Maschine in seinen Händen zog ihn nach unten, und wann immer er sie aktivierte und mit ihr die Wände der ins Erdreich geschlagenen Gänge malträtierte, schüttelte es ihn durch und durch – als wolle der mit Pressluft, Schmieröl und hartem Stahl zu Werke gehende Apparat nicht nur den steinigen Boden unterhalb des Stardust Towers aufwühlen, sondern auch den jungen Burschen in die Knie zwingen, der die Frechheit besaß, ihn zu führen.

Die Luft roch nach Staub, Schweiß und Erschöpfung. Die Gänge waren eng und dunkel, die Sonne schon nach wenigen Arbeitsstunden kaum mehr als eine Erinnerung. Und es war *laut*; daran änderten auch die Kopfhörer und Ohrstöpsel nichts, die Lhundup an seinem ersten Tag von seinem neuen Vorarbeiter, dem Schichtleiter Ai Guo, in die Hand gedrückt bekommen hatte.

Das war nicht James Bond. Das war Strafarbeit. Hatte man die politisch Unbequemen seiner Heimat in früheren Dekaden nicht zu ganz ähnlichen Strapazen verurteilt?

Lhundup stöhnte leise, als er sich zur Pause auf eine Bank sinken ließ. Jeder Muskel tat ihm weh. Bildete er sich das nur ein, oder hatte sich vor lauter Gerüttel einer seiner Zähne gelockert? Selten hatte er sich mehr nach den endlosen Weiten seiner tibetischen Heimat gesehnt als in diesem Moment.

Die schäbigen Tische und Bänke, auf denen die Grubenarbeiter ihre ebenso wenigen wie kurzen Entspannungsphasen während der Schichten genossen – zu kurze, als dass sich der Rückweg zu den unterirdischen Schlafkojen gelohnt hätte –, standen nahe dem Personenlift, der die männlichen und weiblichen Kumpel zu Schichtbeginn unter Tage und nach Ende ihrer zumeist mehrtägigen Einsätze wieder zurück in die Wirklichkeit beförderte. Es kehrte niemals Ruhe ein, da die enge und mit stabilen, kleinmaschigen Gittern umgebene Fahrstuhlkabine ständig aus irgendwelchen Gründen in Bewegung war. Aber nach vier Stunden Gehämmere und Geklopfe an der »Front«, wie Lhundup die Stellen insgeheim nannte, an denen gegraben und gesprengt wurde, war selbst der quietschende und motorbrummende Fahrstuhl jeden Tag aufs Neue eine willkommene Abwechslung.

»Ist hier noch frei?«

Lhundup sah auf – und sein Herz kam ins Stolpern. Der trübe Schein der elektrischen Lampen fiel auf ein Gesicht, das er, da war er sich absolut sicher, in dieser Hölle noch nie gesehen hatte. An dieses hätte er sich erinnert.

Sie hatte burschikos kurz geschnittene schwarze Haare und mandelförmige Augen, für die ein Mann sterben konnte. Ihr Mund war schmal, und ihr Lächeln erzeugte unfassbar bezaubernde Grübchen an seinen Winkeln. Ihre Haut war so rein und perfekt wie ...

»Hallo? Verstehst du mich?«

Erst als sie lachte, begriff Lhundup, dass er sie angestarrt hatte, statt ihr zu antworten. Konnte er es überhaupt? »Äh ...« Offenkundig nicht.

Die schönste Frau Terranias sah sich kurz um. Die anderen Tische waren leer, da Lhundup sich angewöhnt hatte, den Kollegen zu entgehen, die regulären Pausenzeiten zu ignorieren und allein zu essen. Außer ihm – und ihr – war niemand da.

»Dann nehm ich das mal als ›Ja‹«, sagte die schönste Frau der Welt. Sie sprach Mandarin, war offenkundig sogar eine Chinesin, und Lhundup dankte allen Göttern, die ihm einfielen, dafür, dass er die Sprache beherrschte, auch wenn er sich einst mit Händen und Füßen dagegen gewehrt hatte, sie zu erlernen

»Du bist neu hier, oder?« Unter ihren dreckverschmierten Handschuhen kamen zarte Finger zum Vorschein. Diese durchwühlten den Inhalt eines silberfarbenen Rucksacks, den die Frau neben sich abgestellt hatte. »Zumindest hab ich dich früher nicht bemerkt. Magst du?« Dabei beförderte sie eine Thermoskanne aus der Tasche. Der Kaffee, den sie sich eingoss, roch stark und gut.

Lhundup stutzte. Das Getränk passte nicht so recht zu ihr,

fand er. Zwar war Terrania international bevölkert, doch hatte er noch keinen asiatischen Kollegen mit dem schwarzen Bohnengebräu gesehen.

»Ich sollte nicht so viel davon trinken, aber was kann ich tun – es schmeckt mir.« Ihr Lächeln war strahlend und hätte sogar einen Fantan entwaffnet. Sie nippte am Kaffee. »Also, ja oder nein? Du redest nicht gern, oder?«

Lhundup schüttelte den Kopf. Er redete sogar *sehr* gern, aber wie sprach man mit Göttinnen? Was stand es ihm, dem verdreckten, verschwitzten, selbst im Kreise der untersten Turmarbeiter als verschrobener Schwächling geltenden Hirtenjungen zu, das Wort an eine wie sie zu richten?

Die schönste Frau dieser und aller anderen Welten lächelte wieder. Ihr Blick ging zu seinem Apfel, in den er vor lauter Schockstarre nicht mehr gebissen hatte, seit sie da war. »Du isst außerhalb der Pausen. Lass das mal nicht den alten Ai Guo hören.«

Er weiß es. Es war sogar sein Vorschlag. Zur Deeskalation der Lage. Immer mehr Sätze formten sich in seinem Hirn und suchten den Weg zu einem Mund, der mit ihnen nichts anzufangen wusste. Würde sie ihn ablehnen wie der Rest des Bautrupps, wenn er ihr davon berichtete, wie er die anderen regelmäßig auf die Palme brachte? Wie oft er die Sprengungen und anderen Arbeiten unter dem Stardust Tower mit seiner ungewollt tollpatschigen Art schon gestört hatte, seit er hier war?

»Ich wollte nur nett sein«, sagte die schönste Frau des Universums leise und sogar ein wenig enttäuscht. Sie leerte den Kaffee in einem Zug und verstaute die Kanne wieder. »Ich hab dich nämlich doch schon gesehen. Und ich kann mir denken, warum du deine Pausen verlegt hast, und ich find's unfair, wie die anderen hier mit dir umgehen. Deshalb ... Ach, vergiss es. Tut mir leid, falls ich dich gestört habe.« Sie stand auf, wandte sich zum Gehen.

»Lhundup.«

»Was?« Verwundert sah sie zurück.

»Das ... das ist mein Name«, legte er schnell nach, bevor sein Mund erneut in Starre verfiel. Jedes Wort schien wie ein Kampf des Willens gegen ein Heer von Knoten und Komplexen. »Lhundup. Und ... ich hätte sehr gern einen Kaffee, danke!«

Irgendwo hinter seiner Stirn wartete die tadelnde Stimme des Selbstzweifels darauf, dass ein Blitz auf ihn niederfuhr und ihn ob seiner blasphemischen Arroganz strafte. Doch keiner kam. Stattdessen kam die schönste Frau sämtlicher Dimensionen zurück zu seinem Tisch. Die Götter mussten verrückt sein.

»Freut mich, Lhundup. Ich bin Zhuo Hui. Und ich bin ebenfalls neu hier. Milch und Zucker?«

Sie setzte sich wieder, und sie tranken, während Zhuo Hui erzählte. Schon nach wenigen Worten war Lhundup, als gäbe es nur noch ihre Stimme, blendete sein Verstand den Lärm einfach aus.

Zhuo Hui gehörte zu den Sprengern, erfuhr er. Sie machte die Grob-, Lhundup und seine Kollegen erledigten danach die Feinarbeit. Ursprünglich habe sie Diplomatin werden wollen und in Shenzen, dem Ort ihrer Herkunft, sogar ein Politikwissenschaftsstudium begonnen, doch dann sei Perry Rhodan geschehen, Terrania entstanden und eine neue Zeit angebrochen. Eine, in der neue Regeln gelten würden.

»Ich schätze, auch das hier ist Diplomatie«, sagte sie und sah sich lachend um. »Interstellare statt internationale. Der Anfang von etwas Großem. Findest du nicht?«

Lhundup stimmte ihr bereitwillig zu. Er verstand, was sie meinte, hätte ihr in diesem Moment aber vermutlich selbst dann überzeugt recht gegeben, wenn sie sich als Königin des Wegasystems bezeichnet und eine Kopfsteuer für Streichhölzer verlangt hätte. Göttinnen waren unfehlbar und er, da biss die Maus keinen Faden ab, Hals über Kopf verliebt. Das begriff selbst die tadelnde Stimme des Selbstzweifels.

Zhuo bedeutete hervorragend, Hui war ein chinesisches Wort für Intelligenz. Der Name passte, fand Lhundup beeindruckt.

Irgendwo jenseits von allem rumpelte schweres Gestein in klobigen Antigravloren über ein Netz aus Magnetschienen, hallte der zornige Schrei von Sprengstoff durch enge, stickige Gänge, rieselte vom Fortschritt besiegtes Erdreich auf die Helme und Overalls derer, die schufteten, um dem höchsten Gebäude Terranias Raum für ein unterirdisches Fundament aus Stahl und Beton zu schaffen. Lhundup saß mittendrin in diesem Lärm, und doch war er ihm so fern, als erklänge er auf einem arkonidischen Mond.

»Möch... möchtest du vielleicht ein Stück Apfel?«, fragte er, hielt ihr denselben hin – und riss entsetzt die Augen auf, als er begriff, dass er das Ding vor lauter Nervosität bereits so gut wie aufgegessen hatte und der schönsten Frau aller Zeiten, selbst der noch kommenden, gerade wenig mehr als Kerngehäuse und Stängel anbot.

Zhuo Hui lachte. »Und wenn ich jetzt Ja sage? Fährst du dann hoch und pflückst mir einen? Mitten in der Wüste?«

Lhundup errötete und versprach, genau das zu tun.

»Das ist unmöglich.«

»Macht nichts.«

»Ai Guo würde schimpfen.«

Und Bai Jun erst. »Macht nichts.«

Einen Moment lang sah sie ihn schweigend an. Im Blick ihrer tiefblauen Augen flackerte etwas, das Lhundup lange nicht mehr gesehen hatte und ihm auf unfassbar wohlige Weise bis ins Mark fuhr. »Ich bin froh, dass ich mich zu dir gesetzt habe, Lhundup von den Hochlandsteppen«, sagte sie dann leise. »Und beim nächsten Mal esse ich gern ein Stück Apfel. Aber jetzt muss ich wieder zur Arbeit.«

Die schönste Frau von allen, deren alleinige Existenz den Urknall rechtfertigte, stand auf, schulterte den Rucksack und ging an den leeren Tischen und Bänken entlang zurück in die Hölle.

»W... warte!«, rief er ihr nach und staunte über seine Dreistigkeit. »Wo treffe ich dich? Fürs nächste Mal.«

Die Grübchen kehrten zurück, als ein Lächeln ihre Mundwinkel umspielte. Doch irrte er sich, oder lag plötzlich ein Anflug von Sorge in ihrem Blick? »*Ich* finde *dich*, Lhundup, einverstanden?«

Hier unten? In diesem Chaos aus Halbdunkel, Staub und schwitzenden Hünen? »Das wird nicht funktionieren«, ahnte er und fragte sich gleichzeitig, woher er den Mut nahm, sie derart anzusprechen. »Lass uns lieber einen Termin ...«

Zhuo Hui schüttelte den bildhübschen Kopf. An der Sorge auf ihren Zügen bestand kein Zweifel mehr. »Ich finde dich, Lhundup«, wiederholte sie. »Versprochen. Tu mir den Gefallen und belass es dabei, okay? Ich ... Komm mich einfach nicht suchen! Bitte.« Sie lächelte wieder, doch ihre Augen lächelten nicht mit.

Lhundup nickte noch, als sie in den Schatten verschwand. Obwohl er den Grund nicht begriff, spürte er, dass er irgendwie und irgendwo zu weit gegangen war.

»Du hast *was?*«

Bai Juns Stimme, die aus dem kleinen Komgerät drang, klang ebenso ungläubig wie wütend.

»Sie ist absolut bezaubernd, Jun. Ehrlich, du würdest sie mögen.«

»Unfassbar. Absolut unfassbar. Kleiner, du sollst für mich Augen und Ohren offen halten! Du sollst Adams' Geheimnissen auf den Grund gehen. Aber was machst du? Stellst jungen Frauen nach. Da hätte ich ja genauso gut diesen Flipper schicken können, von dem Bull immer erzählt. Der soll auch so ein Weiberheld gewesen sein ...«

Lhundup drängte sich noch tiefer in die Gesteinsspalte, in der er stand. Hier, fernab von den Schlafstätten der Grubenarbeiter und den Einsatzorten der Nachtschicht, hörte ihn um diese späte Stunde zwar ohnehin niemand, aber sicher war sicher. Er kam stets hierher, tief in der Nacht, um seinem Auftraggeber Bericht zu erstatten, und wie jedes Mal nahm ihm Juns mürrische Art schon nach wenigen Sätzen jeglichen Wind aus den Segeln. Nicht zum ersten Mal bedauerte er es, sich für einen Anschiss aus dem Bett gequält zu haben.

»Es gibt schlicht nichts Neues zu berichten«, beteuerte er. »Ich habe die Sonne seit Tagen nicht gesehen, vom überirdischen Teil des Turmes ganz zu schweigen. Ai Guo ist ein netter Kerl, aber er lässt uns einfach nur buddeln. Die Zeit drängt, denn ab der kommenden Woche sollen die ersten Stahlträger hier heruntergeschafft und in die Schächte gelassen werden.« Er seufzte. Diese täglichen Updates waren echt anstrengend, und außerdem war er unfassbar müde.

»Na, dann misch dich unters Volk«, beharrte Bai Jun. »Rede mit den Menschen. Höre ihnen zu. Schnappe Wissensschnipsel auf und liefere sie mir. Irgendetwas musst du doch erfahren können, verflucht!«

Lhundup dachte an die schnarchenden Kollegen in seinem Quartier. »Ich glaube nicht, dass die mit mir reden. Bislang ... Na ja, das sind allesamt erfahrene Bergarbeiter, hab ich so das Gefühl. Die bleiben unter sich, Jun. Für die bin ich weniger ein Kumpel als eine Kuriosität.« Dass ihm heute schon der zweite Pressluftbohrer in den Händen verendet war, weil er sich schlicht nicht merken konnte, wie man die Dinger pfleglich behandelte, erwähnte er nicht. Auch nicht die Blicke, die rollenden Augen und den stummen Tadel seiner Kollegen. Jun wusste selbst, wie wenig er für diese Arbeit geeignet war.

Bai Jun wurde ungeduldig. »Jetzt pass gut auf, Lhundup!«, knurrte er. »Morgen früh schmeißt du dich ausnahmsweise mal nicht an die Frauen ran, sondern hörst zu. Und wehe, du weißt morgen wieder nichts zu vermelden. Haben wir uns verstanden?«

Lhundup wusste, wie zornig Bai Jun werden konnte. Er schluckte trocken. »Aber ...«

»Kein Aber!«, unterbrach ihn der Bürgermeister. »Morgen lieferst du mir Informationen und damit Schluss. Andernfalls hätte ich *tatsächlich* diesen Flipper schicken können.«

Lhundup runzelte die Stirn. »Verzeih, aber ... ist der nicht tot?«

»Eben«, brummte Bai Jun und trennte die Verbindung.

Kapitel 5

Aufstand der »Kaltblütigen«
Topsid, Nacht der drei Monde

»Ich fürchte, es ist eine Bombe!« Gihl-Khuan schluckte trocken und sah sein Gegenüber aus schreckgeweiteten Augen an. »Gleich hier vorn, hinter der Häuserecke. Oh, bitte, beeilen Sie sich!«

Der breitschultrige Wachoffizier nickte knapp, sparte sich seine Kraft aber für den Spurt auf, den sie gerade gemeinsam absolvierten. Gihl-Khuan hatte den im Dienst des Despoten stehenden Mann an einer kaum frequentierten Station der »Unteren« angesprochen, wo er mit zwei Kollegen – wie er selbst klobige Kerle in Kampfanzügen und mit großen Waffen – den Verkehr beobachtete. Dass der Wachmann sofort mitgekommen war, kaum dass Gihl-Khuan von Bomben gesprochen hatte, zeigte, wie nervös die städtischen Ordnungshüter inzwischen sein mussten.

Zu Recht, fand Gihl-Khuan. Wenngleich aus den falschen Gründen.

»Gleich hier ... vorne, ja?«, wiederholte der Mann nun keuchend – und tat, worauf Gihl-Khuan spekuliert hatte: Er zog sich den Helm vom Kopf, um besser atmen zu können.

Wo wäre ich nur ohne blutige Anfänger?, dachte Gihl-Khuan. »So ist es. Es war so ein blinkendes, klobiges Ding, und es zischte so eigenartig.«

Sie hatten die Straße mit ihren Passanten längst hinter sich gelassen. In dieser Seitengasse brauchte er keine unliebsamen Zeugen zu befürchten. Dennoch warf er einen schnellen Kontrollblick über die Schulter, bevor er den verborgenen Strahler aus der Innentasche seiner Dreimondrobe zog.

Der Uniformierte erbleichte. Begreifen schlich sich auf seine Züge. Die linke Hand hob den Helm wieder empor, in dem er den Funkempfänger wusste, die rechte fuhr zur Waffe an seiner Hüfte.

Doch Gihl-Khuan war schneller, nutzte das Überraschungsmoment. Sein Finger zuckte am Abzug. Aus der Mündung des Strahlers erwuchs ein rasend schneller Blitz und traf den Wachoffizier mitten auf der ungeschützten Stirn. Der breitschultrige Mann ächzte leise. Dann brach er zusammen und blieb reglos auf dem Straßenpflaster liegen.

Gihl-Khuan sah sich abermals um. Die Luft war nach wie vor rein. Schnell packte er den Betäubten unter den Armen und zog ihn tiefer in die Schatten der Hauswände. Bis er erwachte und Alarm schlagen konnte, würden Stunden vergehen. Wahrscheinlich fanden ihn seine Kollegen bereits früher.

Zwischen kahlen Mauern und parkenden Fahrzeugen begann Gihl-Khuan mit Phase zwei seines spontanen Plans: Er zog seinem Opfer den Kampfanzug aus und streifte ihn sich über.

Während er arbeitete, behielt er via Headset stets den Datenstream im Auge. Die Lage wurde allmählich brenzlig, denn Khatleen-Tarr und ihr Begleiter – worum sonst sollte es sich bei diesem wohl hässlichsten aller Rrakass handeln? – waren eindeutig unterwegs zum Raumhafen. Gihl-Khuan wusste zwar, dass sie bei dem dort herrschenden Chaos eine kleine Ewigkeit brauchen würden, um – wenn überhaupt – einen Transport zu ergattern, aber ebendieses Chaos bot ihnen ebenso eine hervorragende Deckung. Wenn er sie erwischen wollte, musste er sie *vorher* erwischen. Und er ahnte bereits, wie.

»... rät die Stadtgarde dringend, vom Besuch Khir-Teyals abzusehen. Dreimondgänger, so heißt es aus den oberen Etagen Sendschai-Karths, sollten sich ihrer eigenen Sicherheit zuliebe besser auf andere, zentralere Stadtviertel konzentrieren.

»Inzwischen gehen die Feierlichkeiten im Sumpfpark Süd ihrem traditionellen Höhepunkt entgegen. Wir schalten live zu unserem Reporter vor Ort ...«

Die Straßensperre befand sich am Anfang einer langen Allee, von der rechts ein breiter Pfad zu einer der beliebten unterirdischen Sumpfhöhlen führte. Schon von Weitem sah Gihl-Khuan die Soldaten zwischen den teils am Boden, teils mehrere Handbreit über diesem schwebend verharrenden Fahrzeugen umhergehen. Die Uniformierten trugen Kampfanzüge wie er und hielten ebenso klobige wie beeindruckende Strahlen- und Partikelkanonen in den Händen. Gemeinschaftlich prüften sie die Personalien jedes Passanten, scannten Netzhäute, inspizierten Ladeflächen und glichen ihre Funde mittels ihrer Kommunikatoren mit den Angaben im Zentralrechner ab.

Insgesamt boten sie ein Bild emsiger Konzentration. Perfekt für Gihl-Khuans Zwecke.

»Folgen Sie mir!«, sagte er und trat selbstbewusst aus den Schatten. »Die Flüchtigen wurden nahe dem Raumhafen gesichtet, und die dortigen Sicherheitskräfte erbitten unsere umgehende Unterstützung.«

Die Angesprochene, eine junge Topsiderin von vielleicht vierzig Jahren, sah ihn perplex an. Durch das Visier konnte Gihl-Khuan die Ratlosigkeit in ihrem Blick erkennen – aber auch, dass ihr seine Rangabzeichen nicht entgingen. Er – beziehungsweise der Mann, dem er diese Kleidung gestohlen hatte – war ihr gegenüber ganz klar befehlsberechtigt.

»Ich verstehe nicht«, quäkte ihre Stimme aus Gihl-Khuans Helmlautsprecher. »Über Komfunk war nichts von derlei Bitten zu hör...«

»Was Ihnen über Funk entgeht, ist nicht mein Problem«, unterbrach er schroff. Auch das war eine Weisheit, die ihn die vielen Jahre im Exil auf Buntayn gelehrt hatten: *Der direkte Weg ist meist der beste, und ein sicheres Auftreten vermag sogar die eigenen Zweifel zu vertreiben.* »Ihre Anweisungen sind klar, Offizierin, oder? Führen Sie sie aus!«

Guter Junge, flüsterte die defekte Positronik in seiner Phantasie mit väterlichem Stolz.

Gihl-Khuan genoss das Lob. Diese Gabe, in Windeseile jede beliebige Rolle zu verkörpern, war sein wertvollstes Gut. Sie machte ihn zu Megh-Takarrs bestem Mann.

Inzwischen waren weitere Wachen auf ihn aufmerksam geworden. Halb skeptisch, halb pflichtbewusst traten sie näher. Manche nahmen sogar ganz militärisch Haltung an, wie Gihl-Khuan mit einer Mischung aus Humor und Verachtung registrierte. Ja, er hatte sein Opfer in Phase eins tatsächlich gut gewählt.

»Wie lauten Ihre Befehle?«, fragte ein älterer Wachmann, steckte seinen Strahler zurück ins Halfter an seiner Hüfte und nahm, wie es der Respekt in nicht kritischen Situationen erforderte, den Helm ab. Seine dunklen Schuppen glänzten im Licht, das die Halogenscheinwerfer der Einsatzfahrzeuge warfen. Den Symbolen auf seinen Schulterstücken nach zu urteilen, hatte er hier das Sagen.

Gihl-Khuan schaltete in den bewährten Bin-ich-heute-denn-nur-von-Idioten-umgeben-Tonfall. »Wie ich Ihrer begriffsstutzigen Mitarbeiterin schon erklärte, braucht die Raumhafensicherheit dringend mehr Leute. Ihr Posten zählt zu denjenigen, die als Verstärkung abkommandiert wurden, hat sich bisher jedoch nicht dort eingefunden.«

»Davon ist mir nichts bekannt«, sagte der Ältere. »Uns wurde aufgetragen, nach einer Deserteurin und einem entflohenen Arko...«

»Die Deserteurin *befindet* sich längst am Hafen!«, fuhr Gihl-Khuan ihn an. »Aber nicht mehr lange, sofern Sie und Ihr Trupp der Ahnungslosen nicht endlich begreifen, was die Stunde schlägt! Und glauben Sie mir: Wenn Megh-Takarr erfährt, dass die beiden Ihretwegen entkommen konnten, werde nicht ich es sein, den er aus Zorn zur Schlüpflingsjagd in die Kanalisation versetzen lässt. Habe ich mich deutlich ausgedrückt, Subkontroller ...?«

Das saß. Die Mischung aus herrischem Auftreten, vorweggenommenen Argumenten und einer angedrohten Degradierung nahm dem älteren Offizier sichtlich den Wind aus den Segeln. »Ch... Charr-Kobahl, Herr«, stammelte er, mit einem Mal seiner ganzen Selbstsicherheit ledig. »Subkontroller Charr-Kobahl.« Dann wandte er sich an die Kollegin, und seine Miene verfinsterte sich. »Sie haben den Kontroller gehört, Skrollan-Bhul. Lassen Sie die Männer und Frauen einsteigen. Wir müssen zum Hafen!«

Skrollan-Bhul, offensichtlich so etwas wie seine rechte Hand, wirkte wenig überzeugt; sie beugte sich aber widerstandslos der Macht der Hierarchie. Binnen weniger Augenblicke hatte sie die Straßensperre aufgelöst. Unter den staunenden Blicken der Festbesucher eilten die Sicherheitskräfte zu ihren Schwebemobilen. Antrainierte Reflexe bestimmten nun wieder jeden Handgriff. Niemand bewegte sich individuell, alles war gleich. Türen glitten zischend beiseite und gaben den Blick auf spartanisch technisch ausgestattete Innenkabinen frei, kaum mehr als Sitzreihen und Hardware.

Gihl-Khuan wartete nicht auf eine Einladung. Er wusste, dass die gepanzerten Schwebegleiter seine einzige und letzte Chance waren, der Beute den Weg abzuschneiden. »Starten

Sie!«, befahl er dem Piloten des erstbesten Gleiters, kaum dass er ihn betreten hatte.

»Aber Kontroller, die Einheit ist noch nicht ...«

»*Starten Sie!*«, bellte er den Protest des Mannes an der blinkenden Steuerkonsole nieder.

»V... verstanden. Ich starte die Maschinen.«

Behandschuhte Hände glitten über flexible holografische Steuerelemente. Signallichter erwachten zum Leben, und in seinem Helmlautsprecher, der automatisch die Frequenz der Bordelektronik ermittelt hatte, konnte Gihl-Khuan die bestätigenden Pieps- und Summtöne der Triebwerkskontrolle hören. Dann setzte sich der Einsatzgleiter in Bewegung. Der Luftraum gehörte ihm, wusste der Jäger, denn der Despot hatte aufgrund der Unruhen jeden nicht militärischen Flugverkehr untersagt.

Das knapp acht Schritt lange, vier Schritt hohe und fünf Schritt breite Gefährt stieg aus Kerh-Onfs Straßenschluchten empor. Durch das Sichtfenster im Heck hatte Gihl-Khuan schnell wieder einen Blick auf die Stadt, der der Aussicht von seinem Balkon in wenig nachstand.

Der Luftraum war leerer geworden. Die einzigen Schwebegleiter, die er wahrnahm, gehörten den Sicherheitseinheiten an. Auch der Nebel, auf Topsid so etwas wie eine Konstante, hatte nachgelassen. Gihl-Khuan konzentrierte sich und suchte zwischen sowie über den Gebäuden der Stadt nach den dunklen Rauchsäulen der Explosionsherde. Irrte er sich, oder war ihre Zahl zurückgegangen? Vielleicht verloren die Aufständischen inzwischen ihren Kampfesmut.

Das glaubst du doch selbst nicht, tadelte ihn die defekte Positronik.

Wie üblich stimmte er ihr zu.

»... in Richtung Raumhafen. Wiederhole: Einheit D13 ist unterwegs in Richtung Raumhafen. Erbitten Statusbericht, Raumhafen.«

Rauschen.

»Hier Raumhafen. Abgesehen davon, dass wir hier vor lauter Andrang kaum noch zum Durchatmen kommen, können wir keine besonderen Vorkommnisse vermelden. Was ist denn das auch für ein Riesenhaufen Rrakassdung mit diesen Explosionen? Ach, und was verschafft uns die Ehre Ihres Besuchs, Einheit D13?«

Rauschen.

»Keine bes... Wir verstehen nicht, Raumhafen. Haben Sie die Flüchtigen denn bereits inhaftiert?«

Rauschen.

»Inhaftiert? D13, erlaubt ihr euch etwa einen Scherz mit uns? Habt ihr kurzschwänzigen Straßensperrler zu wenig Arbeit oder was? Hört mal, Leute, uns fallen hier vor Erschöpfung bald die Schuppen vom Leib, aber ihr ...«

Das falsche Rrakass warf die Fellverkleidung von sich, griff nach dem Strahler an Khatleen-Tarrs Hüfte und feuerte wild drauflos. Gihl-Khuan sah es in der 3-D-Darstellung, die sein inzwischen auf bewegte Bilder eingestelltes Headset ihm vors rechte Auge projizierte. Und er spürte, wie sein Herzschlag schneller wurde.

Deine Zeit läuft ab, kommentierte die Armbandpositronik. *Dieser törichte Arkonide hat soeben sein Leben verwirkt – und vermutlich auch das seiner schönen Begleiterin.*

»Ich weiß, knurrte er in Gedanken. »Wie weit ist es noch?«

Der Pilot, dem die Frage gegolten hatte, sah zu seinen Armaturen. »Luftlinie? Fünfzehn Minuten bis zu den Koordinaten, die Sie uns eben nannten, Kontroller. Dreißig bis zum Raumhafen.«

Dreißig Minuten. Viel zu lang. Khatleen-Tarr und ihrem schuppenlosen Dummkopf blieben kaum dreißig *Sekunden.*

Gihl-Khuan biss die Zähne so fest zusammen, dass sie knirschten. Nur so konnte er den Fluch, der ihm auf der Zunge lag, vor der Flucht ins Freie bremsen. Er hätte einem Kontroller nicht gut zu Gesicht gestanden.

Dreißig Minuten.

Die Beute war in akuter Lebensgefahr, und er, der Jäger, saß im Cockpit eines winzigen Truppentransporters der Stadtgarde und flog gerade über eines der besseren Wohnviertel Kerh-Onfs der Ebene und dem Hafen entgegen, umgeben von Megh-Takarrs treudoofen Befehlsempfängern.

Die Worte des Despoten hallten in seinem Gehörgang wider. *Von mir aus können Sie ihr jede Schuppe einzeln ausreißen und sie dann in der Ebene erfrieren lassen. Tun Sie, was immer Sie wollen, aber bringen Sie mir den Mann, hören Sie? Bringen Sie ihn mir lebend!*

»Erhöhen Sie das Tempo!«

Der Pilot wirkte verunsichert. »Herr, wir fliegen bereits mit der erlaubten Maximalgeschwindigkeit.«

»Erhöhen, sage ich!«

Gihl-Khuan griff nach der Steuerkonsole. Er wusste nicht viel über Transporter dieser Art, hatte den Mann aber während der vergangenen Minuten beobachtet und glaubte, ein wenig praktische Erfahrung aufgeschnappt zu haben.

Die Triebwerke röhrten protestierend, als er ihnen in seiner Ungeduld noch mehr abverlangte.

»Kontroller, wir verstoßen gegen das Limit«, echauffierte sich der Pilot. Seinem Tonfall nach schwankte er zwischen Trotz und Entsetzen. »Wir ... Die restliche Kolonne kann uns nicht folgen, wenn wir derlei Änderungen nicht vorab mit ihr klären.«

Gihl-Khuan ignorierte ihn, wie er inzwischen auch die akustischen Nachrichten- und Funkmeldungen ignorierte. Mit dem rechten Auge verfolgte er den Datenstream, wartete auf ein neues Bild der Beute, mit links sah er aus dem Heckfenster und über Kerh-Onfs Dächer, dem Ziel entgegen. Die Jagd drohte ihm zu entgleiten, da war alles andere unwichtig!

Er erstarrte, als der Kreislauf der Standbilder vor seinem rechten Auge wieder bei der Darstellung der Straßenecke ankam, an der er die Dirne und ihren Begleiter gesehen hatte. Inzwischen waren die Soldaten über ihre Überraschung hinweg und lieferten sich mit den beiden einen hitzigen Schusswechsel. Es glich einem Wunder, dass Khatleen-Tarr und der Arkonide noch atmeten.

Plötzlich schrie der Pilot im Sitz neben ihm auf. »Kontroller, wir werden angegriffen! Aktivieren Sie umgehend die Schutzschi...«

Der Rest seiner Worte ging in der Explosion unter. Gihl-Khuan merkte noch, wie der Transporter erbebte und zur Seite kippte, dann wurde die Welt schwarz.

»... geriet bislang unbestätigten Meldungen zufolge ein leichter Transporter der Stadtgarde in einen Hinterhalt der ›Kaltblütigen‹. Ob bei der heimtückischen Attacke Personen zu Schaden kamen, ist noch unbekannt, steht aber zu befürchten.

Augenzeugen berichten von einem Feuerball über der Stadt und ...«

Kapitel 6

Flucht ins Dunkel
Zehn Minuten zuvor

»Keinen Schritt weiter!«, bellte jemand herrisch, und Manoli erstarrte. Was geschah da vorne? Aufgrund des stinkenden Fells, in dem er steckte, bekam er kaum etwas von seiner Umgebung mit. Er war auf die Führung seiner Begleiterin angewiesen, um nicht mehr oder weniger blindlings gegen Wände, parkende Gleiter oder die letzten Nachtschwärmer zu stoßen.

»Guten Abend, Subkontroller«, hörte er Khatleen-Tarr sagen. Sie klang besorgt. »Stimmt etwas nicht?«

Schritte näherten sich. Stiefel auf hartem Kopfsteinpflaster. *Soldaten*stiefel.

Das ist nicht gut. Gar nicht gut. Eric begann zu schwitzen. *Merda!*

Durch das lächerlich kleine Luftloch, das Khatleen-Tarrs Verkleidung ihm zum Atmen gewährte, sah Manoli uniformierte Beine, wagte aber nicht, den Kopf zu heben und die Gesichter der Fremden in Augenschein zu nehmen. Einmal mehr wurde ihm schmerzlich bewusst, dass er so gut wie nichts über das natürliche Verhalten der Nutztierspezies wusste, deren Angehörigen er gerade verkörperte.

»Ob etwas nicht stimmt?« Der Subkontroller lachte.

Eric kannte dieses Lachen. Er mochte knapp vier Jahrzehnte und Milliarden Lichtjahre von den New Yorker Schulhöfen entfernt sein, auf denen er die großen Pausen seiner Kindheit verbracht hatte, aber die Brutalos, denen es ein Vergnügen war, Schwächere zu schikanieren, bedienten sich offenbar galaxisweit desselben Tonfalls.

»Name!«, verlangte eine zweite Männerstimme zu wissen. Zwei der Uniformbeine traten nach links und aus Manolis Sichtfeld. Links war, wo Khatleen-Tarr stand.

»Listhaan-Trull, Herr«, log diese. »Vom Angeelsen-Hof, drüben in Birr-Sborn.« Dann, leiser: »Nicht, bitte ...«

»Was führt ein junges Ding wie dich zu dieser Stunde hierher, Listhaan-Trull? Hast du im Kom-Netz nichts von den Aufständen gehört? Oder hast du zu Ehren der Fahlen Brüder so tief in den Krug geschaut, dass du nun vor lauter Trunkenheit dein Bett nicht findest?«

Manoli schwankte leicht, als ihn plötzlich ein Körper – *Khat!* – von links anrempelte. Was geschah hier? Was sollte er tun?

Die Männer schienen sie zu drangsalieren. Sie keuchte leise. »Nicht, Herr«, hörte er sie flüstern. »Bitte, lassen Sie mich ...«

»Mein Zweiter hat dich etwas gefragt, Magd«, schnaubte der Subkontroller vor Manoli. »Was macht eine Schönheit wie du in aller Götter Frühe schon in diesen Straßen, noch dazu mit ihrem Vieh?«

Stoff raschelte. Jemand pfiff anerkennend. Nicht zum ersten Mal fragte sich Manoli, aus wie vielen Personen das Gefolge dieses Subkontrollers wohl bestand.

Aus dem Augenwinkel sah er etwas Braunes zu Boden fallen. Ihm wurde übel. War das etwa Khatleen-Tarrs Strickweste?

»Ich bringe nur mein Tier zur Frachtgutannahme«, sagte sie. Ihre Stimme zitterte, obwohl sich die junge Topsiderin merklich um Gelassenheit bemühte. »Es soll nach Trhol-Knarr gebracht werden, sagt mein Herr, denn es hat die Prollten und soll in der dortigen Landluft genesen. Und ... Herr, ich flehe Sie an. Nehmen Sie die Hand dort weg. Ich bin bereits versprochen ...«

»Versprochen ist nicht vergeben«, raunte jemand hinter dem Kommandanten dieser kleinen Patrouille. Er hatte Schwierigkeiten, die S-Laute zu meistern. Vermutlich hatte er ausgiebig den Wasserpfeifen gefrönt und war nicht mehr ganz Herr seiner Sinne. »Mir scheint, die Fahlen haben uns zu ihrem Fest ein Geschenk gemacht, Männer.«

Weitere Stimmen bekräftigten die Aussage des Betrunkenen. »Pack das Geschenk fertig aus, Ragh-Tukurr!«, forderte eine Stimme. Und eine andere ergänzte: »Genau. Sie soll uns mal zeigen, was sie außer diesem stinkenden Viech dabeihat.«

Manoli schlug das Herz bis zum Hals. Das waren mindestens vier Soldaten, wahrscheinlich sogar mehr. Sie waren stärker als er und zweifellos besser bewaffnet. Was stand dahingegen auf seiner Seite der Gleichung? Das Überraschungsmoment und ihre Trunkenheit?

Riskant. Zu *riskant.*

Aber blieb ihm eine andere Wahl?

Er wollte gerade reagieren, als er Khatleen-Tarr wieder hörte. Die Furcht schien aus ihrer Stimme gewichen zu sein und hatte dem Platz gemacht, was er noch aus dem *Purpurnen Gelege* von ihr kannte: einem devoten Tonfall. Schauspielerei.

»Langsam, Zweiter«, bat sie ein wenig zu gehetzt, um glaubhaft zu wirken. »Sie müssen mich nicht drängen. Ich ... ich will ja gern ...«

»Sie *will?*« Der Subkontroller klang tatsächlich enttäuscht. »Zweiter, Sie langweilen uns.«

Dann ging alles ganz schnell. Manoli sah weitere Beine in Khatleen-Tarrs Richtung eilen, hörte Stoff reißen und seine Begleiterin erschrocken aufschreien. Und er sah rot. Mit einer Kraft, die er sich selbst gar nicht mehr zugetraut hätte, riss er sich das elende Rrakass-Äußere von Kopf, Schultern und Oberkörper. Schnüre zerbarsten ob der Wucht seines Zerrens, und da, wo das Fell an seinem nackten Rücken und den Armen klebte, zog es ihm sogar einige Haare aus.

Manoli ignorierte den Schmerz. Binnen eines Sekundenbruchteils hatte er die Lage sondiert.

Es waren fünf Soldaten. Sie trugen die typischen gepanzerten Uniformen des Despoten, hatten sich aber ihrer Helme entledigt. Zwei der Männer – der Subkontroller und ein hageres Bürschlein, dem fast die Augen übergingen – standen Eric gegenüber im Schatten eines Lagerhauses. Die drei anderen »kümmerten« sich um Khatleen-Tarr. Zwei von ihnen hielten sie fest, während der Dritte ihr buchstäblich die Kleider vom Leib riss.

Und sie alle hielten verdutzt inne, starrten fassungslos das vermeintliche Rrakass an.

Manoli hingegen hielt sich nicht mit Staunen auf. Während sich langsam Begreifen auf die Züge des Subkontrollers schlich, hatte er sich schon an dessen Hüfte bedient. Der topsidische Strahler lag kühl in Manolis Hand, als er ihn auf Ragh-Tukurr richtete, den Mann vor Khatleen-Tarr.

Dann drückte er ab. Erst als er die Farbe des Strahls sah, wusste er, dass das Gerät nicht auf Töten, sondern auf Betäuben eingestellt war.

Ragh-Tukurr brach zusammen. Reglos blieb der Soldat des Despoten auf dem Straßenpflaster liegen.

Einen Herzschlag lang war alles still. Topsider glotzten, sechsfingrige Echsenhände verharrten reglos in der morgenkühlen Luft. Nur das Rauschen des Blutes in Erics Ohren bewies, dass die Zeit nicht stehen geblieben war.

»Der Arkonide!«, bellte der Subkontroller.

Manoli reagierte sofort. Ohne auf seine Umgebung zu achten, ließ er sich zu Boden fallen – und entging so um Haaresbreite dem Strahlschuss des topsidischen Sicherheitsmannes. Bereits im Fallen zog er den Arm nach rechts. Kaum schlug er auf der taufeuchten Straße auf, krümmte sich sein Finger erneut am Abzug der gestohlenen Waffe.

Der Anführer der kleinen Patrouille bekam den Strahl mitten in die Brust. Er schrie kurz auf – es klang eher wütend denn schmerzerfüllt – und kippte vornüber.

Manoli wirbelte herum, rollte sich unter dem Fallenden weg. Dann spannte er die Beinmuskulatur an, stieß sich am Pflaster ab und sprang wieder auf die Füße.

Besser gesagt, er versuchte es. Das Tierfell, das ihm noch immer bis zur Hüfte reichte, kam ihm beim Sprung zwischen die Beine, und die elend hohe Schwerkraft, die ihm, seit er auf Topsid erwacht war, jede Bewegung erschwerte, forderte ebenfalls ihren Tribut. Eric verlor prompt das Gleichgewicht, kaum, dass er stand. Er taumelte. Der Schuss, den er dem Hintermann des gefallenen Anführers zugedacht hatte, verfehlte sein Ziel – und der uniformierte Trunkenbold legte sofort zur Revanche an.

»Erikk!«, schrie Khatleen-Tarr erschrocken.

Dann schoss Kikerren vom Himmel. Bismall-Kehns eigensinniges Maskottchen kam wie aus dem Nichts, wie ein schuppiger Racheengel. Eric sah die Flugechse erst, als sie ihr Ziel so gut wie erreicht hatte: den Arm seines Gegners.

Der zuckte erschrocken zusammen. Kikerren öffnete ihr kleines Maul und biss zu. Blut quoll aus dem schuppigen Handgelenk des Soldaten, tränkte seine Uniform. Der Mann stieß einen heftigen Fluch aus.

Manoli nutzte seine Chance. Er war in die Hocke gegangen, um seinen Sturz abzuwenden. Nun hob er erneut den Strahler und drückte ab.

Der Betrunkene sackte sofort in sich zusammen. Kikerren wirkte fast ein wenig enttäuscht.

Da waren's nur noch zwei, dachte Manoli, wirbelte nach links ... und erstarrte.

»Wag es nicht, Arkonide!«, zischte der rechte der beiden Männer, die Khatleen-Tarr festhielten. Seine Schuppen waren so dunkel wie die Umhüllung der kleinen Partikelwaffe, deren Lauf er der reglosen Topsiderin an die Schläfe presste. »Eine weitere Bewegung von dir, und diese Hure hat das letzte Mal gezüngelt, verstanden? Die Waffe weg!«

Manoli schluckte trocken. Khatleen-Tarrs Augen waren weit geöffnet. Das alte Bäuerinnengewand hing ihr in Fetzen vom Leib. Ihre nackte Brust hob und senkte sich nur wenig; als traue sie sich nicht, tiefe Atemzüge zu nehmen, aus Angst, ihre Gegner zu provozieren.

Sein links von der Topsiderin stehender Kollege legte derweil auf Kikerren an. Die fliegende kleine Echse entging seinen Strahlschüssen anscheinend ohne Mühe und verschwand blitzschnell um eine Häuserecke.

»Ich sagte, weg damit!«, wiederholte der Soldat. Seine Hand zuckte leicht, und sofort fing die Waffe in seiner Hand zu summen an. Vermutlich hatte er sie entsichert oder ähnlich schussbereit gemacht. Manoli erkannte eine Drohgebärde, wenn er eine sah.

»Okay«, sagte Manoli leise. Er ging langsam in die Knie, hielt den Strahler ausgestreckt. »Was immer Sie sagen. Wir wollen keinen Ärger.«

Jetzt, Kikerren, verflucht! JETZT!

Die Echse konnte Gedanken lesen, zumindest machte sie in diesen brenzligen Sekunden den Anschein. Kaum hatte Eric den mentalen Hilferuf formuliert, sirrte das smaragdgrüne Schuppenvieh nämlich wieder heran. Der linke Topsider, der die Augen nach Kikerren aufhielt, hatte nicht mit ihrem Angriffswinkel gerechnet. Als er sich ihrer Rückkehr bewusst wurde, hatte sie seinen Kompagnon auch schon in die rechte Wade gebissen.

Der Soldat schrie auf. Und Manoli drückte ab.

Der Strahl traf nicht, wie er es gehofft hatte. Statt den Topsider frontal zu erwischen und auszuschalten, streifte er nur dessen Oberarm. Der Soldat fiel nicht, er taumelte benommen. Doch er ließ Khatleen-Tarr los. Das musste genügen.

»Zurück!«, fuhr Manoli den rechten Topsider an und zielte mit dem Strahler direkt auf dessen Gesicht. »Waffe weg und drei Schritte rückwärts, hörst du? Ich will dir nicht wehtun, aber ich werde es, wenn ich muss.«

Der Mann warf einen nervösen Seitenblick zu seinem Begleiter, doch dieser war zu benommen, um ihm zu Hilfe zu eilen. Er hatte die Partikelwaffe verloren, und das bisschen Gegenwehr, das er mit bloßen Händen aufbringen konnte, ging für den – vergeblichen – Versuch drauf, die Flugechse auf Distanz zu halten.

Der linke Soldat ließ die Waffe fallen und seine Geisel los. Dann hob er die Hände. »Ich gehorche, Arkonide«, brummte er.

»Weiter zurück. *Noch* weiter. Na los!«

Manoli kickte den Strahler beiseite. Er wusste, dass sein spontaner Plan diese Bezeichnung kaum verdiente. Schon jetzt begann Ragh-Tukurr sich wieder zu regen. Nicht mehr lange, und er stand erneut auf zwei Beinen. Wenn sie überhaupt eine Chance zur Flucht hatten, dann jetzt!

»Komm!«, keuchte er und griff mit der Linken nach Khatleen-Tarrs Hand. »Wir verschwinden. Schnell!«

Der ehemalige Stolz des Geleges ließ es einfach geschehen.

Sie rannten, so schnell ihre erschöpften Beine noch konnten. Aber sie schafften es nicht.

Manoli musste sich nicht umdrehen, um das zu ahnen. Er hörte es hinter sich – in den Rufen der Soldaten und dem schnellen *Tropp-Tropp* ihrer Stiefelsohlen, das der kühle Wind zu ihnen trug.

»Wo ... willst du ... hin?«, rief Khatleen-Tarr an seiner Seite. Die Topsiderin hatte sich wieder einigermaßen gefangen. Die Hände an die Brust gepresst, um ihr Oberteil zusammenzuhalten, sah sie sich immer wieder nach rechts und links um, hielt Ausschau nach weiteren potenziellen Gegnern. Nicht zu Unrecht, wie Eric ahnte. Ragh-Tukurr und die übrigen Soldaten hatten inzwischen fraglos Verstärkung angefordert. Ganz Kerh-Onf wusste vermutlich, wo die zwei Flüchtenden waren.

Noch regte sich nichts zwischen den Häusern und Türmen, an denen Manoli und seine Begleiterin vorbeihetzten. Einzig die Reste des vergangenen Festes – Zeltplanen über verlassenen Marktständen, Abfälle auf verlassenen Straßen – wehten im Wind.

»Erikk«, riss Khatleen-Tarr ihn aus seinen Gedanken. »Wohin?«

Er deutete nach vorn. Kikerren flog keine drei Schritte vor ihnen durch die erst ganz langsam erwachende Hauptstadt und führte sie.

Khatleen-Tarrs Augen wurden groß. Sie sah Manoli an, als habe er den Verstand verloren.

Sie hat uns bereits mehrfach das Leben gerettet, seufzte er in Gedanken. *Was brauchst du noch, um ihr endlich zu vertrauen?* Khatleen-Tarrs Abneigung gegenüber dem kleinen Wesen wurde langsam albern. Doch Manoli fehlte die Puste, die Topsiderin deswegen zu schelten.

Plötzlich hielt Kikerren an. Wild flatternd verharrte sie in der Luft. Manoli sah, dass sich direkt unter ihr ein ebenes dunkles Quadrat im Straßenpflaster befand. Die vielleicht achtzig mal achtzig Zentimeter messende Fläche war rostbraun und schien aus einer Art Eisen zu bestehen. Er hatte bereits viele Objekte dieser Art gesehen, auch in Khir-Teyal, bislang aber keinen Gedanken an sie verschwendet. Sie waren ihm stets wie Kanaldeckel vorgekommen.

Vielleicht sind sie ja tatsächlich welche, begriff er.

Neben dem vermeintlichen Zugang zur Kanalisation blieb er keuchend stehen und ging in die Hocke. Schweiß lief ihm in Strömen aus allen Poren. »Hier hinunter! Schnell!«

Khatleen-Tarr erbleichte, packte ihn am Arm und versuchte, ihn weiterzuzerren. »Nicht, Erikk, wir müssen ...«

Manoli fasste das Quadrat an zwei Ecken und hob es an. Die Platte leistete keinerlei Widerstand. Unter ihr kam eine runde Öffnung zum Vorschein, breit genug für einen Topsiderkörper. Metallene Sprossen führten an einer Seite des Lochs in pechschwarze Finsternis.

Bingo!

»Erikk!« Khatleen-Tarrs Stimme nahm einen beschwörenden Tonfall an. »Das willst du nicht. Glaub mir bitte und *komm jetzt!*«

Die Rufe der Verfolger um Ragh-Tukurr wurden immer lauter. Es klang, als kämen die wütenden Soldaten jeden Augenblick um die nächste Häuserecke, die Waffen hoch erhoben.

Kikerren zischte ungeduldig und tauchte ins unterirdische Dunkel ab.

Manoli stand auf, machte einen Schritt auf die Topsiderin zu und sah ihr tief in die Augen. Dann deutete er in Richtung ihrer Verfolger. »Und du willst *das* nicht, genauso wenig wie ich.«

Khatleen-Tarr schüttelte den schuppigen Kopf. Sie hatte Angst, sogar noch mehr als in der Umklammerung der Soldaten. Doch es ging nicht anders, und das wusste er. Sie hatten einen Punkt erreicht, an dem er auf ihre seltsamen Launen keine Rücksicht mehr nehmen durfte.

Ragh-Tukurr bog in die Straße ein. Sah die beiden. Zielte.

»Verzeih mir!«, raunte Manoli. Dann schlang er Khatleen-Tarr einen Arm um die Hüfte und sprang mit ihr in die Tiefe.

Das Universum schmeckte nach Blut, stank nach Verschmortem und klang, als würde es von einem sadistischen Dämon beherrscht: überall Schreie und Explosionen. Gihl-Khuan öffnete stöhnend die Augen. Es sah auch so aus, stellte er fest.

Wo immer er hinblickte, war Feuer. Das Innere des Gleiters war zum Inferno geworden. Mannshohe Löcher, deren Ränder weiß glühten und bestialisch heiß sein mussten, prangten in den Seitenwänden. Allerhand Technik hing von der Decke, sichtlich unbrauchbar geworden. Warnleuchten blinkten auf nunmehr nutzlosen Konsolen, letzte Lebenszeichen einer sterbenden Positronik. Kalter Dampf strömte zischend aus rohrförmigen Leitungen, deren Sinn Gihl-Khuan nicht verstand. Und keine zwei Handbreit neben seinem Gesicht lag die erste Leiche.

Abgeschossen, begriff er. Übelkeit stieg in ihm auf. Er senkte den behelmten Kopf wieder, legte die Handflächen flach auf den Kabinenboden, auf dem er zu sich gekommen war, und zwang den Schwindel fort. *Irgendjemand hat uns vom Himmel geholt. Jemand mit verflucht großen Waffen.*

Das erklärte auch die Schräglage des Gleiters. Immer mehr Details seiner Umwelt drangen in Gihl-Khuans benebeltes Bewusstsein. Nicht einmal die Gefechtsgeräusche, die von draußen herüberwehten, entgingen ihm. Was immer hier geschehen war, dauerte noch an.

Keuchend und hustend stemmte er sich hoch, wartete auf den Schmerz – doch keiner kam. Gihl-Khuan sah in die leblosen Augen des Piloten im Steuersitz und verstand. Nur er selbst hatte den Absturz überlebt.

Mal wieder, murmelte die Armbandpositronik in seinem Geist amüsiert.

Aber das da draußen war nicht das unbewohnte Buntayn, so viel stand fest. Gihl-Khuan spähte durchs Fenster des kleinen

Cockpits ins Freie, wurde allerdings nicht schlauer. Die Welt drehte sich noch immer zu sehr vor seinen Augen, und das wenige, was er jenseits des zerstörten Gleiters von ihr wahrnehmen konnte, schien aus nichts als Rauch und Schatten zu bestehen.

Ich muss hier raus!

Er stöhnte, griff nach dem Strahler des toten Piloten. Dann schwankte er auf die Einstiegsluke in der rechten Kabinenwand zu. Der Weg war keine fünf Schritte weit, doch reichte er ihm, um zweimal zusammenzubrechen. Gihl-Khuan stemmte sich immer wieder hoch und taumelte weiter.

Die Technik versagte ihm ihren Dienst. Er musste die Luke manuell öffnen. Gihl-Khuan brauchte mehrere Minuten dafür und schnitt sich an den verbogenen Kanten die gestohlenen Uniformhandschuhe auf, aber er schaffte es.

Benommen trat er ins Freie – und blickte in den Strahl einer Energiewaffe, der an ihm vorbeiraste.

Er schrie auf, wirbelte im Reflex ungeschickt herum und sank auf die Knie. Vorsichtig hob er die linke Hand zum Arm. Der Stoff des Schutzanzuges war zerrissen, der Strahl hatte ihn um winzige Dimensionen verfehlt, ihn nur leicht gestreift. Die Übelkeit kehrte zurück und verbündete sich mit dem Schmerz. Gihl-Khuan zitterte. Über dem Knirschen seiner zusammengebissenen Zähne hörte er wildes Gebrüll. Militärisch knappe Befehle erklangen in den scheinbar alles umfassenden, undurchdringlichen Rauchschwaden. Schusswechsel. Die bellende Stimme des Kontrollers Charr-Kobahl. Der Todesschrei seiner Untergebenen Skrollan-Bhul.

Der Schmerz verebbte nur langsam. Gihl-Khuan zwang sich dennoch zur Konzentration. Er durfte nicht länger orientierungslos bleiben. Wo war sein eigener Angreifer? Warum hatte der Schütze nicht längst nachgesetzt und sein geschwächtes Opfer erledigt?

Allmählich begriff er, was geschehen sein musste. *Der Strahl hat gar nicht mir gegolten. Wer immer ihn abfeuerte, weiß nicht, dass ich hier bin. Ich hatte nur das Pech, in seine Schussbahn zu geraten.* Nach dem Chaos zu urteilen, in dem er erwacht war, klang das richtig plausibel.

Die kaputte Positronik seines Armbandes war merklich besorgt. *Sei froh, dass dich noch keiner bemerkt hat. In deinem Zustand hältst du kein Feuergefecht lange aus.*

Gihl-Khuan kam nicht umhin, ihr zuzustimmen. Zwar schien

er sich beim Absturz des Gleiters nichts gebrochen und auch durch den Streifschuss keine ernsthaften Schäden erlitten zu haben, doch fühlte er sich alles andere als fit und wehrhaft. *Ich muss hier raus,* wiederholte er.

Sirenen erklangen in der Ferne. Ein dunkler Schatten flog über Gihl-Khuans Versteck, dann folgten weitere Schüsse. Sie ließen den Boden erbeben.

Gihl-Khuan kroch weiter zurück, bis er eine kalte Hauswand im Rücken spürte. Wer kämpfte hier gegen wen? Und viel wichtiger: Wer gewann im Augenblick? Er bewegte wieder die Finger, doch der Empfänger in seinem Gehörgang blieb stumm. Der Bildschirm vor seinem Auge übertrug nichts mehr. Der Absturz hatte auch seinem Headset geschadet, ihn seines Kontaktes zu den Nachrichten- und Sicherheitsnetzen beraubt. Der Jäger hatte keinen Vorteil mehr.

Dann eben auf die altmodische Art, knurrte er in Gedanken. Er riss sich frustriert den Helm vom Kopf, entledigte sich der bis eben noch so kostbaren Technik und warf sie achtlos beiseite.

Hinter seiner Stirn überschlugen sich die Gedanken, erwachte sein messerscharfer Verstand. Er war mit Megh-Takarrs Soldaten unterwegs gewesen, richtig? Und deren Feind waren die Aufständischen, oder? Damit waren die Fronten, zwischen denen er sich gerade befand, wohl geklärt. Blieb die Frage: Welche Seite gewann? Gihl-Khuan hatte keinerlei Absicht, mit den Verlierern zu sympathisieren. Nur Sieger überlebten.

Die Gefechtsgeräusche wurden wieder lauter. Die Luft roch nach Vernichtung. Gihl-Khuan hörte Schritte, die näher kamen, allerdings nicht aus der Richtung, in der Skrollan-Bhul – dem Klang nach qualvoll – gestorben war. Hatte das etwas zu bedeuten? Er züngelte kurz nach der Luft und fasste einen Entschluss.

Schnell schälte er sich aus dem gestohlenen Kampfanzug. Er verzog das Gesicht dabei, bereitete ihm doch jede Bewegung der Arme, Beine, des Schwanzes und des ramponierten Brustkorbs ziemliche Schmerzen. Er gab aber keinen Laut von sich. Dann warf er die Sicherheitskluft hinter sich in die Rauchschwaden. Sie hatte ihren Zweck erfüllt, und er brauchte sie nicht mehr. Unter diesen Umständen hätte sie ihn eher behindert.

Gihl-Khuan wartete nur kurz. »F... Freund«, stieß er aus, sowie der erste »Kaltblütige« an seinem Versteck vorbeilief.

Der andere war ein recht junger Mann, muskulös und mit dem

Eifer derjenigen im Blick, die sich nach grundlegenden Veränderungen sehnten. Sowie er Gihl-Khuan hörte, blieb er verdutzt stehen und drehte sich um. Die Waffe in seiner Hand surrte leise, während er sie auf den Verletzten richtete.

»Nicht!« Gihl-Khuan hob flehend die Hand, spielte seine neue Rolle nicht minder perfekt als die vorherigen. »Ich bin doch auf deiner Seite.« Dann hustete er Blut aufs Straßenpflaster.

Als er wieder einigermaßen Luft bekam, kniete der junge Oppositionelle neben ihm und legte ihm die Hand auf die Schulter. »Geht es, Bruder?«

Gihl-Khuan nickte. »Wird schon. Was ... was ist passiert?«

Der »Kaltblütige« sah sich um. »Mir scheint, du warst der Absturzstelle dieses Gleiters ein wenig zu nah. Wir sollten sehen, dass wir dich zu einem Heiler schaffen.«

Er glaubt es. Gihl-Khuan jubelte innerlich und vergaß für einen Moment die Schmerzen. Die Gabe hatte ihn also nicht verlassen. *Er hält mich für einen aus seiner Truppe.* Die Dreimondkleidung, die er noch immer trug, half sicherlich, den Eindruck eines verwundeten Regimegegners zu unterstützen, den er wecken wollte.

»Heiler? Aber die Schlacht ...«

Der junge Mann lächelte. »Du warst eine ganze Weile bewusstlos, oder?«, unterbrach er ihn sanft. »Die Schlacht ist längst gewonnen – von uns! Scharfauge hatte völlig recht: D13 war viel zu unvorbereitet aufgebrochen und hatte eine zu schwache Führung, als dass sie sich unserem Hinterhalt lange hätte erwehren können. Sowie wir den ersten ihrer Gleiter vom Himmel geholt hatten, war die Sache eigentlich schon entschieden.« Seine Augen funkelten. »Das Blatt wendet sich, Bruder. Wart's nur ab. Dieses Jahr haben uns die Fahlen Brüder weit mehr als nur ein Fest beschert. Sie waren der Rahmen, innerhalb dessen sich unsere ganze Welt wandeln wird!«

Gihl-Khuan bezweifelte es. Ein Scharmützel allein entschied noch keinen Krieg. Sein Gegenüber schien vor lauter Begeisterung über den kleinen Erfolg den Blick fürs große Ganze verloren zu haben.

»Aber lass uns hier verschwinden!«, drängte der junge Mann. »Der Raumhafen ist nicht weit, und Megh-Takarr hat garantiert schon Verstärkung in der Luft, um uns den Garaus zu machen. Wir sollten woanders sein, wenn sie eintrifft, findest du nicht?«

Dem konnte der Jäger nicht widersprechen. Bereitwillig ließ er sich von seinem Retter aufhelfen und stützen. Ihr gemeinsamer Weg war überraschend kurz. Mit einer Zielstrebigkeit, die den Sichtverhältnissen Hohn sprach, manövrierte der Junge sich und seine Begleitung durch das Chaos. Vor Gihl-Khuans Augen schälten sich brennende Trümmerstücke, verstümmelte Leichen und allerhand Stahl und Gestein aus dem Rauch. Letzteres stammte, das erkannte er sofort, von den umstehenden Häusern. Der Kampf der Rebellen gegen die Einheit mit der Bezeichnung D13 schien auch sie in arge Mitleidenschaft gezogen zu haben.

Dann erstarrte er.

Charr-Kobahl!

Der Subkontroller der Sicherheitseinheit kniete am Ende der Gasse, in der seine Gleiter runtergegangen waren, im Dreck. Blut lief ihm von der Schläfe. Seine Hände waren ihm auf den Rücken gezerrt und dort mittels einer Fessel aus biegsamem, dünnem Kunststoff fixiert worden. Und an seiner Schläfe wartete eine Klinge darauf, die Sache zu beenden.

»Wen bringst du, Snarr-Bekher?«, fragte die Topsiderin skeptisch, die die Klinge führte. Sie war recht alt, trug zweckmäßige, schlichte Kleidung und eine Miene zur Schau, die waffenscheinpflichtig war.

Der junge Mann an Gihl-Khuans Seite winkte ab. »Kein Grund zur Sorge, Astheer-Tau. Mein Freund hier gehört nicht zu denen. Er war einfach zur falschen Zeit am falschen Ort und hat etwas abbekommen. Wo sind die anderen?«

Astheer-Tau schnaubte. »Wo wohl? Längst auf dem Rückweg ins Versteck. Sie fürchten den Zorn des Despoten. Schwächliches Pack!«

»Und du ...?« Er sah die Frau an, deutete aber auf die vor ihr kniende Geisel.

»Ich bringe zu Ende, weswegen ich gekommen bin«, antwortete Astheer-Tau. »Wofür acht unserer Mitstreiterinnen und Mitstreiter heute ihr Leben ließen. Ich sende Sendschai-Karth eine Botschaft – und zwar in der einzigen Sprache, die man dort versteht.«

Charr-Kobahl ächzte, als das Messer in ihrer Rechten seine schuppige Haut berührte. Der Brustkorb des gefangenen Subkontrollers hob und senkte sich sehr schnell. Doch sein Maul blieb geschlossen.

Er gibt ihr nicht die Befriedigung, um sein Leben zu flehen, sagte das Armband in Gihl-Khuans Gedanken. *Lieber stirbt er wie ein Mann.*

Der Jäger schluckte. Es war offensichtlich, dass, so sich die Situation nach den Vorstellungen der Topsiderin entwickelte, des Subkontrollers letztes Stündlein geschlagen hatte. *Aber er schweigt. Charr-Kobahl könnte meine Deckung mühelos auffliegen lassen. Ich habe ihn in diese Lage gebracht. Ich gab den Auftrag, der seine Untergebenen in den Tod führte. Doch anstatt mich den Rebellen zu verraten, sagt er nichts?*

»Sieh genauer hin, raunte das Armband.

Gihl-Khuan konzentrierte sich ... und begriff. Charr-Kobahl war blind! Blut schwamm in seinen Augen. Der Kampf, der ihn seine Soldaten und seine Gleiter kostete, hatte ihm auch das Augenlicht genommen. Und die Hoffnung.

»Tu es!«, zischte der Subkontroller durch zusammengebissene Zähne. Seine Schultern und sein Echsenschwanz zuckten vor kaum noch gebändigter Anspannung. »Du alte, wahnsinnige Hexe, bring es endlich hinter uns! Worauf wartest du, he? Auf Lösegeld von Megh ...«

Er sollte den Satz nicht beenden. In einer einzigen, ruckartigen Bewegung versenkte Astheer-Tau das lange Messer in seinem Schädel. Bis zum Griff.

Der Subkontroller stieß ein erschrockenes Gurgeln aus und sackte zusammen.

Gihl-Khuan schluckte. Nur Sieger überlebten.

Frustriert stellte er fest, dass er seinen Kommunikator verloren hatte. »I... ihr habt nicht zufällig einen Kommunikator dabei?«, fragte er seinen Retter leise. »Ich wüsste gern, ob es meiner Familie gut geht.«

Snarr-Bekher zog ein Exemplar mit rudimentärster Funktionsweise aus der Tasche seines Mantels. »Reicht das für den Anfang? Im Hospital dürftest du bessere Geräte finden, bis dahin aber ...«

Gihl-Khuan nickte. »Das reicht«, unterbrach er ihn dankbar.

Snarr-Bekher setzte ihn an der Wand ab und trat zur Seite. Er schien dem Verwundeten seine Privatsphäre gönnen zu wollen.

»Aber beeil dich!«, warnte er. »Megh-Takarrs Schergen sind bald hier, und du brauchst dringend einen Heiler.«

Gihl-Khuan war versucht, ihm bei Letzterem zu widersprechen. Er spürte, wie die Kraft mit jeder verstreichenden Sekunde in seinen Körper zurückkehrte. Kaum hatte sich Snarr-Bekher abgewandt und war zu Astheer-Tau getreten, aktivierte der Jäger das kleine Kommunikationsgerät und kontaktierte einen seiner Informanten. Er hatte überall welche. Man konnte nicht Megh-Takarrs Mann fürs Grobe sein, ohne die richtigen Leute zu kennen.

Aber er griff äußerst ungern auf sie zurück. Zum einen, weil sie eine Variable darstellten, die er nicht kontrollieren konnte. Zum anderen und viel wichtiger, weil er es gewohnt war, allein zu arbeiten. Allein zu sein.

Zwei Minuten später wusste er, was er wissen wollte. Die Beute lebte noch. Gihl-Khuan atmete aus.

Fragt sich nur, wie lange, kommentierte das Armband. *Schließlich ist sie in die Kanalisation geflohen. Wenn du mich fragst, wird sich dieser verfluchte Arkonide noch wünschen, in die Gewalt der Soldaten geraten zu sein.*

Ausgerechnet in die Kanäle!

Gihl-Khuan sah sich um.

Die Gasse war voll Rauch. Zwar verzog er sich zusehends, doch noch konnte er einem Flüchtenden Deckung bieten – vorausgesetzt, der Flüchtende ging einigermaßen geschickt zu Werke.

Die beiden Topsider waren noch mit Charr-Kobahls Leiche beschäftigt und achteten nicht auf ihn. Sonst konnte er niemanden ausmachen. Gihl-Khuan klaubte ein Strahlengewehr, das vermutlich Charr-Kobahl gehört hatte, vom Straßenpflaster, atmete einmal tief durch und verschwand in den Rauchschwaden.

Kapitel 7

Stochern im Nebel
Terrania, 15. Januar 2037

Selbst in der Hölle gab es schöne Momente. Lhundup merkte das stets aufs Neue, wenn er seinem Schichtmeister zur Hand gehen durfte. Ai Guo mochte ihn an Jahren – und an praktischen Fertigkeiten – um Längen überragen, aber er war der Einzige im gesamten Trupp der Graber und Schaufler, der den jungen Tibeter wirklich wie einen Kollegen behandelte. Seit Lhundups erstem Tag nutzte der Alte jede freie Minute, um seinen jüngsten Schützling in die hohen Weihen des Bergbaus einzuweisen. Und obwohl Lhundup die Hälfte der gelernten Fachbegriffe und Definitionen nahezu sofort wieder vergaß – was war noch gleich ein Hunt, was stellte man mit einem Rolloch an? –, verlor Ai Guo weder die Geduld mit ihm noch die Überzeugung.

»Ich mach schon noch einen Kumpel aus dir, Luttenfurz«, sagte er, wann immer Lhundup wieder einen Bock schoss. »Wart's nur ab.« Dann strich er sich mit der schwieligen Rechten über das stets bartstoppelige Kinn, griff wieder zur Schaufel und hievte weiter Gestein in die Antigravlore. Lhundup konnte sich nicht entsinnen, je einen fitteren und agileren Mann jenseits der siebzig gesehen zu haben. Sein Name bedeutete »der Patriot« und sei, so hatte Ai Guo selbst erzählt, Ende der 1970er Jahre vielen chinesischen Neugeborenen von ihren Eltern aufgebürdet worden. Nach der Kulturrevolution habe er schlicht dem Zeitgeist entsprochen.

Und *dieser* Patriot kannte Geschichten. In den Pausen, wenn sie auf die nächste Lore warteten, erzählte Ai Guo oft von früher und seiner Zeit bei der Marine, von dem unsäglichen Zwischenstopp bei der Armee – »viel zu genormt; die wollten keine Leute mit Hirn, sondern stupide Jasager« – oder in den Kohleschächten seiner chinesischen Heimat. Ai Guos Werdegang war einer mit Kurven gewesen.

»Aber es waren gute Kurven, sogar die beim Militär«, sagte er lachend. »Denn schau, wohin sie mich letzten Endes alle führten. In die Zukunft unserer gesamten Spezies, mein Freund.«

Sie standen wieder an den Magnetgleisen, Ai Guo und er. Drei Stunden waren seit Schichtbeginn vergangen, und obwohl Lhundup in der Nacht geschlafen hatte wie ein Stein, fühlte er sich bereits jetzt, als arbeite er seit Tagen durch. Rechts von ihm führte ein Schacht weiter in Terranias Unterwelt, zu seiner Linken ging es zum Lastenaufzug, wo das abtransportierte Gestein nach oben befördert wurde. Was danach damit geschah, wusste er nicht. Er befüllte nur die Loren. Das gelang ihm bislang recht fehlerfrei, und er hatte beschlossen, diesen glücklichen Ausnahmezustand nicht durch vielleicht unwillkommene, aber zweifellos Unkenntnis offenbarende Detailfragen zu riskieren.

»Weißt du, ich hätte selbst nie gedacht, dass ich mal im Bergbau ende«, berichtete der Alte und hustete herzhaft. Schweiß perlte ihm auf der Stirn, verklebte sein schlohweißes Haar, und unter den Achseln zierten dunkle Ringe seinen schmutzigen Overall. Der Mundschutz, der seine Atemwege vor dem ganzen Staub schützen sollte, dafür aber offenkundig mehrere Jahrzehnte zu spät gekommen war, hing ihm um den Hals wie die gelben Schallschützer. »Mein Vater war Soldat, mein Großvater war Soldat ... Ich hab's auch versucht, aber dieses ständige Strammstehen und Gehorchen ist einfach nicht mein Ding. Anfangs ließ mich mein alter Herr seine Enttäuschung deutlich spüren, aber soll ich dir etwas sagen, Fürzchen? Hintenrum, hinter verschlossenen Türen, *lobte* er mich sogar. Für meine Eigenständigkeit. Dafür, dass ich meinen eigenen Kopf hatte und bereit war, ihn gegen alle Widerstände durchzusetzen.«

Lhundup sah die leere Lore nahen, seufzte und griff wieder zur Schaufel. Schweigend arbeiteten sie weiter, schufteten die Fuhre ab. Für jede Ladung, die Lhundup auf den stetig wachsenden Berg im Innern des Schienengefährts hievte, lud Ai Guo zwei nach – und zwar deutlich vollere. Aber er gab Lhundup mit keinem Blick und keiner Geste zu verstehen, dass er ihm seine Schwäche übel nahm. Ai Guo war anders als die anderen.

Nach knapp einer Stunde hatten sie es geschafft. Abermals durften sie sich ein paar Minuten ausruhen, während die Lore automatisch gen Frachtlift ruckelte, wo bereits ihre Nachfolgerin auf ihren Einsatz wartete.

»Wie hoch soll dieses Ding eigentlich werden?« Lhundup lehnte sich gegen die Wand des Schachtes, um nicht vor Erschöpfung umzukippen.

»Der Turm?« Ai Guo lachte leise. »Fürzchen, das frag ich mich, seit ich hier buddele. Ehrliche Antwort? Ich glaube, das weiß kein Mensch.«

Lhundup hob eine Braue. So hatte er sich seine Recherche nicht vorgestellt. Wenn nicht einmal der Vorarbeiter Antworten wusste, was sollte da noch groß kommen? »Wie das? Ich meine, irgendwer muss doch den Überblick haben.«

»Hier unten? Lass mich dir eine alte Bergbauweisheit mit auf den Weg geben: Wir sind zum Graben bestellt, nicht zum Fragen. Wir machen, was die da oben möchten. Wer die Bosse hinterfragt, ist seinen Job meist schneller wieder los, als er denkt.«

»Moment mal. Du bist doch hier einer der wenigen, die Kontakt zu denen da oben haben. Du koordinierst uns, da musst du eigentlich die Planungen kennen.«

»Solange sie meinen Arbeitsbereich betreffen, schon. Aber auch da nur für den jeweils laufenden Bauabschnitt.« Ai Guo setzte sich ächzend auf den Boden. »Ich kann dir sagen, was *wir* machen. Dann hört's bereits auf.«

»Und du hast nie gefragt? Ausgerechnet du?« Lhundup konnte es kaum glauben. Ai Guo war für ihn – neben allen Bergbaufähigkeiten – ein absoluter Idealist. Einer, der voll und ganz für das Ideal Terrania brannte. Diesen Eindruck machte er, wann immer er über die Stadt und ihre Gründer sprach. Sollte so jemand, insbesondere wenn er aktiv an ihrem Wahrzeichen mitwirkte, sich tatsächlich mit einer rein ausführenden Rolle zufriedengeben?

Der Alte schnaubte. »Gefragt? Fürzchen, ich mag dich. Deshalb weihe ich dich in ein Geheimnis ein, okay?«

Lhundup nickte. Seine Augen wurden groß. War etwa dies der Tag, an dem er Jun endlich etwas Nützliches berichten würde?

»Ich habe *die da oben* bis heute nicht zu Gesicht bekommen. Nicht einmal meinen direkten Vorgesetzten.«

»Was?« Lhundup stutzte. »Aber ...«

»Kein Aber«, sagte der chinesische Vorarbeiter mit einigem Bedauern. »Ich erhalte meine Anweisungen nicht mündlich und schon gar nicht durch direkten Kontakt zu denen da oben. Wenn wir etwas machen sollen, teilen die hohen Damen und Herren mir das mit, indem sie mir eine entsprechende Textnachricht auf meinen Tablet-Computer senden. Weiter nichts.«

»Eine Nachricht? Und wer sind überhaupt *sie?* Von wem stammen diese Nachrichten?«

Ai Guo zuckte die Achseln. »Ich hab ehrlich keinen Schimmer, Fürzchen.«

Das Ausmaß an Geheimhaltung, das mit dem Bau dieses Turmes einherging, wurde immer verblüffender – und mysteriöser.

»Von Adams?«, hakte Lhundup nach – mehr aus Hilflosigkeit denn Hoffnung. »Von Rhodan?«

Abermals zuckte Ai Guo die Achseln. »Möglich. Genauso gut könnten sie aber von Crest stammen, von einer Positronik oder einem übergewichtigen Bäcker aus einem Vorort von Mexico City. Soll heißen: Ich weiß es nicht. Und ich frage nicht nach. Einerseits, weil ich ahne, dass das nichts brächte, andererseits, weil ich nicht zum Fragen hier bin, sondern um meinen Job zu erledigen.« Er lächelte, als er Lhundups fassungsloses Staunen bemerkte, seufzte erneut und legte dem jungen Tibeter eine schwielige Hand auf die Schulter. »Aber ich weiß eines, mein Freund, und zwar das Wichtigste von allem: Diese elende Schufterei, die wir hier unter Tage verrichten, ist wichtig für den Turm und ganz Terrania. Sie ist wichtig für die Zukunft.«

»Warum?«, murmelte Lhundup. Ihm war, als wirbelten Tausende Fragen in seinem Geist umher, und vor lauter Überforderung hatte sich sein Verstand für die simpelste entschieden. »Warum ist das hier wichtig? Wer behauptet das?«

»Ich.« Ai Guo grinste. »Und da ich dein Boss bin, muss dir das genügen. Aber ernsthaft: Wäre unser Einsatz nicht wichtig, würde man uns nicht um ihn bitten. Davon bin ich überzeugt.«

Die Schwere, die in seinen Worten mitschwang, beeindruckte Lhundup. Sein ganzes Leben hindurch war er sich noch nie einer Sache so sicher gewesen, wie es dieser alte Mann seiner Leistungen unter dem Boden des Stardust Towers war.

Die nächste Lore kam herangeruckelt. Das gelbe Licht der elektrischen Lampen, die an der Tunneldecke prangten, spiegelte sich auf ihrer verbeulten und zerkratzten Außenhülle und auf den Schienen, neben denen die beiden Männer standen.

Ai Guo griff wieder zur Schaufel.

»Wie kannst du das?«, fragte Lhundup leise. Er wurde sich der Frage erst wirklich bewusst, als sie ausgesprochen war, setzte aber sofort nach. »Wie kannst du dich für ein Projekt opfern, dessen wahre Bedeutung du allerhöchstens ahnst? Wie kannst du alles geben, obwohl du doch gar nichts weißt? Nicht einmal, wohin das hier führen soll.«

Der alte Chinese hatte die Schaufel bereits wieder voll Stein und Erdreich, ließ sie aber nun sinken. Die Hände auf den Griff des Werkzeuges gestemmt, stand er da und sah Lhundup einige Augenblicke lang schweigend an. Dann lächelte er. »Genauso wie du es kannst.«

Lhundup hob die Brauen. »Ich? Aber ...« Er verstummte, als Ai Guo abwehrend die Hand hob.

»Warum bist du hier, Lhundup? Bei uns in Terrania? Weil du auf Rhodan vertraust, auf Adams und die anderen. Auf ihre Vision.« Ein Funkeln lag in den Augen des Alten, das ansteckte und für einen Sekundenbruchteil sogar seine rasselnde Lunge vergessen ließ. »Sind diese Männer perfekt, unfehlbar, allwissend? Garantiert nicht. Es sind Menschen wie du und ich, und ich habe in meinen Jahren mehr als genug Schlechtes verursacht, um zu wissen, dass selbst gute Absichten nicht immer genügen, um wirklich Gutes zu erreichen. Aber ich weiß – weil ich es mit eigenen Augen sehe, jeden Tag aufs Neue –, dass Rhodan und seine Vertrauten uns Gutes bringen. Sie bringen uns weiter, uns als gesamter Spezies. Sie bringen uns unserer Bestimmung entgegen, falls du mir den Anflug von Pathos verzeihst. Ihre Absichten sind edel, Lhundup, so diffus uns manche ihrer Methoden auch erscheinen mögen. Für mich genügt das.«

Lhundup schluckte. Mit einem Mal fühlte er sich fast wie ein Verräter. Dann dachte er an Bai Jun und wusste: Das große Ganze zählte, nicht der Moment. »Gibt es denn niemanden, der dir hier eigenartig vorkommt?«, hakte er pflichtbewusst nach. »Nichts, was dich zögern lässt, diesem Projekt dein Vertrauen zu schenken?«

Es war ein Stochern im Nebel, nichts weiter. Aber es war der einzige Ansatz, den er hatte.

Ai Guo verzog das Gesicht. Er klang traurig, als er antwortete. »Das willst du nicht wissen, Kleiner.«

Nanu? Lhundup stockte der Atem. Sollte er doch noch mit einer Art Spur aus diesem eigenartigen Gespräch herausgehen? »Ich verstehe nicht ...«, murmelte er.

»Dieses Mädchen. Die neue Chinesin.« Der Alte hievte eine Schaufelladung Dreck in die Lore, als könne er so den Worten entgehen, die aus seinem Mund drängen wollten. »Ich hab gesehen, wie du sie anglotzt, wenn sie dich im Gang passiert.

Du magst sie.« Er hob die Hand, erstickte Lhundups Protest im Keim. »Doch, das tust du. Lüg dir nichts vor. Ich mag alt sein, aber ich bin nicht blind.«

Lhundup schwieg. In diesem Moment gab es nichts zu sagen. *Zhuo Hui?* Die Sorge auf ihren Zügen fiel ihm wieder ein und das Gefühl, mit dem er am Ende ihres ersten – und bislang einzigen – Gesprächs zurückgeblieben war. Dieser eigenartige Glaube, eine Grenze überschritten zu haben, hinter die sie niemanden lassen wollte. Warum eigentlich nicht?

»Hör auf meine Worte, Lhundup: Irgendetwas stimmt nicht mit dieser Frau.« Ai Guo sah ihn an, und in seinem Blick fand Lhundup nichts als Aufrichtigkeit. »Sie mag dir den Kopf verdrehen, und ich weiß, dass sie nichts Verdächtiges macht, aber ... Na ja, wie soll ich's sagen? In meinem Alter und mit meinem Leben auf dem Buckel ... Irgendwann weiß man einfach, wem man etwas abkauft und wem nicht. Und dieser Kleinen, so leid es mir für dich tut, traue ich nicht über den Weg. Wenn du mich fragst, solltest du einen Bogen um sie machen.«

Ich finde dich, Lhundup, einverstanden?, erinnerte er sich plötzlich an ihre eigenartigen Worte. *Tu mir den Gefallen und belass es dabei, okay? Ich ... Komm mich einfach nicht suchen. Bitte.*

Er schüttelte den Kopf. *Unmöglich. Doch nicht Zhuo Hui. Ausgerechnet ...?* Doch er wusste, wie weise Ai Guo war. Er ahnte, wie viel Überlegung hinter dessen Warnung stehen musste. Grundlos würde der Alte so etwas nicht sagen. Und hatte er, Lhundup, nicht selbst ein eigenartiges Gefühl gehabt, als sich Zhuo Huis und seine Wege am Fahrstuhl getrennt hatten?

Vielleicht bin ich nicht der einzige James Bond hier unten, erkannte er. Ai Guo hatte ihm eine Idee eingepflanzt, und obwohl sie Lhundup nicht gefiel, wuchs sie in Windeseile. Er fühlte sich, als hätte ihm jemand in den Magen geboxt und ihm gleichzeitig einen Eimer Eiswasser über den ratlosen Kopf gegossen – halb besiegt und halb beflügelt. Und durch und durch perplex.

»Meide sie, Lhundup!«, wiederholte der Alte. Die Hand auf Lhundups Schulter drückte leicht zu. Die Geste war väterlich. »Aber falls du das nicht schaffst, behalte sie wenigstens im Auge. Bleib wachsam, wenn sie in deiner Nähe ist. Versprichst du mir das?«

Lhundup nickte stumm. Er starrte noch ins Leere, als Ai Guo längst wieder schaufelte.

Kapitel 8

Robinsons Traum
Topsid, am Morgen nach dem Dreimond

»Erzähl mir von ihm.«

Manoli zuckte zusammen, als das Flüstern neben ihm erklang. Kathleen-Tarr schien ihre Forschheit zumindest im Ansatz wiedergefunden zu haben. Das war gut. »Von wem?«, raunte er.

»Diesem Rohbin-Sonn. Vorhin während unserer Pause hast du gesagt, du würdest dich fühlen wie er. Wer ist das?«

Jemand Klügeres als ich, seufzte er innerlich – und breitete prompt die Arme aus, um sein Gleichgewicht zu halten. Der enge unterirdische Gang war nicht nur so finster, dass man die Hand nicht vor Augen sah, er war zudem ein Paradies für Freunde von Bodenunebenheiten.

Seit etwa einer Stunde schlichen Manoli und seine topsidische Begleiterin bereits durch das stickige Dunkel. Sie hatten zahlreiche Haken geschlagen, Umwege genommen und waren sich mittlerweile relativ sicher, Ragh-Tukurr und seine Leute abgehängt zu haben. Allerdings bezweifelte Manoli inzwischen, dass diese ihnen überhaupt in die Kanalisation gefolgt waren. Und er fragte sich, warum.

»Robinson«, murmelte er. Es ging Khatleen-Tarr fraglos nicht um eine Lehrstunde in irdischer Literatur, sondern um Ablenkung von der irrational groß scheinenden Angst, die sie umklammert hielt, und er gab sie ihr gern. »Eine Figur aus einem Roman meiner Welt, einer Geschichte. Sie spielt mehrere Jahrhunderte vor meiner Geburt, lange bevor wir technisiert wurden und den Himmel und die Sterne bereisten. Robinson Crusoe fuhr über die Meere. Er hielt es zu Hause nicht aus, suchte das Abenteuer. Und er geriet mit seinem hölzernen Schiff in Seenot.«

Eiskaltes Wasser tropfte von der niedrigen Decke des Ganges und lief ihm den Rücken hinab. Manoli erschauderte.

»Weiter!«, drängte Kathleen-Tarr flüsternd. Sie klang noch immer sehr angespannt. Seit die Flüchtigen die Schächte und Kanäle unterhalb Kerh-Onfs betreten hatten, die offenbar nirgends mehr ein künstliches Licht erhellte, war sie der Panik nahe und kämpfte merklich dagegen an. »Ist er ertrunken?«

Obwohl sie ihn unmöglich sehen konnte, schüttelte Manoli den Kopf. »Gestrandet. An der Küste einer einsamen Insel. Nachdem das Schiff zerschellt war, verbrachte er viele Jahre im Exil – ganz auf sich gestellt. Er wartete auf Rettung, darauf, in die Zivilisation zurückgebracht zu werden, doch niemand kam. Die Welt hielt ihn für tot.«

»Er war einsam«, raunte die Topsiderin. »Allein in der Fremde. So wie du. Und er sehnte sich, nach Hause zurückzukehren. So wie du.«

Eine Weile lang schwiegen sie, hingen ihren jeweiligen Gedanken nach. Manoli hatte die Arme ausgestreckt und tastete sich an der schimmelfeuchten Bruchsteinwand entlang vor. Dem Schaben ihrer Schritte nach zu urteilen, tat Kathleen-Tarr es ihm gleich.

Die Unterwelt der Hauptstadt hatte nichts von dem exotischen Flair der Straßen jenseits des Gettos. Statt glatt verkleideter Türme, gegen die selbst der Stardust Tower alt aussah, herrschte in Kerh-Onfs Abwasserkanälen nahezu Höhlenatmosphäre vor. Wasser rauschte, Gitter versperrten die Wege, und wohin Eric auch trat, spürte er den Unrat. Überall war es eng und die Luft feucht. Hätten die beiden nicht Kikerren, die mit an Arroganz grenzender Selbstverständlichkeit vorausflatterte und ihnen mit dem Klang ihres Flügelschlags stoisch die Richtung wies, sie wären in dieser entsetzlichen, stinkenden Finsternis längst hoffnungslos verloren gegangen.

Wer sagt, dass wir das nicht sind?, erklang eine gehässige Stimme in Erics Bewusstsein. Er beschloss, sie zu ignorieren.

»Hat er es geschafft?«

Abermals brauchte er einen Moment, um Khatleen-Tarrs Frage zu begreifen. Multitasking war anscheinend ein Ding der Unmöglichkeit, wenn man durch die Kloaken einer fremden Welt schlich und nicht wusste, was als Nächstes geschah. Zumindest für ihn.

»Crusoe? Ja, hat er. Nach ...« Eric brach ab. *Nach einer Ewigkeit und vielen Entbehrungen. Ich hoffe, so ähnlich sind wir uns nicht, er und ich.* Die Analogie lag auf der Hand, irgendwie. So traurig das auch war. Er atmete tief durch. »Themawechsel, okay? Erzähl du mal was.«

»Nämlich?«

Irrte er sich, oder schwang da ein Seufzer mit? Er wollte gerade etwas Belangloses vorschlagen, da spürte er ihre Hand auf seiner Brust. »Psssst!«, zischte Khatleen-Tarr ganz dicht an seinem Ohr.

Eric erstarrte. Sekunden vergingen, in denen sie Seite an Seite reglos im Dunkel standen, lauschten. Warteten. Selbst Kikerren, wo genau die Flugechse auch sein mochte, rührte dem Klang nach keinen ledrigen Flügel mehr. Doch nichts geschah. Die einzigen Geräusche, die Eric hörte, waren das Rauschen des Abwassers im flachen Kanal neben sich und das schnelle Pochen seines eigenen Herzens.

Schließlich entspannte sich die Topsiderin wieder und zog die Hand zurück. »Falscher Alarm!«, wisperte sie.

Okay, das reicht. »Hey, ich *weiß* jetzt ein neues Thema«, heuchelte er leise Begeisterung. »Wie wär's, wenn du mir endlich verrätst, wer oder was hier unten haust?«

Sie schwieg.

»Na komm, deine Angst ist unverkennbar. Und sie steckt an, ehrlich gesagt. Aber wenn ich schon sehenden Auges dem fünfköpfigen Abwassermonster von Kerh-Onf ins offene Maul spaziere, will ich wenigstens mehr über es wissen.« *Und bitte lass es kein fünfköpfiges Monster sein. Oder irgendein anderes.*

Kikerren flatterte weiter. Manoli hörte es genau. Abermals wunderte er sich über das vermeintliche Tier; seine Sicherheit und Ausdauer schienen ihm wie ein Beweis dafür, dass es mehr als normale tierische Fähigkeiten besaß. Manoli klammerte sich an diesen Beweis, zwang sich geradezu, an ihn zu glauben. Schließlich lagen sein und Khatleen-Tarrs Leben in Kikerrens kleiner Krallenhand.

Einen Augenblick später setzte sich die Topsiderin erneut in Bewegung. Er folgte ihr – hauptsächlich, um nicht allein zurückzubleiben. Nie zuvor hatte er sich so danach gesehnt, wieder einen der Kanalisationszugänge zu passieren und abhauen zu dürfen.

»Keine Abwassermonster«, flüsterte Khatleen-Tarr knapp. »Sondern Schlüpflinge.«

»Schlüpf*was?*« Die berufliche Neugierde des Mediziners übernahm das Kommando und verdrängte Manolis Angst. Dann begriff er, dass er das Wort schon mehrfach gehört hatte, seit er Zwangsbürger dieser Welt war. »Klingt, als hätte es etwas mit Brutstätten zu tun.«

Er konnte spüren, wie sehr Khatleen-Tarr sich sträubte, darüber zu sprechen. Die Worte kamen so zögerlich, als blieben Schrecken, die nie jemand beschrieb, automatisch und für immer im Verborgenen gefangen. Mit der selbstsicheren, fröhlichen jungen Echsenfrau, die er wochenlang in Bismall-Kehns Freudenhaus beobachtet hatte, schien die Besitzerin dieser Stimme neben ihm im Dunkeln kaum etwas gemeinsam zu haben.

»Kennst du dich in topsidischer Fortpflanzung aus, Erikk?«, fragte Khatleen-Tarr leise.

Eric dachte an die Szenen, Laute und Gerüche, deren er während seiner Tage im *Purpurnen Gelege* gewahr geworden war. An Chon-Dohs rabiates Vorgehen gegenüber Khatleen-Tarr. »Na ja, ich glaube, ich weiß ziemlich genau, *wie* ihr euch ...«

»Aber weißt du auch, was danach geschieht?«, unterbrach sie ihn ebenso schnell wie schroff. »Wenn der Nachwuchs erst einmal da ist?«

Er verneinte. »Müsste ich raten, würde ich auf Eier tippen: Ihr legt Eier und brütet die dann aus.« *So in etwa läuft's zumindest bei Echsen auf meiner Welt.* »Darüber wurde nie gesprochen, also hielt ich es für ein Tabu.«

Der Gang machte eine Biegung nach rechts. Als sie ihr folgten, stolperte Manoli wieder und fiel mit rudernden Armen ins eiskalte Abwasser. Der Kanal war nicht sonderlich tief. Für einen Moment sah er Sterne. Er tauchte auf und spuckte eine Brühe aus, über die er nicht weiter nachdenken wollte. Dann lauschte er wieder ins Dunkel, wartete auf eine Reaktion von Khatleen-Tarrs Monstern. Doch abermals blieb sie aus. Schließlich packte Khatleen-Tarr ihn am Arm und zog ihn zurück auf den schmalen steinernen Steg. Irgendwo weiter vorn gab Kikerren leise Laute von sich, die – darauf hätte er in diesem Moment geschworen – Flugechsen-Sprech für hämisches Gekicher waren.

»Fast richtig«, überging die Topsiderin seinen schmachvollen Tauchgang gnädig. »Allerdings brüten wir nicht. Unser Gelege reift und schlüpft eigenständig.«

Eric stutzte und schlang die Arme um den Oberkörper, um das Zittern zu stoppen. Fast wünschte er sich den Rest seines

Rrakass-Fells zurück. »Und dann kommt ihr wieder und füttert?«, fragte er in einem Flüsterton, der leiser war als das Klappern seiner Zähne. »Oder wer kümmert sich um die Kleinen?«

»Das Personal unserer Aufzuchtstationen«, antwortete sie leise. »Erst nach den ersten vier Lebensjahren schließen sich die Schlüpflinge der Gesellschaft an, die außerhalb dieser Stationen existiert. Bis dahin bleiben sie im Gewahrsam der Einrichtungen – so sie denn überleben.«

Heißt das, was ich denke?, staunte er entsetzt.

Khatleen-Tarr fuhr fort: »Deinem Schweigen nach zu urteilen, läuft das auf Arkon ein wenig anders. Das dachte ich mir. Aber urteile bitte nicht vorschnell. Dieses Auswahlverfahren dient durchaus einem Zweck.«

»Auswahlverfahren?«, wiederholte er ungläubig. »Ihr lasst euren Nachwuchs im Stich, sodass er in Zuchtstationen stirbt, und findet das völlig in Ordnung?«

»Er stirbt nicht. Er reift.« Sie sagte es mit einer Selbstverständlichkeit, als spräche sie über das Aufgehen der Sonne oder Bismall-Kehns niedrigen Intelligenzquotienten. »Wen die Natur überleben lässt, der *kann* auch wirklich überleben. Erst dann ist er ein Topsider.«

Fassungslos sah Manoli in die Richtung, in der er sie wusste. Andere Länder, andere Sitten, so sagte das Sprichwort, und das war ja auch alles gut und schön, aber hier ging es um eine bewusste Missachtung des Lebensrechts Schwächerer! Um ... Er zögerte.

Um natürliche Auslese, begriff er plötzlich. *So barbarisch mir das Prozedere auch erscheint, hier auf Topsid ist es offenbar ganz normal. Meine Entrüstung fußt darauf, dass ich mit menschlichen Maßstäben messe. Aber ist das vielleicht eher mein Fehler als der ihre?* Er wusste es nicht. Nur eines stand für ihn fest: Die Terraner würden sich auch moralisch gesehen einige schwierige Fragen stellen müssen, wenn sie sich lange zwischen den Sternenvölkern halten wollten. *Andere Welten, anderer Darwin.*

»Die Stärksten kommen weiter«, ließ er seiner Neugier wieder den Vortritt. Urteile konnten warten.

Für einen Moment war ihm, als könne er seine Begleiterin schmunzeln *hören.* »So ist es. In der Frühzeit unserer Welt sorgte die Natur selbst dafür. Seit wir aber die Segnungen der Zivilisation genießen und nicht mehr in feuchten Erdlöchern hausen, hat die Zahl unserer natürlichen Feinde deutlich abgenommen. In den Aufzuchtstationen gleichen wir das durch die sogenannte Selektion aus: In einem künstlich geschaffenen Umfeld erfahren unsere Schlüpflinge ganz ähnliche Risiken wie ihre Vorfahren vom Anfang der Zeit, damit sie ihr wahres Potenzial entfalten.«

Manoli blinzelte. »Moment, Moment ... Ich bin der Letzte, der etwas gegen einen Exkurs in Xenobiologie sagt, aus meiner Sicht selbstverständlich, aber was hat diese ganze Geschichte mit uns zu tun?« Er breitete die Arme aus, bis er beide Seitenwände des engen Kanals gleichzeitig berührte. »Ist das hier etwa eine von euren Stationen? Das wage ich stark zu bezweifeln.«

»Zu Recht«. Sie züngelte wieder. »Manchmal ...«

»Manchmal?«, hakte er nach, als sie nicht weitersprach. Er ahnte, dass jetzt der Teil kam, der ihr wirklich Unbehagen bereitete.

»Manchmal brechen einzelne Schlüpflinge aus den Aufzuchtstationen aus«, raunte sie ihm ihr Geständnis zu. Dabei rückte sie ihm, wie er spürte, sogar noch einen Schritt näher. »Schlüpflinge sind wilde Kreaturen, Erikk. Das musst du verstehen. Unzivilisierte Wesen, die nichts von gesellschaftlichen Zwängen wissen und nur den Kampf kennen. Nur das Recht des Stärkeren. Keine Skrupel, keine Hemmungen, keine Moral.«

Wie oft ist manchmal?, dachte er besorgt, wagte es aber nicht, die Frage auszusprechen. Plötzlich wollte er nie wieder ein Geräusch machen.

Khatleen-Tarrs Stimme war kaum mehr als ein Atemhauch, ganz dicht an seinem Ohr. Manoli spürte, wie die Topsiderin zitterte, und wusste, dass das nicht an der Kälte lag. Es hatte noch nie an der Kälte gelegen. Und es steckte an.

»Diese Ausbrecher«, wisperte er, »die kommen ... hier herunter?«

»Hier sucht sie niemand«, bestätigte die Echsenfrau an seiner Seite leise. »Weil sich kein Topsider, der alle Sinne beisammenhat und am Leben hängt, hierher wagt. Die Kanalisation ist ihr Reich, nicht unseres. Sie haben es sich schon vor Generationen erobert. Und sie verteidigen es verbissener, als du dir vorstellen kannst.«

Als Kind war Manoli oft im Ferienlager gewesen, in den Bergen nahe der kanadischen Grenze. Er hatte viele Abende am Lagerfeuer verbracht und den Gruselgeschichten der erwachsenen Betreuer gelauscht. Unfug über Menschen, die ins Jagdrevier debiler Hinterwäldler stolperten. Menschen, die den Drachen weckten, sozusagen. Nun fühlte er sich an diese Abende erinnert, doch der Schrecken von damals war ein wohliger gewesen – gedämpft durch das Wissen, einer Fiktion zuzuhören und später in den warmen, sicheren Schlafsack kriechen zu dürfen. Dieser hier war aber real. Und auf Wärme und Sicherheit durfte er nicht hoffen.

Schlüpflinge, hallte es in seinem Geist wider. Seine Phantasie schlug wilde Kapriolen und zeichnete ihm ungefragt Bilder von riesigen Echsenwesen mit milchig weißen Schuppen, hasserfülltem Blick und rasiermesserscharfen Reißzähnen. *Ihr Reich, nicht unseres. Ihr Reich, nicht unseres.*

Manoli schluckte. Seine Knie wurden weich, jeder Schritt bedeutete eine immense Kraftanstrengung, und obwohl er genau wusste, dass er es sich nur einbildete, war ihm, als bewegten sich plötzlich Formen in der ihn umgebenden Finsternis. Als kämen sie näher, direkt auf ihn und Khatleen-Tarr zu – lautlos, schnell und mit tödlicher Präzision.

Aber das war selbstverständlich völliger Unsinn.

Zwei Sekunden später sprang ihn der Unsinn an, riss ihn von den Füßen. Manoli spürte einen fremden Körper neben sich, *auf* sich, starke Hände auf seinen Schultern. Dann schlug er mit dem Hinterkopf gegen die Bruchsteinwand und verlor das Bewusstsein.

Das Letzte, was er hörte, war Khatleen-Tarrs gellender Schrei.

Kapitel 9

In Stollenfinsternis
Terrania, 18. Januar 2037

Das kleine Pod schien so schwer wie Blei zu sein und war doch nichts im Vergleich zu seinen Lidern. Lhundup verzog das Gesicht, während er die Verbindung nach oben herstellte. *So müde. So endlos, fürchterlich, sterbensmüde.*

»Ah, mein nichtsnutziger Informant«, meldete sich Bai Jun. Schon die Begrüßung war ein Tadel. Das konnte ja heiter werden. »Was hat sich heute Schockierendes unter Tage ereignet? Seid ihr auf Steine gestoßen? Auf Dreck gar? Lass hören, Lhundup, denn ich kann meine Neugierde kaum im Zaum halten.« Ein herzhaftes Gähnen drang als Nächstes aus dem kleinen Lautsprecher.

Lhundup drängte sich noch ein Stück tiefer in die Nische. Wie immer, wenn er von unten mit seinem Auftraggeber sprach, fühlte er sich, als habe er einen Eisblock in den Eingeweiden und ein Schild mit der Aufschrift »Versager« um den Hals hängen. Eines, das er selbst angefertigt hatte.

»Guten Tag, Bürgermeister.«

»Tag?« Bai Jun lachte ebenso kurz wie ungehalten. Er klang verschlafen und mürrisch. »Es ist halb drei Uhr morgens. Gute Nacht wäre also die weitaus angebrachtere Formulierung. Aber wie kann sie gut sein, wenn ich meine wohlverdiente Ruhe für deinen wie üblich gehaltlosen Anruf opfern muss, he?«

Sosehr Lhundup Bai Juns aus Frust geborenen Zorn auch verstand, so unfair fand er die einseitige Denke des Exgenerals. Schließlich war Jun nicht der Einzige, der lieber schlummern würde, als dieses Telefonat zu führen. *Und ich wette, sein Arbeitstag war nicht halb so anstrengend wie meiner. Zumindest nicht körperlich.*

Selbst wenn er ruhig auf seiner Pritsche lag und auf den Schlaf wartete, eingelullt vom Geschnarche der einschüchternd professionelleren Grubenarbeiter auf den anderen Bettstätten, fühlte Lhundup sich, als gingen seine Muskeln noch immer die Bewegungen des Tages durch. Bücken, hacken, schaufeln, heben. Bücken, hacken, schaufeln, heben. Manchmal wünschte er sich sogar die entsetzlichen Maschinen zurück, die er nie wirklich verstanden und von denen er in seinen ersten Tagen gleich mehrere ruiniert hatte. Hauptsache, es wäre eine Ablenkung. Aber wenn es um Bergbau ging, hatte er wohl zwei linke Hände; dieser Wahrheit konnte er sich nicht entziehen. Und Ai Guo konnte es schlicht nicht länger rechtfertigen – nicht vor den Kollegen, nicht vor den mysteriösen und nur via Mail kommunizierenden Vorgesetzten –, seinem unfähigsten Schützling weiterhin Werkzeuge anzuvertrauen, die teurer waren als eine Schachtel Zigaretten.

Es stimmte: Jeder, der das wollte, durfte an Terrania mitarbeiten. Aber *Terrania* entschied, wo und wie. Der Mensch – zumindest wenn er nicht zu Rhodans direktem Umfeld gehörte – nickte nur und ging ans Werk.

In Lhundups Fall mit täglich schlimmer werdendem Muskelkater – hieß es nicht, das lege sich mit der Zeit? – und dem Gefühl, binnen einer Woche um dreißig Jahre gealtert zu sein. Bergbau war etwas anderes als Nutzvieh hüten. Selbst als Geisel von *Buming,* der angeblichen Frau Unbekannt, hatte er sich nicht so erledigt gefühlt wie nach einer Tagschicht in Terranias elendem Keller, so absurd das auch klang.

»Lhundup?« Bai Juns Stimme klang freundlicher als zuvor; es schien, als habe der Bürgermeister ein schlechtes Gewissen ob seiner aggressiven Worte von eben. Sie riss den jungen Tibeter aus seinen selbstkritischen Gedanken. »Verzeih. Du tust nur, was ich dir aufgetragen habe. Also sprich. Was gibt es Neues im Stardust Tower?«

Lhundup seufzte. Viel war es nicht – und das meiste kaum mehr als Hirngespinste und Spekulation. »Ai Guo hat erneute Anweisungen erhalten. Per Mail. Wieder ohne erkenn- oder gar rückverfolgbaren Absender.«

Jun fluchte leise. »Inhalt?«

»Das Übliche. Sprengen, graben und schaufeln, bitte. Heute mehr links, morgen mehr rechts. Wir vermuten, die nächsten Stahlträger stehen schon in Warteposition und werden bald angekarrt kommen, damit wir sie im Boden versenken.«

Oh, diese Stahlträger! Die elend schweren Wurzeln des Turmes. *Das* war eine Ablenkung, auf die Lhundup gut hätte verzichten können.

»Diese Mails ...« Juns Grunzen war Klang gewordene Frustration. »Ich habe hier oben Himmel und Erde in Bewegung gesetzt, um ihren Ursprung zu ermitteln, aber bislang renne ich überall gegen eine Mauer des Schweigens oder der Ratlosigkeit. Okay, da kommen wir im Moment also noch immer nicht weiter. Hast du mehr?«

»Na ja«, druckste Lhundup. »Wie man's nimmt. Heute Vormittag habe ich belauscht, wie sich Rob Gallagher und Yvette Labache über den alten Coletti unterhielten. Er verhalte sich eigenartig, fanden sie. Dem Ton nach unterstellten sie ihm, irgendwelche Sabotageakte auszuhecken.«

»Und?«

»Fehlalarm, Jun. Ich behielt Coletti den ganzen Tag im Auge. Das Einzige, was der heimlich plant, ist ein italienisches Überraschungsessen für seine neue Freundin aus der Frühschicht – allerdings hab ich noch keine Ahnung, wie er hier unten etwas kochen möchte, was über eine heiße Suppe aus der Dose hinausgeht.«

Der Bürgermeister ächzte. Es klang, als richte er sich im Bett auf. Einmal mehr wünschte Lhundup sich in das seine zurück. In den verlassenen Gängen war es stockfinster und erstaunlich kalt. Unfassbar, dass ihn und Jun nur wenige hundert Meter Strecke trennten. Es fühlte sich an, als lebten sie seit Tagen auf völlig verschiedenen Welten.

»Weiter!«, drängte Bai Jun.

»Es gibt kein Weiter, Jun. Hinrichs aus dem zweiten Schlafraum hat Heimweh und telefoniert jeden Abend heimlich mit seiner Ex in Deutschland. Die rabiate Be – keine Ahnung, wie sie wirklich heißt; so nennt man sie hier – hat von Ebling eine Abfuhr kassiert und schnauzt seitdem jeden an, der sie auch nur anguckt.« Er hatte diese Parade der Nichtigkeiten auswendig lernen müssen, um sie sich merken zu können, und zählte nun jeden einzelnen Posten an den Fingern seiner zerschundenen Hände ab. »Heute Mittag kam ein Neuzugang von oben, ein pickliger Bursche namens Jedich, dem ich keine zwei Tage zutraue ... Aber willst du das wirklich alles hören?« Traurig ließ er die freie Rechte wieder sinken.

Dies wollte Jun selbstverständlich nicht, und er betonte es ausdrücklich. »Ich will eine Spur, eine wirklich relevante Information über Adams' geheime Absichten. Das Liebesleben deiner Maulwurfkollegen juckt mich nicht.«

Die Ansprache ging noch weiter, aber Lhundup stellte sein Gehör auf Durchzug. Er kannte die Sätze zur Genüge, hörte sie Nacht für Nacht, und doch ...

Er schluckte. Warum genau hatte er Jun eigentlich nie von Zhuo Hui erzählt? Weil nicht wahr war, was niemand wusste? Weil nicht wahr wurde, was er, Lhundup, nicht wahrhaben wollte? Zhuo Hui mit dem sorgenvollen Antlitz und Ai Guos entschiedene Warnung vor ihr mochten tatsächlich eine Spur sein, wie Jun sie ersehnte. Na ja, das vielleicht dann doch nicht, aber zumindest wären sie etwas anderes als die ständigen Meldungen völliger Normalität. Lhundup sperrte sich allerdings dagegen, die ebenso bezaubernde wie undurchdringlich scheinende Asiatin zu erwähnen, wenn er mit dem Bürgermeister sprach.

»Lhundup? Kerl, hörst du mir überhaupt zu?«

Blinzelnd kehrte er in die Gegenwart zurück. Bai Juns wütende Stimme plärrte aus dem Pod-Lautsprecher. »Was, äh, ja ... natürlich, Jun.«

»Mhm«, grunzte der Bürgermeister, und es klang wie ein Nein. »Und was sagst du? Bist du dabei?«

Dabei? Worum ging's? Verflixt, vor lauter Träumerei schien er eine Frage seines Auftraggebers verpasst zu haben. »Äh ...«, machte Lhundup. Sosehr er sich das Hirn auch zermarterte, er wusste nicht, was Bai Jun von ihm hören wollte. »J... ja?«, sagte er vorsichtig, und es war mehr Frage als Antwort.

Mit einem Mal klang Jun hellwach – und höchst zufrieden. »Großartig. Dann wäre das also abgemacht. Gib mir ein paar Stunden, um die nötigen Schritte in die Wege zu leiten. Ich melde mich, sowie alles für dich bereit ist, und gebe dir die letzten Instruktionen. Ehrlich, Lhundup, das ist der richtige Schritt für dich. Ein dringend nötiger, wenn du mich fragst. Das hätte mir viel früher einfallen müssen.« Er war hörbar erleichtert. »Auf die Weise kommen wir bestimmt weiter.«

Lhundup riss die Augen auf. Warum fühlte er sich, als habe er soeben sein eigenes Todesurteil unterzeichnet? Verflixt, er musste dringend lernen, sich besser zu konzentrieren!

Bevor er sich die Blöße einer Rückfrage geben konnte, verabschiedete Jun sich von ihm und trennte die Verbindung. Lhundup blieb ratlos zurück, das kalte Erdreich am Rücken und die Dunkelheit vor den Augen. Sein Herz pochte. Erst nach einer gefühlten Ewigkeit wagte er sich aus der Nische.

Der Gang war so finster wie zuvor. Die Arbeiter, die in Lhundups Bereich der Grube beschäftigt waren, lagen auf ihren Pritschen und schliefen. Lhundup schlurfte in Richtung seiner eigenen zurück.

Es musste auf drei Uhr morgens zugehen, und um die Zeit wurde aktuell nur in den östlichen Bereichen des unterirdischen Höhlensystems geschuftet. Während Lhundup sich zu seinen Kollegen begab, hörte er gelegentlich ein tiefes Grollen, das aus den nach Osten führenden Seitenarmen des Korridors hallte. Das waren die Geräusche der Nachtschicht, die im Osten zu Werke ging und, wenn er nicht irrte, kleinere Sprengungen vornahm. Doch obwohl er das wusste, konnte er nicht verhindern, dass sich seine Phantasie einen eigenen Reim auf die dumpfen Klänge machte. Vor seinem geistigen Auge sah er monströse, Feuer speiende Drachen die unterirdischen Wege beschreiten, riesige geschuppte Wesen mit qualmenden Nüstern, schwefligem Atem und Flügeln aus straff gespanntem Leder. Er sah Höllenflammen in ihren obsidianschwarzen Augen lodern und das vertrocknete Blut wehrloser Opfer an ihren rasiermesserscharfen Reißzähnen kleben.

Sie kommen deinetwegen, hauchte die Stimme der Unvernunft in seinem Verstand. *Weil sie nach dem Trupp im Osten jetzt Hunger auf tibetische Geheimagenten haben. Auf den 007-Mitternachtssnack.*

Abermals grollte es in der Ferne. Der Lärm war nicht laut genug, um Schlafende zu wecken, aber er genügte, um Lhundup Flausen in den übermüdeten Kopf zu setzen. Er beschleunigte seinen Schritt.

Die im Osten haben nämlich zu tief gegraben, weißt du?, meldete sich die Stimme wieder. *Sie haben etwas geweckt, was seit Äonen unter der Wüste schlief. Es brachte ihnen den Tod. Und jetzt läuft es Amok.*

So ein Unfug! Warum redete ihm sein eigener Verstand solchen Mist ein? Und warum bekam Lhundup es nun tatsächlich mit der Angst zu tun?

Obwohl er es besser wusste, sah er sich um, spähte ins Dunkel, lauschte. Rührte sich wirklich nichts in seiner Nähe? Kauerte dort nicht doch ein Monster in den Schatten, wartend auf schlaflose Grubenarbeiter? Lhundup ballte die Hände zu Fäusten, schluckte trocken – und erstarrte!

Die Finsternis bewegte sich.

Für einen Moment setzte sein Herz aus. Schockstarr stand er da und glotzte. Das war das Ende, oder? Das waren die Drachen. Sie waren real, und ... und ... ihre riesigen Mäuler würden ...

Es knirschte leise, als gingen zarte Füße über steinigen Boden. *Ein Mensch!* Lhundup begriff es sofort; dennoch dauerte es einige Sekunden, bis ihm sein erschrockener Geist wieder Bewegungen erlaubte. Das war kein Ungetüm, sondern eine Person. Jemand von der Truppe? Um diese Zeit? Wer immer es sein mochte, er schien nicht mit Gesellschaft zu rechnen, denn im Gegensatz zu Lhundup schlich er nicht möglichst lautlos, sondern ging ganz normal.

Lhundups Gedanken überschlugen sich. Das Zimmer, in dem sein warmes Bett auf ihn wartete, war nur ein paar Dutzend Schritte entfernt, und doch lauerte dort vorn im Dunkel ein Rätsel. War er nicht genau deswegen hergekommen? Er schluckte erneut, verdrängte die Sehnsucht nach Schlaf aus seinem Geist und nahm die Verfolgung auf.

Die Gestalt bewegte sich zielsicher, so viel glaubte er trotz der Dunkelheit schnell festzustellen, und sie schien das Gelände bestens zu kennen. Geschickt und geschwind bog sie um Ecken, schritt enge Grubengänge entlang und stieg über zur Nacht abgelegtes Werkzeug. Schon nach wenigen Minuten in ihrem Kielwasser war Lhundup zweimal beinahe in einen Haufen Spitzhacken getreten und einmal fast über die Magnetschienen der Schwebeloren gestolpert, doch wo er nur im letzten Moment und mit purem Glück der sicheren Entdeckung entging, setzte der Unbekannte wenige Meter vor ihm seinen Weg so unbeirrt und gekonnt fort, als könne er im Dunkeln sehen.

Vermutlich konnte er das sogar. *Der Kerl trägt eine Nachtsichtbrille,* schoss es Lhundup durch den Kopf. *Was sonst?* Warum war er nicht gleich darauf gekommen?

Sie näherten sich dem Pausenbereich und dem Fahrstuhl. Lhundup stutzte. Was wollte der Unbekannte denn ausgerechnet dort? Wie im gesamten Rest des westlichen Grabungsgebiets herrschte sicherlich auch dort zu dieser späten Stunde gähnende

Leere, und den Lift konnte man nur mittels spezieller Schlüsselsticks bedienen, die allein die Schichtmeister besaßen. Lhundup beschloss, noch mehr auf der Hut zu sein.

Sie hatten den unterirdischen Raum fast erreicht, da ließ er sich ein wenig mehr zurückfallen, presste sich nah an die Stollenwand und spähte vor sich in die Nacht. Etwa fünf Meter weiter mündete der Korridor in den Pausenraum. Dort, gleich am gelben Außengitter des Fahrstuhlschachtes, hing eine einzelne robuste LED-Lampe. Jemand musste vergessen haben, sie auszuschalten, denn sie brannte noch immer, flackerte aber in ebenso schnellen wie unregelmäßigen Abständen. Nicht mehr lange, das ahnte Lhundup, und der Leuchtkörper, der vermutlich wie Lhundup unter den Bedingungen unter Tage litt, würde den Geist aufgeben. Tod durch Dauerbetrieb.

Doch noch leuchtete er. Und Lhundup traute seinen Augen nicht, als er endlich erkannte, wen er verfolgte.

Zhuo Hui trug einen pechschwarzen, eng anliegenden Catsuit und Handschuhe. Ein breiter schwarzer Gürtel mit mehreren kleinen Taschen hing an ihrer schmalen Hüfte. Ihr Haar war zu einem winzigen Pferdeschwanz gebunden. Am rechten der beiden metallenen Stützpfeiler, die am Ende des Ganges die Decke oben hielten, blieb sie stehen, sah einmal schnell nach rechts und links und huschte dann, als sie nirgendwo einen ungewollten Beobachter fand, in den Pausenraum. Zwei Schritte später war sie aus Lhundups Sichtfeld verschwunden.

Was in aller Welt geschah hier? Ausgerechnet Zhuo Hui?

Lhundup wartete zwei Herzschläge lang, dann stieß er sich von der Wand ab, schlich die fünf Meter vor und bog ebenfalls um die Ecke. Einen Sekundenbruchteil später packte ihn eine stählern scheinende Hand am Kragen, schleuderte ihn rücklings gegen das Fahrstuhlgitter! Lhundup keuchte erschrocken – und spürte plötzlich kalten, tödlichen Stahl am Hals.

»Was wird das, he?«, zischte Zhuo Hui böse. Der Druck des Messers an Lhundups Kehle nahm zu. »Seit zwanzig Minuten klebst du schon an meinen Fersen. Warum? Hast du Triebstau?«

Für einen Moment war er zu perplex und entsetzt, um zu verstehen, was sie meinte. Dann hob er abwehrend die zitternden Hände. »N... nein, natürlich nicht, ich ...«

»Spar dir deine Lügen!«, fuhr sie ihn an. Nie zuvor hatte Lhundup jemanden so aggressiv flüstern hören. Zorn loderte in ihren bildschönen Augen. »Es ist mitten in der Nacht. Entweder stellst du mir nach, oder ...« Sie zögerte.

Lhundup kannte dieses Zögern. So wirkten Menschen, die etwas verstanden hatten, was sich ihm nach wie vor entzog.

»Lhundup, Lhundup«, murmelte Zhuo Hui dann. Es klang halb erstaunt und äußerst enttäuscht. »Ich will mal Gnade vor Recht ergehen lassen und so tun, als wäre das hier nicht passiert. Aber ich verspreche dir: Wenn ich noch mal das Gefühl habe, du mischst dich in meine Angelegenheiten, kenne ich keine Rücksicht mehr, verstanden? Diese Höhlen sind tief und lang, mein Freund. Weißt du, wie schnell hier jemand einen tragischen Unfall haben kann?«

Die Klinge verschwand, die Hand ließ ihn frei. Lhundup schluckte und schnappte dann keuchend nach der Luft, die einzuatmen er sich vorhin kaum getraut hatte. Hilflos und überfordert sah er Zhuo Hui an. »Bitte, du verstehst das alles ganz falsch«, sagte er leise. »Ich wusste gar nicht, dass du das bist. Ich sah nur jemanden durch die Gegend schleichen und bin ...«

Die junge Frau trat zwei Schritte zurück und schüttelte entschlossen den schönen Kopf. »Du hast gehört, was ich gesagt habe. Wenn du weißt, was gut für dich ist, hältst du dich daran.« Die Hand mit dem Messer zuckte kurz nach rechts und in Richtung des Korridors, durch den sie hergekommen waren. »Und jetzt verschwinde, klar? Lass mich in Ruhe!«

Lhundup hätte hinterher nicht sagen können, woran genau es lag: an ihrem festen Ton, ihrem wütenden Blick oder der unwirklich scheinenden gesamten Situation. Doch in diesem Moment konnte er gar nicht anders, als Zhuo Huis Anweisung zu folgen. Selten zuvor hatte er sich so verwirrt gefühlt.

An der Schwelle zum Korridor blieb er stehen und drehte sich noch einmal um, doch das flackernde Licht der Lampe fiel auf einen menschenleeren Raum. Zhuo Hui war verschwunden – lautlos. Lhundup seufzte und wollte sich gerade in Bewegung setzen, als das kleine Pod in der Tasche seines Overalls zu surren begann.

Er blinzelte. Als er es hervorholte, prangte Bai Juns Name auf dem Display. Lhundup berührte es, nahm den Anruf entgegen. »J... Jun?«

»Freu dich, Lhundup!«, erklang die Stimme des Bürgermeisters wieder. »Trotz der unmenschlichen Uhrzeit habe ich meinen Teil unserer Vorbereitungen bereits so gut wie erledigt. Erstaunlich, was man alles erreicht, wenn man die richtigen Leute kennt, die einem noch einen Gefallen schulden, nicht wahr?« Er lachte kurz.

Abmachung? Lhundup runzelte die Stirn. Das Gespräch von vorhin hatte er schon so gut wie vergessen gehabt. Nun fiel es ihm wieder ein – und die unüberlegte Zusage, die er Jun gemacht hatte.

»Also, hör zu: Mach einfach weiter wie bisher. Verhalte dich völlig unauffällig. Und wenn die Zeit kommt – ich schätze, spätestens in zwei bis drei Tagen –, gehst du vor wie besprochen, okay? Du steigst für mich den Stardust Tower hinauf!«

Lhundup riss entsetzt die Augen auf. Jegliche Müdigkeit fiel endgültig von ihm ab. Mit einem Mal fühlte er sich, als hätte er David Macks elenden Stahlträger nie verlassen.

Kapitel 10

Geist aus der Wüste
Topsid, am Morgen nach dem Dreimond

Die Welt endete in Schmerz und Fragen. Khatleen-Tarr keuchte, als der Schemen in Schwarz sie in die Magengrube trat. Sie fiel auf die Knie und stützte sich mit den Handflächen am feuchten Steg des Kanals ab. Für einen Moment musste sie würgen.

Dann kam der Hieb. Irgendetwas Hartes schlug ihr von oben in den Nacken, und ein Blitz aus feuerheißer Pein schoss durch ihren gesamten Körper. Khatleen-Tarr schrie auf. Ihre Ellbogen knickten ein. Ihr Kinn knallte auf den Steg.

Und in der Schwärze erschien ein Licht. Klein, rund, rot. Man musste keine Exsoldatin sein, um es als Mündung zu identifizieren.

Ein Strahler, schoss es ihr durch den Kopf. *Wer das auch ist, er legt auf mich an.*

Khatleen-Tarr schaltete ihr Hirn aus und ließ die alten Armeereflexe ans Steuer. Sie warf sich herum, prallte mit dem Oberkörper unsanft gegen die Bruchsteinwand und stöhnte laut. Doch das Verzweiflungsmanöver erfüllte seinen Zweck: Der Schuss verfehlte sie um wenige Zentimeter. Diese Chance musste sie nutzen. Sie stieß sich mit aller Kraft von der Wand ab, hechtete dem Mündungslicht entgegen und rammte den Unbekannten. Eiskaltes, stinkendes Wasser umfing sie, als sie mit dem anderen in den niedrigen Kanal stürzte.

Das ist kein Schlüpfling, begriff sie, sowie sie seinen Körper an ihrem spürte. *Sondern ein ausgewachsener Mann. Ein Topsider.*

Waren die Soldaten des Despoten da? Hatte Megh-Takarr sie doch bis ins Reich der Schlüpflinge verfolgt? Prustend tauchte sie auf. Der Fremde lag unter ihr, das wusste sie. Aber wo war seine Waffe, verflucht?

Der Fremde wehrte sich verbissen. Er wollte sie von sich stoßen, doch das ließ sie nicht zu. Wieder und wieder schlug sie mit der Faust dorthin, wo sie seinen Kopf prustend aus dem Wasser kommen hörte, und tastete parallel mit der anderen Hand nach seinem Strahler.

Letzteres war ihr Fehler. Plötzlich bäumte sich der Angreifer auf wie ein störrisches Rrakass. Khatleen-Tarr verlor das Gleichgewicht, kippte vom Brustkorb des Mannes und schaffte es nur mit Glück und indem sie sich mit beiden Armen am Kanalboden abstützte, nicht wieder kopfüber in der Kloake zu landen. Das, daran hegte sie keinerlei Zweifel, wäre ihr Todesurteil gewesen.

Schon hörte sie den Fremden wütend knurren. Er war nun hinter ihr; bevor sie herumwirbeln konnte, packten zwei Hände, hart wie Schraubstöcke, sie an der Hüfte. Sie zogen und zerrten, hinderten sie an der Flucht. Und er hob sie hoch! Ihr ganzer Unterleib verlor den Kontakt zum Kanalboden, hing plötzlich in der Luft, gehalten von diesem ebenso unerbittlichen wie mysteriösen Gegner.

Khatleen-Tarr schrie erneut, wand sich in der Umklammerung und trat mit aller Wucht hinter sich. Sie traf, einmal, zweimal, doch der Mann ließ nicht von ihr ab. Im Gegenteil! Ihre Tritte schienen der Sauerstoff zu sein, der sein Zornesfeuer nährte. Immer fester drückten seine Hände zu. Khatleen-Tarr glaubte, ihre Knochen knacken und ihre zerquetschten Organe bersten zu hören.

Dann stießen ihre Fingerkuppen im Wasser gegen Widerstand. Etwas Hartes lag dort, gleich vor ihrer Rechten. Etwas ... Glattes?

Der Strahler! Oh, ihr drei Monde, lasst es den Strahler sein.

Er war es. Sie hatte die Finger kaum um seinen Griff geschlossen, da riss sie die Waffe auch schon aus dem kalten Nass und schoss blindlings hinter sich. Wo immer Erikk-Mahnoli sein mochte, sie hoffte, sie traf nicht fälschlicherweise ihn.

Auf Gihl-Khuans Oberarm explodierte eine Bombe. Zumindest fühlte es sich so an, als der Energiestrahl ihn dort streifte. Der Schmerz raubte ihm kurzzeitig die Konzentration. Er fiel hinterrücks ins Wasser – und die Beute entwischte seinem Griff.

Wehr dich!, bellte die Stimme der defekten Positronik in seinem Geist, lauter als jede Qual.

Gihl-Khuan reagierte sofort. Er winkelte die Beine an, spannte jeden Muskel und stieß sie dann parallel voraus. Doch die Dirne war nicht länger an der Stelle, wo seine Stiefelsohlen sie treffen sollten.

»Keine Bewegung!«, knurrte eine Stimme auf dem Steg rechts von ihm, und Gihl-Khuan wusste, dass er verloren hatte.

Verflucht, ist die flink! Abermals legte er einen mentalen Hebel um. »Erschießen Sie mich, wenn Sie müssen. Aber glauben Sie nicht, den Geist damit wieder in die Wüste zu zwingen, den meine Mitstreiter und ich heute Nacht entließen. Niemand hält die Bewegung mehr auf!«

Das kleine runde Mündungslicht, das auf seinen Kopf gerichtet war, regte sich keinen Millimeter. Aber sie schoss auch nicht, *noch* nicht. Das war gut. Also dachte sie nach.

»Gestatten Sie einem Sterbenden einen letzten Wunsch?«, fragte er gepresst. »Richten Sie Megh-Takarr aus, dass dies nicht seine Welt, sondern die des Volkes ist. Eines Volkes, das ihn so sehr hasst, dass es sogar sein Leben dafür gibt, ihn zu entmachten.«

Irgendwo weiter hinten regte sich etwas. Eine merkwürdige Stimme stöhnte leise. *Der Arkonide.*

»Erikk?«, fragte Khatleen-Tarr in die Dunkelheit. Sie klang besorgt – und ein wenig ratlos. »Alles in Ordnung?«

Schweigen. Die helle Mündung des Strahlers zitterte.

»Eric?«

»Lass die Waffe sinken!«, ächzte der Arkonide, und seine schlurfenden Schritte näherten sich. »Der Kerl ist auf unserer Seite. Das ist ein ›Kaltblütiger‹, das hörst du doch. Oh, mein Schädel ...«

Gihl-Khuan setzte sofort nach. »Dann ... dann gehören Sie gar nicht zu Megh-Takarrs Soldaten?«

»Halten Sie Ihren Mund, verstanden?«, zischte die Dirne. Plötzlich spürte er die Strahlermündung an seiner Schläfe und beschloss, ihr den Gefallen zu tun.

»Komm schon!«, drängte der Arkonide. »Das ist nichts weiter als ein Missverständnis. Mach's nicht noch schlimmer.« Abermals stöhnte er. Dem Geräusch nach zu urteilen, das darauf folgte, war er auf die Knie gesunken.

»Bist du verletzt?« Khatleen-Tarr war hörbar nervös. »Wo tut es weh, Erikk? Was ... was kann ich tun?«

Er antwortete nicht mehr, zumindest nicht mit Worten. Die gequälten Geräusche sprachen allerdings Bände.

Gihl-Khuan setzte alles auf eine Karte. »Klingt, als brauche er Ihre Hilfe. Wenn Sie in die rechte Tasche meiner Jacke greifen, finden Sie ein Tragelicht. Damit könnten Sie ihn untersuchen.« Er lachte knapp. »Ich würd's ja selbst rausholen, aber ich schätze, eine solche Bewegung wäre mein Tod.«

Für einen Moment herrschte Stille. Dann sprang Khatleen-Tarr wieder ins Wasser, in dem er reglos saß. Als sie sprach, streifte ihr warmer Atem seine Wange. »Da haben Sie verdammt recht«, knurrte die Dirne, und er spürte, wie ihre freie Hand seine Seite abtastete, nach der Lampe in seiner Tasche suchte. Die Berührung hatte etwas Angenehmes, wie er verblüfft registrierte.

Keine drei Sekunden später schlug das handtellergroße Gerät eine Schneise aus Licht in die Dunkelheit, und Gihl-Khuan kniff die Lider enger zusammen. Es dauerte einen Moment, bis sich seine Augen an die Veränderung gewöhnt hatten und er seine beiden Gegner genauer betrachten konnte.

Sie boten einen Anblick, der zu den traurigsten seines Lebens zählte. Khatleen-Tarrs nur notdürftig zusammengehaltene Kleidung war kaum mehr als Fetzen an einem überraschend attraktiven Körper, und sie klammerte sich so fest an den Strahler, den sie nach wie vor auf den Jäger richtete, als wäre sie im Treibschlamm einer Sumpfhöhle eingesunken und die Waffe der Strick, der sie ans rettende Ufer zog. In ihrem Blick wetteiferte Skepsis mit Verzweiflung. Gihl-Khuan war überrascht, wie sehr ihn der Anblick dieses schönen Wesens rührte.

Eric, der Arkonide, wirkte noch armseliger. Er lag auf dem schmalen Steg, der am Kanal vorbeiführte, und hielt sich den blassen Kopf mit beiden Händen. Statt Kleidung hatte er die Überreste der Rrakass-Verkleidung, in der er Gihl-Khuan erstmals aufgefallen war, um die Hüfte geschwungen. Sein Oberkörper war so nackt wie seine Füße und hässlich wie die Nacht.

Das ist der eigenartigste Arkonide, der mir je untergekommen ist, staunte die defekte Positronik.

Gihl-Khuan stimmte ihr zu. Dann schlüpfte er wieder in seine Rolle. »Na los, kümmern Sie sich um ihn!«, wandte er sich an das geflohene Amüsiermädchen. »Ich will Ihnen nichts, ehrlich. Ihr Begleiter hat recht. Wenn Sie gegen Megh-Takarr sind, stehen Sie und ich auf derselben Seite.«

Khatleen-Tarrs Skepsis blieb. »Was machen Sie hier unten?

Seit wann kriecht die außerparlamentarische Opposition durch stinkende Abwasserkanäle?«

Er lachte humorlos und nun selbst ein wenig verzweifelt. »Wenn Sie's so genau wissen müssen: Ich krieche nicht, ich flüchte. Wie Sie beide, vermute ich. Ich war auf dem Dreimondfest, wartete auf das Startzeichen meines Zellenanführers, und ...« Dann brach er ab, atmete tief durch. Er brauchte kurz Zeit zum Nachdenken, und zu seinem Glück passte das hervorragend zu der Figur, die er spielen wollte.

Mit wenigen Worten und völlig spontan erzählte er der Frau mit Charr-Kobahls Gewehr daraufhin eine Geschichte. Sie handelte von einem wohl leicht naiven, aber engagierten Mitläufer namens Gihl-Khuan, der zum Terroristen wurde, als er sich von Nachbarn hatte überreden lassen, am Dreimondaufstand teilzunehmen. Doch als die Explosionen begannen, um ihn herum Hauswände einstürzten und er plötzlich wütende und bis an die Zähne bewaffnete Soldaten auf sich zustürmen sah, hatte der Gihl-Khuan dieser Geschichte es mit der Angst zu tun bekommen. Mehr aus Zufall als Können war es ihm gelungen, einen der Heranstürmenden zu überwältigen. Dessen Gewehr in Händen, hatte er sich dann auf dem schnellsten Weg, den er finden konnte, aus der Gefahrenzone begeben: durch einen Kanalschacht.

»Ehrlich gesagt hatte ich eher befürchtet, hier unten Schlüpflingen in die Arme zu laufen als Megh-Takarrs Soldaten«, schloss er mit einem hilflos gemeinten Schwanzheben, »aber als dann Sie beide des Weges kamen ... Mein überreizter Verstand zog die falschen Schlüsse. Das tut mir leid.«

Der Arkonide stöhnte. Khatleen-Tarr sah Gihl-Khuan einen weiteren Moment schweigend an, dann ließ sie die Waffe sinken und widmete sich ihrem verletzten Begleiter.

Gut gemacht, Junge, lobte die defekte Positronik.

Der Kegel der kleinen Lampe war wie eine Insel im Meer der Finsternis. Khatleen-Tarr, ihr Arkonide und Gihl-Khuan saßen im Kreis an ihrem Ufer und besprachen, wie es weitergehen sollte. Neben ihnen rauschte der Fluss aus Abwasser stoisch seinem Ziel entgegen, huschte Ungeziefer über den Steg und tropfte eiskaltes Nass von der niedrigen Kanaldecke. Es war kalt hier unten, kalt und ungemütlich, doch der Jäger scherte sich nicht um solche Kleinigkeiten. Die Beute saß direkt vor ihm. Was zählte da sonst noch?

»Geht's wieder?«, fragte Khatleen-Tarr und sah ihn an.

Er nickte. »Hey, bei solch kompetenter Pflege *kann* ich gar nicht anders als wieder auf die Beine kommen, oder?«

Es war ein arg bemühtes Kompliment. Zwar hatte sich die schöne Khatleen-Tarr durchaus talentiert gezeigt, als sie sich seiner Kopfverletzung annahm, doch der Großteil der nötigen Handgriffe – Wunde reinigen mittels Kondenswasser, Druckverband basteln und anlegen – war ihr primär dank der mündlichen Anweisungen des Arkoniden gelungen. Der Arkonide musste ein Heiler sein, vermutete Gihl-Khuan, daheim auf seiner eigenen Welt.

Nicht zum ersten Mal fragte sich der Jäger, was Megh-Takarr überhaupt an diesem Mann interessierte. Es war unter wohlhabenden Topsidern nicht unüblich, sich einen Arkoniden als Statussymbol zu halten, aber musste es unbedingt dieser eine sein? Warum nahm sich der Despot nicht einfach den nächsten Erstbesten? Warum dieser Aufwand? Etwa nur aus verletzter Eitelkeit?

»Außerdem war's längst nicht so schlimm, wie es aussah«, wandte die Deserteurin ein. Es fiel Gihl-Khuan erstaunlich schwer, den Blick von ihr abzuwenden. Eigenartig.

Erikk-Mahnoli, so hatte er sich vorgestellt, wirkte freundlich – und ziemlich außer Atem. Er war noch kreidebleich und lehnte rücklings an der Bruchsteinwand, kam allerdings wieder zu Kräften. Das hatten die vergangenen knapp dreißig Minuten, die sie nun schon beisammensaßen, dem Jäger gezeigt. Nicht mehr lange, und die Beute würde ihre Flucht fortsetzen können.

Zumindest glaubte sie das.

In Wahrheit wird nur einer von euch beiden die Kanalisation lebend verlassen, dachte Gihl-Khuan. Megh-Takarr hatte den Arkoniden bestellt, nicht die Hure – so hübsch sie auch sein mochte. Und das Strahlengewehr des Subkontrollers ruhte an ihrem rechten Bein. Der Jäger brauchte nur den Arm auszustrecken, danach zu greifen und ...

»Wo ist eigentlich dieses elende Flattervieh abgeblieben?«, unterbrach Khatleen-Tarr seine Phantasie. »Seit unser Rebell aus dem Dunkel kam, hab ich es nicht mehr gehört.«

Der Arkonide stieß die Luft aus. »Das frage ich mich auch.

Hoffentlich hat sie dein Streifschuss nicht erwischt.« Er schüttelte den Kopf. »Ach was, vermutlich sondiert sie für uns gerade die Lage, sucht uns den schnellsten und sichersten Weg an die Oberfläche oder so. Die kommt schon wieder.«

Flattervieh? Gihl-Khuan stutzte. »Moment, bitte. Heißt das, Sie sind zu dritt unterwegs?« Eine dritte Person hatte er nie gesehen – weder in den Netzbildern noch hier in den Kanälen.

»Nicht, wenn's nach mir ginge«, murmelte Khatleen-Tarr abfällig.

Als hätte sie auf ihr Stichwort gewartet, schoss im selben Moment eine kleine Flugechse aus der Finsternis. Sie war etwa unterarmlang, von smaragdgrüner Farbe und landete mit schon fast aristokratisch zu nennender Selbstverständlichkeit auf der Schulter des Arkoniden.

»Wie bestellt«, murmelte dieser grinsend und strich ihr mit dem Finger sanft über das Köpfchen. »Na, Kikerren? Weit und breit keine Schlüpflinge zu sehen?« Dann schaute er zu Gihl-Khuan, und seine Augen wurden groß. »Äh, Entschuldigung, aber ... geht es Ihnen gut? Sie sehen plötzlich aus, als hätten Sie einen Geist gesehen.«

Gihl-Khuan öffnete den Mund, fand vor lauter Überraschung aber die Sprache nicht mehr.

Kikerren schien tatsächlich eine sichere Route durch die Kanalisation gefunden zu haben. Jedenfalls begegneten sie bislang keiner weiteren Gefahr, und das war gut für Manolis Nerven. Selbst Khatleen-Tarr, fand er, hatte sich merklich entspannt – dass das auf den Einsatz des kleinen »Maskottchens« zurückging, würde sie aber fraglos nie zugeben.

»Und dann sind wir geflohen«, beendete Manoli seinen Bericht und sah den neben ihm gehenden Gihl-Khuan an. »Von einem Moment auf den anderen. Im *Purpurnen Gelege* herrschte das absolute Chaos, und wir suchten das Weite. Zum Glück entkamen wir halbwegs unbeschadet.«

Der Topsider in der schmutzbedeckten Dreimondkleidung nickte nach vorn, wo Kikerren ihnen vorausflog. Auch er sprach betont leise; Vorsicht war und blieb wohl selbst auf fremden Welten wie dieser die Mutter der Porzellankiste. »Und Sie folgen seitdem diesem Tier? Wie nannten Sie es: Kikirrn?«

»Kikerren«, verbesserte Manoli. »Ob Sie's glauben oder nicht, Bismall-Kehn persönlich gab sie uns mit. Als Führer.« *Und ob sie wirklich »nur« ein Tier ist?*

Gihl-Khuan setzte gerade zu einer Erwiderung an, da zischte die Flugechse auch schon herbei. Einmal mehr schien sie ihren Namen gehört und die Chance für einen ganz speziellen Auftritt gewittert zu haben. Sie drehte einige Kreise um den Kopf des Topsiders, baute sogar einen kleinen Looping ein und genoss es sichtlich, die staunenden Blicke des Mannes auf sich zu wissen.

Cleveres kleines Ding, dachte Manoli amüsiert und fragte sich erneut, welche Bewandtnis es mit dieser eigentümlichen Flugechse haben mochte.

Dann spürte er Khatleen-Tarrs Hand auf seiner Schulter und drehte sich um. Die junge Frau bildete das Schlusslicht ihrer eigenartigen Prozession durch Kerh-Onfs Unterwelt, und ihrer Miene nach zu urteilen, die Manoli dank Gihl-Khuans Lampenlicht einigermaßen sehen konnte, war sie alles andere als glücklich. Eher zornig.

»Was glaubst du eigentlich, was du da machst?«, zischte sie, ohne Gihl-Khuan aus den Augen zu lassen. Der Topsider war zu sehr von Kikerren eingenommen, als dass er sie gehört hätte, und Khatleen-Tarr wollte merklich sichergehen, dass das auch so blieb. »Es fehlt nicht mehr viel, und dieser Kerl kennt unseren kompletten Fluchtplan. Weil du ihn ihm unbekümmert offenlegst. Erikk, wir kennen Gihl-Khuan nicht! Mag ja sein, dass er ist, was er zu sein vorgibt, aber bist du wirklich bereit, das Risiko einzugehen und ihm zu vertrauen, nur weil er das sagt?« Sie schnaubte leise. »Genauso gut könntest du ihm den Armeestrahler zurückgeben und dich dann vor ihn stellen, damit er dich auch ja nicht verfehlt, wenn er abdrückt.«

Manoli warf einen Blick über die Schulter. Der Topsider war ihnen inzwischen einige Meter voraus und noch immer eigenartig fasziniert von der Flugechse. »Du hältst mich für total bescheuert, oder?«, fragte Manoli flüsternd. »Glaubst du wirklich, ich wäre so töricht?« Er schmunzelte.

Khatleen-Tarr sah ihn verwirrt an. Manoli wollte sich gerade erklären, da erklang Gihl-Khuans Stimme in seinem Rücken.

»Wo bleiben Sie beide denn? Sind wir Ihnen zu schnell?«

Manoli musste kein Topsider sein, um den warnenden Blick einer Frau als solchen zu erkennen. Er hauchte ihr ein »Lass mich mal machen« zu – was sie vermutlich nicht verstand, da sein Mund, von dem sie es hätte ablesen sollen, ja englische Worte formte – und drehte sich zu Gihl-Khuan um. »Ein wenig, ja. Ich fürchte, ich bin doch noch etwas wacklig auf den Beinen.«

Kaum hatten sie zu ihm aufgeschlossen, redete Manoli weiter auf ihn ein. »Na, jedenfalls steckten wir mitten in Khir-Teyal. Kennen Sie das Viertel?«

Gihl-Khuan grunzte, was wohl ein »Geht so« sein sollte.

»Und um uns herum spielte die Stadt Bürgerkrieg. Ich meine, gewaltige Explosionen ließen den Boden erbeben, schwarze Rauchwolken stiegen in der Ferne zwischen den Häusern auf. Mehr als einmal wünschte ich mir, ich könnte uns einfach mittels Gedankenkraft in die Groogwain-Ebene versetzen, raus aus der Stadt und ihrer Enge. Ich hab's nicht so mit Personenaufläufen, wissen Sie?«

Der Topsider nickte, als könne er das nachvollziehen.

Dachte ich's mir doch ... Manoli beschloss, in der Richtung weiterzubohren. »Zu Hause, auf ... auf Arkon, lebe ich außerhalb, auf dem Land. Ich mag es einfach, Dinge mit den eigenen Händen herzustellen. Auf die altmodische, bodenständige Art.«

Abermals ein Nicken. Gihl-Khuans Blick ging ins Leere. In Erics Heimat sagte man »Einen Penny für deine Gedanken«, und jetzt wünschte er sich, er hätte einen dabei.

Zeit verstrich. Erics innere Uhr hatte längst den Dienst quittiert, von daher vermochte er nicht zu beurteilen, wie lange sie bereits durch das Dunkel marschierten. Doch sie gingen nach wie vor unbehelligt von etwaigen Schlüpflingen, und nur darauf kam es an.

An der Aussicht änderte sich wenig. Manche Gänge waren breiter, manche wieder so schmal wie der, in dem sie auf Gihl-Khuan gestoßen waren. Mal führte der Weg steinerne, glitschige Stufen hinab, mal mussten die drei Zweckgefährten über niedrige Eisenzäune oder schlecht verputzte Mauern klettern, auf denen schon das Moos wucherte. Und wo sie auch hinkamen, stank es erbärmlich, war die Luft schwanger mit dem Odem von Fäkalien und Chemie. Das Rauschen des Abwasserbaches wurde zum stetigen Begleiter.

Insgesamt, fand Eric, wirkte Kerh-Onfs Kanalisation kaum anders, als er sich die einer irdischen Metropole vorstellte. Angesichts einer Bevölkerung von vierzig und fünfzig Millionen war sie, wenngleich labyrinthartig, seiner Ansicht nach sogar recht platzsparend konzipiert worden.

Khatleen-Tarr schwieg die meiste Zeit, was ihm gar nicht unrecht war. Es vereinfachte seinen Plan. Manoli war nie ein großer Freund von Small Talk gewesen, nun aber plauderte er, als hinge sein Leben davon ab. Er erzählte Gihl-Khuan von der Scheune und dem Fell im Container, von Ragh-Tukurr und seinen betrunkenen Spießgesellen, und mit jedem Detail, das er ansprach, wurde der Topsider zugänglicher.

Gihl-Khuan redete nicht viel, gab kaum mal etwas von sich preis, aber er reagierte. Mal mit Gesten, mal mit seiner Mimik, mal mit einem Grunzen oder Schnauben. Je länger Manoli ihn zutextete, desto vollständiger wurde das Profil, das er sich im Geiste von Gihl-Khuan erstellte. Genau darum ging es ihm. Manchmal – und dies war *definitiv* ein »Manchmal« – sagten Leute eben mehr, wenn sie nichts sagten.

Manoli atmete tief durch. Hatten die vielen Wochen in Bismall-Kehns Freudenhaus also doch einen Nutzen gehabt: Er hatte topsidische .... Moment mal, konnte man es noch immer Menschenkenntnis nennen, wenn es sich bei den Personen gar nicht um Menschen handelte?

Na, jedenfalls habe ich das gelernt. Wie immer es heißt. Er sah zu Gihl-Khuan. *Und deshalb glaube ich zu wissen, dass du uns hier einen vorlügst.*

Dennoch gab der Topsider ihm weiterhin Rätsel auf. Insbesondere, was seine offenkundige Faszination für Kikerren anging. Immer wieder wanderte der Blick des Echsenmannes zu Bismall-Kehns exzentrischem Schoßtier.

Sie kamen an einen Verteilerpunkt im unterirdischen Kanalsystem, einen quadratischen und dennoch höhlenartigen Raum von schätzungsweise acht Metern Höhe. Mehrere mannsdicke Rohre liefen an den Wänden hinab; da sie an manchen Stellen undicht waren, stieg hin und wieder heißer Dampf aus ihnen aus. Dann zischte es immer, und dieses Zischen hallte gespenstisch im Raum wider. Manoli fühlte sich wie ein mittelalterlicher Ritter, der in die Höhle des Drachen vorgestoßen war. Doch er sah weit und breit weder eine Jungfrau in Not noch einen Schatz.

Der Kanal, der sie hergeführt hatte, endete an dieser Stelle. Um weiterzugehen, mussten sie gewissermaßen das Stockwerk wechseln. Vorsichtig stiegen sie einer nach dem anderen die grünspanverseuchte Trittleiter hinab auf die untere Ebene. Ratlos sahen sie sich dort um.

»Rechts oder links?«, fragte Khatleen-Tarr leise.

Wie das Licht ihrer kleinen Lampe verriet, gabelte sich der Weg in der hinteren Wand. Zwei neue Röhren entstanden gewissermaßen aus der, die sie hergeführt hatte, und führten im Winkel von vielleicht fünfzig Grad zueinander aus dem großen Raum. Zu Erics Leidwesen hing am Anfang jeder von ihnen ein gangbreites eisernes Gitter von der Decke herab. Es reichte bis kurz über die Wasseroberfläche. Welchen Weg sie auch von hier an wählten: Um ihn zu begehen, würden sie erst einmal den halbwegs trockenen Steg verlassen und wieder in das eiskalte, stinkende Abwasser tauchen müssen.

Die Flugechse kreiste in der Luft, als sei selbst sie sich unsicher, wo es weiterging.

»Sie gefällt Ihnen, nicht wahr?«, fragte Eric.

Gihl-Khuan züngelte echsenhaft, war für einen Moment merklich perplex. Dann zuckten seine Mundwinkel. »Diese Kreatur ... Kikerren ... sie ist beeindruckend. Eine Flugechse als Führer ...« Es klang bewundernd und amüsiert zugleich.

»Ich vermute, Sie kennen die Spezies gut?«, hakte Manoli sofort nach. *Und verraten mir auch vorschnell, woher?*

»Oh ja«, antwortete der angebliche Rebell. Es klang sehnsuchtsvoll, als denke er an einen alten Freund. Dann blinzelte er erneut, und Manoli konnte sehen, wie Gihl-Khuan wieder in die Rolle zurückglitt, die er ihnen vorspielte.

»Das heißt einigermaßen«, fuhr der Topsider deutlich nüchterner fort. »Es gibt ja so viele Tierarten ...«

Manoli witterte seine Chance. »Und wenn Kikerren gar keines ist? Kein Tier im herkömmlichen Sinne? Nicht so handelt und denkt, wie wir es von Wesen erwarten, die wir mit diesem Begriff und seinen Konnotationen verbinden?«

Aus dem Augenwinkel sah er Khatleen-Tarrs »Spinnst du jetzt völlig?«-Blick auf sich ruhen. Aber er glaubte zu wissen, was er tat. Das Ziel schien näher als je zuvor.

»Kein Tier?« Gihl-Khuan brach ab, stutzte. Die Rolle verschwand, und der echte Mann kehrte zurück – wenigstens für einen Moment. »Wie meinen Sie das?«

Das ist kein Small Talk mehr, fühlte Manoli sich in seinen Bemühungen bestätigt. *Für dich ist es* ... Etwas Persönliches? Deutete er Gihl-Khuans Miene wirklich richtig? Kikerren amüsierte und faszinierte ihn nicht nur, sie *rührte* ihn?

»Ob Sie's glauben oder nicht«, setzte Manoli nach und ahnte Khatleen-Tarrs entsetzten Blick im Nacken, »Kikerren führt uns nicht nur sicher durch die Kanäle, sie kennt auch den Weg zu Scharfauge, dem eigentlichen Ziel unserer Flucht.«

Gihl-Khuan blieb stehen und starrte ihn sichtlich fassungslos an.

Das war es. Der entscheidende Moment war gekommen. Manoli hielt den Atem an und sah, wie Khatleen-Tarrs Augen größer wurden als je zuvor. Sie hatte bestimmt nicht übel Lust, ihn auf der Stelle zu Klump zu schlagen, und das konnte er ihr nicht verdenken. *Warte!*, dachte er. *Vertrau mir! Vertrau Kikerren.*

Gihl-Khuan atmete tief aus. Dann schüttelte er den schuppigen Kopf und streckte die Hand aus. Manoli ergriff sie. »Ich glaube es«, raunte der Topsider, und es war kein Hauch von Schauspielerei mehr in seinem Gebaren. »Bei den Monden, ich glaube es. Und ich glaube, dass uns das Schicksal zusammengeführt hat, Erikk-Mahnoli und Khatleen-Tarr.«

Manoli staunte. Nie zuvor hatte er sie mit Namen angesprochen. Auch der jungen Echsenfrau schien dies nicht zu entgehen.

Plötzlich zischte Kikerren leise. Als sie sich der Aufmerksamkeit ihrer drei Begleiter sicher war, schwenkte sie in die linke Kanalöffnung ein – so zielsicher, als wäre ihre Unentschlossenheit nur Show gewesen. Als hätte sie Gihl-Khuan verstanden.

»Ihr nach!«, sagte der Topsider überzeugt und sprang beherzt in den Kanal.

Kapitel 11

Albtraumbilder

Kikerren …

Gihl-Khuan konnte den Blick kaum von dem kleinen Wesen abwenden. Trotz der Kälte in den engen Kanalröhren war ihm plötzlich heiß. Hinter seiner Stirn – dort, wo doch sonst immer alles klar, immer alles eindeutig war – herrschte ein heilloses Durcheinander, und die Schuld daran trugen eine unerklärlich faszinierende Hure und ein flügelbewehrtes Tier. Unfassbar.

Du irrst dich, erklang die Stimme der Positronik in seinem Kopf, ruhig und fest. Sie war immer schon seine Erdung gewesen, sein Fels in der Brandung. *Du musst dich irren. Sei vernünftig. Sei der Jäger. Konzentriere dich auf deinen Auftrag, nicht auf diese Hirngespinste.*

Logisch betrachtet konnte er ihr nur zustimmen. Doch obwohl er das wusste, es einsah, gelang es ihm nicht, Kikerren zu ignorieren. Besser gesagt das, wofür sie stand.

Du gefährdest deine Mission, sagte das Armband. Der Tadel in der Aussage war unverkennbar, aber der Tonfall blieb nüchtern. Gihl-Khuan hatte die inzwischen defekte Positronik nie anders als sachlich erlebt. Es war einer ihrer vielen Vorzüge gewesen. *Die Beute ist direkt vor dir. Du brauchst sie dir nur zu nehmen. Mit jedem Augenblick, in dem du nicht handelst, setzt du Megh-Takarrs Preis aufs Spiel. Willst du das?*

Selbstverständlich nicht. Allein der Gedanke daran schmerzte. Megh-Takarr war stets gut zu seinem treuen Jäger gewesen. Gihl-Khuan verdankte dem Despoten sein Leben, hatte ihn nie enttäuscht, und er würde ihn nie enttäuschen. Lieber starb er.

Und trotzdem stapfst du hier durch Schlüpflingsgebiet, argumentierte die defekte Positronik, *und träumst von Buntayn. Warum? Aus einem plötzlichen Anfall von Nostalgie heraus?*

Nein. Wegen ihr.

Einer Flugechse? Junge, du argumentierst im Kreis. Dieses Tier ist nicht, wofür du es hältst. Weil es das gar nicht sein kann.

Gihl-Khuan nickte. Buntayn existierte nicht mehr. Niemand hatte den Tag überlebt, an dem die Flotte der Arkoniden die Welt, *seine* wahre Welt, vernichtete. Niemand außer ihm selbst.

Und Kikerren glitt durch die stickige Kanalluft wie ein fleischgewordenes *Aber.*

Gihl-Khuan schluckte. Er dachte an Megh-Takarr, und vor seinem geistigen Auge wurde die Vergangenheit lebendig.

Die Zentrale des Raumschiffes ist größer als der wandernde Wald und heller als die Sonnen. Zumindest wirkt sie so, als sich die Tür des Lifts öffnet und Gihl-Khuan sie zum ersten Mal sieht. Er spürt die Hand des Offiziers in seinem Rücken; sie schubst ihn, sanft und doch bestimmt. Gihl-Khuan wagt den Schritt.

Erst als er in der Mitte des Kontrollzentrums steht, sieht er nach oben – und statt dem vertrauten Blau des Himmels blickt er auf silbriges Metall und blinkende Lichter.

»Ruhig, ruhig«, sagt der Mann, als Gihl-Khuan in Panik losrennen will, zurück ins Freie, und hält ihn fest. Doch Gihl-Khuan darf nicht stehen bleiben! Das hier, das alles ... Es ist falsch! Es ist eng! Es ...

»Ich weiß«, sagt der Mann, als lese er in Gihl-Khuans Gedanken. Seine Stimme ist voller Wärme. Anders als die der Positronik. »Ich verstehe es. Aber Sie haben nichts zu befürchten, glauben Sie. Und Sie können nicht zurück. Niemand kann das.«

Bei den letzten Worten ist sein Tonfall tiefer geworden, und Gihl-Khuan begreift, dass es so klingt, wenn jemand etwas Trauriges sagt. Dann erst begreift er den Inhalt dieser Sätze. Er starrt den Offizier an und merkt kaum, wie seine Knie nachgeben. Wären da nicht die stützenden Hände des Mannes, Gihl-Khuan fiele zu Boden.

Niemand kann das.

Drei Worte nur, und doch verändern sie alles.

Abermals wallt Panik in Ghil-Khuan auf, und abermals ist der Mann da, sie abzufedern. »Es tut mir leid«, sagt er, und Ghil-Khuan glaubt es ihm. »Uns allen tut es sehr, sehr leid.«

Er setzt wieder zu der Erklärung an. Der Geschichte mit der ar-

konidischen Flotte und dem Zufallsglück, das ihn zum einzigen Überlebenden der GRAAN TOHL geführt habe. Gihl-Khuan hat sie schon oft gehört, seitdem er erwacht ist, und kann sie immer noch kaum glauben. Das Letzte, an das er sich erinnert, ist, bei der Suche nach Insekten vom Fels des Fischbachs gefallen zu sein. Dann wurde alles schwarz, und als er wieder zu sich kam, war er nicht mehr auf seiner Welt.

Gihl-Khuan sieht den Mann, der ihn vor den Arkoniden rettet, an und schüttelt den Kopf. »Ich verstehe«, sagt er leise. Er sieht im Blick des Mannes, dass die Resignation, die in diesen zwei Worten mitschwang, noch größer wirken muss als der wandernde Wald und die Brücke.

»Möchten Sie sie noch einmal sehen?«, fragt der Mann.

Gihl-Khuan zögert. Wieder hinunter? Aber er hat doch gesagt, sie könnten nicht wieder zurück. Weil eine arkonidische Flotte im Anflug sei und alles zerstören wolle.

»Im Holo«, erklärt der Mann geduldig. »Ich kann Ihnen ganz Buntayn als dreidimensionale Aufnahme zeigen, den Blick aus dem All auf Ihre Welt. Wollen Sie das?«

Gihl-Khuan nickt stumm. Abschied, denkt er und entsinnt sich der Lektionen, die ihm die Positronik seines Datenarmbands zu diesem Thema beigebracht hat.

Dann ist Buntayn da, eine atemberaubend schöne Kugel aus Blau, Grün und Weiß. Sie schwebt mitten im Raum, gut und gern so breit wie ein Flussfels am Fischbach hinter der Höhle. Gihl-Khuan weiß zwar, was eine Holografie ist, kann aber nicht anders: Er streckt die Hand aus, berührt die Welt – und die Hand gleitet hindurch.

Vergängliches kann man nicht halten, erinnert er sich an einen Satz der Positronik.

Wieder spürt er die Hand des Mannes. Sie berührt ihn an der Schulter. Die Berührung gibt Kraft.

»Wir müssen aufbrechen«, raunt der Mann in seinem Rücken, sanft und mit Bedauern in der Stimme.

Gihl-Khuan sieht auf seine Welt. Hier ist hier. Jetzt ist jetzt, so heißt es in den elf Sätzen der Sozialen Weisung. Sie sind die Grundlage der topsidischen Kultur, hat die Positronik gesagt. Gihl-Khuan weiß: Wenn er ein echter Topsider sein will, muss er sich an die elf Sätze halten. Auch wenn es wehtut. Also nickt er.

»Triebwerke starten!«, befiehlt der Mann, und sofort beginnt der

Boden unter Gihl-Khuans Füßen zu vibrieren. »Kurs auf Topsid. Wir fliegen nach Hause.«

Die Bordpositronik bestätigt die Anweisung. Das Holo verschwindet. Und zum ersten Mal seit mehr Jahren, als er zählen kann, fühlt sich Ghil-Khuan wirklich allein.

Der Kadaver des Schlüpflings lag mitten auf dem Steg. Der schuppige Brustkorb war offen, das albinoweiße Fleisch schon halb verwest. Ganze Heerscharen an Nagern schienen sich daran gütlich zu tun, wann immer sie diese Stelle des Kanals passierten. Gihl-Khuan sah kaum hin und überquerte den Toten mit einem großen Schritt.

»Das sind also Schlüpflinge«, murmelte der Arkonide an seiner Seite leise. Er war noch blasser geworden. Der Anblick des toten Wesens schien ihm einigen Wind aus den Segeln zu nehmen.

»Das *waren* welche«, sagte Khatleen-Tarr. Sie bildete die Spitze ihrer Gruppe, sah man einmal von der Flugechse ab, und deutete mit dem Lichtkegel der Lampe vor sich, wo der Gang abermals in einen großen Raum mündete. Der Boden dieses Verteilerpunktes war übersät mit Schlüpflingsleichen. Die schmalen, aber muskulösen Leiber waren blasser als die ausgewachsener Arkoniden. Ghil-Khuan wusste von der Stärke dieser Wesen, wusste, wie wenig sie noch bremsen konnte, wenn sie einmal in Rage gerieten. Nicht umsonst rekrutierte Megh-Takarr insgeheim einen Großteil seiner Leibwache aus ihren Rängen – einer der Gründe, weshalb Sendschai-Karth die Aufzuchtflüchtlinge überhaupt hier unten duldete.

Eric Manoli umfasste den Lauf des Strahlengewehres, das er trug, fester und trat zu Khatleen-Tarr. Gemeinsam starrten sie auf das Leichenfeld. Einen Moment lang sagte niemand ein Wort, selbst Kikerren verharrte im Flug.

»Wie auf einem Elefantenfriedhof«, flüsterte der Arkonide schließlich. »Und da müssen wir wirklich durch?«

Kikerren zischte. Das bedeutete offenbar ja.

Der Raum, auf dessen glitschiger Schwelle sie standen, durchmaß vielleicht zehn Meter und war deutlich industrieller gehalten als die vorherigen. In gemauerten Einfassungen, die die Ecken rechts und links von den Gefährten dominierten, summten und surrten große Generatoren, und durch das engmaschige Eisengitter, das knapp ein Drittel des Bodens ausmachte, konnte Ghil-Khuan gleich drei zischende und dampfende Servopumpen arbeiten sehen, stoisch und gleichmäßig. Heißer Dampf stieg durch das Gitter nach oben, bahnte sich seinen Weg zwischen den Leichen hindurch und verteilte sich im Raum wie der berühmte topsidische Dauernebel. Die Luft roch nach Öl, Fäkalien und Salz. Letzteres, so ahnte er, lag an dem vertrocknenden Blut der Schlüpflinge, das an den Wänden klebte.

»Das muss einer ihrer Kampfplätze sein«, raunte die Deserteurin. Etwas – war es Schmerz? Gihl-Khuan glaubte, den Ausdruck zu kennen – lag in ihrem Blick. Auch sie schien sich mehr zu fürchten, als ihre Miene verriet. »Siehst du die Wunden, Erikk? Ich hatte dir ja gesagt, wie gewalttätig diese Biester werden können ...«

Nicht nur sie, dachte Gihl-Khuan. Wieder spürte er eine Erinnerung nahen. Was war nur los mit ihm? So nostalgisch kannte er sich gar nicht.

Du stehst neben einem Arkoniden und denkst an Gewalt, wusste die defekte Positronik. *Kein Wunder, dass das zu Assoziationen führt. Die Frage ist eher, wie du gedenkst, mit ihnen umzugehen.*

Er schluckte. Normalerweise schüttelte er Erinnerungen ab wie Staub. Normalerweise stand er über dem Gestern. Normalerweise konzentrierte er sich bei allem, was er tat, auf das Ziel, nicht den bereits zurückgelegten Weg und ließ sich auch von schönen Schuppen und einen vertrauten Schmerz suggerierenden Augen nicht ablenken. Doch sosehr er sich innerlich dagegen sträubte: Normal war das hier längst nicht mehr.

In der hinteren Wand des Verteilerzimmers prangte eine pechschwarze Öffnung, der Durchgang in den nächsten Kanal. Khatleen-Tarr nickte in ihre Richtung. »Lasst uns weitergehen«, flüsterte sie. »Und kein Wort mehr, verstanden? Was immer hier auch geschehen ist, es ist noch nicht lange her. Sollte jemand dieses Gemetzel überlebt haben, treibt er sich vielleicht noch in der Nähe herum.«

Kikerren, die auf ihrer Schulter gelandet war, zischte kurz und flatterte wieder los. Eric Manoli atmete tief durch. Und Gihl-Khuan setzte sich in Bewegung.

»Warum?«, fragt Gihl-Khuan und sieht den Mann an. Sie stehen in einem luxuriösen Raum. Die erdfarbenen Wände und das edle Mobiliar zeugen von Reichtum, die Wachen draußen im Gang von Macht. Vor den Fenstern neigt sich der Tag dem Ende zu und taucht den Himmel über Kerh-Onf in gelbrotes Licht.

Der Mann – Megh-Takarr; er muss sich angewöhnen, ihn beim Namen zu nennen, wenn er für ihn arbeiten soll – steht von seinem steinernen Hocker auf, streicht seine kostbare Robe glatt und tritt zu Gihl-Khuan.

»Warum?«, wiederholt Megh-Takarr leise, abfällig. »Es waren Arkoniden, was gibt es da sonst zu erklären? Rufen Sie die Dateien auf, lernen Sie mehr über dieses Volk. Dann werden Sie verstehen, dass es Wesen im All gibt, deren Machtgier und Arroganz die einzigen Motive sind, die sie brauchen.«

Aber eine ganze Welt? *Ghil-Khuan schüttelt den Kopf. Wie er es auch dreht und wendet, er kann es schlicht nicht nachvollziehen.*

»Sie fühlen sich fremd hier, mein Freund«, sagt Megh-Takarr und sieht ihn halb freundlich, halb mitleidig an. »Sechs Monate sind längst nicht genug, um sich an ein komplett neues Leben zu gewöhnen. Das ist nur verständlich. Unterbewusst verweigern Sie sich noch der Veränderung, die Ihnen widerfahren ist, und deswegen sucht Ihr Unterbewusstsein nach Wegen, sie rückgängig zu machen. Weil ihm – und somit auch Ihnen, ganz tief drin – das leichter erscheint als die Alternative, die Akzeptanz des Unveränderlichen. Aber es ist *unveränderlich, Gihl-Khuan, sosehr es mich für Sie schmerzt. Buntayn, die Welt, nach der Sie sich sehnen, existiert nicht mehr. Ich habe Sie buchstäblich in letzter Sekunde dort gefunden und gerettet. Es gibt kein Zurück.«*

Gihl-Khuan sieht nach draußen. Letzte Sonnenstrahlen fallen auf die Dächer der alten Gebäude und die riesigen Türme. Von hier oben glaubt er sogar die Ebene jenseits der Stadtgrenze sehen zu können, aber vielleicht irrt er sich da auch, denn die Stadt, so scheint es ihm, wann immer er durch ihre Straßen streift, nimmt kein Ende. Er denkt an Buntayn, wie so oft. An den Tag, als Megh-Takarr in sein Leben trat.

Manchmal – spätnachts, wenn die Sehnsucht wieder größer ist als die Vernunft und er sie mit billigem Fusel in billigen Schenkhöhlen zu betäuben versucht, obwohl er genau weiß, dass das nie gelingt – ist ihm, als sei seine Erinnerung an diesen Tag auch nicht mehr als eine Phantasie, ein weiterer wirrer Alkoholtrip. Die Zen-

trale mit ihren gleißenden Lichtern, die dreidimensionale Darstellung des Planeten ... In den schlimmsten Nächten kommen sie ihm fast wie Traumbilder vor, nicht wie Erinnerungen an reales Geschehen. Ist das alles wirklich passiert, oder ...?

Er schüttelt den Kopf. Es wird Zeit, die schlimmen Nächte hinter sich zu lassen, und das weiß er. Zeit für einen Neuanfang, einen klaren Schnitt. Wem nützen unerfüllbare Sehnsüchte? Die Lüge schmeichelt. Die Wahrheit schmerzt. *So hat es ihm die Positronik beigebracht.* Suche den Schmerz und gewinne die süße Frucht der Erkenntnis!

Ich habe dir lange genug Schande bereitet, alter Freund, *denkt er und sieht zu dem Armband an seinem Handgelenk. Die Positronik funktioniert schon längst nicht mehr, aber genauso wie er nicht von Buntayn lassen will, hält er auch an dem Armband fest. Bis jetzt.*

Suche den Schmerz.

Gihl-Khuan löst sich von dem Panorama vor Sendschai-Karth und sieht zu seinem Gastgeber. »Dieser Auftrag, von dem Sie sprachen«, beginnt er. »Wie sähe der aus?«

Megh-Takarrs Lächeln ist voller Güte.

Nichts und niemand hatte Buntayns Zerstörung überdauert. Nur er, der Mann aus dem Wrack der GRAAN-TOHL. So war es geschehen, so hatte Megh-Takarr es ihm berichtet, so stand es in den Datenbanken, so lauteten die Fakten. Ein topsidisches Schiff stürzte auf eine unbewohnte Welt, ein einzelner Überlebender, kaum dem Schlüpflingsalter entwachsen, schlug sich daraufhin allein in der Wildnis durch, und ein Offizier der Flotte der fernen Heimat fand und rettete ihn Jahre später – kurz bevor die Arkoniden kamen.

Es war die Geschichte seines Lebens, und Gihl-Khuan kannte sie gut. Er kannte sie aus seinen Erinnerungen, aus den langen Gesprächen mit Megh-Takarr und aus seinem Studium der Flugpläne und historischen Unterlagen Topsids.

Warum also zweifelte er plötzlich an ihr?

Und warum zog es seine Blicke immer wieder zu Megh-Takarrs schöner Deserteurin?

Du hast es doch selbst gesagt, erinnerte ihn die Stimme der defekten Positronik geduldig. *Es gibt Unmengen von Tierarten. Kikerrens Art mag mit Buntayns Flugechsentypus verwandt sein, weiter nichts.*

Er nickte. Das war durchaus plausibel, und er wusste es. Dennoch fiel es ihm schwer, die Worte zu glauben, denn die Ähnlichkeit war riesig. Ghil-Khuan schritt schweigend neben dem Arkoniden und hinter Khatleen-Tarr durch die stickige Kanalisation, in Gedanken saß er jedoch wieder auf den Felsen am Fischbach, angelte im Schein von Buntayns Sonne und lachte über das neckische Spiel der Flugechsen über dem Wasser. Das Gebiet am Fluss war jeden Tag voll von ihnen gewesen. Er würde sie nie vergessen – und überall wiedererkennen.

Es kann nur eine Erklärung geben, dachte er. *Auch ein paar Gennsflesch-Echsen überdauerten Buntayns Untergang. Genau wie ich kamen sie nach Kerh-Onf. Und hier pflanzten sie sich fort.*

Sein Blick glitt über Kikerrens schuppige Haut, ihre ledrigen Flügel ... Eindeutig. Das *war* dieselbe Spezies. Eine, die es seines Wissens nur auf der Welt des wandernden Waldes gegeben hatte. Eine, die mit ihr gestorben sein sollte. Angeblich.

Eine Gennsflesch-Echse. Er schluckte. Seit Jahren hatte er keine mehr gesehen. Auf Buntayn waren diese Wesen fast so etwas wie seine Freunde gewesen, doch sie waren mit Buntayn gestorben. Sagte der Despot.

Und wennschon, wandte die defekte Positronik ein. *Dann ist hier eben noch ein Exemplar. Welchen Unterschied macht es?*

Einen, vielleicht einen riesigen, erwiderte er in Gedanken und ballte die Hände. *Vielleicht sogar einen entscheidenden. Den zwischen Lüge und Wahrheit.*

Wie lange war es her, dass er Megh-Takarrs Geschichte von Buntayns Ende zuletzt angezweifelt hatte? Wie viel Zeit war vergangen, seit er seine eigenen Erinnerungen infrage gestellt hatte? War der klare Schnitt, den er damals in Sendschai-Karth gemacht hatte, vielleicht doch der falsche gewesen? Ein Teil von ihm hatte sich das stets gefragt, doch er hatte gelernt, diesen Teil zu ignorieren. Er hatte es *müssen,* denn ein Jäger durfte nicht im Gestern verweilen. Auf der Jagd gab es immer nur das Jetzt.

Du steigerst dich in eine Phantasie hinein, kommentierte die imaginäre Stimme seines Armbands. *Kann es sein, dass du nach Gründen suchst, an Megh-Takarrs Aufrichtigkeit zu zweifeln?*

Nein. Das war Unsinn. Der Despot war immer gut zu ihm gewesen und eine Flugechse doch nur eine Flugechse. Warum an Megh-Takarr zweifeln?

Die defekte Positronik ließ nicht locker. *Vielleicht auch wegen der schönen Deserteurin. Sie gefällt dir doch, gib es zu. Sie rührt etwas in dir. Und das verwirrt dich.*

Er wollte schon laut protestieren, als ihm bewusst wurde, wie eigenartig das für die anderen gewirkt hätte. Und konnte er es überhaupt? Wenn er ehrlich zu sich war, hatte die Positronik nicht unrecht. Khatleen-Tarr war schön, ja, aber ...

Aber auch verletzt, begriff er. *Heimatlos. Einsam. Beschädigt wie ich.*

Konnte der Feind eines Freundes ein Freund sein?

Erschrocken vom eigenen Gedanken, sah Gihl-Khuan schnell zur Seite und in das blasse Gesicht des Arkoniden. Eric Manoli schwieg, wie es die attraktive Frau aus Bismall-Kehns Gelege ihnen geraten hatte, doch er wirkte äußerst nervös.

Kikerren führt uns nicht nur sicher durch die Kanäle, erinnerte Gihl-Khuan sich seiner Worte, *sie kennt auch den Weg zu Scharfauge, dem eigentlichen Ziel unserer Flucht.*

Scharfauge.

Selbstverständlich kannte Gihl-Khuan den Namen. Wer sich wie er in sämtlichen Ecken und Vierteln der Metropole herumtrieb, konnte gar nicht anders, als von Scharfauge zu hören – dem ach so faszinierenden Anführer der Oppositionsbewegung. Doch Scharfauge existierte nicht. Er war ein Mythos, nicht mehr als eine Legende, von der sich die Aufständischen hinter vorgehaltener Hand erzählten, um ihrem Treiben eine Mitte, ihren Motiven einen Kern zu geben.

Andererseits: Bevor er auf die attraktive Deserteurin und ihr Gefolge getroffen war, hatte Gihl-Khuan auch geglaubt, es existierten außer ihm keine Überlebenden Buntayns.

Was, wenn diese Nachfahrin einer Gennsflesch-Echse recht hat?, fragte er und sah hilflos zur Positronik. Mit einem Mal fühlte er sich so verloren wie am Tag nach dem Schiffsabsturz. *Was, wenn es Scharfauge tatsächlich gibt und dieses Tier den Weg zu ihm kennt?*

Er hatte Eric Manoli und Khatleen-Tarr gesagt, das Schicksal habe sie zusammengeführt. Das war keine Lüge gewesen, sondern ehrliche Überzeugung. Aber mit der gleichen Überzeugung hatte er Megh-Takarr die Jagd versprochen, die Beute.

»Was soll ich tun?«, flüsterte er leise. »Hilf mir, denn ich weiß nicht mehr, wem ich glauben kann.«

Einen Moment später erwachte das winzige Display inmitten

des Armbandes, das *seit Jahren inaktive* Display, zu neuem Leben! Wellenförmige Linien erschienen auf dem quadratischen Monitorfeld, und eine blechern klingende Stimme erklang.

»Missachten Sie den Befehl nicht, Jäger!«, tadelte sie – und jegliche Nüchternheit war aus ihr gewichen. »Halten Sie Ihr Versprechen!«

Gihl-Khuan war vor lauter Überraschung stehen geblieben. Mit fassungslosem Entsetzen starrte er auf das Display.

Dann sprang ein Schatten aus dem Schwarz und griff ihn an.

Kapitel 12

Ad astra. Quasi.
Terrania, 21. Januar 2037

Der Schlüsselstick zitterte im Einklang mit der Hand, die ihn führte. Erst beim dritten Versuch traf Lhundup die passende Schnittstelle in der Konsole. Mit einem lauten Surren, einem bis ins Mark fahrenden Ruck und einem brüllenden Geräusch wie von drei Drachen gleichzeitig erwachte die Fahrstuhlkabine daraufhin zum Leben.

»Wenn Ai Guo das hört ...«, murmelte Lhundup und verzog das Gesicht. Unfassbar, dieser Lärm! Der weckte doch Tote auf, von Lebenden ganz zu schweigen. Im Geiste sah der junge Tibeter schon den seines Schlafes entrissenen Schichtmeister auf der Schwelle zum Pausen- und Fahrstuhlraum stehen, so, wie seine Phantasie ihn in den vergangenen Stunden oft gezeichnet hatte: mit erstauntem Gesicht und einem Blick, in dem grenzenlose Enttäuschung lag.

Lhundup wusste, dass er den einzigen Freund hinterging, den er hier unten hatte. Doch er konnte, schlimmer noch, er durfte nicht anders handeln. Bai Jun wollte es so. Ganz Terrania mochte davon abhängen.

»Muss es wirklich *so* geschehen?«, hörte Lhundup sich selbst in der Erinnerung fragen.

Fünf Stunden waren seit dem entscheidenden Gespräch mit Jun vergangen, und er hörte Juns Antwort noch so deutlich wie beim ersten Mal: »Deine Loyalität gehört Terrania, mein Freund. Dein Auftrag bestand nie darin, nach Steinen und Dreck zu graben, sondern nach Antworten. Also tun wir beide, was nötig ist.«

Es waren sanft ausgesprochene Worte gewesen, die da aus dem Pod drangen, und ungewohnt verständnisvolle. Bai Jun schien wieder entspannter, wieder weich zu werden, so kurz vor dem vermuteten Ziel. Dennoch fühlte sich Lhundup nun, da sein Moment des Einsatzes gekommen war und sich die enge Kabine auf den Weg nach oben machte, wie der schlimmste Verräter, den die Erde je gesehen hatte. Er hielt den Blick auf die Schwelle zum Korridor gerichtet, bis der Lift zu hoch war und nur noch Fels und Erdreich ihn umgaben. Ai Guo erschien nicht.

Er schläft, redete Lhundup sich ein. *Er hat nichts gemerkt, als du den Schlüssel gestohlen hast, und er hat auch das Anfahren des Lifts nicht bemerkt. Keiner von ihnen hat das.*

Er presste die Lippen aufeinander und hoffte, dass es so war. Ausgerechnet Ai Guo ...

Der Plan war ebenso simpel wie einschüchternd: Lhundup würde – unter dem Mantel der Nacht verborgen – zur Erdoberfläche reisen und sich mittels eines Kodes, den Jun ihm genannt hatte, Zugang zum Stardust Tower verschaffen. Im Erdgeschoss angelangt, führte ihn sein Weg dann an den verlassenen Büros vorbei bis zum Antigravschacht, hinauf in den fünfzigsten Stock und zu Homer G. Adams' Bürotür. Mittels eines zweiten Kodes, so hatte Jun versprochen, würde sich auch diese für ihn öffnen. Der Rest, die eigentliche Recherche in Adams' vor einem Zugriff von außerhalb des Büros gesicherten Computerdatenbanken, geschähe dann mittels fernmündlicher Spezialanweisung durch den Bürgermeister.

So weit die Theorie. Aber wem wollte Lhundup etwas vormachen? Die Praxis, befürchtete er, als er mit mulmigem Gefühl im Magen und laut pochendem Herzen durch den Boden unter der Gobi getragen wurde, sah bestimmt ganz anders aus. Denn in der Praxis war Bai Juns Geheimagent eben kein 007, sondern ein nur leidlich geschickter Exhirte, der nicht einmal eine elektronische Spitzhacke bedienen konnte, ohne Gefahr zu laufen, sich selbst ins Bein zu hacken.

»Warum gehst du nicht selbst, Jun?«, hatte Lhundup den exchinesischen Exgeneral nahezu angefleht. »Wenn du die Kodes doch kennst und den Plan ersonnen hast, warum setzt du ihn nicht gleich selber um?«

Und Bai Jun hatte geseufzt. »Ich bin der Bürgermeister dieser Stadt. Ihre Sicherheit ist meine Verantwortung. So leid es mir tut: Adams' eigenartiges Verhalten der jüngsten Vergangenheit weckt den ehemaligen Geheimdienstler in mir. Ich habe den Administrator mehrfach direkt wie indirekt spüren lassen, dass ich ihm misstraue. Ich habe Antworten von ihm verlangt, ohne welche zu erhalten. Doch Adams ist klug. Ich kann ihm nicht noch dichter auf die Pelle rücken, nicht persönlich, ohne mir selbst zu schaden. Adams ist kein Idiot: Wenn er Dreck am Stecken hat, wie ich vermute, behält er mich garantiert längst genau im Auge. Sollte ich unmittelbar zu Werke gehen und dabei erwischt werden, wäre ich politisch geliefert – und das darf nicht geschehen, Terranias wegen. Nicht, solange Adams' Machenschaften nicht publik sind. Und ich fürchte, nur wir beide können sie publik machen, Lhundup. Du und ich, du vor Ort und ich in den Schatten. Für Terrania.«

Für Terrania. Zwei kleine Worte, und doch waren sie Lhundup in diesen Momenten in der dunklen Kabine ein gewaltiger Trost. Tat er das Richtige? Selbstverständlich tat er das. Wenn Jun sagte, dass es zum Wohle Terranias war, wie konnte es dann falsch sein?

Plötzlich wurde es heller. Der Lift näherte sich der Erdoberfläche. Lhundup stöhnte leise, als auf einmal frische Luft in seine Nase strömte. Er hatte ganz vergessen, wie gut das roch, so herrlich klar und gesund. Welcher Teufel hatte ihn nur geritten, dieser Wohltat zu entsagen und in Ai Guos staubiger Finsternis zu leben?

Mit einem neuen Ruck, bei dem der junge Tibeter entsetzt zusammenzuckte, kam der Fahrstuhl zum Stehen. Schon als sich die Gittertür öffnete, sah Lhundup sich um. Hatte er auch tatsächlich keine unliebsamen Beobachter zu fürchten?

Zu seiner großen Erleichterung schien Jun mit seiner Einschätzung einmal mehr genau ins Schwarze getroffen zu haben. »Wir nutzen das Zeitfenster zwischen zwei und zwei Uhr fünfzehn morgens«, hatte der Bürgermeister ihm während ihres Gesprächs erklärt. »Da ist Schichtwechsel in der oberen Station. Ich habe entsprechende Informationen eingeholt, Lhundup: Die Station ist zu dieser Zeit meist menschenleer. Einen perfekteren Moment werden wir nicht finden.«

Lhundup entspannte sich ein wenig. Ai Guo, bei dem er Juns Angaben vielleicht ein wenig ungeschickt, aber doch unauffällig auf ihren Wahrheitsgehalt überprüft hatte, hatte jedes von Juns Worten bestätigt. Dennoch war Lhundup erstaunt, sich in einem verlassenen Bereich der Großbaustelle Stardust wiederzufinden. Die Liftfahrt endete in einem vielleicht dreißig Quadratmeter großen schuppenähnlichen Zweckgebäude aus Wellblech, Aluminium und dunkler Plane. Die rechte Wand des aus einem einzigen Raum bestehenden rechteckigen Kastens, sah man mal von dem winzigen Büro des Stationsaufsehers ab, wurde von einer breiten Schiebetür dominiert, durch die, war sie komplett geöffnet, Lhundups fachfremder Einschätzung nach mühelos eine ganze Pyramide aus Yaks passen würde. Die linke Wand war mit Regalen voller technischer Geräte zugestellt, von denen manche arkonidischen, andere ferronischen Ursprungs zu sein schienen. Wand Nummer drei setzte die Regale fort, ergänzt um die visuelle Ablenkung namens Büro. Wand Nummer vier ...

Lhundup stockte der Atem! Stand da nicht jemand?

Fahles Mondlicht fiel durch ein Loch in der Plane, die anstatt eines richtigen Daches über der Halle prangte, und auf eine klobige Gestalt. Eine mit Schusswaffe! Lhundup brauchte keine Sekunde, um sie zu erkennen: Rogen. Der Skandinavier trug einen schlichten Overall. Sein Gesicht lag im Schatten, einzig sein Haar strahlte nahezu im Mondschein. Er hielt eine Art Gewehr in Händen, dessen Lauf sich just in diesem Moment in Lhundups Richtung senkte!

»I... ich kann das erklären«, keuchte der junge Tibeter und hob die zitternden Hände. Seine Stimme war mit einem Mal schwächer als seine Knie. »Ehrlich, Rogen, es ist ganz anders, als es aussieht. Wenn Sie nur ...«

Der Gewehrlauf zielte nun direkt auf ihn. Rogen hob den Kopf ein wenig, seufzte laut, und ... der Lauf sank weiter, bis er mit der Spitze den Boden berührte. Erst jetzt begriff Lhundup, dass der Skandinavier *schlief.*

Unfassbar. Im Stehen?

Lhundups Herzschlag normalisierte sich nur zögerlich. Der ehemalige Hirte wusste nicht, was ihn mehr faszinierte: die Tatsache, dass er wider Erwarten noch lebte oder dass dieser Koloss von einem Ingenieur dort vorn im Stehen schlafen konnte – vor allem bei dem Lärm, den der Lift gemacht hatte. Rogen, das sah er nun genau, lehnte rücklings an der vierten Schuppenwand, den Kopf in Lhundups Richtung gedreht. Die Waffe wies ihn wohl als Nachtwächter aus. Das erklärte einiges, fand Lhundup – allerdings zudem, warum dieser Nachtwächter bei der Arbeit schlief.

Würde ich ja auch liebend gern, wenn ich dürfte. Nur mit Mühe konnte er die Augen noch offen halten. Die Schufterei unter Tage forderte ihren Tribut, und wer kein Doppelleben als Geheimagent führte, erholte sich bestimmt gern von den elenden Strapazen. Labache, Coletti, selbst Zhuo Hui – sie alle lagen zweifellos längst im Bett. Nur James Bond fehlte dazu die Erlaubnis.

Lhundup fühlte sich mieser denn je zuvor. Warum hatte er diesem Wahnsinn noch einmal zugestimmt?

Andererseits: Hätte er wirklich schlafen können? *Ein schlechtes Gewissen ist kein gutes Ruhekissen, hat Onkel Dalaimoc immer gesagt. Wie wahr, wie wahr.*

Leise und vorsichtig trat er aus der Kabine des Liftes. Kaum hatte er sie verlassen, schloss sich die Gittertür wieder – laut und rumpelnd. Lhundup wäre fast gestorben. Verzweifelt blickte er zwischen dem Fahrstuhl und Rogen hin und her, suchte nach einem Versteck. Doch seine Sorgen waren unnötig. Der Lärm verklang, ohne dass der Ingenieur auch nur mit dem Kopf gezuckt hätte. Seine Brust hob und senkte sich im Rhythmus seiner flachen, gleichmäßigen Atemzüge. Er schnarchte leise und zufrieden.

Juns Plan bestand darin, die Kabine gleich wieder zurück nach unten zu schicken – »Je weniger wir von der Normalität abweichen, desto geringer ist das Risiko einer Entdeckung.« –, doch Lhundup wollte sein Glück mit Rogen nicht überreizen und entschied sich spontan dagegen. »Ich war einfach nie hier, okay?«, hauchte er in Richtung des schnarchenden Mannes, als er die Schiebetür erreicht hatte. Dann öffnete er sie einen Spalt weit, zwängte sich hindurch und stand endlich im Freien, zum ersten Mal seit Tagen.

Es war totenstill im Zentrum Terranias. Einzig der Wind, der mit sanfter Stärke um die Giebel, Türme und Ecken pfiff und dabei ein Lied über Freiheit und Weite sang, drang an Lhundups Ohren.

Der Sternenhimmel über der Gobi wirkte so unverändert, als habe er auf Lhundup gewartet. Der Tibeter sah die vertrauten Gestirnsformationen, die käsige Scheibe des Mondes und die Fassaden der Häuser rings um den Stardust Tower. Bei dem Anblick empfand er so etwas wie Heimweh, aber er durfte ihn nicht genießen. Es mochte tiefste Nacht sein und die Bevölkerung der Hauptstadt der Terranischen Union zum Großteil in den Betten liegen, dennoch durfte er kein unnötiges Risiko eingehen. Schnell huschte er aus den Schatten des Fahrstuhlschuppens und zum Turm selbst. Dort, in einer für Zulieferer gedachten Ladeschneise, kauerte er sich hin, schloss die Augen und gönnte sich einen kurzen Moment des Triumphes.

Lhundup spürte die eisige Nachtluft im Gesicht und auf den Händen. Erstaunlich, wie schnell man sich an Wärme gewöhnte, sobald das dauerkalte Changthang erst einmal hinter einem lag. Die Gobi konnte bitterkalt werden, wenn sie es darauf anlegte. Trotzdem empfand er ihre Temperatur nun nicht als Strafe, sondern als Geschenk. Er schluckte und schwor sich einmal mehr, seine Agentenkarriere nach diesem Auftrag an den Nagel zu hängen.

Also gut, Phase zwei beginnt. Lhundup öffnete die Augen wieder, lugte aus seinem provisorischen Versteck hervor und sah sich um. Nun zahlte sich seine Ortskenntnis aus: Knapp ein Dutzend Meter trennten ihn noch vom Eingang des Turmes, an dem er sich vor einigen Tagen mit Mack und Rogen getroffen hatte. Lhundup sah, dass die Tür geschlossen war, hatte aber nichts anderes erwartet. Erst nach Sonnenaufgang kehrten die Angestellten des Stardust Towers zurück an ihren Arbeitsplatz, von den Bautrupps der Tagschichten ganz zu schweigen.

Lhundup schluckte, nahm seinen Mut zusammen und lief los, immer dicht an der Hauswand entlang. Er erreichte den Eingang ungehindert und – so hoffte er – unbemerkt von der Tower-Sicherheit oder anderen wachsamen Mitbürgern. Zumindest waren bislang keinerlei Alarmsirenen erklungen, keine wütenden Rufe durch die Nacht gehallt.

Wieder sah er sich um und fand nichts, was seine Sorgen vergrößert hätte. Dann hob er die Hand, berührte das flache Tastenfeld neben der Tür mit den Fingerspitzen – und begriff voller Entsetzen, dass er den ersten der beiden Kodes vergessen hatte!

Verdammt! Die neunstellige Zahl hatte Jun ihm genannt. Mit ihr sollte er Zugang zum Erdgeschoss bekommen, ohne dass dies in den elektronischen Logbüchern verzeichnet würde, die das gebäudeinterne Computersystem automatisch erstellte. Lhundup werde mit dieser Zahl ein digitaler Geist sein, hatte Jun versprochen, unsichtbar für die Sicherheitstechnik. Der Plan sei makellos.

Der Plan bestimmt, dachte Lhundup. *Aber ich nicht.* Frustriert ballte er die Hände. Wie lautete diese verflixte Zahlenkette noch? Irgendwas mit neun? Es war zum Verzweifeln; stundenlang hatte er sie sich aufgesagt, wieder und wieder, damit genau dies nicht passierte, und jetzt? Klar konnte er erneut gegen den besprochenen Ablauf verstoßen, das Pod aus der Overalltasche ziehen und seinen Auftraggeber bereits jetzt anrufen, aber zum einen wäre das oberpeinlich gewesen, und zum anderen würde

Juns ohnehin kurzer Geduldsfaden durch derart offenkundiges Versagen garantiert zur Lunte eines Pulverfasses namens Zorn mutieren, und auf den konnte er, Lhundup, gut verzichten, hatte er in den vergangenen Tagen doch mehr als genügend Kostproben dieser nicht besonders angenehmen Eigenschaft Juns bekommen.

Lhundup atmete tief durch. Er musste sich beeilen, das wusste er. Die Klinik, die Manoli und Haggard gegründet hatten, war auch nachts besetzt, die Wohnungen in den oberen Stockwerken des Turmes bestimmt nicht alle leer. Jeden Moment mochte ihn jemand entdecken. Zögerlich streckte er die Hand wieder aus, strich mit den Fingerkuppen sanft über das Nummernfeld.

Was würde James Bond in so einer Situation tun? *Seinem Instinkt vertrauen,* kam ihm sofort die Antwort. *Auf Risiko spielen und gewinnen.* So war das doch bei Geheimagenten, richtig? Lhundup würde es ihnen gleichtun müssen, wenn er wirklich einer der Ihren sein wollte.

Das rechteckige Tastenpaneel piepste, als er den Ziffernkode eingab, wie er ihm gerade in den Sinn kam. Eins. Sieben. Null. Eins. Und wie weiter? Er wusste es nicht, hörte nur auf seinen Bauch, ließ die Finger einfach machen. Neun Ziffern mussten es werden, neun Ziffern wurden es. Und dann ...

Falsche Kombination. Zugang nicht möglich. Sie haben noch zwei Versuche.

Lhundup glotzte die Schrift auf dem kleinen Display oberhalb der Tasten an, als sei sie ein Rätsel, das er durch schiere Sturheit lösen könne. Erst allmählich begriff er die Bedeutung der kurzen Mitteilung. Und ihm wurde kalt. *Verzeichnet der Computer eigentlich auch Zugriffsversuche?* Falls ja, würde, wer auch immer morgen früh die Logbücher prüfte, sich ganz schön wundern.

Oder konnte Lhundup den Beweis seines Scheiterns löschen, indem er beim zweiten Versuch erfolgreich war und die Tür öffnete? Sofort ging er wieder ans Werk, konzentrierte sich, berührte die Tasten.

Falsche Kombination. Zugang nicht möglich. Sie haben noch einen Versuch.

Bevor was geschah? Die unausgesprochene Drohung, die er aus dieser dreifach verfluchten Anzeige herauslas, steigerte seine Nervosität. Lhundup spürte den Leistungsdruck so deutlich, als säße Jun ihm nicht nur im übertragenen Sinne im

Nacken. Und wie so oft, wenn er zwanghaft zu funktionieren strebte, blockierte er innerlich total. Himmel, wie lautete dieser elende Kode?

Es nutzte nichts, und das wusste er. Je verzweifelter er sich auf die vergessene Zahlenkette zu konzentrieren versuchte, desto weniger konnte er sich ihrer entsinnen. Ihm blieben nur zwei Optionen: Er konnte Jun anrufen, sein Versagen eingestehen und um Rettung flehen oder schlicht darauf hoffen, dass gescheiterte Zugriffsversuche nicht im Computerlogbuch landeten, zurück zum schlafenden Rogen eilen und wieder unter Tage fahren, als wäre nichts gewesen. Die Konfrontation mit Jun auf den nächsten Tag schieben.

Beides klang nicht sonderlich attraktiv. Alternative eins war peinlich und glich gesteuertem Suizid, Alternative zwei feige. Allerdings barg sie die Chance auf ein paar Stunden Schlaf, bevor Jun wüten würde. Das sprach für sie.

Lhundup seufzte, sah sich ein weiteres Mal nach Beobachtern um – und stutzte. War das dort etwa ein Lift?

An der Außenwand des Turmes, etwa zehn Schritte vom Eingang entfernt, hing eine silbrige, schmale Kabine. Lhundup hatte ihresgleichen schon unzählige Male gesehen, aber nie richtig beachtet. Erst jetzt begriff er wirklich, dass es sich um einen Lift der Gebäudereinigung handeln musste, eine Gondel der Fensterputzer. Und er begriff, was das für ihn bedeutete.

Seine Gedanken überschlugen sich. *Angenommen, der führt bis in den fünfzigsten Stock ...* Schnell machte er einige Schritte zurück, weg vom Turm, und sah nach oben. Tatsächlich: Die Konstruktion aus Seilen, Verankerungen und ihm unbekannter Fremdwelttechnik schien zumindest bis ins Unendliche zu reichen, und auf jeder einzelnen Etage, die Lhundup erkennen konnte, ermöglichte sie den Wechsel auf eine schmale, mit Geländern gesicherte Brüstung, die rings um den Turm reichte.

Das könnte funktionieren. Es wird nicht angenehm, aber garantiert angenehmer als die Konfrontation mit Jun. Falls ich Adams' Fenster finde und sich dieses mit dem zweiten Kode öffnen lässt, bin ich wieder im Spiel.

Oder war diese Konstruktion nur ein Provisorium? Egal, sie existierte, allein darauf kam es in diesem Moment an. Sie war seine Chance. Er wusste den zweiten Kode noch, den für Adams' Büro. Hundertprozentig. Und ein Fenster konnte auch ein Eingang sein, oder? Lhundup lief auf die Gondel zu. Mühelos stieg er über das etwa hüfthohe Geländer, über dem die Kabine offen war. Dann sah er sich einer rechteckigen Touchscreen-Konsole gegenüber. Nach wenigen Augenblicken hatte er heraus, wie man das Ding in Bewegung setzte.

Lhundup fuhr schon am vierten Stockwerk vorbei, als er endlich begriff, was er da eigentlich tat. Vor allem: in welcher Höhe.

Er erstarrte. Der ganze innere Antrieb, der ihn bis hierher getragen hatte, verpuffte. Unangenehme Erinnerungen an Macks Stahlträger kamen auf. Mit einem Mal erschien ihm Juns Zorn wie ein Segen.

Nicht nach unten schauen! Er schluckte. *Einfach weiterfahren und nicht nach unten schauen. Jede Etage ist nur eine Etage. Konzentriere dich auf die Wand und das Ziel, nicht auf den Weg.*

Wenn das mal so einfach gewesen wäre ... Lhundups Knie schienen aus Stein zu sein, seine Füße Bleigewichte. Die zitternden Hände wollten das Geländer der Gondel gar nicht mehr loslassen. Er wusste, dass ihm nichts geschehen konnte – dieser Wartungsfahrstuhl mochte vielleicht ein Provisorium sein, aber seine Halterungen waren fest an der Außenwand des Stardust Towers verankert –, doch dieses Wissen konnte die Angst nicht vertreiben. Lhundup mochte keine Höhen. Oh nein, die mochte er nicht.

»Ich fürchte, Adams ist die Macht zu Kopf gestiegen«, erklang Bai Juns Stimme plötzlich wieder in seinem Geist. Sätze, die während ihres Gespräches vor fünf Stunden gesprochen worden und in seiner Erinnerung haften geblieben waren. Sätze voller Besorgnis und Trauer. »Rhodan ist unterwegs nach Arkon, wie du weißt. Pounder ist ... na ja, eben Pounder. Und Tifflor und Mercant habe ich inzwischen so oft durch die Blume auf Adams angesprochen, dass es mir allmählich selbst peinlich wird. Nein, niemand ist mehr hier, der dem buckligen alten Administrator der Terranischen Union auf die Finger schauen, seine Anweisungen hinterfragen würde. Niemand außer mir – und mir gibt er keinerlei relevante Auskünfte. Du siehst also, Lhundup, es *muss* sein! Wir schulden es Rhodan und allen, die seine Vision teilen, Adams' eigenartigem Verhalten auf den Grund zu gehen. Zuerst war es die Energie von *Guanghui*. Wer weiß, was Adams dieser Stadt als Nächstes vorenthält? Wir müssen ihn stoppen, bevor er Terrania noch mehr schadet.«

Lhundup schluckte trocken. Bai Jun hatte recht, daran bestand kein Zweifel. Es musste geschehen, die Zukunft des gesamten Projektes Terrania mochte davon abhängen. Was machten ein Hirte und seine Höhenangst schon aus verglichen mit der Zukunft?

»Stell dich nicht so an, du feiger Yak!«, murmelte er sich den Tadel zu, den er zu verdienen glaubte. »Beiß die Zähne zusammen und mach, was nötig ist.«

Seine Stimme zitterte mindestens so sehr wie seine Hände. Doch dann wallte Stolz in ihm auf. Sein Magen und sein Nervenkostüm mochten dabei zwar rebellieren, aber Lhundup, der Geheimagent, setzte seinen Weg fort!

... und fünfzig. Lhundup keuchte, als er den Touchscreen erneut berührte und die Gondel zum Stehen brachte. Sterne spiegelten sich auf den Panoramafenstern des Towers. Lhundup brauchte zwei Versuche, bis er genügend Mut zusammenhatte, die Gondel zu verlassen und die Brüstung zu betreten. Dann sackte er in die Knie und lehnte sich mit dem Rücken an die ebenso kühle wie glatte Außenmauer des Turms. Sturzbäche aus Schweiß liefen ihm über das Gesicht, und seine Atemzüge klangen, als brauchte er dringend eine neue Lunge.

Zum einen lag das an der Höhe. Zum anderen an den elend vielen Malen, die die Gondel während der Fahrt verdächtig gewackelt und eigenartige Geräusche von sich gegeben hatte. Er wusste nicht, wie lange er für diese entsetzliche Reise an der Fassade des höchsten Bauwerks der Erde gebraucht hatte. Der Horizont, das sah er von seinem Logenplatz allerdings sehr genau, bereitete sich jedenfalls schon auf den Aufgang der Sonne vor. Das Nachtschwarz verschwand nach und nach, und die Vorboten eines rotgoldenen Morgens erschienen an seiner Stelle. Lhundup beschloss, den Rest der Aussicht, die sich ihm bot, einfach zu ignorieren – vor allem den unteren.

Ich muss mich beeilen, wusste er. Er setzte alles auf eine Karte. Falls sich die Fenster zu Adams' Büro nicht von außen öffnen ließen oder dazu einen anderen Zugangskode als den regulären erwarteten, wäre alles für die Katz gewesen. *Denk nicht an falls! Denk an deine Aufgabe.* Das war ein guter Spruch, fand er. Einer, der Onkel Dalaimocs würdig wäre.

Also gut. In welcher Richtung ging es zu Adams? Lhundup sah sich um. Die Brüstung war etwa anderthalb Meter breit und wurde von einem schmalen Geländer gesäumt. Dies war kein Ort, an dem man sich aufhielt, wenn man es nicht musste, so viel stand fest.

Lhundup wollte sich gerade auf die Beine zwingen, da hielt er inne. Irrte er sich, oder war da eine Bewegung in seinem Augenwinkel gewesen, gerade eben? Vorsichtig drehte er den Kopf und spähte in das Fenster, neben dem er kauerte. Das Innere des Raumes lag noch im Dunkeln. Nichts rührte sich.

War wohl nur eine Spiegelung oder so. Meine Phantasie spielt mir Streiche.

Als die Gestalt an der Scheibe erschien, hätte er vor Schreck fast geschrien. Das war's. Sie hatten ihn erwischt. Hier draußen auf dem anderthalb Quadratmeter breiten Steg im Nichts gab es kein Entkommen mehr. Und alles nur, weil er sich eine neunstellige Zahl nicht merken konnte!

Die Gestalt öffnete das Fenster. Und Lhundup bekam den Mund nicht mehr zu.

»Dachte ich mir doch, dass du hier irgendwo steckst«, sagte Ai Guo heiser. »Hast es also auch bemerkt, ja?« Er lächelte, doch seine Augen blieben ernst. Die Lunge schien ihn wieder zu piesacken.

Lhundup war zu perplex, um die Frage zu beantworten. Nicht, dass er es sonst gekonnt hätte.

»Komm rein!«, fuhr der alte Vorarbeiter fort und streckte Lhundup die schwielige Pranke entgegen. Schweiß perlte auf seiner faltigen Stirn. »Ich habe eben erst nachgesehen: Sie ist noch immer unterwegs nach oben. Von daher können wir den Rest des Weges bis zum Sechzigsten per Antigrav zurücklegen, schätze ich.«

Lhundup ergriff die Hand und ließ sich ins Gebäude helfen. Jenseits des Fensters erwartete ihn ein herrlich normales, keinerlei Schwindel erzeugendes Büro. »Sie?«, fragte er ratlos. »Von wem redest du?«

Ai Guo winkte ab. »Na, von der, die auch du verfolgst, Luttenfurz. Von Zhuo Hui. Wer klettert denn sonst noch da draußen an der Fassade hoch, he? Ich sage dir, Lhundup, was immer die Kleine auch im Schilde führt, es passiert *jetzt*. Hier und heute!«

Kapitel 13

Auge in Auge
Topsid, am Morgen nach dem Dreimond

Als Gihl-Khuans Warnschrei erklang, riss Khatleen-Tarr die Lampe in die Höhe – und Manoli erstarrte. Schlüpflinge! Die ganze Decke der Kanalröhre, so schien es, war plötzlich voll mit ihnen. Zwei, vier, immer mehr der knapp einen Meter achtzig großen, blassschuppigen Muskelpakete ließen sich vom Dach des Kanals fallen und landeten knurrend auf dem steinernen Steg. Schmale, sehnige, wendige Kreaturen mit spitzen Krallen und Mordlust im Blick. Sie trugen keinerlei Kleidung, und ihre Körper zierten die schorfigen Wunden der Kämpfe, die sie untereinander ausfochten.

»Erikk, der Strahler!«

Manoli schaltete sofort. Er wich zur Wand zurück, entging um Haaresbreite dem auf ihn abzielenden Gegner und legte auf die zwei Exemplare an, die Gihl-Khuan in die Mangel nehmen wollten. Es waren Betäubungsschüsse, darauf hatte er sorgsam geachtet, und gleich der erste traf den rechten Schlüpfling mitten auf der Brust und warf ihn vom Rücken des sich wie wild wehrenden Topsiders hinunter. Zu einem zweiten kam er nicht.

Manoli wollte gerade anlegen, da fiel ihm eines der blassen Monster in den Nacken. Das Gewicht des Schlüpflings ließ ihn in die Knie gehen. Manoli stöhnte, riss die Waffe herum und ballerte ziellos über die Schulter nach hinten.

Aus den Augenwinkeln sah er, wie Khatleen-Tarr von gleich drei Gegnern angegangen wurde. Dem ersten wich sie gekonnt aus und trat in derselben Bewegung dem zweiten die sehnigen Beine unter dem Leib weg. Der Schlüpfling taumelte rückwärts, verlor das Gleichgewicht und landete mit einem lauten Platschen im pechschwarz scheinenden Kanalwasser. Was Nummer drei machte, konnte Manoli nicht sagen, denn plötzlich fand er, der noch immer am Boden kniete, sich von fünf Artgenossen des Monstrums umzingelt.

Klauenbewehrte Echsenhände, an denen das Blut vorheriger Opfer klebte, griffen nach ihm, legten sich um seinen Brustkorb, schnürten ihm die Luft ab. Manoli keuchte. Sosehr er sich auch in der Umklammerung wand, er konnte die Arme kaum bewegen, und das Gewicht auf seinen Schultern zwang ihn weiter zu Boden und raubte ihm die Möglichkeit, mit den Beinen zu kämpfen. Sein Finger glitt vom Abzug des Strahlengewehrs.

Der Schlüpfling in Erics Rücken riss ihm den Kopf zurück. Manoli sah in weit aufgerissene Augen und auf scharfe Zähne. Eine feuchtwarme und raue Echsenzunge fuhr über sein Gesicht.

»Arrrkonnnideeen!«, zischte das Wesen bedrohlich.

Auf einmal war Gihl-Khuan da. Manoli vermochte nicht zu sagen, woher der Topsider gekommen oder was aus seinen eigenen Gegnern geworden war, doch nun riss Gihl-Khuan sich eine Schneise in die, die Manoli umzingelten. Mit unglaublicher Kraft packte er einen Schlüpfling nach dem anderen, hob sie in die Luft. Manoli hörte Knochen knacken und wusste, dass es nicht die des mysteriösen Topsiders waren.

Sowie Manoli die Arme wieder bewegen konnte, half er mit. Er schoss wie wild und traf fast jedes Mal. Betäubte Schlüpflinge regneten um ihn zu Boden. Als Nächstes spannte er die Muskeln an, stemmte sich am Steg ab und sprang. Einmal mehr setzte ihm die ungewohnt hohe topsidische Schwerkraft zu, doch sein Plan funktionierte! Manoli absolvierte im Flug eine Art Purzelbaum. Wie erwartet schüttelte er so den Gegner auf seinem Rücken ab – und jagte ihm, als er wieder steinernen Untergrund spürte, sogleich einen gezielten Schuss hinterher.

Ein lauter Knall ertönte, kaum dass der Strahlschuss verklungen war. Dann schrie Khatleen-Tarr auf. Manoli wirbelte zu ihr herum, doch mit einem Mal war alles finster.

»Die Lampe«, keuchte Gihl-Khuan in seiner Nähe. »Sie muss sie auf einem der Ungeheuer zerschlagen haben. Nissendreck!«

Manoli hielt den Lauf des Strahlers in die Richtung, in der er Khatleen-Tarr vermutete, zielte absichtlich hoch auf die Kanaldecke und drückte ab. Für einen Sekundenbruchteil durchschnitt der Energieblitz die Schwärze und brachte Helligkeit. Manoli sah, wie die von drei Schlüpflingen gepackte Topsiderin in die Luft gehoben und zum Kanal getragen wurde. Dann kehrte die Finsternis zurück.

Er schoss erneut, zwang der Finsternis eine weitere Momentaufnahme ab: Vier Schlüpflinge eilten bereits auf ihn zu, doch hinter ihnen stürzte die zeternde Khatleen-Tarr in die Abwasserfluten, nach wie vor gefangen in der Umklammerung der Gnadenlosen.

»Hinterher!«, rief er, doch es war zu spät. Ein halbes Dutzend Albinoechsen waren direkt vor ihm. Gihl-Khuan hatte sich bereits in den Kampf geworfen, rammte hier einen Gegner, schleuderte dort einen mit gebrochenem Rückgrat hinter sich. Er schien auf nichts und niemanden Rücksicht zu nehmen, am wenigsten auf sich selbst.

Manoli blieb keine Zeit, über die Kraft und das Geschick dieses Mannes zu staunen. Für jeden gefallenen Schlüpfling schienen zwei nachzurücken. Er musste handeln, wenn er Khatleen-Tarr helfen wollte. Schnell hob er das Gewehr aufs Neue, schickte zwei der ihm am nächsten stehenden Albinos mit gezielten Schüssen ins Reich der Träume und legte gerade auf den dritten an, als ihn etwas Hartes, Spitzes in den Kniekehlen traf.

Von hinten! Verflucht, sie haben uns eingekesselt!

Manoli stürzte. Seine Unterschenkel waren auf einmal ganz warm, und als er begriff, dass das am Blut liegen musste, das an den Beinen offenbar hinabfloss, schlug er auf dem Steg auf. Sofort waren die Schlüpflinge über ihm. Einer riss ihm den Strahler aus der Hand.

Manoli schrie vor Wut, Frust und Entsetzen. *Nein! Nicht so, verdammt!*

Er mobilisierte ungeahnte Kraftreserven. Manoli bäumte sich auf, drehte sich zur Seite weg – und scheiterte. Das Gewicht der Echsen auf seinem Rücken, seinen Armen und Beinen war längst zu groß, als dass er ihm noch etwas hätte entgegensetzen können, und Schwerkraft und Erschöpfung besorgten den Rest. Messerscharfe Klauen zerkratzten Manoli die Haut, wo ihn keine Überreste des Rrakass-Fells mehr schützten. Er stöhnte auf. Der Schmerz war groß, doch die Sorge größer. Wo waren die anderen? Was war mit Khatleen-Tarr?

Heißer Atem fuhr ihm in den Nacken. Eine Krallenhand, scheinbar so schwer wie ein Amboss, fuhr ihm ins Haar und drückte seinen Kopf aufs Gestein, als wolle sie ihn zerquetschen wie eine Orange. Manoli keuchte, spuckte Blut.

Dann sah er etwas blinken – und die Last auf seinem Körper nahm ab. Schlüpflinge zischten; sie wehrten sich gegen etwas, das Manoli nicht erkennen konnte. Er nutzte die Verwirrung, stemmte sich erneut gegen den Steg, auf den sie ihn bäuchlings gezwungen hatten, rollte sich frei und kam auf die Knie. Für einen Moment drohte der Schwindel ihn zu übermannen.

Bis er im Augenwinkel Gihl-Khuan registrierte. Ein kleines Gerät am Handgelenk des vermeintlichen Rebellen, kaum größer als eine exzentrische Armbanduhr, blinkte und schuf so ein wenig Licht im Dunkel. Genug, um Manoli einen Blick aufs Geschehen zu ermöglichen.

Der Topsider war einmal mehr zu seiner Rettung geeilt. Erbarmungslos teilte er aus, hieb und trat um sich, und mit fast jeder Bewegung bremste er einen Schlüpfling aus. Klaffende Wunden erschienen im weißen Echsenfleisch, leblose Leiber fielen zu Boden, wieder und wieder und wieder. Gihl-Khuan kämpfte nicht um sein Leben, begriff Eric, er lebte den Kampf.

Khat!

Der Gedanke an die Gefährtin riss Manoli aus seinem Staunen. Wo war sie? Sosehr er sich auch anstrengte, er konnte weder sie noch ihre drei Gegner ausmachen. *Im Kanal,* vermutete er, tastete sich zum Rand des Steges vor und erstarrte erneut. Das entsetzliche Gurgeln war selbst über das Rauschen des Abwassers noch zu hören.

Sie ertränken sie, begriff er entsetzt – und sprang ohne Zögern in die stinkende Brühe. Ein knappes Dutzend eiligst durchwatete Meter später bestätigte sich sein Verdacht. Khatleen-Tarr war zum Spielball der Schlüpflinge geworden, starb zu deren Vergnügen.

Aus einem schmalen Nebenarm des Kanals drang ein wenig Licht, gerade genug, um die grauenvolle Szenerie zu erhellen, die sich vor Manoli aus dem Dunkel schälte: Khatleen-Tarr, so wild mit Armen, Schwanz und Beinen wedelnd, wie es der unerbittliche Griff ihrer Folterer erlaubte, hing rücklings im Wasser, umringt von den Schlüpflingen. Die jugendlichen Echsenwesen störten sich nicht sonderlich an Kikerren, die sie fliegend umkreiste und immer wieder attackierte. Sie tauchten die bereits merklich geschwächte Topsiderin in den Kanalfluss und ergötzten sich an ihrem ebenso vehementen wie vergeblichen Widerstand. Manoli sah Khatleen-Tarrs Kopf aus den Fluten aufsteigen, prustend und keuchend, dann zwangen die sadistischen Wesen ihn bereits wieder ins kalte Nass, vielleicht endgültig.

Irgendwo hinter Erics Stirn explodierte etwas, und er lief los. Vergessen waren die Schmerzen, vergessen war die Angst. Obwohl er, intellektuell gesehen, wusste, wie unterlegen er diesen Monstren war, scherte er sich in diesem Moment nicht darum. Mit wenigen Schritten hatte er die Entfernung zu den Schlüpflingen hinter sich gelassen. Kaum hob er die Arme zum Angriff, trafen ihn die ersten Hiebe. Manoli schrie – vor Wut, vor Pein, vor Hilflosigkeit – und schlug mit den Fäusten um sich. Für jeden Treffer, den er platzierte, kassierte er mindestens drei, doch er machte weiter, *musste* es tun. Sein Bauch steuerte sein Handeln.

Manoli schrie auf, als die Krallenhand eines der Ungeheuer seine Schläfe traf. Er spürte noch, wie sein halbes Gesicht plötzlich zu glühen schien, dann begann sich die Welt vor seinen Augen zu drehen. *Nein!*, zwang er sich entsetzt. *Bleib stehen! Kämpfe!*

Wenn er jetzt stürzte, war es vorbei. Er hörte Kikerrens klagendes Zischen, sah die hämischen Blicke der Schlüpflinge ... und dann gaben seine Knie nach, und das Wasser umfing auch ihn.

New York. Die Berge vor Kanada. Nachmittage in italienischen Gärten. Perry Rhodan und Reg Bull vor der STARDUST. Crest. Terrania. In rascher Folge zogen Momentaufnahmen seines Lebens vor seinem geistigen Auge vorbei, während sich seine wirklichen Augen schlossen. Erics Lunge schien zu brennen, schrie förmlich nach Sauerstoff, doch er war zu schwach, zu müde. Endgültig so furchtbar müde.

Manoli schwanden die Sinne.

Und eine Hand packte ihn am Arm, hart wie ein Schraubstock, und zog ihn zurück an die Oberfläche.

»Bleib bei mir, verstanden?«, verlangte eine vertraute Stimme zischend. »Nicht aufgeben!«

Dann spürte er zwei leichte Schläge, rechts und links auf der Wange, blinzelte protestierend und sah sich Khatleen-Tarr gegenüber. Die Topsiderin war blass, aber lebendig. Ihr Atem ging rasselnd und stoßweise, ihre Schuppen glänzten feucht. Von den Schlüpflingen, die sie zu ertränken versucht hatten, fehlte jede Spur. Kikerren landete auf ihrer Schulter.

»W… wie …«, stammelte Manoli schwach. »Wo sind …«

»Treiben irgendwo dahinten bewusstlos in Richtung Säuberungsanlage«, antwortete Khatleen-Tarr leise und zuckte mit den Schultern. »Oder wo auch immer dieser Kanal sonst endet. Schätze, ich hatte noch ein wenig mehr Leben in mir, als sie dachten. Und dein Ablenkungsmanöver kam genau zur rechten Zeit. Danke, Bauchaufschneider!«

Manoli nickte. Mehr schaffte er schlicht nicht; ohne Khatleen-Tarrs stützende Hände hätte er sich nicht einmal auf den Beinen halten können.

»Gihl-Khuan?«, fragte die junge Echsenfrau besorgt.

»Als ich ihn zuletzt sah«, keuchte Eric, »wurde er unter einem Berg von Schlüpflingen begraben.« Nicht einmal dieser Topsider konnte das überlebt haben, oder? Und wenn nicht, war klar, was als Nächstes geschehen würde: Gihl-Khuans Mörder hatten sich vielleicht schon längst an die Fersen ihrer zwei anderen Opfer geheftet, kamen womöglich jeden Augenblick aus den Schatten und griffen erneut an!

Tatsächlich erklangen just in diesem Moment platschende Geräusche im Wasser. Jemand kam näher. Manoli spannte die Muskeln an und griff nach Khatleen-Tarrs Hand. Dann sah er das blinkende Licht wieder, hörte eine leise Stimme und empfand unendliche Erleichterung.

Gihl-Khuan schob sich aus der Dunkelheit, den Strahler in der Rechten. Auch er blutete aus mehreren kleineren Wunden, schien sich aber nicht darum zu kümmern. Als er Khatleen-Tarr, Manoli und Kikerren sah, nickte er nur.

Der hat doch unmöglich … Manoli legte die Stirn in Falten. *Du bist alles, mein Freund, aber kein naiver Rebell, wie du es behauptest. Wusste ich's doch.*

Wie viele Schlüpflinge hatten sich dem Topsider hinten auf dem Steg in den Weg gestellt? Und was war aus ihnen geworden? Atemlos lauschte Manoli auf weitere Verfolger, doch da kam niemand. Das einzige Geräusch, abgesehen von ihrer aller keuchenden Atemzügen, war das konstante Rauschen des Abwasserflusses.

Es war vorbei. Fassungslos sah Manoli zu seiner Begleiterin, und obwohl er sich irren mochte, glaubte er seine Einschätzung Gihl-Khuans in ihrer Echsenmiene gespiegelt zu sehen.

Khatleen-Tarr warf Gihl-Khuan einen anerkennenden Blick zu. Dann drückte sie Erics Hand fester. »Lasst uns weitergehen. Ich glaube, da vorne ist der Ausgang, den Kikerren meint.«

Die Flugechse zischte bestätigend und erhob sich in die stickige Luft. Manoli und die anderen folgten ihr ins Licht.

Du kennst deinen Auftrag, sagte die nüchterne Stimme der Positronik in seinen Gedanken. *Befolge ihn!*

»Sie kennen Ihren Auftrag«, drängte die alles andere als nüchterne Stimme der Positronik leise aus dem verborgenen Lautsprecher des offenbar doch nicht so kaputten Armbands. »Führen Sie ihn gefälligst aus, Jäger!«

Ich kenne meinen Auftrag, dachte Gihl-Khuan und sah ratlos von seinem alten positronischen Begleiter zu den vor ihm herschreitenden beiden Flüchtlingen und zurück. *Aber kenne ich mich?*

Da war die Flugechse, da der Arkonide. Als hätte ihm das Schicksal zwei fleischgewordene Fixpunkte seiner Zeit auf Buntayn geschickt, um ihn endgültig seiner Sicherheit zu berauben. Und da war die defekte Positronik, die sich in seinem Geist wie der väterliche Freund, in seinen Ohren aber nunmehr wie Megh-Takarr anhörte. Seit wann erklang sie auch in seinen Ohren? Seit wann leuchtete ihr Display, als stecke noch immer Leben in dem zerstörten Gerät?

»Jäger!«, herrschte die akustisch wahrnehmbare Stimme ihn wieder an. »Was machen Sie denn da? Worauf warten Sie noch, Mann? Bringen Sie mir meinen Preis, verstanden? Ich will diesen Arkoniden!«

Gihl-Khuan dachte an den Despoten in seinem Palast über den Dächern der Stadt. An das dreidimensionale Holo einer Welt in einer Raumschiffszentrale, die es so vielleicht nur in Träumen gegeben hatte. An Flugechsen, die sich auf den Steinen des Fischbachs hinter der Höhle sonnten und einem schiffbrüchigen Bewohner bei der Suche nach schmackhaften Insekten zusahen. Er dachte an Mächtige und an die Macht der Lüge. Hatte Megh-Takarr ihn etwa nur manipuliert? Was war noch Fakt und was Fiktion? Wo war die Loyalität, die er dem Despoten all die Jahre gegenüber empfunden hatte, abgeblieben? Eine Nacht der Zweifel hatte genügt, sie zu vernichten. Und an ihrer Stelle standen nun nur Fragezeichen.

»Gihl-Khuan, was machen Sie denn da? Töten Sie diese Verräterin!« Ja, das klang ganz eindeutig nach Megh-Takarr.

»Suche das Profunde, meide, was dich verwundert, der Starke braucht festen Stand.« So verlangte es der siebte Satz der Sozialen Weisung. Aber ging das noch? Gihl-Khuan klammerte sich an die Erfahrung, suchte Halt in der Routine des Jägers, doch der Halt war nicht mehr da.

»Meide, was dich verwundert?« Genauso gut hätte man von ihm verlangen können, den Himmel grün zu färben.

Du kennst deinen Auftrag, wiederholte die defekte Positronik in seiner Einbildung sachlich. Und dann: *Oder?*

»Nein«, flüsterte Gihl-Khuan, und in seinem traurigen Herzen explodierte eine ganze Welt.

Terrania, 21. Januar 2037

Im Inneren des Stardust Towers herrschte himmlische Ruhe. Nichts deutete darauf hin, dass diese Gänge und Räume schon in wenig mehr als zwei Stunden wieder mit geschäftigem Treiben gefüllt sein würden. Lhundup und Ai Guo eilten zum Antigravschacht im Zentrum des Gebäudes, ohne einer einzigen Menschenseele zu begegnen. Der Alte wirkte tatsächlich leicht angeschlagen; er musste mehrfach kurz halten und zu Atem kommen.

»Ai Guo, was deinen Liftschlüssel betrifft ...«

»Papperlapapp, Fürzchen.« Der Vorarbeiter schüttelte keuchend den Kopf. »Vergiss es; ich an deiner Stelle hätte ganz genauso gehandelt. Du siehst ja: Statt die Behörden zu informieren, habe auch ich mich dazu entschlossen, diese Sache auf eigene Faust zu klären.«

Lhundup nickte. Zwar verstand er nicht viel von dem, was gerade geschah, aber er wusste um Ai Guos Abneigung gegenüber allem, was nach Beamten aussah. Er beschloss, sein schlechtes Gewissen zu den Akten zu legen und sich den anderen Aspekten dieses irrsinnigen Abenteuers zu widmen. Es gab ja mehr als genug. »Wie bist du überhaupt ins Gebäude gekommen?«

Ein Lächeln schlich sich aufs Gesicht des weißhaarigen Hünen. »Es gibt einen speziellen Kode, der dir die Hauptpforte öffnet, ohne Spuren zu hinterlassen. Wenn man den kennt, ist das kein Problem. Und ich, na ja, sagen wir's so: Ich habe meine Quellen.« Er sah Lhundup an. »Der Kode wird ständig geändert, keine Sorge. Momentan ist er allerdings überraschend simpel. Eine einzige Ziffer. Die Neun.«

Verflucht! Lhundup hätte sich schlagen können. Natürlich! Es war keine neunstellige Zahlenfolge gewesen, sondern die Zahl Neun. Wie hatte er das nur vergessen können?

Aus Nervosität, beantwortete er sich die Frage gleich selbst. *Aus Angst vor der eigenen Aufgabe und dem kurzen Geduldsfaden des ungewöhnlich gereizten Jun.*

Sie erreichten den Schacht und betraten das Antigravfeld. Einmal mehr fühlte sich Lhundup nicht wohl in seiner Haut, als er den Bodenkontakt verlor und wie schwerelos nach oben schwebte. Die Methode war zwar deutlich einfacher als die Option Wartungsgondel, aber auf ihre ganz eigene Weise kaum weniger unangenehm.

»Weißt du mehr über Zhuo Huis Absichten?«, fragte Ai Guo, sobald sie im sechzigsten Stock angekommen waren. »Du hast sie ja ganz offensichtlich nicht allein ihres schönen Gesichts wegen im Auge behalten.«

Lhundup schüttelte stumm den Kopf. Der Alte überschätzte ihn, das war sonnenklar, aber es tat gut, zur Abwechslung auch mal wieder *mehr* zugetraut zu bekommen. Er wollte Ai Guo nicht die hohe Meinung rauben, die er sich von ihm gemacht hatte. Wie enttäuschte man jemanden, ohne ihn zu enttäuschen?

Die sechzigste Etage hatte sich seit Lhundups letztem Besuch kaum verändert. Kabel ragten aus Löchern, Werkzeuge lagen herum. Eisiger Wind pfiff um die Stützpfeiler und Zwischenwände dessen, was einmal Wohnungen und Büros werden würden. Boden und Decke waren nach wie vor unverputzt, viele Außenmauern kaum vorhanden. Lhundup sah den Himmel – und ganz schnell woanders hin.

Ai Guo trat jedoch bis an die Kante, legte den Kopf in den Nacken und schaute nach oben. Dann nickte er. »Ich sehe sie«, raunte er, während der Morgenwind an seinem Haar und seinem Overall zerrte, als wolle er ihn aus dem Gebäude und in den sicheren Tod reißen. »Sie ist uns nach wie vor eine stolze Anzahl an Etagen voraus, klettert inzwischen am Baugerüst entlang.«

Lhundup runzelte die Stirn und schlang den Arm enger um den Pfeiler, an dem er sich – unauffällig, wie er hoffte – gerade festhielt. »Warum denn das? Wenn sie zur Spitze will, kann sie doch noch Hunderte Stockwerke per Kabinenlift zurücklegen.« *Und sag jetzt bitte nicht, dass wir's ihr gleichtun müssen!*

»Ich wünschte, das wüsste ich«, antwortete Ai Guo brummend und kam zurück. »Vermutlich liegt ihr Ziel irgendwo an der Außenhülle des Turmes. Oder sie platziert in gewissen Abständen Dinge an seiner Fassade oder in den Gerüsten.«

»Dinge«, wiederholte Lhundup betont. Dann sah er in die Augen des Alten und wusste, dass sie an dasselbe dachten. *Bomben. Ai Guo glaubt, Zhuo Hui deponiert Sprengsätze am Stardust Tower. Er hält sie für eine Terroristin.*

Konnte er es ihm verübeln? Und noch viel wichtiger: Konnte er es widerlegen? Lhundup dachte an Zhuo Huis eigenartiges Verhalten, ihren schon aggressiven Hang zur Geheimniskrämerei, die unheimliche Begegnung mit ihr in den unterirdischen Höhlen des Nachts. Er dachte an Ai Guos warnende Worte. Und er begriff, dass die Antwort, die er sich auf beide Fragen geben musste, ein klares und eindeutiges »Nein« war.

Er fröstelte, und Schuld daran trug nicht der Wind. Er sah Ai Guo an. »Was tun wir?«, fragte er leise.

»Wir nehmen den Fahrstuhl«, antwortete der Alte ernst und zog eine pechschwarze, schlanke Pistole aus der Innentasche seiner Arbeitskleidung. »Wir stellen sie. Und dann tun wir, was immer wir müssen, um den Turm zu schützen. In Ordnung?«

Lhundup starrte auf die Waffe, ein ausrangiertes Modell der chinesischen Volksarmee, wie auch Jun eines besaß, schluckte trocken und nickte.

Was hatte sich dieser Perry Rhodan eigentlich gedacht, ausgerechnet die Gobi als Standort für seine Stadt zu wählen? Wusste er nicht, wie eiskalt es hier im Winter wurde? Erst recht in zweitausend Metern Höhe!

Lhundup stieg zitternd aus der Kabine und schlang die Arme um den Oberkörper. Hätte er gewusst, wohin ihn dieser als Nacht-und-Nebel-Aktion begonnene Einsatz führte, er hätte sich bedeutend wärmere Kleidung angezogen. Der Lift, den sie genommen hatten, besaß leider keinen Spind, aus dem man dicke Jacken hätte zaubern können. Was hätte er nicht alles für ein paar gefütterte Handschuhe gegeben. Jun dachte bestimmt schon, er sei bei der Arbeit eingeschlafen.

Nein, korrigierte er sich. *Sei ehrlich, Lhundup. Hättest du gewusst, wohin dich dieser Morgen führt, du wärst schreiend in die Wüste geflohen.*

Er war wieder da, ganz oben. Kurz unterhalb der Turmspitze. Irgendwo in den Sechshunderter-Stockwerken; er hatte längst aufgehört, sie zu zählen.

»Da! Siehst du sie?«

Er folgte dem ausgestreckten Finger des Alten mit seinem Blick. Tatsächlich: Zhuo Hui. Die zierlich gebaute Chinesin trug einen pechschwarzen Ganzkörperanzug, eine schwarze Strickmütze und schwarze Kletterschuhe, und sie hatte einen klobigen Rucksack in derselben Farbe auf dem Rücken, aus dem zwei silberne Röhren ragten. Er sah schwer aus – und irgendwie bedrohlich. Ob sie darin ihre Sprengsätze transportierte? Sie hing etwa zwanzig Meter über ihren Köpfen im Gerüst und kletterte unbeirrt weiter. Die Höhe schien ihr nicht das Geringste auszumachen. Zhuo Hui war nicht einmal mit einem Seil gesichert.

Sie folgten der jungen Frau nun schon seit einer ganzen Weile mittels Fahrstuhl und hatten immer wieder unterwegs haltgemacht, damit Ai Guo nach ihr sehen konnte. Bislang hatte sie ihnen mit keinerlei Regung zu verstehen gegeben, dass sie von ihrer Anwesenheit wusste. Und sie war nicht langsamer geworden.

»Die will ganz nach oben, Lhundup, das sage ich dir. Bis zur Spitze.«

»Und dann?«, fragte er zwischen klappernden Zähnen hindurch.

Ai Guo schüttelte den Kopf. »Sorgen wir dafür, dass es kein Dann gibt.« Damit hielt Guo ihm den Armeerevolver hin. Die Hand des Alten zitterte. »Aber ich fürchte, ab hier musst du übernehmen, Fürzchen«, sagte er. Die dünne Luft setzte ihm merklich zu – zumal es ihm, wie es schien, ohnehin nicht allzu gut ging.

Entsetzt begriff Lhundup, was er da sagte. »Du ... du meinst doch wohl nicht ...«

»Es geht nicht anders, Kleiner. Glaub mir, ich wünschte, ich könnte es dir abnehmen, aber meine Pumpe macht diese Höhen nicht mehr mit. Und ich war nie besonders gut im Klettern. Du aber bist deutlich jünger und wendiger.«

Lhundup begann zu stammeln. »Aber ... aber ...«

»Stopp sie!« Ai Guos Blick war wie ein Pfeil, vor dem es nirgends Deckung gab. »Finde heraus, was sie treibt. Und wenn du handeln musst, handle. Dein Herz sitzt am rechten Fleck. Du wirst schon das Richtige tun.«

Lhundup schüttelte den Kopf. Mit dem Mut der Verzweiflung trat er wieder an die Kante, legte die zitternden Hände an den Mund und rief mit aller Kraft den Namen der mysteriösen Chinesin. Doch sosehr er sich auch anstrengte, Zhuo Hui reagierte nicht. Der Wind und die Entfernung verhinderten, dass sie ihn hörte.

Der Alte ergriff Lhundups Hand, legte den Griff der Waffe hinein und faltete die Finger darum. Lhundup starrte sie an, als gehöre sie einem Fremden. Dann spürte er Ai Guos Rechte auf seiner Schulter wie damals an der Schwebelore. Väterlich.

»Geh!«, bat Ai Guo sanft. »Ich weiß, dass du es kannst.«

Lhundup schluckte. Er sah seinem Schichtmeister in die Augen, nickte stumm, verstaute den Revolver im Overall und stieg auf das Gerüst. Die Konstruktion ähnelte den Feuerleitern, wenngleich Letztere im Vergleich deutlich breiter, sicherer und nobler erschienen: Hier oben war alles nur schlichtes Metall und Aluminium, Haken und Ösen, Winkel und Schrauben, Blechplatten. Schmale Trittleitern, kalt wie das Eis der Arktis, führten von einer Ebene zur nächsthöheren, und ihre Halterungen knirschten, wann immer er ihre Stufen betrat.

Dennoch kletterte er weiter. Ihm war, als spüre er Ai Guos Blick auf sich. Dieser Blick war das Rettungsseil, das er nicht hatte. Ai Guos Vertrauen war Lhundups Sicherheit.

Bis er oben ankam und die Plattform sah.

Mack hatte ganze Arbeit geleistet, daran bestand kein Zweifel. Seit Lhundups letztem Besuch war die Spitze des Stardust Towers höher geworden, und der Ingenieur hatte diesem Umstand ganz augenscheinlich bereits Rechnung getragen. Die Mutprobe für die neuen Mitarbeiter fand nun, so machte der Anblick, der sich Lhundup bot, erschreckend deutlich, ebenfalls ein gutes Stück höher statt. Und am Ende des elenden Stahlträgers – draußen auf der kleinen weißen Plattform – kauerte Zhuo Hui.

Die junge Chinesin wandte Lhundup und dem Turm den Rücken zu. Sie hantierte an ihrem Rucksack herum, zumindest das erkannte er. Aber weshalb?

Wieder rief er ihren Namen, und wieder kam keinerlei Reaktion. Es musste also auf die harte Tour geschehen. Oh verflucht!

Lhundup sah sich vergebens nach dem Sicherungsgeschirr um. Wo kein Spind, da keine Ausrüstung. Mit einem Mal wurde ihm übel.

Das Glück ist mit dem, der seine eigenen Wehwehchen zu ignorieren versteht, wenn er es muss.

Wehwehchen? Lhundup seufzte verzweifelt. Jun hatte gut reden gehabt. Wer von ihnen beiden stand denn gerade am Gipfel von allem und konnte nicht zurück?

Vorsichtig schwang er die Beine über die Brüstung des Gerüsts und berührte den Träger mit beiden Sohlen. Seine Knie und seine Hände zitterten um die Wette. Sein Herz drohte damit, ihm die Freundschaft aufzukündigen. Seine Atemzüge klangen wie die eines alten Mannes, und das lag längst nicht nur an der dünnen Luft. Zweitausend Meter. Und oben er. Mehr Wahnsinn ging nicht.

Lhundup biss die Zähne zusammen, um das Klappern zu stoppen, und ignorierte den Stein in seinem Magen. Dann hievte er seinen Oberkörper den Füßen hinterher, breitete nach Balance suchend die Arme aus ... und ging blitzschnell in die Knie, als diese wie wild zu rudern begannen!

K... kein Problem. Dann eben auf allen vieren. Ganz ruhig.

Er musste einen jämmerlichen Anblick abgeben: ein erwachsener Mann, der sich krabbelnd wie ein Baby, kreidebleich und mit bebenden Lippen vorwärtszwang. Tränen der Panik stiegen ihm in die Augen, raubten ihm die Sicht, bis er sie blinzelnd besiegte.

Ich wünschte, ich hätte einen Quadrotor. Das Luftfahrzeug mit den vier flexiblen Rotoren wäre für diesen Einsatz ideal gewesen. *Hinterher ist man immer schlauer, oder?*

Der Stahlträger war kalt und eben und Zhuo Hui knapp zwanzig Meter entfernt. Lhundup rief nach ihr, doch was aus seiner

Kehle kam, war so schwach und ängstlich, dass er es selbst kaum hörte. Lhundup atmete tief durch und begann leise zu singen. Er wusste nicht, wann er zuletzt eines der traditionellen *t'ong-skad* angestimmt hatte; seit er die Weiden seiner Heimat verließ, gab es in seinem Leben keinen großen Bedarf mehr an den Feld- und Arbeitsliedern des alten Tibet. Nun aber, als er mit wild schlagendem Herzen und rebellierenden Eingeweiden im Himmel über der Gobi hing, fand er die Weisen, die er schon in frühester Kindheit von seinen Eltern und Geschwistern gelernt hatte, angenehm beruhigend.

Plötzlich nahm der Wind zu, zerrte stärker denn je an seinem kurzen Haar und seinem Overall – und bevor Lhundup es verhindern konnte, glitt ihm das Pod, das Jun ihm gegeben hatte, aus der Tasche, fiel ins luftige Nichts. Dann, als hätte er seine Aufgabe erfüllt, ebbte der Wind wieder ab.

Lhundup schloss die Augen. *Nicht wichtig. Bleib ruhig! Bleib bei dir!*

Die Stimme des Skandinaviers Rogen erklang in seiner Erinnerung – *Letzte Woche hat sogar jemand einen Handstand machen wollen* –, und er zwang auch sie zurück ins mentale Verlies, zurück zur Angst. Dies war nicht die Zeit für Gedanken, sondern für Ruhe, *t'ong-skad* und den Weg.

Er war mitten im dritten Lied, als er die Plattform erreichte. Zhuo Hui wirbelte herum. Aus dem Entsetzen in ihren Zügen wurde Verblüffung und aus der Verblüffung Aggressivität – alles binnen eines Augenblicks. »Was machst *du* denn hier?«, fuhr sie ihn an. Ohne ihn aus den Augen zu lassen, schulterte sie den Rucksack wieder.

Lhundup wollte antworten, doch sein Mund verweigerte ihm den Dienst, und sein Verstand schien leer. Er war selbst überrascht, als seine Hand einer bizarren Übersprungshandlung folgend in seinen Overall fuhr und Ai Guos Waffe präsentierte.

Zhuo Hui war nicht ansatzweise so perplex. Kaum glänzte der schwarze Lauf des Armeerevolvers im Licht der aufgehenden Wüstensonne, packte die junge Chinesin Lhundup schon am Unterarm, ließ sich nach hinten fallen und zog Lhundup mit sich, wirbelte ihn herum. Bevor er wusste, wie ihm geschah, lag er rücklings auf der Plattform, auf der sie hockte, und sah nun seinerseits in die dunkle, den Tod verheißende Mündung.

»Letzte Chance, Lhundup«, knurrte Zhuo Hui. Wut und Erstaunen kämpften in ihrem Blick gegeneinander. »Was machst du hier?«

Wenn sie abdrückte, war er erledigt und der Turm vielleicht ebenfalls. Ach was, abdrücken – sie brauchte ihm nur einen kleinen Schubs zu geben. Niemand außer Ai Guo würde die ganze Wahrheit wissen, nicht einmal Jun.

Lhundup war dem Tod näher denn je und wurde doch ganz ruhig. Er sah in das runde Loch vor seinen Augen, als fände er darin die Antworten, ohne die er nicht abtreten wollte. »Dich aufhalten. Verhindern, dass ... dass du den Stardust Tower sprengst.«

Ihre Augen wurden groß. Für einen kurzen Moment hörte Lhundup wieder nur den Wind. Dann prustete sie los. »Bevor ich *was?* Ehrlich, Tibeter, du bist der seltsamste Mensch, der mir je begegnet ist.«

»Und nicht so dumm, wie du vielleicht glaubst«, sagte er anklagend, erneut verblüfft von seinem Mut. »Ich habe dich doch gesehen, unten in der Nacht und hier am Gerüst. Warum so geheimnisvoll, he? Warum dieser Aufwand, das Risiko? Warum, wenn nicht, um zu sabotieren, was Rhodan und seine Vertrauten hier aufzubauen versuchen?«

Zhuo Hui sah zur Waffe, dann wieder zu ihm. »Du weißt aber schon, dass man die Dinger erst entsichern muss, oder?«, fragte sie mit schelmischem Grinsen und gab sie ihm zurück.

»Was ...«, staunte er.

»Kleiner Tipp fürs nächste Mal, Lhundup: Wenn dich eine Frau bittet, Abstand zu halten, halte ihn. Ich will doch dem Turm nichts antun, Mann, spinnst du? Nur weil du nicht verstehst, wie ich ticke, bin ich gleich eine Terroristin?«

»Was ...«, wiederholte er, als bestünde sein Wortschatz nur noch aus diesem einen Begriff. Dann kehrte zumindest ein kleines Grüppchen der anderen zurück. »Was denn dann?«

Zhuo Hui richtete sich zu ihrer vollen Größe auf und griff mit den behandschuhten Händen an die Trägerschlaufen ihres Rucksacks. »Ich war schon auf dem Shanghai Tower und dem Burj Khalifa. Nach dem One World Center saß ich drei Wochen lang in einer Zelle der Homeland Security, bevor diese paranoiden Amerikaner endlich begriffen, dass ich keinerlei Gefahr für sie bin. Und meinen Holofilm vom China 117 rufen im Netz täglich Hunderttausende auf.« Abermals warf sie ihm einen tadelnden

Blick zu, doch sie lächelte dabei – so ehrlich und amüsiert wie bei ihrer ersten Begegnung. »Also, Lhundup: *Falls* es dir nichts ausmacht, ergänze ich meine Liste jetzt um das *neue* höchste Gebäude der Welt. Okay?«

Dann, einen Ausdruck völliger Glückseligkeit im Gesicht, sprang sie vor Lhundups Augen von der Plattform. Er schrie auf, hechtete vor, bekam sie jedoch nicht mehr zu fassen. Ebenso entsetzt wie ratlos sah er ihr nach. Erst als weit unter ihm ihr Fallschirm aufging, begriff er, dass er vor lauter Staunen seine Höhenangst vergessen hatte.

Epilog

Robinsons Angst

»Ach, *verdammt* noch mal. Man nennt es Base Jumping. Extremsport, kapiert? Daran ist nichts gefährlich, und wenn doch, dann höchstens für mich. Was seid ihr Terranier auch alle so paranoid?«

Lhundup und Ai Guo hörten Zhuo Huis Zetern bereits, als sie aus der Hauptpforte des Stardust Towers ins Freie traten. Die Sonne stand inzwischen recht hoch am Himmel. Auf den Straßen rings um das imposante Gebäude herrschte allerdings schon weit mehr als das für diese Tageszeit übliche Treiben. Der atemberaubende Sprung der jungen Chinesin schien zahlreiche Schaulustige angelockt zu haben.

Und die Tower-Sicherheit. Zwei Männer in den Uniformen des Gebäudewachdienstes – graue Hosen und Windjacken, deren Ärmel das Logo der Terranischen Union zierte – flankierten die auf dem Hof stehende Zhuo Hui. Einen von ihnen kannte Lhundup sogar: Brettinger, der sehnige Deutschstämmige mit dem Pferdeschwanz, war bereits im Einsatz gewesen, als *Buming* ihn, Cui und Jun in Atem gehalten hatte. War das wirklich erst ein paar Tage her?

Hätten Blicke töten können, Brettinger hätte Zhuo Hui nun niedergemetzelt. Einige Kollegen der Männer waren damit beschäftigt, die wegen Zhuo Huis Behandlung aufgebrachte Menge der Gaffer und Passanten im Zaum zu halten.

»Ich glaube, Sie kommen besser mal mit uns«, brummte Brettinger in akzentuiertem Terranisch, »und wir klären das auf der Wache.«

Die junge Frau wirkte alles andere als begeistert. »Und was wird aus meinem Fallschirm, he? Das Ding hängt immer noch am Lift der Fensterputzer fest, wie Sie sehen.«

»Lassen Sie den unsere Sorge sein«, antwortete der Wachmann. Er drehte den Kopf leicht, schien einen Anruf über sein Headset zu erhalten.

Lhundup sah zu Ai Guo. Der Alte lächelte. »Geh ruhig! Ich weiß doch, dass du es willst.«

»Und du? Du musst wieder zum Arzt, Ai Guo. Jemand sollte dich begleiten und ...«

Der Schichtmeister winkte ab. »Ich finde schon wen. Rogen dürfte inzwischen ausgeschlafen haben, der hat genug Zeit. Außerdem geht es mir ohnehin schon bedeutend besser, keine Sorge.«

Aus den Augenwinkeln bemerkte Lhundup, wie Zhuo Hui einen halbherzigen Versuch startete, in den Reihen der Gaffer unterzutauchen. Brettinger und Konsorten vereitelten ihn mit Leichtigkeit. Der Deutsche grinste hämisch, als er ihr zur Belohnung Handschellen anlegte.

»Nun hilf ihr doch!«, beharrte Ai Guo leise. Er zwinkerte wissend. »Ein gutes Wort vom Assistenten des Bürgermeisters, und ihr Strafmaß dürfte bedeutend schrumpfen. Dafür steigt vielleicht ihre Meinung von dir wieder.«

Bürgermeister, durchfuhr es Lhundup. Vor lauter Hektik und Spannung hatte er Jun, Adams und den ganzen Rest glatt vergessen. Einen Moment lang war er wieder vollkommen ratlos. Was sollte er tun? Selbst wenn Ai Guo, wie er behauptete, keine Eskorte mehr brauchte – konnte er es wirklich wagen, den ehemaligen General noch länger warten zu lassen?

»*Ja* doch, ich komme mit. Kein Grund, so grob zu werden.«

Zhuo Huis halb rebellische, halb resignierte Kapitulation vor der behördlichen Übermacht hallte über den Hof des Stardust Towers und riss Lhundup aus seinen Gedanken. Er sah zu ihr. Brettinger und Co. führten sie gerade zu einem Nebeneingang des Gebäudes. Zhuo Hui wirkte nicht gerade glücklich über die Behandlung, und auch in den Reihen der Zuschauer kamen erste laute Unmutsbekundungen auf.

Mein Pod ist ohnehin zerschellt, dachte der einstige Hirtenjunge. *Also kann ich Jun gar nicht Bericht erstatten, oder?* Manchmal waren die Dinge einfacher, als sie schienen.

»He da!«, rief er, trat endgültig aus dem Schatten des Gebäudes und ins Licht. »Brettinger, warten Sie!«

Der Wachmann blieb stehen, drehte den Kopf. Ein Ausdruck völliger Überraschung dominierte die Züge seines wie gewohnt unrasierten Gesichts. »Gehört die etwa zu Ihnen, Lhundup?«

Der junge Tibeter sah zu Zhuo Hui. In ihren Augen lag ein Funkeln, das er mühelos zu übersetzen wusste: *Wag es ja nicht!*

Und Lhundup grinste. »Kann man so sagen. Ich ... ich erklär's Ihnen schnell, okay?«

Topsid, nach dem Dreimond

»In Ordnung, das genügt«, zischte Khatleen-Tarr und griff ungeduldig nach dem Strahlengewehr.

Manoli legte ihr die Hand auf den Arm. »Nicht, Khat«, bat er leise. »Lass gut sein. Er ... er hat uns doch alle gerettet.«

Khatleen-Tarr sah zurück zum Lüftungsschacht, aus dem sie der Kanalisation entstiegen waren, und schüttelte den Kopf. Dann fluchte sie, blieb aber neben Manoli im Sand sitzen.

Der Schacht hatte sie endlich ins Freie geführt, und obwohl seitdem mehrere Minuten vergangen waren, konnte Manoli den Blick kaum von der neuen Kulisse abwenden, die sich seinen müden Augen bot. Das war also Groogwain. Hellbrauner Sand erstreckte sich in drei Himmelsrichtungen und bedeckte eine mal flacher, mal hügeligere, von schwachem Nebel überzogene Ebene. Das wärmende Licht der topsidischen Mittagssonne fiel vom leicht violett gefärbten Himmel. In einiger Entfernung ragte ein gewaltiges Gebirgsmassiv empor, höher als jedes, das Manoli je gesehen hatte. Es schien fast die gesamte Ebene zu umschließen und wirkte ebenso rau wie absolut unüberwindbar; einzig eine Seite ließ es aus – die, in der sich Kerh-Onf befand.

Die Stadt, die ihn wochenlang beherbergt, gefordert und an seine Grenzen getrieben hatte, glänzte im Sonnenschein. So, aus geschätzt einem Kilometer Entfernung, machte die riesige Metropole einen beinahe friedlichen Eindruck. Einzig die hier und da zwischen den torpedoförmigen Türmen und anderen faszinierenden Bauten aufsteigenden dunklen Rauchwolken zeugten von den Unruhen, die in ihren Straßen offenbar noch immer andauerten. Manoli bildete sich ein, er könnte den Kampfeslärm im Wind herüberwehen hören.

Sein Blick wanderte weiter und fand das Objekt von Khatleen-Tarrs Zorn: Gihl-Khuan stand noch immer im knapp zwei mal zwei Meter messenden Eingang des Lüftungsschachtes – eines L-förmigen Schlauchs aus schwarzem Stein, der in einer rechteckigen und durch ein eisernes Gitter mit dicken Stäben gesicherten Öffnung endete. Der Topsider mit der Dreimondkleidung hatte das Gitter mittels des Strahlers und seiner beeindruckenden Sturheit weit genug beschädigt, dass sie sich zwischen zwei Stäben hindurchzwängen konnten, war selbst aber noch nicht ins sandige Freie getreten.

Stattdessen hockte er auf dem Rand der Öffnung, halb im Sonnenschein und halb im Schatten, und sah zu dem technischen Dingsda an seinem Handgelenk. Das Blinken hatte längst wieder aufgehört, und auch die eigenartige Stimme, die Manoli während der letzten Meter ihres Marsches durch die Kanalisation aus dem kleinen Gerät zu hören geglaubt hatte, war zumindest seines Wissens seitdem nicht mehr erklungen – falls sie nicht ohnehin ein Produkt seiner Phantasie gewesen war. Doch Gihl-Khuan bewegte nach wie vor die Lippen, als spräche er leise zu dem eigenartigen Armband. Worum es in diesem Gespräch auch ging, es war nichts Angenehmes, das machten die Miene des Topsiders und die geballten Hände, mit denen er hin und wieder aufgebracht durch die Luft wedelte, mehr als deutlich.

»Der ist übergeschnappt, Erikk, glaub mir.« Khatleen-Tarrs Blick war so kalt wie ihr Tonfall. Obwohl sie außerhalb von Gihl-Khuans Hörweite saßen, sprach sie betont leise. Ihre Hand ruhte nach wie vor auf dem Griff des Strahlengewehrs. »Ich habe so etwas oft gesehen, damals im Wegasystem. Krieger, denen der Kampf den letzten Rest ihres Verstandes raubte. Männer und Frauen, die als autarke Individuen in die Schlacht zogen und als brabbelnder, sabbernder Ballast für ihre Kameraden wieder rauskamen – wenn überhaupt. Und ich habe gesehen, wie manche von diesen armen Kreaturen vor lauter Wahn nicht länger Freund von Feind zu unterscheiden wussten.«

Sie schaute zu Eric. »Ja, er hat uns gerettet. Ja, er hätte uns mehrfach sterben lassen oder selbst töten können, wenn es ihm darum gegangen wäre. Wir stehen in seiner Schuld, da hast du vollkommen recht. Aber ich sage dir: Spätestens jetzt, in *diesem* Zustand, verdient er unser Vertrauen nicht mehr. Er ist unberechenbar, nicht verlässlich und somit zum Risiko geworden – für dich, für mich, für Scharfauge und für sich selbst.«

»Muss man ihn deswegen gleich töten? Reicht es nicht, wenn wir, was weiß ich, ihm den Strahler vorenthalten oder so?«

Khatleen-Tarr lachte humorlos auf. »Dieser Mann hat eigenhändig ein knappes Dutzend Schlüpflinge erledigt – im Dunkeln! – und dabei äußerlich kaum mehr als ein paar Kratzer abbekommen. Der ist eine Kampfmaschine, Erikk. Denkst du, der braucht die Hilfe eines Strahlers, wenn er dir in einem Anfall von Wahnsinn plötzlich ans Leben will?«

Manoli wusste nicht, was in dem verschlossenen Topsider vorging. Er kannte aber das Gefühl, seine Grenzen erreicht zu haben. Die Angst, dem Druck nicht länger standhalten, nie wieder in die verlorene Normalität zurückkehren zu können. Sich fremd zu fühlen. Das war Robinsons Angst, schlicht und einfach.

Äußerlich betrachtet schien dieser Gihl-Khuan voll und ganz Khatleen-Tarrs ebenso tragischer wie sachlicher Einschätzung zu entsprechen. Aber das Äußere trog oft. Manoli stand auf und ging auf ihn zu.

»Was *machst* du da?«, zischte Khatleen-Tarr ihm ebenso entsetzt wie besorgt nach.

Manoli sah über die Schulter in ihr fragendes Gesicht. »Ich bin Heiler, kein Richter«, sagte er sanft. Er blieb nicht stehen.

Als er das Gitter erreichte, landete Kikerren, die bisher fröhlich Sonnenstrahlen gejagt hatte, auf Gihl-Khuans Schulter. Sofort ließ dieser die Faust sinken und sah von seinem Armband auf. Seine Echsenaugen glänzten feucht, seine Zunge zuckte mehrfach aus seinem Maul, und in seinem Blick glaubte Manoli keinen Wahnsinn, sondern eine Mischung aus Resignation und Befreiung zu erkennen.

»Arkonide«, grüßte er brummend, sowie er sich Erics Anwesenheit bewusst wurde, und lachte dann leise. Wie über einen Witz, den er allein sich selbst erzählt hatte.

»Sagen Sie, Gihl-Khuan«, begann Eric, »mit wem sprechen Sie da die ganze Zeit?«

Kikerren stupste Gihl-Khuan sanft mit der Schnauze. Ein Lächeln umspielte die Mundwinkel des Echsenmannes, als er das Armband mit der eigenartigen Positronik vom Handgelenk löste und es in die Höhe hielt. »Mit Geistern«, antwortete er. »Den Geistern der Vergangenheit.«

Manoli sah von dem blinkenden Stück Technik und Leder zu ihm und zurück und wusste für einen Moment nicht, was er sagen sollte. Es gab Situationen, auf die einen kein irdisches Medizinstudium vorbereitete, wenngleich Erics Professoren von damals das vermutlich anders sähen. »Und was sagen sie?«, fragte er uninspiriert.

»Unwichtig«, sagte Gihl-Khuan – und warf das Armband in hohem Bogen hinter sich in den Schacht.

Manoli glaubte noch, ein Geräusch – ein Wort? – aus dem Ding quäken zu hören, dann verschwand das Armband, verschluckt vom Dunkel und dem Rauschen des unterirdischen Abwasserstroms.

Einen Moment lang schaute Manoli sein Gegenüber schweigend an. Obwohl er nicht verstand, was gerade geschehen war, spürte er, dass der Moment für den Topsider große Bedeutung haben musste. »Warum haben Sie das getan?«

Kikerren breitete die Flügel aus und stieg wieder in die Luft.

Gihl-Khuan stand ächzend auf und strich sich den Staub des Schachtes von der hoffnungslos verdreckten Robe. »Die Positronik war defekt«, antwortete er nüchtern. »Sie hatte keinerlei Nutzen mehr.«

Manoli ahnte, dass diese Erwiderung die Grundlage für einen Topsidturm aus neuen Fragen bildete, schwieg aber. Ein guter Arzt – und da würden selbst seine Professoren nicht widersprechen – wusste auch, wann er *nicht* nachhakte.

Die kleine Flugechse zischte auffordernd, flatterte zu Khatleen-Tarr, die noch immer im Sand saß und das Geschehen mit taxierenden Blicken begleitete, und stupste sie mit dem Maul am Kopf.

»He«, protestierte die Echsenfrau lachend. »Was ist denn in dich gefahren?«

»Sie will, dass wir aufbrechen«, sagte Gihl-Khuan, trat zu ihr und streckte die Hand aus, um Khatleen-Tarr aufzuhelfen. In seinem Blick flackerte etwas, das Manoli für Hoffnung hielt, aber vielleicht war es nur das gespiegelte Licht des neuen Morgens.

Die Topsiderin betrachtete die Hand, ergriff sie dann allerdings.

»Aufbrechen?« Manoli sah sich um. Kikerren hielt inzwischen stur auf die Berge zu und schaute sich nicht nach ihren Begleitern um. »Aber wohin denn? Da ... da ist doch nichts.«

»Wir gehen, wohin sie uns führt«, sagte Gihl-Khuan sanft, und es klang wie eine Heimkehr. »Zum Hort der Weisen. Zu Scharfauge.«

Dann ging er los, Khatleen-Tarrs Hand nach wie vor in der seinen, weg vom Schacht und der Stadt. Eric Manoli folgte ihnen.

ENDE

Die Reise in die Unendlichkeit geht weiter:

PERRY RHODAN Neo 8

»Söldner des Imperiums«

Oliver Plaschka

Das Schiff

Kapitel 1

Zehntausend Jahre vor unserer Zeit

Gegen Mittag wanderte ich den schmalen Grat zum Gipfel entlang. Obwohl die Sonne direkt über mir stand, war es kühl, und Tau glitzerte im feuchten Gras. Ein grau-weißes Wolkenmeer hatte sich am Hang gefangen und schwappte hier und dort über den Grat, um vom Wind davongerissen zu werden. Hoch über mir flog eine zweite Schicht Wolkenfetzen dahin und tauchte den Gipfel in ein Spiel aus Licht und Schatten.

Typisches Seeklima, durchbrach mein Logiksektor die Ruhe des Aufstiegs. Ich mochte diese stundenlangen Märsche, weil ich währenddessen manchmal fast vergessen konnte, wo ich war und vor allem weshalb. Auf einen Schlag war meine Ausgeglichenheit dahin. *See gibt es hier jetzt ja mehr als genug ...*

Danke, dass du mich daran erinnerst, gab ich sarkastisch zurück. Wie alle Arkoniden mit einem aktivierten Extrasinn neigte ich zu diesen inneren Selbstgesprächen, bei denen ich oft hart mit mir ins Gericht ging. Die letzten Jahre – oder eher Jahrzehnte – war es aber nicht gerade besser geworden.

Ich hatte die offene Fläche auf der Gipfelkuppe erreicht und warf einen Blick zurück. Tief unter mir konnte ich die Küste erkennen, an der mein Tauchboot auf mich wartete, und dahinter und ringsum das Meer, so weit das Auge reichte. Es lag trügerisch ruhig an diesem Tag, beinahe einladend, und ich fragte mich nicht zum ersten Mal, ob die Kristallwelt in ferner Vergangenheit womöglich ähnlich ausgesehen hatte. Die Nordküste Krysaons vielleicht, wo Arkon noch Spuren seines rauen Gesichts bewahrt hatte.

Ich wusste nur zu gut, wie es war, wenn das Meer seine wahre Natur zeigte. Katastrophen dieses Ausmaßes hatte man auf Arkon nie gesehen.

Dort unten, wo mein Tauchboot lag, hätte eigentlich kein dunkler Felsstrand liegen sollen, sondern ein Wald, und im Westen hinter den Klippen hätte man das ferne Funkeln der Türme erahnen sollen, den glänzenden Schein meiner Stadt, und darüber die Lichter der startenden Schiffe. Stattdessen fuhr nur der Wind über den Gipfel, und ein weißer Vogel kreiste ziellos über den Hängen.

Sechzig Jahre waren seit dem Untergang von Atlantis verstrichen. Sechzig Jahre des Versuchs, Frieden mit unserem Schicksal zu schließen.

Zu sagen, dass es nicht leichtfiel, wäre eine maßlose Untertreibung gewesen.

Fast der ganze Kontinent: vernichtet. Nur diese und die nahen Inseln waren von ihm geblieben. Zehntausende arkonidische Siedler waren nur mit knapper Not der Hölle entkommen, und viele hatten es nicht mehr rechtzeitig geschafft. Fast alle meine Gefährten hatten entweder den Tod gefunden oder waren heute alte Männer und Frauen, Tausende Lichtjahre entfernt. Obwohl wir alle gewusst hatten, dass der Krieg uns früher oder später einholen würde, und wir trotz dessen monatelang unser Bestes gegeben hatten: Diese versunkene Welt mit ihrer schillernden Stadt war zu einem Sinnbild unseres Scheiterns geworden.

Meines Scheiterns. Mich traf mehr Schuld als irgendwen sonst – denn ich war nicht da gewesen. Ich hatte die Kolonie, die einst meinen Namen trug, im Stich gelassen, dazu all ihre Bewohner. Mit dieser Schuld würde ich noch sehr lange leben. Länger als mir lieb war, vielleicht.

Unter meiner Kleidung glaubte ich das sanfte Pochen des taubeneigroßen, perlmuttfarbenen Kleinods zu spüren, welches mir das ewige Leben versprach. Manchmal konnte ich kaum glauben, was mir in den Stunden vor der Vernichtung der Kolonie widerfahren war, zu unwirklich war es gewesen. Man hatte mich an einen abgelegenen Ort im All gelockt, um mir dieses Geschenk zu machen. Und noch ein zweites: eine neuartige Waffe, deren Pläne ich unverzüglich an das Flottenkommando gefunkt hatte. Dies war mein letzter Kontakt zur Heimat gewesen. Seitdem hielt man mich wahrscheinlich für tot, und wenn man mich gesucht hatte, dann an der falschen Stelle – siebzig Lichtjahre von Larsafs Stern entfernt.

Dabei aber war ich hier, nach wie vor am Leben, nach wie vor auf Larsaf III. Wenn meine unbekannten Gönner die Wahrheit gesagt hatten, als sie mir den Zellaktivator überließen, lag noch eine lange Zeit vor mir: als einziger Arkonide, für immer gestrandet, der letzte Sternenfahrer auf einer von Wilden bevölkerten Welt.

Beinahe der einzige.

Ausnahmsweise dankbar für den Einwurf wandte ich mich vom Anblick des unendlichen Meeres ab und konzentrierte mich wieder auf meine Aufgabe. Mein Gedankenbruder hatte recht: In Momenten wie diesen, wenn ich über die Geschehnisse vor sechzig Jahren und die Gründe meines Exils nachdachte, war die Einsamkeit fast unerträglich. Doch durfte ich darüber nicht vergessen, dass ich keineswegs allein war, selbst wenn es sich manchmal so anfühlte. Ich war immer noch für jemanden verantwortlich.

Die mobile Ortungseinheit stand an einer ebenen, windgeschützten Stelle hinter ein paar Felsen, genau dort, wo ich sie vor zehn Jahren zurückgelassen hatte. Es war ein unverwüstliches Gerät, wie es normalerweise von Expeditionen auf besiedelten Welten benutzt wurde. Das hieß, es sendete und empfing auf zahlreichen Frequenzbändern, hatte einen Satelliten-Uplink und Sensoren für das Magnetfeld sowie die elektromagnetischen Wellen. Die integrierte Wetterstation verfügte über ein Luftanalysegerät, und eine hochauflösende Optik beobachtete den Nachthimmel. Unter anderen Umständen wäre es absolut ausreichend gewesen, jeden anderen Sender auf dem Planeten zu erreichen oder mit einem Schiff im Orbit Kontakt zu halten.

Das einzige Problem war, es gab keinen Sender außer uns. Die Methans hatten alle Satelliten zerstört, und seit die letzten Reste ihrer Flotte abgezogen waren, hatte sich kein arkonidisches Schiff mehr ins Larsafsystem verirrt.

Ich setzte meinen Rucksack ab und kniete mich vor den hüfthohen Würfel. Wir hatten auf jeder der umliegenden Inseln eine solche Einheit an einem hoch gelegenen Punkt installiert, damit uns auch ja kein Besucher entging. Bis jetzt war uns noch keines der Geräte ausgefallen – doch alles, was sie bislang lieferten, waren Wetterdaten.

Ich machte mich gerade daran, die Daten der letzten Jahre zu überspielen, als mich eine Stimme in meinem Rücken aufschreckte.

»Hallo, Atlan.«

Ich fuhr herum, von alten Reflexen darauf getrimmt, einen

Angriff abzuwehren. Hinter mir aber saß nur Rico auf einem Felsen und schaute mir bei der Arbeit zu.

»Nur« Rico?, spottete mein Gedankenbruder. *Welch Wunder ein solch harmloser Name doch bewirkt!*

»Ich hätte damit rechnen sollen, dass du wieder auftauchst«, sagte ich statt einer Begrüßung. Tatsächlich hatte ich wohl nie ein rätselhafteres Wesen als Rico kennengelernt. Er sah aus wie ein junger Arkonide; ich glaubte aber nicht, dass er einer war. Anfangs hatte er sich immer nur als mein Diener bezeichnet. Als ich irgendwann wütend erwidert hatte, dass ich von einem ordentlichen Diener auch erwartete, dass er einen Namen besaß, hatte er gesagt, ich solle ihn Rico nennen.

»Wie ich sehe, geht es dir gut.« Rico schenkte mir ein freundliches Lächeln, aber das war längst nicht genug, mein Misstrauen zu zerstreuen. Er war vor sechzig Jahren der Überbringer der Botschaft gewesen, die mich im kritischen Moment von der Kolonie weggelockt hatte. Er war schuld daran, dass ich nicht an meinem Platz gewesen war, als der Angriff gekommen war. Seinetwegen hatten vielleicht Unzählige meiner Schutzbefohlenen den Tod gefunden.

Andererseits hatte er mein eigenes Leben damit vielleicht gerettet – und, wie mein Gedankenbruder nie müde wurde zu betonen, dem Imperium wahrscheinlich zum Sieg verholfen. Die Konverterkanone, deren Pläne ich dem Flottenkommando übermittelt hatte, war mächtiger als alle Waffen, die den Methans zur Verfügung standen. Gemäß der gefühllosen Logik des Krieges war ein solcher Vorteil wichtiger als das Schicksal einer einzelnen Kolonie.

Dagegen ließ sich kaum etwas anbringen, außer der immergleichen Frage, auf die ich nie eine Antwort erhalten hatte: *Warum ausgerechnet jener Tag? Und wieso ausgerechnet ich?*

Manchmal hasste ich Rico. Doch es fiel schwer, jemanden zu hassen, der einem ein solches Geschenk gemacht hatte.

Der Zellaktivator auf meiner Brust sandte ein wohliges Schaudern durch meinen Körper.

»Was hast du getrieben die letzten Jahre?«, fragte ich und beendete meine Arbeit an der Ortungseinheit.

Aus den Augenwinkeln sah ich Rico die Beine ausstrecken. Ein paar Sonnenstrahlen fielen durch das lichte Wolkenmeer auf sein Gesicht.

»Es war mir nicht langweilig. Es ging mir sehr gut hier.«

»Das war nicht meine Frage.« Der Kopiervorgang war beendet, und ich steckte die Daten ein, um sie später in der Kuppel auszuwerten. »Ich fragte, was du getrieben hast.«

»Misstraust du mir?«

Zorn wallte in mir auf. »Wieso sollte ich dir trauen? Du kommst und gehst, wie es dir beliebt, du weichst meinen Fragen aus ...«

»Alles, was ich tue, geschieht zu deinem Besten«, sagte er ernst. »Ich bin dein ergebener Diener.«

Ich trat auf ihn zu und blickte auf ihn hinab wie auf einen unverfrorenen Kadetten. Er blinzelte mich an. Es sollte wohl unschuldig aussehen, doch auf mich wirkte es aufgesetzt.

»Dann beantworte meine Frage: Was hast du die letzten zehn Jahre getan?«

»Dasselbe wie du: Ich habe die Inseln bereist. Nach Überlebenden gesucht. Nach Schiffen Ausschau gehalten. Die Ortungseinheiten gewartet.«

»Du hast wieder das Tauchboot genommen?«

Rico breitete die Hände aus. »Willst du es mir verwehren?«

Das fragliche Tauchboot war meistens in derselben geschützten Bucht der Hauptinsel versteckt, in der ich auch an diesem Morgen angelegt hatte. Da die Unterseekuppel fast dreitausend Meter unter dem Meer lag, war es die einzige Möglichkeit, mit der Außenwelt Kontakt zu halten. Wenn die Ortungseinheit ein Schiff entdeckte oder einen Funkspruch empfing, meldete sie es dem Tauchboot. Dessen Autopilot war programmiert, in einem solchen Fall unverzüglich zur Kuppel zurückzukehren und die Positronik zu informieren.

Ich funkelte Rico noch einen Herzschlag lang an, dann seufzte ich. »Nein. Natürlich nicht. Du bist nicht unser Gefangener, und es ist gut, dass jemand hier oben ein wachsames Auge auf die Welt hat. Achte nur darauf, dass Cunor es nicht merkt.«

»Das wird er nicht«, versprach mir Rico.

Innerlich war mir nicht wohl dabei, vor meinem einzigen echten Gefährten ein derartiges Geheimnis zu haben. Und gleich, was ich behauptete – der Gedanke, dass Rico während unseres langjährigen Schlafes die ganze Zeit auf der Oberfläche gewesen war, schmeckte mir nicht.

Doch wie hätte ich Cunor die Wahrheit über alles erzählen sollen, was am Tage der Zerstörung der Kolonie mit mir geschehen war? Dass geheimnisvolle höhere Mächte mich zu ihrem Werkzeug gemacht und mir Teile meiner Erinnerung genommen hatten? Ich hatte ihm von der Kanone erzählt, nicht aber vom Aktivator und von Rico. Ich wollte nicht, dass das Misstrauen uns vollends entzweite.

Du hast eine irrationale Entscheidung getroffen, weil du Angst vor der Einsamkeit hast, befand mein Logiksektor. *Nun musst du mit den Konsequenzen deiner Lüge leben.*

Eine Lüge, die wie alle Lügen von Jahr zu Jahr größer wurde.

»Du wirst Cunor nicht ewig darüber hinwegtäuschen können, was mit dir geschehen ist«, sagte Rico, als hätte er meine unsichtbare Zwiesprache vernommen. »Früher oder später musst du ihm die Wahrheit sagen.«

Er hatte recht. Gut dreißig Jahre hatten wir inzwischen miteinander verbracht, dazu dreißig weitere im Tiefschlaf. Noch war der Altersunterschied zwischen uns kaum zu bemerken – hätten mir zahlreiche Tests nicht die lebenserhaltende Kraft des Aktivators bewiesen, ich hätte ihn manchmal beinahe vergessen. Irgendwann aber würde ich meine Alterslosigkeit nicht mehr verheimlich können. Cunor würde mir Fragen stellen. Und ich wusste heute schon, dass ich keine Antworten für ihn haben würde. Ich wusste ja nicht einmal mehr, wie ich nach Atlantis zurückgekehrt war, und wenn Rico es wusste, sagte er es mir nicht.

»Was ist mit dir?«, fragte ich Rico. »Du bist seit sechzig Jahren hier und wirkst ebenfalls keinen Tag älter. Dabei hast du nicht einmal eine Tiefschlafvorrichtung. Schläfst du überhaupt? Ich habe dich noch nie essen sehen. Du bist kein Wesen aus Fleisch und Blut, oder doch?«

Rico neigte entschuldigend den Kopf. »Ich bin nicht vollkommen, aber im Gegensatz zu deinem Freund bin ich von Dauer. Er wird dir niemals vertrauen können, und du solltest nicht dein Herz an ihn hängen. Ich dagegen werde immer für dich da sein, dich bei deiner Aufgabe unterstützen. Eines Tages wirst du das erkennen.«

Ich schnaubte. »Du benutzt das Wort ›Freund‹, dabei weißt du nicht, wovon du redest. Und die ›Aufgabe‹, von der du sprichst, kann ich nicht erkennen. Was bin ich denn? Ein machtloser Schiffbrüchiger, eine Witzfigur, der die Hände gebunden sind!«

Eine Träne der Wut sammelte sich in meinem Augenwinkel. »Mag sein, dass dieser Tag, von dem du sprichst, kommen wird, doch ich werde ihn verfluchen. Noch ist es nicht so weit! Und einstweilen befehle ich dir, dich Cunor nicht zu offenbaren.«

Ergeben senkte Rico den Blick. »Wie du wünschst, Herr.«

Mit einem letzten wütenden Blick zurück schulterte ich meinen Rucksack und machte mich auf den Heimweg.

Rico sah mir nach, doch er verließ nicht seinen Felsen.

Kapitel 2

Vielfarbenes Zwielicht herrschte in der runden Zentrale, die sicher im Mittelpunkt der hundertzwanzig Meter großen Kuppel lag. Der zentrale Antigravschacht führte von hier bis zur Kuppelspitze. Diese bestand aus durchsichtigem Glassit, zeigte aber ohne Zuhilfenahme der starken Scheinwerfer nie etwas anderes als die Dunkelheit von fast drei Kilometern Ozean; sie musste in dieser Tiefe einem Druck von beinahe 300 bar trotzen. In der anderen Richtung führte der Schacht vorbei an drei Fusionsreaktoren bis zum Boden des hundertsechzig Meter tiefen Zylinders, der unter der Kuppel in den Meeresgrund führte. Von dort gelangte man durch einen geheimen, fast einen Kilometer langen Gang in ein Versteck, das auf den Bauplänen der Station nicht auftauchte – wir selbst hatten es in den Fels getrieben.

Cunor ter Pelgan saß im Kontursessel des Kommandanten, von schimmernden Holos umgeben. Einst war der groß gewachsene Mann ein wahrer Draufgänger gewesen, ein guter Kämpfer und fähiger Offizier. Doch aus Gründen, die weder er noch ich kannten, war er unmittelbar vor der Katastrophe von meinem alten Freund Tarts de Telomar zur Verstärkung des Geleitzuges abkommandiert worden, der die evakuierten Kolonisten zurück nach Arkon bringen sollte.

Cunor hatte diesen Befehl in sehr eigener Weise interpretiert: Er hatte sich, kaum dass die ersten Gefechte entbrannten, mit einem Beiboot in die Schlacht gestürzt, um die startenden Frachter zu schützen. Im Gegensatz zu mir war er ein Held – wahrscheinlich verdankten ihm Hunderte Kolonisten das Leben. Dann aber hatten die Methans ihn erwischt, und er war abgestürzt. Das Letzte, was er gesehen hatte, war, dass Tarts mit dem Flaggschiff unter starken Beschuss geriet. Wir hatten nie erfahren, was aus ihm geworden war.

Mit den Jahren war Cunor stiller geworden. Das Exil setzte ihm zu, und so hatte er sich in sich selbst zurückgezogen. Nach all der Zeit war er wie ein Bruder für mich; andererseits musste ich einsehen, dass wir uns immer mehr voneinander entfernten. An manchen Tagen kam mir die leere Kuppel, die als kurzfristige Zuflucht für bis zu zehntausend Kolonisten gedacht gewesen war, so weit und einsam vor wie das All.

An diesem Tag aber zeigte sich eine Spur des alten Cunor hinter der Mauer, die er zwischen sich und der Welt gebaut hatte. Er wirkte aufgeweckt, beinahe fröhlich.

»Da bist du ja!«, begrüßte er mich. »Schau dir das an.« Er schob mehrere Holos in meine Richtung und zog sie mit den Händen größer, um mir bestimmte Ausschnitte darin zu zeigen.

»Du siehst dir wieder den Verlauf der Schlacht an«, stellte ich mit leichtem Unbehagen fest. Die Daten stammten von der Positronik des Beiboots, mit dem Cunor abgestürzt war. Sie vom Meeresgrund aus den Trümmern zu bergen, hatte uns Wochen der Arbeit gekostet. Doch in den ersten Jahren nach dem Untergang von Atlantis hatten wir viel Zeit auf dem Ozeanboden verbracht, während Sturmfluten und Aschewolken die Oberfläche zu einem ungemütlichen Ort machten und immer wieder Methans im Orbit auftauchten, die das Larsafsystem zeitweilig als Sammelpunkt für ihre Truppen nutzten. Aus derselben Zeit stammte unser geheimes Versteck, das selbst eine Vernichtung der eigentlichen Kuppel überdauern würde.

In jedem Fall hatte Cunor diese und andere Daten bereits öfter ausgewertet, als ihm guttat. Eigentlich hatte ich gedacht, dass wir diese Zeit der Angst und des Verfolgungswahns hinter uns gelassen hätten.

»Kommt dir das hier bekannt vor?«, fragte er und deutete auf einen kleinen Lichtpunkt auf seiner Parabelbahn am Rand des sensorischen Erfassungsbereichs.

»Sicher«, brummte ich. »Das ist einer der Trümmer, die damals abstürzten.«

»Dachte ich auch.« Cunors Stimme bebte vor Aufregung. »Dann habe ich aber eine Simulation erstellt und sie mit den atmosphärischen Daten verglichen ...«

»Komm zum Punkt!« Ich hatte längst den Überblick über sein umfangreiches Archiv verloren, das einzig dem Zweck diente, die Katastrophe immer wieder abzuspielen. Ich mochte es nicht, dass mein Freund so besessen davon war.

»Das ist kein Trümmerstück«, frohlockte Cunor. »Sondern ein Schiff.«

»Ein was?«, entfuhr es mir. Ich trat näher an die Holos, bis sich die Vektorlinien schon an meiner Nase brachen.

»Ein Methanschiff – ein Beiboot wahrscheinlich. Kleiner als eine Korvette, doch die Walzenform ist eindeutig erkennbar. Und es *steuert* noch. Siehst du?« Er legte eine Simulation über die Flugbahn. »Eigentlich hätte der Sturm es um einige Grad ablenken müssen, doch es behielt seine Flugrichtung bei.«

Nun hatte die Erregung auch mich gepackt. Mit schnellen Gesten griff ich in die Holos und führte meinerseits ein paar Berechnungen aus, bis ich Cunors Ergebnis bestätigt sah.

»Für eine Landung sinkt es trotzdem viel zu schnell ...«

»Das ist richtig«, räumte Cunor ein. »Es ist abgestürzt.«

»Weißt du auch, wo?«

Er rief einen holografischen Globus von Larsaf III auf. Mittlerweile kannte ich die Landmassen und Küsten mindestens ebenso gut wie die der Kristallwelt. Immer noch aber schmerzte mich die Leere zwischen den vier großen Kontinenten, wo einst Atlantis gelegen hatte. Der schlangenförmige Ozean war ein Riss durch die Welt und durch meine Seele.

Cunor deutete auf die Rundung des südwestlichen Kontinents, aus dem eine filigrane Landbrücke Richtung seines Schwesterkontinents entsprang. Dann holte er einen Ausschnitt etwas südlich davon heran und rief die geografischen Daten dazu auf. In der Vergrößerung konnte man die nördlichen Ausläufer des lang gestreckten Gebirgszugs erkennen, der sich die gesamte Westküste entlangzog. Laut unserer Datenbank befanden sich viele aktive Vulkane in dieser Region.

»Irgendwo in diesem Gebirge muss es sein«, sagte Cunor. »Das Schiff liegt nun seit sechzig Jahren dort, doch es sollte nicht schwer zu finden sein.« Er schaute mich mit geradezu leuchtenden Augen an. »Ist dir klar, was das heißt?«

»Natürlich«, sagte ich. »Doch du gehst davon aus, dass das Schiff noch intakt ist. Das ist mehr als unwahrscheinlich.« Tatsächlich hatten wir an Land bislang nur wenige Trümmerstücke gefunden. Die meisten Überreste der Raumschlacht waren entweder im Meer versunken oder in der Atmosphäre verglüht.

»Lass uns hinfahren und nachsehen!« Ich sah die Ungeduld, den Tatendrang in seinem Blick. Der bittere, schweigsame Mann, mit dem ich die letzten Jahrzehnte verbracht hatte, war wie ausgewechselt – und ich war dankbar dafür.

Dreimal hatte Cunor bislang eingewilligt, einen Zeitraum von etwa zehn Jahren im Kälteschlaf zu verbringen: das erste Mal, weil die Flottenbewegungen der Methans eine Rückkehr an die Oberfläche zu riskant machten; dann, weil wir nach ihrem Verschwinden die Hoffnung hegten, dass bald die imperialen Einheiten zurückkehren würden; das letzte Mal, weil wir die Hoffnung zu verlieren begannen.

Ich hatte Cunor von der Konverterkanone erzählt, und er hatte mir widerstrebend geglaubt, dass man mich deshalb von Atlantis weggerufen hatte, und ich keine Erinnerung mehr daran besaß, wie ich zurückgekommen war. Aller Logik zufolge musste diese Waffe dem Großen Imperium den Sieg gebracht haben. Wenn die Methans aber geschlagen waren, wieso kam niemand, um nach uns zu suchen? Die einzige Erklärung hierfür war, dass man uns für tot hielt. Niemand ahnte, dass wir noch da waren. Dazu war das Larsafsystem nie mehr als ein Nebenschauplatz gewesen – nur für uns war es seit sechzig Jahren alles, was wir kannten.

Das Einzige, was den Aufwand einer Suche so weit von daheim rechtfertigen würde, wärst du selbst, stimmte mein Gedankenbruder zu. *Der in Ungnade gefallene Sohn des Imperators. Doch weiß man, dass er kurz vor der Vernichtung der Kolonie mit unbekanntem Ziel davonflog. Dann setzte er noch einen Funkspruch ab – und verschwand.*

Jetzt aber, nach so langer Zeit, zog wieder Mut in unsere Herzen ein. Die Hoffnung auf Rettung kehrte zurück. Ein abgestürztes Schiff, und war es noch so schwer beschädigt, mochte wertvolle Ausrüstung und Ersatzteile beherbergen. Und wenn es womöglich gar flugfähig war ...

Cunor musste ahnen, was mir alles durch den Kopf ging, denn er lachte über mein Zögern. »Was ist mit dir? Ist dein Hirn noch vom Kälteschlaf benebelt? Oder hast du etwa Angst, noch Methans anzutreffen?«

»Larsaf ist giftig für sie«, murmelte ich, als wäre die Frage ernst gemeint gewesen. »So lange kann kein Besatzungsmitglied überlebt haben.«

»Was du nicht sagst.« Grinsend legte mir Cunor die Hand auf die Schulter. »Also, was sagst du? Gehen wir auf große Fahrt? Wie in alten Zeiten?«

Da fielen die letzten Zweifel von mir ab, und ich erwiderte sein Grinsen.

»Wie in alten Zeiten«, sagte ich.

Kapitel 3

Wir beluden eines der Tauchboote und machten uns auf die Reise. Da nach sechzig Jahren keine Eile bestand und wir die Gelegenheit auch zur Erkundung nutzen wollten, wählten wir die lange Route um die Südspitze des Kontinents und hielten uns die meiste Zeit in Küstennähe und an der Oberfläche. Nur bei schweren Stürmen tauchten wir ab und vertrauten uns dem Autopiloten an.

Diese Strecke betrug gut zwanzigtausend Kilometer, für die wir mit Zwischenstopps etwa drei Wochen benötigten. Dabei durchquerten wir sämtliche Klimazonen, fuhren durch eiskalte Winde, vorbei an steinigen, unfruchtbaren Klippen, bewaldeten Inseln und sanft geschwungenen Stränden. Wir sahen riesige Meeressäuger, Vogelschwärme, die den Himmel verdunkelten, und Herden bizarr geformter Pflanzenfresser an Land. Larsaf III war noch ein unberührter Garten; doch manchmal verriet der Rauch von Lagerfeuern bereits die Anwesenheit von Menschen.

Mit den Einheimischen pflegten wir nach wie vor keinen Kontakt. Zu Zeiten der Kolonie hatte unsere Anwesenheit die Aufmerksamkeit verschiedener Kulturen auf sich gezogen, aber mit wenigen Ausnahmen waren diese Menschen wilde Jäger gewesen, die sich gegenseitig mit Krieg überzogen. Einzig mein Tato Feltif de Khemrol hatte sich mehrfach über das Fraternisierungsverbot hinweggesetzt.

Aus den Aufnahmen der Flugbewegungen, die Cunor die letzten Jahrzehnte ausgewertet hatte, ging hervor, dass ein kleiner Gleiter mitten in der Schlacht um Atlantis aus seinem Khasurn in Richtung des nordöstlichen Kontinents gestartet und etwa eine Stunde später zurückgekehrt war, um in den Flammen vernichtet zu werden. Wir hatten uns lange gefragt, ob Feltif vielleicht noch irgendwo lebte, zurückgezogen bei den Menschen – aber wir hatten nie einen Funkspruch von ihm empfangen und keinen Anhaltspunkt, wo genau wir nach ihm suchen sollten.

Vielleicht, dachte ich beim Anblick der fernen Feuer, würden wir in Zukunft ja mehr mit den Menschen zu tun haben.

Wir legten vor der Küste an und verluden unsere Ausrüstung in das kleine Rettungsboot. Unsere Unterseekuppel war ein ziviles, hastig und in der Not gebautes Versteck; demzufolge mangelte es uns an militärischem Gerät. Wir besaßen jedoch Handfeuerwaffen und leichte Schutzanzüge, die auch mit Schutzschirm- und Antigravgeneratoren ausgestattet waren. Außerdem führten wir medizinische Ausrüstung und ein großes Sortiment an Messgeräten und Werkzeug mit – alles, was wir vielleicht brauchten, um in die Methanwalze einzudringen und alles zu bergen, was uns wertvoll schien.

Ich persönlich hatte meine Zweifel, dass das Schiff noch flugtauglich war, sonst hätten die Besatzung oder ein Autopilot es längst gestartet. Trotzdem mochte sich das Wrack als Schatz erweisen. Vielleicht waren Teile des Antriebs noch zu gebrauchen, und vielleicht – darauf hoffte Cunor ganz besonders – funktionierte der Hyperfunk sogar.

Weil wir uns ein Bild von der Gegend machen wollten, marschierten wir zu Fuß ins Inland. Das Gelände stieg stetig an, und wir sahen bereits die Gipfel des Gebirges am Horizont, die drei- bis viertausend Meter hoch aufragten. Die Hitze trieb uns den Schweiß auf die Stirn, aber wir genossen die körperliche Anstrengung und die mit wilden Gerüchen angefüllte Luft. Um die dichten Urwälder zu vermeiden, durchquerten wir ein von hohen Gräsern bewachsenes Hügelland. Dort sahen wir enorme Säuger mit langen Rüsseln und bedrohlichen Stoßzähnen, außerdem kaum kleinere, gedrungene Wesen mit einem knochigen Rückenpanzer und Keulenschwänzen. Da es sich bei beiden Spezies um Pflanzenfresser handelte, fragte ich mich unwillkürlich, gegen was für Wesen sie sich mit diesen Waffen wohl zur Wehr setzen mussten.

Räuber scheinen nicht ihr größtes Problem zu sein, meldete sich mein Logiksektor. *Schau dir nur ihre Haut an ...*

»Diese Tiere sind krank«, stellte ich fest. »Fast alle! Kann ein einzelner Erreger so unterschiedliche Spezies befallen?«

»Du hast recht.« Cunor setzte seinen Rucksack ab und kontrollierte die Anzeigen seiner Geräte. »Ich messe erhöhte Strahlenwerte. Ursprung noch unklar.«

»Was ist mit dem Wasser?«, fragte ich und deutete auf einen nahen Fluss.

Wir gingen näher ans Ufer, wo wir mehrere farbenprächtige

Stelzvögel aufschreckten. Cunor maß eine zweites Mal und nickte grimmig. »Könnte sein. Und der Fluss kommt ...«

»Vom Gebirge«, beendete ich den Satz und zeigte stromaufwärts.

»Ist das dort hinten Rauch?«, fragte Cunor.

Ich nahm meinen Feldstecher und sah seine Vermutung bestätigt. »Die Gegend am Fuß der Berge ist bewohnt. Und wenn die Menschen vom selben Wasser trinken wie diese Tiere ...«

»Wir sollten die Siedlung besser vermeiden«, sagte Cunor.

»Wenn diese Menschen krank sind, sollten wir ihnen helfen«, widersprach ich.

»Wieso? Was haben wir mit ihnen zu tun? Das bringt nur Schwierigkeiten.«

»Es gibt kein Fraternisierungsverbot mehr«, erinnerte ich ihn im Scherz. »Ich habe es aufgehoben.«

Doch Cunor ging nicht darauf ein. »Wir sollten uns auf unsere Aufgabe konzentrieren.«

»Vielleicht können uns die Menschen bei unserer Suche nach der Absturzstelle behilflich sein. Und wenn das Schiff das ist, was sie krank macht, dann macht sie das zu einem Teil unserer Aufgabe.«

Cunor verbiss sich eine Antwort. Die meisten unserer Streitigkeiten die letzten Jahrzehnte waren so oder so ähnlich verlaufen: Jeder brachte seine Argumente an, bis einer von uns seinen Standpunkt aufgab. Manchmal war das er, manchmal ich. Unsere ehemaligen Ränge spielten längst keine Rolle mehr; auch nicht, dass Cunor im Gegensatz zu mir über keinen aktivierten Extrasinn verfügte. Oft waren unsere Meinungsverschiedenheiten rein emotionaler Natur, so wie diese. Letztlich ging es nur darum, wer seine Position mit mehr Nachdruck verteidigte.

Wir nahmen uns die Zeit, etwas Wasser von den radioaktiven Partikeln zu reinigen und uns zu erfrischen. Zwar ging ich davon aus, dass der Zellaktivator mich bis zu einem gewissen Grad vor Strahlung schützte, doch ich wollte mich Cunor gegenüber nicht verraten. Dann schulterten wir abermals unser Gepäck und marschierten tiefer ins Hochland, auf die Rauchfahnen zu, die nun deutlich sichtbar vor der malerischen Kulisse des Gebirges in den fast windstillen Abendhimmel stiegen.

Kurz vor Sonnenuntergang erreichten wir die Siedlung.

Sie entpuppte sich als ein erstaunlich großes Dorf am Fuß eines

Kegelbergs, der dem Hauptmassiv vorgelagert war. Gut hundert Zelte und sogar einige Lehmhütten drängten sich an eine steile Felswand, eingegrenzt von einer schlichten Palisade aus Speeren, die man in den Boden gerammt hatte. Wasservögel mit dunklem Gefieder spazierten frei zwischen den Hütten umher, und in niedrigen Gehegen tummelten sich große Nagetiere. Bei näherem Hinsehen zeigten auch diese Tiere Schäden an ihrem Erbgut, hatten Tumore unter dem Fell oder humpelten auf verkrüppelten Füßen.

Verglichen mit den vorherrschenden Jäger- und Sammlerkulturen war das Dorf durchaus beeindruckend. Irgendetwas musste diese Menschen dazu bewegt haben, die nomadische Lebensweise ihrer Brüder und Schwestern abzulegen und sesshaft zu werden.

Aber wieso ausgerechnet hier?, fragte ich mich ratlos, während die Ersten von ihnen staunend auf uns zutraten. Mit Entsetzen wanderte mein Blick über ihre entstellten Gesichter, ihre gebeugten Körper.

Viele waren krank, fast alle.

Ich merkte, wie sich Cunor bei ihrem Anblick versteifte. Die meisten Dörfler trugen nur genähte Tierhäute, doch praktisch jeder hielt einen Speer oder eine Keule in der Hand.

»Wer seid ihr?«, fragte eine stämmige Frau mit einem aufwendigen Federschmuck auf dem kahlen Kopf. Mein Translator übersetzte die primitiven Worte im Handumdrehen.

»Wir sind hier, euch zu helfen«, antwortete ich, um ihnen die Angst zu nehmen.

Aber meine Worte schienen die Menschen nur noch mehr zu verunsichern, vielleicht des ungewohnten Klangs des Translators wegen. Cunor warf mir einen strafenden Seitenblick zu.

»Woher kommt ihr?«, fragte die Frau, bei der es sich um eine Art Stammesmutter oder Schamanin handeln musste.

Nach kurzer Abwägung deutete ich Richtung des Berges – einerseits, weil wir geografisch gesehen tatsächlich aus dem Osten kamen, andererseits, weil es uns vielleicht einen guten Grund gab, ins Gebirge zu reisen.

»Haben die Ahnen euch gesandt?«

Ehe ich hierauf eine Antwort geben konnte, brach am anderen Ende des Dorfes Unruhe aus. Ich schaute über die Köpfe der kleineren Menschen hinweg und sah eine Gruppe Jäger, die gerade mit einer bizarren Beute zurückkehrten: Das Tier war bestimmt doppelt so groß wie sie selbst, massig wie ein Naat, mit langen zottigen Armen und plumpen Beinen. Es hatte lange Krallen, aber ein so harmloses Gesicht, dass es einem fast leid tat. Nach und nach merkten die Männer, dass sie und das erlegte Tier nicht die Hauptattraktion waren. Sie luden es ab und kamen zu uns herüber.

»Bleib einfach ruhig!«, flüsterte ich Cunor zu. »Sie werden uns nichts tun.«

»Ich werde ihnen nicht die Gelegenheit dazu geben«, gab er zurück und legte die Hand auf den Strahler an seinem Gürtel.

Die Stammesmutter beriet sich mit dem Anführer der Jäger, einem muskelbepackten Mann mit einer Kette aus Reißzähnen um den Hals. Unzählige Narben kämpften mit den Geschwüren auf seiner Haut um die Vorherrschaft.

»Dies ist ein großer Tag für uns!«, verkündete die kahle Frau nach kurzer Unterredung. »Wir werden ein Fest zu Ehren der Ahnen feiern und ihnen ein Opfer darbringen. Die Gesandten der Ahnen werden unsere Gäste sein!«

»Der Kerl sieht aus, als hätte er es lieber, wenn wir das Opfer spielten«, flüsterte Cunor.

Tatsächlich wirkte der vernarbte Mann alles andere als erfreut. Dabei schienen die wenigsten Menschen echte Angst vor uns zu empfinden. Eher schon so etwas wie Ehrfurcht ...

Ihr seht nicht aus wie sie – vor allem aber zeigt ihr keine Anzeichen von Krankheit, sagte mein Logiksektor. *Das müssen sie, die schon ihr Leben lang entstellt sind, irgendwie in ihr Weltbild einfügen. Die Frau hat sich entschlossen, euch als eine Bestätigung ihres Ahnenkults zu sehen. Der Mann sieht euch als Bedrohung, vielleicht als Konkurrenz.*

»Komm!«, sagte ich zu Cunor und folgte den beiden, umringt von einer Schar Dörfler, die es nicht wagten, uns zu berühren, aber auch nicht die Blicke von uns lassen konnte. Mir fiel auf, dass ich nur wenige Kinder sah.

Wahrscheinlich haben sie auch mit Unfruchtbarkeit zu kämpfen.

Die Menschen führten uns zwischen den Zelten hindurch zu der Steilwand, vor der mehrere große Felsen einen ungefähren Kreis markierten. In die Wand selbst waren zahllose künstliche Höhlen getrieben.

»Vielleicht haben sie in diesen Höhlen früher gewohnt und hängen deshalb an diesem Platz«, mutmaßte Cunor.

Ich schüttelte den Kopf. »Ich glaube eher, dass sie hier ihre Toten bestatten.«

Mit gemischten Gefühlen schauten wir zu, wie die Jäger das erlegte Riesentier heranschafften und in den Steinkreis legten. Andere holten brennende Fackeln von der Feuerstelle. Dann begannen sie im flackernden Schein der Flammen das zottige Wesen zu häuten und auszunehmen. Angewidert wandte Cunor den Blick ab. Die Dorfbewohner hingegen verfolgten jeden Handgriff mit Vorfreude und stimmten einen rituellen Singsang an, während die Stammesmutter ein Feuer aus duftenden Hölzern entfachte.

Schließlich hielt sie das blutige Herz des Tieres in Händen und brachte es ihren Ahnen mit lautem Ruf als Brandopfer dar. Die zum Verzehr bestimmten Fleischstücke wanderten auf die übrigen Feuer. Eine ausgelassene Stimmung breitete sich aus. Allein der grimmige Anführer der Jäger wirkte nicht zufrieden mit dem Gang der Zeremonie.

Da bebte mit einem Mal die Erde unter unseren Füßen – just in dem Moment, in dem die Stammesmutter wieder das Wort ergreifen wollte. Ein gespenstisches Grollen rollte durch den Berg, dann verging der Spuk so plötzlich, wie er gekommen war.

Der entstellte Jäger aber nutzte die Gelegenheit, einen lautstarken Streit mit der stämmigen Frau anzuzetteln. »Dein Opfer wurde nicht angenommen!«, behauptete er. »Die Ahnen zürnen uns und müssen besänftigt werden!«

»Seit wann reden die Ahnen mit Kriresi, dem Jäger?«, hielt ihm die Stammesmutter entgegen. »Ich, Reskene, sage euch, dass unser Ruf erhört wurde!«

»Die Ahnen verlangen ein größeres Opfer!«, beharrte Kriresi. Dann deutete er auf uns. »Ich sage, opfert die Fremden!«

Cunors Hand griff nach dem Strahler.

»Haltet ein!« Reskene hob die Hand. »Diese beiden wurden uns von den Ahnen selbst gesandt. Willst du deine Hand gegen die Ahnen erheben? Sie sind als Zeichen ihrer Gnade gekommen. Ist es nicht so?«

»Die Ahnen haben dein Opfer angenommen«, antwortete ich laut und deutlich, denn ich wollte nicht, dass es zu einem Blutvergießen kam. Mit der Stammesmutter ließ sich vielleicht reden – mit Kriresi könnte dies dagegen schwierig werden.

»Woher willst du das wissen?«, fragte Kriresi. »Redest du mit den Geistern?«

»Fordere die Ahnen nicht heraus«, warnte ich ihn.

Wutschnaubend wandte sich der Jäger ab und stapfte davon. Vielleicht täuschte ich mich, aber mir kam es so vor, als schenkte mir Reskene ein erleichtertes Lächeln.

»Du spielst ein gefährliches Spiel«, raunte Cunor.

»Ich versuche nur, ihr Vertrauen zu gewinnen ...«

Er wollte gerade etwas erwidern, als Reskene plötzlich mit lautem Aufschrei zusammenbrach. Ein Speer ragte aus ihrer Seite. In der Dunkelheit hatte ich weder gesehen, woher er gekommen war, noch wer ihn geworfen hatte.

Panik brach aus. Mehrere Jäger stürmten auf uns zu, doch Cunor sandte schon den ersten mit einem Dagor-Wurf zu Boden. Ich knöpfte mir derweil Kriresi vor, der urplötzlich wieder aufgetaucht war, packte ihn am Arm und setzte einen Hebel an. Trotz seiner Stärke hatte er der arkonidischen Nahkampftechnik wenig entgegenzusetzen. Der Kampf war binnen Sekunden entschieden, ohne dass jemand ernstlich verletzt worden wäre.

Mit neuem Respekt machten die Menschen eine Gasse für uns frei, durch die wir zu der verwundeten Stammesmutter eilten.

»Ich kann sie heilen!«, sagte ich den aufgebrachten Männern und Frauen, die neben ihr knieten. »Aber nicht hier! Wo wir ungestört sind.«

Die Menschen folgten meinem Befehl und trugen die bewusstlose Schamanin zu einer großen Lehmhütte, deren Eingang von zwei gewaltigen Stoßzähnen flankiert wurde. Die Häute, die Reskene trug, waren da schon völlig blutdurchtränkt.

Ein junger Mann mit einem Klumpfuß führte uns ins Innere, begleitet von einer etwa gleichaltrigen Frau, deren schönes Gesicht von einer Lippenspalte verunziert wurde. Reskenes Kinder, nahm ich an. Sie betteten ihre Mutter auf ein Lager aus Fellen, während Cunor die medizinische Ausrüstung bereitlegte. Sobald er so weit war, wandte ich mich an Reskenes Familie. Sohn und Tochter schauten mich mit großen Augen an.

»Haltet eure Mutter fest«, sagte ich.

Dann zog ich den Speer heraus.

Kapitel 4

Die Nacht über hielten wir abwechselnd Wache und stärkten uns heimlich mit Nahrungskonzentraten. In einer Ecke der Hütte köchelte zwar ein dicklicher Brei in einem Behältnis, das wie ein Stück Rückenpanzer von einem der Tiere aussah, denen wir auf unserem Marsch begegnet waren; doch es roch nicht sehr einladend. Außerdem hatte ich das unbestimmte Gefühl, dass es unsere Position verschlechtern würde, wenn man uns essen und schlafen sehen würde wie gewöhnliche Menschen.

Am Morgen kam Reskene wieder zu sich. Sie hatte sehr viel Blut verloren, doch dank der Präparate, die ich ihr injiziert hatte, war ihr Zustand stabil, und ihr Körper heilte schon. Die Speerverletzung hatte ich desinfiziert und mit Wundkleber geschlossen.

Die Stammesmutter schien es selbst kaum glauben zu können, als sie die Augen wieder aufschlug. Ihre Familie hatte sich um das Krankenlager versammelt und betrachtete uns mit unverhohlener Ehrerbietung und Dankbarkeit.

»Ich muss mich dem Dorf zeigen«, flüsterte Reskene schwach.

»Noch ist es zu früh«, warnte ich sie. »Aber vielleicht kannst du uns einige Fragen beantworten.«

»Was weiß ich, was die Geister meiner Ahnen nicht wissen?«, fragte sie demütig.

»Wie langte seid ihr schon krank?«, fragte ich.

Sie seufzte schwer. »Es fing an, als meine Mutter noch ein kleines Mädchen war. Nur wenige Sonnenläufe nach der Zeit, als die Sterne vom Himmel fielen und die Erde erbebte. Ein großes Feuer traf den heiligen Berg ...«

Die Schlacht um Atlantis. Cunor und ich warfen uns wissende Blicke zu. Es bestand kein Zweifel mehr: Das abgestürzte Methanschiff musste die Gegend verseucht haben.

»Wieso seid ihr nicht fortgezogen?«

Sie schaute mich fassungslos an. »Willst du mich auf die Probe stellen, Geist? Dies ist der Berg der Ahnen. Er ist uns heilig.

Schon die Mutter meiner Mutter kam hierher, und ihre Mütter und Väter vor ihr.«

»Das heißt, erst ihr habt euch hier dauerhaft niedergelassen?«

Die Stammesmutter nickte. »Unsere Vorfahren zogen noch umher, folgten den Tieren. Als die ersten Kinder krank geboren wurden, dachten wir, die Ahnen wollten uns strafen, weil wir ihnen nicht genug Aufmerksamkeit schenken.«

Und das hat alles nur noch schlimmer gemacht, dachte ich. *Was für eine grausame Ironie!*

Reskenes Tochter griff mitfühlend ihre Hand.

»Es ist das Wasser«, sagte Cunor streng. »Ist euch das klar?« Er war in der Frühe, geschützt von Reskenes Sohn und ein paar Männern, bis zu dem Fluss gegangen, der nicht weit vom Dorf in einer engen Schlucht aus dem Gebirge trat. Weitere Messungen hatten die Ergebnisse des Vortags bestätigt. Die radioaktive Belastung war hier noch deutlich höher als stromabwärts.

»Der Zorn der Ahnen kann viele Formen annehmen. Doch ob er uns im Wasser, im Wind oder in den Tieren trifft, die wir jagen: Für mich zählt nur, wie ich die Ahnen besänftigen kann.« Tränen traten in ihre Augen. »Sag du es, mir, Geist: Was kann ich tun? Was habe ich falsch gemacht?«

»Nichts«, versicherte ich ihr. »Ich werde zurück zu den Ahnen gehen und ihnen sagen, dass man ihrer hier im Dorf in Ehren gedenkt. Ich werde sie bitten, ihren Zorn zu zügeln.«

Cunor schaute mich missbilligend an. Ich nahm ihn beiseite, damit wir ungestört reden konnten.

»Bitte bleib bei ihnen«, sagte ich. »Ich brauche höchstens einen Tag, das Schiff zu finden. Dann komme ich wieder!«

»Du willst mich hier bei diesen Wilden lassen?«, entrüstete er sich.

Reskenes Kinder sahen verunsichert herüber, als er seine Stimme erhob.

»Ich brauche dich hier, damit du ein Blutbad verhinderst. Der Speer wurde mit Sicherheit von Kriresi oder einem seiner Männer geworfen. Wir haben durch unsere Ankunft einen Konflikt angefacht, der wahrscheinlich schon lange schwelt. Wenn wir nicht aufpassen, wird er noch einmal versuchen, die Macht zu übernehmen – oder den Ahnen ein Opfer darbringen, das in seinen Augen würdiger ist.«

»Und wenn schon – was kümmert es uns?« Cunor schaute

mich an, als redete er mit einem Begriffsstutzigen. »Das sind keine Arkoniden!«

»Vielleicht ist es an der Zeit, unsere Sicht auf die Menschen zu ändern.« Ehe Cunor protestieren konnte, fügte ich hinzu: »Davon abgesehen wissen wir nicht, wie hoch die Strahlenbelastung im Gebirge ist. Es reicht, wenn einer von uns beiden krank wird, meinst du nicht? Zur Not musst du mich zurück zum Tauchboot und in die Kuppel bringen. Dort können wir auch schwere Strahlenschäden heilen.«

»Die Kuppel ist selbst bei voller Fahrt zwei Wochen entfernt«, warnte er mich.

»Ich gebe auf mich acht«, versprach ich ihm.

Die Wahrheit war, ich hatte keine Angst vor dem, was mich im Gebirge erwartete – ich war davon überzeugt, dass mein Zellaktivator einen ausreichenden Schutz vor der Strahlung darstellte. Wenn ich mich darauf konzentrierte, glaubte ich das taubeneigroße Gerät unter meiner Kombination schwach pulsieren zu spüren.

Ich legte Cunor die Hand auf die Schulter. »Ich bin so schnell wie möglich zurück.«

Kapitel 5

Ich folgte dem Fluss in die Schlucht, bis ich außer Sichtweite der letzten Menschen war. Dann aktivierte ich meinen Antigravgenerator und flog mithilfe der kleinen Steuerdüsen an meinem Gürtel ins Gebirge.

Bald war der Fluss in seiner Schlucht nur noch ein schmales, helles Band unter mir. Die grasbewachsene Hochebene wich einer Welt des schroffen Fels. Weit im Westen konnte ich die Küstenlinie erahnen, dann durchstieß ich die unterste Wolkenschicht. Kalter Wind fuhr mir durchs Gesicht, feine Nebeltröpfchen fingen sich in meinem Haar. Sobald ich die Wolken hinter mir hatte, hielt ich meine Position und verschaffte mir mit dem Feldstecher einen Überblick.

Ich musste nicht lange suchen. Das Schiff lag halb verschüttet am Rande des Gipfels, der tatsächlich die Form eines Kraters aufwies. Der Berg war eindeutig ein Vulkan. Blubbernder Schlamm sammelte sich in kleinen Becken entlang des Hangs, und an einigen Stellen sah ich heißen Dampf aus den Felsspalten aufsteigen.

Das Schiff selbst wirkte kalt und tot. Es lag schräg auf der Seite, das Heck komplett von Gestein eingeschlossen. Nur einer der beiden Ringwülste war sichtbar. Tiefe Schrammen zogen sich über den ganzen Rumpf, und an manchen Stellen hatten Einschüsse oder Explosionen ihn wie mit wütenden Klauen aufgerissen. Ich landete nahe der gerundeten Walzenspitze, die wie der Bug eines auf Grund gelaufenen Schiffs aus dem Fels ragte, und kletterte vorsichtig näher.

Die Walze maß etwa fünfzehn Meter im Durchmesser und geschätzte sechzig in der Länge. Damit entsprach sie dem üblichen Verhältnis aller Methanschiffe, war aber sehr klein. Wahrscheinlich handelte es sich um ein Beiboot oder einen älteren Bautyp.

Ich überprüfte meine Instrumente. Die Strahlungswerte der Umgebung waren drastisch erhöht; unter normalen Umständen sollte man sich nicht länger als eine Stunde in einem solchen Terrain aufhalten. Besorgt folgte mein Auge den Rinnsalen, die aus den brodelnden Becken und dem dampfenden Fels bergabwärts troffen, um sich mit dem Fluss zu vereinen. Das Strahlungsleck musste sich im verschütteten Heck des Schiffes befinden.

Ich leuchtete mit meiner Lampe durch einen größeren Riss und stieg behutsam ins Innere. Von der Wasserstoff-Methan-Ammoniak-Atmosphäre war keine Spur geblieben. Da das Schiff auf der Seite lag, stand ich auf einer schrägen Wand in einem Deck unterhalb der Zentrale. Alles, was in dem Raum nicht niet- und nagelfest war, war nach unten gerutscht und hatte sich mit den eindringenden Elementen verbunden. Moos und Unkraut wucherten über die unförmigen Trümmer, die einst Einrichtungsgegenstände oder Ausrüstung gewesen waren. Zahlreiche Brandspuren und verbogenes Metall kündeten von der Höllenglut, die hier nach dem Absturz geherrscht hatte.

Der Raum hatte die ungefähre Form eines Kreissegments. Über mir verlief der zentrale Schacht, der die Walze der Länge nach durchzog. Ich erklomm einen verkohlten Sitz, der von meiner Warte etwa auf halber Höhe aus dem ehemaligen Boden ragte, sprang nach oben und schaffte es, den Rand des Einstiegs zu packen. Dann kletterte ich innerhalb der leicht geneigten Röhre mit klopfendem Herzen weiter aufwärts, bis in die Zentrale.

Die Zentrale war ein einziger großer, kreisförmiger Raum. Er war überraschend leer; wahrscheinlich wurden die meisten Schiffsfunktionen über virtuelle Konsolen gesteuert. Auch hier wehte ein kalter Wind durch Risse im Rumpf, und die ursprüngliche Atmosphäre war lange entwichen.

Die Besatzung aber saß nach wie vor festgeschnallt auf ihren Sitzen.

Mit Ekel studierte ich die Überreste der Methans. Drei der monströsen Fremden waren bis zur Unkenntlichkeit verbrannt. Der Raumanzug des vierten, der mir am nächsten saß, schien aber noch intakt. Widerstrebend trat ich näher und richtete meine Lampe auf den kuppelförmigen Helm, der passend zum weiten Gesichtsfeld der Methans rundum transparent war.

Der Fremde musste beim Aufschlag oder kurz darauf gestorben sein. Vielleicht hatte er die Besinnung verloren und war im

Laufe der folgenden Stunden erstickt. Der Raumanzug aber hatte seinen Körper konserviert, sodass die vier großen, roten Augen mir mit kaltem Mumienblick entgegenstarrten.

Nie zuvor war ich einem von ihnen so nahe gekommen. Dies also waren die furchtbaren Gegner, die wir so lange vergebens bekämpft hatten. Die Atlantis zerstört hatten und nicht gezögert hätten, den gesamten Planeten zu vernichten, wenn er von Relevanz gewesen wäre ...

Ebenso wenig wie wir, merkte mein Logiksektor an.

Ich nahm den Sessel näher in Augenschein und entdeckte einige darin eingelassene Kontrollen. Angewidert öffnete ich die Gurte und ließ den massigen Leichnam zu Boden sacken. Dann schwang ich mich selbst in den unförmigen Sitz, lag nun beinahe auf dem Rücken und schnallte mich fest. Ich starrte zur gegenüberliegenden Wand hoch. Systematisch machte ich mich mit den Kontrollen vertraut.

Ich hatte Glück – das Schiff verfügte trotz seiner Schäden noch über Notenergie. Es gelang mir, ein flackerndes holografisches Interface zu aktivieren. Die Bedienung war mir nicht vertraut, doch das Glück war mir abermals hold – das Schiff akzeptierte auch Sprachbefehle, und nach einer Weile klappte die Verständigung mittels meines Translators. Darüber verstrich erst eine Stunde, dann noch eine weitere. Draußen wurde es Abend.

Irgendwann warf ich nervös einen Blick auf meinen Strahlenmesser. Ich hatte ganz die Zeit vergessen. Eigentlich hätte ich bei dieser starken Exposition bereits Anzeichen einer leichten Strahlenkrankheit bemerken sollen, wie Übelkeit oder Kopfschmerzen. Auch wäre es nötig, mich so bald wie möglich in Behandlung zu begeben. Doch abgesehen von einer leichten Erschöpfung, die auch der langen Nacht und der dünnen Luft geschuldet sein mochte, ging es mir gut.

»Der Aktivator hält dich aufrecht«, hörte ich eine Stimme hinter mir, als hätte sie meine Gedanken gelesen.

Mein Kopf fuhr herum, meine Hand griff zur Waffe.

Hinter mir stand Rico. Er musste durch einen der schmalen Risse geschlüpft sein.

»Was verdammt tust du hier?«, herrschte ich ihn an.

»Ich bin dir gefolgt. Ich hatte eine Ahnung, was euer Ziel sein könnte, und dass du vielleicht Hilfe brauchen kannst.«

»Gefolgt?« Ich wusste gar nicht, wo ich anfangen sollte: damit, dass er sich eigenmächtig als mein Beschützer aufspielte, oder damit, dass er sich offenkundig wieder an den Tauchbooten und unserer Ausrüstung bedient hatte. War er etwa auch in der Kuppel gewesen?

»Wir haben jetzt keine Zeit für Diskussionen! Noch heilt dein Aktivator die Schäden, die die Strahlung deinem Organismus zufügt – aber wenn die Dosis zu hoch wird, kann er dich ebenso wenig beschützen wie vor einem Schwertstreich.«

Vermutlich hatte er recht: Was ich von seiner Eigenmächtigkeit hielt, hatte Zeit bis später. »Du hast gesagt, du willst helfen. Dann hilf mir, dieses Schiff zu zerstören!«

»Du willst, dass wir das Schiff zerstören?« Rico tat erstaunt.

Ich rief eine holografische Übersicht der einzelnen Decks auf und projizierte sie unter die zentrale Kuppel. »Dieses Schiff ist unrettbar verloren. Unterhalb des vierten Decks ist es nur noch ein Wrack.«

»Du solltest lieber nicht dorthin gehen«, warnte mich Rico.

»Ich habe es nicht vor. Ohnehin würde es Jahre brauchen, es auch nur ansatzweise zu reparieren. Wahrscheinlich Jahrzehnte.«

»Und doch hast du den Gedanken erwogen.«

Ich schüttelte den Kopf. »Nicht ernsthaft. Selbst wenn wir Roboter und Ausrüstung aus der Kuppel herschaffen würden, würde unten im Dorf in der Zwischenzeit eine weitere Generation kranker Kinder geboren werden. Die ganze Gegend ist bereits verseucht, und das unterste Deck ist nach wie vor voller Radionuklide, die nur darauf warten, auszutreten.« Ich schnaubte. »Entweder, wir haben den Methans so zugesetzt, dass sie uns schon archaische Schiffe wie dieses entgegenwarfen, oder es war nie für den Kampfeinsatz gedacht gewesen. Vielleicht war das Schiff ein Museumsstück, oder nie mehr als eine Waffe, wer weiß.«

»Du sorgst dich also um die Menschen dort unten«, stellte Rico interessiert fest.

»Vielleicht tue ich das.« Ich kniff die Augen zusammen. »Also was ist? Wirst du mir helfen oder nicht?«

»Wenn du gestattest.« Rico betätigte einen Antigravgenerator und schwebte ein paar Meter in die Höhe, bis er praktisch in dem Holo verschwunden war. Dann stellte er eine Verbindung zur Positronik her und war die nächsten Minuten in einen wirbelnden Farbensturm getaucht. Schneller, als ein Arkonide das jemals vermocht hätte, machte er sich mit jedem einzelnen System vertraut.

»Ich denke, wir haben genug Energie, um Waffen und Schirme für eine Minute oder zwei zu aktivieren. Und mit ein paar Stunden Arbeit vielleicht auch eins der Steuertriebwerke.«

»Und das wird reichen?«, fragte ich skeptisch.

»Vertrau mir!«, sagte Rico und lächelte sein undeutbares Lächeln. »Das reicht.«

Kapitel 6

Der Vulkan sandte eine gewaltige Rauchwolke in den Himmel, und das Grollen rutschender Gesteinsmassen hallte zwischen den Gipfeln. Panik erfasste die Tiere im Hochland und fegte die Vögel vom Himmel, während der junge Tag wieder zur Nacht wurde und sich mit den Ascheflocken ein übler Gestank aus dem Innersten der Erde ausbreitete. Entlang des Gipfels konnte man ein Glimmen so hell wie die Sonne erkennen, eine unheimliche zweite Morgenröte.

Als ich zurück ins Tal kam, war das Spektakel schon beinahe vorbei, der heiße Lavastrom versiegt.

»Was bei allen Sternengöttern hast du getan?«, rief Cunor, der mich vor dem Dorf abpasste. Ich hatte ihn bereits kurz vor meiner Rückkehr über Funk gewarnt, was geschehen würde.

»Das Schiff war nicht mehr zu retten«, sagte ich.

»Du hast es vernichtet! Und mit ihm unsere beste Chance auf Rettung in sechzig Jahren!«

»Es war nur noch ein Gefahrenherd«, widersprach ich. »Wie viele Menschen hätten künftig daran erkranken sollen?«

»Was interessieren mich diese Narren!« Cunors Augen waren feucht vor Wut. »Sollen sie weggehen, wenn sie überleben wollen, sollen sie sterben, wenn dieser Berg ihnen so wichtig ist! Aber *ich* will nicht hier sterben. Ich will Arkon wiedersehen, meine Familie, meine Freunde!«

Mir fuhr ein Stich ins Herz. Ich verstand seine Gefühle nur zu gut, auch wenn ich sie nicht offen zeigte. Oder machte ich mir etwas vor? Ich teilte seine Angst vor der Einsamkeit, ohne Frage. Aber hatte ich vielleicht vergessen, wie es war, Angst vor dem Tod zu haben?

»Die Triebwerke ließen sich nur für wenige Augenblicke aktivieren«, sagte ich. »Dann war alle Energie verbraucht. Und das Schiff war nicht mehr raumtauglich. Wir hätten niemals diesen Planeten damit verlassen können.«

Es war die Wahrheit. Rico hatte mit den Geschützen einen tiefen Kanal ins Vulkaninnere gebrannt. Dann hatte er die Schirme aktiviert und das Schiff programmiert, mit dem letzten zur Verfügung stehenden Schub so tief wie möglich in die Magma zu tauchen – gegen den Druck des nach oben strebenden Gesteins. Sekundenbruchteile, bevor die Schirme kollabierten, hatte sich der Reaktor selbst zerstört. Die enorme Explosion innerhalb des Schirms hatte die nötigen Temperaturen erzeugt, das Schiff und seine tödliche Fracht restlos in seine Bestandteile aufzulösen. Zumal Rico mit einer gezielten Sprengung dafür Sorge getragen hatte, dass austretende Lava auf der Seite des Berges hinabfloss, die dem Dorf abgewandt war. Das Hinterland würde vermutlich auf längere Zeit unbewohnbar bleiben.

Die der Küste zugewandte Seite des Berges jedoch, das Hochland und seine Gewässer, konnten sich erholen.

Alle nötigen Berechnungen hierfür hatte Rico im Laufe einer einzigen Nacht abgeschlossen. Allein hätte ich deutlich länger dafür gebraucht, wahrscheinlich zu lange. Ich gab es nicht gerne zu – er war eine große Hilfe gewesen.

»Aber der Hyperfunk?«, fragte Cunor.

»Das Methanschiff kannte nicht einmal die Kennung der arkonidischen Relaisstationen. Selbst wenn ich es geschafft hätte, den Funk zu reparieren, hätte ich allenfalls einen blinden Notruf mit einer Reichweite von 90 Lichtjahren absetzen können. Auf ihren eigenen Frequenzen.«

»Du hättest es wenigstens versuchen können!«, schrie er.

Ich verstummte, denn was ich gesagt hatte, stimmte zwar, dennoch hatte Cunor recht: Ich hatte es nicht einmal versucht.

Und schlimmer noch, ich bedauerte es nicht.

»Ich muss mit Reskene reden«, sagte ich und ging an ihm vorbei ins Dorf.

Die Menschen waren nach wie vor in heller Aufregung. Kriresi und seine Jäger belagerten die Hütte die Stammesmutter und stießen wütende Drohungen aus.

»Da ist der bleiche Fremde wieder!«, rief der in seiner Ehre verletzte Jäger, kaum dass er mich bemerkte, und zeigte mit dem Finger auf mich. »Er hat die Ahnen erzürnt!«

»Schweig!«, donnerte ich, meinen Translator etwas lauter als nötig gestellt. Ich hatte die Geduld mit diesem Aufrührer endgültig verloren. »Der Berg der Ahnen war erkrankt! Als vor zwei Menschenaltern die Sterne vom Himmel fielen, bohrte sich einer davon in seine Flanke – so wie ein Speer sich in ein Tier bohrt. Ich habe diesen Speer herausgezogen.«

Ich musterte den misstrauischen Jäger. War er schlau genug, den Doppelsinn meiner Worte zu verstehen?

Reskenes Sohn warf einen vorsichtigen Blick vor die Hütte. Er war merklich erleichtert, mich zu sehen, und eilte auf seinen missgestalteten Füßen, seiner Mutter vor die Tür zu helfen. Sie trug ihren Federschmuck und sah fast wieder genesen aus. Ein scheues Tuscheln lief durch die Menge. Offenkundig hatte niemand ernsthaft erwartet, dass die Stammesmutter noch lebte.

»Bring mir den Speer!«, raunte ich ihrer Tochter zu. Das junge Mädchen mit der Lippenspalte verschwand im Inneren und kam Sekunden später mit der Waffe zurück, die ihre Mutter beinahe getötet hätte.

»Ich habe ihn herausgezogen«, wiederholte ich und warf Kriresi den Speer vor die Füße, wo er wippend in der Erde stecken blieb. »So wie diesen hier!«

Die übrigen Jäger wichen nun vor ihm zurück. Einer nach dem anderen scharte sie sich um Reskene. Kriresi bekam es sichtlich mit der Angst zu tun, doch die Stammesmutter hob beschwichtigend die Hand.

»Wir wollen nicht länger von Vergangenem reden! Die Ahnen haben sich nicht von uns abgewandt – das allein zählt.« Sie blickte mich fragend an. »Es ist also vorbei?«

»Es ist vorbei«, bestätigte ich. »Nicht für euch, fürchte ich ... aber für eure Kinder.«

Die kahlköpfige Frau nickte dankbar. »Wirst du bei uns bleiben, Gesandter der Ahnen? Wir könnten deine Weisung gut gebrauchen.«

»Nein«, sagte ich. »Ich muss wieder an den Ort zurück, von dem ich herkomme.«

Sie tat enttäuscht, doch ich konnte mich des Eindrucks nicht erwehren, dass sie auch hierfür dankbar war.

Kapitel 7

Drei Wochen später

Betroffen blickte ich dem Tauchboot nach, wie es im eiskalten Becken des Hangars versank. Es hinterließ einen schäumenden Wirbel von Luftblasen, dann verschwand das Licht seiner Scheinwerfer in der schwarzen Tiefe.

Ich stand noch am Beckenrand, als sich das aufgewühlte Wasser lange wieder beruhigt hatte.

Cunor hatte mich verlassen. Weil ich, wie er sagte, mit den Menschen fraternisierte. Weil ihr Wohlergehen mir mittlerweile wichtiger war als unsere Aussicht auf Heimkehr.

»Wie soll ich dir nach allem, was geschehen ist, noch länger trauen?«, waren seine letzten Worte gewesen. »Du hast dich entschieden: Du *willst* diese Welt nicht verlassen! Ich aber werde den Rest meines Lebens nicht tatenlos vergeuden.«

Seine Anschuldigung traf mich ins Mark. Gleichzeitig gab es nichts mehr, was ich hätte sagen können – zu viele Halbwahrheiten standen meinetwegen zwischen uns. Nicht zuletzt die Frage, wer mich vor sechzig Jahren von Atlantis fortgelockt und wieder zurückgebracht hatte. Oder dass ich die letzten sechzig Jahre so viel besser verkraftet hatte als er und noch immer die Energie eines jungen Mannes besaß.

Deshalb war Cunor aufgebrochen, um, wie er sagte, nach anderen Möglichkeiten zu forschen, Larsaf III zu entkommen. Anderen abgestürzten Schiffen vielleicht. Ich vermutete, er suchte nach einer Spur von Feltif, in der vagen Hoffnung, dass der Tato damals doch nicht völlig ohne Rückversicherung ins Unbekannte aufgebrochen war. Alles besser, als weiter untätig in der Kuppel zu sitzen, hatte Cunor gesagt – und wenigstens in diesem Punkt musste ich ihm recht geben.

Die Chance, dass er tatsächlich ein Schiff oder eine Funkstation findet, sind verschwindend gering, urteilte mein Logiksektor, doch das war nur ein schwacher Trost.

Ich hatte den einzig mir verbliebenen Freund verloren. Hatte ihn mit meinen Geheimnissen und meinem Mitgefühl für die Menschen von mir gedrängt.

Und obgleich ich mir sagte, dass es kein Abschied für immer sein musste, dass Cunor vielleicht eines Tages zurückkehren würde, ahnte ich, dass ich mir etwas vormachte. Eines Tages würde Cunor von mir gehen, und zwar für immer.

Und ich würde immer noch hier sein.

Ich fühlte mich sehr allein im ovalen Hangar der Unterseekuppel. Einsam und von allen verlassen.

»Ich bin hier«, hörte ich Ricos Stimme hinter mir.

Diesmal schrak ich nicht einmal zusammen. Ich hatte nicht die leiseste Ahnung, wie er es unbemerkt in die Kuppel geschafft hatte. Ich hatte lediglich aufgehört, mich darüber zu wundern.

»Ich bin mir nicht sicher, ob mich das freuen sollte«, sagte ich, ohne mich umzudrehen. »Deinetwegen bin ich in dieser Lage. Du hast mir mein Leben genommen und es durch ... das hier ersetzt.«

»Wäre es dir lieber, das Große Imperium hätte den Krieg gegen die Methans verloren?«, konterte Rico. »Soll ich dir das Geschenk der Unsterblichkeit wieder abnehmen? Würdest du Reskenes Dorf nächstes Mal elend verenden lassen?«

Ich warf einen Blick über die Schulter. Er stand gelassen im Eingang des Hangars, ein junger Arkonide von unscheinbarem Gesicht. Doch mit Sicherheit war dies nicht einmal die Hälfte der Wahrheit.

»Du hast recht«, sagte ich. »Ich habe meine Entscheidungen getroffen. Genau wie Cunor.«

»Er wird keinen Erfolg haben«, prophezeite Rico. »Er wird hier auf Larsaf III alt werden und sterben.«

»Und ich?«, rief ich. »Was soll aus mir werden? Soll ich warten, bis eines Tages wieder ein Schiff den Weg zu mir findet? Oder bis die Menschen in der Lage sind, ihre eigenen Schiffe zu bauen? Das mag eine Weile dauern.«

»Vielleicht nicht so lange, wie du meinst.« Rico breitete die Arme aus. »Schließlich hast du alles, was du brauchst.«

Ich ließ zweifelnd den Blick durch den leeren Hangar schweifen.

»Du hast mich«, sagte Rico.

»Das soll wohl ein Scherz sein.«

»Ich habe dir schon mehr als einmal geholfen, und ich kann es wieder tun«, erinnerte er mich. »Gemeinsam können wir ein Auge auf die Menschen haben. Das heißt ...«

»Ja?«

»Wenn du damit einverstanden bist, dass ich dir Gesellschaft leiste.«

Ich lachte. »War das die ganze Zeit über dein Plan? Hast du darauf gewartet, dass du deine Nützlichkeit unter Beweis stellen und bei mir einziehen kannst?«

»Ich habe darauf gewartet, was für eine Entscheidung du triffst«, sagte er ruhig. »Ob du bereit sein würdest, die Vergangenheit loszulassen ... und in die Zukunft zu sehen.«

»Die Zukunft«, wiederholte ich. »Hat dieser Planet denn eine Zukunft?«

»Mit unserer Hilfe?«, fragte Rico. »Ja.«

ENDE

Nachwort

So fern – und so nah!

Suchte man nach einem Motto für diesen siebten Band der PERRY RHODAN NEO-Platin-Edition, dann könnte es genau so lauten. Mehr als dreihundertzwanzig Lichtjahre sind der Planet Snowman und damit das Gespinst der Mehandor von der Erde entfernt. Und wenn dies auch nur ein kleiner Bruchteil der vierunddreißigtausend Lichtjahre weiten Strecke zum Kugelsternhaufen M 13 ist, Perry Rhodans eigentlichem Ziel, so entzieht sich diese Distanz doch jeglicher menschlicher Vorstellungskraft. Dagegen befindet sich der Mars, auf dem ein anderer Handlungsstrang dieses Buchs angesiedelt ist, gewissermaßen im Vorgarten der Erde. Dabei ist der Rote Planet, wenn er unserer Heimatwelt am nächsten steht, immer noch rund fünfzig Millionen Kilometer entfernt – auch das ein Wert, den man sich kaum vorstellen kann, übersteigt er doch den Erdumfang um das mehr als Tausendfache.

In der klassischen PERRY RHODAN-Serie wurde der Mars, zumindest in der Anfangszeit, von den Autoren recht stiefmütterlich behandelt. Im Gegensatz zur Venus, die man sich damals als dampfende Dschungelwelt vorstellte, brachte man in dessen kalter Wüstenei zunächst nur ein paar Ortungsstationen unter. Später machte das Solare Imperium den Mars zu seiner Handelswelt, sozusagen das Vorzimmer, in dem die zu bleiben hatten, die man nicht direkt zur Erde vorlassen wollte. Außerdem siedelte das Imperium dort Swoon und Mausbiber an – außerirdische Freunde, die sich in Gesteinswüsten mit geringer Schwerkraft wohlfühlten.

Warum haben die PERRY RHODAN-Autoren der ersten Generation ausgerechnet den Mars links liegen gelassen? Waren sie der Ansicht, dass der Rote Planet schriftstellerisch nichts mehr hergab?

In der Tat haben sich viele Autoren der phantastischen Literatur den Mars als Spielwiese für ihre Geschichten ausgesucht.

Einer der Allerersten dürfte 1880 der Engländer Percy Greg gewesen sein, dessen Roman »Across the Zodiac« den deutschen Sprachraum allerdings nicht erreichte. Weltweit bekannt dagegen wurde H. G. Wells' 1898 erschienener und eigentlich satirisch gemeinter Roman »Krieg der Welten«, die Invasionsgeschichte schlechthin. Der Mars ist hier jedoch nicht Handlungsort, sondern lediglich die Heimat der Invasoren, die mit ihren dreibeinigen Maschinen über die Erde herfallen. Der Russe Alexander Bogdanow benutzte die Nachbarwelt der Erde 1908 in seinem Buch »Der rote Planet« als Kulisse für ein sozialistisch geprägtes Utopia. Weitaus weniger ernsthaft war die Intention des Tarzan-Erfinders Edgar Rice Burroughs, der einfach nur spannende und farbenprächtige Geschichten erzählen wollte, die in den Dschungeln Afrikas ebenso angesiedelt sein konnten wie in denen der Venus, oder eben in den Felswüsten des Mars. Zwischen 1912 und 1943 veröffentlichte er einen Zyklus von Romanen und Erzählungen um die Abenteuer des Erdenmenschen John Carter und der Marsprinzessin Dejah Thoris und ihrer Nachfahren. Eine moderne Verfilmung kam 2012 unter dem Titel »John Carter« in die Kinos. Burroughs' Mars ist voll von fremdartigen Lebensformen und Völkern und hat wenig mit dem ernüchternden Bild zu tun, das Marssonden wie Mariner oder Beagle uns übermittelt haben. Das gilt auch für Malakandra, den Mars in C. S. Lewis' 1938 erschienenem Buch »Jenseits des schweigenden Sterns«, das – wie die gesamte Perelandra-Trilogie, der es angehört – eine theologische Reflexion in romanhafter Form darstellt.

Unter den zahllosen Geschichten, die in der ersten Hälfte des zwanzigsten Jahrhunderts über den Mars geschrieben wurden, ragt die recht kurze Erzählung »Mars-Odyssee« heraus, die der amerikanische Chemiker Stanley G. Weinbaum im Juli 1934, nur anderthalb Jahre vor seinem Tod, im Magazin WONDER STORIES veröffentlichte. Obwohl sie die erste Science-Fiction-Story dieses früh verstorbenen Autors ist, gilt sie nicht nur durch ihre Erzähltechnik als Meilenstein des Genres. Dabei wirkt die Handlung vergleichsweise einfach: Der auf dem Mars gestrandete Raumfahrer Jarvis muss zu Fuß zwölfhundert Kilometer zurücklegen, um zu seinen Kameraden zu gelangen, und begegnet unterwegs dem wunderlichen, straußenähnlichen Marsbewohner Tweel, der sein Begleiter wird. Hinter vordergründigen Abenteuern diskutiert Weinbaums Erzählung die

Möglichkeit und Unmöglichkeit einer Verständigung mit vollkommen fremdartigen Lebensformen. Kein Wunder, dass die PR NEO-Autoren den Namen Tweel für das rätselhafte Marsgeschöpf übernommen haben, mit dem Cyr Aescunnar es auf dem Roten Planeten zu tun bekommt.

Auch Aescunnars Partner Hetcher hat die irdische Marsliteratur durchstöbert. Dabei sind ihm selbstverständlich die »Mars-Chroniken« von Ray Bradbury nicht entgangen, dem wir auch Meisterwerke wie »Fahrenheit 451« oder »Der illustrierte Mann« verdanken. Das 1950 erschienene Buch »Die Mars-Chroniken« ist eine Sammlung von Kurzgeschichten, die zum Teil bereits in den Jahren zuvor publiziert wurden. Chronologisch schildern sie die Kolonisierung des Mars durch die Menschen der Erde – vordergründig. Eigentlich geht es Bradbury wie schon anderen »Mars-Autoren« vor ihm um die Conditio humana, um die Problematik menschlicher Existenz, um unsere Hoffnungen, unsere Begrenztheit, aber auch unsere Fähigkeit, uns selbst zu überwinden. Ebenfalls die Kolonisierung des Mars zum Thema hat der allerdings eher als Jugendbuch konzipierte Roman »Der Rote Planet« (1949) von Robert A. Heinlein, in dem neben den menschlichen Siedlern auch marsianische Ureinwohner auftreten. Im gleichen Jahr, in dem der Heinlein-Roman erschien, schickte die amerikanische Autorin Leigh Brackett ihren Helden Eric John Stark in »Krieg der Unsterblichen« aus, um das Rätsel von Sinharat zu lösen, der alten Rama-Stadt auf dem Roten Planeten – nicht ahnend, dass sie damit auch einer Marsstation der Terranischen Union ihren Namen gab.

Mit den desillusionierenden fotografischen Aufnahmen der Marssonden Mariner und Viking verschwand Ende der Sechziger- und Anfang der Siebzigerjahre des vorigen Jahrhunderts das romantisierende Bild des Mars weitgehend aus der Science Fiction und machte einer realistischeren Darstellung Platz. Romane und Filme über den Roten Planeten gab es aber weiterhin. So beschrieb der US-Autor Kim Stanley Robinson in seiner Mars-Trilogie, bestehend aus den voluminösen Romanen »Roter Mars«, »Grüner Mars« und »Blauer Mars« ein gigantisches Terraformungsprojekt, in dem unser Nachbarplanet in eine zweite Erde umgewandelt wird, mit allen ökologischen, aber auch politischen und sozialen Konsequenzen. Ein bemerkenswerter Filmbeitrag war 2000 Brian de Palmas »Mission to Mars«, und gegenwärtig feiert Andy Weirs Roman »Der Marsianer« sowohl als Buch als auch als Kinofilm Triumphe.

Mitte der Neunzigerjahre rückten endlich auch die PERRY RHODAN-Autoren den lange vernachlässigten Roten Planeten ins Zentrum des Geschehens – und spielten ihm zugleich übel mit. Der Mars erweist sich als eine der Passagewelten, die unseren Kosmos mit dem Arresum, der Rückseite des Universums, verbinden. Weil von dort todbringende Kristalle auf seine Oberfläche stürzen und deren Ausstrahlungen sogar das Leben auf der Erde gefährden, muss der Mars in Band 1749 der klassischen PERRY RHODAN-Serie entfernt und durch den Planeten Trokan, einen öden Steinklumpen, ersetzt werden.

Erst vierhundertfünfzig Hefte später kehrt er an seinen angestammten Platz zurück, jungfräulich und seiner Monde Phobos und Deimos beraubt. Auf diesem »neuen« Mars unterliegen Perry Rhodan und Reginald Bull einer unfreiwillige Zeitreise in eine eine Jahrmilliarde entfernte Zukunft, in der der Mars Balance B heißt und die Menschheit längst vergessen ist. Rhodans und Bulls Abenteuer bei den Nodronen wird in dem sechsbändigen Taschenbuch-Zyklus »Odyssee« erzählt.

Wieder einmal haben die Macher von PERRY RHODAN NEO einen anderen Weg beschritten und dem Mars schon recht früh angemessene Beachtung geschenkt. Leser, die wissen wollen, wie es mit Cyr Aescunnar, Hetcher und Tweel in den Weiten des Roten Planeten weitergeht, dürfen schon auf den nächsten Band der Platin-Edition gespannt sein.

Michael Thiesen